Die Farben der Gerechtigkeit

John T. Lescroart

Die Farben der Gerechtigkeit

Roman

Aus dem Amerikanischen von
Heiner Friedlich

WILHELM HEYNE VERLAG
MÜNCHEN

Titel der amerikanischen Originalausgabe:
A Certain Justice
Die Originalausgabe erschien bei
Donald I. Fine, Inc., New York

Umschlaggestaltung: Atelier Ingrid Schütz, München
Umschlagillustration: William Low, New York
Satz: Leingärtner, Nabburg
Druck und Bindung: Ebner, Ulm
Printed in Germany

ISBN 3-453-09742-4

Für Alan Heit und
für Lisa Marie Sawyer –
um ihretwillen erschuf Gott Kalifornien

Danksagung

Viele großmütige und talentierte Kollegen legen Zeugnis dafür ab, daß die Welt da draußen in Wirklichkeit doch nicht ganz so mörderisch ist. Ich möchte hier insbesondere Karen Kijewski nennen als stete Quelle von Inspiration, Unterstützung und neuen Ideen, wenn der Brunnen austrocknet oder der Wasserstand des Flusses nie wieder zu steigen scheint. Sie ist eine großartige Schriftstellerin und eine noch bessere Freundin.

Bedanken möchte ich mich auch bei Dale Brown und Bill Wood für all die ›kleinen Ermutigungen‹, als ich sie bitter nötig hatte, sowie bei Dick und Sheila Herman, Dennis Lynds, Gayle Stone – und bei Brian Garfield dafür, daß er sich die Haare nicht zu früh schneiden ließ. Ferner bei Rick Patterson und Jon Kellerman, die manches fanden, was ihnen gefiel, und so nett waren, es mir mitzuteilen.

In San Francisco bin ich denjenigen zu Dank verpflichtet, die mir ihre Zeit und ihr Fachwissen schenkten und es ermöglichten, daß diese Geschichte im Bereich der ›realitätsnahen Fiktion‹ blieb: den Staatsanwälten Bill Fazio und Jim Costello, Kevin Shelley, Mitglied des Stadtrats von San Francisco (und aus seinem Büro Mindy Linetsky und Eric Merten), sowie John L. Taylor, dem Geschäftsführer des Stadtrats.

Vielen Dank auch denen, die ohne Unterlaß an meiner Seite stehen: den Schwestern, Brüdern, Schwägerinnen und Schwagern Al Giannini, Don Matheson, Mike Hamilburg und Joanie Socola, besonders auch Justine Rose und Jack Sawyer – eure Hilfe ist von unschätzbarem Wert.

Schließlich möchte ich mich noch für die unermüdlichen Bemühungen von Don Fine, Carole Baron, Leslie Schnur, Mike Geoghegan, Bernie Kurman, Bob Gales, Jason Poston, Fred Huber und meiner lieben Freundin Jackie Cantor bedanken. Welch großartiges Team!

»Ich habe den Eindruck, daß wir auf dem Gebiet
der Degeneration schnelle Fortschritte machen.«

ABRAHAM LINCOLN

»An alle die Weißen, die Vorurteile gleich welcher Art haben:
Über Bord damit!«

MARION BERRY

»Der Schmerz erreicht das Herz mit Lichtgeschwindigkeit,
aber die *Wahrheit* bewegt sich zum Herzen so langsam
wie ein Gletscher.«

BARBARA KINGSOLVER

19. bis 28. Juni

1

Um 20 Uhr 10 an einem ungewöhnlich heißen und schwülen Montag abend, zwei Wochen vor den Feiern zum Unabhängigkeitstag, stoppte der neue schwarze Honda Prelude des Steuerberaters Michael Mullen an der Ecke Neunzehnte Straße und Dolores. Mullen, neununddreißig Jahre alt und weiß, war verheiratet und Vater von drei Kindern unter acht Jahren. Die Dolores Street im Stadtteil Outer Noe Valley District von San Francisco ist in der Mitte geteilt. Zwischen den nach Norden und den nach Süden führenden Fahrspuren liegt eine breite Grasfläche mit vereinzelten Bäumen.

Zeugenaussagen zufolge ging eben ein junger Schwarzer über diesen Grünstreifen, als Mullen vor dem Stoppschild der Neunzehnten Straße hielt. Der Fahrer des Autos unmittelbar hinter Mullen, ein junger Mann namens Josh Cane, erinnerte sich später, daß das Fenster von Mullens Wagen auf der Fahrerseite wegen der Hitze heruntergedreht und sein auf dem Rahmen ruhender Ellbogen zu sehen war.

Der junge Mann auf dem Grünstreifen, der in Richtung Norden gegangen war, also in dieselbe Richtung, in die sowohl Mullen als auch Cane unterwegs waren, legte die restlichen Meter zwischen sich und Mullen mit ein paar athletischen Sprüngen zurück, »als würde er über eine Pfütze oder so was springen« (Rayanne Jonas, sechsundfünfzig Jahre, eine afroamerikanische Tagesmutter, die gerade von ihrer Arbeit in der Kindertagesstätte in der Army Street nach Hause ging).

»Ich sah, daß er etwas in der Hand hatte. Damals, ich meine, in diesem Moment, hielt ich es für eine Pfeife, aber dann merkte ich …«

Wie sich herausstellte, war es eine Pistole, die der Mann an Mullens Schläfe hielt. Er schoß. Der Knall war so laut, daß Cane ihn trotz geschlossener Fenster und voll aufgedrehter Klimaanlage »wie einen Donnerschlag« hörte.

Der einzige Zeuge, der in den nächsten Sekunden genug Geistesgegenwart besaß, um etwas zu unternehmen, war ein fünfzehnjähriger Junge spanischer Abstammung namens Luis Santillo. Luis arbeitete nach der Schule in einem Fast-food-Lokal weiter unten an der Ecke Sechzehnte und Guerrero Street und war von dort gerade auf dem Heimweg. Auch er sah, wie der athletische Mann auf Mullen zulief, die Waffe hob und schoß.

»He!« schrie Luis. »Was, zum Teufel ...« Er begann, auf Mullens Wagen zuzulaufen.

Ohne ihn oder sonstwen zu beachten, öffnete der Angreifer die Tür des Wagens, packte Mullen und zog ihn mit einer Hand heraus. Er schnappte sich Mullens Portemonnaie und stieß den Toten auf die Straße.

Luis, der nur noch etwa sechs Meter vom Wagen entfernt war und immer noch rannte und schrie, blieb wie erstarrt stehen, als der Wagen mit offener, hin und her schwingender Fahrertür anfuhr. Das Auto kam leicht ins Schleudern, fing sich wieder und schoß über die Kreuzung. Mit dem linken Kotflügel erfaßte es Luis, der auf die Motorhaube und gegen die Windschutzscheibe prallte und zwanzig Meter weit in einen Wacholderbusch auf dem Grünstreifen geschleudert wurde. Das rettete ihm zwar das Leben, aber die Nägel in seiner Hüfte würden ihn wohl für immer daran hindern, so athletische Sprünge zu machen wie der Schütze.

Der beschleunigende Wagen »raste wie eine Rakete davon, immer schneller und schneller, bis er außer Sichtweite war« (Riley Willson, Automechaniker und Besitzer einer Werkstatt namens Riley's Garage an der nordöstlichen Ecke der Kreuzung Neunzehnte Straße und Dolores).

Am 19. Juni fand man den Wagen, beziehungsweise das, was von ihm übrig war. Türen und Reifen fehlten, und die Karosserie war wahrscheinlich von jedem Jugendlichen in der Gegend, der eine Sprühdose besaß, bemalt worden. Er stand an der Moscow Street in der Nähe des Crocker-Amazon-Spielplatzes, südlich des Freeway 280, fast am Stadtrand, wo häufig Fahrzeuge stehengelassen wurden.

Neben Kokainspuren, Marihuanasamen, den Kippen etlicher Joints, Bierdosen und anderem Abfall fand sich – auf der Rückseite des Lenkrads – ein so wunderschöner Fingerabdruck in Blut, daß Shawanda Mboto, Spezialistin der Spurensicherung des

Police Department von San Francisco, auf ihrem Hocker vor dem Mikroskop sitzend, einen Freudenschrei ausstieß.

Es dauerte nicht einmal einen Tag, bis feststand, daß das Blut tatsächlich von Michael Mullen stammte. Der Fingerabdruck gehörte einem Afroamerikaner namens Jerohm Reese, der mehrfach vorbestraft war.

Jerohm Reese war zwanzig Jahre alt. Die Jugendbesserungsanstalt hatte er zum ersten Mal mit vierzehn von innen gesehen. Ein Jugendgericht hatte ihn, der ohne festen Wohnsitz war, dorthin verfrachtet, nachdem er Ronda Predeaux zusammengeschlagen und ihm die Air-Jordan-Tennisschuhe gestohlen hatte.

Sein ›Komplize‹ Wesley Ames, ebenfalls minderjährig, hatte Ronda am Boden gehalten, sich auf dessen Oberarme gekniet und ihn immer wieder ins Gesicht geschlagen, während Reese ihm die Schuhe auszog. Wesley Ames war besser bekannt unter dem Straßennamen ›Tooth‹; er hatte in der oberen Zahnreihe nur noch einen Zahn, ganz vorn.

Während der nächsten vier Jahre wuchs Jerohm Reese' Jugendstrafenregister, das vor allem aus Diebstahl und – weil es manchmal eben sein mußte – kleineren Gewalttätigkeiten bestand, bei denen er meistens die Fäuste, einmal ein Metallrohr und ein anderes Mal einen Stein benutzte.

Seinen achtzehnten Geburtstag verbrachte Jerohm in einem Gerichtssaal. Er war zwar noch nicht achtzehn gewesen, als er den Spirituosenladen an der Ecke Portola Drive/Ocean Avenue ausgeraubt hatte, aber er hatte einen Revolver bei sich gehabt – ein Spielzeug, wie er bei der Verhaftung angegeben hatte (mit Jerohms Spielzeug, das niemals gefunden wurde, war dem Ladenbesitzer Meyer Goldsmith eine Gehirnerschütterung zugefügt worden).

Gina Roake, Jerohms Pflichtverteidigerin, war mit ihrem Antrag auf ein mildes Urteil erfolgreich. Die Tat, argumentierte sie, sei Jerohms erste wirkliche Straftat (nämlich *als Erwachsener*) gewesen. Der Richter am Bezirksgericht Thomas Langan schickte Jerohm daraufhin – ob von diesem Argument überzeugt oder am Ende eines langen Tages auf dem Richterstuhl erschöpft – für ein Jahr ins Bezirksgefängnis. Wegen Überbelegung des Gefängnisses saß Reese von dieser Strafe fünf Monate und einundzwanzig Tage ab.

In den eineinhalb Jahren, die zwischen Jerohms Entlassung aus dem Gefängnis, als er die Strafe für den Portola-Raub verbüßt hatte, und dem Tag lagen, als sein blutiger Fingerabdruck an Michael Mullens Lenkrad identifiziert wurde, hatte er sich unauffällig verhalten. Obwohl er mehrere Male zum Justizgebäude gebracht und dort vernommen worden war, hatte man ihn keiner neuen Verbrechen angeklagt.

Jerohm hatte sich zwar meistens im Bay View District zwischen Hunter's Point und dem Candlestick-Park-Stadion aufgehalten, einer der kältesten und ungemütlichsten Gegenden des ganzen Landes. Doch in der Nacht vom 21. auf den 22. Juni wurde er von Sergeant Ridley Banks, einem schwarzen Beamten des Morddezernats, verhaftet, als er gerade den Kit Kat Club nördlich der Laguna Street, also ein ganzes Stück vom Candlestick-Stadion entfernt, verließ. Der Besitzer des Etablissements, Mo-Mo House, hatte gewisse Absprachen mit Sergeant Banks getroffen und diesen über Jerohms Anwesenheit informiert. Mit dem Prozedere vertraut, leistete Jerohm keinen Widerstand.

Bei der Durchsuchung der von Jerohm angegebenen Adresse, einem Apartment, das er zusammen mit der achtzehnjährigen arbeitslosen Friseuse Carryl Joyner und ihrem zweijährigen Sohn Damien bewohnte, fand man eine von Michael Mullens Kreditkarten.

Jerohm versicherte, nicht zu wissen, wie die Kreditkarte zwischen die Kissen seines Sofas gekommen sei. Vielleicht, sagte er, sei sie aus der Tasche seines Freundes Tooth gefallen, als der ihn besucht habe. Leider war Tooth kurze Zeit vorher ums Leben gekommen, weil er an außergewöhnlich reines braunes Heroin aus Mexiko geraten war und sich damit aus Versehen den goldenen Schuß gesetzt hatte. In der Annahme, es sei Tooth' Wagen, erklärte Jerohm, habe er ihn in jener Nacht nach Hause gefahren – Tooth war vollgekifft, außerdem hätte seine Frau ihn umgebracht, wenn er auch diese Nacht nicht nach Hause gekommen wäre. Dabei müsse sein – Jerohms – Fingerabdruck ans Lenkrad gekommen sein. Jerohm war das Blut nicht aufgefallen – es müsse wohl am Sitz oder so gewesen und dann irgendwie an seine Finger geraten sein.

Zwei Tage nach Jerohms Verhaftung am Freitag nahm er an vier Gegenüberstellungen teil. Auf der ›guten‹ Seite der Glasscheibe saßen nacheinander Josh Cane (der Fahrer des Wagens hinter Michael Mullen), Rayanne Jonas (die Tagesmutter), Luis Santillo (immer noch in Gips und mit einem Verband um den Kopf), und Riley Willson (der Besitzer von Riley's Garage).

Alle Zeugen bezeichneten Jerohm Reese als denjenigen, der dem Schützen am ähnlichsten sehe, doch keiner von ihnen war sich hundertprozentig sicher, ob er es tatsächlich war. Der Mann, der Michael Mullens Wagen gestohlen hatte, war groß gewesen wie Jerohm und muskulös und sportlich wie Jerohm. Aber er hatte einen Bart gehabt, und Jerohm war sauber rasiert (seit Monaten schon, behauptete er). Außerdem hatte der Mann eine ärmellose Daunenjacke getragen, die ihn womöglich kräftiger hatte aussehen lassen, als er eigentlich war. Und das Licht war um zwanzig Uhr an einem schwülen Juniabend nicht besonders gut. Keiner der Zeugen war sich sicher.

Aber auch ohne die Augenzeugen wanderten der Bericht über den Vorfall und die Akte über die Verhaftung zum Büro des Bezirksstaatsanwalts eine Etage tiefer. Inspektor Banks vernahm andere potentielle Zeugen, Personen, die sich vielleicht erinnern würden, ob Jerohm in letzter Zeit einen Bart getragen hatte, Personen, die Tooth zur Tatzeit eventuell an einem anderen Ort gesehen hatten. Die übliche, mühsame Polizeiroutine.

Am Dienstag, den 28. Juni, erklärte Bezirksstaatsanwalt Christopher Locke, daß seine Behörde gegen Jerohm Reese keine Anklage wegen des Raubes von Michael Mullens Wagen und des Mordes an Michael Mullen erheben werde. Er halte es für unmöglich, sagte er, den Tatvorwurf ohne die zwingende Aussage eines Augenzeugen beweisen zu können. Die Kreditkarte und der Fingerabdruck könnten erklärbar sein – Tooth' Wohnsitz liege drei Häuserblocks vom Crocker-Amazon-Spielplatz entfernt, und dessen Fingerabdrücke befänden sich ebenfalls überall auf dem Vordersitz, zusammen mit denen von zehn weiteren Personen.

Jerohm wurde also aus der Untersuchungshaft entlassen. Am Dienstag nachmittag um 14 Uhr 28 unterschrieb er seinen Entlassungsschein. Er hatte abgewartet, bis das Mittagessen ausgegeben worden war.

Dienstag, 28. Juni

2

In der Cavern Tavern, einer Arbeiterkneipe im Stadtteil Richmond, hatte sich eine ansehnliche Menge trinkender Gäste versammelt. Jerohm Reese' Opfer, der staatlich zugelassene Steuerberater Michael Mullen, war Stammgast im Cavern gewesen und hatte die Steuerangelegenheiten des Lokals erledigt. An diesem 28. Juni wäre er vierzig Jahre alt geworden. Die Besitzer der Kneipe hatten beschlossen, sich auf ihre Art von Mike zu verabschieden und im Andenken an ihren Freund eine Party zu feiern.

Mikes jüngerer Bruder Brandon, ein fünfunddreißigjähriger Fernmeldetechniker, der sich an diesem Tag freigenommen hatte, und sein Cousin und bester Freund Peter McKay, der zur Zeit ohne Job war, hatten vergeblich versucht, Mullens Witwe Paula zu überreden, ins Cavern zu kommen, aber sie hatte genug von irischen Leichenschmäusen, Begräbniszeremonien und Besäufnissen. Vor allem hatte sie von ihrem Kummer genug und wollte mit ihren Kindern so schnell wie möglich zu einem normalen Leben zurückkehren, was, wie sie allmählich begriff, vermutlich nie gelingen würde.

Brandon Mullen und Peter McKay waren wegen Mikes sinnlosem Tod traurig genug gewesen, aber Paulas Weigerung, sie zum eigens anberaumten Gedenkfest in die Cavern zu begleiten, hatte sie in noch trübere Stimmung versetzt. Mikes eigene Frau!

Das riesige Porträt von Mike, das an der Dart-Wand hing, verstärkte das Gefühl des Verlustes. Der Bruder und Freund war fort. Verdammt, noch einen Whiskey.

Jamie O'Toole hinter der ovalen Theke der Cavern in der Mitte des Raumes ließ keinen der Stammgäste für die Drinks bezahlen. Dies war die Totenwache für einen Stammgast, und die Cavern würde sich heute abend nicht lumpen lassen. Das war das wenigste, was sie für Mike tun konnten.

Um Viertel vor neun waren fast sechzig Männer in die Cavern geströmt, bereit, sich vollaufen zu lassen. Die einen waren nach dem Abendessen mit ihren Frauen und Kindern gekommen, die anderen heiß, verschwitzt und durstig nach getaner Arbeit von den Baustellen, den Kfz-Werkstätten oder dem Straßenbau. Jamie O'Toole schenkte ein, und sie prosteten dem postergroßen Foto von Mike Mullens lächelndem Gesicht zu.

Aus der Jukebox drang laut, hämmernd und beharrlich Neil Youngs ›War of Man‹. Irgend jemand wählte es immer wieder, und Jamie O'Toole ließ die Lautstärke aufgedreht. Die Gäste begannen, sich zur Musik hin und her zu bewegen, Schulter an Schulter, zusammengedrängt und schwitzend, verschütteten dabei ihr Bier.

Kevin Shea, ein achtundzwanzigjähriger Student des Fachbereichs Geschichte der Universität von San Francisco, hatte eine gute Figur und rote Wangen, sah bestenfalls wie zwanzig aus. Sein Haar war dicht und fast schwarz. Er besaß ein zynisches Lächeln, das er gern von Zeit zu Zeit präsentierte, dazu eine Vorliebe für Alkohol. Kein Held auf den ersten Blick.

Er lehnte an der Wand neben der Jukebox und trank das dritte spendierte Harps-Bier. Mike Mullen hatte er weder gut gekannt, noch war er wegen der Verabschiedung gekommen, obwohl er davon gehört haben mußte. Er kam fast jeden Tag in die Cavern.

Neil Young ging ihm langsam auf die Nerven. Als die ersten Akkorde von ›War of Man‹ zum fünfzehnten Mal erklangen, stieß er mit der Hüfte gegen die Jukebox, und ein gellendes Kreischen hallte durch den Raum.

»Paß auf deinen Arsch auf!«

Im Raum kehrte Stille ein. Die Iren glauben, daß in einem solchen Augenblick ein Engel vorbeifliegt, und nennen ihn deshalb ›angel's passing‹. Falls die Engel auch in diesem Moment kamen, blieben sie jedenfalls nicht lange. Zufällig sah in diesem Augenblick Peter McKay an der Bar zum Fernseher hoch, der in der kurzen Stille laut dröhnte. Er packte Brandon Mullen heftig an der Schulter und vergoß dabei noch mehr Bier, das ihm seitlich an seinem Glas hinunter über die Hand lief.

»Da, seht euch das an!« schrie er. »Da oben! Das ist doch der Nigger, der Mikey umgebracht hat, oder nicht?«

Aller Augen waren auf die Reporterin gerichtet, die, ein Mikrofon in der Hand, auf den Stufen des Justizgebäudes stand. Hinter ihr wirbelte der Wind leere Lebensmittelverpackungen und anderen Unrat auf.

»Nach letzter Auskunft der örtlichen Behörden«, sagte sie gerade (Jamie O'Toole hatte die Lautstärke so hoch gedreht wie vorher bei Neil Young), »wurde Jerohm Reese, der letzte Woche im Zusammenhang mit der Ermordung eines Mannes im Mission District festgenommen worden war, aus der U-Haft entlassen. Gegen ihn wird keine Anklage erhoben. Laut Staatsanwaltschaft liegen nicht genügend Beweise vor ...«

Brandon Mullen, der Bruder des Opfers, knallte sein Bierglas auf die Theke und schrie die Reporterin, als stünde sie direkt neben ihm, an, so laut er konnte: »Was redest du da? Es gibt vier Augenzeugen!«

Jemand hinten bei Kevin Shea fügte hinzu: »Er hatte Mikeys Kreditkarte, oder etwa nicht?«

»Er hatte die verdammte Pistole!«

»Was brauchen die noch, um jemanden einzulochen?«

»Die verdammten Nigger kommen ungestraft mit Mord davon ...!«

»Die kommen mit allem davon ...«

Peter McKay hatte sein Bier ausgetrunken und kippte jetzt ein Gläschen Bushmills hinterher, das vierte. Auf der Fußstütze seines Barhockers stehend, schlug er mit dem leeren Glas ein paarmal auf den Tresen – klack, klack, klack, klack. »Ich sage euch, was die brauchen. Ich sage euch, was *wir* brauchen. Wir brauchen Gerechtigkeit!«

McKays Stimme, tief und volltönend, war für Reden bestens geeignet, und jetzt verlieh leidenschaftliche Heiserkeit ihr zusätzliche Autorität. Aber er mußte gar nicht argumentieren – alle waren seiner Meinung. Er war ihre Stimme. Er kletterte hoch auf die Theke. »Denen muß mal gezeigt werden, wo's langgeht. *Wir* müssen es ihnen zeigen.«

»Verdammt richtig!«

»Genau!«

Die Männer klopften sich gegenseitig auf die Schulter, stießen sich in den Bauch, stachelten sich an.

3

Just in diesem Augenblick konnte Arthur Wade sein Glück nicht fassen. Er hatte auf dem Geary Boulevard einen Parkplatz gefunden, direkt vor der Cavern, keine zwei Häuser von der französischen Wäscherei entfernt, wo er die Wäsche abholen sollte. In dem Haus dazwischen befand sich ein Eisenwarenladen, der schon geschlossen hatte. Gute Parkplätze waren nicht so leicht zu finden in San Francisco, schon gar nicht, wenn man sie brauchte. Es blieben ihm nur noch zehn Minuten – sie machten um einundzwanzig Uhr zu –, aber jetzt würde er es schaffen. Ein gutes Zeichen.

Karin hatte keine Zeit gehabt, seine Hemden abzuholen. Die beiden Zwillinge lagen wieder einmal mit einer dieser Kinderkrankheiten im Bett, und seine Frau hatte das Haus den ganzen Tag nicht verlassen können. Sie war eingesperrt, wurde verrückt dabei. Also hatte er gesagt, kein Problem, er werde die Wäsche auf dem Heimweg holen.

Er versuchte wirklich, seinen Anteil am Haushalt zu übernehmen. Aber für einen Schwarzen, der einen guten Job hatte, mußte es oberste Priorität sein, dem Chef auf keinen Fall Anlaß für den Verdacht zu geben, man sei nicht durchgehend hundertfünfzigprozentig engagiert. So hielt es Arthur Wade, der seit vier Jahren als angestellter Anwalt bei Rand & Jackman arbeitete, denn auch. Es spielte keine Rolle, daß Jess Rand und Clarence Jackman selbst Schwarze waren. Sie hatten sich das Ziel gesetzt, mit der besten der Firmen zu konkurrieren, die ausschließlich Weiße beschäftigten, und gewannen große Unternehmen aus dem ganzen Land als Kunden. Ihre Mitarbeiter hatten die Möglichkeit, Partner zu werden, wenn sie acht Jahre lang jede Minute ihrer Zeit opferten und brillant, unermüdlich und mit Unternehmergeist gesegnet waren.

Was auf Arthur Wade zum Glück zutraf.

Er stieg schnell aus seinem BMW und warf die Tür zu, war in Gedanken noch bei der Arbeit. Als er bei dem unvermuteten Hitzestoß erzitterte, fiel ihm ein, daß er den ganzen Tag nicht mitbekommen hatte, was überhaupt für Wetter herrschte. Zehn Stunden lang hatte er Zeugenaussagen niedergeschrieben, eine zermürbende Tätigkeit. Zum Glück hatten die Protokolle am Ende alle erschöpft, und so hatte er jetzt Zeit, Karin zu helfen. Vor zwanzig Uhr aus dem Büro zu kommen war fast schon wie Urlaub.

Die Wagentür war schon geschlossen, als ihm einfiel, daß es verrückt wäre, bei dieser Hitze auch nur zehn Meter im Sakko zurückzulegen. Er zog es aus, legte es über den Arm und griff in die Hosentasche, um die Schlüssel herauszuholen und das Jackett in den Wagen zu legen. Aber die Schlüssel waren nicht da. Sie steckten im Zündschloß.

Er hatte sich ausgesperrt.

Wütend schlug er mit der Hand auf das Wagendach. Der Schlag löste die schrille, ohrenbetäubende Zweitonalarmanlage des Wagens aus. *IIII-uuuu! IIII-uuuu! IIII-uuuu!*

Peter McKay stand noch auf der Theke und war mitten in seinem wütenden Vortrag über die Freilassung von Jerohm Reese, die Ungerechtigkeit, daß Schwarze ungestraft mit Mord davonkommen könnten, und all das, als er den Lärm der Alarmanlage des Wagens hörte und Arthur Wade vor dem Fenster der Cavern auf der Straße sah, wie der sich an dem schönen, neuen BMW zu schaffen machte. Er stiehlt ihn, dachte er, der schwarze Mistkerl.

»He, seht mal da!« rief er. »Das ist doch nicht zu *glauben.*«

Kevin Shea pflegte sich gern vorzumachen, daß er sich bald bessern, die verflixte Dissertation abschließen und seinen Doktortitel bekommen würde, um sich dann eine Stelle an der Uni oder irgendeinen anderen Job zu suchen, solange dabei Zeit für einen Drink oder zwei bliebe und er nicht allzu viele Kompromisse schließen müßte. Er würde nicht noch mehr Kompromisse schließen, das war klar.

Aber im Moment gab es einfach zu viele Dinge, die zu klären waren. Veränderungen. Die viel beschriebene Beziehungskiste. Wohin er ging, was er tat. Der ganze Ärger. In seiner Stimmung war es leichter, zu trinken und nichts zu ernst zu nehmen.

Aber dies hier gefiel ihm nicht.

Gut, er war Neil Young losgeworden. Aber diese Typen wurden jetzt wirklich unangenehm. Nigger dies und Nigger das. Er haßte das Wort – er hatte es als Heranwachsender, weiß Gott, oft genug gehört. Doch das hier konnte einem Furcht einflößen. Die Leute schrien Dinge, die er im modernen San Francisco von heute nicht für möglich gehalten hatte. Und irgendein Idiot stand auf der Theke und drehte durch.

Er hatte genug. Kevin Shea setzte sich in Bewegung. Bloß raus hier.

Die Alarmanlage des Wagens schrillte. *IIII-uuuu! IIII-uuuu!*

McKay sprang von der Theke herunter und drängte sich durch die Menge. Die Männer – sein Cousin Mullen und alle anderen – folgten ihm. Sogar Jamie O'Toole kam hinter dem Tresen hervor und schloß sich ihnen an.

McKay erreichte die Eingangstür, stieß sie auf und stand draußen auf der Straße in der Dämmerung.

Arthur Wade, peinlich berührt, wandte sich um, streckte in einer hilflosen Geste die Arme aus und versuchte, trotz der lärmenden Alarmanlage gehört zu werden.

McKay war bei ihm, bevor er gehört werden konnte. Er schubste ihn und stieß ihn vom Wagen weg. »Was, zum Teufel, machst du da?«

»He!« Wade wehrte sich nicht. Es gefiel ihm zwar nicht, herumgestoßen zu werden, aber hier lag offensichtlich ein Mißverständnis vor. Er würde es diesem Hitzkopf erklären und die Sache aus der Welt schaffen. »Das ist mein Wagen. Ich habe mich ausgesperrt ...«

McKay packte ihn mit beiden Händen an der Brust und stieß ihn gegen den offenen Transporter, der neben Wades Auto stand. »Dein Wagen? *Scheiße.*« Er drehte sich um und schrie, um den Lärm zu übertönen: »Der Nigger sagt, daß ihm der BMW gehört! Ich sage: Große *Scheiße!*«

Die Alarmanlage heulte weiter.

»Ich sage, er *klaut* den Wagen!«

Wade richtete sich auf, machte sich bereit. Aus der Bar waren bereits ein Dutzend Männer herausgestolpert, und immer mehr kamen zu ihm herüber, genau wie dieser betrunkene Kerl, der ihn dauernd antatschte. Das sah schlecht aus. Arthur Wade gefiel zwar die ganze Sache nicht, aber er hielt es für vernünftiger, zu gehen und später zurückzukommen, wenn die Lage sich beruhigt hätte.

»He! Wo gehst du hin? Wo, zum Teufel, willst du hin?«

Ein Schritt zurück. Zwei. Die Hände heben, den Abstand vergrößern. »Schauen Sie, ich geh' einfach, ich will keinen Ärger ...«

Der Betrunkene blieb an ihm dran. »He, du willst keinen Ärger? Und du versuchst auch nicht, Autos zu stehlen, was?« Ein plötzlicher Sprung auf ihn zu, dann ein Schlag. Jemand hinter ihm versperrte ihm den Weg.

»Hören Sie ...«

IIII-uuuu!

Ein Stoß von hinten, aus der anderen Richtung. Der betrunkene Kerl vor seinem Gesicht schrie: »Ihr Typen kommt mit Mord davon. Ihr macht, verdammt noch mal, was ihr wollt ...«

Und dann ein anderes Geräusch, das sich selbst gegen den Lärm der Alarmanlage deutlich abhob: Das Schaufenster des Eisenwarenladens zerbarst in einem Scherbenregen. Jamie O'Toole, der Barkeeper, hatte einen der schweren Bierkrüge aus der Cavern ins Fenster geworfen. Jetzt stand er im Verkaufsbereich zwischen Rasenmähern und Elektrogeräten, aufgewickelten Wäscheleinen und Vorschlaghämmern und schrie irgend etwas.

Die Gewalttätigkeit des Geschreis, der schrille, mißtönende Klang der Autohupe, das riesige, zertrümmerte Schaufenster, Alkohol und Hormone – Schritt für Schritt eskalierte die Situation.

IIII-uuuu! IIII-uuuu!

O'Toole stand im Schaufenster des Eisenwarenladens und nahm etwas von der Wand. Was, zum Teufel, war das ... Ein Seil?

Ein Seil. Ein dickes gelbes Nylonseil.

Kevin Shea hörte das Geschrei und das Gellen der Alarmanlage. Was ging da draußen nur vor sich? Was es auch war – die Männer strömten aus der Kneipe, als ob man einen Stöpsel herausgezogen hätte.

Shea war auf dem Weg zur Tür von dem Sog erfaßt worden. Die Männer hinter ihm drückten nach, zwangen ihn so mitzugehen und schrien: »Weiter! Los, macht schon! Los jetzt, *weiter!*«

Shea erschauerte, als er von draußen, außerhalb seines Sichtfeldes, jemanden rufen hörte: »Haltet ihn fest! Laßt ihn nicht abhauen!«

Arthur Wade war kräftig und gelenkig. Er trainierte, sooft er konnte – mindestens dreimal pro Woche – im Nautilus-Zentrum, das über den Büros von Rand & Jackman eingerichtet worden war. Er hatte kaum vierzehn Prozent Körperfett und wog immer noch einhunderteinundneunzig Pfund, wie damals an der Northwestern University, wo er in seinen beiden letzten Jahren in der Universitätsmannschaft Baseball gespielt hatte.

Aber das hier war zu schnell gegangen, hatte ihn total überrascht. Etwas traf ihn hart hinter dem Ohr am Kopf, so daß er taumelte und mit der anderen Seite des Kopfes gegen den Lastwagen schlug, hinter dem er geparkt hatte.

»He ...!«

Jemand warf sich gegen ihn. Noch einer. Fäuste hieben in seine Seiten.

Was passierte hier? Aber es blieb keine Zeit zum Überlegen. Er versetzte einem Mann einen Stoß mit dem Ellbogen, traf einen zweiten und warf sich, als er die Arme wieder frei hatte, gegen den dritten.

Aber es kamen immer mehr, zehn, zwanzig. Immer mehr.

Einer der Männer, die er mit dem Ellbogen weggestoßen hatte, kam zurück, schlug tief und traf seine Genitalien. Arthur krümmte sich, gegen diesen Schlag hatte er keine Chance gehabt. Dann kam er wieder hoch, drehte sich um und zog ein Knie an, traf einen Kiefer. Er trat nach dem Mann und brach zur Straße durch.

Aber sie waren um die parkenden Autos herumgegangen und strömten vom Bürgersteig herunter. Auf der Straße hupten Autos, manövrierten langsam um die Menge herum, nicht eines hielt. Wade rannte mit ausgestrecktem Arm gegen den ersten Mann, aber der war groß und ging nicht zu Boden. Jemand packte ihn von hinten am Kragen und zog ihn zurück, drückte ihm die Luft ab.

»He, was ...!«

»Schnauze.«

»Packt ihn! Haltet ihn fest!«

Sie traten gegen seine Beine. Jetzt hatten sie ihn von beiden Seiten eingekreist, er stand zwischen seinem Wagen und dem Lastwagen. Er drehte sich um, schlug mit der Handkante gegen den Arm, der ihn am Hals hielt, hörte ein Knacken. Die Menge hielt für einen Augenblick inne. Er schwang einen Fuß auf die Stoßstange des Lasters und sprang auf das Dach seines Wagens, rollte ab und kam, wild um sich tretend, auf der Straßenseite herunter, verdrehte sich dabei den Knöchel. Scheiße.

Da war eine Lücke. Er könnte durchkommen. Mit ausgestrecktem Arm versetzte er einem Mann einen Stoß und schaffte einen sauberen Durchbruch. Ein paar Schritte, dann gab der Knöchel nach, aber es gelang ihm, auf den Beinen zu bleiben. Er mußte auf den Beinen bleiben. Da versperrte ihm ein Auto, das – scheinbar aus dem Nichts auftauchend – in die Second Avenue eingebogen war, den Weg.

Er warf sich dagegen – noch mehr Hupen, quietschende Reifen ... Würde ihm jetzt endlich jemand helfen? Keuchend lief er nach links die Second Avenue hinauf, aber die Menschenmenge war schon auf der Straße und schrie: »Haltet ihn, packt ihn!«

Er spürte einen heftigen Schlag – von jemandem, der darauf trainiert war, andere anzugreifen – seitlich gegen die Knie und ging zu Boden. Er rutschte eineinhalb Meter über den Asphalt, riß sich die Anzughose auf und die Haut vom Bein. Ein Haufen nach Bier riechender Männer hielt ihn an Händen und Füßen fest. Er konnte sich nicht mehr bewegen.

Ungläubig und entsetzt fühlte er, wie ihm jemand eine Schlinge um den Hals legte.

Kevin Shea stand am Rand des Mobs und beschloß, das nicht zuzulassen.

Der Kerl, der Irre – er nahm an, daß es immer noch derselbe Mann war – hatte ein Ende des gelben Seils, das fast leuchtete, so grell war es, über die Lampe der nächsten Straßenlaterne geworfen. Ein paar Männer sprangen nach dem baumelnden Ende und versuchten, es zu fassen, während die übrigen schrien: »Zieht ihn hoch, hängt ihn auf!« Er mußte etwas unternehmen.

Also nahm er all seine Kräfte zusammen und schob sich durch die Menge. Er wurde zurückgedrängt, aber die Aufmerksamkeit aller war auf das Handgemenge auf der Straße gerichtet, so daß er sich weiter in die Masse aus dichtgedrängten Leibern hineinschieben konnte.

Je näher er kam, desto enger wurde es. Alles drängte aufgeregt zur Mitte.

Er reckte den Kopf. Ein Mann war auf die Schultern eines anderen gestiegen, und Shea sah, wie er das Seil ergriff und daran zog. Die beiden Seiten, die vorher lose gebaumelt hatten, spannten sich, wurden straff.

»Macht schon! Los jetzt! *Jetzt!*«

Ein unbeschreibliches Chaos brach um Shea herum aus, und er mußte Ellbogen und Knie einsetzen, um weiterzukommen. Er war jetzt keine drei Meter mehr vom Zentrum des Geschehens entfernt, und es gelang ihm, einen kurzen Blick auf den Mann am Boden zu werfen. Er blutete am Kopf und wehrte sich immer noch, in ein paar Fetzen gehüllt, die wie ein ehemals weißes Hemd und eine Krawatte aussahen.

Shea tauchte nach unten in die Menge zurück, stieß erneut mit seinen Ellbogen zu, jemand stieß zurück. Mit ganzer Kraft hieb er dem anderen den Arm ins Gesicht und drängte weiter nach vorn.

»He! Was soll das!« War *er* das, der da schrie? Er schrie, so laut er konnte. »Wartet! Tut das nicht!« Aber seine Worte gingen im Tumult unter.

Wieder wurde er getroffen. Und wieder. Auf den Mund. In die Seiten.

Er schob sich weiter. Er hatte das Schweizer Taschenmesser, das er immer bei sich hatte, gezückt, es aufgeklappt. Er stach das Messer in die Beine des Mannes, der vor ihm stand und schreiend zu Boden ging. Nach unten tretend, stieg er über ihn hinweg und drängte sich weiter nach vorn.

Aber er kam nicht näher heran. Der Mob, der den Schwarzen festhielt, war näher zur Laterne gerückt, die anderen hatten den Weg freigemacht.

Der Lärm, der Lärm. Noch nie hatte Shea so ein Geräusch gehört oder sich vorgestellt – eine Art unterdrücktes Stöhnen wie in der letzten Minute eines knappen Basketballspiels, wenn die Spannung ihren Höhepunkt erreichte, nur daß dieses Spiel hier unmenschlich und animalisch war. Neben ihm im Laternenlicht stand ein Mann, aus dessen Mund Speichel lief, während er Schimpfwörter grölte. Andere schrien »Buh!«, wie sie es in der High School im Korridor getan hatten. Und immer noch der ohrenbetäubende Lärm der Alarmanlage des Wagens, der sie noch mehr aufpeitschte.

Er kämpfte sich weiter, nutzte den Menschenstrom, um näher heranzukommen, immer noch mit dem Messer in der Hand. Wahllos stieß er es nach vorn, schlug mit der anderen Hand zu und bahnte sich so einen Weg.

Aber er war nicht schnell genug.

Plötzlich entlud sich die Spannung in einem Schrei, der fast wie ein Beifallsruf klang. Der Schwarze, der nur noch etwa einen Meter von Shea entfernt war, hatte keinen Kontakt mehr zum Boden, sein Kopf ragte am gespannten Seil über die Menge hinaus. Ein halbes Dutzend Männer zog am anderen Ende des Seils, hievte das Opfer hoch, immer höher, bis sich seine Taille in Höhe von Sheas Kopf befand.

Der hängende Mann hob die Arme über den Kopf und griff nach dem Seil. Eine Sekunde Aufschub. Vielleicht eine Minute. Wie lange würde er durchhalten? Jemand schrie, Shea solle die Füße packen, ihn an den Füßen ziehen.

O Gott. Diese Tiere.

Shea drängte weiter und stand plötzlich vor den Beinen des Mannes, der mit den Händen immer noch das Seil über seinem Kopf festhielt. Er schlang die Arme um seine Beine und hob ihn an, damit der Druck nachließ.

Er hielt die rechte Hand hoch. »Das Messer«, schrie er nach oben. *»Nehmen Sie das Messer!«*

Vielleicht konnte der Mann sich losschneiden. Er schien ihn zu hören. Das Gewicht verlagerte sich, und das Messer wurde Shea aus der Hand gerissen. Da waren Blitzlichter – machte jemand Fotos? Tropfen von etwas Nassem fielen auf Sheas Jackett.

Einer aus der Menge schrie: »Ja, zieh ihn runter! Zieh!« Der Rest der Menge stimmte ein: »Zieh, zieh, zieh, zieh ...«

Über ihm zappelte der aufgehängte Mann und versuchte, das Seil mit dem Messer zu durchtrennen, was mit einer Hand furchtbar anstrengend war und zu lange dauerte, auch wenn er von Shea gestützt wurde.

Er schaffte es nicht.

4

Der Fotograf war Paul Westberg, ein dreiundzwanzigjähriger Freiberufler, der um seinen Durchbruch kämpfte. Hier und da ein paar Einsätze für die freie Presse, einige Werbefotos, ein paarmal wöchentlich Aufnahmen von Hausfrauen. Er war herumgelaufen, hatte gelegentlich ein ›künstlerisch wertvolles Foto‹ geschossen und war auf der nördlichen Seite des Geary Boulevard, in der Nähe der Second Avenue, nur ein paar Häuserblocks von seiner Wohnung entfernt, in Richtung Osten gegangen, während hinter ihm die Dämmerung heraufgezogen war. Das Licht hatte die Stadt in einen feurigen Glanz getaucht.

Plötzlich hatte er die Menschenmenge gehört, durch den Lärm des sechsspurigen Verkehrs auf dem Geary Boulevard hindurch. Etwas war passiert. Und – erstaunlich – er war zur Stelle! Bereit!

Aber das Licht – das phantastische Licht – hatte sich verändert. Die Sonne war unter den Horizont getaucht, und er brauchte für die in Nord-Süd-Richtung verlaufende Straße, wo das Zentrum des Geschehens lag, das Blitzlicht. Er mußte es anbringen, das Objektiv wechseln. Das ging fast automatisch, dauerte aber seine Zeit.

Dann war er fertig und machte sich auf den Weg auf die Südseite des Geary Boulevard, wo tatsächlich etwas vor sich ging, eine Demonstration oder etwas ähnliches. Er überquerte – was an dieser Stelle verboten war – die nach Osten führenden Fahrbahnen des Geary, wartete auf dem Mittelstreifen und sprintete dann weiter.

Auf der rechten Spur standen Autos, die einen Stau verursachten. Er machte schnell eine Aufnahme, was vermutlich Verschwendung war, erreichte die andere Seite. Es war unmöglich, über die Menge hinweg etwas zu sehen, also kletterte er auf die Motorhaube des nächsten Fahrzeugs. Man mußte eben ein Risiko eingehen, wenn man vorankommen wollte.

Da sah er, was weiter vorn geschah.

Der Mob um ihn herum drängte vor und zurück, bewegte das Auto, auf dem er stand, und schob sich dann weiter. Er wußte nicht, wieviel Zeit ihm noch blieb. Wenn ihn jemand sah ...

Aber da war ein Mann, der seine Arme um einen *gehenkten* Mann geschlungen hatte und ihm ein Messer an die Kehle hielt. Mein Gott, was für ein Foto! Das Foto seines Lebens.

Seine Hände zitterten vor Aufregung, aber er mußte das Bild scharfstellen, die Zeit messen ...

Jetzt! Eins.

Klick. Noch eins.

Jemand griff von unten nach ihm und schrie: »Schnappt euch den Kerl!«

Er trat nach dem Mann, sprang vom Heck des Wagens und rannte, was das Zeug hielt. Drei Minuten später war er zu Hause.

5

Die Menschenmenge schloß sich um ihn. Jemand traf Shea an den Knien. Das Messer fiel klirrend auf die Straße. Über sich hörte er ein Knirschen und einen dumpfen Laut, als das Seil das Gewicht des Mannes wieder allein trug.

Die Männer, die das andere Ende des Seils festhielten, kamen in Sheas Richtung. Erst jetzt sah er den Hydranten neben sich. Sie wickelten das Seil darum.

Shea hob schnell das Messer auf, stürzte sich auf den ersten Mann und schnitt ihm in den Arm, mit dem er das Seil fest hielt. Der Mann schrie auf und ließ einen Moment lang los.

Wieder schlug jemand auf Shea ein. Fäuste. Er stieß mit seinem Messer zu, dann trat es ihm jemand aus der Hand, und er hörte, wie es scheppernd auf den Boden fiel. Ein Tritt gegen den Kopf. Noch einer. Finsternis.

Wirres Durcheinander, bevor das Aufheulen der ersten Sirenen in der Ferne zu hören war, und immer noch die Alarmanlage, diese erbarmungslose Autohupe, während der Mob um die Ecke auf dem Geary Boulevard oder in der Second Avenue verschwand, sich in schmalen Gassen und Eingängen zerstreute, über Müllcontainer und Hinterhofzäune flüchtete. Als Shea wieder zu Bewußtsein kam, hörte er aufgeregte Stimmen, das Scharren der Füße, rennende Männer.

Er kam auf die Knie und versuchte, wieder klar zu sehen. Der Mann, der ihn zusammengeschlagen hatte, hatte einiges an Schaden angerichtet. Sheas Gesicht war von getrocknetem Blut verkrustet, und er hatte das Gefühl, daß mehrere Rippen gebrochen waren und vielleicht auch sein linker Arm. Er versuchte, ihn zu heben, aber der Arm baumelte kraftlos herunter.

Das Seil war noch immer um den Hydranten geschlungen.

Er hob den Blick und sah den Mann an der Laterne hängen. Er schien tot zu sein. Trotzdem schleppte er sich zum Hydranten hinüber, vielleicht gab es doch noch eine Chance, das Leben dieses Mannes zu retten, wenn er es schaffte, ihn herunterzuholen. Er zerrte an den unzähligen Knoten, mit denen das Seil befestigt war, aber durch das Gewicht des Mannes am anderen Ende war das Seil zu straff, und mit einer Hand bekam er nicht einmal einen einzigen Knoten auf. Die Knoten gaben nicht nach.

Sein linker Arm war eine pochende, nutzlose Last. Er versuchte, ihn zu benutzen, versuchte, mit der funktionstüchtigen Hand etwas Spannung von dem Seil zu nehmen und mit der schmerzenden Hand einen der Knoten zu lösen. Er zog. Ein heftiger Schmerz durchfuhr seinen Arm, und ungewollt schrie er auf, verlor für eine Sekunde das Bewußtsein, fiel auf die Knie. Er ließ den Kopf hängen und biß gegen den Schmerz die Zähne zusammen, als er ein anderes Geräusch vernahm.

Ein Scheinwerferpaar bog um die Ecke des Geary Boulevard, und ein Fahrzeug steuerte mit quietschenden Reifen direkt auf ihn zu. Der Wagen kam vor ihm zum Stehen, eine Tür wurde aufgerissen, und zwei Männer sprangen von der offenen Ladefläche des Lastwagens herunter, ein dritter vom Vordersitz.

»Gott sei Dank. Sie müssen ...« Aber die Männer hörten nicht hin. Einer von ihnen griff nach Sheas verletztem Arm und zog daran. Ein anderer faßte ihn am Bein und hob es hoch. »He! Was ...?« Sie hielten seine Beine fest und hoben ihn über die Seitenklappe des Lastwagens auf die Ladefläche. Drei Männer drückten ihn zu Boden.

»Ist er drin?« schrie der Fahrer, aber ohne eine Antwort abzuwarten, fuhr er mit quietschenden Reifen an.

Einer der Männer, die ihn gepackt hatten, schlug Sheas Kopf auf den Metallboden. »Du weißt nichts«, sagte er. »Wenn du irgend jemandem irgend etwas davon erzählst, bist du ein toter Mann. Wir finden dich.«

Sie fuhren schneller, bogen einmal ab, dann noch einmal. Er lag auf dem Bauch, wurde niedergedrückt, versuchte trotzdem, sich zu orientieren. Die drei Männer, die ihn in Schach hielten, keuchten.

Dann – er wußte nicht, ob da eine Ampel oder sonst etwas war – kam der Lastwagen quietschend am Straßenrand zum Stehen. Mit einer letzten Warnung, daß sie ihn umbringen würden, wenn er auch nur ein einziges Wort verriet, warfen sie ihn vom Wagen und rasten in einem Schotterhagel auf und davon. Zurück blieb der Geruch von verbranntem Gummi.

Mittwoch, 29. Juni

6

»Was ist los, Chris?«

»Der Bürgerkrieg, Elaine. Ist Ihr Fernseher an?«

»Fast nie.«

»Schauen Sie es sich an. Jetzt. Ich warte.«

»Welcher Sender?«

»Egal.«

Elaine Wager hatte geschlafen. Der Anruf kam von ihrem Chef und selbsternannten Mentor Christopher Locke, dem Bezirksstaatsanwalt von San Francisco, der ein besonderes Interesse an Elaine Wager hatte.

Elaine war – wie Locke – schwarz, außerdem intelligent und mit achtundzwanzig Jahren bereits eine gute, hartnäckige Staatsanwältin. Dazu kamen ihre beachtlichen körperlichen Reize – eine Haut, so zart wie eine feingemeißelte italienische Marmorstatue, lange Beine, schmale Taille, ein assyrisches Gesicht. Wichtiger noch als diese Attribute war für Chris Locke aber Elaines Mutter Loretta Wager, Senatorin der Vereinigten Staaten und die erste afroamerikanische Abgeordnete, die je in Kalifornien in dieses Amt gewählt worden war.

Elaine Wager schwang ihre nackten Beine auf den Boden. Sie trug ein Männer-T-Shirt der Warriors. Als sie beim Gehen wacher wurde, nahm sie undeutlich ein Sirenenkonzert wahr, das aus der Innenstadt kam. Die Digitaluhr auf ihrem Nachttisch zeigte 0 Uhr 14 an. Elaines kleines Apartment in der zwölften Etage lag nördlich des Geary Boulevard in der Franklin Street, nahe beim Lafayette Park. Sie sah zum Fenster hinaus. Ein paar Straßen weiter, in der Western Addition, schien es an mehreren Stellen zu brennen. Im Süden glühte der Himmel ebenfalls orangefarben.

Das Telefon in der Hand, durchquerte sie rasch das Wohnzimmer, in dem nur wenige Möbel standen.

»Was ist los, Chris?«

Sie schaltete das winzige, tragbare Fernsehgerät ein, das im Küchenbereich auf der Anrichte stand.

»Unruhen, Elaine«, teilte Christopher Locke ihr mit. »Die Vororte stehen in Flammen. Der Mob hat heute abend einen Mann gelyncht.« Elaine ließ sich auf einen Hocker neben der Anrichte fallen. »Arthur Wade.«

»Was ist mit Arthur?«

»Kennen Sie ihn?«

»Natürlich kenne ich ihn. Er war mit mir an der Boalt. Was ist mit ihm?«

Es entstand eine Pause. »Elaine, Arthur Wade ist tot. Der Mob hat ihn gelyncht.«

»Was meinen Sie mit *gelyncht?*« Elaine versuchte, einen Zusammenhang, eine Erklärung für das Unerklärliche zu finden.

Im Fernsehen wurden weitere der inzwischen vertrauten Bilder gezeigt – die Massen waren auf den Straßen, Schaufenster wurden zertrümmert, schon standen Gebäude in Flammen. Sie wandte ihren Blick vom Bildschirm ab und der wirklichen Stadt zu.

»Chris?«

»Ich bin noch dran. Haben Sie was von Ihrer Mutter gehört?«

»Nein, noch nicht, aber das wird sicher nicht mehr lange dauern. Was tun wir in der Zwischenzeit?«

»Sind Sie noch vor dem Fernseher?«

»Ja.«

»Sehen Sie hin.«

Auf dem Bildschirm wurde ein Foto gezeigt, das in den folgenden Tagen so bekannt werden würde wie die Videobänder im Fall Rodney King: Arthur Wade hing an einer Straßenlaterne; von unten hielt ihn ein Weißer fest und zog offensichtlich an seinen Beinen, um ihm das Genick zu brechen. Wade, in den letzten, verlorenen Sekunden seines Lebens, hielt sich mit einer Hand am Seil über seinem Kopf fest und schien mit der anderen zu versuchen, nach dem Mann, der ihn an den Beinen zog, zu schlagen, um ihn zu vertreiben und sein Leben um ein paar Sekunden zu verlängern.

Elaine starrte wie gelähmt auf die entsetzliche Szene. Sie hätte nie erwartet, so etwas in ihrem Leben noch einmal sehen zu müssen, schon gar nicht hier, im angeblich so liberalen San Francisco.

Sie zwang sich, wieder hinzusehen – der Schwarze, am Hals aufgehängt, umgeben von der weißen Meute. Die Gesichter waren unscharf, mit Ausnahme der beiden in der Mitte, und die waren perfekt scharf gestellt. Arthur Wade und der Mann, der ihn gehängt hatte.

Chris Locke klang gereizt und erschöpft. »Wir werden schnell handeln müssen, Elaine. Dieser Mann muß gefunden werden, und dann werden wir ihn kreuzigen. Können Sie zum Justizgebäude kommen ...?«

»Sie meinen, sofort?«

»Ich meine gestern, Elaine.«

7

Shea schaffte es, zu Fuß nach Hause zu kommen.

Sie hatten ihn auf dem Grünstreifen des Presidio Boulevard vom Lastwagen geworfen, und er brauchte mehr als zwei Stunden, um über Nebenstraßen zu seinem Apartment in der Green Street, nahe der Webster, zu gelangen.

Langsam erinnerte er sich an die Einzelheiten. An den Schwarzen, der um sein Leben gekämpft, nach ihm gegriffen hatte. An das Gewicht des Mannes auf seinen Schultern, als dieser noch gelebt hatte.

Vielleicht, dachte Shea immer wieder, als er die Szene vor sich sah, hätte er es nicht mit den Typen am Hydranten aufnehmen sollen. Er hätte stehenbleiben und den Mann einfach hochheben sollen, vielleicht hätte es dann geklappt ...

Er konnte es noch immer nicht glauben.

Er humpelte weiter, hielt an, lehnte sich gegen irgend etwas, nahm die Sirenen, den glühenden Himmel rechter Hand kaum wahr. Er konnte sich noch keinen Reim darauf machen.

In dem dreistöckigen Gebäude gab es sechs Apartments, drei nach vorne hinaus und drei nach hinten. Seines war das hinterste der beiden oberen. Er war sich nicht sicher, ob er es bis nach oben schaffen würde.

Er mußte zum Arzt. Vielleicht sollte er die Polizei rufen, obwohl sie bestimmt schon in der Cavern war. Trotzdem ...

Dann hatte er es endlich geschafft. Er holte die Schlüssel aus der Tasche, ging hinein, schloß hinter sich ab. Herrgott, sein Arm brachte ihn um. Seine Rippen. Alles.

Er nahm eine Flasche Wodka aus dem Schrank, goß etwa einen Achtelliter in ein Glas, tat zwei Eiswürfel und einen Löffel Orangensaftkonzentrat hinein und ging trinkend ins Badezimmer. Er hatte das Glas schon geleert, noch bevor das Duschwasser heiß war und bevor er es geschafft hatte, das Hemd auszuziehen.

Er betrachtete sich im Spiegel und dachte, er sollte besser nichts mehr trinken. Er sollte die Polizei rufen, einen Arzt, irgend jemanden. Aber diesen Drink hatte er gebraucht. Wer würde ihm das übelnehmen, nach allem, was er durchgemacht hatte? Und dann duschen, das Blut abwaschen, sehen, wie schlimm die Verletzungen waren. Vor dem Schlafengehen würde er sich noch einen genehmigen, um die schrecklichen Ereignisse und den Schmerz etwas zu lindern. Heute abend konnten sie sowieso nichts mehr unternehmen.

Der arme Kerl ...

8

Um drei Uhr morgens waren Polizei, Feuerwehr und Rettungsmannschaften im Stadtzentrum von San Francisco und ringsum in Alarmbereitschaft. Bürgermeister Conrad Aiken hatte außerdem im Büro des Gouverneurs in Sacramento angerufen und darum gebeten, die Nationalgarde einzusetzen und das Kriegsrecht zu verhängen. Neunzehn Brände waren bis jetzt gemeldet worden, und der Sachschaden stieg schneller als die Staatsverschuldung.

Mitten in der Nacht hatte Aiken seine reich ausgestatteten Zimmer im Rathaus verlassen und sich in das Justizgebäude in der Siebten Straße, Ecke Bryant, begeben, in dem auch das Polizeipräsidium, das Büro des Bezirksstaatsanwalts und das Bezirksgefängnis lagen. Er hatte das Vorzimmer von Bezirksstaatsanwalt Chris Locke in Beschlag genommen und saß an einem Schreibtisch, der normalerweise einer Sekretärin gehörte.

Der Bürgermeister war eine imposante Erscheinung, trotz seines für einen Politiker nachteiligen Körperbaus – er war nur einen Meter siebzig groß und so dünn, daß der Witz umging, man könne ihn im Profil nur dann sehen, wenn er die Zunge herausstrecke. Außerdem hatte er fast keine Haare mehr auf dem Kopf und ein etwa zweimarkstückgroßes Brandmal im Gesicht, das unter dem linken Auge begann und halb über den Rücken seiner höckrigen Habichtsnase reichte.

Er war zweiundsechzig, aber die meisten schätzten ihn zehn Jahre jünger, weil in seinem Gang ein kraftvoller Schwung lag und er voller Energie steckte. Seine Augen waren graublau und stechend und seine gesunden Zähne perlweiß.

Doch in diesem Moment zeigte er seine Zähne nicht.

Mit ihm im Büro befanden sich Chris Locke, dessen Assistentin Elaine Wager, Polizeichef Dan Rigby, dessen Assistent Frank Batiste, County Sheriff Dale Boles (›Bolus‹ ausgesprochen), der für das Gefängnis und seine Insassen verantwortlich war, Aikens Verwaltungsassistent, ein junger Mann namens Donald, und Lieutenant

Abraham Glitsky, ein vierundvierzigjähriger jüdischer Mulatte, der das Morddezernat von San Francisco leitete.

Aiken hatte Polizeichef Rigby aufgefordert, einen Situationsbericht zu den Unruhen zu geben: die betroffenen Stadtteile, welche Maßnahmen man ergriffen hatte, wie viele Männer auf den Straßen waren und so weiter.

Polizeichef Rigby befand sich soeben in der Mitte seiner Zusammenfassung: »... in diesem Stadium größtenteils unter Kontrolle. Wir schaffen es nicht, alles unter Kontrolle zu bekommen, solange uns nicht mehr Leute zur Verfügung stehen. Natürlich wird es die üblichen Plünderungen geben ...«

»Das werden wir nicht zulassen«, sagte der Bürgermeister. »Ich möchte, daß jeder das weiß. Plünderungen werden wir nicht tolerieren. Wir sind nicht in Los Angeles.« Er schaute jeden im Zimmer an, um seinen Worten Nachdruck zu verleihen. Sein Brandmal glühte. »Wir sind nicht in Los Angeles«, wiederholte er.

»Nein, Sir«, erwiderte der Polizeichef. »Aber was sollen wir gegen die Plünderungen unternehmen?«

»Ich bin für den gezielten Einsatz von Schußwaffen.«

Rigby wirkte schockiert. »Das geht nicht.«

»Warum nicht? Im Mittelwesten machen sie es nach den Tornados genauso, oder etwa nicht? Wir machen es hier auch. Warum denn nicht? Ich werde nicht zulassen, daß in San Francisco geplündert wird.«

Chris Locke trat einen Schritt vor. Er war ein großer Mann, doppelt so schwer wie der Bürgermeister, und der einzige der Anwesenden, der einen dunklen Anzug trug. »Sir, Sie werden ausschließlich Schwarze erschießen, und das ist rassistisch.«

Das gefiel Aiken nicht. »Ich bin kein Rassist, Chris. Ich würde nur auf Plünderer schießen lassen. Ob schwarz, weiß oder braun, ist mir völlig egal.«

Elaine Wager meldete sich zu Wort: »Es sind bis jetzt ausschließlich Schwarze, Sir, die Unruhe stiften, genau wie in Los Angeles ...«

»Die Menschen sind voller Wut«, erklärte Locke.

»Kommen Sie mir nicht damit! Ich will nichts von Wut hören, Wut ist hier kein Thema und noch weniger eine Entschuldigung. Es geht darum, daß die Gesetze eingehalten werden.«

Rigby sagte: »Das Problem ist, daß schwarze Polizeibeamte nicht auf schwarze Plünderer schießen werden.«

Fast hätte sich Lieutenant Glitsky zum ersten Mal in das Gespräch eingeschaltet und gesagt, daß er es tun würde. Halb schwarz und halb weiß, hatte er wenig Verständnis für die Einstellungen und Entschuldigungen beider Seiten. Aber noch schwieg er.

»Wieso nicht, zum Teufel?« fragte Aiken. »Verhaften nicht schwarze Polizeibeamte jeden Tag schwarze Gesetzesbrecher?«

Rigby schüttelte den Kopf. »Das ist nicht dasselbe.«

Der Bürgermeister nahm ihm das nicht ab. »Hören Sie, ich will, daß wieder Ruhe einkehrt, ich will die Bürger schützen. Lassen Sie uns aus dieser Sache keinen Rassenkrieg machen.«

Elaine Wager meldete sich wieder zu Wort: »Das ist aber einer. Genau darum geht es doch. Ein Schwarzer ist gelyncht worden, Sir ...«

»Verdammt noch mal, das weiß ich. Aber wir reden jetzt, in diesem Augenblick, nicht über Rassenprobleme, sondern über Menschen, die das Gesetz brechen, und darüber, wie wir die Unruhen unter Kontrolle bekommen.«

Rigby wiederholte, er könne nicht auf Plünderer schießen lassen.

Aiken hielt eine Hand hoch. »Sehen Sie, ich rede nicht davon, auf Plünderer zu schießen. Ich weiß noch nicht einmal, ob zu diesem Zeitpunkt schon Plünderungen stattfinden. Ich will nur, daß sie nicht toleriert werden. Wir müssen unseren Standpunkt klarmachen, glaube ich. Wir werden uns nicht einfach hinsetzen und den Plünderern zusehen. Ich will, daß sie strafrechtlich verfolgt werden ...«

»Wo bringen wir sie unter?« Das war Dale Boles. Sein Gefängnis im oberen Stockwerk war überfüllt. Wenn Aiken wollte, daß die Polizei Plünderer verhaftete, mußte er die Verantwortung für deren Unterbringung übernehmen.

Aiken sah ihn mit funkelnden Augen an und entschied sich dann, nicht zu antworten. Er wandte sich an Glitsky: »Abe, was haben Sie über den Lynchmord herausgefunden? War das Willkür oder was anderes? Vielleicht bekommen wir einen Anhaltspunkt, wie wir diese Sache schneller beenden können, wenn wir wissen, wie das Ganze ausgelöst wurde.«

Glitsky, in Kordhose und lederner Fliegerjacke, saß auf einem niedrigen Aktenschrank an der Rückseite des Zimmers. Er hatte eine Adlernase, und über seine Lippen verlief senkrecht die Narbe einer alten Wunde, fast so, als wäre er wegen einer Hasenscharte operiert worden. Sein Haar war dicht gelockt, die Augen leuchteten blau. Während er Aiken antwortete, fixierte er Chris Locke scharf. »Jerohm Reese«, sagte er. »Nicht, daß das eine Entschuldigung wäre.«

Der Bürgermeister schüttelte den Kopf. »Wer ist Jerohm Reese?«

»Was hat Reese mit dieser Sache zu tun, Abe?« fragte Locke.

»Ich fragte ›Wer ist Reese?‹« wiederholte Aiken.

Glitsky stand auf und berichtete in kurzen Worten von dem Autodiebstahl, von Mike Mullen, von Reese' Entlassung. Er sah auf die Uhr und blickte geringschätzig zu Locke hinüber. »Reese ist vor knapp dreizehn Stunden entlassen worden. Wir haben ein paar Zeugen, die den Lynchmord zwar nicht selbst gesehen haben, aber glauben, daß der Mob aus der Cavern gekommen ist, einer Kneipe an der Ecke Second Avenue und Geary Boulevard.«

»Okay«, sagte Aiken. »Und?«

»... und ich war dort. Ich bin in die Kneipe gegangen, die bis auf den Barkeeper, Jamie O'Toole, leer war. Der sagte mir, den ganzen Abend sei nichts los gewesen und die Cavern leer wie nie zuvor. Er habe den Mob draußen natürlich gehört, dann aber Angst gehabt, hinauszugehen und nachzusehen ...«

Locke unterbrach ihn: »Jerohm Reese, Abe.«

Die Narbe auf Glitskys Lippen wurde fast weiß, als er den Mund verzog; vielleicht lächelte er. »An der Rückwand der Cavern hing ein vergrößertes Bild von einem Mann. Ich fragte O'Toole, wer das sei, und er sagte: Mike Mullen. Er hat die Buchhaltung für die Kneipe gemacht. Als Mitglied der Mordkommission, sagte er, hätte ich vielleicht von ihm gehört.«

Im Raum war es still.

Schließlich sagte Elaine Wager: »Sie meinen, weil Jerohm Reese aus der Haft entlassen wurde ...?«

Chris Locke wandte sich an alle: »Ich habe Jerohm Reese entlassen, weil er nicht verurteilt worden wäre.«

Glitsky sah ihn an. »Ein paar von den Leuten da draußen scheinen das falsch verstanden zu haben, Sir.«

Aiken rieb sich mit der Hand über das Gesicht. »Sie wollen mir erzählen, daß der Mob sich zusammengerottet hat, weil Jerohm Reese aus der Haft entlassen worden ist?«

»Ja, so sehe ich das, Sir. Es ist die gleiche Geschichte wie damals, als viele Leute es in den falschen Hals bekommen haben, daß die Polizisten, die Rodney King verprügelt haben, straffrei davongekommen sind.« Glitsky hielt inne und fügte hinzu: »In Los Angeles.«

Locke wollte wieder zum Thema zurückkommen: »Haben wir irgendwen aus dem Mob identifiziert?«

»Nein, Sir, noch nicht. Wir arbeiten dran, aber in der Cavern redet man gegen Wände.«

»Wir haben einen.«

Alle wandten sich Elaine Wager zu. Nichts gegen sie, dachte Glitsky, aber das hatte vielleicht was damit zu tun, daß ihre Mutter Senatorin war.

»Hat jemand von Ihnen heute abend die Nachrichten gesehen?«

Glitsky nickte. »Ja«, sagte er. »Um den kümmern wir uns auch bereits. Schlimme Sache.«

9

Shea wachte davon auf, daß er sich auf den verletzten Arm wälzte. Es war noch dunkel draußen und in etwa die Zeit, wo die Wirkung des Alkohols normalerweise nachließ. Sheas Mund war trocken. Anders als sonst, wenn das Hämmern im Kopf ein fortwährendes, dumpfes Pochen war, lag er heute wie gelähmt vor Schmerzen in seinem Bett.

Wegen des donnernden Preßlufthammers in seinem Schädel hatte er Angst, den Kopf zu heben, den Brustkorb, die Arme, die Hüften. Einen Moment lang fragte er sich, ob er ernsthaft verletzt sei. So fühlte sich kein Kater an, sagte er sich. Ein Kater fühlte sich anders an. (An vielen Tagen redete er sich morgens ein, daß es kein Kater sei, daß er mit Sicherheit nicht genug getrunken hatte, um einen Kater zu bekommen, sondern daß er einfach nicht genug geschlafen hatte.)

Er rollte sich auf die Seite, und der Inhalt seines Magens kam hoch. Im Dunkeln humpelte er die fünf Schritte zum Badezimmer und schaffte es gerade noch. Er sank zu Boden und umklammerte die Kloschüssel.

Schließlich gelang es ihm, aufzustehen und zu urinieren. Der Preßlufthammer ließ nicht locker. Er mußte versuchen, wieder ins Bett zurückzukommen, die Schmerzen durch viel Schlaf loszuwerden. Er sollte einen Arzt rufen.

Das Licht der Badezimmerlampe traf ihn wie eine Explosion und warf ihn beinahe wieder um, doch er mußte sich das Gesicht waschen und die Zähne putzen. Im Spiegel sah er sich doppelt. Es gelang ihm nicht, eines der beiden Bilder scharfzustellen.

Kaltes Wasser ins Gesicht. Die Spuren der Schlägerei abwaschen. Immer noch zwei Gesichter, beide geschwollen und zerschnitten.

Als er wieder auf dem Bett lag, drehte sich das Zimmer weiter.

Das Klingeln des Telefons neben seinem Ohr schleuderte ihn beinahe aus dem Bett. Er schnellte hoch, und seine Arme und Rippen schienen aus ihren Verankerungen gerissen zu werden, aus ihren Gelenken, oder was immer sie zusammenhielt.

Beim zweiten Klingeln nahm er ab.

»Kevin?«

Ein Mädchen. Melanie. Das war nicht möglich, sie hatten sich doch getrennt. Nein, sei ehrlich, er hatte sie fallengelassen, vor drei Wochen. Er sank wieder auf das Bett, den Hörer am Ohr. »Wie spät?« fragte er stöhnend.

Eine Pause, während sie sein Genuschel verarbeitete. Er war sicher, daß es daran lag. Und jetzt würde, wie immer, eine zweiminütige Zurechtweisung folgen.

Okay, er war betrunken. Wollte sie sich deswegen streiten? Schon wieder? Nicht heute, Schätzchen, ich habe Kopfschmerzen. Fast hätte er eingehängt, aber dann hörte er sie sagen:

»Es ist Viertel nach fünf.«

Das überraschte ihn nicht. Als sie noch miteinander gegangen waren, hatte sie sich während des Semesters den Wecker immer auf fünf Uhr gestellt, damit sie aufstehen und lernen konnte, einen Vorsprung für den Tag bekam. Ein weiterer Grund, weshalb sie sich getrennt hatten.

»Melanie ...«

»Mein Gott, Kevin, wie konntest du das tun?«

»Was tun?«

Sie sagte es ihm.

10

Das Licht der Straßenlaternen funkelte auf der nassen Straße, einer schmalen, dunklen Sackgasse, die am Presidio Park endete. Manche Fenster zur Straße schimmerten schwach, und an der Vorderseite der Gebäude huschten Geister vorbei.

Lieutenant Abe Glitsky sagte sich, während er den Blick über die Sackgasse schweifen ließ, daß er nicht immer so gedacht hatte. Erst seitdem Flo gestorben war. *Erst*. Sicher, *erst* ... Neun Monate Kampf gegen den Unterleibskrebs, der sie in so kurzer Zeit umgebracht hatte, trotz der Chemotherapie und anderer Abscheulichkeiten, mit denen man sie behandelt hatte, um das Unvermeidliche doch noch abzuwenden. Neun Monate, in denen Glitsky an ihrer Seite war, jeden Schritt mit ihr ging, in denen beide gegen die Verzweiflung ankämpften und – was vielleicht noch schwieriger war – gegen das unwillkürliche Aufflammen ihrer irrationalen Sehnsucht nach Hoffnung. Dann, als sie nicht mehr da war, während der vergangenen fünfzehn Monate der Versuch, das Gesicht zu wahren, den Schmerz nicht zu zeigen, ihn wenigstens nicht mehr als so frisch zu empfinden wie zuvor. Doch an den Tagen, an denen ihm das gelang, quälten ihn Schuldgefühle.

Fünfzehn Monate. *Erst* fünfzehn Monate. O Gott.

Immer noch – ungewöhnlich für diese Zeit des Jahres – verlangte das Wetter langärmlige Hemden in diesen dunkelsten aller Stunden kurz vor der Morgendämmerung. Weil zu Glitskys Doppelhaushälfte keine Garage gehörte, hatte er den Wagen auf dem nächstgelegenen Parkplatz – vier Straßen weiter – abstellen müssen. Als er schließlich vor seinem Haus ankam, zitterte er fast vor Erschöpfung. Trotzdem hatte er es nicht eilig hineinzugehen. Er würde es nie mehr eilig haben.

Durch die Bäume im Presidio schimmerte die Sichel des Mondes. Es herrschte Totenstille an diesem Morgen, nur seine eigenen Schritte, die von den Mauern widerhallten, waren zu hören. Ihm fiel auf, daß er keine Sirene mehr gehört hatte, seit er sich auf den

Weg gemacht hatte. Aber er machte sich deshalb keine Illusionen. Er wußte, was Illusionen waren, und würde sich ihnen nicht mehr hingeben. Heute würde es noch kritischer werden als gestern. Heute würde alles erst richtig losgehen.

Als Glitsky auf den Bürgersteig trat, rumpelte hinter ihm ein Bus die Lake Street entlang. Er drehte sich um und sah, daß der Bus bis auf den Fahrer und einen Fahrgast, der ganz hinten saß, leer war.

Flo hatte sich immer ein richtiges Haus gewünscht. Sie hatten beschlossen, daß sie so lange zu Hause bei den Kindern bleiben sollte, bis Orel, der Jüngste, im September dieses Jahres in die Junior High School kommen würde. Dann hätte Flo wieder unterrichtet, und sie hätten ein paar Jahre gespart und dann vielleicht ein eigenes Haus außerhalb der Stadt gekauft.

Hätte, wäre ...

Um es noch einen Augenblick hinauszuzögern, blieb Glitsky vor der Betontreppe, die ins obere Stockwerk führte, stehen. Die Lampe über der Tür war defekt. Vielleicht hatte Rita, seine Haushälterin, die ebenfalls in der Wohnung lebte, einfach vergessen, das Licht brennen zu lassen. Zwölf Stufen bis zur Haustür. Glitskys tägliche Therapie.

Drinnen traf er auf die Erinnerungen an früher – die vertrauten Gerüche, die Schatten. Über dem Herd in der Küche brannte eine winzige Glühbirne. Er ging leise nach hinten. Als sie vor elf Jahren eingezogen waren, hatten Flo und er es nicht fassen können, wie geräumig die Wohnung war – zwei Schlafzimmer, ein Arbeitszimmer, ein Wohnzimmer, ein Eßzimmer, die Küche. Damals hatten sie nur die beiden älteren Jungs gehabt, Isaac und Jacob. Sie hatten die zwei in einem der Schlafzimmer untergebracht, das andere selbst benutzt und trotzdem noch ein Arbeitszimmer gehabt, wo sie Akten aufbewahren, Schecks ausstellen oder einfach die Tür abschließen konnten, wenn sie ihre Ruhe haben wollten. Nach Orels Geburt (seine Brüder hatten ihn früher O. J. genannt, benutzten den Spitznamen inzwischen aber nicht mehr), hatten die beiden großen Jungs sich ein Etagenbett teilen müssen, bis schließlich alle einsahen, daß das Zimmer mit seinen zehn Quadratmetern für die drei Kinder, die Betten und das ganze andere Zeug einfach zu klein war. Isaac, der Älteste, hatte daraufhin das Arbeitszimmer bekommen.

Jetzt, seit Rita bei ihnen wohnte, hatten sie Platzprobleme. Die Hälfte des Wohnzimmers, der Bereich um das Sofa, war mit einem

Paravent für Rita abgeteilt. Der einzige Ort, wo man sitzen konnte, war die Küche. Glitskys Lehnsessel stand zwar noch im Wohnzimmer, dort, wo er immer gestanden hatte, aber es war ihm unangenehm, darin zu sitzen, während Rita in der anderen Hälfte des Zimmers einzuschlafen versuchte.

Deshalb setzte er sich jetzt an den Küchentisch, kochte sich einen Tee, trank ihn und ließ die Geister der Vergangenheit auf sich wirken.

Glitsky trug seine Waffe normalerweise immer bei sich, auch zu Hause, doch heute früh, als er zu dem Treffen aufgebrochen war, hatte er das Halfter im Schlafzimmerschrank hängengelassen. Deshalb griff er sich, als er das Poltern hörte, schnell ein Fleischmesser aus dem Messerblock. Er schaltete das Licht im Flur an, der nach hinten zu Isaacs Zimmer führte.

Dort war alles ruhig.

Erschöpft stand Glitsky in der offenen Tür und atmete schwer. Nach all den Geschehnissen der Nacht war er kurz davor zu explodieren. Wenn irgend jemand in sein Heim eindrang ...

Das einzige Licht war das im Flur, aber Isaacs Zimmer war nicht viel größer als ein Brotkasten und ausreichend erhellt. Er lag in seine Decken gewickelt, Glitsky sah, wie sie sich auf und ab bewegten.

Die Hintertür war verschlossen. Vielleicht ein Waschbär, der in einer Mülltonne stöberte und dabei den Deckel auf den Betonboden geworfen hatte, dachte Glitsky. Die Leute waren immer überrascht, das zu hören, aber es gab viele Waschbären in der Stadt. Sie waren groß und furchtlos wie Bulldoggen und vermehrten sich im Unterholz des Presidio wie die Kaninchen.

Als Glitsky wieder an Isaacs Tür vorbeikam, warf er erneut einen Blick hinein. Immer noch zugedeckt. Er sah regelmäßig nach den Jungs, bevor er schlafen ging, egal, wann er nach Hause kam. Nicht, daß es jemals wirklich notwendig gewesen wäre. Es war ihm einfach zur Gewohnheit geworden – zu ihren Betten zu gehen, in ihre Gesichter zu schauen, zu sehen, wie sie atmeten, daß sie richtig zugedeckt waren. Dinge, die Väter eben taten.

Drei Schritte bis zum Bett. Er beugte sich hinunter und wollte gerade vorsichtig die Decke von Ikes Kopf zurückziehen, als er am Fußende unter der Decke Schuhe hervorragen sah. Normalerweise schlief Ike nicht in Schuhen.

»He«, flüsterte er, setzte sich auf die Bettkante und legte eine Hand auf die Schulter seines Sohns. »Netter Versuch.« Die unförmige Gestalt lag noch einige Sekunden reglos da. Mit einem Seufzer legte Glitsky das Messer auf den Schreibtisch, stützte die Ellbogen auf die Knie und faltete die Hände.

Die Decke bewegte sich, und Glitsky zog sie weg. Sein ältester Sohn, der nächsten Monat siebzehn wurde – hatte geweint und war vollständig bekleidet.

Glitsky wollte den Jungen zu sich ziehen, einen Arm um ihn legen, ihn an sich drücken. »Komm mal her.«

Aber Isaac fuhr zurück. »Laß mich in Ruhe!«

Als Glitsky das von ihm zum ersten Mal gehört hatte, hatte er sich gefühlt, als habe jemand ihm das letzte heile Stück des Herzens herausgerissen und sei darauf herumgetrampelt. Er war zwar noch nicht daran gewöhnt, hatte es mittlerweile aber oft genug gehört, um nicht mehr so verletzt zu sein. »In Ordnung.« Er riß sich zusammen, und seine Stimme klang gelassen, als hätte er sich unter Kontrolle: »Warst du draußen?«

Keine Antwort.

»Tu mir den Gefallen und geh nicht raus. Es geht schlimm zu da draußen.«

Immer noch keine Antwort.

»Hast du die Sirenen gehört? Sie haben heute abend einen Schwarzen gelyncht, keine zehn Querstraßen von hier. Es ist nicht sicher draußen.«

Isaac war zu einem Viertel schwarz, hatte eine recht helle Haut und das Kraushaar seines Vaters.

Aber jeder, der nur ein bißchen schwarz aussah, kannte die Realität. Man war weiß, oder man war nicht weiß. Schwarz.

Glitsky sah seinem Sohn in die Augen, der alles versuchte, um diesem Blick auszuweichen. Im Justizgebäude erlebte Glitsky das jeden Tag oft genug. Er würde es nicht zulassen, diesen Jungen oder dessen Brüder zu verlieren. Aber er war davon überzeugt, daß die Menschen Respekt vor sich selbst haben mußten, um von anderen respektiert zu werden. Er fuhr fort: »Der Familienrat hält eine Versammlung ab und hat mich nicht eingeladen?«

»Der Familienrat ist ein Witz.«

Glitsky hatte den Familienrat in den ersten Monaten eingeführt, als er und die Jungs versucht hatten, ohne Flo zu überleben. Der Familienrat bestand aus ihnen vieren und Rita, der Haushälterin. Die Erwachsenen hatten je zwei Stimmen, die Jungs je eine, so daß sie Glitsky oder Rita überstimmen konnten, wenn sie sich untereinander einig waren.

Der Familienrat hatte sie durch die rauhe See geführt, als die Jungs das Gefühl gehabt hatten, daß es keine Ordnung mehr gebe und das Leben unsicher sei. Glitsky glaubte, der Familienrat habe ihnen wieder ein wenig Sicherheit vermittelt. Es gab oft Anlaß zum Streit, aber Streit war in Ordnung. Glitsky konnte Streit vertragen. Nur Schweigen war ihm zuwider.

Wie jetzt.

Er stand auf. »Sieh her, Ike, sieh mich an.«

Sein Sohn rückte zur Seite, damit das Licht, das vom Flur hereinfiel, ihn nicht blendete und sah auf. Die Augen waren rot. »Du warst nicht zu Hause. Als ich gehört habe, wie du gegangen bist ...«

»Es gab einen Notfall in der Innenstadt, Ike. In der ganzen Stadt. Sie haben mich angerufen. Ich mußte weg.«

»Du mußt immer weg.«

Glitsky fuhr sich mit einer Hand durchs Haar. »Ich weiß«, sagte er. Er war zu müde, um sich jetzt darauf einzulassen. Es stimmte, na und? »Ich will nicht, daß du da hingehst, Isaac. Nicht in den nächsten Tagen.«

»Du gibst mir Hausarrest? Mitten im Sommer gibst du mir Hausarrest?«

»Ich sage nur, daß ich nicht will, daß ihr Jungs da hingeht.«

»Für wie lange?«

»Ich weiß nicht. Vielleicht für ein, zwei Tage. Ich weiß es nicht. Es ist nicht sicher da draußen.«

»Ah, aber für dich ist es sicher, was?«

Glitsky haßte den Ton, den er jetzt anschlagen mußte, aber es war sein Haus, und seine Söhne hatten seine Regeln zu beachten. »Mach mir keinen Kummer, Ike. Wir können morgen früh darüber reden.«

Er hatte das Bedürfnis, seinen Sohn anzufassen und ihn zu berühren, dem Ganzen die Schärfe zu nehmen, es zu erklären, doch er wagte es nicht. Es würde nur eskalieren, wie alles andere auch. Er stand auf. »Schlaf gut.«

Er schloß hinter sich die Tür.

Rita schlief. Glitsky hörte ihr regelmäßiges Atmen auf der anderen Seite des Paravents, während er sich auf ›seiner‹ Seite des Wohnzimmers in seinem alten Sessel niederließ.

Er schloß die Augen und merkte, daß er nicht die Kraft hatte, gegen das Bild von Loretta Wager und ihrer jungen Tochter Elaine anzukämpfen. Das frischere Bild Elaines legte sich wie ein dünnes Pergament über das Gesicht ihrer Mutter. Plötzlich – er war erschöpft und emotional aufgewühlt, und vielleicht schlummerte er im ersten Licht der Morgendämmerung gerade ein –, plötzlich war da wieder das Bild von Loretta Wager, wie er sie aus College-Zeiten kannte ... Das Apartment mit dem Huey-Newton-Stuhl und den riesigen Postern von Eldrige Cleavers ›Soul on Ice‹ und von Stevie Wonders ›Songs In The Key of Life‹ an den Wänden, und Martin Luther King mit seinem Traum und davor die durchsichtige Menschenmenge.

Loretta hatte Glitsky damals gebeten, mit ihr gemeinsam einige der Neulinge im Team von San José durchzugehen und geeignete Kandidaten auszuwählen, die sie für die BSU, die Black Student Union, aufstellen könnten. Glitsky hatte sich eingeredet, es sei eine harmlose Einladung, und gleichzeitig gehofft, es sei mehr als das. Aber er hatte nicht gewagt, sich das einzugestehen. Sie waren in ihrem Schlafzimmer, gingen tatsächlich die Listen durch, als Loretta sich entschuldigte und hinausging, um eine Cola oder irgend etwas zu holen. Dann rief sie seinen Namen.

Mit ihren zweiundzwanzig Jahren hatte sie einen nahezu perfekten Körper. Glitsky hielt sie für eine Göttin, als sie sich nackt, mit gespreizten Beinen, auf dem Sofa im Wohnzimmer räkelte, die schräg einfallenden Strahlen der Nachmittagssonne auf dem Körper, und sich mit den Fingern streichelte. Sie fragte ihn, ob er Angst vor ihr habe, ob er sie wolle und ob er Manns genug sei, sie zu nehmen ...

Abrupt setzte er sich auf und öffnete die Augen. Er fühlte sich wie ein Idiot. Er hing im Armsessel und schwelgte mit einer beginnenden Erektion in den Erinnerungen an eine Jugendbegegnung, während auf der anderen Seite des Paravents das Kindermädchen seiner Söhne schlief und draußen die Stadt in Flammen stand.

Angewidert stand er auf und ging ins Schlafzimmer. Auf der Kommode stand Flos Bild und lächelte ihn an. Er löschte das Deckenlicht, zog sich im Halbdunkel aus und fiel ins Bett.

Er wollte Flo nicht lächeln sehen, wollte nicht von einer romantischen Begegnung mit Loretta Wager phantasieren, wollte schon gar nicht daran denken, was in einigen Stunden geschehen würde, wenn die Sonne aufging, wie an jedem Tag.

Er kämpfte um den Schlaf, um das Vergessen.

Es fiel ihm noch immer schwer.

11

Nachdem Kevin Shea sich eine Stunde nach Sonnenaufgang endlich aus dem Bett gequält hatte, stand er vor dem breiten rückwärtigen Fenster und sah hinaus. Nichts da draußen deutete darauf hin, daß die Gegend mit der Armut kämpfte. Seine Wohnung in der Green Street lag am Rand von Cow Hollow, dessen pulsierende Hauptstraße die Union Street war, die berühmteste Yuppiemeile von San Francisco. Hinter der Union Street lagen die wohlhabenderen Viertel Fort Mason und Marina. Wenn Shea nach rechts gen Osten blickte, konnte er ein Stück von Russian Hill und der glitzernden Bucht dahinter erhaschen. Links bot die grüne Fläche des Presidio einen üppigen Vordergrund für die roten Spitzen der Golden Gate Bridge.

Sieben einzelne Rauchsäulen stiegen an diesem Morgen aus dem Panorama empor. Als Shea das Fenster einen Spalt öffnete, um sein Blickfeld zu erweitern, hörte er das andauernde Heulen von Sirenen, die sich unten in den Straßen näherten, dann wieder entfernten. Er schloß das Fenster und zog die Jalousie herunter, um das Wohnzimmer zu verdunkeln.

Er ging in die Küche und kämpfte mit den Kaffeebohnen, verschüttete die Hälfte, bevor er sie endlich in der elektrischen Kaffeemühle unterbrachte. Er stellte etwas Wasser auf den Herd, schaltete den Fernseher ein und schob sich mit der Hüfte den gelben Stuhl zurecht.

Er hoffte, daß er sich die Schulter nur verrenkt hatte. Sie war jetzt wieder etwas beweglicher und schmerzte in bestimmten Positionen nicht mehr, und das wäre anders, wenn sie gebrochen wäre, dachte er. Nur die Rippen schmerzten noch immer höllisch.

Er füllte einen Bierkrug mit Kaffee und ließ sich dann fast waagerecht in den Sessel aus abgenutztem, zerrissenem gelbem Kunstleder sinken. Er saß zu niedrig, um über eines der Fenstersimse sehen zu können, aber die Vorhänge waren sowieso zugezogen.

Melanie hatte dem, was sie im Fernsehen über Sheas Rolle bei den Ereignissen von gestern abend gesagt hatten, anfangs Glauben geschenkt. Hatte sie wirklich gedacht, er habe diesen Lynchmob angeführt? Sie hätte wissen müssen, daß er dazu nicht fähig wäre. Wenn sogar Melanie glaubte, daß er etwas damit zu tun hatte, waren ein paar gebrochene Rippen nicht sein einziges Problem. Trotz der Benommenheit, die ihm der Kater verursacht hatte, war es ihm gelungen, sie zu fragen, wie sie, um Himmels willen, so von ihm habe denken können.

»Sieh dir das Foto an«, hatte sie gesagt und eingehängt.

Der Fernseher warf ein mattes Licht in das Halbdunkel des Zimmers. Shea hockte nach einer heftigen Schmerzattacke gekrümmt im Sessel und schlürfte seinen Kaffee. Auf der Mattscheibe erschien in Großaufnahme ein Reporter der Frühnachrichten:

»Hauptthema hier und im ganzen Land sind heute der Lynchmord an einem schwarzen Rechtsanwalt durch einen weißen Mob gestern abend in San Francisco sowie die schreckliche Eskalation der Gewalt und der Unruhen, die über das Bay-Gebiet hinweggefegt sind und sich bereits auf andere große Städte wie New York, Chicago, Atlanta, Detroit, Washington DC und Los Angeles ausgeweitet haben. Hier, in San Francisco, hat Bürgermeister Conrad Aiken eine Ausgangssperre von der Abenddämmerung bis in die Morgenstunden gefordert und den Gouverneur gebeten, den Notstand für die Stadt und den gesamten Bezirk auszurufen. Der Sachschaden wird bereits auf rund zweihundertfünfzig Millionen Dollar geschätzt, und diese Summe wird sicherlich noch steigen, vielleicht sogar in Milliardenhöhe. Das Rote Kreuz und andere Hilfsorganisationen errichten im Golden Gate Park, im Dolores Park, in Marina Green und an mehreren anderen Stellen in der City Zeltstädte und medizinische Notversorgungszentren für diejenigen, die Schutz oder Hilfe benötigen, und selbst zu dieser frühen Stunde strömen bereits zahlreiche Menschen dorthin. Unsere Nachrichtenteams melden neunzehn Brände in verschiedenen Vierteln, die noch nicht gelöscht sind, einschließlich des Brandes am Tatort des Mordes selbst. Dorthin schalten wir jetzt live …«

Shea vergaß den Kaffee. Das Feuer, das nun auf dem Bildschirm flackerte, schien den gesamten Häuserblock zu verschlingen, der von der Geary (mit der Cavern Tavern) und der Clement Street sowie der Zweiten und der Dritten Straße umrahmt wurde – Geschäfte und Zweifamilienhäuser.

Der Reporter sagte zu der Journalistin, die beide vor den Bildern der Flammen zu sehen waren: »Soweit uns bekannt ist, Terri, sind die Behörden über diesen Brand besonders besorgt ...«

»Das ist richtig, Mark. Hier wird man mit ganz anderen Reaktionen konfrontiert als mit der Frustration und der Wut, die wir in Los Angeles nach dem Rodney-King-Urteil erlebt haben. Wie Sie wissen, stehen wir hier nicht in einem Ghetto, außerdem war die Polizei in den frühen Morgenstunden am Tatort. Die Brände brachen erst später aus, als aus einem fahrenden Auto heraus ein Brandbombenanschlag verübt wurde, der der ehemaligen Cavern Tavern galt, wo sich der Mob zusammengerottet haben soll.«

»Ein Anschlag?«

»Ja. Zeugen berichteten, mehrere Autos hätten sich gleichzeitig genähert, die Polizeisperren durchbrochen, dann wurden aus den Fenstern der Fahrzeuge Molotow-Cocktails geworfen. Zum Glück waren nicht viele Menschen auf der Straße, sonst wäre es vielleicht noch schlimmer gekommen. Aus den Autos wurde auch auf die Polizisten geschossen, zwei von ihnen sind verletzt. Es scheint eher ein geplanter Angriff als ein spontaner Wutausbruch gewesen zu sein.«

»Der Ruf zu den Waffen? Der Anfang eines Bürgerkriegs?«

Terri schüttelte den Kopf. »Hoffen wir es nicht, Mark, aber es wäre möglich ... Es wäre in der Tat möglich.«

Und dann, als Shea das Bild sah – *sein eigenes Bild* –, hörte er den Moderator sagen: »So hat alles angefangen. Polizeichef Dan Rigby vermutet, daß es eine inoffizielle Gedenkfeier für einen Mann namens Michael Mullen gegeben hat, der vor zwei Wochen von einem Autodieb erschossen wurde. Der Mann, den man wegen dieses Verbrechens verhaftet hatte, ist ein Schwarzer namens Jerohm Reese, und er ...«

Sie ließen das Bild, auf dem Sheas Gesicht deutlich zu erkennen war, eingeblendet. Shea fand, daß das Bild genau das zeigte, was er getan hatte – er hatte den Mann gehalten und versucht, ihm das Messer zu geben, damit er sich losschneiden konnte. Seine Aufmerksamkeit wandte sich wieder dem Sprecher zu. »... und der Bürgermeister bittet diesen bisher noch nicht identifizierten Mann, sich zu stellen ...«

Sie zeigten den Bürgermeister, der, ohne Jacke und noch vor der Morgendämmerung, irgendwo auf der Straße stand und sehr verstört aussah. Hinter ihm brannte ein Feuer. »Wir dürfen nicht zulassen, daß diese Ereignisse uns spalten«, sagte er eben. »Es darf nicht um *Schwarz gegen Weiß* gehen. Die Täter sind ein paar irregeführte weiße Männer, die das Gesetz gebrochen haben und ihre Strafe bekommen werden. Jeder anständige Mensch in San Francisco – und das ist die überwältigende Mehrzahl von uns – möchte, daß diese Leute und besonders ihr Anführer vor Gericht gebracht werden.«

Ungläubig sah Shea weiter zu. Senatorin Loretta Wager war in der Nacht eingeflogen worden, und die Reporter hatten sie am Flughafen abgefangen, als sie eben aus dem Flugzeug stieg. »Natürlich«, sagte sie, »muß der erste Schritt – bevor wir auch nur davon reden können, die Wunden zu heilen – die redliche Bemühung der Behörden San Franciscos sein, diese Mörder zu fassen, um den Minderheiten und allen anderen zu zeigen, daß eine solche, auf Haß basierende Gesetzlosigkeit nicht toleriert wird. Schöne Reden helfen uns nicht weiter, wir brauchen Ergebnisse. Wir haben genug Reden gehört. Wenn der Bürgermeister und der Polizeichef wollen, daß wir ihnen glauben, daß sie wirklich um die schwarze Gemeinde und alle anderen anständigen Bürger besorgt sind, dann muß dieser Mann auf dem Foto sowie die anderen gefunden und vor Gericht gebracht werden. Und zwar schnell. Führen Sie sie der Gerechtigkeit zu, die sie Arthur Wade verwehrt haben. Und wenn sie schuldig gesprochen werden, sollen sie eine Strafe erhalten, die diesem Verbrechen angemessen ist.«

Sheas Kaffee war so kalt wie sein Schweiß. Als die Nachrichten wegen der Werbung unterbrochen wurden, spürte er die Rippen und den Arm nicht mehr. Draußen heulte erneut eine Sirene auf.

12

Lieutenant Abe Glitsky saß an seinem Schreibtisch im Morddezernat, das in der vierten Etage des Justizgebäudes untergebracht war. Nachdem er eine Stunde vergeblich versucht hatte einzuschlafen, hatte er es aufgegeben und war zurück in die Innenstadt gefahren. Seit Viertel nach acht bemühte er sich, den Wahnsinn in den Griff zu bekommen und die Aktivitäten seiner Abteilung zu koordinieren, die schon vor den gestrigen Ereignissen bis zum Hals mit Mordfällen eingedeckt war – Mord nach einer Auseinandersetzung in der Familie, Gelegenheitsmord, Drogenmord, sinnloser, dummer Mord ... der ganz normale Wahnsinn in den Straßen dieser Stadt.

Der Arbeitstag hatte offiziell noch nicht einmal begonnen, und er hatte – ohne Arthur Wade und den ›unaufgeklärten‹ Mord an Mike Mullen – schon wieder zwei Mordfälle auf dem Tisch: Opfer der Ausschreitungen. Ein dreijähriges weißes Kind war in einem der Zweifamilienhäuser verbrannt, die im Anschluß an den Brandbombenanschlag auf die Cavern in Flammen aufgegangen waren, und ein koreanischer Ladenbesitzer war von einem Ziegelstein am Kopf getroffen worden, während er versucht hatte, seinen Obst- und Gemüseladen im unteren Teil der Fillmore Street zu verteidigen.

Man konnte nicht unbedingt sagen, Glitsky verfolge bei seiner Arbeit eine Politik der offenen Tür – sein Büro hatte nämlich keine Tür. Früher war eine da gewesen, aber sie war eines Tages entfernt worden, weil sie lackiert oder gestrichen werden sollte, und hatte nie wieder den Weg zurück gefunden. Wenn jemand mit dem Lieutenant sprechen wollte, ging er einfach in den großen Raum mit den zwölf Schreibtischen der Sonderkommission des Morddezernats, wandte sich nach links und betrat das Allerheiligste, ein zwanzig Quadratmeter großes, mit einer dünnen Wand abgetrenntes Büro.

Es gab zwei Fenster. Von Glitskys Schreibtisch aus gesehen

rechts befand sich der doppeltürige Durchgang zur Sonderkommission, ein Warnsystem, das ihm – sofern er hinsah – in der Regel zu spät sagte, wer im nächsten Moment durch die Tür kommen würde. Das Panorama vor ihm hatte wenig mit dem Panorama der Stadt zu tun, das auf den Postkarten abgebildet war – die Bucht, Golden Gate. Im Vordergrund standen die alten, abgeschabten und unaufgeräumten Schreibtische der Beamten des Morddezernats und eine farblose Betonsäule, an der offizielle Mitteilungen für die Abteilung hingen, aber auch Steckbriefe, Witzfaxe, die in den Büros die Runde machten, Fotos von männlichen und weiblichen Prostituierten, die eine oder andere Aufnahme aus dem Leichenschauhaus, vergilbte Zeitungsartikel ... Die Säule war das inoffizielle Schwarze Brett der Abteilung.

Hinter den Schreibtischen und der Säule war ein zwei Meter breites, unterteiltes Fenster, auf dessen Scheiben dicker Schmutz klebte, durch die man früher – wenn der Nebel es zuließ – die Hauptverkehrsader, den pulsierenden Freeway 101, und dahinter die Häuserdächer südlich der Market Street sehen konnte. An klaren Tagen hatte sich in der Ferne das Prachtviertel Nob Hill mit den legendären Hotels, der berühmten Architektur und der ruhmreichen Vergangenheit erhoben.

Seit zwei Jahren bestand die Aussicht durch die mit Ruß befleckten Scheiben allerdings nur noch aus Teilen der zweiten, dritten und vierten Etage des neuen Gefängnisses, eines von einem Architektenkomitee entworfenen Ungeheuers, dessen abgerundete Glas- und Chromfassade ästhetisch irgendwie mit der plumpen grauen Schachtel, die das Justizgebäude nun einmal war, verschmelzen sollte.

Außerhalb der Abteilungsräume befand sich ein kleiner Empfangsbereich, der aufgrund von Etatkürzungen seit vier Jahren nicht mehr bemannt – oder befraut – war, so daß jeder, der Lust hatte, sowohl in den offenen Bereich als auch in Glitskys Büro kommen konnte.

Glitsky liebte die Sekunden, wenn im Fernsehen der Summton der Telefonanlage ertönte, der TV-Lieutenant »Ja?« sagte und ihn die Empfangsdame – normalerweise eine voll geschminkte zwanzigjährige Wahnsinnsbraut ohne Uniform – informierte, daß der Bürgermeister oder der Staatsanwalt oder Mister Flocksmith zu einem Termin erschienen sei, worauf der Lieutenant seufzend erwiderte: »Lassen Sie ihn einen Moment warten, Marcia, und schicken Sie ihn dann rein.« Ja, er liebte das.

Chris Locke kam durch den Türrahmen, trat vor Glitskys Schreibtisch, beugte sich hinunter und stützte sich auf die Fingerknöchel, bevor der Lieutenant auch nur die Gelegenheit hatte aufzusehen.

»Ich möchte Sie gern kurz sprechen, Abe, haben Sie eine Minute Zeit?«

»Kommen Sie herein, Chris. Machen Sie es sich bequem.«

Locke war allein, was Glitsky ungewöhnlich fand. Er überlegte, ob der Staatsanwalt von zu Hause kam, vielleicht etwas geschlafen hatte. Er trug denselben Mantel und dieselbe Krawatte wie in den frühen Morgenstunden.

Glitsky lehnte sich zurück. Weil er gezwungen war, zu dem Bezirksstaatsanwalt aufzusehen, kam ihm der Gedanke, daß Locke es womöglich genoß, in so ungleichen Positionen zu kommunizieren. Also stand er auf. Locke war ein großer Mann, aber Glitsky war ein paar Zentimeter größer. »Kaffee, Chris? Tee?«

Locke kaufte ihm die Gastfreundschaft nicht ab. »Abe, ich bin verwirrt.«

»Das bin ich auch, Chris. Die ganze Zeit. Aber ich mache mir deswegen keine Sorgen mehr.«

Locke nahm die Hände von Glitskys Schreibtisch. Er gehörte zu den Leuten, dachte Glitsky, die es nicht ertrugen, sich *nicht* irgendwo aufzustützen oder anzulehnen, und kaum hatte Locke sich aufgerichtet, da drehte er sich auch schon um und setzte sich mit dem Hinterteil auf die Schreibtischkante.

Glitsky verschränkte die Hände hinter dem Rücken und machte es sich im Stehen bequem.

»Ich dachte immer, wir würden uns verstehen«, begann Locke, »und dann erzählen Sie heute morgen diesen Mist über Jerohm Reese. Darf ich annehmen, daß Sie mit meiner Entscheidung, ihn freizulassen, nicht einverstanden waren, auch wenn wir nie im Leben eine Chance gehabt hätten, ihn zu verurteilen?«

»Kann schon sein.«

»Was heißt das?«

»Ich hielt es für ein wenig ... sagen wir: überstürzt, Reese gehen zu lassen, Chris, nachdem wir uns die Mühe gemacht hatten, ihn zu finden, zu verhaften, einzubuchten und so weiter.«

Locke riß ein Stück Tesafilm von der Rolle auf Glitskys Schreibtisch und rollte es zwischen den Fingern zusammen. »Eigentlich geht es Ihnen um die Sache mit der Ernennung zum Lieutenant, nicht wahr?«

Abe wußte, worauf er anspielte. Er sprach von der Prüfung, die Glitsky vor einem Jahr abgelegt hatte, um zu beweisen, daß er für eine Beförderung zum Lieutenant qualifiziert war. Während die Kandidaten auf die Ergebnisse gewartet hatten, hatte Locke Glitsky in sein Büro rufen lassen und ihm mitgeteilt, daß er seine Beziehungen einsetzen werde, damit er, Glitsky, zum Lieutenant aufsteige, selbst wenn er die Prüfung nicht bestehe. Locke hatte gesagt, daß ›farbige Menschen‹ in solchen Prüfungsverfahren diskriminiert würden, Glitsky aber ein guter Polizist sei und die Beförderung verdient habe, auch wenn seine Noten den Anforderungen vielleicht nicht entsprächen.

Glitsky hatte das als Beleidigung empfunden (er erhielt dann mit 97 Punkten die zweitbeste Note unter allen Kandidaten). Ihm gefiel auch Lockes durchsichtige Strategie nicht, sich einzuschmeicheln und Lieutenants um sich zu scharen, denen er einen ›Gefallen‹ getan hatte.

»Ein bißchen, Chris«, gab Glitsky zu. »Aber hauptsächlich geht es einfach nur um den guten alten Jerohm Reese. Und jetzt natürlich auch um alles andere.« Er deutete mit dem Kopf nach draußen.

Immer noch mit dem Tesastreifen zwischen seinen Fingern beschäftigt, sagte Locke seufzend: »Könnten wir bezüglich Reese irgend etwas tun, das uns helfen würde?«

»Zum Beispiel, ihn wieder verhaften? Das bezweifle ich. Aber ich dachte gestern abend, daß es vielleicht hilfreich wäre, wenn der Bürgermeister andeutungsweise verstehen würde, was die ganze Katastrophe überhaupt ausgelöst hat.«

»Der Lynchmord an Arthur Wade hat die ganze Katastrophe ausgelöst, Abe. Und die Ergreifung des Mannes, der den Mob angeführt hat, wird sie beenden.«

»Glauben Sie das wirklich?«

»Ja, das tue ich, Abe. Und ich bin nicht der einzige.«

Glitsky hielt einen Augenblick die Luft an, atmete dann langsam aus. Er war noch nicht lange in dieser sogenannten ›Führungsposition‹, und in seinem Herzen in erster Linie immer noch ein Mann der Straße, der die Interessen der Opfer vertrat, Beweise sammelte, Verhaftungen vornahm. Seine ganze Ausbildung und

Erfahrung bestand darin, die Gesetze und Vorschriften anzuwenden, nicht, sie zu machen oder zu interpretieren. Jetzt, als Leiter der Abteilung, roch er Veränderungen, und es roch nicht gut. »Wie ich gestern abend schon sagte, Chris: Wir untersuchen die Angelegenheit.«

Locke trat einen Schritt näher und beugte sich über den Schreibtisch. »Ich weiß nicht, ob es damit getan ist, Abe. Ich bezweifle, daß das reichen wird.«

13

Sheas Hand lag auf dem Telefon.

Er hatte zwei der Jalousien hochgezogen, so daß er sehen konnte, was draußen geschah. Der Fernseher blieb eingeschaltet.

Er war zu dem Schluß gekommen, daß er nur eine Möglichkeit hatte – die Polizei anzurufen und sich freiwillig zu stellen. Zu erzählen, was wirklich geschehen war. Je länger er die Sache laufen ließ, desto mehr würde diese verrückte Interpretation für Realität gehalten werden. Er mußte dem *sofort* ein Ende setzen. Er nahm den Hörer ab.

Plötzlich füllte das Gesicht von Philip Mohandas den Bildschirm. Mohandas war der Anführer der African-Nation-Bewegung und die Stimme der afroamerikanischen Separatisten. Shea hatte in seiner Dissertation – *Von der Rassentrennung zur Integration, von der Integration zur Rassentrennung* – ein ganzes Kapitel über Mohandas geschrieben. Das Gesicht auf dem Bildschirm nahm seine Aufmerksamkeit gefangen. Wie zuvor der Bürgermeister, sprach auch Mohandas im Freien und live, offenbar aus einem der städtischen Wohnprojekte. Er war mitten im Satz, als sich der Sender zuschaltete:

»... glauben wir nicht, daß die weiße Regierung den Anführer des Mobs nicht kennt, der Arthur Wade ermordet hat. Wir akzeptieren ihre Lügen nicht. Wir glauben ihnen nicht, daß sie die Schuldigen wirklich bestrafen wollen, weil das Gesetz des weißen Mannes den weißen Mann nicht bestraft. Wenn wir Gerechtigkeit wollen, müssen wir selbst dafür sorgen. Wenn wir unsere Straßen wieder für uns haben wollen, müssen wir sie uns nehmen!«

Das glänzende Gesicht wandte sich ihm zu. Intuitiv schien Mohandas zu wissen, wo die Kamera war. »Du bist da draußen«, sagte er und zeigte über den Fernseher auf Shea, »wir wissen, daß du da bist. Wir werden dich finden, und dann wirst du bezahlen.«

Das Bild von Mohandas wurde ausgeblendet, und Shea sah wieder sein eigenes Foto, in einer undeutlichen Vergrößerung. Die

Einstellung wechselte auf ein anderes Bild. Der Reporter erläuterte das Bild, doch Shea brauchte keine Erläuterungen. Er sah sein Gesicht in der Mitte eines Steckbriefs, der eine Belohnung von einhunderttausend Dollar auslobte.

Plötzlich drangen die Stimmen der Moderatoren wieder in sein Bewußtsein. »... abstreiten, daß hier praktisch ein Vertrag über das Leben dieses Mannes abgeschlossen wird, nicht wahr, Karen?«

»Richtig, Mark, aber hier auf der Straße heißt es, das Geld wird für den Tod des Mannes geboten. Selbst wenn jemand ihn nach seiner Verhaftung erwischen oder er bereits im Gefängnis sitzen sollte ...«

Shea legte den Hörer wieder auf. Aus der guten Idee, die Polizei anzurufen und sich zu stellen, war soeben eine schlechte geworden.

Melanie Sinclair hatte ihres Wissens noch nie etwas falsch gemacht, bis sie Kevin Shea getroffen hatte, und jetzt schien alles, was sie anfaßte, danebenzugehen. Am wenigsten hatte sie ihn verärgern, ihm Vorwürfe machen, ihn in die Defensive drängen wollen. Denn sie hatte verstanden, daß sie ihn deshalb verloren hatte.

Aber dann sah sie im Fernsehen, was er gestern abend angeblich getan hatte. Sie wollte es nicht glauben, das konnte nicht *Kevin* sein. Aber was sollte sie davon halten?

Bevor sie Kevin Shea begegnet war, hatte Melanie sich immer bemüht, das Richtige zu tun, und sich im Laufe ihres Lebens daran gewöhnt. Sie hatte in der Schule immer die besten Noten bekommen, ihre Schuhe ordentlich nebeneinander in den Schrank unter die farbig markierten Kleiderbügel gestellt, auf denen – in dieser Reihenfolge – Kleider, Röcke, Hosen, Blusen, Mäntel, Pullover und Westen hingen. Sie hatte ihr Haar jeden Abend ausgiebig gekämmt, besaß ein natürliches, offenes Lächeln und war für jede Gruppierung, der sie beitrat, ein Gewinn. Sie liebte ihre Eltern, ihren jüngeren Bruder und ihre Schwester, und die empfanden das gleiche für sie.

Bis jetzt – sie war einundzwanzig – hatte ihr so glatt verlaufenes Leben erst einen ernsthaften Rückschlag erlitten: Kevin Shea, der in vielerlei Hinsicht genau das Gegenteil von ihr war. Aber zogen sich Gegensätze nicht an?

Es hätte funktionieren müssen. Kevin war im richtigen Alter für sie, ungebunden, und eine Aura von Klugheit und Erfahrung umgab ihn. Ganz gleich, welche Fehler er hatte – keiner davon im übrigen allzu schwerwiegend –, Melanie konnte ihm helfen, dagegen anzukämpfen, und sich dadurch seine Anerkennung und Liebe sichern. Außerdem hatte sie sich, um die Wahrheit zu sagen, körperlich stark von ihm angezogen gefühlt. Sie wußte, daß das wichtig war.

Wie wichtig, konnte sie jedoch so lange nicht sagen, wie sie noch Jungfrau war. Sie hatte beschlossen, daß Kevin Shea der Mann sei, der sie entjungfern und dann heiraten würde. Melanie Sinclair glaubte wie ihre ganze Familie an die traditionellen Wertvorstellungen und Tugenden.

Einige Monate lang hatte es funktioniert. Melanie war attraktiv, hatte glänzendes kastanienbraunes Haar, schöne Brüste, gutgeformte Beine. Sie galt als gute Partie und war sich dessen auch bewußt. Kevin Shea war der Mann, der diese gute Partie machen sollte. Vor drei Wochen – fünf Monate nach ihrer ersten Verabredung, zwei Monate nachdem sie zum ersten Mal miteinander geschlafen hatten – hatte er sich verabschiedet.

Einfach so.

Es tue ihm leid, aber er liebe sie nicht und wolle sich nicht ändern, wolle, zum Beispiel, nicht mit dem Trinken aufhören. Er hatte gesagt, *sie* solle versuchen, sich zu ändern, sie müsse lockerer werden. Die Menschen sollten sich zwar bemühen, Außergewöhnliches zu leisten, hatte er gesagt, aber nicht, perfekt zu sein. Perfektion sei im Grunde nicht erreichbar und darüber hinaus langweilig. Außergewöhnlich zu sein liege wenigstens im Bereich des Möglichen und sei etwas, das man anstreben könne ...

Zur Hölle mit ihm, hatte sie in ihrer ersten Reaktion gedacht. Und: was für eine blödsinnige Sicht der Dinge.

Aber sie war verletzt. O Gott, wie verletzt sie immer noch war! Auch sie hatte Gefühle ...

Und jetzt hatte sie alles noch schlimmer gemacht. So mit ihm zu reden ... sie hatte gehofft, etwas für ihn tun zu können.

Aber sie hatte den anklagenden Ton nicht aus ihrer Stimme verdrängen können. Warum nur? Sie liebte ihn. Sie *wußte*, daß er das, was ihm unterstellt wurde, nicht getan hatte, sie hatte einfach nur versucht, den Advocatus diaboli zu spielen, um ihm die Ernsthaftigkeit der Angelegenheit verständlich zu machen. Er hatte es auch ohne sie begriffen und kam allein damit zurecht, doch Melanie – dumme, dumme Melanie – hatte es nicht lassen können. Und jetzt hatte sie ihn wieder verloren ...

Außerdem hatte Kevin Cindy nicht gemocht. Cindy Taylor, ihre beste Freundin. Auch das war ein großes Problem gewesen.

»Du bist für sie ein Werkzeug«, hatte er gesagt. »Sie benutzt dich, Mel, und du unterstützt sie dabei. Paß auf, sie ist eifersüchtig, sie benutzt dich.«

(Das war ein weiterer Punkt gewesen – er nannte sie Mel. Niemand hatte sie je Mel genannt, und so hatte sie ihn laufend deswegen korrigiert. Wie dumm ...)

»Wie benutzt sie mich denn?«

»Sie drängt *dich* zurück, um selbst im Vordergrund zu stehen.« Dabei sah Cindy wirklich nicht wie Madonna aus. Kevin hatte ihr erzählt, Cindy habe ihn angemacht, was sie damals nicht hatte glauben wollen, weil Cindy ihr erzählt hatte, sie verschwende nicht einen Gedanken an Kevin. Doch jetzt fiel ihr ein, daß *Cindy* Kevin in der High School bemerkt, ihr – Melanies – Interesse an ihm geweckt hatte ...

Doch das alles spielte jetzt keine Rolle mehr. Es war vorbei.

Cindy war immer noch ihre beste Freundin, und sie mußte mit jemandem reden ... Die Tränen hörten nicht auf zu laufen. Sie wurde noch verrückt.

»Mein Gott, das *ist* Kevin.« Ihr Anruf hatte auch Cindy geweckt, aber Cindy war daran gewöhnt. »Was machst du jetzt?«

»Ich weiß es nicht. Als ich ihn angerufen habe, war er ...« Melanie wollte »verkatert« sagen, brachte es aber nicht heraus.

»Was hat er gesagt?«

»Ich habe ihn kaum zu Wort kommen lassen. Ich habe nur gefragt, warum er das getan hat.«

»Und was hat er geantwortet?«

»Nichts.«

»Er hat es nicht einmal abgestritten?«

Melanie hatte den Schock dafür verantwortlich gemacht. Trotzdem war es eine Tatsache, daß er es nicht abgestritten hatte. »Nein ...«

»Ich wußte, daß er zu so etwas fähig ist.« Die Art und Weise, wie Cindy sprach, bereitete Melanie Unbehagen. Kevin schien Eindruck auf sie gemacht zu haben, denn irgendwie fand sie die Reaktion zu heftig. Aber darüber wollte sie im Moment nicht nachdenken.

Sie schwiegen einen Moment. Melanie konnte Cindys Fernseher hören.

»Sie fordern alle, die ihn identifizieren können, auf, die Polizei zu verständigen«, sagte Cindy schließlich.

»Also, das werde ich sicher nicht tun.«

»Ich weiß nicht, Melanie.«

»Komm schon, Cindy. Wir sprechen von Kevin. Was sie auch sagen, er hat das nicht ...«

»Aber es sieht wirklich so aus, als habe er ... Oder nicht? Und wenn er es getan hat, sollte die Polizei ...«

»Er hat es nicht getan. Ich weiß, daß er es nicht getan hat.«

»*Ich* weiß das nicht.«

»Cindy!« Cindy anzurufen war auch ein Fehler gewesen. Sie machte im Moment einfach alles falsch. »Cindy, mein Gott, du wirst nichts unternehmen, ja?«

Schweigen.

Dann sagte Melanie, so ruhig sie konnte: »Versprich mir, daß du nichts unternehmen wirst. Versprichst du's?«

Eine lange Pause. Dann: »Ich werde es versuchen, Liebes.«

14

»Kevin Shea. Vor ungefähr einer Stunde war er noch zu Hause. Die Kleine hat uns auch die Anschrift gegeben.«

Glitsky gefiel es gar nicht, daß man sich so auf einen einzigen Mann konzentrierte. Eine Menge Leute waren dabeigewesen, und selbst wenn dieser Kerl der Anführer war – so sah es ja aus –, trug er nicht allein die Schuld. Irgendwo in der Stadt befanden sich zwischen zwanzig und sechzig Personen, die ihre Hände im Spiel gehabt hatten. Glitsky hatte ein Team losgeschickt, um Jamie O'Toole, den Barkeeper der Cavern, zu bitten, bis zwölf Uhr mittags im Justizgebäude vorbeizukommen, um ein paar Fragen zu beantworten. Er wollte sich unbedingt auch mit Paul Westberg, dem Fotografen, unterhalten, dessen Identität er eben erfahren hatte.

Aber im Augenblick konnten sie nur mit diesem Kevin Shea weitermachen. Glitsky beorderte eine Streife zu der Anschrift, die ihnen mitgeteilt worden war. Dann überlegte er, daß es besser sei, zwei weitere Wagen als Verstärkung zu Sheas Wohnung zu schicken, und ging hinüber zum Büro des Polizeichefs, um sich über den neuesten Stand der Dinge in Sachen Bürokratie zu informieren.

»Um Ihnen die Wahrheit zu sagen, Lieutenant, ich weiß nicht, wie ich darauf reagieren soll. *Das* ist im Moment meine geringste Sorge.« Polizeichef Dan Rigby saß in einem Ledersessel hinter seinem Schreibtisch. Glitsky war seit knapp einem Jahr Abteilungsleiter, und die beiden Männer hatten bisher kaum miteinander zu tun gehabt. Als der Lieutenant jetzt gekommen war, um den Chef zu sprechen, hatte dieser ihn sofort hereingebeten.

Glitsky stand auf dem Perserteppich und sah über die glänzende Fläche des Mahagonischreibtisches hinweg, der ihn von seinem Boß trennte. Er fragte sich für einen kurzen Augenblick, ob Rigbys Schreibtisch in sein Büro passen würde. Vielleicht, dachte er, aber dann wäre es schwierig, im Zimmer herumzulaufen.

»Ich sage ja nur, Sir, daß wir, technisch gesehen, nicht viele Beweise haben, wenn wir Anklage ...«

»Was ist mit diesem Bild?« Rigby warf Glitsky einen hoffnungsvollen Blick zu, wußte aber genausogut wie sein Lieutenant, daß ein Foto wie das von Westberg eine ganze Reihe von Echtheitsprüfungen bestehen mußte, bevor es einer Grand Jury oder einem Untersuchungsrichter als zulässiges Beweisstück präsentiert werden konnte.

Glitsky stand unbeweglich vor ihm, als dächte er über die Worte des Polizeichefs nach. »Ja, Sir«, antwortete er schließlich. »Aber jemanden des Mordes anzuklagen, bevor die Grand Jury Gelegenheit hatte ...«

»Wie ich gehört habe, Lieutenant, brauchen wir sofort etwas, irgend etwas, wenn wir eine Hoffnung haben wollen, diese Sache überhaupt in den Griff zu bekommen.«

»Mr. Locke ist heute morgen bei mir im Büro vorbeigekommen und hat ziemlich genau dasselbe gesagt. Ich habe es also auch vernommen, aber es macht mich, offen gesagt, nervös. Deshalb bin ich gekommen, um mit Ihnen zu reden. Ich weiß nicht genau, wie ich die Sache angehen soll ...«

»Was wollen Sie denn angehen? Wir verhaften den Kerl, buchten ihn ein, überreichen ihn Locke. Jeder atmet erleichtert auf, und vielleicht wird es in den Straßen ruhiger. Haben Sie irgendwelche Zweifel wegen dieses ... Mannes ... wie heißt er gleich ... Shea?«

»Nein, Sir, aber darum geht es nicht. Wir haben hier keinen richtigen Fall, wie wir ihn bräuchten, um jemanden verhaften zu können. Wir sollten uns auch in andere Richtungen bemühen. Unter normalen Umständen würden wir noch nicht intervenieren.«

»Dies sind keine normalen Umstände.«

»Nein, Sir, Sie haben recht. Aber ich möchte trotzdem einen Augenzeugen. Etwas, um die Verhaftung ... besser rechtfertigen zu können.«

»Den haben Sie doch.«

Glitsky wartete.

»Den Fotografen. Er wird gerade unten in der dritten Etage vernommen.«

»Vom Bezirksstaatsanwalt? Wieso das?« Sie wußten beide, daß das höchst unüblich war. Normalerweise befragte die Polizei alle mit einem Verbrechen in Zusammenhang stehenden Personen, und der Bezirksstaatsanwalt hielt sich meistens so lange aus der Sache heraus, bis genug Material vorlag, um vor der Grand Jury Klage erheben zu können.

»Locke hat mir aus reiner Höflichkeit mitgeteilt, daß er gerade vernommen wird. Aus reiner Höflichkeit«, wiederholte Rigby. »Der Fall wird auf Shea aufgebaut.«

»Bevor sie wußten, wer er ist?«

»Sie haben *entschieden*, wer er ist, Abe.«

»Wer? Locke?«

Rigby nickte. »Locke. Der Bürgermeister. Die Senatorin.«

»Die Senatorin?«

»Loretta Wager leibhaftig. Sie ist heute morgen eingeflogen. Ich nehme an, sie hat dem Bürgermeister diese Idee schmackhaft gemacht ... Shea zu opfern. Aber das haben Sie nicht von mir, Glitsky. Sie wollen es auf ihn abwälzen, ihn dann der Justiz ausliefern, das Vertrauen der schwarzen Bevölkerung wiedergewinnen und die Rechnung begleichen. So läuft das. Die Gerechtigkeit nimmt ihren Lauf. Und Sie sagen mir jetzt, daß wir ihn haben, richtig? Shea?«

»Ich habe einige Wagen losgeschickt, die ihn holen. Um einen Haftbefehl kümmern wir uns später.«

»Gut, dann haben wir unsere Arbeit getan.«

Glitsky biß sich auf die Lippe, überrascht, wieviel Zeit der Chef ihm geschenkt und wieviel Vertrauen er ihm entgegengebracht hatte. »Was ist, wenn es nicht funktioniert?« fragte er.

»Was? Unsere Arbeit?«

»Nein. Was ist, wenn wir Shea kriegen und sich die Lage nicht beruhigt?«

»Loretta Wager sagt, daß das nicht geschehen werde, der Bürgermeister beschwört es, und Chris Locke wettet seinen Job darauf.«

Aber das war keine Antwort. Glitsky sagte: »Ich würde gern mit dem Fotografen sprechen.«

»Er ist unten. Bedienen Sie sich.«

Nachdem er das Foto in seiner Dunkelkammer entwickelt und zu den KPIX-Studios gebracht hatte, konnte Paul Westberg sich nicht entschließen, wieder nach Hause zu gehen. Er würde unmöglich einschlafen können.

Sie hatten ihm fünfhundert Dollar für das Foto und alle Rechte angeboten, aber er hatte das Szenario, das sich im Zusammenhang mit den Rodney-King-Videobändern abgespielt hatte, noch allzugut in Erinnerung. Der Traum eines jeden Fotografen. Er hatte sich ausgemalt, daß ihm ein ähnliches Glück widerfahren werde, und seine nächsten Schritte geplant. Und das Glück war ihm widerfahren. Er hatte zweitausendfünfhundert Dollar verlangt und die weltweiten Rechte an der Aufnahme behalten.

Während der nächtlichen Telefonate im Erdgeschoß des Studios hatte er Lizenzen für die Ausstrahlung des Bildes – ausschließlich in den Nachrichtensendungen – auf CNN, Fox und in den großen Sendern verkauft. In den letzten sechzehn Stunden hatte er insgesamt an die vierundzwanzigtausend Dollar verdient. Drei Agenten und ein paar Anwälte, die ihn aufgestöbert hatten, obwohl er nicht zu Hause gewesen war, lungerten in seiner Nähe herum.

Mit der Polizei hatte er nicht gerechnet. Er war nicht nur der Fotograf, sondern auch ein Zeuge und dazu der einzige, der nicht abstreiten konnte, alles gesehen zu haben. Er war dabei gewesen. Die Kehrseite von Ruhm und Glanz.

Die beiden Polizeibeamten waren höflich, aber entschlossen aufgetreten. Er solle sie zur Vernehmung ins Justizgebäude begleiten. Sicher, er könne mit seinem eigenen Wagen fahren. Sie würden ihm folgen.

Sie hatten ihn nicht nach oben ins Polizeipräsidium gebracht, sondern durch die Flure der Staatsanwaltschaft in der dritten Etage geführt und ihn dann zwanzig Minuten allein und schwitzend in einem unbewachten und verlassenen kleinen Zimmer warten lassen. Er fühlte sich nicht mehr wie am Ziel seiner Wünsche, hatte sogar ein wenig Angst bekommen. Sein Mund war ausgetrocknet, unter seinen Augen zeichneten sich dunkle Ringe ab. Er wollte nach Hause ins Bett.

Endlich tat sich die schwere Holztür mit einem ächzenden Geräusch auf, und eine wunderschöne junge schwarze Frau in einem dunklen Kostüm kam lächelnd herein. Sie stellte sich als Miss Wager, Staatsanwältin, vor. Nachdem sie ihm versichert hatte, daß er im Zusammenhang mit dem Lynchmord nicht verdächtigt werde, fragte sie, ob er trotzdem einen Rechtsanwalt dabei haben wolle. Er hatte an dem ausgezeichneten, frischen Kaffee genippt (sie hatte ihm eine Tasse gebracht) und abgelehnt. Wozu brauchte er einen Anwalt? Er hatte nichts Illegales oder Falsches getan.

Sie ging die Ereignisse der vergangenen Nacht noch einmal mit ihm durch, half ihm, alles zu rekonstruieren, woran er sich erinnern konnte. Wie er auf der anderen Seite der Geary Street unterwegs gewesen war, den Tumult gehört, hinübergeschaut und gedacht hatte, daß er hier vielleicht eine Schlagzeile auftun könnte. Schließlich bis zu dem Moment, wo die Menschenmenge »Zieh, zieh, zieh!« gerufen, er die Fotos gemacht und der Mann gezogen hatte. Nein, daran bestand kein Zweifel. Natürlich würde er das aussagen. Er hatte es *gesehen*. So war es gewesen.

Dann kam der Schwarze mit dem Adlergesicht, der Fliegerjacke und der Narbe über den Lippen ins Zimmer gestürmt, hatte ihm eine Scheißangst eingejagt und die nette Staatsanwältin abgelöst. Obwohl sie ruhig und gelassen geblieben war, hatte sie auf ihn gewirkt, als habe sie sich ertappt gefühlt. Reichlich seltsam.

Der Mann, Lieutenant Glitsky, sagte, der oberste Boß des Morddezernats habe vorgeschlagen, sie sollten nach oben gehen, um die Befragung dort fortzusetzen. Westberg wußte, daß ihm keine andere Wahl blieb, und so war er mitgegangen.

»Hier spricht Lieutenant Abraham Glitsky, Kennummer 1144. Ich befinde mich zur Zeit in einem Befragungszimmer im Justizgebäude von San Francisco, 880 Bryant Street. Die folgende Aussage stammt von einem Mann, der sich als Paul Westberg ausgewiesen hat, freiberuflicher Fotojournalist, männlich, weiß, geboren am 4. März 1971. Diese Befragung bezieht sich auf eine Untersuchung im Fall Nummer 950867731. Heute ist Mittwoch, der 29. Juni, es ist 8 Uhr 25.«

Glitsky wollte streng nach den Vorschriften vorgehen und eine korrekte Befragung durchführen. Er saß Westberg an einem kleinen, abgenutzten Holztisch gegenüber, zwischen ihnen stand ein eingeschalteter Kassettenrecorder. Nachdem Glitsky Westberg die Standardfragen gestellt hatte und das Wesentliche dessen, was Westberg in der vergangenen Nacht gesehen zu haben behauptete, noch einmal mit ihm durchgegangen war, kamen sie zum entscheidenden Punkt:

F: Die Menschenmenge rief also »zieh, zieh!«. Etwas in der Art. Und was geschah dann?
A: Na ja, dieser Mann zog an ihm, hängte sich an ihn, wie auf dem Bild.
F: Er zog an dem aufgehängten Mann, zog ihn herunter?

A: Ja.
F: Woher wissen Sie das?
(Pause)
A: Na ja, das war offensichtlich.
F: Das ist meine Frage, Mr. Westberg. Wieso war das offensichtlich? Sehen Sie sich das Foto an. [Glitsky hatte die Spätausgabe des *Chronicle* bei sich.] Der Mann hat einen Arm um das Opfer gelegt, in der anderen hält er etwas hoch, das wie ein Messer aussieht.
A: Es *war* ein Messer. Er hielt es dem Mann an die Kehle.
F: Okay. Was dann?
A: Wie meinen Sie das?
F: Was geschah dann?
A: Ich habe die Aufnahme gemacht. Zwei.
F: Schnell hintereinander?
A: Ja.
F: Haben Sie das andere Bild gesehen?
A: Ja, sicher. Ich habe beide zu Hause entwickelt. Es ist nicht so gut geworden.
F: Meinen Sie, es war nicht so dramatisch, oder gab es irgendein technisches Problem – Schärfe, Belichtung, oder so etwas?
A: Nein, es gab kein technisches Problem. Es lagen nur zwei Sekunden zwischen diesen beiden Fotos. Im Prinzip das gleiche Bild, nur nicht so gut.
F: In Ordnung. Lassen Sie uns weitermachen. Was taten Sie, nachdem Sie die Fotos gemacht hatten?
A: Ich rannte davon. Die Menge reagierte auf den Blitz, und ein paar Leute kamen auf mich zu. Ich dachte, die würden meine Kamera kaputtmachen, mich vielleicht angreifen, deshalb rannte ich davon.
F: Sie haben einen Blitz benutzt?
A: Ja. Die Straße lag im Schatten, es war kurz vor Sonnenuntergang, vielleicht kurz danach.
F: Wie lange waren Sie insgesamt dort und Zeuge des Geschehens?
A: Ich weiß nicht. Eine Minute, neunzig Sekunden, so ungefähr. Es war schrecklich. Gespenstisch.
F: Und bevor Sie Ihre Fotos machten, haben Sie diesen Mann, von dem Sie sagten, er habe an dem Opfer gezogen, zufällig bemerkt?

A: Er *hat* an dem Opfer gezogen. Die Dame von unten sagte zu mir: Bleiben Sie bei Ihrer Geschichte. Ich dachte, Sie wären auf derselben Seite ...
F: Die Dame von unten ist Miss Wager?
A: Ja, so hieß sie.
F: Sie hat Ihnen gesagt, Sie sollten bei Ihrer Geschichte bleiben? Bei welcher Geschichte?
A: Daß er den Mann runtergezogen hat ...
F: Ist das eine Geschichte oder das, was tatsächlich geschehen ist?
(Pause)
A: Das, was geschehen ist. Das, was ich gesehen habe. Auf dem Bild ist es doch deutlich zu erkennen ... Sehen Sie!
(Pause)
F: Wenn er sich mit beiden Händen festgehalten hat und seine Füße den Boden nicht berührt haben ... aber Sie sagen, daß Sie gesehen haben, wie er ihn heruntergezogen hat. Ist das Ihre Aussage?
A: Wie soll man das sonst interpretieren? Er war in dem Mob ... (Pause) Ja, das ist meine Aussage.

15

Melanie weinte. »Cindy hat es ihnen gesagt.«

»Cindy hat ihnen *was* gesagt, Melanie?«

»Wer du bist.«

»Was? Warum? Warum hat sie das getan?« Doch er wußte es. »Wie hat sie ...?«

»Ich habe sie angerufen, Kevin. O Gott, ich brauchte jemanden, ich habe mich so elend gefühlt, ich mußte mit irgend jemandem reden ...«

»Ich habe dir schon hundertmal gesagt, daß Cindy nicht deine Freundin ist.« Aber das führte zu nichts. »Trotzdem, danke für den Tip ...«

»Kevin, tu nichts, was ...«

»Tu *nichts?* Sag du mir nicht, was ich nicht tun soll!« Sie weinte. Er hatte sie immer noch gern und wollte sie nicht verletzen, aber was sie jetzt schon wieder angestellt hatte ...

»Kevin ... Es tut mir so leid. Ich liebe dich, ich liebe dich immer noch, und ich will dir helfen. Du kannst bei mir bleiben ...«

»Warum sollte ich bei dir bleiben, Melanie?«

»Cindy ... Cindy hat ihnen gesagt, wo du wohnst.«

Er nahm den Hörer vom Ohr und starrte ihn an. Das war zuviel. Verdammte Cindy. Kevin, das hast du deinen Trieben zu verdanken. Diese eine Nacht mit ihr, bevor er sich Melanie geangelt hatte, entpuppte sich als der schlimmste Fehler seines Lebens. Dabei war es nicht mehr als ein zwangloses, einmaliges Gastspiel gewesen, ganz anders als das, was er mit Melanie erlebt hatte.

Er legte den Hörer neben das Telefon, ging zum Fenster und sah hinunter auf die Häuserdächer. Dann kletterte er auf die Feuertreppe hinaus und stieg die Eisenleiter zum Dach hoch, hielt sich mit seinem gesunden Arm fest. Gott, war es heiß. Sonst war es nie so heiß in San Francisco.

In seinem Kopf hämmerte es. Mindestens ein halber Kater. Er trug eine alte 501-Levis-Jeans, Turnschuhe, ein Sweatshirt der

Universität von Los Angeles. Gebückt schlich er zur Vorderseite des Gebäudes und warf einen Blick über die Kante des Dachs auf die Green Street hinunter. Zwei schwarzweiße Polizeiwagen parkten am Straßenrand. Davor standen vier Männer, die miteinander sprachen.

Wieder dieses Gefühl der Fassungslosigkeit. Es konnte einfach nicht wahr sein. Gottverdammte Cindy. Wie heißt es? Kein Haß ist größer als der einer verschmähten Frau ...

Jetzt teilte sich die Gruppe der Polizisten. Zwei gingen zum Vordereingang, die anderen beiden trennten sich und liefen an den Seiten des Gebäudes entlang. Er war umzingelt.

16

Glitsky war gereizt. Ein schlechtes Zeichen. Am Schreibtisch sitzend, kaute er auf seinen Eiswürfeln herum und verjagte alle potentiellen Eindringlinge, die im Türrahmen erschienen, mit einem finsteren Blick.

Er wußte, daß das nicht besonders professionell war. Früher, als Sergeant, hatte er sich so verhalten, wenn er allein sein wollte. Jetzt war er der Chef, und seine Mimik mußte auf andere selbstherrlich wirken.

Zum Teufel, dachte er, die Dinge wuchsen ihm langsam über den Kopf. Er hatte befürchtet, daß es so kommen würde. Wie immer in kritischen Momenten, wenn man wußte, daß es einen treffen würde, aber nicht, an welcher Stelle und wie hart. Diesmal schien die Antwort klar zu sein: Es traf ihn nämlich verdammt hart und von allen Seiten.

Vielleicht lag es daran, daß er in der vergangenen Nacht zu wenig geschlafen hatte, vielleicht war sein Biorhythmus in einem Tief. Isaac, Flo, die Familie Wager, jetzt diese Sache ... Die Ereignisse trafen ihn unvorbereitet, und er hatte Mühe, einen klaren Kopf zu behalten.

Die Streifenpolizisten hatten den Verdächtigen Kevin Shea nicht verhaften können. Er war fort, hatte die Wohnung überstürzt verlassen. Der Hausverwalter hatte kooperiert und sie hineingelassen. Das hintere Fenster war offen gewesen, auf einem kleinen Tisch hatte ein halbleerer Becher mit warmem Kaffee gestanden, der Fernseher war an, der Telefonhörer hatte auf dem Bett gelegen. Offensichtlich hatte irgend jemand Shea einen Hinweis gegeben, und er war gerade noch rechtzeitig entkommen.

Zu Glitskys schlechter Laune trug auch der Eindruck bei, den er bei der Befragung von Paul Westberg gewonnen hatte. Elaine Wagers Unterhaltung mit dem Zeugen hatte dessen Aussage beeinflußt. Aber noch etwas anderes belastete ihn, und deshalb hatte er sich am Morgen gezwungen gesehen, Rigby aufzusuchen.

Die Staatsanwaltschaft schien sich – vielleicht auf Drängen der Senatorin Loretta Wager – für eine politische Lösung der Probleme entschieden zu haben, und das verursachte mehr Ärger, als Glitsky lieb war. Sie bauten den Fall auf Kevin Shea auf und würden die Möglichkeit, daß er unschuldig sein könnte, nicht einmal in Betracht ziehen.

Nach allem, was Glitsky wußte, glaubte er zwar nicht, daß Shea unschuldig war. Aber er fühlte sich unbehaglich, denn das Ganze sah nach einer Hexenjagd aus, und entsprechend hatten sich Elaine Wagers Befragung und Westbergs Antworten auch angehört.

Offenbar hatten die Mächtigen beschlossen, Kevin Shea als Ausgeburt des weißen Rassismus zu betrachten. Ihn dem Mob zum Fraß vorzuwerfen, war die einfachste Antwort auf die kritischen Fragen, mit denen sie sich konfrontiert sahen. Glitsky haßte dieses Spiel.

Die Polarisierung der Rassen verschärfte sich, obwohl die staatlichen und städtischen Ämter des ganzen Landes die Quoten de facto einhielten und so den Eindruck, man mache bei der Integration und Harmonisierung Fortschritte, mit Hilfe der Statistik nach Kräften unterstützten.

Glitsky mußte es wissen. Er war das beste Beispiel dafür. Er kannte die Wahrheit, weil er die Augen nicht verschloß und dem Rassismus täglich und überall begegnete. Die weißen Angestellten des Justizgebäudes bezeichneten Schwarze als ›Kanadier‹, die Eltern der schwarzen Schulkameraden seiner Jungs ließen ihre Kinder nicht mit weißen Kindern spielen.

Oberflächlich betrachtet schien alles zu funktionieren. Die Menschen behandelten sich in der Regel höflich, anständig und freundlich. Es war nicht ›in‹, auf die wahre Dimension des Problems hinzuweisen, und in San Francisco war es beinahe ein Verbrechen, nicht ›in‹ zu sein. Rassenprobleme? Wie bitte? Gehörte das nicht in die sechziger Jahre? Und so tat man, als gäbe es das Problem nicht mehr – in San Francisco war der Rassenkonflikt kein Thema. Jeder akzeptiert jeden, wir sind schließlich in den Neunzigern und haben diese Probleme schon vor Jahren gelöst. Komm zurück auf den Teppich.

Und dann wird eines schönen Sommerabends ein Schwarzer namens Arthur Wade gelyncht.

Damit war Glitsky beim letzten Grund angelangt, weshalb er

auf Eiswürfeln herumkaute – bei dem Mann, der behauptete, die Krankheit liege im System: Philip Mohandas, der jede Hoffnung auf Verständigung schon im Vorfeld begrub, weil er die Sache auf die Spitze trieb. Es gäbe so vieles, was er statt dessen tun könnte, konstruktive Dinge. Zum Beispiel könnte er Verantwortung übernehmen, zur Zurückhaltung aufrufen. Den Dialog ankurbeln.

Aber weil Mohandas wußte, daß der Anführer einer Massenbewegung von Schwarzen in den kommenden Tagen von niemandem verhaftet werden würde, weil er zum Steineschmeißen aufrief, würde er auch eine Entschuldigung dafür haben, wenn etwas schief lief. Er hatte allen Grund dazu – er war Opfer seiner eigenen Wut. Altmodische Gesetze zählten nicht, wenn der Grund nur gut genug war.

Am meisten ärgerte es Glitsky, wenn Anführer von Bewegungen, die behaupteten, alle Schwarzen zu repräsentieren, eben dieser Versuchung erlagen. Und die Weißen benutzten das wiederum als Rechtfertigung, um den berechtigten Motiven und Forderungen der Schwarzen zu mißtrauen – und, verdammt, der weiße Teil von Glitsky verstand das sogar!

Mohandas mußte überwacht werden. Er konnte nach Herzenslust hetzen und Dampf ablassen, wurde beinahe dazu ermuntert. Seine Anwesenheit und seine Reden stifteten überall Unheil. Glitsky sah keinen Sinn darin, daß man ihn die Situation zusätzlich anheizen ließ, aber niemand schien Mohandas aufhalten zu wollen. Das Recht auf freie Meinungsäußerung? Und wenn jemand in einem vollen Kino unmotiviert »Feuer« schrie? Glitsky hatte ein paar Ideen, wie Mohandas der Wind aus den Segeln zu nehmen wäre, aber das gehörte nicht zu seinem Job. Sein Job war das Morddezernat, der Rest war Politik.

Auch diese Gedanken besserten seine Laune nicht. Er kaute weiter auf dem Eis herum und starrte Löcher in die Luft.

Das Telefon klingelte. Weil seine Empfangsdame mit seiner Sekretärin identisch war und eine solche nicht existierte, nahm er selbst den Hörer ab und meldete sich mit einem sogar für seine Verhältnisse unfreundlichen »Glitsky, Morddezernat«.

Eine Pause, dann ein fast unhörbarer Seufzer. »Abe Glitsky.«

Vielleicht bildete Glitsky es sich nur ein, aber er hörte in den Worten Erleichterung, als sei unter großem Einsatz eine psychische Barriere durchbrochen worden. Natürlich hatte er die Stimme sofort erkannt. »Loretta ...?«

»Du klingst immer noch wie damals.«

Glitskys Adrenalinspiegel stieg. »Nein. Ich habe mich verändert. Du wärst überrascht.« Er klang feindseliger, als er wollte. Zu spät, die Worte waren heraus, unkontrolliert, vielleicht mit einem wahren Kern ...

»Ja, sicher.« Dieses tiefe, kehlige Lachen. »Wir haben uns alle verändert, Abe. Aber tief in unserem Inneren sind wir immer noch dieselben.«

Das war die merkwürdigste Gesprächseröffnung, die Glitsky sich vorstellen konnte. Er sprach mit seiner ehemaligen Geliebten, die jetzt Senatorin der Vereinigten Staaten war, als hätten sie sich erst vor wenigen Tagen gesehen, vielleicht geliebt.

Er nahm den Styroporbecher, in dem noch ein Rest Eiswasser war, und trank, um Zeit zu gewinnen und zur Besinnung zu kommen. Dann fragte er, was er für sie tun könne, obwohl er wußte, daß sie wegen Elaine anrief.

»Ich war gerade im Büro des Bürgermeisters«, sagte sie. »Als er deinen Namen erwähnte ... ich meine, es gibt nicht viele mit dem Namen Abe Glitsky ...«

»Mein Name steht im Telefonbuch, Loretta. Stand immer drin.«

Sie schien zu zögern. Dann, als hätte er nichts gesagt: »Aber als Conrad dich erwähnte ... sagte, du seist Lieutenant ...«

Glitsky wurde ungeduldig. Loretta suchte nach einem Ansatzpunkt, um ihre Neugier zu befriedigen, und dabei wollte er ihr nicht helfen. »... da dachtest du, du rufst an, um mal wieder was von dir hören zu lassen?«

Diesmal war ihr Zögern deutlich zu spüren. »Du bist immer noch wütend auf mich, nach all den Jahren?«

»Ich bin nicht wütend auf dich, Loretta ...«

»Auf das, was ich getan habe, meine ich.«

»Ich bin mir immer noch nicht sicher, ob ich weiß, was du getan hast, oder warum du es getan hast. Aber ich kann nicht behaupten, daß es mir in den letzten zehn oder zwanzig Jahren viel ausgemacht hätte. Ich habe eine Familie ...« Seine Stimme erstickte.

»Es tut mir leid, das mit deiner Frau ...«

Glitskys Finger umklammerten den Telefonhörer. Er öffnete und schloß die Hand. Carl Griffin, einer seiner Inspectors, klopfte an den Türrahmen. Glitsky winkte ab.

»Ich hatte plötzlich das Bedürfnis, deine Stimme zu hören,

Abe. Zu wissen, ob es dir gut geht, was du machst. Ist das so merkwürdig?«

Keine Antwort. Er hörte sie ausatmen.

»Okay, Abe. Es tut mir leid, dich belästigt zu haben.«

Sie legte auf. Er hatte das Gespräch nicht abbrechen wollen, er hätte ...

»Loretta ...«

Aber die Leitung war tot.

17

Kevin Shea wollte nicht an seinen Sprung aufs Dach des Nachbarhauses denken. Er hatte die Entfernung auf zweieinhalb Meter geschätzt, aber dann war sie ihm wie sechs vorgekommen. Eines Tages würde er nachmessen. Er wollte nicht daran denken, wie tief es zwischen den Häusern hinunterging. Tief genug.

Zum Glück war das Dach flach und nur von einer niedrigen Mauer umgeben. Er war einigermaßen sicher gelandet, hatte sich über den verletzten Arm und die schmerzenden Rippen abgerollt. Er hatte sich in dem breiten Schatten verborgen, den die Mauer in der frühen Morgensonne warf, hatte gehört, wie die Polizisten auf dem Dach, von dem er eben abgesprungen war, herumliefen und es nach einer Weile wieder verließen.

Jetzt, zehn endlose Minuten später, riskierte er einen Blick nach drüben. Sie waren fort. Die Luft war rein. Jedenfalls einigermaßen.

Die Tür zum Dach stand offen. Shea humpelte die vier Stockwerke hinunter, ohne jemandem zu begegnen. Die Streifenwagen hatten die Green Street wieder geräumt, der Straßenrand war verlassen. Er wandte sich nach rechts und ging so unauffällig wie möglich in die seiner Wohnung entgegengesetzte Richtung davon.

Shea war in einem Vorort von Houston aufgewachsen und hatte die Rice University besucht. Im Hauptfach hatte er Wirtschaftswissenschaften studiert, um später einmal eine leitende Position im Unternehmen seines Vaters einzunehmen.

Der Mädchenname seiner Mutter lautete Janine Robitaille, sie stammte von den Robitailles aus New Orleans ab und war eine echte Südstaatenschönheit gewesen. Sie hatte ihre Haare mit Vorliebe wie eine Art Bienenkorb aufgetürmt getragen, auch nachdem solche Frisuren längst aus der Mode waren, aber an ihr hatte es nie altmodisch gewirkt. Die Massen von dunklem Haar, die sie aus ihrem cremefarbenen Kameengesicht herauskämmte, hatten ihre nahezu makellosen Züge perfekt eingerahmt und Janine größer erscheinen lassen als ihren Mann Daniel.

Kevins Vater Daniel war zur Hälfte Eigentümer der Firma Flexitech gewesen, deren andere Hälfte Fred Bronin gehörte. Das Unternehmen hatte Sportgeräte und Zubehör hergestellt: Baseballhandschuhe, Golfaccessoires, Gelenkmanschetten, orthopädische Trainingsgeräte, kleine Hartgummibälle (›Flexits‹), die man in der Hand zusammendrückte, um die Handmuskulatur zu stärken.

Als Kevin zweiundzwanzig gewesen war und gerade das College beendet hatte, kam Daniel eines Nachmittags nach einer längeren Geschäftsreise früher als geplant nach Hause und fand seine wunderschöne Frau Janine mit seinem Freund und Partner Fred Bronin im Bett.

Vielleicht hätte der gute alte Daniel die nächste Pistole nehmen und beide erschießen sollen, aber er tat es nicht. Kevins Vater war immer etwas unsicher gewesen und hatte einen Hang zur Melancholie gehabt. Obwohl er drei prächtige Kinder (zwei Jungs und ein Mädchen) großgezogen hatte und, dem allgemeinen Trend entsprechend, beruflich erfolgreich war, hatte er nie an den Wert dessen, was er erreicht hatte, glauben, nichts Bedeutendes darin erkennen können. So erschütterte ihn der doppelte Betrug durch seine Frau und seinen besten Freund derart, daß er die Pistole gegen sich selbst richtete.

Die Welt der Sheas und alles, was für sie dazugehörte, brach zusammen. Janine und Fred Bronin heirateten nicht und lebten nicht glücklich bis an ihr Lebensende. Sie führten – vor Gericht und privat – eine erbitterte Schlacht um Flexitech, die Fred letztendlich verlor, weil er einen Schlaganfall erlitt und Janine so zur alleinigen Eigentümerin der Firma machte. Da sie nie auch nur eine Minute ihres Lebens in das Geschäft investiert hatte, steuerte sie das Unternehmen in weniger als zwei Jahren in den Bankrott.

Kevin und sein jüngerer Bruder Joey versetzten unterdessen, wie beabsichtigt, ihre durch die Vietnam-Ära geprägte Mutter unablässig in Angst und Schrecken, weil sie sich zur Army gemeldet hatten. Während ihres dreijährigen Wehrdienstes wurden die Jungs in Überlebensfähigkeit, Waffenkunde und Strategie unterrichtet und nahmen dann, unabhängig voneinander, am Unternehmen *Wüstensturm* teil. Kevin marschierte und schwitzte viel, wurde aber nicht in Kampfhandlungen verwickelt. Doch sein Bruder Joey befand sich ausgerechnet in dem Bunker, der von einer irakischen Scud-Rakete zerstört wurde. Er starb. Kevins Mutter und seine kleine Schwester Patsy gaben Kevin die Schuld daran, weil er Joey überredet hatte, sich freiwillig zu melden, und sie hatten ihm deutlich gemacht, daß er in Texas nicht mehr willkommen sei. Er hatte nie die Absicht gehabt, dorthin zurückzukehren.

Kevin Shea war mutterseelenallein. Manchmal dachte er, er habe es nicht anders verdient.

Im Grunde hatte Kevin nur einen einzigen Freund gehabt, seit er aus der Army ausgeschieden war und beschlossen hatte, sich in San Francisco niederzulassen, um die Beihilfe der Army zur Aufnahme eines Collegestudiums zu nutzen – Wes Farrell, ein älterer Bursche, ungefähr Ende Vierzig, der wie er an der San Francisco State University Vorlesungen besuchte. Farrell und Kevin waren einige Male zusammen etwas trinken gegangen und hatten dabei halbernste Gespräche über das Leben geführt. Farrell war ursprünglich Anwalt gewesen und hatte eine eigene Familie gehabt, aber dann war etwas geschehen – Kevin wußte nicht, was –, und er hatte alles hingeschmissen. Er glaubte nicht mehr an das Gesetz, und er glaubte nicht mehr an die Menschen.

Sie fühlten sich aus ähnlichen Gründen zur Geschichte hingezogen. Irgendwie war es leichter, etwas zu studieren, das in der Vergangenheit lag und deshalb wahrscheinlich nie wieder Auswirkungen auf die Gegenwart haben würde. So waren sie ein gutes Team. Sie tranken gern, was zu helfen schien.

Shea stand an einem öffentlichen Telefon neben dem Julius-Hahn-Spielplatz am südlichen Rand des Presidio. Überall hing der Geruch von Rauch in der aufgeheizten Luft, selbst hier, im Schatten der Zypressen. Er hörte Sirenen und sah zu seiner Linken Rauchschwaden aufsteigen, vermutlich über dem Fillmore District, und auch rechts über dem großen Hügel in der Gegend der Clement Street.

»Wes? Ich bin's, Kevin.« Er wußte nicht, was er erwartet hatte. Daß Wes auflegen, ihn anschreien oder überrascht sein würde? Irgend etwas.

»Hallo, Kev. Was gibt's?«

Kevin wartete eine Weile. Sicher, Wes lebte in der Vergangenheit, aber hatte er wirklich nichts von seinem Problem mitbekommen, von Arthur Wade, davon, was in der Stadt los war? Wollte er ihn auf den Arm nehmen? Wahrscheinlich nicht, so wie er Wes kannte.

18

Der Bürgermeister sorgte dafür, daß die Senatorin Loretta Wager – schließlich war sie Senatorin der Vereinigten Staaten – ein provisorisches Büro im Rathaus in der Innenstadt bekam. Es lag über der Rotunde in der zweiten Etage am Ende eines hallenden Flurs, hinter einer Tür ohne Namensschild. Das war ihr gerade recht.

Ihre Füße schmerzten. Aus irgendeinem Grund schmerzten ihre Füße immer, wenn sie ein Flugzeug benutzt hatte. Wenn sie Präsidentin wäre, würde sie die Air Force One umbauen lassen ...

Sie lächelte. Im Moment reichte es ihr, sich die nackten Füße massieren zu können. Ihre Schuhe lagen unter dem Schreibtisch. Sie lehnte sich im Sessel zurück und sah auf die Armbanduhr. Viertel nach zwölf. Elaine müßte jeden Moment kommen.

Sie war sich nicht sicher, wie sie Elaines Rolle in der Sache einschätzen sollte. Einerseits war es gut für ihre Tochter, mittendrin zu stecken, dazuzugehören und bei der Klärung die Hände mit im Spiel zu haben. Elaine hatte von Christopher Locke die undankbare Aufgabe zugeschoben bekommen, eine Anklage gegen Kevin Shea aufzubauen, und war dabei, wie es aussah, vollkommen auf sich allein gestellt. In den Augen ihrer Mutter leistete sie dabei hervorragende Arbeit. Andererseits würde Elaine einen großen Teil der Verantwortung auf sich nehmen müssen, wenn irgend etwas schiefging. Und das könnte zu einem so frühen Zeitpunkt ihrer Karriere schaden. Aber, dachte Loretta, das war der Preis für das Spiel mit den hohen Tieren.

Loretta hatte eine Nachricht für Elaine hinterlassen, ehe sie Washington am Vorabend verlassen hatte, und ihre Tochter hatte sie innerhalb von zwei Stunden zurückgerufen, sie über das Funktelefon im Flugzeug erreicht und über den Stand der Dinge informiert. So wußte Loretta bei der Landung nicht nur über die Ereignisse Bescheid, sondern hatte auch genügend Zeit gehabt, für die am Flughafen wartenden Medienvertreter die richtigen Formulierungen bereit zu halten.

Kevin Shea, hatte sie gesagt, symbolisiere alles, was nicht nur in San Francisco, sondern in ganz Amerika falsch laufe. Die Tatsache, daß er noch nicht gefaßt und eingesperrt, noch nicht einmal ausfindig gemacht worden sei, beweise, daß das System unglücklicherweise nicht funktioniere – für die Schwarzen nicht funktioniere. Eine geschickte Interpretation, aber nicht nur das: Sie glaubte an den größten Teil ihrer Worte. Sie versetzten sie zurück in ihre Collegezeit.

Die Krise kam zu einem Zeitpunkt, an dem Loretta sie zu ihrem eigenem politischen Vorteil nutzen konnte. Wenn es ihr jetzt gelang, das Augenmerk aller auf die Festnahme von Kevin Shea zu konzentrieren, bekam sie vielleicht ein Forum, das sie dem Oval Office im Weißen Haus einen großen Schritt näherbringen würde. Und diesmal würde niemand herablassend lächeln.

Es lag tatsächlich im Bereich des Möglichen. Sie war im richtigen Alter – erst siebenundvierzig –, sah aber beträchtlich jünger aus. Sie zweifelte nicht daran, daß in den nächsten sechzehn Jahren eine Frau als Präsidentschaftskandidatin aufgestellt werden würde. Sie war sicher, daß einer der kommenden Kandidaten schwarz sein würde. Und wenn beide ein und dieselbe Person wären …

Jetzt, da ihre erste Amtszeit als Senatorin fast vorüber war, stand sie vor der Aufgabe, ein interessantes – und, wie sie fand, ironisches – Problem lösen zu müssen. Ihr Instinkt hatte ihr schon zu Beginn der Krise gesagt, daß sie ihr, wenn sie klug vorging, *die* Gelegenheit zur Profilierung bieten würde. Loretta Wager hatte während der vergangenen sechs Jahre den größten Teil ihrer Zeit darauf verwendet, die wichtigste Fähigkeit für das Überleben in der amerikanischen Politik zu erlernen: Kompromisse zu schließen. Wer vorankommen wollte – besonders im Senat, dem Club der Weißen –, durfte sich nur selten eine Blöße geben.

Loretta war darin erfolgreich, weil sie mit Menschen umgehen konnte. Unglücklicherweise begannen die Meinungsumfragen, die sie vor dem Wahlkampf hatte durchführen lassen, ihre Vermutungen zu bestätigen: Während sie sich zunehmend auf ihre Rolle als Beschafferin öffentlicher Mittel konzentriert hatte, war ihr Stimmenanteil innerhalb der schwarzen Bevölkerung allmählich abgebröckelt. Aus diesem Stimmenrückgang unter ihrer sogenannten ›natürlichen‹ Wählerschaft – den schwarzen Amerikanern –, der zunächst nur als ›moderates Abschneiden‹ interpretiert worden war, war eine deutliche Entfremdung zwischen ihr und den Urnengängern geworden. Das mußte korrigiert werden, oder sie würde all das verlieren, wofür sie bis jetzt gearbeitet hatte.

Im letzten Wahlkampf hatte sie 87 Prozent der Stimmen der Schwarzen bekommen, jetzt erzielte sie in den Meinungsumfragen nur 35 bis 45 Prozent. Selbst mit ein paar Prozenten mehr an Stimmen aus der weißen Bevölkerung konnte sie mit dem geringen Anteil an den Stimmen aus der schwarzen Bevölkerung nicht gewinnen. Sie mußte beweisen, wie sehr sie mit ihrem Volk verbunden war.

Dazu brauchte Loretta Kevin Shea. Abgesehen davon diente es einem guten Zweck.

»Wo sind deine Leute?«

Ihre Tochter lächelte zaghaft, schloß die Tür hinter sich und stellte eine braune Papiertüte ab. Elaine wirkte erschöpft. In ihrem scharfkantigen, wie gemeißelten Gesicht zeichneten sich Sorge, mangelnder Schlaf und noch etwas anderes ab, das Loretta sich nicht erklären konnte.

Loretta stellte ihre eigenen Fragen zurück, stand auf, ging barfuß und mit ausgestreckten Armen um den Schreibtisch herum und ließ sich von ihrer Tochter umarmen. Elaine, ein ganzes Stück größer als ihre Mutter, hielt sie einen langen Moment zärtlich im Arm.

Schließlich lösten sie die Umarmung und sahen sich an. Beide seufzten.

Elaine sagte »Hallo« und lächelte halbwegs selbstbewußt.

Wieder gelang es Loretta nicht, dieses Lächeln gänzlich zu entschlüsseln. »Hallo, Schatz. Wie kommst du klar?«

»Ich habe Angst, glaube ich. Aber das ist nicht alles.« Eine Pause. »Wußtest du, daß ich Arthur Wade kannte? Er war mit mir an der Boalt.«

»Das macht es noch schlimmer. Hast du geschlafen?«

»Nein. Ich habe uns was zum Mittagessen mitgebracht.«

»Wunderbar, ich habe Hunger. In DC ist es fast vier. Was hast du uns geholt?« Wenn sie allein waren, war Lorettas Sprechrhythmus andeutungsweise zu entnehmen, wo ihre Wurzeln lagen.

Elaine packte die Tüte auf dem Schreibtisch aus und öffnete eine Reihe weißer Styroporkartons: Maisbrot, Rinderbraten, Kartoffelbrei, Gemüse, Cola light.

Schließlich fragte Loretta: »Du hast gesagt, das sei nicht alles. Was gibt es noch?«

»Ach, bürointerner Kram.« Elaine nahm einen kurzen Schluck von ihrer Cola. »Chris ... Alle waren nach Hause gegangen, und ich wollte auch gehen. Ich hatte dich gerade angerufen, weißt du noch? Im Flugzeug.«

Loretta nickte. Ihr Gesicht glich einer Maske, ihre Hände lagen gefaltet auf dem Schreibtisch vor ihr. Sie hatte ihre schmerzenden Füße vergessen.

Ihre Tochter fuhr fort: »Chris wollte, daß ich blieb. Er bat mich, ihm zu helfen. Wie wir vorgehen sollten und so weiter. Ich sagte ihm, es sei schon spät, ich ...« Sie schüttelte den Kopf. »Ich sei zu müde, um ihm noch eine Hilfe zu sein, besonders jetzt, wo mir klar war, was heute für ein Tag werden würde. Aber er sagte, daß es eigentlich nicht darum gehe.«

Loretta wußte, was kommen würde, und schloß die Augen. Sie atmete langsam aus. »Er brauchte deine ganz ... persönliche Hilfe.«

»Ich hatte ihn noch nie so erlebt, Mom. Wirklich. Ich meine, er ist mein Chef. Wir sind beide Staatsanwälte und kennen die Vorschriften über sexuelle Belästigung am Arbeitsplatz ... Also schlichen wir umeinander herum. Er ist älter, verheiratet, ich weiß das alles. Aber es war nicht Sex, jedenfalls nicht nur Sex. Mom?«

Loretta öffnete die Augen. »Ich bin hier, Kind. Wie weit ist er gegangen?«

Elaine sah zu Boden. »Bis zum Schluß«, flüsterte sie, »soweit er gehen konnte.« Sie stieß die Luft aus, ein Zeichen für ihre Anspannung.

»Du sagst also, du und Chris Locke habt gestern abend in seinem Büro miteinander geschlafen?«

»Ich ...«

Loretta hob abwehrend die Hand. In ihren Gesichtszügen lag kalter Zorn. »Es ist nicht wegen *dir*, Kind, nicht wegen dir.« Sie stöhnte. »Aber du bist *mein* Baby. Wie konnte er ...?«

»Es war nicht allein seine Schuld ... ich nehme an, ich ...«

»Ich weiß, ich weiß«, sagte Loretta. »Ich weiß, wie das läuft.« Sie sah über den Schreibtisch zu ihrer wunderschönen Tochter hinüber. »Es hat ihn erwischt, nicht wahr?«

»Er hielt immer soviel Abstand, ich meine, er war freundlich und nett, mein Mentor, aber auf Abstand. Und ich weiß, daß du und er ... ich weiß, daß er dir in der Politik geholfen hat. Aber es war, als hätte diese ganze Sache – dieser Lynchmord und alles –, ich weiß nicht, es schien ihn fix und fertig zu machen.« Elaine sah sie über den Schreibtisch hinweg an, um Verständnis bittend. »Er brauchte mich, Mom, wirklich.«

»Ich glaube dir, Liebes. Und was soll jetzt werden?«

Mit gesenktem Kopf antwortete Elaine: »Ich weiß es nicht. Ich habe nicht geschlafen, ich fühle mich schuldig, verwirrt. Ich weiß nicht, was es bedeutet hat, was es bedeutet ...«

»Und er?«

Elaine seufzte. »Er ist zur Tagesordnung übergegangen, aber was kann man bei all dem, was gerade passiert, schon groß erwarten?«

»Und du glaubst, daß du ihn vielleicht liebst?«

»Ich weiß es nicht.« Ihre Blicke trafen sich für einen Moment, und Loretta wußte, daß ihre Tochter nicht die Wahrheit sagte. Sie versuchte, sich zu schützen. Gott stehe ihr bei, dachte Loretta, sie hat sich in ihren Chef verliebt, den Bezirksstaatsanwalt Chris Locke.

Loretta nahm einen Bissen, aber das Essen schmeckte plötzlich nach nichts. Sie trank einen Schluck Cola. »Ich möchte, daß du eines bedenkst, Liebes. Es ist nicht gegen dich gerichtet ... Aber überleg mal. Dein Chef ist vielleicht zu dir gekommen, als *du*, nicht er, als *du* nicht in der Lage warst, dich zu wehren ...«

»Er hat mich zu nichts gezwungen, Mom.«

»Ich sage ja nicht, daß er dich gezwungen hat. Ich sage nur, daß du emotional und physisch erschöpft bist. Mein Gott, ein ehemaliger Kommilitone von dir ist Opfer eines Lynchmordes geworden. Du hast die ganze Nacht nicht geschlafen, die Stadt steht in Flammen, und plötzlich wirst du die rechte Hand dieses Mannes. In einer solchen Situation bist du verletzbar, eine leichte Beute, Kind. Dein Chef, *Mister* Locke, hatte nicht das geringste zu verlieren.«

»So war es nicht ...«

»Das will ich ja nur wissen. Du sollst sicher sein, daß es nicht so war, das ist alles. Weil es so hätte sein können.«

»War es aber nicht.«

Loretta streckte die Hand aus, ein Friedensangebot. Elaine sah sie einen Moment lang an und ergriff dann auf halber Strecke die Hand ihrer Mutter.

»Ich glaube dir«, sagte Loretta. »Ich will nur, daß du nicht verletzt wirst. Du bist noch nicht alt genug, um verletzt zu werden.« Sie lächelte, um die Distanz zwischen ihnen wieder zu überwinden. »Jetzt erzähl mir von Kevin Shea. Was habt ihr herausgefunden?«

19

Die Grand Jury beugte sich dem Druck, den der Bezirksstaatsanwalt, der Bürgermeister und die zu Besuch weilende US-Senatorin des Bundesstaates Kalifornien auf sie ausgeübt hatten. Eine Sondersitzung wurde einberufen, die Tagesordnung entsprechend geändert, und nach nur drei Stunden Beratung wurde gegen Kevin Shea Anklage wegen Mordes an Arthur Wade erhoben.

Für Glitsky und sein Team bedeutete das zweierlei. Einerseits war ihnen die Entscheidung, ob Shea festgenommen werden mußte oder nicht, abgenommen worden. Auf der anderen Seite fielen ihre Bemühungen, andere Mitglieder des Mobs aufzuspüren, die in gleichem Maße beteiligt gewesen sein konnten, wieder unter die Routineaufgaben. Offiziell wurde dem zwar immer noch eine hohe Dringlichkeit beigemessen, aber de facto kam dem jetzt eine weitaus geringere Bedeutung zu.

»Ich bin ... war Mike Mullens Bruder.«

Brandon Mullen hatte versucht, sein Äußeres ansehnlich zu gestalten, saubere Kleidung angezogen, die Haare ordentlich gekämmt, aber der Versuch war fehlgeschlagen. Er sah schlimm aus, fand Glitsky. Die Lippen waren aufgeplatzt und geschwollen, die Augen blutunterlaufen. Durch den Verband um seinen rechten Arm war Blut gesickert.

Glitsky hatte die Verhöre aufgeteilt. Jamie O'Toole am Ende des Flurs mit Marcel Lanier, Brandon Mullen hier in Raum A des Morddezernats mit dem schwarzen Neuling Inspector Ridley Banks, Peter McKay in Raum B bei Carl Griffin.

Später würden die Beamten zusammenkommen und überlegen, was sie aus den Geschichten machen konnten, sehen, ob sie zusammenpaßten und wo sie nicht übereinstimmten. Glitsky wollte später, wenn er Zeit hätte, alle Protokolle lesen und sich vielleicht sogar die Videobänder ansehen. Aber im Moment verschaffte er sich nur einen Eindruck, sah mal hier, mal dort rein.

Es war noch nicht einmal ein Uhr mittags. Um die Bucht herum standen Oakland, Richmond und East Palo Alto in Flammen. In der Stadt selbst kam es im Tenderloin, am Hunter's Point, in der Western Addition und unten am City College zu fortlaufenden ›Störungen der öffentlichen Ordnung‹. Conrad Aiken, der auch in einer Krise immer auf die Terminologie achtete, hatte verfügt, die Unruhen so zu bezeichnen, um den Ereignissen etwas von ihrer Dramatik zu nehmen. Die Zahl der Morde in San Francisco war an diesem Tag von zwei auf vier, wahrscheinlich fünf gestiegen: Ein Heckenschütze hatte einen Schwarzen erschossen, als dieser in der Fulton Street in seinen Wagen gestiegen war, zwei weiße Teenager waren aus einem Cabriolet gezerrt worden, als sie an einer Ampel an der Ecke Dritte Straße und Palou gehalten hatten. Einer der beiden Teenager lebte noch, aber sein Zustand war kritisch.

Glitsky hatte viermal zu Hause angerufen und Rita angewiesen, die Jungs auf keinen Fall hinauszulassen. Er würde sich darum kümmern, sie in Sicherheit zu bringen, sobald er sich hier loseisen konnte.

Jetzt stand er hinter Ridley Banks an der Tür des Vernehmungszimmers und sah zu Brandon Mullen hinüber, betrachtete dessen verletzten Arm und die aufgeplatzten Lippen. Er hatte Mullen Ridley Banks zugewiesen, weil Ridley vor einer Woche mit der Bearbeitung des Falles Mike Mullen – des Bruders von Brandon – betraut gewesen war. Der Inspector war hinausgefahren und hatte die trauernde Familie des unschuldigen Opfers besucht. Ihm als Vernehmungsbeamten würde Brandon trauen.

Glitsky spielte den ›bösen Bullen‹. Er war genau in der richtigen Stimmung dazu.

»Ja, dort hat es angefangen«, sagte Brandon Mullen soeben.

»In der Cavern?« Glitsky wußte das natürlich. Er hatte die Namen der Männer am Abend zuvor von Jamie O'Toole bekommen. Deshalb wurden sie verhört.

»Ja, in der Cavern. Ich meine, Petey und ich ...«

»Petey?«

»Mein Cousin, Pete McKay, wir waren zusammen, also ...«

»Sie haben ein bißchen getrunken, und dann haben Sie sich Ihren Arm an einem Weinglas geschnitten?«

Das war nicht ›böser Bulle‹, sondern Krieg. Glitsky konnte es besser.

Mullen drehte den Kopf weg und lehnte sich im Stuhl zurück. Sein Gesicht zeigte nur noch Feindseligkeit. »Sehen Sie, Mann, ich bin freiwillig hier. Ich dachte, ich könnte helfen. Ich habe noch nicht mal einen Anwalt, weil ich nichts zu befürchten habe. Wollen Sie was von mir wissen, wollen Sie mich ärgern, oder wollen Sie mir was anhängen? Suchen Sie sich's aus!«

Ridley, der ›gute Bulle‹, sagte, daß sie nicht vorhätten, irgendwelche Anschuldigungen gegen ihn vorzubringen. »Wir versuchen nur herauszufinden, was passiert ist.« Er sah kurz zu Glitsky hinüber, hielt eine Hand hoch, halt dich da raus.

»Das versuche ich ja gerade zu erzählen.«

»Okay, erzählen Sie weiter.«

»Ich dachte, ich könnte mal hingehen, wissen Sie, sie veranstalteten diese Gedenkfeier, und da dachten Petey und ich, warum gehen wir nicht hin und trinken was, auf Mikey. Wie hätte das ausgesehen, wenn wir nicht hingegangen wären?«

»Wie spät war es, als Sie dort eintrafen?«

»Muß etwa sieben, halb acht gewesen sein.«

»Weiter.«

»Also tranken wir ein paar Gläser ...«

»Wurde es inzwischen voller in der Kneipe?« fragte Glitsky ruhig, während er lässig mit verschränkten Armen an der Tür lehnte.

»Ich weiß nicht. Sie war vielleicht zur Hälfte gefüllt. Fünfzehn oder zwanzig Leute insgesamt.«

Banks lehnte sich über den Tisch. »War Kevin Shea da?«

»Weiß ich nicht.«

Glitsky wieder: »Kennen Sie Shea?«

Mullens Blick wanderte von Glitsky zu Banks. »Flüchtig, könnte man sagen.«

Banks fuhr fort: »Und dann?«

»Dann haben wir uns bei Jamie bedankt und sind abgehauen.«

»Sie gingen nach Hause?«

»Zu Petey. *Unsere* Totenwache halten.« Mullen breitete die Hände aus, um anzudeuten, daß das die reine Wahrheit sei. »Wir wußten, daß wir total besoffen waren, und wollten nicht mit dem Auto fahren.« Als er Glitskys ungläubigen Gesichtsausdruck bemerkte, fügte Mullen hinzu: »Das können Sie glauben oder auch nicht.«

Glitsky zuckte die Achseln. »Aber wie ist das mit Ihrem Arm passiert?«

»Petey und ich sind gegeneinander geprallt ...«

»Wie denn das?«

Mullens Hände lagen immer noch auf dem abgenutzten Tisch. Jetzt drehte er sie um, arglos, vielleicht ein wenig peinlich berührt. »Wer weiß das noch? Wir waren ziemlich betrunken, Petey und ich, trauerten um Mikey. Wir sind irgendwie durch die Schiebetür gestürzt.«

Glitsky kam zum Tisch, hielt seinen Mund an Banks Ohr und flüsterte ihm – etwas zu laut – zu: »Das berühmte irische Schiebetür-Ritual, um die Toten zur letzten Ruhe zu betten.«

»Ob's Ihnen nun paßt oder nicht, genau so ist es passiert.«

Der Lieutenant legte eine Hand auf die Schulter des Inspectors, wandte sich um und ging zur Tür hinaus, ohne den Zeugen noch einmal anzusehen.

20

Wes Farrell und Kevin Shea hatten geplant, sich in der Saint-Ignatius-Kirche auf dem Campus der Universität von San Francisco zu treffen. Von dort wollten sie zu Farrells Wohnung am Junipero Serra Boulevard fahren, unten in Stonestown, um eine Strategie zu entwickeln.

Für Kevin bestand das Problem darin, zur Universität zu gelangen. Zu Fuß mußte er erst den zweitsteilsten Hügel der Stadt erklimmen – San Francisco ist mit Recht wegen seiner Hügel berühmt – und sich dann einen Weg durch die Western Addition bahnen, die in Flammen stand. Als er die Universität als Treffpunkt vorschlug, hatte er diese Hindernisse übersehen.

Die Temperatur betrug vierunddreißig Grad Celsius, was für San Francisco unglaublich hoch war. Die Luft roch nach Feuer, und der Himmel war eine weiß glühende Metallplatte, die auf Kevin niederdrückte. Er humpelte die steile Divisadero Street hinauf. Wegen der schmerzenden Rippen atmete er stoßweise. Er versuchte, das Pochen in seinem unbrauchbaren Arm zu ignorieren. Die Überreste des Alkohols vom Vorabend hämmerten hinter seinen Augen. Er sah doppelt, mußte sich alle fünfzig Meter hinsetzen und danach zum Weitergehen zwingen. Mit jedem Anlauf schleppte er sich sechs weitere Höhenmeter hinauf.

Er mußte unbedingt etwas Alkoholfreies trinken und etwas Nahrhaftes in den Magen bekommen, oder er würde es nicht mehr weit schaffen. Als er die Kuppe des Hügels endlich erreicht hatte, war weit und breit nichts zu entdecken, was einem Lokal oder einem Kiosk ähnlich sah. Aber das hätte er vorher wissen können, wenn er nachgedacht hätte, wenn er hätte nachdenken können. Dieses Viertel war – mit dem herrlichen Ausblick und der sonst so erfrischenden Brise – erstklassiger Grund und Boden, und die Bebauung bestand fast ausschließlich aus Botschaftsgebäuden und Privatvillen. Shea wußte, daß der Bürgermeister und ein Senator hier oben wohnten. Wer sich nach einem trinkbaren Tropfen sehnte, war hier am falschen Ort.

Er blieb einen Moment schwer atmend stehen und blickte nach Norden – der Millionen-Dollar-Ausblick über den Pazifik bis nach Berkeley, die Golden Gate Bridge, der Presidio Park, Alcatraz. Heute glitzerte nichts. Die Luft war zu trüb, und das Wasser hatte die Farbe von Blei, vergiftet und matt.

In der Nähe heulte eine Sirene auf. Kevin drehte sich zu hastig um und erlitt einen neuen Schwindelanfall, stürzte auf einen Blumentrog mit Rosmarin, wälzte sich mit letzter Kraft in die Hecke am Gehsteigrand. Der Streifenwagen fuhr vorbei, rollte langsam über den Hügel, den Hügel hinunter ...

Hatten die Polizisten ihn gesehen? Er wußte nicht, ob die Hecke ihn verbarg. Er quälte sich auf die Beine, ging bis zur nächsten Querstraße nach Westen, wandte sich wieder nach Süden und gelangte in eine Allee mit Bäumen und Schatten – gottlob. Zwischen den Ästen, jenseits der niedrigen mausgrauen Apartmenthäuser der Western Addition, sah er die Turmspitzen von Saint Ignatius, die – Luftlinie – keine halbe Meile mehr entfernt waren.

Doch zwischen der Universität und der Stelle, an der er stand, stiegen mehrere Rauchfahnen auf. Unmittelbar vor ihm, auf der California Street, lag ein umgestürzter Wagen auf der Straße. Auf den Gehwegen patrouillierten in loser Formation Uniformierte, Soldaten.

Ein weiterer schwarzweißer Streifenwagen – oder war es derselbe? – bog in die Straße ein und fuhr in seine Richtung. Einen Augenblick lang dachte er, er sollte vortreten, sich freiwillig stellen und um eine Einzelzelle bitten. Sie könnten ihn wenigstens schützen, oder etwa nicht?

Aber sogar hier oben hing an einem Baum ein Steckbrief, von dem ihn sein Gesicht anstarrte, das von der Anstrengung, Arthur Wade zu halten, verzerrt war. Zum ersten Mal bemerkte er jetzt, daß seine Züge, objektiv betrachtet, in einer Art entstellt waren, die man durchaus als Haß interpretieren konnte. Sicher, er hatte Haß verspürt, aber auf die Verrückten, die den Schwarzen gelyncht hatten.

Unter seinem Konterfei standen die Ziffern – 100 000 Dollar. Aber noch schrecklicher waren die mit der Hand dazugeschriebenen Buchstaben, der berühmte Standardsatz aus dem Wilden Westen: Tot oder lebendig.

In der Hoffnung, im Schatten genügend Deckung zu haben, betrat er das nächste Grundstück und folgte einem kurzen Steinweg, der durch die gepflegte Rasenanlage zum überdachten Portal eines schindelgedeckten viktorianischen Hauses führte. In der Mitte der Eingangstür befand sich eine große Scheibe aus geschliffenem Glas. Kevin drückte sich rücklings in die Nische.

Der Streifenwagen fuhr langsam vorbei. Shea wagte nicht hinzusehen.

Da schaltete sich über ihm eine Lampe ein. Die Haustür wurde geöffnet, und eine gutgekleidete Frau um die Mitte Fünfzig trat in den Türrahmen. Im Hintergrund dröhnten die Nachrichten aus dem Fernseher. »Kann ich Ihnen helfen ... Oh!«

Erkannt. Sie mußte den ganzen Morgen am Bildschirm geklebt haben.

Die Frau trat einen Schritt zurück und schob die Tür ein Stück zu, um etwas zwischen sich und ihn zu bringen. Durch den Spalt flüsterte sie: »*Sie sind Kevin Shea!*« Dann bat sie ihn ängstlich: »Bitte gehen Sie, ich will keinen Ärger bekommen ...«

Die Tür fiel ins Schloß, und der Riegel wurde vorgeschoben.

21

Wenn er nicht auf den Straßen unterwegs war, startete Philip Mohandas seine Aktivitäten von dem Stützpunkt aus, den er in den beiden Räumen eines umgebauten Ladens im Bay View District bezogen hatte, etwa eine Meile nördlich von Hunter's Point und nur wenige Häuserblocks von der Wohnung entfernt, die Jerohm Reese sein Zuhause nannte.

Da er von Mitternacht bis fast zwölf Uhr mittags auf den Barrikaden gewesen war, ruhte er sich jetzt einen Augenblick auf einem niedrigen Sofa im verdunkelten Hinterzimmer aus. Das Sakko seines Dreiteilers hing über der Lehne eines Klappstuhls. Mohandas lag reglos da und atmete leicht, die Krawatte gerade soweit gelockert, daß sich sein vorstehender Adamsapfel beim Schlucken ungehindert unter dem Kragen bewegen konnte. Seine Augen waren geschlossen, und auf seiner Stirn lag ein zusammengefaltetes feuchtes Handtuch. Die Hände waren auf der Brust verschränkt wie zum Gebet. Philip Mohandas würde nicht lange schlafen, das tat er nie, oft kam er tagelang mit diversen kurzen Nickerchen aus. Er hatte zwei persönliche Assistenten, Allicey Tobain und Jonas mit dem wohlklingenden Nachnamen N'doum, die immer mit ihm unterwegs waren, seinen Terminplan aufstellten und sein Geld bewachten. Jetzt waren sie auf Klappstühlen vor der Tür postiert.

Im Vorderzimmer wetteiferten Kopien des zum Poster vergrößerten Steckbriefes von Kevin Shea um einen Platz an der Wand zwischen verschiedenen Farbpostern von Mohandas, die ihn bei seinen Reden zeigten – hochgehaltene Faust, sein Markenzeichen.

Die ersten Strahlen der Nachmittagssonne fielen durch die Panzerglasscheiben. Auf dem Boden und den breiten Fensterbrettern lagen Zeitungen verstreut. Ein langer Klapptisch bog sich unter dem Gewicht der Literatur der African Nation und der Kästen mit Wasserflaschen. Journalisten, gelegentlich ein Kamerateam, professionelle Aktivisten und besorgte Bürger strömten wie Ebbe und Flut durch die Vordertüren herein und wieder hinaus. Die meisten von ihnen sprachen mit gedämpfter Stimme.

Draußen fuhr ein alter grüner Plymouth vor und hielt am Straßenrand. Eine attraktive kleine schwarze Frau, dem Aussehen nach vielleicht vierzig Jahre alt, öffnete die Fahrertür, blinzelte beim Anblick der grellen Fassade des Ladens und kam dann um den Wagen herum.

Einer der Journalisten erkannte sie. »Mein Gott, das ist Senatorin Wager.«

Hinten klopfte Allicey Tobain einmal an die Tür, die sie bewachte, und öffnete sie.

»Was will die Frau hier?« Mohandas schwang die Füße auf den Boden und wischte sich rasch mit dem feuchten Handtuch über das Gesicht. Er stand auf und ließ sich von Allicey ins Sakko helfen. »Ich habe ihr nichts zu sagen. Sie ist im falschen Lager.«

Seine Assistentin korrigierte kurz seinen Haaransatz mit einem Kamm und reichte ihm wortlos zwei Tic-Tac-Atemerfrischer.

Mohandas runzelte die Stirn, suchte nach dem Vorteil, den dieser Besuch ihm bringen könnte. »Hat sie vorher angerufen?«

»Kein Anruf.« Allicey zupfte einen imaginären Fussel von seinem Sakko. »Sie hat sich nicht angekündigt. Sie zieht eine Show ab.«

»Aber weshalb?«

Allicey ging zur Tür und schaltete das Licht an. Sie war eine große Frau mit vollem Busen und kräftigem Körperbau. Ihr Haar lag, zu Zöpfen geflochten, eng am Kopf, sie trug eine schwarze Hose, Sandalen und ein schwarz-rot-gelbes Dashiki-Gewand, das in der Taille von einer goldenen Schnur zusammengehalten wurde.

Sie fuhr erneut über sein Sakko und strich ihm dann mit einem Finger über die Wange. »Stimmen«, sagte sie. »Vergiß das nicht, Philip. Wählerstimmen.«

»Senatorin, wie geht es Ihnen? Welch wundervolle Überraschung! Seien Sie willkommen.« Mohandas war nicht groß, doch seine Stimme dröhnte und übertönte alle Gespräche. Er kam mit ausgestreckten Armen aus dem Hinterzimmer, Allicey und Jonas hielten sich, links und rechts, ein wenig hinter ihm. Die Menschenmenge im Vorderraum teilte sich, und die beiden Prominenten umarmten einander vor laufenden Fernsehkameras. Dann wurden sie von einem Journalisten unterbrochen.

»Senatorin, was führt Sie hierher? Ist das ein spontaner Besuch?«

»Eine spontane *Freude.*« Mohandas hielt Lorettas Hand fest, während sich beide der Kamera zuwandten.

»Ich komme, um zu helfen«, sagte Loretta. »Wenn ich irgendwie helfen kann.«

Mohandas intonierte ein tiefes Amen. »Unsere Gemeinde hat nicht nur den tragischen Verlust eines ihrer hellsten Sterne erlitten, nicht nur die Demütigung durch das schreckliche Verbrechen selbst«, sagte er pathetisch, »sondern einen weit tieferen und schwerwiegenderen Verlust: die Abkehr jenes Systems, in dem wir – unter großen Schwierigkeiten! – versuchen, unsere Arbeit zu tun.«

Loretta wartete einen Moment, bis sie sich der Aufmerksamkeit des Publikums sicher war, dann hob sie Mohandas Hand in bewußter Nachahmung seiner berühmten Geste halb in die Höhe.

»Jetzt ist es an der Zeit – und ich denke, Philip wird mir zustimmen –, daß wir Afroamerikaner und alle schwarzen Menschen uns vereinigen ... nicht nur aus berechtigter Wut, sondern auch, um aus diesem Chaos einen Geist der Hoffnung und Erneuerung entstehen zu lassen und das Gefühl, daß wir jetzt endlich etwas verändern werden, was wirkliche Konsequenzen für unser Leben haben wird, für die Art, wie wir behandelt werden, für unseren Einfluß auf tägliche Entscheidungen, die auch uns betreffen!«

In einem Chor aus »Amen« und »Genau« bahnten sich die Senatorin und Mohandas, wieder wie auf magische Weise von Allicey und Jonas flankiert, einen Weg durch die Anwesenden hindurch zur Tür des Hinterzimmers.

Die Tür schloß sich hinter ihnen.

»Wollen Sie nur ein wenig Lärm machen, Philip, oder wollen Sie wirklich etwas erreichen?«

Mohandas war mit Loretta Wager in dem winzigen, heißen Zimmer allein und hatte keine Lust, sich von einer Schwarzen mit den Wertvorstellungen der Weißen eine Lektion erteilen zu lassen. »Ich erreiche durchaus etwas, Senatorin«, sagte er. »*Ich* habe niemanden verraten und verkauft.« Er wies mit dem Kopf zur Tür. »Das da draußen sind *meine* Leute. Sie haben genug Lügen gehört, sie wissen, wer sie nicht belügt, und das bin ich, Senatorin, das bin ich.«

»Ich belüge niemanden, Philip. Und ich habe auch niemanden verraten oder verkauft.«

Mohandas zeigte kurz seine Zähne, dann zupfte er an seinem Kragen. Sein Kapital war die Gewißheit. Er hatte recht, und das wußte er. »Viele von uns sehen das anders.«

»Dann sehen sie es falsch.« Das war genau das Problem, das Loretta lösen mußte, deshalb war sie hergeflogen. Aber sie würde keinen Erfolg haben, wenn sie Mohandas attackierte, sich ein Wortgefecht mit ihm lieferte. Er spielte nicht in ihrer Liga und würde sie nicht verstehen. Sie war klüger als er, und das mußte sie nutzen. »Nein, warten Sie. Hören wir auf damit.« Sie trat näher zu ihm hin. »Was ich vor einer Minute da draußen gesagt habe, war keine Lüge. Ich bin hierhergekommen, um zu helfen, wenn ich kann. Und ich glaube, ich *kann* helfen, Philip. Ich kann Ihnen helfen.«

»Ich höre.«

»Warum reden nicht einfach Sie? Sagen Sie mir, was Sie fordern.« Das war der springende Punkt. Sie mußte ihn von den Allgemeinheiten, aus denen sein sogenanntes Programm bestand, wegbekommen. Von der bloßen Rhetorik.

»Sie wissen, was wir fordern, Senatorin ...«

Sie lächelte ihn an. »Wie wäre es mit Loretta, Philip? Sagen Sie Loretta zu mir, nicht Senatorin! Nein, ich weiß nicht, was Sie fordern, nichts Genaues. Hören Sie mir gut zu: Was würden Sie haben wollen, wenn Sie alles bekommen könnten? Denn genau jetzt ist der Zeitpunkt, an dem Sie es bekommen können.«

Mohandas zupfte wieder an seinem Kragen und hörte auf, in dem kleinen Zimmer auf und ab zu gehen. Er setzte sich auf einen Klappstuhl und gab Loretta mit einer Geste zu verstehen, sie solle sich auf das Sofa setzen, auf dem er geschlafen hatte. »Der Standpunkt der African Nation ist klar.«

»Philip, Sie fordern mehr Einfluß, eine Lobby, das Ende der Unterdrückung, Sie wollen, daß die Gesetze gerecht angewendet werden – gut, wer will das nicht? Aber Sie gehen einen Schritt weiter und sagen, Sie wollen Ihr eigenes, getrenntes System, und das funktioniert nicht. Sehen Sie das denn nicht? Dazu fehlen Ihnen die Massen, denn die Massen bewegen das Geld. Sie wollen einen Staat übernehmen, die Menschen zurück nach Afrika bringen? Sie wollen ein schwarzes Israel auf einem Haufen Sand in Afrika bauen? Wollen Sie *das?*«

In dem Zimmer wurde es immer heißer, und Mohandas schwitzte. Er beugte sich vor, stützte die Ellbogen auf die Knie und sagte: »Wir wollen es hier. Denn wir können es hier bekommen.«

»Sagen Sie mir, wie, Philip!«

»Ich rede von Gleichheit vor dem Gesetz, von unseren *Rechten* ...«

Loretta schüttelte frustriert den Kopf und hob ihre Stimme: »Ich rede von *Geld*, Philip, von staatlichen Mitteln, heute, hier und jetzt. Für diese gute Sache. In dieser Lage können wir, können Sie alles bekommen ...«

Mohandas ging zur geschlossenen Tür und horchte daran. Dann kam er zurück, baute sich direkt vor Loretta auf und sagte: »In Ordnung, Senatorin, dann reden Sie mit mir über Geld.«

22

Als Kevin die California Street überquert hatte und den Schutz der Bäume verließ, begriff er, daß er es zu dem mit Wes Farrell vereinbarten Zeitpunkt nicht bis zur Universität schaffen würde. Deckung boten lediglich noch die Apartmenthäuser auf beiden Seiten der menschenleeren Straße, die im ganzen Stadtteil die einzige zu sein schien, wo zur Zeit keine Krawalle stattfanden. Als er die halbe Strecke bis zur nächsten Querstraße zurückgelegt hatte, bog vor ihm ein Polizeiwagen um die Ecke und kam in seine Richtung.

Er huschte in den mit Papierabfällen übersäten Eingang eines Apartmentgebäudes und sah in die Richtung zurück, aus der er gekommen war. Noch ein Polizeiwagen. Zwei in derselben Straße, und beide näherten sich ihm.

Die Tür war verschlossen. Es gab sechs Briefkästen und darunter sechs Klingelknöpfe. Er drückte alle. Der Türöffner summte, und er stieß die Eingangstür in dem Moment auf, als hinter ihm die Wagen vorbeifuhren.

»Ja? Wer ist da?« rief eine rauhe Männerstimme innen vom oberen Stockwerk herunter.

»Tut mir leid, ich habe mich in der Tür geirrt.«

Kevin öffnete die Tür und ließ sie laut zufallen. Er blieb im Hausflur stehen und dachte: Was nun?

Der Briefkasten des Apartments Nr. 3, das hinten im Erdgeschoß lag, quoll über mit Post. Entweder waren die Bewohner sehr beliebt oder im Urlaub. Kevin hoffte auf letzteres. Er versuchte den alten Trick mit der Kreditkarte zwischen Tür und Türrahmen, und zu seinem Erstaunen funktionierte es. Zum ersten Mal an diesem Tag hätte er fast gelacht. Vielleicht würde seine Pechsträhne jetzt enden. Allerdings, dachte er, lag vor ihm noch ein verdammt langer Weg, bis man von Glück sprechen konnte.

Zuerst rief er bei Wes an. Es klingelte zehnmal, kein Anrufbeantworter. Wes wartete wahrscheinlich weniger als eine Meile entfernt von hier auf ihn. Vielleicht sollte er es riskieren, ein Taxi zu rufen. Wie groß war die Wahrscheinlichkeit, daß ein x-beliebiger Taxifahrer wußte, wer er war? Aber er konnte sich – trotz der Kreditkarte – nicht überwinden, das Risiko einzugehen. Er mußte vorsichtig sein. Einhunderttausend Dollar waren viel Geld für einen Taxifahrer sowie für jeden anderen Menschen auch. Shea lief in der Wohnung auf und ab, immer noch ein wenig hinkend, und versuchte, zu einer Entscheidung zu kommen. Da hörte er Schritte auf dem Hartholzboden.

Wie erstarrt blieb Shea stehen, als er jemanden an die Tür klopfen hörte.

Eine Stimme fragte: »Dave? Dave, bist du zu Hause? Ist da jemand?«

Vermutlich gab es noch weitere Stellen in Kevins Körper, die sich nicht völlig verkrampften, aber er wußte nicht, wo die sein sollten. Er wagte kaum zu atmen.

Der Schatten der Füße unter dem Türspalt blieb. Kevin kämpfte gegen den Adrenalinstoß, den Schmerz, den Sauerstoffmangel und die Angst an. Und gegen die drohende Ohnmacht ... Er durfte jetzt nicht ohnmächtig werden ...

Der Nachbar war hartnäckig. Er hatte etwas gehört, vielleicht Kevins Schritte, als er auf und ab gegangen war, und wollte sich vergewissern. Also blieb er stehen und lauschte.

Bitte, dachte Kevin, bitte, lieber Gott, laß ihn keinen Schlüssel haben.

Der Nachbar war fort. Kevin wartete noch fünf Minuten, streckte sich dann und versuchte, seine erschöpften Muskeln etwas zu entspannen. Auf Zehenspitzen ging er durch den Raum und setzte sich in einen großen Polstersessel. Das Sofa befand sich zwar näher an der Stelle, wo er stehengeblieben war, doch er befürchtete, daß es knarzen könnte. Außerdem stand das Telefon auf dem kleinen Tisch neben dem Sessel.

Unendlich vorsichtig nahm er den Hörer ab und wählte. Vielleicht hatte Wes aufgegeben und war nach Hause gefahren.

Nein.

Er legte den Kopf zurück und schloß die Augen.

23

Es war Nachmittag.

»Also, was haben wir?«

Glitsky saß mit drei seiner Inspectors – Carl Griffin, Ridley Banks und Marcel Lanier – an einem Tisch in einer Nische. Sie hielten ihr vom Lieutenant einberufenes offizielles Treffen bei Lou, dem Griechen, ab. Das Lokal lag gegenüber vom Justizgebäude und diente den Beamten von Polizei und Staatsanwaltschaft als Oase. Der Weg zu Lou's führte entweder durch eine Gasse und eine unbeschriftete Seitentür oder über eine schmutzige, mit Teppichware ausgelegte Treppe nach unten, die so dunkel war, daß man nicht erkennen konnte, weshalb es dort stank.

Lou's war ein einfaches Lokal. Für wenig Geld wurde das Glas bis zum Rand gefüllt, das Essen schmeckte in der Regel gut und herzhaft. Lous Frau war Chinesin, Lou natürlich Grieche. Oft gab es mittags besondere Spezialitäten wie Avgolemo-Suppe mit Wontons oder Kung-Pao-Hühnchen-Moussaka. Seit Jahren stand eine Spezialität auf der Speisekarte, die sich ›Lammtopf‹ nannte und von der niemand genau wußte, was sich darin befand.

Das Wichtigste an Lou's war, daß es in der Nähe des Justizgebäudes lag und man dort nicht gestört wurde. Andere Bewohner der Stadt kamen selten dorthin, und bekannte Reporter und andere Medienvertreter schienen von Lou nicht mit demselben persönlichen Service bewirtet zu werden wie die Justizbeamten. Eine Laune der Natur.

»Sie waren alle dort«, sagte Ridley Banks.

Glitsky und seine Männer waren fast allein in dem Lokal, und dem Lieutenant fiel es immer noch schwer, sich in Geduld zu üben. *Natürlich* waren alle Zeugen, die sie verhört hatten, dort gewesen, das hatten sie ja zugegeben. Aber mit dem Lynchmord wollten sie nichts zu tun haben. Die Aufgabe der Inspectors bestand darin, nachzuweisen, daß sie während der Gewalttätigkeiten auf de

Straße gewesen waren, aber für Glitsky sah es nicht so aus, als würde ihm dies in naher Zukunft gelingen.

»Ich schlage vor, wir nehmen sie einfach fest und setzen sie unter Druck.« Carl Griffin galt als der Inspector des Morddezernats, der am wenigsten Federlesens machte, was nicht hieß, daß seine Ideen immer schlecht waren.

»Da gibt es ein Problem«, sagte Glitsky.

»Und zwar?« Lanier verzog spöttisch die Mundwinkel und lehnte sich in seiner Fliegerjacke zurück. Er hatte ein Glas Rotwein bestellt. Ein Bulle, der Rotwein trank ... Das gab es nur in San Francisco, dachte Glitsky.

»Und zwar die vollen Zellen über uns«, fuhr Glitsky fort. Er nahm einen Schluck von seinem Tee. »Boles sagt, sie seien voll und es werde immer schlimmer. Er versucht, Rigby dazu zu bringen, für alle Vergehen bis einschließlich bewaffneten Raubüberfalls nur Vorladungen auszustellen.«

Griffin blickte mit rotgeränderten Augen auf. »Ist das dein Ernst?«

Glitsky erklärte, er habe übertrieben, aber nur, was den bewaffneten Raubüberfall betreffe.

Ridley Banks meldete sich zu Wort: »Aber wir sprechen von hundertsiebenundachtzig ...« Paragraph 187 des kalifornischen Strafgesetzbuches betraf Mord. »Wenn diese Burschen dabei waren, war es Mord.«

Glitsky sog an seinen Zähnen. »Na ja, das ist die andere Sache. Deswegen treffen wir uns hier bei Lou's statt in meiner luxuriösen Bürosuite. Ich möchte nicht, daß jemand etwas mithört und mißversteht.« Die anderen warteten. »Ihr habt vielleicht schon bemerkt, daß es inzwischen auch um Politik geht.«

Lanier trank einen Schluck Wein und malte mit seinem Zeigefinger aus einigen vergossenen Tropfen kleine Kreise auf den Tisch. »Die Sache mit Kevin Shea.«

Glitsky nickte. »Die offizielle Linie lautet, daß er es allein getan hat.«

Banks, der junge Hitzkopf, beugte sich vor. »Aber da waren ... Ich meine, es war ein ganzer Mob ...«

»Haben wir irgendwelche Zeugen, die das bestätigen?«

»O'Toole?« Banks sah Lanier an, der den Kopf schüttelte.

»O'Toole ist gar nicht rausgegangen.« Laniers Gesicht blieb unbewegt. »Er blieb in der Kneipe und zapfte Drinks, und die anderen Clowns, Mullen und McKay, gingen nach Hause, bevor es anfing, nicht wahr, Abe?«

»Das ist der Stand der Dinge.«

Griffin fragte: »Der Fotograf, wie heißt der noch?«

Der Lieutenant deutete ein Nicken an. »Okay. Einer. Westberg. Der Punkt ist: Der Mob ist ihnen zu unhandlich oder so ähnlich. Gott muß Rigby etwas ins Ohr geflüstert haben. Jungs, die wollen Shea und sonst niemanden. Symbolisch. Der Bürgermeister will ihn, Rigby macht mit, Locke führt die Anklage. Wir bringen ihnen Shea und fertig. Alles ist wieder gut.«

Lanier fummelte weiter mit seinen Fingern in den Weintropfen herum. »Okay, na und? Wir bringen ihnen Shea.«

»Wir können ihn nicht finden. Wenn der Kerl ein bißchen was im Kopf hat, ist er längst auf und davon«, sagte Glitsky. »Falls wir aber auf einen handfesten Beweis dafür stoßen, daß eine von diesen Witzfiguren – McKay, O'Toole oder irgendeiner von ihnen – daran beteiligt war, habe ich persönlich nicht vor, die Sache einfach unter den Tisch fallen zu lassen. Ich wollte nur, daß ihr das wißt.« Er sah seine Männer der Reihe nach an. »Mir gefällt der Gedanke nicht, an den Pranger gestellt zu werden, wenn es wieder ruhiger geworden ist, weil wir unsere Untersuchungen angeblich nicht gründlich genug durchgeführt hätten. Das hier ist genau die Art politischer ...« – er hielt inne, suchte nach dem richtigen Wort – »... Machenschaften, die auf unangenehme Weise zum Bumerang werden können. Das wollte ich einfach nur mal klar und deutlich ausgesprochen haben. Okay?«

Lanier hob einen Finger. »Du glaubst nicht, daß Shea was damit zu tun hat?«

»Das habe ich nicht gesagt. Zu dieser Annahme habe ich keinen Grund ... Auch ich kenne das Foto. Aber wenn die Dinge so einfach wären ...« Er zuckte mit den Schultern. Alle wußten, wovon er sprach. »Wahrscheinlich waren sie es alle, er und die anderen. Wenn wir ihn knacken, kriegen wir auch den Rest. Was mir ein bißchen Sorge bereitet, ist der Umstand, daß keiner von den Typen ihn zu kennen schien.«

Banks warf ein: »Mullen sagte, er kenne ihn flüchtig.«

Die Narbe auf Glitskys Lippen spannte sich. »Das habe ich gehört, Rid, aber ich würde nicht darauf wetten. Nach dem heutigen Tag kennt ihn die ganze Stadt flüchtig.« Er wies auf Banks und Griffin. »Hat einer von euch Gelegenheit gehabt, sich die Verwundungen von Mullen und McKay anzusehen? Vielleicht solltet ihr mal mit ihren Ärzten sprechen. Oder schaut bei McKay zu Hause vorbei und seht euch die Schiebetür an.«

Lanier kippte den restlichen Wein hinunter. »Du willst damit sagen, Abe, wir sollen an ihnen dran bleiben, oder? Egal, was uns jemand anders sagt?«

»Es muß mindestens ... na, sagen wir, zehn Mittäter geben. Drücken wir es mal so aus: Ich will wenigstens ein paar von ihnen finden.«

»Und Shea?« Die Frage kam von Griffin.

»Klar. Shea auch. Wir sehen uns oben.«

24

Endlich war wieder Wind aufgekommen. Der Nebel wallte die Bryant Street hinunter, und es war wieder so kalt wie immer. Glitsky zog die Jacke enger um sich, damit sie nicht ständig vom Wind aufgerissen wurde. Seine Augen waren vor Müdigkeit trüb, sein Kopf fühlte sich schwer an.

In der Eingangshalle des Justizgebäudes hatte Sheriff Boles einen Bereich behelfsmäßig abgetrennt, in dem die Festnahmen bearbeitet wurden. In der Praxis hieß das, daß reihenweise Vorladungen verteilt wurden, als seien es Strafzettel für falsches Parken. Seit dem Vortag waren zahlreiche Menschen wegen Störung der öffentlichen Ordnung festgenommen worden, deren Vergehen Plünderungen, Vandalismus, Hausfriedensbruch, Körperverletzung und ähnliches umfaßten. Boles hatte Polizeichef Rigby dazu überredet, die Verhafteten wegen anderer Straftaten überprüfen zu dürfen. Falls kein Haftbefehl gegen sie vorlag, erhielten sie einen Vorladungstermin und wurden freigelassen.

Der Ort glich einem Tollhaus. Glitsky zog den Kopf tiefer in die Jacke und ging in Richtung der Aufzüge. Er wollte nach oben ins Büro, um Rita noch einmal anzurufen und nach seinen Jungs zu fragen. Irgendwann mußte er auch mal schlafen. Er wußte zwar nicht, wann, aber er spürte, daß seine Nerven nicht mehr lange mitmachen würden. Sein klares Urteilsvermögen würde wegen der erdrückenden Müdigkeit bald nicht mehr funktionieren.

Als sich die Aufzugstür öffnete, stand Elaine Wager vor ihm. »Ich war gerade in Ihrem Büro, Abe. Niemand wußte, wo Sie sind.« War das ein Vorwurf? Eine Warnung? Wurde er von jemandem überwacht? »Haben Sie eine Minute Zeit?« fragte sie. »Wir könnten wieder rauffahren.«

»Sicher.« Es hatte keinen Sinn zu diskutieren. Die Dinge, die er unbedingt sofort erledigen wollte, mußte er auf später verschieben. Er konnte seine Söhne jetzt nicht anrufen, er mußte verfügbar sein, wenn man ihn rief. Das gehörte zu seinem Job.

Er wurde an sie gedrückt, als sich die Menschentraube – etwa zwanzig Personen aller Rassen, ein Mikrokosmos der Stadt draußen – in die sechseinhalb Quadratmeter kleine Aufzugskabine zwängte. Die Türen schlossen sich, die Geräusche aus der Eingangshalle verstummten. Die Stille im Fahrstuhl lastete auf ihnen. In dem engen, geschlossenen Raum herrschte eine spürbare Anspannung; Argwohn und Mißtrauen erstickten die gewohnten Plaudereien.

Als die Tür sich auf der dritten Etage öffnete, stieß Elaine Glitsky leicht an. »In mein Büro.« Er hatte gedacht, sie wären auf dem Weg ins Morddezernat auf der vierten Etage, aber Elaine legte einfach einen anderen Ort für ihr Gespräch fest, also lief er hinter ihr her.

Der Raum war eines der Standardbüros, wie es die Staatsanwälte benutzten – zwei Schreibtische, so viele alte Aktenschränke, wie hineinpaßten, eine Kaffeemaschine und zwei schmutzige Fenster mit dem entzückenden Ausblick auf die Freeway-Überführung Nr. 4. Elaine blieb auf der Schwelle stehen, um Glitsky hineinzulassen, dann schloß sie hinter sich die Tür.

Glitsky parkte sein Hinterteil auf dem Schreibtisch von Elaines Zimmergenossin. Wer auch immer sonst an dem zweiten Schreibtisch saß, war jetzt nicht da. Elaine drehte sich um und sank leicht in sich zusammen. Um die Spannung zu lösen, fragte Glitsky, ob sie bei der Fahrt im Aufzug genau soviel Spaß gehabt habe wie er.

Elaine schenkte ihm ein schwaches Lächeln. Auch sie war erschöpft, man sah ihr die Müdigkeit an. »Das ist alles so unwirklich«, sagte sie. »In San Francisco gibt es solche Probleme einfach nicht.«

»Wissen Sie, wie viele Gewerkschaften wir bei der Polizei haben? Ich werde es Ihnen verraten: drei. Wir haben eine für weiße Polizisten, eine für weibliche Polizisten und eine für schwarze Polizisten. Und die schwulen Polizisten wollen demnächst auch eine gründen.«

»Aber sie arbeiten alle zusammen, so wie wir, Sie und ich. Die Leute kommen miteinander aus, tun ihre Arbeit, nicht wahr?«

»Das Faß kann überlaufen.«

»Aber doch nicht so.«

»Die Ausweitung der Ereignisse ist logisch genug. Zuerst hören die Menschen auf, einfach nur Menschen zu sein, na ja ...« Glitsky zuckte die Achseln, stand auf und reckte sich. »Aber darüber wollten Sie wohl nicht mit mir plaudern.«

Elaine seufzte. Einen Moment lang erkannte Glitsky in ihren Augen ihre Mutter wieder. Etwas in ihrem Ausdruck, in der Form ihres Gesichts, war ihm vertraut. Er rieb sich die Augen, während sie ihm zustimmte.

Sie habe ihn nicht gesucht, um mit ihm die Lage zu erörtern ... Für einen Moment hielt sie inne und überlegte. »Kann das unter uns bleiben?«

»Kommt ganz darauf an.« Glitsky war sich seines Rufes als Dickschädel vage bewußt und vermutete, daß er ihn nicht ganz zu Unrecht besaß, weil er tatsächlich zur Kompromißlosigkeit neigte. Wenigstens beschönigte und heuchelte er nicht. Er wußte, daß er – mit einem bestimmten Ausdruck in seinem Adlergesicht – jemandem sagen konnte, daß er ihn liebe und schätze, und dabei schroff und kalt wirken könnte. Sogar bei Flo war ihm das passiert.

Doch Elaine hatte ein dickeres Fell, als er angenommen hatte. Sie warf ihm einen kurzen Blick zu und zeigte den Anflug eines erneuten, strahlenderen Lächelns.

Schließlich nickte er. »Okay, klar. Es bleibt unter uns. Worum geht es?«

»Meine Mutter ...« begann sie. »Nein ... nicht sie. Ich möchte sie da nicht hineinziehen ...« Sie biß sich auf die Unterlippe und sah an Glitsky vorbei zum Fenster hinaus.

»Steckt sie nicht schon mittendrin?«

»Genau genommen nicht. Aber darüber möchte ich jetzt nicht sprechen. Ich glaube, was ich meine ist diese ganze Geschichte.«

Glitsky nickte wieder. »Alles etwas ungewöhnlich, das gebe ich zu.«

»Es geht um meine Karriere«, fuhr sie fort.

»Könnte sein, daß Sie recht haben.«

»Ich muß es wissen, wenn es keinen Fall gibt.«

»Elaine, *Sie* machen den Fall«, erklärte er.

»Ich weiß. Das ist meine Aufgabe. Ich sammle die Tatsachen.«

Stille.

»Ich will nur, daß die Tür zwischen uns offenbleibt.«

Glitsky holte tief Luft und ging zu den Fenstern hinüber. Der Nebel war dünn, und er konnte auf der anderen Seite der Bucht in Oakland und vermutlich sogar in Richmond noch vereinzelt Rauchschwaden erkennen. Als er sich bewußt machte, in welche Richtung das Gespräch mit Elaine lief, stieg plötzlich wieder die

Wut in ihm auf. Sein Zorn schien wie Lava unter der Oberfläche zu brodeln, jederzeit bereit, durchzubrechen.

Er drehte sich zu ihr um. »Wissen Sie, Elaine, Sie sind eine reizende Person, und ich glaube, daß auch Sie nur versuchen, in dieser Situation das Richtige zu tun. Aber ich hasse es, auf den Arm genommen zu werden, und besonders heute steht mir nicht der Sinn danach.«

Ihre Augen weiteten sich. »Aber ich will Sie nicht ...«

»Sie wollen Ihren Hintern absichern, Elaine. In Ordnung, das bleibt unter uns. Aber meine Tür stand schon immer offen. Wir müssen keine besonderen Übereinkünfte treffen, damit die Türen offenbleiben.«

»Das ist keine besondere Übereinkunft.«

»Nein? Dann ist es eigenartig, daß wir in einem geschlossenen Raum und ganz *unter uns* sind.«

»Ich wollte nur, daß wir ungestört sind. Ich wollte nicht, daß Chris ...«

Glitsky zeigte mit dem Finger auf sie. »Jetzt kommen wir der Sache näher. Sie wollten nicht, daß Chris ... was?«

»Er ist mein Chef. Er teilt mir die Jobs zu.«

»Dann erledigen Sie die Jobs. Aber kommen Sie nicht zu mir, um auf Nummer Sicher zu gehen. Entweder spielen Sie bei ihm mit – und damit vielleicht auch bei Ihrer Mutter, das weiß ich nicht –, oder Sie schlagen sich als rechtschaffene Staatsanwältin. Für welche Seite Sie sich entscheiden, liegt bei Ihnen.«

»Ich will keinen Fehler machen, Abe. Ich darf keinen Fehler machen.«

Die Narbe auf Glitskys Lippen dehnte sich. »Darüber würde ich mir nicht den Kopf zerbrechen. Ich begehe die ganze Zeit Fehler. Aber ich verrate Ihnen, was das Leben erheblich erleichtert.«

»Und das wäre?«

»Halten Sie sich an die richtige Reihenfolge. Es gibt eine bestimmte Reihenfolge, in der man die Dinge erledigen sollte, damit man nicht die Zeit aller Beteiligten verschwendet.« Glitsky drehte am Türknopf, hielt inne. »Wissen Sie, ich habe wirklich kein Mitleid mit Kevin Shea. Aber ich erledige die Dinge gern vorschriftsmäßig. Denn wenn man das nicht tut, gibt es hinterher oft ein böses Erwachen.«

»Sie glauben also, daß er es war?« Das schien sie zu ermutigen.

Glitsky riskierte eine Klage wegen Tätlichkeit, sexueller Belästigung und Political Incorrectness im allgemeinen, als er seine Hand einen Moment auf Elaines Schulter legte. »Ich versuche nicht, seine Unschuld zu beweisen. Aber ich will, genau wie Sie, daß er eine faire Verhandlung bekommt. Und meine Tür steht immer offen. Das ist alles.«

25

»Bist du allein?«

»Kevin, bist du das? Kannst du etwas lauter reden?«

»Ja, ich bin's. Aber ich kann nicht lauter sprechen. Kannst du mich verstehen?«

»Es geht so. Wo bist du? Ist alles in Ordnung?«

»Ich habe gefragt, ob du allein bist.«

»Ja.«

»Bist du sicher?«

»Kevin ...«

»Ich brauche Hilfe, Melanie, ich brauche dringend Hilfe, aber ich brauche nicht Cindy Taylor oder sonst irgendwen, verdammt ...«

»Was?«

Sein Flüstern wurde noch leiser. »In der Wohnung eine Treppe höher ist jemand. Jetzt kommt er wieder runter. Ich habe gerade die Tür gehört.«

»Was?«

»Warte. Bleib dran. Ich kann nicht sprechen. Nur einen Moment.«

Er hörte wieder Schritte näher kommen und sah den schwachen Schatten der Füße unter der Tür. Der gute Nachbar von oben war zweifelsohne ein Musterknabe von Bürger, der die leeren Wohnungen im Auge behielt, wenn die Leute in Urlaub fuhren.

Wieder klopfte es an der Tür. »He, ist jemand da drin?«

Aus dem Telefon kam Melanies Stimme: »Kevin?«

Er hielt den Atem an. Melanie würde entweder auflegen oder aber nicht. Er hatte sie gebeten zu warten. Vielleicht würde sie es tun.

Nach ungefähr zwei Minuten verschwand der Schatten hinter der Tür endlich. Er lauschte den leiser werdenden Schritten und wartete noch zehn Sekunden, um sicherzugehen, daß der Mann wirklich weg war. Dann flüsterte er: »Bist du noch da?«

»Ja. Kevin, was ist los?«

»Kannst du mich abholen?«

Eine Pause. »Ja, gut. Wo bist du?«

Ein neues Problem – er wußte nicht, wo er war. Auf dem Tisch vor dem Sofa lagen ein paar Zeitschriften, und er riskierte es, ein paar Schritte zu machen. Die kleinen Geräusche, die er dabei verursachte – eine quietschende Feder im Sessel, eine knarrende Fußbodendiele –, waren laut wie Explosionen. Er las die Anschrift von einer der Zeitschriften ab: »148 Collins Street, Apartment 3. Weißt du, wo das ist?«

»Nein.«

»Western Addition. Ein oder zwei Straßen südlich der California Street. Du mußt wahrscheinlich einen Umweg fahren. Die Nationalgarde ist unterwegs ...« Ihre Konzentration überraschte ihn. Keine Panik in der Stimme. Wer, zum Teufel, war diese Melanie?

Sie wiederholte die Adresse. »Gut, ich hab's. Ich werde dich finden.«

Hinter seinem Rücken war ein anderes hartnäckiges Klopfen zu hören. Kevin drehte sich mit dem Hörer in der Hand um. Zwei Meter von ihm entfernt stand der gute Nachbar von oben und spähte durch das Fenster herein. Der Mann schlug gegen die Scheibe und rief irgend etwas.

»Mel!« Gott sei Dank, sie hatte noch nicht aufgelegt. »Vergiß Plan A! Bleib, wo du bist, bleib zu Hause, bis ich dich anrufe! Und ruf niemanden an!«

»Kevin, was ist ...?«

»Bleib einfach zu Hause und warte, Mel! Sie haben mich wieder gefunden.«

Er fragte sich, woher die Kälte so plötzlich kam. Sie war das einzige an San Francisco, woran er sich noch nicht gewöhnt hatte. Einen Moment lang war es schön, sonnig und klar, zehn Minuten später oder drei Straßen weiter auf einmal ungemütlich und kalt. Jetzt lag die Temperatur mit einem Mal nur noch zwischen zehn und fünfzehn Grad, und der Wind fegte Nebelschwaden durch die trostlosen Reihen der Apartmentgebäude.

In dieser Straße, wie auch immer sie heißen mochte, hatten drei aneinandergrenzende Gebäude gebrannt, und der beißende Rauch drang ihm mit jedem Windstoß in die Lungen, so daß er husten mußte und die Rippen noch heftiger schmerzten. Er war vielleicht hundert Meter gelaufen, über drei Zäune geklettert. Der gute Nachbar hatte nicht die Absicht gehabt, die Verfolgung aufzugeben, aber Kevin hatte schließlich doch den Eindruck, ihn abgehängt zu haben. Durch diese Verfolgungsjagd befand er sich jetzt näher an der Universität und hatte den schlimmsten Teil der Western Addition hinter sich.

Aber was brachte ihm das?

Er bezweifelte, daß Wes Farrell den ganzen Nachmittag auf ihn gewartet hatte, würde aber trotzdem nachsehen. Wes war noch nicht wieder zu Hause gewesen, als Shea bei ihm angerufen hatte, nachdem er in dem kurzfristig angeeigneten Apartment zunächst das Bewußtsein verloren hatte und dann wieder zu sich gekommen war. Es war fast fünf Uhr gewesen, und niemand hatte geantwortet, auch kein Anrufbeantworter.

Deshalb hatte er es bei Melanie versucht.

Seine letzte Hoffnung, dachte er. Sie hätte ihn abgeholt, wenn er in dem Apartment hätte bleiben und warten können, dessen war er sich sicher. Und das war wenigstens *ein* gutes Zeichen ... also hatte sich doch nicht die ganze Welt gegen ihn verschworen. Melanie. Wer hätte das gedacht?

Seine Lunge schmerzte vom Laufen, die Stiche, die das Husten verursachte, quälten ihn. Er fragte sich, ob eine Rippe gebrochen war, ob eine gebrochene Rippe eine Lunge durchlöchern und eine durchlöcherte Lunge plötzlich den Dienst versagen und er ersticken konnte ...

Er kam an eine große Querstraße mit starkem Verkehr. Geary Street? Gab es tatsächlich irgendwo in der Stadt ein normales Leben? Es fiel ihm schwer, daran zu glauben, aber vor sich sah er den Beweis dafür.

Zitternd und immer noch hustend, überquerte er die Straße an der Ampel zur Masonic Avenue. Er fand ein Telefon und rief Melanie erneut an, um ihr zu sagen, wo er sich befand. Er war nur noch ein paar Häuserblocks von Saint Ignatius entfernt. Melanie wußte, wo die Kirche stand, und würde ihn dort in fünfzehn Minuten treffen.

Wes war nicht da.

Kevin hatte ihn so spät auch nicht mehr in der Kirche erwartet. Wenigstens war es hier wärmer.

Er setzte sich in eine Bank im hinteren Teil des Mittelschiffs und tat, als würde er beten. Er hatte in den letzten fünf Jahren nicht oft gebetet, weil die Diözese von Houston sich geweigert hatte, seinen Vater nach dessen Selbstmord in der Familiengruft beizusetzen, in der schon dessen Vater, Kevins Großvater, begraben lag. Kevins Glaube, der nie besonders ausgeprägt gewesen war, geriet noch stärker ins Wanken. Dann, in der Army, in Kuwait und nach der Sache mit Joey, beim Aufräumen auf der Straße des Todes, war der Glaube ihm ganz abhanden gekommen.

Aber seine Hände waren gefaltet, und er kniete. Ein Priester kam den Mittelgang entlang und nickte ihm zu, ohne ihn zu erkennen, zum Glück. Dann blieb der Geistliche stehen, hielt inne. Wollte er etwas sagen? Schließlich besann er sich eines Besseren und ging weiter, nach draußen. Kevin atmete auf.

Wieder öffnete sich die Tür. Bitte, dachte er, laß es nicht den Priester sein, der zurückkommt. Er war zu erschöpft, um weiterzulaufen.

Melanie Sinclair schlüpfte neben ihn. Er schreckte auf. Trotz der Sorge, der Angst in ihren Augen, erschien sie ihm lebendig und schön. Hatte er wirklich mit ihr Schluß gemacht? War er noch bei Verstand gewesen? Sie war ihm so verklemmt und spießbürgerlich vorgekommen, daran erinnerte er sich genau ... Aber in diesem Augenblick war er froh, sie zu sehen. Nie zuvor in seinem Leben hatte er über die Anwesenheit eines anderen Menschen solche Erleichterung empfunden. Offensichtlich hat alles zwei Seiten.

»Ich glaube, es ist besser, wenn du von hier verschwindest.«

Sie fuhr, er saß auf dem Beifahrersitz, vornüber gebeugt, um sein Gesicht zu verbergen.

»Vielleicht«, sagte er.

»Kevin, das *solltest* du aber ...«

Er warf ihr einen kurzen Blick zu, einen Blick, den sie gut kannte. »Laß uns nicht wieder mit dem ›du solltest‹ anfangen, Mel, okay?« Aber er bedauerte seine Worte sofort. Sie hatte recht.

Sie biß sich auf die Unterlippe, hätte ihn, instinktiv, beinahe wieder verbessert und gesagt, daß ihr Name Melanie sei, nicht Mel. Doch dann dachte sie, daß es ihr jetzt sogar völlig gleichgültig wäre, wenn er sie Schneewittchen nennen würde. Sie lächelte bei diesem Gedanken und hätte es ihm fast gesagt. Sie konnte sich gut vorstellen, wie sie zu ihm sagte: ›He, Kevin, warum nennst du mich nicht gleich Schneewittchen?‹

»Was ist so komisch?« fragte er.

»Nichts.«

Er bohrte nicht weiter. Wozu auch. Sollte es jemand anders tun.

Aber Melanie wollte die Situation bereinigen: »Ich habe nicht ›du solltest‹ gesagt, als wüßte ich es besser, Kevin. Ich habe ›du solltest‹ gesagt, weil es vielleicht besser ist, wenn du verschwindest, bis es wegen dieser schrecklichen Sache wieder ruhiger geworden ist. Du bist hier zu sehr im Blickfeld, Kevin. Ich könnte dich irgendwo hinbringen. Einfach weiterfahren.«

»Das würdest du tun?«

Sie sah zu ihm hinüber und biß sich wieder auf die Unterlippe. »Ja.«

Das beeindruckte ihn. Diese Frau hatte sich verändert, jedenfalls kam es ihm so vor. Er bemerkte etwas an ihr, das ihm nie zuvor aufgefallen war. »Dann bin ich wirklich auf der Flucht. Wenn sie mich schnappen ...«

»Du bist jetzt auch auf der Flucht.«

»Das stimmt.«

Sie hielt an einer ausgefallenen Ampel, an der ein Polizist den Verkehr regelte. »Rutsch nicht zu weit runter«, sagte sie. Überall sah sie die Soldaten der Nationalgarde, Panzerfahrzeuge, die die Straßen säumten. Der Verkehr wurde auf einer Spur zusammengeführt.

Kevin richtete sich ein wenig auf. »Du hast recht.« Er winkte lächelnd einigen Soldaten zu.

»Aber übertreib's auch nicht, bitte!«

Er wandte sich wieder zu ihr und fragte: »Erinnerst du dich an Farrell?«

»Ja.« Wes, auch er ein Freund zügelloser Partys, war einst ein wunder Punkt zwischen ihnen gewesen.

»Ich glaube, mir bleibt nur die Möglichkeit, die Geschichte so zu erzählen, wie sie wirklich passiert ist. Alles andere – weglaufen, mich irgendwann freiwillig stellen, was auch immer –, bringt mich nur noch in größere Schwierigkeiten, wenn sie mich irgendwann doch kriegen.«

»Und was kann Wes tun?«

»Wes ist Anwalt. Er kann mich rauspauken.«

»Er ist kein Anwalt mehr.«

»Natürlich ist er das. Er kennt alle Tricks. Er kann es schaffen.«

»Aber wird er es auch tun?«

»Klar. Ganz sicher.«

»Und dann?«

»Dann habe ich wenigstens eine Chance. Ich habe es nicht getan, Mel, du weißt das.«

Sie streckte ihre Hand zu ihm hinüber, legte sie auf die seine und zog sie wieder fort. Sie wollte ihn nicht drängen, sondern ihm helfen. Er konnte keine zusätzlichen Komplikationen brauchen »Natürlich weiß ich das. Ich sage nur, daß es meiner Ansicht nach ein großes Risiko ist, sonst nichts.«

Er zuckte mit den Schultern. »Im Moment ist alles ein Risiko Die ganze Sache ist außer Kontrolle geraten. Wenn ich weglaufe ... Wie dem auch sei, ich *will* nicht weglaufen.«

»Weil es wie ein Schuldeingeständnis aussehen könnte?«

»Ja. Glaube ich zumindest. Aber auch, weil es einfach nicht richtig wäre. Verstehst du, ich kenne die Wahrheit, ich weiß, was passiert ist. Ich war dort, Mel, und es muß ans Tageslicht kommen, was wirklich passiert ist, nicht nur meinetwegen ...«

»Und du glaubst, Wes Farrell könnte der richtige Mann sein um dir dabei zu helfen, deine Lage zu verbessern?«

»Ich glaube, daß Wes Farrell für einen Anwalt ein ziemlich guter Mensch ist.«

Sie konnte nicht anders. »Er ist ein Anwalt, der zuviel trinkt und eine ganz schön miese Einstellung zum Leben hat, einschließlich seines eigenen Lebens.«

Kevin wäre fast aus der Haut gefahren, riß sich aber zusammen Jetzt war nicht der Zeitpunkt, um dieses Thema mit ihr auszudiskutieren. Sie war für ihn da. Das war im Moment wichtiger als alles andere. Er nahm ihre rechte Hand vom Lenkrad und hielt sie fest. Sie sah hinunter, lächelte und drückte seine Hand.

»Nicht hier«, sagte Kevin.

Sie hatten einen Abstecher zu Wes Farrells Wohnung gemacht, doch der ›für einen Anwalt ziemlich gute Mensch‹ war immer noch nicht daheim gewesen. Melanie hatte die Meinung geäußert – und Kevin konnte sie nicht widerlegen –, daß er sich irgendwo vollaufen lasse. Er hatte versucht, es mit einem Witz abzutun. »Ein Betrunkener muß nicht unbedingt ein schlechter Mensch sein.« Aber Melanie war nicht in der Stimmung für Witze. Kevin eigentlich auch nicht, aber in heiklen Situationen wie dieser hatte er sich schon immer in Ironie geflüchtet, um sich zu schützen.

Es war nicht weiter verwunderlich, daß er das Gefühl nicht loswurde, daß die ganze verdammte Stadt hinter ihm her war. Die ältere Frau, in deren Hauseingang er sich versteckt hatte, hatte ihn sofort erkannt, die Streifenpolizisten vielleicht auch. Vielleicht sogar der Typ, der über der Wohnung wohnte, in der er sich kurzfristig ausgeruht hatte.

Einzelfälle? Vielleicht. Vielleicht auch nicht. Diese Dinge waren alle *ihm* passiert. Was ihm Sorgen bereitete, war nicht, daß ihn jemand erkennen *könnte*, sondern daß ihn alle – unabhängig voneinander und zum Teil ohne größeres Interesse an ihm – offenbar sofort erkennen *mußten*.

Und jetzt war Melanie auch noch in die Einfahrt zu einem Drive-in-Restaurant an der Neunzehnten Straße gebogen und hatte sich in die Autoschlange eingereiht. Vorne Autos und hinten auf der Straße Autos, das durfte einfach nicht wahr sein ...

»Nicht hier!« wiederholte er. »Was machst du denn?«

»Wir müssen was essen«, sagte sie. »Wir gehen nicht rein.«

»Es geht nicht ums Reingehen. Wir müssen ...«

Aber es war zu spät, um rückwärts wieder hinauszufahren – ein Auto stand hinter ihnen. Er hatte nur zwei Möglichkeiten: in Melanies Wagen sitzenzubleiben oder auszusteigen und zu laufen. Aber wohin sollte er laufen? Und wie groß wäre die Chance, auf der Straße unerkannt zu bleiben? Größer, als hier mit gesenktem Kopf im Wagen zu sitzen? Sollte er es ausprobieren? Sein Leben riskieren? Und ihres noch dazu?

Es war noch nicht dunkel, die Sicht zu gut. Er würde keine fünfzig Meter weit kommen.

Nervös sah er von einer Seite zur anderen, nahm eine scheinbar endlose Prozession von Gesichtern wahr – im Auto vor ihnen (die Leute auf den Rücksitzen drehten sich um – warum?), hinter ihnen auf der Kreuzung, auf den Gehwegen. Und alle starrten ihn an.

Waren es zufällige oder prüfende Blicke? Jedenfalls waren sie auf ihn gerichtet. Melanie hatte kurz vor der Abendessenszeit ein beliebtes Lokal an einer stark befahrenen Straße gewählt, und es war nur eine Frage der Zeit, bis jemand ihn erkennen würde.

Er ließ sich in den Sitz fallen.

Melanie kurbelte ihr Fenster herunter und fragte: »Was möchtest du?«

»Ich will hier raus.«

Sie sah kurz in den Rückspiegel. »Geht nicht«, stellte sie sachlich fest. »Was ist deine zweite Wahl?«

Ihr Fenster war immer noch offen. »Weißt du, Melanie, ich würde das alles auch gern locker sehen, aber ich bringe es einfach nicht fertig ...«

»Ich sehe es nicht locker«, sagte sie. »Aber wir müssen etwas essen, und Tatsache ist, daß dich niemand ansieht, wenigstens nicht im Moment.«

»Alle sehen mich an.«

Der Fahrer hinter Melanie hupte, und Melanie winkte entschuldigend mit der Hand aus dem Fenster. Sie bestellte zwei doppelte Cheeseburger, Pommes frites und Milchshakes, dann fuhr sie ein Stück vor.

Sie waren noch immer in der Schlange eingekeilt. Die Autos krochen unendlich langsam vorwärts, und es würde mindestens fünf Minuten dauern, bis sie um das Gebäude herum zum Ausgabefenster kämen.

»Vielleicht bilde ich es mir nur ein, Melanie. Aber wenn nicht, bin ich so gut wie tot.« Und du vielleicht auch, dachte er. War ihr das nicht klar?

»Du mußt mir vertrauen ...«

»Ich muß meinem Instinkt vertrauen. Der hat mich bis hierher gebracht.«

Sie sah zu ihm herüber. »Um das mal festzuhalten, Kevin: Ich war daran beteiligt, daß du es bis hierher geschafft hast. Ich weiß ... du hast gestern abend gesehen, wie ein Mann gelyncht wurde. Herrgott noch mal, wer hätte da keine Angst? Ich habe auch Angst. Aber ich glaube, daß ich die Dinge ein wenig klarer sehe als du.« Sie zwang sich zu einem Lächeln und hoffte innerlich, daß sie recht hatte.

Er mußte zugeben, daß er am Rand der Panik stand, sie dagegen überraschend ruhig war. »Vielleicht hast du recht, aber ...«

»Ich glaube einfach, daß wir hier genauso sicher sind wie an jedem anderen Ort der Stadt und du einfach abwarten und nicht weglaufen solltest. Laß uns versuchen, uns an diese Situation zu gewöhnen.«

Sie krochen weiter. Hupen hinter ihnen. Draußen, vor Melanies Fenster, Leute, die sich laut unterhielten, lachten, schrien, aber niemand kam zu ihnen. Kevin sah zu Boden und legte eine Hand an die Stirn. »Wie, zum Teufel, kommen wir hier wieder raus?« fragte er.

»Ich glaube, daß mit vollem Magen alles besser aussieht«, sagte Melanie.

Sie hatte recht behalten, und sie hatte maßgeblich dazu beigetragen, daß sie es auch bis dorthin, wo sie jetzt waren, geschafft hatten. Niemand hatte Kevin erkannt, das Drive-in-Lokal war eine ausgezeichnete Wahl gewesen. Und ob es ihm gefiel oder nicht: Die Dinge sahen mit vollem Magen wirklich besser aus. Er sah die Frau neben sich an und empfand große Dankbarkeit.

Am wichtigsten war, daß sie ihm geglaubt, an ihn geglaubt hatte.

Er hatte immer vermutet, daß mehr – viel mehr – an ihr war, als er wahrgenommen hatte, während sie zusammen waren. Aber irgendwie hatte die Chemie zwischen ihnen nicht gestimmt, oder sein Schuldbewußtsein oder beides zusammen hatte alles vermasselt. Deshalb hatte er damals beschlossen, sich von ihr zu trennen.

Jetzt hatte seine verzweifelte Lage das Gleichgewicht zwischen ihnen verändert. Sie waren Partner, Gleichgestellte, und diese Erkenntnis hatte zur Folge, daß er sich plötzlich wie ein Betrüger vorkam. Er war Melanie gegenüber unfair gewesen, weil er ihr nicht erzählt hatte, daß er, bevor sie befreundet waren, einmal – ein einziges Mal – mit ihrer Freundin Cindy Taylor geschlafen hatte. Jetzt dachte er, daß er Melanie wenigstens die Wahrheit schuldete – über sich, über ihre angeblich ›beste Freundin‹, die ihm eben nicht nur, wie zuvor behauptet, ›ganz gut gefallen‹ hatte.

Also hatte er es ihr erzählt.

Und jetzt hielt Melanie, die ihn in seiner panischen Flucht mit einer fast stoischen Ruhe unterstützt hatte, den halbvollen Milchshake-Becher am Lenkrad im Gleichgewicht und weinte leise vor sich hin.

Die frühe Abendsonne schien durch die niedrige Wolkendecke, ließ das Rot von Melanies Haaren aufleuchten und die Feuchtigkeit auf ihren Wangen glänzen. »Ich kann das nicht glauben«, schluchzte sie. »*Cindy?*«

»Ich dachte, ich sollte es dir erzählen.«

»Ich verstehe das nicht … Warum hast du vorher nie das Gefühl gehabt, daß du es mir erzählen solltest? Als wir zusammen waren ... ich meine, als ich dachte, daß wir zusammen wären?«

»Wir *waren* zusammen, Melanie.«

Fast hätte sie aufgelacht. »Ihr habt mich die ganze Zeit verarscht.«

»Nein. Cindy und ich waren nie ein Paar. Wir haben eine einzige Nacht miteinander verbracht, bevor es zwischen uns beiden losging.«

»Aber sie hat mir gesagt ...«

»Sie hat gelogen, Mel.«

Sie drehte sich zu ihm hin. »Warum hast du es mir nicht erzählt?«

»Was hätte das für einen Sinn gehabt, Mel? Du wärst nur verletzt gewesen. Außerdem bin ich davon ausgegangen, daß Cindy es dir gesagt hat und daß es für dich keine große Sache war.«

Melanie sah ihn lange an. »Kevin ...«

»Nein, so hättest du wahrscheinlich nicht reagiert.«

»Wahrscheinlich nicht. Ich bin immerhin eine Frau.«

Keine Frage.

Die Fenster waren einen Spalt weit geöffnet, und der Wind zog herein.

Kevin sagte: »Na ja, ich wollte dich und dachte, wenn ich dir von Cindy erzählen würde, hätte ich keine Chance mehr.«

Sie sah ihn wieder an. Sie wußte nicht, was sie glauben sollte. »Vielleicht wolltest du einfach irgend jemanden ...«

»Wenn ich einfach irgend jemanden gewollt hätte, wäre ich bei Cindy oder bei einer anderen geblieben. Offen gesagt, hätte ich es dann vielleicht etwas einfacher gehabt.« Er sah, daß ihr seine Worte nicht gefielen, und drehte sich zu ihr hin. »Na los, Mel, was soll ich deiner Meinung nach sagen? Ich fand dich großartig. Glaubst du, daß ich auch nur *irgendwas* für Cindy empfunden habe? Gut, mit dir und mir ist es nicht so gut gelaufen – aber das heißt doch nicht, daß es nicht ehrlich war. Ich habe es versucht, wir beide haben es versucht, es hat einfach nicht geklappt.«

»Doch, das hat es, wenigstens dachte ich das ... Ach, Mist, Kevin, warum erzählst du mir das alles jetzt?«

Er streckte den Arm nach ihr aus, verzog bei dem Schmerz in seinen Rippen das Gesicht, berührte ihre Schulter über den Sitz hinweg. »Weil du jetzt hier bist, Mel, und ich nicht glaube, daß du vor sechs Monaten hier gewesen wärst.«

»Das ist nicht wahr, ich wäre hier gewesen ...«

»Das bezweifle ich. Du hättest mir nicht geglaubt, daß ich an diesem Wahnsinn nicht beteiligt war. Du hättest nicht in Frage gestellt, was du gesehen hast, hättest mich abgeschrieben als den Kerl, der eben alles auf die leichte Schulter nimmt. Inzwischen weißt du über meinen miesen Charakter Bescheid, und obwohl ich immer noch derselbe bin, bist du hier. Das ist der Unterschied.«

Er nahm Melanie den Milchshake-Becher aus der Hand. Sie deutete ein Lächeln an. Genau das hatte er gebraucht.

»Ich dachte«, fuhr er fort, »es wäre besser, wenn ich die Karten offen auf den Tisch lege – die ganze Geschichte mit Cindy. Keine Überraschungen. So bin ich. Vielleicht können wir, wenn ... falls diese Sache jemals vorüber sein sollte, du weißt schon ... uns wiedersehen.«

Melanie nickte. Aber jetzt hatten sie keine Zeit mehr für solche Gespräche. Herrgott, er war auf der Flucht, und sie war seine Komplizin.

26

Glitsky war um kurz vor fünf am späten Nachmittag nach Hause gekommen und hatte dann fast vier Stunden geschlafen. Rita hatte ihn, wie verabredet, zum Abendessen geweckt. Seine Söhne waren nach diesem langen Tag im Haus zornig, nervös und gereizt, verlangten Antworten und hielten ihren Dad für einen Paranoiker, der schon zu lange im Polizeidienst stand, was die beiden Älteren ihm dann auch in aller Deutlichkeit gesagt hatten.

Jetzt, nach dem Abendessen, saßen die Jungs am Küchentisch und hielten wie Pech und Schwefel zusammen (was er im Grunde gut fand), allerdings im Bündnis gegen ihren alten Herrn (was er nicht so gut fand). Selbst Orel, dessen schmächtigen Körper Glitsky sechs Monate zuvor noch auf seinem Schoß gehalten und an sich gedrückt hatte, arbeitete mit seinen elf Jahren an einer eigenen Interpretation des *bösen Blicks*. Obwohl Orels Züge noch nicht so ausgeprägt waren wie die seiner Brüder Jake und Ike (*ave atque vale* Jacob und Isaac), ähnelte er Flo am meisten. Deshalb traf sein versteinerter Gesichtsausdruck Abe auch am härtesten. Aber das bedeutete nicht, daß ihn die Gesichter der beiden älteren Jungs, die ihr finsteres Dreinschauen längst zu einer Kunst entwickelt hatten, weniger bewegten.

Rita hielt die Arme vor ihrer mehr als stattlichen Brust verschränkt. Ihre Stirn war gerunzelt, Glitskys ebenfalls. Die Küchenfenster waren von innen beschlagen – es hatte Spaghetti gegeben –, draußen war es inzwischen dunkel und stürmisch. Das Geschirr stand noch auf dem Tisch.

Thema des heutigen Abends (als hätte es nie Krawalle gegeben, als ginge das Leben außerhalb dieser Wohnung völlig normal weiter) war eine Campingtour in den Yosemite Nationalpark, die Glitsky bereits im Frühjahr für das kommende Wochenende geplant hatte. Die Glitskys waren immer zum Zelten gefahren – eine der ›Familienaktivitäten‹. Flo hatte die Wildnis bevorzugt, aber manchmal waren sie auch auf Campingplätzen geblieben.

Die Jungs – sogar Orel – hatten sich bei den anfallenden Aufgaben immer selbst übertroffen: das Zelt aufbauen, Abdeckungen an den Laternen anbringen, das Feuer in Gang halten, angeln, den Rucksack packen, Eßbares suchen, kochen. Auch dieses Jahr hatten sie sich ihren Platz reservieren lassen und die Anmeldegebühr überwiesen.

Doch einer von Isaacs Freunden hatte ihn und Jake, falls der auch mitkommen wolle, für das gleiche Wochenende in eine Hütte an einem Bergsee in der Sierra Nevada eingeladen. Glitsky hörte heute zum ersten Mal davon und sagte zu Isaac, er müsse die Tour mit seinen Freunden auf ein andermal verschieben. Ike konterte mit dem Argument, das Zelten mit der Familie müsse doch seinetwegen nicht abgesagt werden; er werde zwar mit seinen Freunden auf die Hütte fahren, aber der Rest der Familie könne das Wochenende beim Campen im Yosemite Park verbringen.

Glitsky war nicht einverstanden.

Sie befanden sich plötzlich mitten in einer Besprechung des Familienrats, denn jetzt griff auch Jake ein. Natürlich, sagte er, würde er lieber mit den Großen zum Wasserskilaufen an den See fahren, als schwitzend im Yosemite Park herumzustiefeln und Wasserfälle anzuschauen. Und da sie schon einmal dabei waren, brachte Orel die Frage auf, warum er mit seinem Vater allein fahren solle, wenn die beiden anderen nicht mit in den Yosemite Park kämen.

»Jungs«, sagte Glitsky, »wir haben einen Platz reserviert. Wir sind eine Verpflichtung eingegangen.«

»Na und?« entgegnete Isaac.

»Wird uns jemand eine Geldstrafe aufbrummen oder so, wenn wir nicht auftauchen?« fragte Jacob.

Glitsky fühlte sich älter als Methusalem, aber er blieb hart: »Es geht um die Verpflichtung. Andere Leute haben keinen Platz mehr bekommen, weil wir angemeldet sind.«

»Dann lassen sie eben in letzter Minute noch jemanden rein. Das tun sie doch immer. Wo liegt das Problem?« Die Klage wurde von Isaac geführt, also, dachte Glitsky, mußte er diesen zuerst ruhigstellen.

»Ike, wir haben bezahlt, wir haben gesagt, daß wir kommen. Ende der Diskussion. Du bedankst dich bei deinen Freunden und sagst, daß du an einem anderen Wochenende gern mitkommen wirst. Abgemacht ist abgemacht.«

Jake schob ein paar Spaghetti auf seinem Teller herum. »Mom hätte es uns erlaubt.«

Das war unter der Gürtellinie und gehörte außerdem nicht zum Thema. »Mom ist nicht hier, Jake. Wir sind hier. Wie wär's mit einer Abstimmung, um die Sache aus der Welt zu schaffen?«

Isaac schob seinen Stuhl zurück. »Das ist die andere Sache.«

»Was?«

Jetzt meldete sich Rita zum ersten Mal zu Wort: »Sie wollen nicht, daß ich mit abstimme.«

Isaac ergriff das Wort: »Es geht nicht um *wollen*, Rita. Es ist einfach nicht fair.«

Glitsky haßte die Floskel ›nicht fair‹. Speziell heute ärgerte er sich über Menschen, die die Schuld für ihre Probleme und für alles, was auf der Welt falsch lief, überall suchten, nur nicht bei sich selbst. Das war das Niveau von Menschen wie Philip Mohandas, und bei seinen eigenen Kindern machte es ihn verrückt. Glitsky spürte, daß er kurz davor war, die Beherrschung zu verlieren, aber er sagte mit ruhiger Stimme: »Was ist nicht fair, Ike?« Er stand an den Kühlschrank gelehnt und drehte sich jetzt zu Rita. »Rita hat am nächsten Wochenende frei, egal was passiert, stimmt's? Ich meine, suchen wir denn nicht die Termine, an denen wir etwas unternehmen, auch danach aus? Damit sie ein bißchen Zeit für sich selbst hat? Sie fährt weder hier- noch dorthin.«

»Stimmt. Na und?«

Hier setzte nun wieder Jake an. Offensichtlich hatten sie sich eine Strategie ausgedacht. »Also hat sie nichts damit zu tun ...«

»... und warum soll sie dann abstimmen dürfen?« Ike sprach den Satz für ihn zu Ende.

»Genau«, stimmte Orel zu.

Glitsky sah zu Rita hinüber, die noch immer die Stirn gerunzelt hatte. »Das ist richtig, ich habe nichts damit zu tun.« Der Gedanke gefiel ihr zwar nicht, aber sie war fair und ehrlich. Einer der Gründe, weshalb Glitsky – ganz allgemein – so viel von ihr hielt.

Isaac sprang auf ihr Zugeständnis an: »Siehst du!«

Auch Glitsky beherrschte einen ziemlich starken bösen Blick, und in diesem Wissen sah er sie der Reihe nach böse an. »Also gut«, knurrte er, »Rita stimmt diesmal nicht mit ab.«

Die Abstimmung endete – kein Wunder – mit drei zu zwei, die Stimmen der Jungs gegen die des Vaters. Glitsky hatte verloren. Er fragte sich, ob dies ein Omen für die nahe Zukunft sei.

Er lauschte dem Tuten des Telefons und vernahm dann am anderen Ende der Leitung den Anrufbeantworter seines besten Freundes Dismas Hardy. Er dachte, er könne es brauchen, mit einem erwachsenen Freund ein paar Minuten in alten Erinnerungen zu schwelgen, mit jemandem zu reden, der die gleiche Sprache sprach, andernfalls würde er völlig den Verstand verlieren.

Im Hintergrund dröhnten aus dem Fernseher im geteilten Wohnzimmer weitere Nachrichten über die Brände, die Krawalle und Kevin Shea. Wo war Shea? fragte Glitsky sich ärgerlich. Vielleicht befand er sich gar nicht mehr in seinem Zuständigkeitsbereich?

Dismas Hardy, Abes Freund, informierte den Anrufer soeben darüber, daß er und seine Familie für das Wochenende nach Ashland, Oregon, zum Shakespeare-Festival gefahren seien, wo ihnen kein Telefon zur Verfügung stehe. Ob der Anrufer bitte nach dem kommenden Montag noch einmal anrufen könne?

Abe dachte daran, daß die Glitskys und die Hardys zweimal in den vergangenen vier Jahren zusammen nach Ashland gefahren waren. Frannie, Hardys Frau, hatte Abe gebeten, wieder mitzukommen und dieses Mal auch die Jungs mitzubringen, aber ohne Flo hätte sich Abe dort nicht wohl gefühlt. Ashland sei mehr Flos Sache gewesen, hatte er Frannie gesagt, obwohl das eigentlich nicht stimmte. Glitsky liebte Shakespeare und das Theater. Sogar mit der Oper hatte er es versucht und sie faszinierend gefunden. Bei den Kollegen wurde er deswegen oft verspottet, sie hielten ihm vor, dies seien für einen Polizisten ungewöhnliche Interessen. Aber er interessierte sich eben dafür und war zufrieden. Trotzdem hatte er Frannie gesagt, sie würden in diesem Jahr nicht mitkommen.

Die Hardys waren also in Ashland, während er hier in der brennenden Stadt herumhing und die Abstimmungen im Familienrat gegen seine Kinder verlor, obwohl er sie schon überzeugt hatte, mit ihm in den Yosemite Park zu kommen.

Glitsky hinterließ, wie üblich, eine knappe Nachricht auf Hardys Band und zwang sich, aufzustehen und durch die Küche nach hinten zu gehen. Sie waren alle im größeren Zimmer der beiden jüngeren Brüder und sahen sich im zweiten Fernsehapparat irgend etwas Geistloses mit eingespieltem Publikumsgelächter an. Isaac und Jacob lagen ausgestreckt auf dem Boden. Orel schlief mit offenem Mund und lehnte an der ebenfalls schlafenden Rita.

»Hallo, Jungs«, sagte er. Die beiden Älteren sahen kurz auf, sagten »hallo« und warteten. Sie nahmen ihm sein Eindringen übel.

»Ach, nichts. Wollte nur mal reinschauen.«

Sie zuckten mit den Achseln und sahen wieder auf den Fernseher. Glitsky gab seine Bemühungen auf, ging ins Schlafzimmer und fiel angezogen auf das Bett.

Isaac rüttelte ihn wach. »Dad! Dad! Steh auf!«

Er bekam mit Mühe ein Auge auf, das Lid war so schwer wie das sprichwörtliche Blei. »Was ist?«

»Telefon!« Sein Sohn schien über seine mangelnde Reaktion ernsthaft besorgt.

»Das Telefon hat nicht geklingelt, Ike.«

Glitsky hatte das Telefon, das direkt neben seinem Bett stand, nicht gehört. Er hörte das Telefon immer, wachte immer auf, wenn es klingelte. Er rollte zur Seite und schloß die Augen. Fast wäre er wieder eingeschlafen.

»Dad!«

Herrgott, warum gab der Junge nur keine Ruhe? »Was ist?«

»Telefon! Irgendein Notfall, sie brauchen dich. Es geht um eine Senatorin, glaube ich.«

Das drang zu ihm durch. Der Adrenalinstoß weckte ihn ganz, er setzte sich auf, nahm seinem Sohn den Hörer aus der Hand. »Glitsky«, meldete er sich.

Er hörte einen Moment lang zu. Es war Marcel Lanier, der wieder einmal Überstunden machte. Er brauche ihn in der Stadt, sofort oder noch schneller, dort sei die Hölle los. Chris Locke, der Bezirksstaatsanwalt, sei erschossen, von irgend jemandem aus einem Mob *ermordet* worden. Senatorin Wager, die im selben Wagen gesessen hatte, sei nur knapp entkommen. Sie befinde sich mittlerweile im Justizgebäude, habe einen Schock und warte in einem der Befragungszimmer. Sie habe nach Glitsky gefragt.

Glitsky legte eine Hand an den hämmernden Schädel. »Mein Gott.«

Isaac stand noch vor ihm und beobachtete ihn. »Was ist los, Dad?«

In den Hörer sagte er: »Ich komme sofort, Marcel. Sieh nach, ob eine Streife in der Nähe ist, und schick sie her, um mich abzuholen. Ruf mich wieder an, wenn das nicht geht.«

Die Verbindung war unterbrochen. Abe legte den Hörer auf und bemerkte, daß Isaac ihn ungläubig anstarrte. Der Junge sagte: »Du gehst doch nicht schon wieder?«

Glitsky schwang sich vom Bett. »Ich muß.« Er sagte es mit weicher Stimme, streckte seine Hand aus, um den Jungen an sich zu ziehen, ihm ein bißchen Körperkontakt zu vermitteln. Aber Isaac duckte sich und warf ihm einen wütenden Blick zu.

»Was sollen wir deiner Meinung nach jetzt tun, Dad? Wann kommst du nach Hause?«

Glitsky sah auf die Uhr. Kurz nach zehn. Er mußte wie tot ins Bett gefallen sein. Er fragte sich, wann Locke ... dann traf es ihn erneut.

Mein Gott. Chris Locke – *tot.*

Isaac starrte ihn immer noch wütend an, schnappte vor Empörung nach Luft.

Glitskys Gedanken rasten, er mußte an zu viele Dinge gleichzeitig denken, vergaß, wo er war. Er versuchte, sich auf seinen Sohn zu konzentrieren. »Tut mir leid, Ike. Was hast du gesagt?«

Isaacs Augen füllten sich mit Tränen der Wut. Er wischte sich mit der Hand über das Gesicht und drehte sich um. Fluchend rannte er in sein Zimmer.

»Isaac!«

Glitsky stand auf, um ihm zu folgen, aber noch bevor er an der Tür war, hörte er, wie Isaac die Tür seines Zimmers am anderen Ende der Wohnung zuschlug. Rita kam ihm aus dem Wohnzimmer entgegen. Ihr Haar war zerzaust, ihr Kittel verrutscht und zerknittert, auch sie war aus dem Schlaf gerissen worden.

»Ich muß noch mal weg«, sagte er. »Bitte sorg dafür, daß sie im Haus bleiben. Egal wie und egal, was sie sagen.«

Sie schüttelte den Kopf und legte die Stirn in tiefe Falten. »Ich weiß nicht, Abe, Orel kann ich festhalten, aber die anderen beiden ...« Sie wies mit dem Kopf nach hinten. »Was soll ich ihnen sagen?«

Sie hatte recht, und das war ebenfalls beängstigend. Zu dem Chaos auf den Straßen kam jetzt plötzlich die Erkenntnis, daß die älteren Jungs in der Lage waren, sich seinen Anordnungen zu widersetzen, falls sie es darauf anlegten. Wenn sie wirklich gehen wollten, wäre Rita machtlos.

Er nickte. »Ich werde es ihnen sagen.« Sie würden ihm entweder gehorchen oder trotzdem hinausgehen. Jetzt würde sich zeigen, ob er Autorität besaß oder nicht. Er schenkte Rita ein schwaches Lächeln und ging an ihr vorbei zu den hinteren Schlafzimmern.

27

Im Little Shamrock, der ältesten irischen Kneipe der Stadt, waren an diesem langweiligen Mittwoch abend kaum Gäste. Die Straßen waren dunkel, die halbe Stadt stand unter Ausgangssperre, und der Rest war zufrieden, zu Hause bleiben zu können, was wahrscheinlich auch das beste war.

Ich sollte auch heim, dachte Wes. Nur noch ein paar Gläschen, dann würde er gehen. Hier zu sitzen tat gut. Die Sambucas erinnerten ihn an seine Zeit als Austauschstudent in Italien, an die Nächte unter den Sternen mit Lydia, damals, als sie ihn noch geliebt hatte.

Sambuca Romana. Ungefähr das gleiche Zeug wie Pernod oder der griechische Ouzo. Wurde überall in Europa getrunken, manchmal auf Eis, dann färbte sich die klare Flüssigkeit durch das Wasser milchig trübe. Als er Moses McGuire, den Wirt des Little Shamrock, um einen Sambuca auf Eis gebeten hatte, hatte der Barmann eine Sekunde lang gezögert, bevor er nickte.

McGuire war ungefähr im gleichen Alter wie Wes, ein sympathischer Typ, wenn auch ein bißchen penibel, was seine Drinks anging, aber das war in Ordnung. Wes war selbst penibel im Hinblick auf seine Drinks – ohne Alkohol ging nichts. McGuire und er hatten also etwas gemeinsam.

Er lächelte, nahm noch einen Schluck und sah zum Fernseher, der hier normalerweise nicht eingeschaltet war. Aber heute abend war wirklich nichts los, nur Wes, ein paar eingefleischte Dart-Spieler und McGuire hinter der Theke waren im Lokal. Außerdem lief seit gestern abend jeder Fernseher im ganzen Land rund um die Uhr. Er gab McGuire keine Schuld daran. Das Land fiel auseinander, und alle wollten es live miterleben.

Wes hatte den Auftakt verpaßt, den Lynchmord, die ersten Ausschreitungen und Brände, Kevins Problem. Er hatte verschlafen (wie jeden Morgen), weil er am Vorabend draußen in North Beach gewesen war und im Brasilia Club Cha-Cha-Cha und Tango getanzt hatte. Das, woran er sich erinnerte, hatte jedenfalls Spaß gemacht. Zu Hause war er auf seinem Futon im Wohnzimmer aufgewacht, und sein Gehirn hatte sich angefühlt, als sei es zwei Nummern zu groß für seinen Schädel.

Wes hatte ein bißchen Wodka mit Orangensaft getrunken, nicht zu viel Wodka, nur einen kleiner Spritzer. Dann hatte Kevin angerufen. Wes hatte noch nicht einmal die Zeitung aufgeschlagen, die er nur noch aus dem – wie er fand – perversen Gefühl heraus las, daß etwas geschehen könnte, was von Bedeutung war oder einen Sinn ergab. Vor etwa vier Monaten hatte er beschlossen, seine Haare nicht mehr schneiden zu lassen, bis irgend etwas einen Sinn ergeben würde. Inzwischen war seine Mähne schulterlang. Manchmal band er die Haare, die allmählich ergrauten, aber noch dicht waren, zu einem Pferdeschwanz zusammen, aber meistens ließ er sie offen herunterhängen wie heute abend.

Als Kevin nach einer Stunde nicht aufgetaucht war, hatte Wes sich quer durch den Golden Gate Park aus der Innenstadt verzogen, sich ein Foster-Lager genehmigt und anschließend im Shakespeare Garden ein Nickerchen gemacht. Er war auf der Flucht vor den Zeltstädten gewesen, die sie überall dort zu errichten schienen, wo es ein bißchen mehr Platz gab als auf einem Badminton-Spielfeld. Dann hatte er sich in einem Fast-food-Restaurant in der Neunten Straße ein paar Piroggen zum Abendessen gegönnt, bevor er schließlich, um kurz vor sieben, ins Shamrock weitergezogen war. Dort hatte er es langsam angehen lassen.

Sein T-Shirt und die locker sitzenden khakifarbenen Shorts waren jetzt, am Abend, nachdem der Nebel sich gesenkt hatte, eindeutig die falsche Kleidung. Er würde sich auf dem Heimweg die Eier abfrieren, wenn er noch lange hier sitzen würde. Auf dem T-Shirt stand: »Frag jemanden, der sich drum schert!«

Wes Farrell war dreiundfünfzig Jahre alt. Er nippte an seinem Sambuca und klopfte sanft auf die Theke, um McGuires Aufmerksamkeit zu erregen. In diesem Moment wurden auf dem Bildschirm die Nachrichten wegen eines Berichts über die aktuellen Entwicklungen unterbrochen:

»Wir haben soeben die Bestätigung erhalten, daß das erneute Aufflammen der Unruhen südlich des Mission District den Bezirksstaatsanwalt Christopher Locke tatsächlich das Leben gekostet hat. Frühere Berichte, auf Senatorin Loretta Wager sei ebenfalls geschossen und die Politikerin dabei womöglich getötet worden, haben sich als falsch erwiesen. Nach neuesten Erkenntnissen fuhren Locke und Wager zusammen in das Viertel, um die Lage vor Ort zu analysieren. Sowohl Locke als auch Wager sind Afroamerikaner. Die größtenteils weiße Menschenmenge befand sich, als die beiden dort eintrafen, bereits im Stadium höchster Erregung. Einzelheiten sind zu diesem Zeitpunkt noch unklar, aber offenbar sind mehrere Schüsse abgefeuert worden, als der Wagen sich wieder entfernte. Wir schalten jetzt live dorthin zu Karen Wallace, die mittlerweile seit zwei Tagen rund um die Uhr im Einsatz ist. Wie schlimm ist es dort unten, Karen?«

»Es ist ziemlich schlimm, Tom ...«

Es sah wirklich ziemlich schlimm aus. Karen Wallace stand vor einer Feuersbrunst, die der stärker werdende Wind in ein Inferno zu verwandeln drohte. Die meisten Menschen hatten bereits das Weite gesucht, nur vereinzelte Schatten huschten noch hinter der Reporterin vorbei. Die Kameras zeigten einige Soldaten der Nationalgarde, die schwerbewaffnet durch die vom Feuerschein beleuchteten Straßen patrouillierten. Am oberen Bildrand waren mehrere brennende Häuser zu erkennen.

»Noch einen?«

Wes wandte sich vom Fernseher ab. Bezirksstaatsanwalt Locke ermordet! Na und, das war nicht sein Problem. Genauso wenig, wie Kevin Shea sein Problem war. Der Kerl war nicht erschienen, nachdem er bei ihm angerufen hatte. Er nickte dem Barkeeper zu. Seit einem Jahr kam er ziemlich regelmäßig ins Shamrock, und McGuire und er waren fast Freunde. »Klar. Gib mir noch einen. Für dich auch was, Mose?« Wes hatte seine Taschen auf der Theke entleert – Rechnungen, Münzen, Schlüssel. Er schob McGuire einen Haufen Kleingeld zu.

McGuire antwortete, er hätte nichts gegen einen McCallan einzuwenden, und Wes forderte ihn auf, sich einen mehrstöckigen einzuschenken.

Dann zeigte Farrell auf den Bildschirm. »Hast du das gesehen? Die haben den Staatsanwalt umgebracht.«

McGuire hielt im Einschenken inne, sah auf und hörte für einen Moment zu. Dann schüttelte er den Kopf und sprach seine Gedanken aus: »Ich hätte nie ein Kind in diese Welt setzen sollen. Wie soll man in diesem Chaos ein Kind großziehen?«

»Wie alt ist es denn?«

»Drei Monate.«

Dazu konnte Wes nichts sagen. Sie mochten zwar fast Freunde sein, aber das hieß nicht, daß sie insgesamt mehr als zehn Worte über ihr Privatleben ausgetauscht hätten. Wes hielt McGuire für alt genug, um Kinder im Teenageralter zu haben, aber einen drei Monate alten Säugling?

Der Barkeeper starrte auf den Bildschirm. »Glaubst du, daß das weiter eskalieren wird?«

Farrell nickte. »Ich glaube, es hat gerade erst angefangen.« Er streichelte sein Glas. »Weißt du, meine Älteste ist achtundsechzig geboren. Erinnerst du dich an achtundsechzig, Mose? Martin Luther King, Bobby Kennedy, Chicago, Vietnam, die Wahl Nixons. Das schlimmste Jahr in der Geschichte Amerikas, habe ich recht?«

»Ich war drüben in Vietnam. Hab' viel von dem, was zu Hause passierte, verpaßt.«

»Glaub mir, es war die Hölle. Ich erinnere mich daran, daß Lyd und ich uns dieselbe Frage stellten. Wie konnten wir nur ein Baby in diese Welt setzen? Und nun sind meine Kinder Mitte Zwanzig und fragen sich dasselbe. Jeder fragt sich das, es ist einfach die verdammte Angst um das Kind. Wenn sie erst mal drei oder vier Jahre alt sind, hörst du auf, dich so etwas zu fragen. Aber bei einem Kind mit drei Monaten ist das Leben hart.«

Wes wollte nicht erzählen, daß Kinder im Alter von Mitte Zwanzig auch kein Honigschlecken waren, besonders dann nicht, wenn sie ihrem Vater kaum noch etwas zu sagen hatten. Aber das war ein weiteres Thema, an das er nicht denken wollte. Er war hier, um seinen Spaß zu haben, das war seine Mission, sein Ziel, sein Streben.

McGuire wechselte das Thema von selbst. »Wieder ist ein Schwarzer tot, und es werden sicher noch mehr werden. Ich sollte für heute schließen und nach Hause zu meiner Frau und meinem Baby gehen.« Er trank einen Schluck Scotch. »Korrigier mich, wenn ich was Falsches sage, aber es passiert jeden Tag, daß Schwarze Weiße umbringen, und niemand geht deswegen auf die Barrikaden.«

»Ja, aber sie lynchen sie nicht.« Wes blieb wortkarg. Es gab schon zuviel Haß in dieser Stadt, er wollte ihn nicht noch weiter schüren.

»Du hast recht. Ich werde von Tag zu Tag intoleranter. Als nächstes werde ich noch dafür plädieren, daß sie diesen armen

Bastard Shea finden und ihn ebenfalls lynchen, gewissermaßen als ausgleichende Gerechtigkeit.«

»Das haben sie wohl auch vor, meinst du nicht? Jedenfalls hört man das die ganze Zeit.«

»Na ja, wenn er es getan hat, finde ich nichts weiter dabei.«

»*Wenn* er es getan hat ...«

»Das sagte ich. Aber daran hege ich keinen Zweifel.«

Farrell führte sein Glas zum Mund. »Es gibt immer einen Zweifel.«

»Hast du das Bild gesehen?«

Wes nickte. »Ich weiß. Aber ich kenne Kevin Shea. Er war schon mal hier, du hast ihn gesehen. Er hat es nicht getan.«

McGuire versuchte, Sheas Gesicht einzuordnen. »Wer dann?«

»Ich weiß es nicht.«

Zwei der Dart-Werfer kamen herüber und wollten noch ein Bier bestellen, aber McGuire sagte ihnen, daß er heute früher schließe. Er wandte sich wieder Wes zu, beugte sich leicht über die Theke und fragte: »Soll ich dir ein Taxi rufen?«

»Nein, mein Wagen steht um die Ecke.« Wes griff vor sich ins Leere und bemerkte mit leichter, verständnisloser Überraschung, daß sein Glas und seine Schlüssel vom Tresen verschwunden waren.

»Ich rufe dir ein Taxi, auf meine Kosten.« McGuire zauberte den Sambuca unter dem Tresen hervor und stellte ihn wieder vor Wes. »*Mir* reißen sie den Arsch auf, wenn sie dich erwischen. Wir leben in gefährlichen Zeiten. Genieß deinen Drink. Ich rufe an.«

»McGuire, ich kann fahren.«

»Wes, ich habe dir im Verlauf von knapp drei Stunden sieben starke Drinks eingegossen. Du bist rechtmäßig betrunken, was mich normalerweise nicht kümmern würde, aber heute scheint eine schlechte Nacht dafür zu sein, alkoholisiert nach Hause zu fahren. Das Taxi ist in zehn Minuten da.«

Er brüllte durch den kleinen Raum: »Okay, Männer, trinkt aus, wir schließen!«

Aber zwanzig Minuten später war das Taxi immer noch nicht da. McGuire rief noch einmal an und erfuhr, daß die Taxifahrer Farrell nicht nach Hause fahren würden, weil die Strecke durch ein Gebiet führe, für das die Ausgangssperre gelte.

»Gib mir einfach die Schlüssel, ich fahre einen Umweg.«

McGuire ließ das nicht zu. Er hatte eine Entscheidung getroffen. »Du kannst bei mir auf dem Sofa übernachten. Es sind nur zwei Häuserblocks von hier. Dein Auto kannst du morgen früh holen.«

»McGuire, mir geht's gut.«

»Egal«, sagte McGuire. »So machen wir's.«

28

Schließlich gaben sie die Hoffnung, Wes Farrell würde doch noch nach Hause kommen, auf. Sie waren sich darin einig, daß Kevins Wohnung wahrscheinlich überwacht wurde. Melanies Mitbewohnerin Lexi hatte einen Ferienjob als Betreuerin in einem Zeltlager angenommen, so daß Melanie das Zweizimmerapartment den ganzen Sommer für sich allein hatte. Es lag nicht weit von Wes Farrells Wohnung entfernt und wäre somit für den Augenblick der beste Ort, um sich zu verstecken.

Auf dem Weg zu ihrer Wohnung in der Cecilia Avenue – nördlich der San Francisco State University, zwischen den Vierteln Sunset und Parkside gelegen –, trafen sie auf eine Straßensperre der Nationalgarde und mußten den ganzen Weg hinunter bis zum Strand und wieder zurück fahren. Wegen des starken Verkehrs brauchten sie dafür fast eine Stunde. Melanie fuhr vorsichtig. Gelegentlich sah sie zu Kevin hinüber, der seinen Sitz zurückgekippt, die Arme verschränkt und die Augen geschlossen hatte. Sein Gesicht wirkte starr. Er hatte Schmerzen und wollte es sich nicht anmerken lassen, doch jede Bodenwelle verriet ihn.

Cindy! Er war mit Cindy zusammen gewesen, und ihre angeblich beste Freundin hatte ihr die ganze Zeit über etwas vorgespielt, hatte sie dreist belogen. Wenigstens war das passiert, bevor Kevin und sie zusammengewesen waren, wie er ihr versichert hatte. Was hätte er damals sagen sollen? Ihr detailliert von jeder Frau erzählen, mit der er geschlafen hatte? Das hatte sie nicht von ihm erwarten können und auch nicht gewollt. Vielleicht war es tatsächlich so gewesen, wie er gesagt hatte, daß er ihre Gefühle nicht hatte verletzen wollen. Vielleicht bedeutete es ihm nicht viel, was zwischen ihm und Cindy gewesen war, obwohl *sie* sich nicht vorstellen konnte, mit jemandem zu schlafen, ohne dem Bedeutung beizumessen.

Vielleicht war aber der andere Grund, den er genannt hatte, doch der wahre Grund: daß er jede Chance auf sie verspielt hätte, wenn sie gewußt hätte, daß er mit Cindy zusammengewesen war. Und damals hatte das wahrscheinlich sogar gestimmt.

Sie hielt in der Neunzehnten Straße am Fahrbahnrand. Normalerweise herrschte hier viel Verkehr, aber heute waren die meisten Autos umgeleitet worden oder hatten von sich aus einen anderen Weg genommen. Die Straßen waren beinahe menschenleer. Melanies Häuserblock wurde von Straßenlaternen erleuchtet, und wie immer war es schwierig, einen Parkplatz zu finden.

Zum Glück hatte sie jemanden gesehen, der vielleicht ausparken würde. Der Fahrer hatte seine Scheinwerfer noch nicht eingeschaltet, saß aber bereits hinter dem Steuer, also bremste sie.

»Sind wir da?« Kevin richtete sich langsam in seinem Sitz auf.

»Ich will den Mann hier nur fragen, ob er wegfährt ...« Sie hielt an und beugte sich hinüber, um Kevins Fenster herunterzukurbeln. »Entschuldigen Sie«, sagte sie, »fahren Sie ...?«

Das Fenster des Mannes war ebenfalls heruntergedreht, und von dort wurden ihre Gesichter plötzlich in grelles Licht getaucht. Kevin hielt eine Hand vor die Augen, um sich zu schützen oder zu verbergen. Bevor Melanie Zeit hatte zu reagieren, klopfte jemand kräftig an die Scheibe auf der Fahrerseite. Ein Mann mit einer Dienstmarke in der Hand stand neben ihrem Wagen.

»Kevin ...!«

»Verdammt ... bloß weg hier!«

»Ich weiß nicht, ich ...«

»Melanie ...!«

Sie trat das Gaspedal bis zum Anschlag durch, und ihr kleiner GEO Sport schoß mit durchdrehenden und quietschenden Reifen in die Mitte der vom Nebel feuchten Straße.

»Was soll ich tun ...? Ich kann das nicht ...«

»Du tust es doch schon! Fahr einfach weiter!« Er hatte sich umgedreht und beobachtete durch die Heckscheibe, wie der zweite Polizist zum ersten in den Wagen sprang. Im Rückspiegel sah Melanie die Scheinwerfer des Polizeiwagens aufleuchten, dann das furchteinflößende Blaulicht. Das schien Kevin auf einen Gedanken zu bringen ...

»Schalt dein Licht aus.«

Der Häuserblock war schmal, und während Melanie um die nächste Ecke bog, sah sie aus den Augenwinkeln, wie die anderen losfuhren. Sie glaubte, das Quietschen von Reifen und dann den Klang einer näher kommenden Sirene zu vernehmen. Dreh dich nicht um, du hast eine Kreuzung Vorsprung. Sie wären um die nächste Ecke, bevor die anderen sie sehen konnten.

»Eine Ampel ...«

»Nicht bremsen!«

»Ich weiß, ich weiß.«

Ihre Verfolger mußten an der zweiten Kreuzung stoppen, um zu sehen, wo sie waren. Melanie war bereits eine Kreuzung weiter, bog ab, zurück auf die Santiago Street, fast in Höhe der Hoover Junior High School. »Wohin jetzt? Sind sie hinter uns?«

»Noch nicht. O Gott, da kommen sie.«

»Scheiße, Scheiße, Scheiße!«

Das war *Melanie?* Die einst so anständige Melanie? Kevin sah sie mit einem Ausdruck plötzlicher Freude und gleichzeitiger Überraschung an. »Man höre und staune.«

»Halt den Mund, Kevin. Wo sind sie?«

Sie rasten wieder durch eine kürzere Straße. Solange das so weiter ging, konnten ihre Verfolger die Vorteile ihres schnelleren Wagens nicht nutzen, und sie hatten eine Chance. Aber bald wäre es damit vorbei, denn die Taraval Street war eine Hauptstraße nach Twin Peaks hinauf, und wenn sie darauf gerieten, würde der andere Wagen sie in weniger als zwei Minuten einholen.

Aber ihnen blieb keine andere Wahl. Geradeaus ging es nicht weiter, in die Richtung, aus der sie gekommen waren, konnten sie nicht zurück. Melanie bog nach links ab, immer noch ohne Licht.

»Paß auf!« Fast wären sie in einen Lieferwagen gerast. Der Fahrer hupte und wich zur Seite aus. Wie das Batmobil flogen sie an der nächsten Kreuzung um die Kurve in eine Sackgasse, die ein paar Häuser weiter am Eingang einer Schule endete. In der Mitte des Fußgängerdurchgangs stand ein Pfosten aus Metall, an dessen beiden Seiten kaum zwei Meter Platz blieben, bevor die Umzäunungen begannen. Sie hielt direkt darauf zu.

Kevin drehte sich nach vorn: »Was machst du da?«

»Bleib unten! Ich versuche, da durchzufahren. Sind sie hinter uns?«

»Noch nicht.«

»Gut. *Jetzt!*« Es konnte nicht klappen, dachte sie.

Aber es war ihre einzige Chance.

Während sie den Wagen auf die Mitte zwischen Pfosten und rechtem Zaun zusteuerte, trat sie das Gaspedal wieder bis zum

Anschlag durch. Sie merkte nicht, daß die Schreie, die sie hörte, ihre eigenen waren.

Der Außenspiegel flog mit einem dumpfen ›Plopp‹ davon, dann waren sie auf dem leeren, asphaltierten Schulhof. In der Hoffnung, daß man sie von der Straße aus nicht mehr sehen konnte, steuerte sie so scharf nach links wie möglich.

»Sind sie da?«

»Nein.«

Sie fuhr weiter am Zaun entlang und versuchte, das Auto vorsichtig dorthin zu lenken, wo sie hin wollte: schräg über den Hof, zu dem Torbogen zwischen den niedrigen Gebäuden. Endlich wagte sie, auch die Bremsen einzusetzen – Bremslichter hin oder her, sie mußte die Fahrt verlangsamen.

Als das Auto zum Stehen kam, würgte sie den Motor ab.

Atemlos starrten sie sich an. Kevins Blick schweifte zu der Durchfahrt zurück, durch die sie nur um Haaresbreite gepaßt hatten.

Zehn Sekunden vergingen.

Zwanzig Sekunden.

Die Bullen hatten ihre Spur verloren.

»Woher wußten sie, wo du wohnst? Von Cindy?«

»Wahrscheinlich. Woher sonst?«

Sie warteten noch ein paar Minuten in ihrem Versteck zwischen den Schulgebäuden, schalteten dann das Licht ein und verließen den Innenhof durch die Hauptausfahrt, die sie wieder auf die Neunzehnte Straße brachte. Sie bogen nach Süden ab und fuhren stadtauswärts.

Melanie spürte den Drang, es auszusprechen: »Sie muß der Polizei von uns erzählt haben. Vielleicht hat sie ihnen gesagt, daß du versuchen könntest, dich mit mir in Verbindung zu setzen.«

»Sie ist wirklich ein Schatz, unsere Cindy. Was hältst du davon, wenn wir bei ihr vorbeifahren und sie umbringen?«

Melanie schüttelte den Kopf, ging für einen Moment darauf ein. »Wir sollten ihr zuerst die Kniescheiben zertrümmern«, antwortete sie grimmig.

Kevin lächelte.

»Du hast dich gut geschlagen«, sagte er bewundernd und berührte ihr Haar. Sie legte ihre Hand auf seine. »Und jetzt? Was schlägst du vor?«

»Jetzt«, sagte sie, »sollten wir dich aus der Stadt schaffen. Wenigstens für eine Weile.«

Kevin nickte. »Okay, für eine Nacht. Du entscheidest, Melanie, du hast einen klareren Kopf als ich.«

Es war kurz nach elf. Sie nahm die erste Abfahrt nach Brisbane, der Heimat des Cow Palace. Dort stand eine Reihe von Motel-Flachbauten, und Melanie fuhr zum dritten Motel auf der rechten Seite, dem Star, weil es einen nach innen liegenden Hof hatte, der von der Straße aus nicht einzusehen war. Während sie zur Rezeption ging, um sich ein Zimmer geben zu lassen, wartete Kevin vornübergebeugt und mit schmerzenden Rippen im Wagen.

»Weißt du, daß ich das noch nie gemacht habe?«

»Was?«

»Mich in einem Motel einzumieten. Ich habe dem Mann gesagt, daß ich allein bin. Ich glaube, er fand mich ganz nett.« Sie flüsterte und schaltete den Fernseher ein, um ein paar Hintergrundgeräusche zu erzeugen. Da sie keine Lust auf die gerade laufenden Nachrichten hatte, schaltete sie so lange von einem Programm zum anderen, bis sie eine Wiederholung von ›Im Land der Riesen‹ fand. Sie stellte die Lautstärke niedrig und ließ die Sendung laufen.

Melanie hatte direkt vor der Zimmertür geparkt, und Kevin hatte sich aus seiner verkrampften Haltung gelöst und war ins Zimmer geschlichen. Jetzt überzeugte er sich davon, daß die Vorhänge zugezogen waren. Dann drehte er sich um, setzte sich auf das Doppelbett und sah zu Melanie hinüber, die mit übereinandergeschlagenen Beinen in dem grünen und einzigen Sessel des Zimmers saß.

Obwohl sie den größten Teil des Tages auf dem Fahrersitz ihres Wagens und unter äußerster Anspannung verbracht hatte, war sie, dachte Kevin, wahrscheinlich die bestaussehende Frau, die der Nachtportier seit langem zu Gesicht bekommen hatte. Er hatte sicher versucht, mit ihr zu flirten, in der Annahme, sie sei eine ungebundene junge Frau, die hier allein übernachte.

Trotz des schwachen Lichts im Zimmer schimmerte ihr dunkles Haar. Sie trug ein weißes Herrenhemd, das in einer enganliegenden Jeans steckte und noch immer wie frisch gebügelt aussah. Die drei obersten Knöpfe standen offen, und die Wölbung ihres Brustansatzes war andeutungsweise zu erkennen. Ein Stück ihres weißen, mit Spitzen besetzten Büstenhalters war zu sehen. Kevin hatte keine Ahnung, wie sie unter diesen Bedingungen so frisch wirken konnte, aber im Gegensatz zu früher, als ihre Unschuld ihn gestört hatte, war er heute abend von ihrem Anblick fasziniert.

Ihre Schultern schienen sich zu senken. Sie stieß einen kurzen Seufzer aus. »Soweit alles in Ordnung?« fragte sie.

»Ich weiß nicht«, sagte er gepreßt. Selbst das Sprechen bereitete ihm Anstrengung und Schmerzen. »Ich sollte es noch einmal bei Wes versuchen.« Er taumelte zum Telefon, wählte und ließ es achtmal klingeln, bevor er einhängte. Er fragte Melanie nicht, wo Wes ihrer Ansicht nach stecke, da er ihre Antwort kannte und fürchtete, daß sie recht hatte und Wes sich irgendwo vollaufen ließ.

Er machte es sich auf dem Bett bequem, schloß die Augen und ließ den Kopf nach vorn sinken. Dann hob er ihn wieder. »Mein Gott, ich sehe es immer wieder vor mir«, sagte er. »Ich schließe die Augen und sehe ihn ...«

»Arthur Wade ...?«

»Wenn ich es nur *gewußt* hätte ... Es war, als hätte ich nicht wirklich geglaubt, daß sie so weit gehen würden, verstehst du, also habe ich vielleicht nicht ...«

»Kevin, du hast alles getan, was in deiner Macht stand.«

Kopfschüttelnd zwang er sich, die Worte auszusprechen: »Nein. Es war nicht genug, Mel. Wenn ich es nur ...«

»Aber wie, Kevin?«

»Das ist es eben. Ich hätte es sehen können, sehen müssen. Ich war einfach zu beschissen langsam, verdammt noch mal.«

»Aber du warst doch an ihm dran.«

»Ja, ich war an ihm dran, aber dann waren die anderen an mir dran.«

»Das ist nicht dein Fehler.«

Wieder schüttelte er den Kopf. »Ich habe die ganze Zeit geglaubt, daß es gleich wieder aufhören würde. Ich glaube, ich habe einen Moment lang aufgehört zu kämpfen, als ich bei ihm angekommen war. Ich wollte nicht nach allen, die um mich herumstanden, treten und schlagen und stechen. Meine Güte, fünf Minuten vorher hatte ich mit diesen Männern noch getrunken. Ich hatte gedacht, sobald ich es schaffe, ihn hochzuheben, würden die Männer merken, daß sie bereits zu weit gegangen waren, daß sie *das* nicht tun konnten. Aber so war es nicht. Mit so viel Haß habe ich einfach nicht gerechnet. Ich habe zugelassen, daß sie auf mich einschlugen, und das hat Wade getötet. Jetzt bringt es vielleicht auch mich um, und dich ...«

Melanie stand auf, trat zu ihm und kniete vor ihm nieder. »Weißt du, warum du so denkst, Kevin? Weil du erschöpft bist, total erschöpft. Du mußt dir wegen *gar* nichts Vorwürfe machen.«

»Ich sehe ihn immer wieder vor mir ...«

Sie nickte. »Das wird wahrscheinlich noch lange so bleiben. Aber du hast alles versucht, um ihn zu retten, und nur *das* ist wichtig.«

»Es hat nicht gereicht, Mel.«

»Oft reicht es nicht, Kevin, aber das heißt nicht, daß es den Versuch nicht wert ist.«

Er atmete tief durch und starrte zur dunklen Decke. »Und was passiert, wenn *gar* nichts klappt? Nie? Was ist dann?«

Sie hielt seine Arme fest, bis er den Kopf senkte und ihr wieder in die Augen sah. »Das wäre ein echtes Problem«, sagte sie. »Aber das trifft auf dich nicht zu.«

Sie ging ins Bad. Als sie wiederkam, lag Kevin ausgestreckt auf dem Bett und atmete schwer und tief. Sie setzte sich auf die Bettkante, und er öffnete die Augen. »Danke«, sagte er.

Sie ließ einen Finger an seiner Wange entlanggleiten. »Wie schlimm sind die Rippen? Laß mich mal sehen.«

»Ich zeige dir meine, wenn du mir zuerst deine zeigst.« Sie ignorierte das und begann, an seinem UCLA-Sweatshirt zu ziehen.

»Sachte, *sachte*«, sagte er. Wieder ein tiefer Atemzug. »Ich weiß nicht, ob das gutgeht.«

»Kannst du die Arme hochheben?«

»Ein wenig.«

Er hob sie, so hoch er konnte, und Melanie zog vorsichtig an dem Sweatshirt, bis sie es ihm über den Kopf gestreift hatte.

»O mein Gott, Kevin ...« Die rechte Seite seines Brustkorbs war mit blauen, roten und violetten Blutergüssen übersät. An einem halben Dutzend Stellen war die Haut aufgeschürft. Die Wunden schienen entzündet zu sein. »Wir müssen dich zu einem Arzt bringen.«

»Das ist keine gute Idee.«

»Was sollen wir sonst tun?«

»Wir sollten ein wenig schlafen und morgen früh weitersehen. Ich kann nicht mehr, Mel.«

»Okay, leg dich hin.« Sie nahm seine Schultern und half ihm, sich vorsichtig hinzulegen. »Ganz nach oben, den Kopf auf das Kissen«, sagte sie. Als er lag, sah sie, wie die Erleichterung seinen Körper durchflutete. Er schloß die Augen und entspannte sich. Nachdem sie ihn bis zur Taille mit der dünnen Bettdecke zugedeckt hatte, ging sie ins Badezimmer, nahm einen Waschlappen und ließ warmes Wasser darüberlaufen.

Als sie kaum eine Minute später wieder bei ihm war, schlief Kevin tief und fest.

Sie prüfte die Temperatur des Waschlappens an ihrem Arm und tupfte vorsichtig über die Prellungen auf seiner Brust. Mit einem Handtuch aus dem Badezimmer trocknete sie ihn ab und zog ihm die Decke bis zum Hals hoch. Sie ging um das Bett herum und schaltete den Fernseher aus, dann das Licht neben der Tür, stellte ihre Schuhe neben dem Bett ab. Angezogen legte sie sich neben ihn auf den Rücken, die Hände an den Seiten, und wagte kaum zu atmen.

Das Klopfen war fast nicht zu hören. »Miss Sinclair? Melanie?«

Was ... Niemand wußte, daß sie hier war, außer ...

Sie zog die Vorhänge einen Spalt weit auf und sah in das Gesicht des Nachtportiers. Seine nicht mehr junge, tiefe und rauhe Stimme brachte die Fensterscheibe an ihrer Hand leicht zum Vibrieren.

»Ich dachte, daß Sie vielleicht einsam sind und ein wenig Gesellschaft möchten?« Beim Blick seiner Augen lief es ihr kalt den Rücken hinunter. Schnell warf sie einen Blick auf die dünne Kette an der Tür, die sie schützen sollte.

Sie ließ die Vorhänge zufallen und trat zurück. Wieder klopfte er leise. »Miss Sinclair?« Eine Pause. »Okay. Nichts für ungut.«

Sie wartete so lange, wie sie es ertragen konnte, zog die Vorhänge dann noch einmal zur Seite und spähte hinaus. Er war fort.

Kurz nachdem sie sich wieder neben Kevin ins Bett gelegt und die Decke hochgezogen hatte, warf sie sie wieder zurück und stand erneut auf.

Sie ging um das Bett herum, nahm das Telefon und wählte eine Nummer. Sie war dazu erzogen worden, nach zehn Uhr abends niemanden mehr anzurufen, aber diesmal machte sie eine Ausnahme.

Eine müde Stimme kam ans Telefon: »Hallo? Wie spät ist es?«

»Cindy?«
»Melanie? Wo bist du? Ist alles in Ordnung?«
»Mir geht es gut. Nur eine Sache …«
»Sicher, was denn …?«
»Leck mich, Cindy.«
Sie legte auf.

29

Glitsky ging direkt hinauf ins Morddezernat, doch Marcel Lanier, der im Büro Bereitschaftsdienst hatte, als Loretta Wager ins Justizgebäude gebracht worden war, hatte sich gedacht, daß es klüger sei, die Senatorin an einem anderen Ort unterzubringen, um ihr den Medienrummel zu ersparen. Er hatte einen Platz gewählt, der in den nächsten Tagen wahrscheinlich nicht benutzt werden würde – Chris Lockes Büro. Dann hatte er zwei uniformierte Beamte angefordert und sie beauftragt, in Lockes Vorzimmer Wache zu halten und zu warten, bis Lieutenant Glitsky käme. So, wie die Dinge lagen, konnte man nicht vorsichtig genug sein. Die Senatorin war in dieser Nacht um ein Haar getötet worden, und Lanier würde nicht zulassen, daß so etwas während seines Dienstes noch einmal geschah.

Glitsky entließ die beiden Männer aus dem Vorzimmer, schloß die Tür hinter sich und war zum ersten Mal seit fast fünfundzwanzig Jahren mit Loretta Wager allein in einem Raum.

Sie hob den Kopf. Sie saß aufgerichtet, einen Fuß untergeschlagen, auf einem der Sofas in Lockes Büro, wandte ihm ihr Profil zu und blieb in dieser Position sitzen. Er verharrte einen Moment an der Tür, erstaunt über die Beherrschtheit, die in ihrer Haltung lag, über die unerwartete Verwundbarkeit in ihren Gesichtszügen.

»Hallo, Loretta.« Er trat einen Schritt auf sie zu. »Wie geht es dir?«

Ihre Stimme klang irgendwie mechanisch, wie nach einem Schock. »Ich weiß nicht, wie es mir geht. Ich ... man hat mir gesagt, daß eine Kugel mich um weniger als fünfzehn Zentimeter verfehlt hat.« Sie erhob sich und sah ihn an. Sie war barfuß und kleiner, als er sie in Erinnerung hatte, kaum einen Meter sechzig groß. Ihre Schuhe und eine kleine Handtasche, farblich zu ihrem blauen Kostüm passend, lagen neben dem Sofa auf dem Boden.

»Aber Chris ...« Sie schüttelte erschöpft den Kopf und verstummte. »So hatte ich mir das Wiedersehen mit dir nicht vorgestellt.« Allmählich wurde sie etwas gelöster, ließ ihre Schultern sinken. »Andererseits ... du wolltest mich ja gar nicht wiedersehen.«

Glitsky, der noch im Türbereich stand, ging darüber hinweg. »Willst du mir erzählen, was passiert ist?« Er hatte das Gefühl, irgend etwas sagen, eine Erklärung für seine Frage geben zu müssen, obwohl er nicht wußte, warum. »Ich leite das Morddezernat, und Chris Locke ist ein ziemlich wichtiger Mordfall. Soweit ich weiß, bist du die einzige Zeugin, die wir haben, und deshalb würde ich gern von dir etwas darüber erfahren.«

Loretta schloß die Augen und seufzte. Glitsky begriff, daß sie das heute abend schon einmal erlebt hatte.

»Ich habe meine Geschichte oben mehreren Beamten und einem Kassettenrecorder erzählt. Sie sind gerade dabei, alles abzutippen.«

»Mit Sicherheit.«

»Aber du willst es noch mal hören?«

Glitsky zuckte die Schultern. Er verstand nicht, warum sie nach ihm gefragt hatte, aber er wußte, warum Lanier ihr ihren Willen gelassen hatte. Egal, jetzt war er hier, also konnte er genausogut weitermachen. »Wenn du meine Laune etwas aufbessern könntest, wäre ich dir sehr dankbar. Wie ich hörte, hast du nach mir gefragt. Hier bin ich.«

»Wenn man so freundlich gebeten wird ...«

»So bin ich nun mal, Loretta. Ich versuche, meinen Job zu machen. Das weißt du auch.«

Eine Pause. Dann: »Ich erinnere mich daran.« Er war inzwischen zu ihr hinübergegangen, und plötzlich berührte sie mit einer Hand seine Wange. Schnell zog sie die Hand wieder zurück. »Na gut«, sagte sie, »aber, großer Gott, ich bin wirklich müde.«

Glitsky nickte. »Ich kenne das. Möchtest du dich setzen?«

Ihre Stimme wurde leise: »Setzen? Hinlegen möchte ich diesen alten Körper, mein Schatz.« Aber dann war sie wieder ganz die Senatorin. »Nur ein Scherz, Lieutenant. Setzen wir uns.«

Er schaltete seinen tragbaren Kassettenrecorder ein und ließ sie sprechen.

»Chris und ich aßen mit Philip Mohandas und einigen seiner Leute zu Abend. Ich versuchte, unsere jeweiligen Anstrengungen zu koordinieren, damit wir uns alle auf denselben Weg konzentrieren können, um diese Probleme aus der Welt zu schaffen, anstatt uns gegenseitig zu behindern. Ich wollte, daß wir an einem Strang ziehen. Aber Philip sieht die Dinge ... na ja, nicht so, wie Chris Locke sie sah. Er ist in diesem Fall auch anderer Meinung als ich. Ich versuche ständig, ihm klar zu machen, daß Separatismus und Rassentrennung nicht der richtige Weg sind, nicht der richtige Weg sein können. Wir müssen zusammenarbeiten. Vielleicht war es naiv von mir, Abe, aber ich dachte, wenn Chris und ich, zwei Schwarze, die in das System integriert sind und dort Dinge bewegen können ... Ich dachte, wenn wir Philip irgendwie überzeugen könnten, sich ein wenig zu mäßigen, hätten wir bessere Chancen, die Stadt wieder unter Kontrolle zu bekommen. Philip scheint diese ... Tragödien lediglich als etwas zu betrachten, das er benutzen kann. Er hält den Zeitpunkt für gekommen, von den Behörden Zugeständnisse zu verlangen. Also hat er fast den ganzen Abend damit verbracht, Chris und mich über seine Positionen, wie er es nennt, zu belehren. Nun, ich wußte, daß ich mit Philip über diese Positionen später noch einmal reden und versuchen würde, ihn zur Einsicht zu bringen. Also versetzte ich Chris unter dem Tisch einen leichten Tritt, um ihn daran zu erinnern – er hatte es wohl vergessen –, daß wir noch zur Zeltstadt im Dolores Park hinausfahren wollten. Du hast vielleicht davon gehört. Irgendein kluger Kopf hat beschlossen, dort nach Rassen zu trennen, um die Spannungen auf ein Minimum zu reduzieren. Chris wußte nicht genau, was wir dort sollten. Ich sagte ihm, dies sei einer jener Momente – und davon bin ich immer noch überzeugt –, in denen man einen politischen Standpunkt vertreten müsse und gleichzeitig etwas Gutes tun könne. Ein solches Argument zieht – entschuldige: zog – bei Chris Locke, wie du wahrscheinlich weißt. Aber als wir schließlich am Park eintrafen, war die Situation wieder eskaliert. Es hatte sich wohl herumgesprochen, daß Dolores Park nur ein paar Straßen von der Stelle entfernt liegt, an der Michael Mullen erschossen wurde. Natürlich hatte keiner der Zeltstadtplaner daran gedacht, was das auslösen könnte. Die weiße Hälfte – kaum zu glauben: *die weiße Hälfte* – der Zeltstadt beschließt, sich ›Mullentown‹ zu nennen, und als Vergeltungsmaßnahme, oder wie immer du es nennen willst, stellt jemand vor dem anderen, dem sogenannten afrikanischen Teil ein Schild mit der Aufschrift ›Jerohm Reese City‹ auf. Wie du dir sicher vorstellen kannst, hat das Schild keine fünf Minuten überlebt.«

»Grund genug für die Brandstifter, wieder tätig zu werden.«

Loretta lehnte sich im Sofa zurück, schloß die Augen und seufzte. Dann richtete sie sich wieder auf, drückte den Rücken durch und sammelte ihre Kräfte, um fortfahren zu können. Ihre rot geränderten Augen trafen sich mit Abes, und sie lächelte erschöpft. »Wir sind so blind«, sagte sie. »Wir sind so verdammt blind.«

Glitsky schaltete den Rekorder aus. »Bedeutet es dir tatsächlich so viel?«

Die Frage ließ sie innehalten, schien sie zu verletzen, aber sie wiederholte einfach seine Worte von vorher: »So bin *ich*, Abe. Ich versuche, *meinen* Job zu tun.«

Die Narbe auf Glitskys Lippen wurde einen Moment lang heller. Er senkte den Blick.

Loretta verfolgte diesen Punkt nicht weiter. Sie holte tief Luft, zeigte auf den Kassettenrecorder, und Glitsky drückte auf die Starttaste.

Sie nahm ihre Erzählung wieder auf: »Chris hatte zum Abendessen etwas Wein getrunken, also saß ich am Steuer. Wir hielten an, stiegen aber nicht aus. Die Ausschreitungen hatten sich auf die Straßen ausgeweitet, der Mob hatte einen Polizeiwagen umgeworfen und angezündet. Es wurde allmählich dunkel. Dann, ganz plötzlich, – ich weiß nicht mehr, wie es passiert ist, weil es zu schnell ging, oder weil ich nicht richtig aufgepaßt habe – waren sie hinter uns und auf dem Wagen, und Chris sagte: ›Mach die Fenster zu, machen wir, daß wir hier wegkommen!‹ Aber es gab kein Entrinnen mehr. Der Mob blockierte die Straße vor uns, und die Leute hinter uns versuchten, *unser* Auto umzustürzen. Also legte ich den Rückwärtsgang ein, um hinten rauszukommen. Wir fuhren rückwärts durch diese Menge, während die Leute gegen die Scheiben hämmerten, uns anschrien. Irgend etwas, vielleicht ein paar Steine, ich weiß es nicht genau, traf den Wagen, aber ich fuhr einfach weiter, nicht allzu schnell, ich wollte niemanden überfahren, aber wir mußten da raus ... Dann waren wir durch – dachte ich wenigstens. Ich fuhr immer noch rückwärts, inzwischen schneller, weil niemand mehr im Weg stand. Wir erreichten das Ende der Straße, und ich hielt an, weil ich dachte, wir könnten jetzt wieder vorwärts fahren. Chris drehte sich immer noch nach hinten, sah immer noch durch die Heckscheibe, um sicherzugehen, daß der Weg frei war, und dann ... Plötzlich explodierte die Scheibe auf seiner Seite, und da ist dieser Mann, und ich sehe, wie er mit einer Waffe auf mich zielt, und ich trete das Gaspedal bis zum Anschlag durch, genau in dem Moment, in dem er noch einen Schuß abfeuert ... Im nächsten Moment bin ich auf der Guerrero Street. Chris fällt nach vorn. Danach ... ich glaube ... ich weiß es nicht mehr genau. Ich fuhr, bis ich ein Polizeiauto sah, dann hielt ich an.«

Glitsky rutschte auf dem Sofa nach vorn. Sein Gesicht war ausdruckslos. »Könntest du den Mann, der geschossen hat, identifizieren?«

Sie dachte eine Weile nach, schüttelte dann den Kopf. »Ich glaube nicht, Abe. Es war dunkel, ich sah in erster Linie die Waffe. Er war weiß und wahrscheinlich unter dreißig ...«

»Hast du gesehen, was er anhatte?«

»Irgendeine Jacke. Sie war offen, das habe ich bemerkt, weil sie flatterte ... Vielleicht ein T-Shirt, Jeans, nichts wirklich Auffälliges.«

»Die Haare, ein Bart ...?«

Wieder schüttelte sie den Kopf. »Ich habe das alles oben schon deinen Inspectors erzählt, Abe. Sie sagten, sie würden nach der Waffe suchen, sie mit etwas anderem in Verbindung bringen, sehen, wohin die Waffe sie führt. Aber der Mann ... Es hätte jeder x-beliebige sein können.«

Ein längeres Schweigen trat ein. Loretta Wager lehnte sich in die Rundung des Sofas zurück, Glitsky blieb nach vorn gebeugt sitzen, die Hände zwischen den Knien gefaltet, den Blick auf den Boden gerichtet. Mit einer kurzen Handbewegung schaltete er den Kassettenrecorder aus.

Als er schließlich sprach, klang seine Stimme rauh und müde. Es war nicht seine Polizistenstimme. Sein Tonfall ähnelte dem, den er bei seinen Jungs anschlug. »Ich wollte heute nicht so kurz angebunden sein, als du anriefst. Ich wollte mich entschuldigen, aber du hattest schon aufgelegt.«

»Ich war ... Du hattest recht. Ich hätte mich nicht einmischen sollen.« Sie schien sich wieder zurückzuziehen, weiter weg von ihm, sie wartete, studierte seinen Gesichtsausdruck.

Ihre Blicke trafen sich. Beide sahen weg.

Er war aufgestanden, zum Fenster hinübergegangen, während der Kassettenrecorder zurückspulte. Auch als das Band zum Stillstand gekommen war, bewegte er sich nicht. Die Sekunden verstrichen.

Am anderen Ende des Zimmers sagte Loretta so leise, daß er es fast nicht hörte: »Du sprichst nicht über deine Frau, nicht wahr? Du hast mit niemandem darüber gesprochen ...«

Sie fragte nicht aus Neugier. Jedem anderen, zu einem anderen Zeitpunkt vielleicht sogar Loretta, hätte er eine knappe Antwort an den Kopf geworfen, die ein drohendes persönlicheres Gespräch abrupt beendet hätte. Aber im Moment war er zu ausgelaugt, zu leer, auch zu kraftlos, um seine Schutzmauer zu errichten.

Sie hatte etwas in ihm erkannt, und er wollte wenigstens erklären, warum er keine Lust hatte, darüber zu sprechen. »Es ist nichts, worüber man spricht.« Seit der Diagnose der Ärzte hatte er nicht mehr darüber gesprochen. Seine Aufgabe hatte darin bestanden durchzuhalten, Flo in ihrem Kampf zu unterstützen, die Jungs davor zu bewahren zu zerbrechen ...

»In Ordnung«, sagte sie.

Wenn sie ihn gedrängt hätte, wäre er ausgewichen. Aber so begann er zu sprechen, ruhig, ohne sich umzudrehen, seinem Spiegelbild in der Fensterscheibe zugewandt. »Sie hatte Unterleibskrebs. Als sie ihn entdeckten, konnten sie nichts mehr tun. Neun Monate ... hat es gedauert.«

»O Abe ... Es tut mir so leid.«

»Merkwürdig ...«, fuhr er nach einer Weile fort, »all die Pläne, die wir aufgestellt haben, um vorbereitet zu sein, ich meine, damit Flo nicht so sehr das Gefühl bekommen würde, sie lasse uns im Stich ... Wir haben uns gegenseitig davon überzeugt, daß wir das Richtige getan haben. Aber dann, als ... sie nicht mehr da war ... Ich habe mir all die Listen angesehen, die wir gemacht haben, all die Dinge, an die ich bei den Jungs hätte denken müssen, all diese ... Aktivitäten, die etwas bewirken, uns in einer Art Gleichgewicht halten sollten ... Ich konnte nichts mehr damit anfangen.« Er hob den Kopf, atmete tief und starrte in das schwarze Dunkel hinter der Scheibe.

»Wie viele Jungs hast du?« fragte sie.

»Drei.«

»Ist es lange her?«

»Am Samstag werden es vierundsechzig Wochen.« Er sah sie an. »Ich weiß nicht, warum, aber ich kann nur in Wochen daran denken, als ob ich nicht zugeben wollte, daß es schon Monate her ist oder über ein Jahr. Mit einer Woche kommt man klar, eine

Woche ist nicht so lang, eine *Woche* fühlt sich kürzer an. Manchmal ... manchmal scheint es mir, als sei sie vor einer Stunde noch dagewesen, sei nur für eine Stunde fort gegangen und komme gleich wieder. Idiotisch. Die Psychologen nennen es Verleugnung.«

»So idiotisch ist das nicht, Abe.«

Er bewegte leicht die Schultern. »In Wahrheit rennst du gegen die Zeit an, dagegen, daß nichts mehr so ist wie früher, daß sich alles verändert hat. Daran merkst du, wie lange es her ist. Alles, was mit deinen Kindern zu tun hat, wie du mit ihnen klarkommst ... es ist alles anders. Sogar wie du mit dir selbst klarkommst.« Er hielt inne, entspannte sich ein wenig. »Tut mir leid. Ich höre gar nicht mehr auf.«

»Schon gut.«

»Also ...«

Nach einem kurzen Moment stand sie vom Sofa auf und kam auf ihn zu. »Ich hatte mit Dana mehr Glück. Er starb, als Elaine schon fast siebzehn war. Außerdem war er viel älter, hatte sein Leben gelebt.« Sie sah zu ihm auf. »Trotzdem habe ich ein paar Jahre gebraucht. Aber irgendwann kommt man damit zurecht.« Sie berührte seinen Arm. »Hättest du etwas dagegen, mich nach Hause zu fahren, Abraham? Ich bin wirklich erschöpft.«

Eine Streife hatte ihn zum Justizgebäude gebracht, deshalb mußte er sich jetzt um einen anderen Dienstwagen kümmern. Er bekam den gleichen Wagentyp, in dem Loretta an demselben Abend mit Chris Locke unterwegs gewesen war. Sie schwiegen, während Abe das Antragsformular ausfüllte und als sie über die Außentreppe nach unten gingen, um den Journalisten, die sich noch immer in der Eingangshalle des Justizgebäudes drängten, aus dem Weg zu gehen.

Als sie den Parkplatz verließen, saß Loretta ans Fenster gelehnt auf der Beifahrerseite des Wagens, und sagte noch immer kein Wort. Das vertraute Gespräch von oben stand wie ein Hindernis zwischen ihnen.

Glitsky widmete seine ganze Aufmerksamkeit dem Verkehr. Der letzte Fahrer des Wagens hatte das Radio eingeschaltet gelassen, und irgendein Diskjockey verkündete mit schriller Stimme allen Hörern, die ihm in dieser traumatisierten Stadt noch geblieben seien, daß es genau Mitternacht sei. Die erste Stunde des

30. Juni, ein Donnerstag, begann. Noch ein Tag bis zum offiziellen Beginn der Unabhängigkeitsfeiern und des verlängerten Wochenendes, das bis zum 4. Juli dauern würde. Happy Birthday America.

Er schaltete das Radio aus. »Der Typ sendet vom Mars.«

»Das tun die alle«, sagte Loretta.

Donnerstag, 30. Juni

30

Sie standen in der mit Ziegelsteinen gepflasterten Auffahrt zu Lorettas weißer Villa mit Säulenportikus. Das Anwesen befand sich an einem der höchsten Punkte der Stadt, in Pacific Heights. Von hier aus konnte man die ganze Welt überblicken. Nur zwei Querstraßen weiter hatte sich Kevin Shea ausgeruht, nachdem er mühsam den Hügel erklommen hatte. Die Gartenanlage um Lorettas Haus herum war bereits angelegt worden, bevor sie oder Glitsky auf die Welt gekommen waren, und die Ahornbäume, die das Grundstück säumten, waren mittlerweile zu stattlicher Größe herangewachsen. Die langen Zweige berührten fast den Boden und sorgten für die nötige Privatsphäre im Inneren des Anwesens.

Die Fahrt war schweigsam und angespannt verlaufen. Glitsky ärgerte sich über sich selbst, weil er sich hatte gehenlassen, und, was unsinnig war, über Loretta, weil sie ihm die Möglichkeit dazu erst gegeben hatte. Als er jetzt sah, wo sie wohnte, und unwillkürlich den Vergleich mit seiner eigenen häuslichen Umgebung, der beengten Doppelhaushälfte, anstellte, schien alles noch schlimmer zu werden.

Er wußte, daß sich durch die Müdigkeit und den ungewohnten, plötzlichen Gefühlsausbruch eine gefährliche Stimmung in ihm zusammengebraut hatte. Er sollte jetzt die Tür öffnen, ihr beim Aussteigen helfen und sich verabschieden. Aber er tat es nicht. Er wollte etwas klären. Er hatte lange genug darauf gewartet. »Zu guter Letzt hast du wohl doch noch den Richtigen geheiratet, stimmt's?«

Sie warf ihm einen vielsagenden Blick zu. »Möchtest du was über Dana hören?«

Glitsky wagte nicht, darauf zu antworten.

»Ich weiß, daß du es nie verstanden hast. Ich weiß nicht einmal, ob ich selbst es verstanden habe.«

Plötzlich sprudelten die Worte aus ihm hervor: »Was gab es da zu verstehen? Du bist mit ihm mitgegangen, und das war in Ordnung. Wenn du es nicht getan hättest, wäre ich Flo nicht begegnet. Also hatte alles seine Richtigkeit. Aber das ist lange her, und jetzt spielt es keine Rolle mehr.«

»Das tut es doch, Abe. Ich glaube, es spielt sehr wohl eine Rolle.«

Unvermittelt ließ er die Hand aufs Lenkrad sausen. »Mein Gott, wie alt war er damals, fünfundvierzig? Was hatte er ...? *Das* habe ich wahrscheinlich nie verstanden.«

Sie nickte, voller Verständnis für seine Frage. Das war der springende Punkt. Ihre Stimme wurde tonlos wie zuvor Abes Stimme: »Er hatte Geld, Abe, Prestige und Macht, und er war für mich da. Er mußte nicht arbeiten wie wir, mußte nicht auf eine bessere Zukunft hoffen. Es war alles da, alles war ein Teil des Pakets. Und auch ich konnte ein Teil davon werden. Er *wollte*, daß ich ein Teil davon wurde.«

»Jeder wollte dich damals, Loretta. Wahrscheinlich will dich noch heute jeder. Warum, glaubst du, bist du gewählt worden? Die Menschen sprechen auf dich an, aus der Nähe, aus der Ferne. Wie du schon sagtest: So bist du eben. Ich dachte nur, du und ich, damals ...« Er sprach den Satz nicht zu Ende, und die Stille wurde quälend.

»Ich habe dich geliebt, Abe, wirklich.«

Seine Hände umklammerten das Lenkrad, er brauchte etwas, an dem er sich festhalten konnte. »Du hast mich sitzengelassen. Du hast dir nicht mal die Mühe gemacht, dich von mir zu verabschieden.«

Das stimmte, und sie hatte es fünfundzwanzig Jahre lang verdrängt. »Ich ... ich konnte mich nicht entscheiden. Ich habe dich gefragt, erinnerst du dich?«

»Was hast du mich gefragt?«

»Ob du bereit seist, ob du dich binden könntest ...«

»Und ich sagte, daß ich ein wenig Zeit bräuchte. Ich sagte nicht nein! Zum Teufel, ich war erst zwanzig, noch nicht mal mit der Collegeausbildung fertig! Es war nicht wegen dir, es war einfach die Vorstellung zu heiraten, verdammt. Ein paar Monate später, und ich wäre vielleicht ...«

»Ich hatte keine ›paar Monate‹ Zeit.« Sie hielt inne, fühlte sich in die Enge getrieben. »Dana wollte mich, aber *sofort,* verstehst du das denn nicht? Er hat mich gefragt und wäre fortgegangen, wenn ich mich nicht entschieden hätte.«

»Du hättest dich gegen ihn entscheiden können.«

»Nein, das konnte ich nicht. Nicht ohne dich. Nicht, wenn du später nicht mehr dagewesen wärst. Ich konnte Dana und all das, was er mir bot, nicht aufgeben, ohne dich zu bekommen.«

»Wir hätten vielleicht ...«

»Hätten, vielleicht ... Das war mir nicht gut genug! Dana war meine Chance, und ich mußte sie einfach ergreifen. Er hatte all das, wozu ich Jahre gebraucht hätte, um es zu erreichen. Tut mir leid, wenn sich das berechnend anhört, aber wie hätte ich mich entscheiden sollen, wenn nicht mit Berechnung?«

»Hast du ihn geliebt?«

»Ich glaube, mit der Zeit ...«

Glitsky schlug wieder auf das Lenkrad, diesmal fester. »Hast du ihn *damals* geliebt, verdammt? Hast du uns beide hintergangen?«

»Hintergangen?«

»Du weißt, was ich meine, Loretta. Hast du mit uns beiden zur gleichen Zeit geschlafen?«

»Nein, Abe, das habe ich nicht getan. Ich habe dich verlassen, bevor ... Mein Gott, du hast die ganze Zeit geglaubt, ich ...?«

»Es hätte keine Bedeutung gehabt. Nur daß du gingst, hatte eine Bedeutung.« Er fragte sich, ob das die Wahrheit war, ob es fair war.

»Ich weiß ...« sagte sie. »Vielleicht habe ich einen Fehler begangen. Ich war jung. Ich hatte einfach das Gefühl, keine Wahl zu haben.«

»Doch, die hattest du, und du hast sie getroffen. Du kannst keine Wahl treffen, wenn du keine hast.« In Gedanken fügte er hinzu: Komm schon, Abe, du bist ganz schön selbstgerecht.

»Ich war nicht klug oder erfahren genug, um das damals zu erkennen«, verteidigte sich Loretta. »Ich dachte, daß alles, was ich tat, funktionieren würde, und Dana konnte das garantieren.«

»Und es hat auch funktioniert.«

Sie antwortete nicht, sondern starrte ihn wortlos an. Sie sah seine Verbitterung und seine Wut und fragte sich, woher diese Gefühle stammten. Hatte sie sie verursacht? Hätte sie sie vermeiden können?

Glitsky sah sie an und konnte diese Fragen beinahe von ihrem Gesicht ablesen.

Loretta nickte. »Ja, es hat funktioniert. Aber es hatte seinen Preis. Ich habe dafür bezahlt.« Sie ergriff seine Hand, drückte sie und rutschte herüber, um sie sich in den Schoß zu legen.

Von Dana kamen sie auf Elaine zu sprechen. Fast eine halbe Stunde hatten sie geredet, die Zeit schien stehenzubleiben. Seine Hand lag immer noch in ihrem Schoß. Langsam kroch ihnen die Kälte in die Glieder. Irgendwie waren sie dann bei Kevin Shea und Lorettas Idee, wie die Stadt zu beruhigen sei, angelangt.

Glitsky erzählte ihr von seinen Überlegungen, die nicht so sehr seine Vorbehalte gegen Sheas Schuld betrafen, sondern die Art, wie mit den Regeln und Vorschriften verfahren wurde. Wenn man erst einmal anfange, sie zu unterlaufen, erklärte er, kompromittiere man das Gesetz – seine Leidenschaft, seinen Beruf – und führe die Bereitschaft der Menschen, sich danach zu richten, ad absurdum.

Aber er war weder naiv, noch machte er sich etwas vor – sie waren beide viel zu müde für tiefgründige philosophische Gespräche. Und ob es ihm paßte oder nicht, ob es vernünftig war oder nicht: Zwischen ihnen tat sich etwas. Sie fragte ihn, ob er auf einen Schlummertrunk mit hereinkommen wolle. Er trank nicht öfter als fünfmal im Jahr, aber sich selbst gegenüber hatte er die Ausrede, sie würden über Kevin Shea und über seine Arbeit sprechen.

Die Wände des Zimmers, in dem sie sich befanden, waren mit Bücherregalen bedeckt. Glitsky saß in einem Lehnstuhl aus rotem Leder, seine Füße ruhten auf einem Perserteppich. Loretta stand am Sideboard neben dem Kamin und goß eine gelbbraune Flüssigkeit in zwei Kognakschwenker.

»Wenn du jemanden auf einen Drink reinbittest, mußt du ihm auch einen einschenken.« Sie hatte die Jacke ihres Kostüms abgelegt. Ihre Bluse war aus violetter Seide.

Glitskys Lederjacke hing im Flur an einem Haken neben der Eingangstür. Bei dem Anblick, der sich ihm bot, als Loretta sich vorbeugte, ein Streichholz anriß und einen Holzspan im Kamin entzündete, hielt er den Atem an. Die Silhouette unter ihrer dünnen Bluse rief Erinnerungen in ihm wach ... Er sollte, verdammt noch mal, schnellstens von hier verschwinden.

Sie schaltete die übrigen Lichter im Zimmer aus, brachte die beiden Kognakschwenker, reicht ihm einen. Dann schob sie seine Beine auseinander und kniete sich dazwischen. Die Kristallgläser ergaben den klaren Klang wie von einer Glocke, als sie anstießen und tranken.

»Halt mein Glas.« flüsterte sie und legte die Unterarme auf seine Oberschenkel.

Er nahm es, war wehrlos.

Ihre Finger bewegten sich zu seinem Gürtel. Ruhig sah sie zu ihm auf, und ihre Blicke trafen sich. Mit langsamen Bewegungen öffnete sie den Gürtel und zog den Reißverschluß hinunter. Die Berührungen ihrer Hände brannten sich wie Flammen durch den Stoff seiner Hose.

Sie beugte sich über ihn und bewegte sich langsam nach unten. Ihre Hände hielten ihn, umfaßten ihn, als bete sie. Er gab sich diesem Moment, der Berührung, der Wonne hin.

31

Carrie, die Lebensgefährtin von Jerohm Reese, wollte nicht, daß er jetzt, so kurz, nachdem er aus dem Gefängnis entlassen worden war, schon wieder auf Tour ging. Aber Carrie war jung. Im Gegensatz zu Jerohm fehlte ihr das intuitive Verständnis dafür, wie die Dinge funktionierten. Jerohm wußte, daß man immer nur aus zwei Gründen handelte: Entweder war man zu etwas gezwungen, oder es bot sich eine günstige Gelegenheit. Und heute nacht bot sich eine sehr günstige Gelegenheit.

Wenn man gezwungen war, etwas zu tun, war die Wahrscheinlichkeit, daß man erwischt wurde, groß. Man nahm sich nicht genug Zeit für die Planung, und dann passierte etwas wie das, was bei Mike Mullen passiert war.

Jerohm war seit fast drei Jahren als Kurier im Rauschgiftgeschäft tätig gewesen und hatte ein recht angenehmes Leben geführt. Er hatte über ein regelmäßiges Einkommen verfügt und sich gelegentlich eine Frau gekauft. Die Gefahren, die spontane Aktionen in sich bargen, hatte er zu jener Zeit bereits zur Genüge gekannt und nach Möglichkeit immer vermieden. Aber bei Mike Mullen war er gezwungen gewesen, spontan und unüberlegt zu handeln, hatte keine Zeit, keine Wahl gehabt.

Der Grund war folgender:

Jerohms Lieferant und Partner Carlos hatte auf seinen Lieferanten Richard gewartet. Der sollte drei Kilogramm weißes chinesisches Heroin übergeben, das sich angeblich seit kurzem in der Stadt befand. Carlos hatte geplant, die Lieferung von Jerohm zu einem Kneipenbesitzer namens Mo-Mo House in der Nachbarschaft bringen zu lassen, von wo aus der Stoff dann über die normalen Kanäle verteilt werden sollte.

So hatte es in der Vergangenheit immer funktioniert.

Nur nicht an jenem Tag, an dem diese Lieferung fällig war, einen Tag vor Mike Mullens Tod – Richard war nicht erschienen, und sie standen mit leeren Händen da, waren noch nervöser als sonst. Alle drei, Carlos, Jerohm, Mo-Mo, fühlten sich ständig beobachtet, hielten am Ende sogar ihre eigenen Mütter für verdeckte Ermittler des Rauschgiftdezernats.

Weil Mo-Mo schon seit langem mit Carlos zusammenarbeitete, bot er dem Dealer an, bis Sonnenuntergang des nächsten Tages zu warten. Erst wenn das Heroin bis dahin nicht in seinem Lokal, dem Kit Kat Club, einträfe, würde er bei jemand anderem kaufen.

An sich eine faire Sache. Vielleicht wäre es ein bißchen schwierig gewesen, Mo-Mos Vertrauen in die Versorgung durch Carlos und Jerohm wieder aufzubauen, andere Problem hätten sie jedoch nicht gehabt. Aber was geschah? Richard tauchte doch noch auf. Am nächsten Tag, kurz vor Sonnenuntergang. Carlos war verpflichtet, ihm den Stoff abzunehmen, hätte aber ohne den Weiterverkauf an Mo-Mo kein Geld gehabt, um Richard zu bezahlen ... Und der letzte, der Richard nicht bezahlt hatte, lag seit einiger Zeit zwei Meter tief unter der Erde.

Jerohm hatte bis zu dem Moment, als Richard aufgetaucht war, angenommen, daß er an diesem Tag keinen Kuriergang zum Kit Kat Club zu erledigen habe. Also hatte er sich ein bißchen PCP genehmigt. Nach der urplötzlichen Wende der Ereignisse stand er vor der Notwendigkeit, sich auf der Straße ein schnelles Auto organisieren zu müssen, bevor sein Gehirn explodierte. Das Angel Dust in seinem Körper, die Paranoia wegen Richard und Carlos und tausend andere Dinge in seinem Kopf bewogen Jerohm, seine .38er Police Special aus dem Versteck unter der Treppe zu holen.

Auf der Straße waren kaum Autos, parkende Wagen mit steckengelassenem Zündschlüssel fand er auch nicht – es gelang ihm einfach nicht, einen fahrbaren Untersatz aufzutreiben.

Aber Jerohm hatte keine Zeit.

Für Mike Mullen, der gerade bei geöffnetem Fenster in seinem Wagen saß und sich im Takt zu einem Lied im Radio bewegte, war das die ungünstigste aller Konstellationen. Jerohm konnte kaum fassen, daß er schon bis zur Dolores Street gelaufen war, die auf der anderen Seite der Stadt zu liegen schien. Er mußte endlich handeln. Die Sonne stand bedrohlich tief am Himmel, und wenn er nicht bald ein Auto in die Finger bekäme, wäre er ein toter Mann.

Also erschoß er Mike Mullen, zerrte ihn aus dem Wagen und raste los. Er verspürte weder zu diesem Zeitpunkt noch später irgendwelche Gewissensbisse, dachte sich nichts Besonderes dabei. Jerohm war der Ansicht, daß jedem Menschen eine bestimmte Zeit zugeteilt und Mullens Zeit eben abgelaufen sei. Es hätte jeden treffen können, war nichts Persönliches. Er hatte in diesem Augenblick lediglich die Funktion des Schicksals übernommen.

Jerohm nahm den Wagen, fuhr zu Carlos zurück, brachte das Heroin zu Mo-Mo, und alle waren glücklich.

Aus Jerohms Sicht hatte alles ganz gut geklappt, bis auf eines: Er war *gezwungen* gewesen zu handeln, und das gab immer Ärger.

Heute abend handelte Jerohm aus dem anderen Grund: weil sich eine günstige Gelegenheit bot.

Er trug eine enganliegende schwarze Jogginghose aus Nylon, einen dünnen schwarzen Rollkragenpulli unter einem schwarzen Pullover und ein Paar schwarze Converse-Turnschuhe. Nicht weit von seiner Wohnung entfernt, auf der Silver Avenue, hatte es tagsüber Krawalle gegeben, und später am Abend auch im Mission District, beim Dolores Park. Jerohms Hoffnung war, daß sie die Nationalgarde aus der Gegend um Silver abziehen würden und dort alles wie ausgestorben wäre, weil die meisten Leute wegen der Ausgangssperre in ihren Häusern blieben.

Bei diesem Gedanken lächelte er. Stadtmenschen waren so furchtsam.

Die paar Tage im Gefängnis hatten ihm nicht geschadet, er war gut in Form und hätte auch bis zur Silver Avenue laufen können, aber er brauchte etwas, um das Zeug zu transportieren. Er dachte, er würde lieber ein paar Wochen verstreichen lassen, bevor er wieder den Versuch machen würde, jemandem den Wagen wegzunehmen. Beim letzten Mal war es nicht sonderlich glatt gelaufen.

So nahm er, als er seine Wohnung um kurz nach ein Uhr nachts verließ, sein Reserveauto, eine alte Schrottkiste, die er nur selten fürs Geschäft benutzte. Die ganze Strecke bis zur Silver Avenue fuhr er ohne Licht. Dort angekommen, verlangsamte er die Fahrt und blickte zum Spielplatz hinüber, der verlassen dalag.

Er ließ den Wagen ohne Licht weiterrollen, bis er zu einer Reihe von Läden mit Schaufenstern kam. Vor dem zweiten Geschäft, Ace's Electrics, hielt er an, stieg aus. Unter seinen Turnschuhen knirschten die Glasscherben, als er mit wenigen Schritten über den Gehweg lief und durch das eingeschlagene Schaufenster in den Laden stieg. Er nahm die Taschenlampe heraus und verschaffte sich einen Überblick über das, was sich noch in den Regalen befand. Mehr, als er gedacht hatte. Die Nationalgarde hatte offenbar gute Arbeit geleistet und bis zu ihrem Abzug alle Plünderer ferngehalten.

Das Problem bestand darin, daß er sich am falschen Ende der Stadt befand und das Zeug in diesem Laden nicht allererste Wahl war. Nur Radios, Wecker und anderes, was Mister Ace ›Elektrogeräte‹ nannte. Aber Jerohm verschwendete keine Zeit damit, sich zu beklagen, nahm, was er fand, es würde ihm immer noch genug einbringen. Er schnappte sich einige der moderner aussehenden Radios, verließ das Geschäft durch das zerbrochene Schaufenster und legte die Geräte auf den Rücksitz seines Wagens.

Drei Häuser weiter fand er ein Geschäft für Werkzeug, Ratafias Eisenwarenhandel. Das war schon besser, obwohl er das Fenster selbst einschlagen mußte, um in den Laden zu gelangen. Dort standen ein paar ansehnliche, mit blankpolierten Werkzeugen gefüllte Werkzeugkästen. Bleischwer, aber die Mühe, sie hinauszuschleppen, würde sich lohnen, sie würden ihm eine hübsche Summe einbringen.

Auf der gegenüberliegenden Straßenseite fand er einen Spirituosenladen, dessen Fenster zwar kaputt, aber vergittert war, so daß Jerohm mühsam durch das Gitter hindurchgreifen mußte. Er zog die Flaschen, die er mit der Hand oder dem Wagenheber erreichte, heraus, insgesamt etwa zwanzig oder dreißig.

So arbeitete er sich die Straße entlang, ohne jemandem zu begegnen, und hörte die ganze Zeit über nichts außer seinen eigenen Schritten auf dem zerbrochenen Glas. Die Tür eines Ladens mit Billigwaren stand offen, aber was konnte er mit solchem Plunder schon anfangen? Er stahl nur ein paar Anzüge, die ihm hoffentlich stehen würden, sowie zwei oder drei Kleider für Carrie und warf sie in den Wagen. Dann überlegte er kurz, ging noch einmal hinein und kam mit einem großen Spielzeuglaster für Damien, einigen angsteinflößenden Plastikfiguren mit Schwertern und zwei richtig echt aussehenden Maschinenpistolen zurück. Der Junge würde denken, es sei Weihnachten.

Keine großartige Straße, aber immerhin ... Kein Grund, sich zu beschweren, die Straße gehörte ihm. Aus ein paar anderen Läden holte er diverse Großpackungen Mehl, Reis, Mais und andere Konserven, die er im Kofferraum verstaute. In einer Registrierkasse fand er einen ganzen Stoß brauchbarer Lebensmittelmarken.

Achtzehn Minuten waren vergangen. Er hatte genug.

Er stieg wieder ein, ließ den Wagen die Silver Avenue hinunterrollen und bog in die Palou Street ein. Keiner Menschenseele war er begegnet, genau wie er zu Carrie gesagt hatte. Is' Ausgangssperre, hatte er gesagt. Die Leute bleiben zu Hause, haben Angst, daß auf sie geschossen wird. Er hatte keine Angst.

Trotzdem hatte sie sich Sorgen gemacht. So war sie eben. Sollte sie sich Sorgen machen. Wenn er mit all den Sachen nach Hause käme, würde sie sich freuen.

Er wußte Bescheid. Er wußte, wie es funktionierte. Entweder tat man etwas, weil man dazu gezwungen war, oder weil sich eine günstige Gelegenheit bot. Und heute nacht hatte sich eine günstige Gelegenheit geboten.

32

Wes Farrell erinnerte sich schwach daran, kaum geschlafen zu haben.

Wenn er sich recht erinnerte, was er seiner Meinung nach tat, dann war Moses McGuires Frau Susan von der Idee ihres Mannes, einen unbekannten Betrunkenen aus seiner Kneipe mit nach Hause zu bringen und auf dem Sofa übernachten zu lassen, nicht gerade begeistert gewesen.

Das Baby war mindestens drei Mal wach geworden, was bedeutete, daß es ansonsten geschlafen haben mußte, und das konnte Wes nicht sicher beurteilen. Die ganze Nacht über hatte er Geräusche gehört. Einer der McGuires – oder beide? – war hin und her geschlurft und hatte am Kühlschrank herumhantiert. Sie hatten sich gestritten: ›Würdest *du* sie bitte holen? Ich laufe nicht im Nachthemd herum, wenn dein Freund auf dem Sofa liegt.‹ Gar nicht zu reden von dem Geschrei des Babys.

Als die rosafarbenen Finger der Morgendämmerung am Himmel emporgekrochen kamen, war Moses McGuire mit schweren Augenlidern ins Zimmer gekommen und hatte Wes' Schlüssel alles andere als dezent neben dem Sofa auf den Boden fallen lassen.

Lydia, Wes' Exfrau, hatte den Hund gewollt, weil Wes so viel Zeit im Gerichtssaal verbracht hatte und sie in dem großen Haus nicht ganz allein sein wollte, nachdem die Kinder ausgezogen waren. Außerdem fühle sie sich mit einem Hund sicherer, wie sie sagte.

Während des Scheidungsprozesses war Lydia dann zu dem Schluß gelangt, daß sie den Hund doch nicht mehr wollte. Auch Wes wollte den Boxer nicht, hatte ihn von vornherein nicht haben wollen, es war immer Lydias Hund gewesen: Bartholemew H. (für ›Hund‹) Farrell, kurz Bart.

Lydia hatte gesagt: »Okay, dann kommt er eben ins Tierheim.«

Es hatte ihn erstaunt, wie schnell sie sich der Dinge entledigen konnte. War sie dazu schon immer in der Lage gewesen? Er wußte es nicht mehr, hatte es vielleicht nie gewußt.

Wes hatte das nicht akzeptieren können. Zu viele andere Dinge waren in den wenigen Jahren kaputtgegangen, seit seine jüngste Tochter Michelle ausgezogen war. Aus irgendeinem Grund hatte er nicht zulassen können, daß Bart ins Tierheim kam.

Heute morgen war Bart wahrscheinlich ziemlich böse auf ihn. Immerhin hatte Wes fast achtzehn Stunden außer Haus verbracht. Er drehte den Schlüssel um, öffnete die Tür und sah sich dem winselnden Bart gegenüber.

»Hallo, alter Junge, tut mir leid.« Er kraulte den Hund zwischen den Ohren. Bart zog den Schwanz ein und lehnte sich für ein paar Sekunden an ihn, dann führte er Wes in die Küche. Wes hatte allen Grund, stolz auf das Tier sein: Bart hatte den *Chronicle* vom Vortag vom Tisch gezogen und als Unterlage für sein Geschäft benutzt. Aber es war dem Hund peinlich, das sah Wes ihm an.

Wes verspürte nicht die geringste Lust, mit Bart den gewohnten Spaziergang entlang der Straßenbahnschienen auf der Neunzehnten Straße zu machen, fühlte sich aber dazu verpflichtet. Die Aufgabe, Bart zu versorgen, war ihm zu einer Art seelischem Anker geworden. Sie stellte die einzige Verbindung zu jenem Menschen dar, der er gewesen war, als er noch ein Zuhause, Kinder, eine Frau, einen Job und Verantwortung gehabt hatte. Diese Dinge hatten ihn aufrechterhalten und seine Tage mit Sinn erfüllt. Jetzt gab es nur noch Bart, einen dummen, alten Hund, aber Wes würde nicht aufhören, für ihn zu sorgen.

Nicht, daß er das besonders gut konnte, wie die letzten Stunden bewiesen hatten. Aber in seinen früheren Bemühungen um die Familie hatte er ja auch nicht besonders viel Erfolg gehabt.

Bart war kaum von der Leine, als er auch schon losrannte, eine geeignete Stelle suchte und sein Geschäft erledigte. Wes, immer noch in Shorts und T-Shirt, ging schlotternd vor Kälte den schwarzen Asphaltweg neben den Schienen entlang.

Als er den Wagen in der Nähe des Shamrock geholt hatte und zurückgefahren war, hatte eine kraftlose Sonne geschienen, die sich jetzt hinter einer tief hängenden Wolkendecke verbarg. Außer ihm war niemand auf der Straße. Es gab keine Schatten, weil die Sonne nicht schien. Kein Lüftchen regte sich. Die Gegend, die sonst so verkehrsreiche Hauptstraße, die ganze Stadt wirkten gespenstisch, waren unnatürlich still. Wes blieb stehen und lauschte.

Bart tauchte von irgendwoher wieder auf und setzte sich neben ihn.

Wes drehte sich um und nahm aus dem Augenwinkel heraus etwas Weißes wahr, das im Wind flatterte. Er verließ den Gehweg, überquerte die Straße und riß den an einen Telefonmast gehefteten Steckbrief herunter.

Vielleicht hatte Kevin ihn doch nicht absichtlich versetzt. Vielleicht hatte er keine andere Wahl gehabt. Er starrte auf das Plakat. Kein Zweifel, das war Kevin. Der Junge steckte wirklich tief in der Scheiße.

Zurück in seiner Wohnung, nahm Wes eine heiße Dusche und zog einen dicken Flanellschlafanzug an. Dann kippte er zwei große Gläser scharf gepfefferten Tomatensaft mit einem Spritzer Tabasco, aber ohne Wodka, hinunter und beglückwünschte sich zu seiner Selbstdisziplin. Er goß sich ein drittes Glas ein.

Wes saß in seinem ›Salon‹, wie er dieses Zimmer nannte, trank seinen pfeffrigen Tomatensaft und wartete darauf, daß Morpheus, der Gott des Schlafes, an die Tür klopfte. Geistesabwesend kraulte er Bart hinter den Ohren und am Hals. Er haßte diesen Gedanken, aber er mußte sich eingestehen, daß der verdammte Hund ihm viel bedeutete.

Eigentlich war er nicht unbedingt scharf darauf, etwas von Kevin zu hören. Der Junge hatte wahrscheinlich nur ein bißchen zu tief ins Glas geschaut, anschließend einen Mann aufgehängt, war dann völlig durcheinander gewesen und hatte sich gefragt, was er jetzt anfangen solle, so ganz allein.

Gestern abend war er offenbar noch auf freiem Fuß gewesen. Was aber wäre, wenn Kevin nicht nur in Schwierigkeiten steckte, sondern ihn, Wes, wirklich brauchte? Wes sah wieder auf den Steckbrief, den er mitgenommen hatte. Ohne Zweifel steckte Kevin dick in der Tinte. Die Frage war nur, ob er diese selbst verursacht hatte oder nicht, und darüber wollte sich Wes noch kein Urteil erlauben. Tatsache war, daß Kevins gestriger Anruf nicht einfach aus jugendlicher Verwirrtheit oder aufgrund eines Delirium tremens erfolgt war, denn dieser beängstigende Steckbrief existierte wirklich. Außerdem war der junge Mann anscheinend davon überzeugt, daß Wes ihm wirklich helfen könne, daß er seine Dienste dringend benötige ...

Und wenn dem so war, dachte Wes und trank etwas Saft, sah die ganze Angelegenheit plötzlich ganz anders aus. Denn seit Wochen – seit das Semester Ende Juni zu Ende gegangen war – beschwor ihn eine flüsternde innere Stimme, daß er doch eigentlich gar nicht mehr so übermäßig daran interessiert sei, seinen Doktor in Geschichte zu machen. Das neue Studium hatte die Leere gefüllt, die entstanden war, als er versucht hatte, sich neu zu orientieren, nachdem seine Frau Lydia ihn verlassen und sein bester Freund Mark Dooher ihn betrogen hatte.

Wes und Lydia hatten sich ineinander verliebt, als sie jung gewesen waren, und sich voneinander entfremdet, während die Kinder heranwuchsen. Nachdem ihre Tochter Michelle ausgezogen war, hatten sich die stummen Momente in dem großen Haus immer mehr ausgedehnt und waren schließlich in einen tiefen Abgrund zwischen ihnen gemündet, den keiner von beiden mehr überwinden konnte. Selbst wenn sie das gewollt hätten, wäre es schwierig gewesen, aber es hatte sich herausgestellt, daß sie es gar nicht gewollt hatten.

Wes war lange Anwalt gewesen und beinahe täglich zum Gericht gefahren, hatte die meiste Zeit im Justizpalast verbracht und war sich manchmal nicht zu schade gewesen, kleinen Versicherungsfällen hinterherzujagen, während Lydia Hausfrau und Mutter war, im Elternbeirat aktiv wurde und schließlich eine eigene Immobilienfirma gegründet hatte. Am Ende hatte es nichts mehr gegeben, worüber sie hätten reden können. Er hatte zwanzig Pfund zugenommen, sie hatte fast dreißig abgenommen. Sie sah sich am Beginn einer neuen Lebensphase voll aufregender Herausforderungen und Freiheiten. Und Wes ...?

Während dieser Veränderungen zwischen ihm und seiner Frau war Wes völlig vom Prozeß gegen seinen besten Freund Mark Dooher in Anspruch genommen worden, der sich außerhalb seines Privatlebens abspielte. Dooher war wegen Mordes an seiner Ehefrau angeklagt worden, und Wes hatte als Doohers Anwalt den Prozeß seines Lebens geführt.

Er lehnte sich im Sofa zurück. Warum, zum Teufel, konnte er nicht einschlafen? Er wollte jetzt nicht an diese Dinge denken. Eigentlich wollte er nie mehr daran denken. Vielleicht sollte er sich doch einen Schuß Wodka genehmigen, um sich ein bißchen zu beruhigen.

Aber er stand nicht auf.

Die Wahrheit war: Nachdem Wes sich mit allem abgefunden

hatte, war ihm nur das Gefühl geblieben, daß er sein Leben gelebt habe und daß es eben kein so großer Erfolg gewesen sei. Die Erziehung der Kinder war abgeschlossen, und er wußte, daß er kein allzu guter Vater gewesen war und nicht genug Zeit zusammen mit der Familie verbracht hatte. Die Kinder lebten längst woanders. Er hörte nichts mehr von ihnen, und ihnen war es egal, ob sie etwas von ihm hörten. Er machte ihnen keinen Vorwurf daraus.

Dann hatte sich auch noch das Gesetz – der Gott, dem er während seines ganzen Lebens als Erwachsener gehuldigt und gedient hatte – als weniger unbeugsam erwiesen, als immer behauptet wurde.

Als Lydia ihm mitgeteilt hatte, daß sie ihn verlassen wolle, hatte ihn am meisten die Tatsache schockiert, daß er nach siebenundzwanzig Ehejahren nicht mehr als ein leichtes Bedauern darüber verspürte, so viel Zeit mit ihr verbracht zu haben, wenn bei dem ganzen Zirkus nicht mehr herausgekommen war als das hier.

Was ihn dagegen bis ins Mark getroffen hatte, war der Betrug seines besten Freundes Mark Dooher gewesen. Nach und nach mußte Wes feststellen, daß er einfach aufgehört hatte, sich um irgend etwas zu kümmern. Die natürliche Skepsis, die er im Umgang mit korrupten und unehrlichen Mandanten zum Selbstschutz aufgebaut hatte, war in einen tiefen Zynismus gegenüber der ganzen Menschheit umgeschlagen.

Deshalb hatte er mit dem Trinken begonnen und war hartnäckig dabei geblieben – um keine Gefühle mehr zu haben, um die Dinge an der Oberfläche zu halten. Wenn man auf dünnem Eis schnell genug lief, brach man nicht ein. Aber er hatte gespürt, daß er immer weiter abglitt, sich immer weiter von allen anderen und von jedem Gefühl, irgend etwas könne eine Bedeutung haben, entfernte.

Aus diesem Grund hatte er Bart zu sich genommen, ihn behalten und sich um ihn gekümmert. Aus diesem Grund hegte er plötzlich auch diese ambivalenten Gefühle demgegenüber, was möglicherweise herbe Realität war – daß Kevin Shea nämlich damit rechnete, Wes würde ihm juristisch beistehen.

Vielleicht könnte das sein Rettungsboot werden. Aber dann hätte er auch neuen Anlaß zu hoffen, und diesem Klopfen an der Tür wollte er einfach nicht mehr nachgeben – schon gar nicht, wenn es um das Gesetz ging. Das Gesetz. Das einst so heilige, schöne Gesetz ...

Nein. Er würde sich nicht wieder in die Maschen dieses Netzes ziehen lassen. Weder Kevin Shea noch sonst jemandem würde er zu helfen versuchen. Vielleicht würde er ihm einen Rat geben, aber weiter würde er nicht gehen. Er würde sich niemandem öffnen, nur um dann erneut betrogen zu werden. Denn wenn das geschähe, würde es seine Seele zerstören, falls er überhaupt eine besaß. Da machte er sich nichts vor. Und dann bliebe gar nichts mehr übrig, das man noch retten könnte.

Er stand auf. Ein bißchen Wodka – geschmacklos, geruchlos, farblos – würde ihm jetzt guttun, vielen Dank. Zum Teufel mit dem Pfeffertomatenzeug.

Irgendwo schien ein Telefon zu klingeln. Unter Wasser, was bewies, daß er träumte. Er mußte es nicht registrieren, mußte nichts tun. Sich einfach auf die andere Seite drehen, dann würde es aufhören.

Er wußte, daß er nicht länger als eine Stunde geschlafen haben konnte. Zur Abwechslung hatte er sich in sein richtiges Bett und unter eine Decke gelegt, ohne vorher zusammenzubrechen. Sogar die Jalousien hatte er heruntergezogen. Im Schlafzimmer war es finster wie in der Nacht, warm und sicher. Er würde sich nicht rühren, fertig. Mindestens sechs Stunden Schlaf brauchte er noch, bevor er dem Tag ins Auge blicken konnte.

Er drehte sich um, zog die Decke über den Kopf. Es klingelte noch zweimal, dreimal, dann war wieder Stille.

Na also. Ein Traum.

33

An diesem Morgen um zwanzig vor acht blickte der Bürgermeister von San Francisco, Conrad Aiken, auf eine weitere Zeltstadt hinunter. Sie befand sich im Civic Center Park, gleich unterhalb des Balkons über dem prächtig gearbeiteten Eingangsportal des Rathauses, auf dem er stand, von den Flaggen der Vereinigten Staaten und Kaliforniens halb verdeckt.

Wie schon in den vergangenen anderthalb Tagen fiel es ihm auch jetzt schwer, die Informationen, die er erhalten hatte, zu verarbeiten. Hier stand er, verantwortlich für den Milliardenhaushalt einer der meistgeliebten und schönsten Städte der Welt, die jedes Jahr das Ziel Tausender von Touristen war, wichtiges Kongreßzentrum der Nation, Mekka für Gourmets, Hort des Liberalismus und der Kunst mit dem sechstgrößten Opernhaus der Welt, Zufluchtsort der Habenichtse, Heimatlosen und Homosexuellen aus dem ganzen Land ... Und hatte das Gefühl, als sei all dies innerhalb weniger Stunden zerfallen.

Durch den dünnen Frühnebel stiegen die Rauchschwaden von Lagerfeuern über den Zelten auf. Sie riefen Bilder vor seinem geistigen Auge wach, die er seit seiner Kindheit immer wieder auf Fotos gesehen hatte: das San Francisco, das sich nach dem großen Erdbeben von 1906 aus der Asche emporkämpfte. Dies waren die bislang dunkelsten Stunden der Stadt gewesen. Bis jetzt hatten diese Bilder immer Hoffnung ausgedrückt: Die Bewohner der Stadt taten sich zusammen, um ihr Leben und ihre Häuser wieder aufzubauen. Aber heute, während er über die Zelte hinwegblickte und das Wummern der Ghettoblaster sowie vereinzelte Schreie der Wut und der Verzweiflung hörte, sah die Realität alles andere als hoffnungsvoll aus.

In einer Viertelstunde würde sich Aiken mit den elf Mitgliedern des Verwaltungsrats treffen, und er hatte keine Ahnung, was er ihnen sagen sollte. Noch schlimmer war, daß er trotz größter Bemühungen – er hatte ein paar ausgewählte Mitarbeiter zu Spionen umfunktioniert – keine richtige Vorstellung davon hatte, was die Ratsmitglieder wiederum ihm empfehlen würden. Die Erfahrung lehrte ihn, daß ihre Vorschläge wahrscheinlich unproduktiv sein und seinen Arbeitsaufwand vervielfachen würden. Seine Autorität würde untergraben werden, und sämtliche effektiven Maßnahmen, die eventuell ergriffen werden könnten oder sogar bereits praktiziert wurden, würden aufgeweicht.

Er hatte die Sitzung gestern den ganzen Tag vor sich hergeschoben, in der Hoffnung, die Situation werde sich auf irgendeine Weise vorher beruhigen. Doch durch die Ermordung des Bezirksstaatsanwalts der Stadt, Chris Locke, gestern abend war eine neue Welle nächtlicher Unruhen ausgelöst worden, und man konnte nicht länger so tun, als würde sich die Lage von selbst beruhigen.

Aikens persönlicher Referent Donald, ein großer, gepflegt wirkender fünfunddreißigjähriger Single, trat neben ihn. Eine ganze Minute lang standen sie schweigend nebeneinander.

»Wenn Sie meine Meinung hören wollen ...« setzte Donald an.

Aiken nickte, tauchte aus den Gedanken auf. Donald war für ihn sehr wertvoll, hielt die Ohren offen, kommunizierte mit sämtlichen Mitarbeitern im Rathaus und war mit politischem Scharfsinn sowie einem Gefühl für den richtigen Standpunkt und die angemessenen Strategien gesegnet. »Ich nehme alles, was Sie haben.«

Donald trug eine Akte bei sich, die Aiken nicht bemerkt hatte. Jetzt öffnete er sie und reichte seinem Chef den Steckbrief von Kevin Shea. Aiken hatte ihn hundertmal gesehen, und ihm wurde fast schlecht davon. Aber er würde Donald zuhören.

»Okay. Was ist damit?«

»Ich bin gestern den ganzen Tag durch diese heiligen Hallen gewandert und habe das Gefühl, daß Sie, wenn Sie nicht heute morgen mit einer ganz eindeutigen Botschaft sofort zu Beginn die Kontrolle über die Versammlung übernehmen, einer unbeschreiblichen politischen Katastrophe entgegengehen.«

Auch Aiken war zu diesem Schluß gekommen. Die Mitglieder des Stadtrats von San Francisco wurden in bezirksunabhängigen, stadtweiten Wahlen gewählt, keines der Mitglieder repräsentierte also einen geographischen Bereich wie Nob Hill, Hunter's Point oder die Castro Street. Tatsächlich vertrat – *verkörperte* – jedes Mitglied des Rats ein eigenes Programm, was, wie Aiken wußte, einen Konsens häufig erschwerte.

Das Problem mit den Mitgliedern des Stadtrats wurde durch die Gehaltsstruktur noch verschlimmert. Die Satzung der Stadt San Francisco sah für jedes Mitglied vierundzwanzigtausend Dollar pro Jahr vor, was bedeutete, daß die jeweils zugeordneten Angestellten und Sekretärinnen doppelt soviel verdienten wie diese selbst. Mit anderen Worten: Kein Mensch, der für seinen Lebensunterhalt arbeiten mußte, konnte es sich leisten, im Stadtrat zu sitzen.

Viele – einschließlich Conrad Aiken – waren zu der Ansicht gelangt, daß die Mehrzahl der Ratsmitglieder ein stupendes Unwissen über die Grundlagen des Arbeitslebens an den Tag legten. Dieser Mangel verband sich oft mit Verachtung gegenüber Kompromissen, mit einer fast hochmütigen Mißachtung der Realität, wenigstens der, die Aiken kannte.

Worüber die Stadtratsmitglieder vor allem verfügten, war Zeit, eine private finanzielle Absicherung (die sie von der Realität isolierte und mit Opportunisten umgab) und Meinungen. Positionen, Haltungen und Ideen – ja, die waren reichlich vorhanden. Ideen gab es im Rat im Überfluß. Auch wenn den Stadträten keinerlei Exekutivfunktionen zustanden, konnten sie dem Bürgermeister immerhin Maßnahmen empfehlen – polizeiliche Maßnahmen zum Beispiel. Oder Ho-Chi-Minh-Stadt in Vietnam zur Partnerstadt von San Francisco vorschlagen und den Wiederaufbau einer Autobahn nach einem Erdbeben behindern, bis ein Bericht über die gefährlichen Auswirkungen eines solchen Wiederaufbaus auf die Umwelt (zum Beispiel auf den Froschbestand im China Basin) erstellt worden war.

Der Bürgermeister mußte sich nicht nach diesen Empfehlungen richten, wenn er sie aber mißachtete, geschah dies auf eigene politische Gefahr. Irgendwo, in einer Kombination aus allen diesen dilettantischen Positionen – weiß, latino, schwul, asiatisch, afroamerikanisch, feministisch – verbarg sich die absolute Mehrheit, die man brauchte, um zum Bürgermeister gewählt zu werden.

Aiken nahm den Steckbrief aus der Hand seines Referenten entgegen. »Und das soll mir helfen, die Versammlung unter Kontrolle zu bringen, Donald?«

»Ich glaube, Senatorin Wager hatte recht. Als sie gestern hier war.«

»Ich erinnere mich, Donald. Womit hatte sie recht?«

»Vor allem jetzt, wo Chris Locke tot ist, sollten wir hoch

pokern. Jedes einzelne Mitglied des Stadtrats wird in seine oder ihre spezielle Richtung drängen. Es drängeln sich schon jetzt Dutzende von Kameras im Saal, und jeder wird eine Rede halten wollen, die Gewalt verurteilen, einen eigenen Vorschlag zur Lösung vorbringen ... Sie wissen schon.«

Aiken wußte es. »Was meinen Sie mit ›hoch pokern‹?«

»Einfach da hineinmarschieren, das Podium übernehmen und zugeben, daß wir alle – die ganze Stadt – die Spannungen zwischen den Rassen offensichtlich schon zu lange ignoriert haben. Wir haben den Kopf in den Sand gesteckt, vor allem hier im Rathaus.«

Aiken lächelte finster. »Was durchaus den Tatsachen entspricht.«

»Nein, warten Sie. Das ist genau der *Punkt*. Wir waren nachlässig. Wir haben die Tatsache ignoriert, daß es hier immer noch keine Gleichheit gibt und deshalb draußen auf den Straßen unter den einfachen Bürgern, besonders der schwarzen Bevölkerung, berechtigte Wut herrscht. Es ist offensichtlich, daß wir, wir alle, sowohl für den Tod von Arthur Wade als auch für den von Chris Locke verantwortlich sind. Wir tragen eine Schuld ... eine Schuld, für die wir einstehen müssen.«

»Das ist ein bißchen dick aufgetragen.«

»Richtig, aber wenn der große Rhetoriker selbst spricht ...« Er warf Aiken einen verschwörerischer Blick zu.

»Damit meinen Sie wohl mich ...«

Donald nickte. »Das ist nur der grundsätzliche Tenor, Sir. In Ihren Worten wird es sich nicht so plump anhören ...«

Der Bürgermeister war an derartige Schmeicheleien gewöhnt, fand aber, daß Donald wahrscheinlich recht hatte. Aiken wußte, daß er ein begabter Redner war. Und wenn der Rat für etwas empfänglich war, dann für den Appell an eine gemeinsame, allgemeine Schuld. Wenn er verdeutlichen konnte, daß die Gesellschaft insgesamt das Problem verursacht oder zumindest dazu beigetragen habe, würde er vielleicht an sie herankommen. »Gut«, sagte er, »und wie sieht der Rest Ihrer Idee aus?«

»Bevor wir auch nur einen einzigen Vorschlag des Stadtrats in Betracht ziehen oder irgend etwas anderes tun, müssen wir unverzüglich Maßnahmen ergreifen, durch die wir die entfremdete schwarze Bevölkerung wieder in die wichtigen Entscheidungsprozesse und ins öffentliche Leben integrieren können. Um das zu erreichen, müssen wir etwas Symbolisches tun.«

»Etwas Symbolisches. Richtig.«

»Um unser Engagement zu beweisen und zu zeigen, daß unsere oberste Priorität darin liegt, die Stadt wieder zusammenzuführen ...«

»... liefern wir ihnen Kevin Shea.«

Donald nickte. »Er ist schuldig. Sehen Sie sich die Bilder an. Wir loben, sagen wir, eine halbe Million Dollar als Belohnung aus, was nicht viel wäre, wenn dadurch die Ausschreitungen gestoppt werden könnten.«

Aiken fuhr mit der Hand unter seinen müden Augen entlang über das Feuermal. »Donald, ich will nicht, daß Dan Rigby denkt, ich würde mit dem Finger auf ihn zeigen, weil er Shea noch nicht verhaftet hat. Die Polizei tut alles, was in ihrer Macht steht.«

»Niemand behauptet das Gegenteil, Sir. Sie können das auch öffentlich bestätigen. Aber wir brauchen, *Sie* brauchen die Geste, die Zusicherung an die schwarze Gemeinde, daß die Stadt es tatsächlich versucht, daß wir alle gemeinsam in dem Schlamassel drinstecken. Möglicherweise werden allein schon dadurch die Wogen für eine Zeitlang geglättet.«

Ein guter Schachzug, dachte Aiken, es könnte klappen. Und es war gerechtfertigt. Eine seltene Kombination. »Mit anderen Worten«, sagte er, »steht für heute morgen auf der Tagesordnung, daß der Rat für die Belohnung gewonnen wird, daß alles sich auf die Verhaftung von Kevin Shea konzentriert, daß ein entsprechender Beschluß im Stadtrat verabschiedet wird.«

»Sie werden sie dorthin führen, Sir.«

»Und dann meine eigenen Wege gehen?«

Donald überlegte einen Moment und nickte schließlich. »Unbedingt. Ja.«

Aiken wiederholte des anderen Kopfbewegung. »Dann lassen Sie uns das tun.«

Nachdem Aiken das Zimmer verlassen hatte, um sich zum Ratssaal zu begeben, und die Tür hinter ihm zugefallen war, blieb Donald fünf endlose Minuten lang an seinem Schreibtisch sitzen. Er stoppte die Zeit. Häufig eilte Aiken hinaus, machte auf halbem Weg kehrt und kam ins Büro zurückgestürzt, weil er etwas vergessen hatte, etwas holen, noch eine dringende Anweisung erteilen wollte.

Aber da Aiken nur auf die andere Seite des Rathauses unterwegs war – ein Spaziergang von einer Minute –, ging Donald davon aus, daß er fast umgehend wieder hätte zurückkommen müssen, falls er umgekehrt war. Doch Donald war von Natur aus vorsichtig. Es war nie verkehrt, sich doppelt soviel Zeit zu lassen, als notwendig war. Was, wenn der Bürgermeister von den Medien im Flur aufgehalten worden war und ihm erst danach etwas einfallen würde, das ihn veranlaßte zurückzukommen? Man konnte nicht vorsichtig genug sein.

Mit diesem Gedanken vor Augen, stand Donald von seinem Schreibtisch auf und stapfte in dem langen internen, holzgetäfelten Gang vor bis zum Empfangsbereich und trat dann durch die Tür mit der Aufschrift 100, durch die die Öffentlichkeit in das Vorzimmer des Bürgermeisters gelangte, hinaus auf den Flur.

Der Gang war menschenleer. Donald ging zum Geländer hinüber, von wo aus er die große Rundhalle überblicken konnte. Auf der anderen Seite, in der Halle gegenüber, sah er die Menschenmenge, die einen Blick in den Ratssaal zu ergattern versuchte. Irgend etwas – Aikens Ankunft, vermutete er – hatte die Menge zusammengetrommelt.

Zufrieden drehte er sich um und ging durch das Büro zurück. An seinem Schreibtisch angekommen, holte er aus seinem Portemonnaie ein weißes Stück Papier heraus, auf dem sieben Ziffern standen, kein Name.

Am anderen Ende der Leitung bat ihn eine freundliche Frauenstimme, eine Nachricht zu hinterlassen.

Nachdem er seinen Namen genannt hatte, teilte Donald dem Anrufbeantworter mit, der Bürgermeister gedenke die Alternative, die sie besprochen hätten, umzusetzen. Er kündigte an, daß der Rat den Beschluß voraussichtlich innerhalb der nächsten Stunden fassen werde.

Als er auflegte, zitterten ihm die Hände, aber das überraschte ihn nicht. Er hatte so etwas noch nie getan, natürlich machte es ihn nervös. Das Komische war, daß es Conrad Aiken wahrscheinlich helfen würde. Es war eine gute Idee gewesen.

Trotzdem wurde er das ungute Gefühl nicht los, jemanden betrogen zu haben, und das störte ihn. Als habe er die Seiten gewechselt. Aber nach dieser Katastrophe – und die Probleme waren ja noch nicht gelöst – war es keineswegs sicher, daß Aiken in fünf Monaten wiedergewählt werden würde. Was sollte Donald dann tun, wenn er nicht rechtzeitig vorsorgte?

Er mußte sich eine breitere Basis verschaffen, dafür sorgen, daß andere Personen, die eventuell seine Hilfe benötigten, ihn schätzen lernten. Jetzt, nach diesem Anruf, hatte er keinen Zweifel mehr daran, daß Loretta Wager sich an ihn erinnern würde, wenn er sich an sie wandte. Er müßte es nicht einmal erwähnen – sie würde sich daran erinnern, daß sie ihm etwas schuldete, und dementsprechend handeln. So funktionierte Politik, und die Senatorin wußte das sehr genau.

Das hatte er von gemeinsamen Bekannten gehört.

34

Elaine Wager, die Tochter der Senatorin, hatte tief und lang geschlafen. Kurz nach dem Morgengrauen war sie aufgewacht. Durch das Fenster ihres Wohnzimmers sah sie unter der Wolkendecke erheblich weniger Rauch als am Tag zuvor, und für einen Moment hatte sie es sich erlaubt, optimistisch zu sein. Vielleicht würde sich die Situation bessern, würden die Wunden der Stadt doch noch rechtzeitig heilen.

Dann hatte sie die Zeitung aufgeschlagen ...

Jetzt saß sie in einem ihrer übergroßen Herren-T-Shirts, die sie als Nachthemden benutzte, auf dem Parkettboden gleich hinter ihrer Wohnungstür, dort, wo sie gestanden hatte, als ihr Blick auf die Schlagzeile gefallen und sie zusammengebrochen war. Sie erinnerte sich, daß sie sich an der Wand hatte abstützen wollen, dann begriffen hatte, daß sie sich setzen mußte. Sie schien die Kontrolle über die Harnblase verloren zu haben, denn der Boden unter ihr war naß. Sie merkte, daß sie auf ihrem Zeigefinger herumbiß. Es mußte einige Zeit verstrichen sein.

Ihr Magen knurrte, und sie versuchte, wieder auf die Beine zu kommen. Der Weg ins Badezimmer war weit.

Erst konnte sie nicht glauben, daß niemand sie angerufen hatte, doch dann fiel ihr ein, daß sie das Telefon leise gestellt und den Anrufbeantworter eingeschaltet hatte. Es gab einen Punkt, an dem man einfach schlafen mußte.

Chris Lockes Stimme war auf dem Anrufbeantworter.

»O Gott«, entfuhr es ihr, und sie wurde von einer neuen Welle des Schwindels erfaßt.

Er hatte angerufen, bevor ... bevor ...

Sie preßte eine Hand gegen den Magen, knetete den harten Knoten, hypnotisiert von den Worten der Stimme, die sie zum letzten Mal hören würde.

Er liebe sie, sagte er. Er brauche sie, sie müßten reden. Ob es ihr möglich sei, sich morgen früh – Herrgott, das war heute morgen – vor der Arbeit mit ihm zu treffen? Er werde mit Mohandas und ihrer Mutter zum Abendessen ausgehen, und es könne spät werden, er komme dann vielleicht auf dem Heimweg bei ihr vorbei. Sie könne ihn über den Piepser erreichen und ihm Bescheid geben.

Dann die Stimme ihrer Mutter, kontrolliert und ruhig, wie sie immer in Momenten größter Anspannung sprach. Sie rief vom Polizeirevier aus an. Jemand habe sie um ein Haar erschossen, habe Chris erschossen ... »Bitte, Liebes«, sagte sie, »wenn du diese Nachricht bekommst, geh nicht weg, bevor du mit mir gesprochen hast!«

Der nächste Anrufer war der Kollege, mit dem sie sich das Büro teilte, Jerry Ouzounis, aber da ging es nur um allgemeine Informationen, der Anfang einer Reihe von Büroangelegenheiten. Sie spulte im schnellen Vorlauf einen Teil davon ab und ließ das Band dann wieder normal weiterlaufen, ohne zuzuhören. Vor ihre Augen legte sich ein Schleier.

Irgendwie hatte sie sich angezogen. Wollte sie tatsächlich zur Arbeit gehen? Sie wußte es nicht. Aber sie hatte sich fertig gemacht, die Haare hochgesteckt, sich geschminkt. Sie trug Schuhe, aber keine Strumpfhose. Sie zog die Schuhe wieder aus und wußte plötzlich nicht mehr, weshalb, wußte nur, daß sie auf dem Bett saß. Krampfhaft versuchte sie, sich daran zu erinnern, was sie gerade hatte tun wollen. Die Strumpfhose lag neben ihr auf dem Bett, aber sie konnte die Verbindung nicht herstellen.

Neben dem Bett stand das Telefon. Hatte sie jemanden anrufen wollen? Sie erinnerte sich, daß sie versucht hatte, ihre Mutter zu erreichen. Aber bei der Senatorin konnte man nie sagen, wo sie sich gerade aufhielt. Das Telefon hatte fünfzehnmal geklingelt. Sie wählte noch einmal. Vielleicht war das die Lösung: es noch einmal zu versuchen.

Am Straßenrand vor dem Justizpalast stand immer eine lange Reihe schwarzweißer Polizeiwagen. Heute verstopften die Fahrzeuge vier der fünf Spuren der Bryant Street.

Elaine Wager hatte ein Taxi nehmen müssen, denn ihr regulärer Bus war nicht gekommen. Sie stand an der Ecke Siebte und Bryant Street und wurde erneut von dem Gefühl überwältigt, daß die Realität sich grundlegend verändert hatte. War das die *virtual re-*

ality, die künstliche Wirklichkeit? Ein Beamter schrieb Verwarnungen für die *Polizeiautos*, als wären es normale Fahrzeuge. Er notierte die Kennzeichen und steckte seine handgeschriebenen Zettel unter die Scheibenwischer. Als hätte ihm jemand gesagt, auf diese Weise könne er inmitten des ganzen Wahnsinns seine Zeit vernünftig nutzen. Und als hätte er es geglaubt ...

Die Menschenmenge in der Eingangshalle des Justizgebäudes war kleiner geworden, zweifelsohne eine Folge der Ausgangssperre. In der Nacht waren weniger Menschen zur Aufnahme ihrer Personalien und Vergehen hergebracht worden. Geistesabwesend durchschritt Elaine den Metalldetektor und ging um eine der Säulen herum. Vor ihr lag die riesige Eingangshalle.

Etwa ein Dutzend uniformierte Beamte versahen lässig ihren Dienst. Sie fragte sich, warum so viele Polizeiautos vor dem Gebäude standen. Wo waren die anderen Beamten? Diese zusammenhangslose Beobachtung traf sie wie eine Botschaft aus einer nur unvollständig erinnerten Welt. Sie wußte es nicht.

Die in der Schlange stehenden Männer ergaben wie immer eine ungepflegte, bunte Ansammlung, schoben sich mühsam vorwärts, erschöpfte Gestalten mit leeren Blicken. Während sie auf den Aufzug wartete, wurde sie auf einen der Männer aufmerksam.

Sie war gerade im Begriff gewesen, mit dem Aufzug nach oben zu fahren, um in ihr Büro zu gehen und die Tür hinter sich zu schließen. Vielleicht noch einmal zu versuchen, ihre Mutter zu erreichen, mit Jerry Ouzounis zu sprechen oder mit dem stellvertretenden Bezirksstaatsanwalt Art Drysdale, mit irgend jemandem da oben, um herauszufinden, was passiert war und ob sie etwas tun konnte. Sie mußte etwas tun. Etwas für Chris.

Sie ging zu dem gelben Band hinüber, das den provisorisch abgetrennten Bereich für die Festgenommenen markierte, stieg darüber und betrachtete den Mann, der ihr aufgefallen war, näher.

»Entschuldigen Sie«, sagte sie zu einem Beamten in der Nähe, der sich mit einem anderen Uniformierten unterhielt.

»Ja, Ma'am?« Dann, als er sah, daß sie eine Zivilperson war, sagte er: »Ich muß Sie bitten, wieder auf diese Seite zurückzukommen. Sie dürfen nicht hinter das gelbe Band treten.«

Elaine hatte kein herzliches Lächeln mehr übrig. »Ich bin von der Staatsanwaltschaft«, sagte sie knapp, während sie ihm ihren Ausweis hinhielt. »Elaine Wager.«

Falls einer der beiden Polizisten, die sich in Hörweite befanden, eine Verbindung zwischen dieser attraktiven jungen Frau und der Senatorin von Kalifornien herstellte, verbarg er es gut. Die Staatsanwaltschaft war nun einmal die Staatsanwaltschaft, und wenn diese Frau dazugehörte, konnte sie mit ihnen sprechen, würden sie zuhören.

»Ja, Ma'am«, wiederholte der Beamte. »Wie kann ich Ihnen helfen?«

Elaine deutete mit dem Kopf. »Ist der Mann dort drüben nicht Jerohm Reese?«

Er war es. Jerohm sah zu ihr herüber.

»He, das ist nicht in Ordnung! He! Ich rede mit Ihnen! Hören Sie mich? Ich *rede* mit Ihnen.«

Elaine ignorierte ihn. Der Beamte mit dem Namen J. Dealey auf dem Namensschild, der zwischen Elaine und Jerohm stand, befahl ihm, den Mund zu halten. Sie nahmen den Besucheraufzug des Gefängnisses, der schneller als der öffentliche Aufzug fuhr und nur auf der sechsten Etage hielt, am Eingang zum Gefängnis.

»Nein, halt ... He, Sie haben keinen Haftbefehl gegen mich. Ich bin gerade erst freigelassen worden. Das ist die reine Schikane. Ich hab' nicht das geringste getan ...«

Dealey wandte sich an Elaine und sagte im Plauderton, als unternähmen sie soeben einen Spaziergang im Park: »Wir haben ihn in einem der Gebiete, die unter Ausgangssperre stehen, in einem gestohlenen Wagen erwischt. Der Wagen war voller geplünderter Sachen ...«

»He, Mann ... Der Wagen war nicht gestohlen, das ...«

»Hatte ich schon ›halt's Maul‹ gesagt, Jerohm?« Dealey ruckte an den Handschellen, und Jerohms Füße verloren beinahe den Kontakt zum Boden.

»He, das ist ein Übergriff! Ein Polizeiübergriff!« schrie Jerohm. »Du hast's gesehen, Schwester! Jetzt reicht's. He, na los, dieser Kerl ...«

»Ich bin nicht Ihre Schwester«, sagte Elaine kalt. »Ich bin Ihr schlimmster Alptraum.«

Art Drysdale, der stellvertretende Bezirksstaatsanwalt, erlebte soeben *seinen* schlimmsten Alptraum. Es war noch nicht einmal neun Uhr, und er war die ganze Nacht auf den Beinen gewesen.

Seit zwanzig vor sechs saß er in seinem Büro. Er weigerte sich hartnäckig, auch nur vorübergehend in Chris Lockes Büro zu arbeiten. Er wollte vermeiden, daß jemand das falsch auslegte, wollte nicht den Anschein entstehen lassen, er sei darauf aus, der neue Bezirksstaatsanwalt zu werden. Sein eigenes Büro war nicht annähernd groß genug für die Prozession von Menschen, die er heute morgen bereits bei sich vorsprechen gesehen hatte. Alle wollten Antworten von ihm, Trost oder Entscheidungen, die er nicht treffen durfte.

Normalerweise legte Drysdale eine unbekümmerte Art an den Tag, er jonglierte häufig hinter seinem Schreibtisch mit Baseball-Bällen – in seiner Jugend war er mehrere Wochen Profispieler gewesen –, während er Büroangelegenheiten debattierte oder Vergleiche mit den Strafverteidigern aushandelte. Heute trug er ein weißes Hemd, hatte die Krawatte gelockert und die Unterarme vor sich auf den Schreibtisch gelegt. Er hielt die Hände gefaltet. Die Fingerknöchel traten weiß hervor.

»In Ordnung, schicken Sie sie rein.«

Elaine kam durch die Tür und trat vor ihn.

»Ich hoffe, daß ich mich verhört habe«, begann er. »Sie haben Jerohm Reese, denselben Jerohm Reese, den wir vor zwei Tagen laufen lassen mußten, weil wir ihn nicht wegen Mordes anklagen konnten ... *diesen* Jerohm Reese haben Sie wieder nach oben gebracht?«

»Ja, Sir.«

Drysdale rieb sich mit einer Hand über die Stirn und massierte dann seine Schläfen. »Wird ihm dasselbe angelastet wie allen anderen, die wir mit Vorladungen nach Hause schicken?«

»Ein bißchen mehr«, sagte sie.

»Ein bißchen mehr? Reicht es aus, um einen Haftbefehl auszustellen? Gleich unten, in der *verdammten Eingangshalle*? ... Entschuldigen Sie, ich wollte nicht schreien, aber so geht das nicht. Wir können Jerohm Reese hier im Moment nicht brauchen.«

»Es tut mir leid ...«

»Da bin ich sicher.« Drysdale schüttelte den Kopf. »Elaine, warum habe Sie das getan?«

»Ich dachte ... ich dachte, wenn es sich herumsprechen würde, daß wir Jerohm Reese wieder festgenommen und wieder freigelassen haben ...«

»Ich weiß, ich weiß. Aber jetzt sitzt er im Gefängnis. Keinen der anderen stecken wir ins Gefängnis für die Vergehen, die ihm vorgeworfen werden.«

»Aber wir können ihn nicht einfach gehen lassen. Wir können ihm nicht nur einen Strafzettel verpassen und ihn wieder laufen lassen.«

»Nein, ich glaube, das können wir nicht. Jetzt nicht mehr.« Drysdale holte tief Luft und stieß sie geräuschvoll wieder aus. »Verdammt.«

»Ich hatte einfach das Gefühl, etwas tun zu müssen. Ich habe nicht richtig nachgedacht. Diese Sache mit Chris ... mit Mister Locke ...«

Drysdale hielt eine Hand hoch. Er war sich der Fakten in dieser Situation bewußt. Elaine war die Tochter von Loretta Wager und schwarz. Realistisch betrachtet, würde man sie wegen dieser Sache nicht allzuscharf zurechtweisen, geschweige denn suspendieren, weil sie wahrscheinlich überhaupt nicht zu suspendieren war. Sie war so kugelsicher wie Kevlar. Außerdem hatte er Jerohm Reese oben im Untersuchungsgefängnis. Vielleicht konnte er verhindern, daß die Medien etwas davon erfuhren und das Thema ausschlachteten. Aber es hatte sich in der Zwischenzeit nichts Handfestes ergeben, dessen man ihn beschuldigen könnte, abgesehen von den Plünderungen, und alle anderen Plünderer ließen sie – Boles sei Dank – laufen.

»Wir sind wegen dieser Sache alle etwas durcheinander, Elaine. Ich weiß noch nicht, was *ich* tun werde, und ich weiß nicht, wie es hier bei uns weitergeht. Aber unsere Aufgabe ist es, Anklagen zu erheben, nicht, Inhaftierungen zu erleichtern. Man erwartet von uns, daß wir nachdenken, bevor wir in dieser Richtung tätig werden, verstehen Sie das?«

»Ja, Sir.«

»Ich weiß, daß Sie das tun.« Drysdales Hände waren wieder gefaltet, die Knöchel wieder weiß. Er würde eine Entscheidung fällen, was mit Jerohm Reese zu geschehen habe. Von Rechts wegen hatte der Bezirksstaatsanwalt nur zwei Tage Zeit, um Anklage zu erheben, aber Drysdale hatte schon eine Idee: Da das verlängerte Wochenende zum vierten Juli bevorstand, würde sich eine Anklageerhebung eventuell bis auf den kommenden Dienstag verschieben lassen, und das würde vielleicht reichen, um aus diesem Desaster wieder herauszukommen.

Er wandte sich wieder Elaine zu. »Sie bearbeiten den Fall

Arthur Wade.« Das war keine Frage. »Dabei arbeiten Sie eng mit dem Morddezernat zusammen, nicht wahr?«

Das tat sie zwar nicht, aber ihr fiel das längere Gespräch ein, das sie mit Lieutenant Glitsky am Vortag in dieser Sache geführt hatte, und so war es, genaugenommen, keine Lüge, als sie antwortete: »Ja, Sir.«

»Sorgen Sie dafür, daß das so bleibt. Wenn Sie Hilfe brauchen, kommen Sie zu mir. Fragen Sie mich. Sie müssen das nicht allein durchfechten.«

»Ja, Sir. Danke.«

»Gut. Nicht der Rede wert. Und schicken Sie das nächste Opfer rein.«

Er lächelte nicht, als er das sagte.

35

Glitsky befand sich auf dem Dienstparkplatz hinter dem Justizgebäude und untersuchte den Wagen, in dem Chris Locke seine letzte Fahrt unternommen hatte.

Baujahr, Modell und Typ stimmten mit denen der anderen beiden Dienstwagen überein, die Glitsky in den letzten Stunden gefahren hatte – mit dem einen Auto, mit dem er heute morgen zum Justizgebäude gekommen war, und dem anderen, mit dem er gestern nacht Loretta nach Hause gebracht hatte und anschließend zu sich gefahren war und das er am Morgen von einem Streifenpolizisten hatte abholen und auf den Dienstparkplatz zurückbringen lassen.

Nur die Farbe war anders. Die Stadt hatte einen Fuhrpark von siebenundzwanzig Plymouth' angeschafft, die den Angestellten und auch den Gästen zur Verfügung standen: Polizisten in Zivil, Staatsanwälten, Honoratioren, die gelegentlich zu Besuch kamen.

Inspector Marcel Lanier, der Überstunden schob, um die Zahl seiner Ausgleichsstunden zu erhöhen, weihte Glitsky in alle Einzelheiten des Verbrechens ein. Es war kalt und neblig, ein leichter Wind wehte. Die beiden Männer trugen dicke Fliegerjacken, und Marcel ließ die Hände in den Taschen. Um sich einen besseren Überblick zu verschaffen, hatte Glitsky die Beifahrertür geöffnet.

Leicht vornüber gebeugt, betrachtete er mit zusammengekniffenen Augen das Fenster der Beifahrertür. Es war hochgedreht gewesen, als auf Locke geschossen worden war. Die Kugel hatte in dem Sicherheitsglas ein Spinnennetz mit einem faustgroßen Loch in der Mitte erzeugt.

»Hat die Spurensicherung alle Glasstücke?«

»Alle, die wir gefunden haben.«

»Das ist ein großes Loch.«

Lanier sah nach. »Zwei Kugeln, Abe. Aus nächster Nähe.«

Glitsky nickte. »Habt ihr die zweite Kugel gefunden?«

»Auf der anderen Seite.«

Sie gingen um den Wagen herum. Glitsky blieb einen Moment am hinteren Kotflügel stehen.

»Was ist? Hast du was entdeckt?«

»Nein. Ich kann nichts erkennen.« Glitsky öffnete die Fahrertür und ließ sich auf ein Knie nieder, um das Einschußloch im Polster des Wagens zu untersuchen. Dann rutschte er hinter das Lenkrad und musterte eingehend das Loch in der Scheibe auf der anderen Seite des Wagens. Mit der Hand folgte er der Flugbahn der zweiten Kugel. »Sie hat wirklich Glück gehabt«, murmelte er. Der mutmaßlichen Flugbahn nach zu urteilen, hätte ihn die Kugel an der Brust gestreift, doch Loretta war nicht so kräftig wie er, und deshalb hatte das Bleigeschoß sie um ein kleines Stück verfehlt. Um Haaresbreite.

»Gestern nacht hat sie auch Glück gehabt. Jemand hat sie nach Hause gefahren.« Lanier verzog keine Miene, war aber mehr als beredt.

Eigentlich hätte Glitsky darauf gefaßt sein müssen. Die Beamten des Morddezernats wußten in der Regel über alles Bescheid und gaben, ohne den geringsten Respekt, ihre Kommentare dazu ab. Offenbar hatte es sich herumgesprochen, daß er Loretta mitten in der Nacht aus dem Justizgebäude gelotst hatte.

»Ach, hör auf, Marcel. Die Frau ist Senatorin. Ihr Haus lag auf meinem Weg.«

»Da hat sie ja schon wieder Glück gehabt.«

Glitsky spürte, wie sich die Narbe auf seinen Lippen zusammenzog, und hatte Mühe, seinen Gesichtsausdruck unter Kontrolle zu halten. Er durfte sich nichts anmerken lassen, jede Reaktion wäre für einen Mann wie Marcel ein vielsagendes Indiz. »Wo ist das restliche Blut?« fragte er gleichgültig.

Lanier beugte sich über ihn. »Direkt vor deiner Nase.« Auf dem Beifahrersitz befand sich ein kleiner runder Fleck von etwa sieben Zentimetern Durchmesser. »Kaliber 0.22, vielleicht 0.25. Im Lauf des Vormittags wissen wir es genau. Ein kleines Loch, geringe Durchschlagskraft. Keine Austrittswunde. Wieder Glück für sie. Sie hat nicht mal 'nen Spritzer abbekommen.«

Glitsky lagen ein paar Worte auf der Zunge, was das Glück Lorettas betraf, auf die immerhin ein Mordanschlag verübt worden war. Aber auch das hätte Marcel als Überreaktion und Hinweis darauf interpretiert, daß da irgend etwas Ungewöhnliches vorlag. Also sagte er nur »Okay«, während er aus dem Wagen stieg und vorsichtig die Tür schloß. Sie gingen auf das Justizgebäude zu.

»Wie ist sie denn so? Hast du mit ihr gesprochen?« fragte Lanier.

»Nicht viel«, log Glitsky. »Sie stand unter Schock und war erschöpft. Der ganze Trubel hat sie ganz schön mitgenommen.«

Ihre Schritte knirschten auf dem Schotter.

Als der Lieutenant wieder in seinem Büro erschien, saß Nat Glitsky auf einem der gelben Kunststoffstühle vor dem Schreibtisch seines Sohnes. Für seine sechsundsiebzig Jahre hatte sich Nat gut gehalten. Wie immer bedeckte eine Jarmulke, das jüdische Samtkäppchen, die weißen Haare. Er trug Wanderschuhe, einen bunten Wollpullover und eine altmodische, mit Farbflecken übersäte Khakihose. Das, nach seiner Definition, ›klassische blaue Herrensakko‹, das er fast immer anhatte, hing über der Rückenlehne des Stuhls.

Es hatte sich herumgesprochen, daß Jerohm Reese wieder verhaftet worden war. Glitsky, der eben in der Eingangshalle davon gehört hatte, versuchte, diese Information in seine Peilung der Lage der Dinge einzugliedern. Sie paßte eher wie die Faust aufs Auge.

Er blieb im Türrahmen stehen. Sein Vater kam nicht jeden Tag bei ihm vorbei, noch nicht einmal ab und zu auf einen Sprung. Er kam so gut wie nie. Also war etwas geschehen. In den Monaten, als Flo krank gewesen war, hatte Nat seinen Sohn manchmal im Büro besucht, ihn hin und wieder sogar zum Mittagessen eingeladen. Aber seit ihrem Tod war er kein einziges Mal dagewesen, soweit Glitsky sich erinnern konnte.

Nat steckte wie immer voller Überraschungen. Er warf seinem Sohn einen in Plastikfolie gewickelten Blätterteigkringel mit Käsefüllung zu. Auch geräucherter Lachs schaute an den Rändern heraus. Abe liebte diese Kombination über alles in der Welt. Es war so lange her, seit er sich einen solchen Leckerbissen gegönnt hatte, daß er vergessen hatte, wann das eigentlich gewesen war.

Nat, fünfzehn Zentimeter kleiner als Abe, ging auf seinen Sohn zu und küßte ihn auf die Wange. So hatte er ihn immer begrüßt, und so würde er es auch in Zukunft tun, zum Teufel mit gesellschaftlichen Konventionen und aufgesetzten Peinlichkeiten. Vom Kindergarten bis zur Polizeischule hatte Glitsky es gehaßt, aber jetzt störte es ihn nicht mehr. Wenn es anderen seltsam vorkam, war das deren Problem. Er wurde seinem Vater immer ähnlicher ... Es gab wahrlich Schlimmeres.

»Wir müssen uns unterhalten, Abraham.«

Dafür war leider nicht der richtige Zeitpunkt. Abe sah, daß hinter Nats Rücken Lanier, Banks und zwei andere Inspectors herumsaßen und zu ihm ins Büro hinüberlugten, darauf warteten, daß er frei würde und ihnen weitere Anweisungen geben könnte. Außerdem wollte er den Gerichtsmediziner John Strout wegen der Autopsien von Arthur Wade und Chris Locke aufsuchen, was er bei jedem Mord tat, der in seine Zuständigkeit fiel.

Auf dem Stapel telefonisch eingegangener Mitteilungen, den er nebenbei durchblätterte, lag ganz oben eine Nachricht von Greg Wrightson, einem Mitglied des Stadtrats. Eine seltene Ehre. Dan Rigby wollte ihn noch einmal sehen, weil in der vergangenen Nacht in North Beach, unabhängig von den Unruhen, ein Mord verübt worden war. Ein Familiendrama.

Außerdem war da noch ein Anruf von Loretta Wager. Was auch immer *das* bedeuten mochte.

Aber nun saß sein Vater vor ihm, und er wäre nicht gekommen, wenn es nicht in irgendeiner Weise von Bedeutung gewesen wäre. Nat neigte nicht zur Hysterie.

»Soll ich die Tür schließen?« fragte Abe. Es gab natürlich gar keine Tür.

Nat wies mit dem Zeigefinger auf den Schreibtischstuhl. »Setz dich und iß deinen Kringel.«

Glitsky tat, wie ihm sein Vater befohlen hatte, und biß mit Genuß in den noch warmen Leckerbissen. »Also?« fragte er kauend. »Was gibt's?«

Wie immer kam Nat sofort zur Sache. »Kennst du Jacob Blume? Natürlich kennst du ihn. Er ist mein Rabbi, und er wäre auch deiner, wenn du ab und zu zur Synagoge gingst.« Er hielt eine Hand hoch. »Aber ich bin nicht hier, um deine Seele zu retten. Ich bin wegen Blume hier. Er ist ein guter Mensch.«

»Okay.«

Wieder die Hand. »Nicht so hastig. Kau lieber gründlich. Ich komme schon noch zum Punkt. Wie du weißt, fanden die Krawalle neulich abends keine zwei Querstraßen von der Synagoge entfernt statt ...«

Abe war überrascht, daß ihm das, obwohl er von den Krawallen wußte, noch nicht aufgefallen war. Beth Israel, die Synagoge seines Vaters, befand sich an der Ecke Clement Street/Arguello Boulevard, gleich um die Ecke vom Schauplatz des Lynchmordes. »Tut mir leid. Sagst du's bitte noch mal.«

»Es geht hier nicht um deinen alten Vater, der über irgendwas zu schimpfen hat, Abraham. Es geht um deine Arbeit. Konzentriere dich. Paß auf.« Nat wartete, bis sein Sohn nickte. Abraham hörte ihm zu. »Diese Frau, Rachel, deren unaussprechlichen Nachnamen du mir nicht abkaufen würdest, kam vor ungefähr drei Monaten aus Litauen oder der Ukraine, oder wie immer das jetzt heißt, hierher. Sie geht zu Rabbi Blume, und der kommt zu mir.«

»Was ist mit dieser Rachel?«

»Sie hat Angst, ist durcheinander, also geht sie zu Blume. Er hat gestern zwei Stunden mit ihr geredet. Ihr Englisch ... *oy*. Aber vermutlich ist es besser als mein Ukrainisch. Es stellt sich also heraus, daß sie auf dem Geary Boulevard war, auf dem Weg von der Synagoge nach Hause, als der Mob herausströmte ...«

»Aus der Cavern? Das hat sie gesehen?« Genau das brauchte Abe: eine glaubwürdige Zeugin, die dort gewesen war und berichten konnte, was sich wirklich ereignet hatte. Vielleicht war das ein Anfang, um ein kleines bißchen Wahrheit aus, zum Beispiel, dem Barkeeper Jamie O'Toole herauszuquetschen.

Nat nickte. »Aber sie hat Angst, Abraham. Eine Jüdin und die Polizei ... Dort, wo sie herkommt, ist das nicht gerade eine gute Kombination. Sie hat etwas gesehen und weiß, daß sie es erzählen sollte. Aber sie hat nichts dagegen unternommen. Hat sie sich deshalb strafbar gemacht? Natürlich, es ist eine *shanda*, nichts zu unternehmen. Also, was soll sie machen? Sie weiß es nicht. Sie möchte in den Vereinigten Staaten keinen Ärger haben. Ein ganzer Tag vergeht, sie sieht, was in der Stadt passiert. Vielleicht ist es ihre Pflicht ... Sie möchte das Richtige tun. Also kommt Blume zu mir, bittet mich, mit dir zu sprechen, um zu sehen, ob vielleicht ... ob du diese Information brauchen kannst. Aber du solltest wissen, daß es keine Garantie dafür gibt, daß Rachel wirklich eine Aussage macht.«

Das Telefon klingelte. Glitsky stopfte sich den letzten Bissen des Teigkringels in den Mund und schob ihn in seine Backentasche. »Arrangier das, Dad, ich werde dort sein.« Er nahm den Hörer ab. »Glitsky, Morddezernat.«

Ty Robbins, einer der Staatsanwälte, fragte, wo zum Teufel er stecke, er habe heute im Gerichtssaal von Richter Oscar Thomasino – Department 34 – im Fall *Das Volk gegen Sully* auszusagen, einem Verfahren wegen Totschlags, ob er das vergessen habe?

Na los, Lieutenant, das Leben geht weiter. Der Richter hatte für zehn Minuten unterbrochen, und wenn er seinen Arsch nicht sofort dorthin bewegte, würde man ihn wegen Mißachtung des Gerichts belangen.

Nat Glitsky tätschelte seinem Sohn die Wange, sagte, es sei nett gewesen, mit ihm zu plaudern, er werde ihn anrufen.

Aus der zehnminütigen Unterbrechung wurde ein ganzer Tag, weil Mister Sullys Verteidigerin Migräne bekommen und erklärt hatte, sie könne nicht weitermachen. Weder Richter Thomasino noch Mister Robbins hatten Einwände erhoben.

Nur Glitsky gefiel das nicht, denn er hatte sich schnell die Krawatte umgebunden, die er für solche Anlässe in der Schublade seines Schreibtischs aufbewahrte, war hinunter zum Department 34 gerast. Er hatte sich verflucht, daß er sich nicht den blauen Allzweckherrenblazer von seinem Vater ausgeliehen hatte, weil der Richter seine Bomberjacke als unangemessene Kleidung beanstanden könnte, um sein Mißfallen über die Verzögerung zum Ausdruck zu bringen.

Aber diese Verzögerung spielte nun keine Rolle mehr, Glitsky hatte sich vergeblich in den Gerichtssaal bemüht. Sein Terminkalender war zu voll, als daß er sich mit solchem Mist abgeben konnte. Abe hatte gerade beschlossen, Ty Robbins gegenüber eine diesbezügliche Bemerkung zu äußern, als sich Ridley Banks neben ihn in die Bank zwängte und Platz nahm. Ohne Einleitung begann er, in leisem, beharrlichem Tonfall zu sprechen.

»Ich habe ein paar Dinge in Erfahrung gebracht. Zum einen: In der Mullen-Sache haben wir, glaube ich, was in der Hand. Ich bin nach unserer kleinen Soiree bei Lou gestern zu McKay rausgefahren. McKay, der arme Hund, scheint keine Arbeit finden zu können, hockt nur zu Hause rum. Er wollte sich mit mir auf der Treppe unterhalten, das heißt, eigentlich wollte er sich gar nicht mit mir unterhalten ... Weil ich ein ausgebildeter Ermittler bin, habe ich das natürlich gespürt.«

»Eine nützliche Fähigkeit, Ridley.«

»Also erwähnte ich das Wort ›Haftbefehl‹ ...«

»Du hattest einen Haftbefehl? Wegen was denn?«

»Ich hatte keinen. Ich habe das Wort einfach nur erwähnt und gesagt, er müsse mich nicht reinlassen, aber wenn er mich nicht reinlasse, käme ich wahrscheinlich wieder und wäre nicht mehr so freundlich.«

»Die zerbrochene Schiebetür«, sagte Glitsky.

Ridley Banks verehrte Glitsky, den einzigen anderen dunkelhäutigen Beamten der Mordkommission. In gewisser Hinsicht sah er in dem Lieutenant seinen Mentor. Er nickte. »Die zerbrochene Schiebetür, beziehungsweise das Nichtvorhandensein einer zerbrochenen Schiebetür.«

Wenn sich in McKays Haus keine Schiebetür mit zerbrochener Scheibe befand, hatte seine Version der Ereignisse, er und sein Cousin Brandon Mullen hätten sich bei ihrem Sturz durch diese Tür die Arme zerschnitten, kein Fundament mehr.

»Hast du das ihm gegenüber zur Sprache gebracht?«

»Hab' ich wohl vergessen.«

»Okay«, sagte Glitsky. »Wir holen die beiden heute noch her und fangen von vorn an.« Als ihm die Nachricht seines Vaters einfiel, fügte er hinzu, daß sie Mullen und McKay für eine eventuelle Gegenüberstellung dabehalten sollten. Es bestehe die Möglichkeit, daß sie eine Zeugin hätten, die nichts mit dem Mob zu tun gehabt, aber vielleicht erzählen könne, wen sie dort gesehen habe.

Banks nahm das zur Kenntnis, sah sich dann im Gerichtssaal um und hielt Glitsky so auf der Bank fest. Inzwischen war außer Glitsky und Banks nur noch Ty Robbins, der Staatsanwalt, der Abe angerufen hatte, im Gerichtssaal. Er ließ seinen Aktenkoffer zuschnappen und bewegte sich in Richtung Mittelgang.

Robbins hob kraftlos die Hand. »Tut mir leid, Abe. Morgen vielleicht, ja?« Er ging weiter, ohne auf eine Antwort zu warten. Die große Doppeltür schloß sich hinter ihm, und Glitsky und Banks waren allein.

»Ist noch was?« fragte Glitsky.

Banks schien sich nicht recht entschließen zu können. Er vergewisserte sich erneut, daß der Gerichtssaal leer war, holte dann tief Luft und sagte, während er wieder ausatmete: »Ich möchte dir was erzählen. Es ist ... ein bißchen persönlich.«

Glitsky war nach den Unterbrechungen des Tages ungeduldig und wollte ihn schon davon abhalten, ihm sagen, dies sei kein guter Zeitpunkt, ob sie später darauf zurückkommen könnten ... Aber irgend etwas am Tonfall des jungen Inspectors erregte seine Aufmerksamkeit.

»Draußen in der Balboa Street gibt es ein Restaurant, das Pacific Moon, einen kleinen Laden, der schon fünfundzwanzig oder dreißig Jahre dort ist.«

»Ich kenne es, hab' schon mal dort gegessen.«

»Jeder hat schon mal dort gegessen.«

»Das Essen ist nicht besonders gut, wenn ich mich richtig erinnere.«

Banks grinste. »Ja, das ist der Laden, den ich meine. Ich weiß nicht, ob du das weißt, aber das Lokal ist fast nie voll, und zwar aus diesem Grund. Man kann samstags abends um acht Uhr antanzen, und obwohl es nur ungefähr zwanzig Tische gibt, findet man immer sofort einen freien Platz.«

Glitsky lehnte sich auf der harten Bank zurück und fragte sich, wohin diese Unterhaltung führen würde. »Und?«

»Bevor ich zum Morddezernat kam, habe ich acht Jahre lang im Büro für Wirtschaftskriminalität gearbeitet. Als ich dort anfing, liefen offizielle Ermittlungen gegen das Pacific Moon wegen Geldwäsche.«

»Geldwäsche über ein Restaurant?«

»Klar. Früher, vor den elektronischen Überweisungen, war das ziemlich verbreitet. Man hat eine Ladung schmutziges Geld und handelt mit verderblichen Waren wie Lebensmitteln. Läuft wie geschmiert. Man schreibt Quittungen für Mahlzeiten, die nie serviert wurden, und schon hat man blitzsauberes Bargeld in der Kasse. Wie von Zauberhand.«

»Gut, das Pacific Moon hat also ein bißchen Geld gewaschen.«

»Viel Geld, Abe.«

»Okay, viel Geld. Ist Anklage erhoben worden?«

Glitsky hatte in seinen Jahren auf der Straße viele ›offizielle Ermittlungen‹ erlebt und selbst einige bearbeitet, Verdächtige überprüft, die er nicht mochte, denen er nicht glaubte, die er festnageln wollte. Nur in wenigen Fällen war es gut ausgegangen, denn in der Regel wurden die Beweismittel schneller kalt als Rühreier. Wenn man nicht gleich beim ersten Hinsehen etwas fand, tauchte später wahrscheinlich auch nichts mehr auf. Wenn also die Abteilung für Wirtschaftskriminalität keine Anklage gegen das Pacific Moon erhoben hatte, dann entweder, weil die

Verdächtigen nichts verbrochen oder aber ihre Spuren gründlich verwischt hatten. Vermutlich traf letzteres zu. Andererseits war bei der Polizei das Personal immer knapp, und wenn in einer Ader nicht wenigstens ein bißchen Gold steckte, wurden die Ermittlungen eingestellt. Meistens früher als später.

»Nein. Der Laden war sauber.«

»Und ...?«

»Na ja, ich war jung und wild entschlossen. Also begann ich, dort alle paar Wochen zu Abend zu essen und anschließend noch etwas rumzuhängen, etwas zu trinken und die Gäste zu zählen.«

»Du hast die Gäste gezählt?«

»Es saßen nie mehr als zwanzig Personen in dem Lokal, kein einziges Mal. Das ist jetzt acht Jahre her. Weißt du, was das Pacific Moon in jenem Jahr für einen Bruttoumsatz erzielte?«

Glitsky schüttelte den Kopf. »Eine Million Dollar?«

»2,9 Millionen Dollar.«

Einen Moment lang war es still. Glitsky wiederholte: »Zwanzig Tische?«

Banks' Stimme klang ein bißchen ungeduldig: »Wenn an fünf Abenden in der Woche jeder Tisch dreimal besetzt gewesen wäre und jedes Abendessen durchschnittlich fünfzehn Dollar gekostet hätte, weißt du, wieviel sie dann insgesamt brutto umgesetzt hätten? Ich habe es ausgerechnet und werde es dir sagen, Lieutenant: höchstens dreihunderttausend. Und sie geben einen Bruttoumsatz von fast drei Millionen an.«

»Sie müssen eine Menge Drinks verkauft haben.« Glitsky kratzte sich an der Wange. »Und das hat nicht gereicht, um Anklage zu erheben?«

»Kaum zu glauben, nicht wahr? Niemand wollte den Fall noch einmal aufrollen. Unsere Untersuchung hatte sich als Fehlschlag erwiesen. Der Laden hatte Quittungen vorgelegt, als wäre er das Chez Panisse, die Bücher schienen sauber zu sein ... Die Abteilung für Wirtschaftskriminalität bekam ihre Anträge nicht durch, der Staatsanwalt hatte nichts in der Hand. Aber ich sage dir, kein Mensch geht zum Essen dorthin.«

»Jedenfalls nicht zweimal.«

»Das meine ich.«

Wieder ein Moment des Schweigens. Dann sagte Glitsky: »Eine verrückte Geschichte ...« Was besagen sollte: Na und? Weshalb hatte Banks sie ihm erzählt?

Ridley ließ erneut seinen Blick durch den Gerichtssaal schweifen. »Es ging das Gerücht um, daß – ein paar Jahre, bevor ich mit der Sache zu tun hatte – Dana Wager groß in den Laden investiert habe.«

»Dana ...?«

»Richtig, der Mann der Senatorin. 1977 meldete er Konkurs an, seine Investitionen in Immobilien waren den Bach runtergegangen. Er war erledigt. Dann erholte sich die Wirtschaft, er sprang auf den Zug auf, investierte erneut und hatte Glück. Ganz plötzlich war er wieder auf hoher See, und das Pacific Moon war sein Flaggschiff.«

»Menschen haben nun mal Glück, Rid.«

»Menschen kommen oft auf illegalen Wegen zu Geld und waschen es dann.«

»Du glaubst wirklich, daß das bei Dana Wager der Fall war?«

Banks rückte nicht gleich mit der Sprache heraus. Er war sich nicht sicher, auf welcher Seite der Lieutenant stand, und wollte sich nicht selbst eine allzu tiefe Grube graben. »Es wurden Dinge erzählt ...«

»Es werden immer Dinge erzählt.«

Wieder eine Pause. Wie weit sollte er gehen? »Diese Gerüchte betrafen seine Frau, unsere jetzige Senatorin. Es kursierte das Gerücht, Danas Geld sei von Loretta gekommen. Sie habe ungefähr eine Million Dollar aus Südamerika mitgebracht.«

Glitsky kannte die Geschichte, weil er die Angelegenheit damals genau verfolgt hatte. In allen Medien war darüber berichtet worden, und er hätte es kaum verpassen können, selbst wenn er es darauf angelegt hätte, was nicht der Fall gewesen war.

Im Jahr 1978 war Loretta Assistentin des kalifornischen Kongreßabgeordneten Theo Heckstrom gewesen. Die beiden waren, bevor der ›Krieg gegen die Drogen‹ offiziell erklärt worden war, zusammen mit anderen Politikern im Rahmen eines Untersuchungsausschusses nach Kolumbien geflogen. Auf dem Flug von Bogotá nach Quito, Ecuador, war ihr kleines Flugzeug über dem kolumbianischen Dschungel abgestürzt. Von den sechs Passagieren (inklusive Heckstrom) war Loretta die einzige Überlebende gewesen.

Schwer verletzt und mit einem komplizierten Beinbruch hatte sie vier Tage beim Wrack der Maschine neben den Toten ausgeharrt und sich von Schokoriegeln und Bananen ernährt, bis sie schließlich gerettet, aus dem Dschungel ausgeflogen und in die Vereinigten Staaten zurückgebracht worden war. Viele glaubten, daß ihr die mit der Tragödie verbundene Popularität einen Namen in San Francisco eingebracht und bei ihrem erfolgreichen Wahlkampf für den Kongreß geholfen hatte.

Nachdem sie die Wahl gewonnen hatte, waren auch Glitsky die Gerüchte über die Million Dollar – die Summe hatte geschwankt – zu Ohren gekommen, über jenen Koffer voll Bargeld, den Loretta angeblich im Flugzeug gefunden und auf geheimnisvolle Weise mit ins Land zurückgebracht habe.

Er schüttelte den Kopf. »Das kleine Problem bei diesem Phantomgeld ist der Zoll, Rid.«

Banks war ihm einen Schritt voraus. »Sie mußte nicht durch den Zoll. Das scheinen alle vergessen zu haben. Sie schickten eine Sondermaschine runter, um sie so schnell wie möglich da rauszuholen. Eine Art diplomatischer Luftbrücke, vom kolumbianischen Dschungel direkt in die Mayo-Klinik.« Er wiederholte es: »Kein Zoll.«

Im Raum wurde es heiß, die Luft war stickig.

Glitsky preßte den Rücken gegen die Bank, unterdrückte ein Gähnen. »Rid, glaubst du, daß Oswald Kennedy auf eigene Initiative getötet hat?«

Banks zuckte mit den Achseln. »Verschwörungstheorien, stimmt's?«

»Denkst du nicht auch, es wäre herausgekommen, wenn etwas dran gewesen wäre? So eine sensationelle Story? Loretta Wager hat, wenn ich mich richtig erinnere, vier Wahlkämpfe bestritten, zwei davon im ganzen Bundesstaat, und zwar gegen Leute, für die es verdammt vorteilhaft gewesen wäre, schmutzige Wäsche zu finden. Wenn an der Geschichte irgendwas dran gewesen wäre, wäre es herausgekommen.«

Banks erwiderte nichts.

»Hört sich das wie ein Politikerdementi an, Rid?« fragte Glitsky mit einem ironischen Unterton in der Stimme.

»Ich erzähle dir nur, was die Kollegen sagen und glauben, die auf der Straße Dienst machen, mehr nicht. Viele von ihnen kennst du. Sie haben im allgemeinen nichts mit Verschwörungen am Hut.« Der jüngere Mann schlug die Hände auf seine Oberschenkel, holte kurz Luft und sagte: »Na ja, wer weiß, wozu es gut ist ...«

Der Lieutenant stand auf. Auch Banks erhob sich.

»Es ist gut, solche Dinge zu wissen«, sagte Glitsky. »Obwohl ich glaube, daß die Senatorin im Moment vielleicht wirklich etwas Sinnvolles tut.«

»Okay.« Banks hatte seine Pflicht erfüllt. Er nickte. »Ich werde McKay und den anderen Kerl ausfindig machen und sie hierher karren. Hast du was von Kevin Shea gehört?«

»*Nada*. Wenn der Typ nur einen Funken Verstand besitzt, ist er längst in Skandinavien.«

Sie erreichten die Doppeltür. Glitsky umfaßte einen der Griffe und blieb dann stehen. »He, Rid, ich weiß es zu schätzen, aber du mußt dir keine Sorgen machen.«

»Okay, Lieutenant, wenn du meinst.«

Eigentlich hatte Glitsky protestieren und Ridley Banks davon überzeugen wollen, daß er die Senatorin nur nach Hause gebracht habe. Aber das war ja nicht alles gewesen, und er wollte lieber nicht mit kleinen Unwahrheiten anfangen. Zu schnell wuchsen sie sich zu großen häßlichen Lügen aus.

Wie vorhin bei Lanier fühlte er sich bei dem Gedanken unwohl, womöglich zuviel gesagt zu haben. Banks war ein guter Polizist, und Polizisten hielten zusammen wie Pech und Schwefel. Banks funktionierte wie ein Frühwarnsystem für seinen Lieutenant, er hatte ihn wissen lassen, daß die Leute im Moment *ziemlich genau* hinsahen, auf jede Kleinigkeit achteten. Auf einer Ebene, die Glitsky nicht näher definieren konnte, hatte Banks ihm mitgeteilt, daß Loretta Wager Ärger für ihn bedeuten könne.

Eine Botschaft, die Glitsky, wenn er ehrlich war – und er bemühte sich, ehrlich zu sein –, nicht hören wollte.

Er hatte ihr seine Telefonnummer gegeben, und sie hatte angerufen, bevor er seinen Morgentee ausgetrunken hatte. Isaac hatte den Anruf entgegengenommen und den Hörer mit einem Blick, der eine Flamme hätte erfrieren lassen, an Abe weitergereicht. Instinktiv hatte Ike gewußt, daß es sich nicht um einen beruflichen Anruf handelte. Am Apparat war eine Frau, die sein Dad mochte, und dazu war es, verdammt, einfach noch zu früh.

Als Glitsky ihre Stimme hörte, vergaß er alles, einschließlich Banks' Geschichte. Sie wolle, müsse ihn sehen. Ob sie sich heute treffen könnten?

Was unvernünftig und wahrscheinlich auch überhaupt nicht machbar war, aber sie wollten es wenigstens versuchen.

Sie hatte genau den Punkt in ihm erwischt, an den er, wie er sich geschworen hatte, nie wieder jemanden hatte heranlassen wollen.

Er wußte nicht, was ihm größere Sorgen bereitete: daß zwischen ihnen etwas geschah oder daß es wieder vorbeigehen könnte.

36

»Hier stehe ich, endlich erwachsen, von der Polizei und der halben Welt gesucht, aber vermutlich wird niemand versuchen, mich davon abzuhalten, wenn ich meine Mom und meinen Dad anrufe, oder?«

Kevin sah Wes an und hob die Schultern. »Sie ist erst seit ein oder zwei Tagen so, ich verstehe es wirklich nicht.« Aber es gefiel ihm.

Melanie schenkte den beiden ein Lächeln. »Pech«, sagte sie und ging zum Wandtelefon in der Küche.

Wes ließ sich auf das Sofa in seinem Wohnzimmer fallen. Seine Haare hingen lang herunter, und er trug khakifarbene Shorts, die so ähnlich aussahen wie die, die er am Tag zuvor getragen hatte. Die bloßen Füße hatte er auf die Feldkiste gelegt, die ihm als Couchtisch diente, und in der rechten Hand hielt er eine Dose Coors Light, die in einem Styroporhalter mit der Aufschrift ›Bier – nicht nur zum Frühstück‹ steckte. Bart hatte seinen Kopf in Wes' Schoß gebettet.

Kevin versuchte, es sich bequem zu machen.

Wes' Mobiliar war spartanisch einfach: eine große lindgrüne Duschmatte mit Fransen als Läufer, zwei leinenbezogene Regiestühle aus Holz, zwei Stühle mit senkrechten Lehnen. Das Sofa bestand aus einem Futon, der auf einem dreißig Zentimeter hohen Sperrholzgestell lag. Darüber hinaus gab es im Wohnzimmer einen auf dem Fußboden stehenden Fernseher, einen kleinen Reservekühlschrank für Bier, ein aus Ziegelsteinen und Brettern bestehendes Bücherregal, den weichen Knautschsessel mit der Füllung aus Styroporkügelchen, auf dem Bart schlief, und diverse Lebensmittel, deren Verfallsdaten längst abgelaufen waren. Nur jemand, der, zum Beispiel, im senegalesischen Dschungel aufgewachsen war, konnte Wes' Wohnung gemütlich finden.

»Du hast also noch nicht davon gehört?«

»Wovon habe ich nicht gehört?«

Wes hatte den ganzen Morgen ferngesehen und informierte Kevin über die Initiative des Bürgermeisters vom Vormittag: Die Dämlacks von der Stadtverwaltung hätten sich mit dem Zorn der schwarzen Bevölkerung solidarisch erklärt. Kevin, der in einem der Regiestühle saß, veränderte vorsichtig seine Position. Er fürchtete, nicht um einen Arztbesuch herumzukommen, aber momentan ging es um Wichtigeres. »Zweihunderttausend Dollar?«

Der Bürgermeister hatte es nicht geschafft, seine halbe Million zusammenzubekommen.

»Dreihunderttausend, wenn man die ursprünglichen hunderttausend mitrechnet. Eine Menge Piepen für deinen armseligen Arsch. Ich spiele ernsthaft mit dem Gedanken, dich auszuliefern und in Costa Rica in Rente zu gehen.«

»Du bist doch bereits in Rente.«

»Aber ich bin nicht in Costa Rica.« Wes lächelte und trank einen Schluck Bier.

Aus der Küche drang Melanies Stimme, die jetzt lauter wurde. Sie telefonierte seit fünfzehn Minuten. »Er lügt nicht. Er hat es wirklich nicht getan, Daddy.«

Wes verzog das Gesicht. »Wenigstens ein Mensch auf der Welt, der dir glaubt.«

Als Kevin das hörte, runzelte er die Stirn. Die Lust zum Scherzen war ihm mit einem Mal vergangen. »Glaubst *du* mir nicht?«

Wes hielt die Bierdose schräg und stellte fest, daß sie leer war. Er machte Anstalten, sich eine weitere aus dem Kühlfach zu holen, und bot Kevin ebenfalls eine an. Der lehnte kopfschüttelnd ab und stellte eine Frage, bei der er mit jeder Silbe lauter wurde: »He? Hast du gehört, was ich gesagt habe? Glaubst du mir nicht, daß ich unschuldig bin?«

Aus der Küche war wieder Melanie zu hören: »Nein, bin ich nicht!!« Sie hieb den Hörer in die Wandhalterung. Er fiel heraus und krachte auf den Boden.

Wes nahm wieder auf dem Futon Platz, ohne auf Kevins Frage zu reagieren. Der Junge mußte lernen, den nackten Tatsachen auf dieser Welt ins Auge sehen.

»Verdammt noch mal, Wes ...«

Bart mochte keine drohenden Geräusche, die gegen sein Herrchen gerichtet waren, und obwohl er Kevin kannte, sträubte sich sein Fell auf dem Rücken, und er begann, leise zu knurren.

Wes kraulte sein Hinterteil, als Melanie wieder im Türrahmen erschien.

Mühsam erhob sich Kevin. »Laß uns gehen, Mel.«

Wes' Stimme klang sachlich. »Was soll das? Setz dich hin, zum Teufel.«

An der Tür fragte Melanie: »Was ist?«

Kevin warf ihr einen Blick zu. »Er glaubt mir nicht.«

»Doch, natürlich tut er das. Wes?«

»Es ist *egal*, was ich glaube. Darum geht es nicht ...«

»Nur *darum* geht es, Wes. Nur aus diesem Grund bin ich hier.«

Wes nippte ruhig an seinem Bier, gab keine Antwort. Was Kevin noch wütender machte.

»Also was denkst du dir? Warum zum Teufel, glaubst du, bin ich hier?«

»He, wenn du so schreist, wirst du dich noch überanstrengen. Ich habe ein altes Megaphon im Schlafzimmer, soll ich es dir holen? Vielleicht sollten wir ein paar Leuchtkugeln zum Fenster rausschießen, damit alle wissen, daß hier 'ne Party steigt.«

Die Hand gegen die Rippen gepreßt, sank Kevin wieder in seinen Stuhl. Melanie ging zu ihm.

Mit finsterem Blick beugte sich Wes vor. »Fürs Protokoll, Kev, und damit du den wahren Grund dafür erfährst, warum du hier bist: Du hast mich angerufen, erinnerst du dich? Du glaubst, daß ich mich irgendwie in dieses Chaos einmischen werde. Aber damit bin ich fertig. Ich werde dich nicht verpfeifen, und das allein sind dreihunderttausend Dollar Vorschuß an Vertrauen. Und auch wenn es dich eigentlich nichts angeht: Ich habe genug Gründe, mich nicht einzumischen, nicht bei dir, nicht sonstwo, egal, um was es geht.«

Melanie, die neben Kevin kniete, starrte Wes an. »Was bist du nur für ein Prachtkerl!«

Wes trank einen Schluck Bier. »Ich bin, was ich bin.«

»Los, Mel, laß uns abhauen.« Keuchend versuchte Kevin, wieder aufzustehen.

»Wohin wollt ihr gehen?«

Melanie drehte sich zu Wes. »Weshalb willst du das wissen? Was kümmert es dich?«

In ihren Augen schimmerten Tränen der Wut, und für einen Augenblick wurde Wes an seine Tochter Michelle erinnert. In seinem Magen klopfte etwas dumpf, und um es zu verbergen, trank er noch einen Schluck Bier, aber es schmeckte plötzlich warm und abgestanden. »Du hast recht«, sagte er. »Was kümmert es mich?«

»Ich fahre in die Innenstadt«, sagte Kevin, »und mache dem Ganzen ein Ende.«

»Kevin! Das wirst du nicht tun!«

Er wehrte sie achselzuckend ab. »Doch, darauf kannst du Gift nehmen. Scheiß drauf. Und ich tue es allein.«

»Kevin, irgend jemand wird dich umbringen ...«

Wes stand auf. »Warum verschwindest du nicht einfach aus der Stadt?«

Melanie wollte sich nicht auf Wes' Seite schlagen, aber sie mußte ihm beipflichten. »Das habe ich ihm auch gesagt.«

Wes zeigte mit dem Finger auf sie. »Da hattest du ausnahmsweise mal recht.«

Kevin stand jetzt ebenfalls. Mit vor Schmerz verzerrtem Gesicht begann er, auf die Tür zuzuhumpeln. Er blieb stehen. »Ich werde mich stellen und ihnen die Wahrheit sagen.«

Wes lachte. »Oh, das ist großartig. Das ist wirklich großartig, Kevin.« Sein Gesichtsausdruck nahm Melanie jede Hoffnung. »Kommt endlich zu euch! Glaubt ihr, daß in diesem Stadium noch irgend jemand an der Wahrheit interessiert ist?«

»Ich«, sagte Kevin.

»Ziemlich bescheuert, wenn du mich fragst.«

»Na prima, danke. Gut zu wissen.«

Wes, der inzwischen einige Gläser Wodka und zwei Dosen Bier getrunken hatte, wurde allmählich ärgerlich. Er trat näher zu ihnen und sprach lauter: »Und wie willst du in die Innenstadt kommen? Mit Melanies Auto, nach dem jeder Bulle in der Stadt sucht? Oder willst du zu Fuß los, hinhumpeln?«

Melanie trat zwischen sie. »In einem Punkt hat er recht, Kevin. Wir können nicht mit dem Wagen ...«

»Ich gebe euch meinen Wagen«, sagte Wes. »Aber benutzt ihn, um Gottes willen, um aus der Stadt zu verschwinden!« Sein Tonfall wurde sanfter. »Kevin, die werden dich kaltmachen. Jemand wird dir ein Messer zwischen die Rippen jagen, im Gefängnis wirst du keine zwei Tage überleben. Setz dich, bitte Die Gerechtigkeit funktioniert nicht so, wie du es gern hättest. Ich bin Spezialist darin. Schau aus dem Fenster, und du hast ein gutes Beispiel dafür.«

Kevin sah hinaus.

»In dieses Chaos willst du reinspazieren?« fragte Wes.

Kevin schleppte sich zur Wand neben der Tür und lehnte sich dagegen. Die heftige Diskussion hatte ihn sichtlich geschwächt. »Wie ich schon sagte, Wes, das ist der Grund, weshalb ich gekommen bin ...«

»Was kann ich, deiner Meinung nach, tun? Welches Wunder soll ich vollbringen?«

»Vergiß ihn, Kevin ... laß uns sehen, daß wir hier wegkommen ...«

»Ich dachte einfach, du würdest mir helfen, Wes. Du kennst die Tricks, du bist Anwalt. Ich dachte, du könntest jemanden finden, der mir zuhört ...«

»Die Leute hören die ganze Zeit zu, Kevin, aber sie verstehen nichts.«

Kevin holte mühsam Luft. »Ich möchte, daß *du* zuhörst, Wes. Was sie sagen, ist verrückt ... Ich habe es nicht getan. Ich habe versucht, ihn zu retten. Verstehst du, was ich sage? Verstehst du?«

»Wenn du es sagst ...«

»Verdammt noch mal ...« Kevin schwankte nach vorn, holte, vor Schmerz stöhnend, aus und schlug mit der Faust in die Richtung von Wes' Kinn. Der trat zurück, und Kevin verfehlte ihn um fünfzehn Zentimeter. Er wurde durch die eigene Vorwärtsbewegung zu Boden gerissen. Bart sprang bellend auf ihn zu.

»Bart!« Wes schlug mit der flachen Hand nach ihm, und der Hund wich ängstlich zur Seite.

Kevin versuchte aufzustehen, doch Melanie kniete sich neben ihn und nahm seinen Kopf in ihre Arme. »Du bist ein Scheißkerl, Wes.«

Wes trat einen Schritt zurück. »Ich wollte nicht ...«

Melanies Blick blieb auf ihm. »Es interessiert mich nicht, *was* mit dir geschehen ist«, sagte sie. »Aber was auch passiert ist: Es ist keine Entschuldigung dafür, daß jemand so wird, wie du geworden bist.«

Um zwölf, eine Stunde später, fiel Kevin in Wes' Schlafzimmer, dessen Jalousien sie heruntergezogen hatten, in einen komaähnlichen Schlaf. Wes besaß einen Vorrat an Motrin und Tylenol mit Kodein, und damit hatten sie Kevin vollgestopft. Er hatte die Tabletten mit einer muschelfarbenen Bloody Mary hinuntergespült.

Barfuß kam Melanie aus dem Bad und ging ins Schlafzimmer, um nach ihm zu sehen. Sie hatte geduscht und eine von Wes' khakifarbenen Shorts angezogen, die in der Taille von einem Stück geknoteter Wäscheleine gehalten wurden. Darüber trug sie eines seiner weißen Hemden, das dem ähnelte, das sie während der vergangenen vierundzwanzig Stunden angehabt hatte.

»Er ist ohnmächtig«, sagte sie.

»Er wird bald wieder fit sein, sofern er nicht versucht, irgendwelche schweren Maschinen zu bedienen.« Ein schwacher Versuch, sie aufzuheitern, das wußte er.

Aber sie verstand ihn und wußte seine Bemühung zu schätzen, denn während der letzten fünfundvierzig Minuten war die Atmosphäre sehr ungemütlich gewesen. Sie setzte sich auf die andere Seite des Futons und fuhr mit einem Kamm durch ihr nasses Haar.

Wes sah sich die Nachrichtensendungen an. Ein weiterer glorreicher Tag für die Medien. Wir gehen vielleicht in den Flammen unter, dachte Wes, aber wenigstens nicht ohne Kommentar. Sie brachten Berichte über den Fortgang der Ermittlungen zum Tod von Chris Locke, die Belohnung für die Ergreifung von Kevin und die etwas überraschende Meldung von der erneuten Verhaftung Jerohm Reese', die Philip Mohandas zu bis dato unerreicht heftigen rhetorischen Attacken veranlaßte.

Mohandas, groß im Bild, sprach soeben über Rassismus. Er forderte die Amtsenthebung des in Vertretung amtierenden Bezirksstaatsanwalts Art Drysdale, weil dieser genehmigt habe, daß der arme Jerohm wieder verhaftet worden sei. Dabei habe Reese nicht mehr verbrochen als die anderen vierhundertsechzehn Bürger, die in den vergangenen Tagen Vorladungen erhalten hätten. Nein, rief Mohandas, Drysdale sei weiß und Jerohm schwarz, und das sei der Grund, weshalb mit zweierlei Maß gemessen werde. Der *einzige* Grund. Es sei niemals Anklage gegen ihn erhoben worden wegen des Todes von Mullen.

»He, Phil!« rief Wes Mohandas zu. »Ich hab' Neuigkeiten für dich: Zweihundertsechsundachtzig von diesen anderen waren ebenfalls schwarz.«

Einer der Kommentatoren wollte ›die wahren Hintergründe erhellen‹ und untermauerte Mohandas' Vorwürfe. Sie hatten Drysdales Vergangenheit durchleuchtet und einen Punkt gefunden, der ihn – angeblich – für jegliche Funktion auf städtischer und Bezirksebene disqualifiziere. Vor siebzehn Jahren habe Drysdale, zu seinem Standpunkt zur Quotenregelung innerhalb der Staatsanwaltschaft befragt, die Ansicht geäußert, daß es bei der Einstellung von Spezialisten – zum Beispiel Staatsanwälten – besser keine Quoten geben solle. Die Mitarbeiter sollten aufgrund ihrer Eignung eingestellt werden, ganz egal, ob sie schwarz, weiß, hellgrün oder gepunktet seien. »Zum Teufel«, hatte er damals gesagt, »wenn Schimpansen den Job machen könnten, würde ich dafür plädieren, Schimpansen einzustellen. Aber sie können es nicht, also lasse ich es.«

Zweifelsohne eine ungeschickte Formulierung, die später so ausgelegt worden war, als habe Drysdale alle Schwarzen als Schimpansen bezeichnet und weigere sich, Schwarze einzustellen. Dieses Mißverständnis hatte das Ende aller politischen Ambitionen, die Drysdale gehabt haben mochte, bedeutet (es waren nicht allzu viele gewesen). Während der folgenden zwei Jahrzehnte war er zum Fels in der Brandung der Staatsanwaltschaft geworden, hatte sich als Berater für jeden, unabhängig von Hautfarbe oder Konfession, der ihn um Hilfe gebeten hatte, bewährt.

Aber jetzt ließ Mohandas kein gutes Haar an ihm. »Armer Art«, sagte Wes. »Er ist erledigt.«

»Du kennst ihn?«

»Jeder kennt ihn. Er ist wahrscheinlich der fairste Mann bei der hiesigen Justiz.«

»Aber ...«

»Du wirst sehen: Er ist weg vom Fenster.«

Sie starrten noch einen Moment lang auf den Fernseher, bis ein Werbespot kam, in dem es hieß, daß es keinen Sinn habe, immer nach dem Warum zu fragen, und Wes den Ton abstellte. Er mochte fast alle Biersorten, aber er hatte zu oft und bei zu vielen Gelegenheiten nach dem Warum gefragt und kapierte den blöden Spot einfach nicht.

Eine Weile saß er reglos da, die nackten Füße auf dem Boden, die Ellbogen auf die Knie gestützt. »Möchtest du ein Bier?« Aber er stand nicht auf, um eines zu holen. Schließlich lehnte er sich zurück, klopfte auf das Sofa, und Bart sprang auf den freien Platz zwischen ihm und Melanie und legte den Kopf wieder in Wes' Schoß. »Was haben deine Eltern gesagt?« fragte er.

Melanie zog eine Grimasse, was sie ganz offensichtlich noch nicht oft geübt hatte. »Ungefähr das, was zu erwarten war ... Was ist mit dir passiert, Wes?«

Der Übergang war abrupt und nicht nachvollziehbar, und vermutlich hätte er sich ein oder zwei Runden winden können, aber er wußte natürlich, was sie meinte.

Er hatte Kevin und sie überredet, noch eine Weile zu bleiben, damit sie in Ruhe eine Strategie überlegen oder sich wenigstens etwas ausruhen konnten. Warum? Warum hatte er sie nicht einfach gehen lassen? Vielleicht war es jetzt Zeit herauszufinden, aus welchem Holz er selbst geschnitzt war, wie es mit *ihm* weitergehen sollte. Die Tür zu seiner geschundenen Seele einen Spaltbreit zu öffnen und einen kurzen Blick hineinzuwerfen, um zu sehen, ob da jemand war, den er kennenlernen wollte.

Viel Hoffnung hatte er nicht, aber Melanie saß neben ihm, hörte zu ... Wieder erinnerte sie ihn an Michelle. Er könnte wenigstens einen Anfang machen, um zu sehen, wohin das führte.

»Mark Dooher. Ich lernte ihn in der siebten Klasse kennen. Einer von diesen Typen, die immer im Rampenlicht stehen, weißt du? Er sah großartig aus, und wenn er lächelte, konnte er alles bekommen. Ein bißchen wie unser Freund Kevin, zumindest in dieser Hinsicht.

Ich hatte Glück, die Chemie zwischen uns stimmte, und ich stand nicht in seinem Schatten, weil ich ganz anders war als er. Mark bekam alles, ohne sich anzustrengen, ich mußte mir alles erarbeiten. Einmal erzählte er mir, daß er die Menschen nicht verstehe – sie bemühten sich so, etwas zu erreichen. Ihm falle alles in den Schoß. Er sagte, wenn er arbeiten müßte, würde er wahrscheinlich in jeder Hinsicht versagen, aber es sei eben nicht notwendig ... Kannst du das glauben? Dabei war er nicht einmal arrogant. Er war nur einfach einer, dem alles gelang.

Und ich *meine* alles. Er war intelligent, sah gut aus, hatte Persönlichkeit, Talent, sogar Glück – alles. Eigentlich hätte ich ihn hassen müssen. Aber was machst du, wenn ein Typ wie er dich zu seinem besten Freund erklärt, dich cool findet und du denkst, daß das dein ganzes Leben lang so bleiben würde? Rat mal. Du glaubst, daß du an seinem Glück teilhaben könntest, daß dir die Götter aus irgendeinem Grund dann auch wohlgesonnen wären. Du nimmst die Gelegenheit wahr und bist überzeugt davon, daß es eigentlich nichts mit dir zu tun habe, sondern daß höhere Mächte am Werk seien.

Also gingen wir zusammen durchs Leben, Mark und ich. Wir

spielten zusammen Baseball, er als Short stop, ich am zweiten Mal, fuhren zusammen zum Babe-Ruth-Turnier ... Wenn er das Ding nicht mit einem Home run am Ende des Siebten gewinnt, verdammt, dann ... Aber wer steht vor ihm am Mal? *Moi*. Ein herrlicher Augenblick.«

Wes hielt inne, streichelte gedankenverloren Bart. Trotz der grauen Bartstoppeln und der langen, ungepflegten Haare sah er, fand Melanie, plötzlich jünger aus. Er lächelte, es war ihm peinlich. Sie konnte zum Teil nachvollziehen, was Kevin an ihm fand. Das hier war ein anderer Wes als der große Zyniker von vorhin.

»Wie dem auch sei«, fuhr er fort, »Mark ging zur Stanford University und ich zur Cal, aber wir blieben in engem Kontakt. Er lernte Sheila kennen, ich Lydia. Gott sei Dank waren wir nicht hinter denselben Frauen her ... nie. Wir begannen das Jurastudium in Los Angeles unter denselben Voraussetzungen: Unsere Ehefrauen waren schwanger, und wir wohnten, ob du's glaubst oder nicht, in derselben Straße in Westwood. Es war ein schönes Leben, obwohl wir kein Geld hatten ... L. A. in den Siebzigern.« Er pfiff ein paar Takte des Liedes ›I Am, I Said‹, zog dann die Augenbrauen hoch.

»Natürlich schlug Mark nie ein juristisches Buch auf. Er machte bei der juristischen Zeitschrift mit und war Hilfskraft bei den Koryphäen unter den Professoren, während ich sozusagen in der Bibliothek wohnte und nur Zweien bekam ... Ist dir die Geschichte zu lang?«

»Nein.«

»Nach dem Jurastudium wurde er hier in der Stadt Partner in einer Kanzlei und fing mit knapp vierzigtausend Dollar im Jahr an. Vergiß nicht, das war 1975 oder so, und damals war das ein schöner Batzen Geld. Ich hängte mein Firmenschild auf und fing mit kleinen Strafrechtssachen an, die höchstens ein paar hundert Dollar brachten. Aber es war okay, das war eben der Unterschied zwischen Mark und mir. Kein Problem. Wir verstanden uns nach wie vor bestens. Wir hatten Kinder im selben Alter, spielten mit ihnen Baseball und Fußball, Bridge mit den Frauen, und die Familien unternahmen oft was zusammen. Als wären wir eine richtige Großfamilie gewesen. Meine Kinder nannten ihn Onkel Mark, ich war Onkel Wes. Es war schön, perfekt wie alles mit Mark. Schließlich zogen wir wieder in die Innenstadt, und auch daß sie in

St. Francis Wood und wir in Richmond wohnten, stellte kein Problem dar. Wir waren alle glücklich.«

»Also, was ist passiert?«

»Warte, vorher kommt noch was anderes ...« Wes stand auf, streckte sich, ging zu dem kleinen Kühlschrank und nahm zwei Flaschen heraus. Er drehte den Deckel von einer Mickey's Big Mouth ab und reichte sie Melanie, die sie, ohne nachzudenken, entgegennahm. Sie konnte sich nicht erinnern, jemals am Nachmittag Bier getrunken zu haben. Aber für alles gab es ein erstes Mal ...

Wes hatte sich wieder hingesetzt. Ihr halb zugewandt, saß er auf einem Fuß. »Es war eben die Arbeit als Jurist. Für mich ist die Arbeit als Jurist etwas anderes als das, was du dir denkst oder Kevin. Oder die meisten anderen. Vielleicht denke nur ich so darüber.«

»Und Mark?«

Traurig lachte er in sich hinein. »Und Mark natürlich. Wenn du lange genug mit der Juristerei zu tun hast, passiert das, was in jedem anderen Beruf auch passiert, du gehst kaputt, wirst zynisch. Aber Mark und ich ... Ich weiß nicht, wie es eigentlich angefangen hat, jedenfalls hatten wir beide schon in den High-School-Jahren, vielleicht noch früher, eine Art Abmachung getroffen.« Er trank einen Schluck von seinem Bier, überlegte einen Moment und korrigierte sich dann: »Nein, keine Abmachung, eher einen heiligen Pakt.«

»Woraus bestand der?«

»Daraus, daß wir den Glauben nicht verlieren würden. Das hört sich dumm an ...«

»Absolut nicht.«

»Doch, sicher, aber ... Wir sahen, was mit den anderen Juristen in unserem Umfeld passierte, wie die Ackerei sie auffraß ... Die Mandanten, die logen oder einfach schuldig waren, der Mist, mit dem man sich beschäftigen mußte, um zu überleben. Aber Mark und ich hielten uns an unseren Pakt. Er hatte diese ... diese *Vision* ... lach nicht! Er meinte, das Leben müsse eine Bedeutung haben. Nicht *was* man tat, sondern *wie* man es tat, mache einen erfolgreich. Die Einstellung, die man zum Leben habe. Daß man nie aufgebe. Wir reden nicht vom finanziellen Erfolg, nein, es geht schließlich um Mark Dooher. Wir sprechen vom Erfolg des Lebens, vom Leben als solchem ... Einer von uns brachte das zwei-, dreimal pro Jahr – ich weiß nicht mehr genau, wie oft – zur Sprache, und dann zogen wir uns zurück, gingen fischen, was auch immer, und bestärkten uns gegenseitig in unserer Überzeugung, erinnerten uns an die Dinge, die wirklich zählten ...«

Melanie beugte sich gebannt nach vorn. »Jeder sollte das tun.«

»Ja. Es war großartig und klappte auch.«

»Und dann?«

Wes stieß einen langen Seufzer aus. »Dann, vor drei Jahren etwa, unsere beiden jüngsten Kinder waren gerade ausgezogen, brach eines Nachts ein Einbrecher in Marks Haus ein, vergewaltigte seine Frau und erstach sie.«

Melanies Bierflasche blieb auf halbem Weg zu ihrem geöffneten Mund hängen.

»Vier Monate später wurde Mark wegen Mordes an seiner Frau angeklagt.«

Die unangetastete Flasche war wieder in Melanies Schoß. Sie war versucht, ihn zu fragen, ob er scherze, weil sie seine Worte kaum fassen konnte. Aber sie wußte, daß er nicht scherzte. Es war tatsächlich geschehen. Als die Wahrheit und die Ungeheuerlichkeit zu ihrem Bewußtsein durchzusickern begannen, murmelte sie: »O mein Gott.«

»Ja.«

»Er hat es nicht getan.«

»Aber ich bitte dich. Mark Dooher, Seniorpartner der eigenen Kanzlei, der große Menschenfreund und hingebungsvolle Familienmensch? Natürlich hat er es nicht getan. Aber er wurde angeklagt. Meiner Meinung nach war es eine Anklage, die auf äußerst wackligen Füßen stand, weil sie ausschließlich auf Indizienbeweisen beruhte. Seine Fingerabdrücke auf dem Messer? Er war der Familienkoch gewesen, *selbstverständlich* waren seine Fingerabdrücke auf dem Messer. Die Spermaproben wiesen darauf hin, daß es seine Blutgruppe hätte sein können, aber auch die tausend anderer Typen. Er hatte kein nachweisbares Alibi, war bis spät abends draußen in Lincoln beim Golfspielen gewesen. Dann, daß Mark und Sheila gerade erst ihre Versicherung erhöht hatten ... Lauter solche Sachen. Er bat mich, seine Verteidigung zu übernehmen. Natürlich willigte ich ein.«

»Und dann?«

»Ich gewann. Die Schlacht meines Lebens, und ich gewann. Das katapultierte mich nach oben. Mark kannte alle und jeden und brachte mich ins Gespräch. Im folgenden Jahr wurde ich in zwei Mordfällen empfohlen, und es sah aus, als würde ich anfangen, ein bißchen Geld zu verdienen.«

Melanie nickte, sie ahnte, daß ihr etwas Schreckliches enthüllt werden würde.

Er blinzelte, um den matten Glanz in seinen Augen zu unterdrücken. Heiser setzte er zweimal an, bis er sagte: »Dann hat der ... der Mistkerl ... es mir erzählt. Er wolle nicht, daß ›die Tatsache, daß er seine Frau umgebracht habe‹, zwischen uns stehe. Wir könnten doch immer noch ...«

Er wischte sich fluchend mit einer Hand über ein Auge.

»Das also ist der Grund«, sagte sie schließlich.

Er nickte. »Ja, das ist der Grund.«

»Aber konntest du nicht ...«

»Ihn bloßstellen? Den perfekten Mister Mörder ans Messer liefern? Nein, verdammt noch mal, das konnte ich nicht. Juristisch betrachtet, fiel sein Geständnis unter Hörensagen und war damit unzulässig. Außerdem war er mein Mandant, das heißt, es handelte sich um ein Vertrauensgespräch zwischen Mandant und Anwalt. Hätte ich sein Vertrauen mißbraucht, hätte man mich aus der Anwaltskammer ausschließen können. Aber es hatte noch eine andere Seite, unabhängig von der rechtlichen Lage ... Ich wollte es, wollte ihn wegen dieser lebenslangen Täuschung drankriegen, wollte es unbedingt, und tat es nicht. Ich war nicht dazu fähig ...«

37

Bürgermeister Aiken war überzeugt davon gewesen, daß sein Treffen mit Philip Mohandas am Vormittag als gemütlicher Fototermin verlaufen werde. Denn nach seiner Ansprache hatte der Stadtrat einstimmig eine Belohnung von zweihunderttausend Dollar für die Ergreifung von Kevin Shea ausgesetzt. Anschließend, hatte er gedacht, würde ein schwarzer Politiker einen weißen Politiker treffen, und beide würden sich gegenseitig ihre Solidarität bekunden.

Er hatte sich getäuscht.

Mohandas und seine Leibwächter Allicey Tobain und Jonas N'doum hatten das vordere Büro des Bürgermeisters in Beschlag genommen, mußten Donald entweder eingeschüchtert oder ihm Honig um den Bart geschmiert haben, damit er sie dort allein ließ. Gleich von Beginn an herrschte also eine für Aiken irritierende Dynamik: Sein rechtmäßiges Terrain war widerrechtlich in Anspruch genommen worden. Er überlegte, wohin Donald gegangen sein könnte, und blieb im Türrahmen stehen.

»Mister Mohandas.« Er erholte sich schnell, lächelte und trat mit ausgestreckter Hand ein paar Schritte nach vorn. »Schön, daß ich Sie endlich persönlich kennenlerne.« Aiken registrierte, daß Mohandas' Assistenten sitzen blieben und offenbar auf Anweisungen warteten.

Mohandas war nicht hier, um Freundschaft zu schließen. Er kam gleich zur Sache: »Herr Bürgermeister, ich suche Sie nur deshalb auf, weil unsere gemeinsame Freundin, Senatorin Wager, mich darum gebeten hat. Ehrlich gesagt, bin ich entsetzt darüber, wie die Stadt auf die Situation reagiert, mit der wir konfrontiert sind.«

Aiken zog sich hinter seinen Schreibtisch zurück und spürte die Hitze in sein Gesicht steigen. »Nun, Sir, wir haben viel getan, um diese Situation wieder in den Griff zu bekommen. Neben unseren Bemühungen, mit denen wir verhindern wollen, daß sich diese

Stadt selbst niederbrennt, haben wir offiziell eine Belohnung für die Ergreifung Kevin Sheas ausgesetzt. Sie werden zweifelsohne davon gehört haben ...«

»*Sie* werden zweifelsohne gehört haben, daß Jerohm Reese wieder im Gefängnis sitzt, Kevin Shea dagegen nicht. Das ist die Realität, die *ich* sehe. Ich sehe einen Weißen, einen Mörder, der frei herumläuft, und einen unschuldigen Schwarzen, der ohne Grund im Gefängnis festgehalten wird.«

»Man kann nicht gerade sagen, daß Kevin Shea frei herumläuft ...«

»Woher wissen Sie das?«

Natürlich wußte Aiken es nicht. Er hatte schlechte Karten und keine Lust, sich damit auf irgendwelche Spielchen einzulassen. »Jedenfalls ist Jerohm Reese in meinen Augen alles andere als ein unschuldiger Schwarzer.«

»Er trägt keine größere Schuld als fünfhundert andere, die Sie mit Verwarnungen davonkommen lassen ...«

»Was nicht heißt, daß er nicht schuldig ist, oder?«

»Wir alle tragen an irgend etwas die Schuld, Herr Bürgermeister. Aber es scheint, als erfahre Jerohm Reese nicht dieselbe Behandlung wie die Weißen. Ihr augenblicklicher Bezirksstaatsanwalt ist ein rassistischer Fanatiker, der seine Chance ...«

»Art Drysdale ist kein rassistischer Fanatiker.«

Mohandas nahm das als Anlaß, auf dem Absatz kehrtzumachen und zu Allicey und Jonas zu sagen: »Dieser Mann will nicht helfen.« Seine Begleiter standen auf. Mohandas war bereits auf halbem Weg zur Tür, und Aiken hatte große Lust, ihn ohne ein weiteres Wort gehen zu lassen.

Aber dann würde alles nur noch schlimmer werden.

»Mister Mohandas, bitte warten Sie einen Moment.« Er kam um seinen Schreibtisch herum. Mohandas wartete ungeduldig an der Tür. »Was würde, Ihrer Ansicht nach, denn helfen? Ich will mich nicht wegen nebensächlicher Dinge mit Ihnen streiten, sondern helfen. Ich dachte, ich hätte heute morgen im Stadtrat etwas Hilfreiches getan. Vielleicht war es nicht genug. Sagen Sie es mir.«

In Alliceys Augen leuchtete ein kurzer Blick des Triumphes auf, der genauso schnell wieder verschwand, aber Mohandas hatte ihn bemerkt und ließ den Türgriff los. »Alan Reston«, sagte er.

»Wer?«

»Alan Reston. Der stellvertretende Generalstaatsanwalt. In San Francisco geboren und aufgewachsen. Ehemaliger Staatsanwalt im Bezirk Alameda. Ich habe heute morgen mit ihm gesprochen. Er steht zur Verfügung.«

»Wofür steht er zur Verfügung?«

»Für seine Ernennung zum Bezirksstaatsanwalt.« Der Bürgermeister war zu überrascht, um eine Reaktion zu zeigen. Mohandas sprach weiter: »Alan Reston verfügt über die Qualifikation, die Erfahrung und den politischen Scharfsinn, um uns durch diese schwierige Zeit zu helfen. Und ...« – Mohandas stieß einen Finger in die Luft, um seinen Worten Nachdruck zu verleihen – »... aufgrund der Tatsache, daß er Afroamerikaner ist, wäre seine Ernennung ein großer Schritt auf dem langen Weg zum Ausgleich der unzumutbar geringen Repräsentation unserer Minderheit innerhalb der Stadtverwaltung, wie sie sich durch den Tod von Chris Locke ergeben hat.«

Plötzlich trat Allicey Tobain vor. Ihre eindrucksvolle Erscheinung ließ den Bürgermeister wie einen Zwerg aussehen. »Sir«, sagte sie sanft, »die Ernennung von Alan Reston zu diesem Zeitpunkt wäre nicht nur eine Geste, sondern hätte eine wirkliche Bedeutung. Sie würde beweisen, daß die Stadt auf handgreifliche Weise Verständnis für uns demonstriert. Und ich bin sicher, daß die Bevölkerung dies honorieren wird.«

Sie mußte das Wort ›Wählerstimmen‹ nicht erwähnen. Aiken hatte verstanden.

Aber der Bürgermeister war nicht dumm. Ihm war klar, daß man sich eine Menge andere Gegner machte, wenn man allzusehr zu beschwichtigen suchte. Er wußte nicht genau, welche Position diese Frau bei Mohandas innehatte, aber sie gehörte offensichtlich zum engeren Kreis seiner Vertrauten, und Aiken hatte das Gefühl, ihre Sprache zu sprechen. Er sah zu ihr auf und lächelte, als erfreue ihn ihr Anblick.

»Tut mir leid, aber ich glaube, wir kennen uns noch nicht.«

Sie streckte ihre zarte Hand aus. »Allicey Tobain, Sir.« Während sie sich zu Mohandas umdrehte, sagte sie: »Entschuldige, daß ich mich zu Wort gemeldet habe, Philip.« Aber es war deutlich, dachte Aiken, daß ihre Rolle abgeprochen, vielleicht sogar einstudiert worden war.

Mohandas lächelte. »Allicey und Jonas.« Er nickte zu N'doum. »Sie halten mich auf Trab.« N'doums Gesicht blieb eine versteinerte Maske, doch Allicey stieg bei dem Kompliment das Blut zu Kopf.

Aiken wandte sich an sie: »Ich habe natürlich von Reston gehört. Aber ihn zu dem expliziten Zweck einzusetzen, daß er Jerohm Reese entläßt, kommt nicht in Frage.«

Mohandas sah kurz zu Tobain hinüber. Erwartete er eine Bestätigung, eine Anweisung? Sie nickte fast unmerklich, und er sagte: »Das bliebe selbstverständlich der Entscheidung des Bezirksstaatsanwalts vorbehalten.«

Aber Aiken wollte nicht ohne Absicherung einwilligen. »Wenn er erst einmal Bezirksstaatsanwalt ist ... Aber egal, für wen ich mich entscheide: Er muß mit Mister Drysdale klarkommen.«

Mohandas nickte. »Ich kenne Alan Reston und weiß, daß er nur das Beste für die Stadt tun wird.«

Der Bürgermeister nickte ebenfalls. »Ich wüßte gern, wie seine Pläne aussehen.«

Allicey Tobain trat noch näher. »Darf ich Ihr Telefon benutzen, Sir? Ich weiß, wo er sich im Moment aufhält.«

38

Loretta Wager war allein zu Hause.

Nach den Ereignissen des vergangenen Tages hielt sie es für besser, die Villa nicht zu verlassen. Außerdem wollte sie für Abe Glitsky erreichbar sein, sei es beruflich oder privat. Sie durfte ihre Prioritäten nicht aus den Augen verlieren.

Nach all den Kommentaren, die ihr am ersten Tag ihrer Anwesenheit in San Francisco zu Ohren gekommen waren, war sie froh über ihre Entscheidung, keinen ihrer Mitarbeiter mitgebracht zu haben. Sie hatten in Washington genug Arbeit, und hier gab es zuviel zu tun, das sie allein erledigen mußte. Derzeit konnten ihre Pläne keine Diskussion gebrauchen.

Sie tat, was getan werden mußte.

Sie war früh aufgewacht, in Gedanken bei Abe Glitsky. Sie wollte, mußte ihn anrufen, bevor er zur Arbeit ging.

Danach telefonierte sie von einem der Apparate aus, die mit ihrem Büro in Washington verbunden waren. Auf ihrer Privatnummer gingen währenddessen andere Anrufe ein: Donald aus dem Büro des Bürgermeisters. Die Nachrichtenagenturen. Alan Reston und Philip Mohandas. Die ganze Welt schien Loretta sprechen zu wollen, aber sie mußte sich gedulden. Sie wartete, bis sie Elaine in ihrem Büro vermutete, und rief sie an.

Ihre bedauernswerte Tochter litt Höllenqualen, aber das würde vorübergehen. Das Leiden hätte bald ein Ende, wie sie aus eigener Erfahrung wußte. Eigentlich hatte sie ihr sagen wollen, daß sie jetzt besser dran sei, weil Chris Locke nicht die Absicht gehabt habe, Frau und Kinder zu verlassen, weder für Elaine noch für irgendeine andere Frau, aber sie brachte es nicht übers Herz. Loretta hatte es sich zur Gewohnheit gemacht, immer Bescheid zu wissen, und das hier wußte sie mit Sicherheit.

Elaine – dem einzig wirklich Wertvollen in Lorettas Leben –, ihrer wunderschönen und sensiblen Tochter Elaine hätte es das Herz gebrochen. Sie wäre wie ihre Mutter geworden.

Loretta hatte weiß Gott genug Kompromisse in ihrem Leben geschlossen, aber in einem Punkt war sie immer konsequent geblieben: Sie hatte versucht, Elaines Unschuld – oder war Idealismus das richtige Wort? – zu bewahren.

Sie selbst hatte ihren Idealismus vor langer Zeit verloren, vielleicht sogar noch vor den vier Tagen im kolumbianischen Dschungel, als sie gedacht hatte, sie würde nie wieder da rauskommen. Sie hatte sich an den mit Dollarnoten gefüllten Koffer, den der kolumbianische Geschäftsmann als Handgepäck mit an Bord des Flugzeugs genommen hatte, geklammert und darüber nachgedacht, wie nutzlos dieses Geld sei angesichts der Tage und Nächte, die sie in der Gesellschaft von Eidechsen, Insekten und den verwesenden Leichen von fünf toten Männern verbringe. Heute dachte sie pragmatischer. Nur was funktionierte, zählte. Sie war eine Frau mit Format und Talent. Die Idealistin Loretta, die mit Abe Glitsky am College studiert hatte, gab es nicht mehr. Aber, verdammt, sie vermißte sie und wünschte, sie könnte die Uhr zurückdrehen. Aber so war das Leben nun mal, oder etwa nicht? Entschied man sich für einen Weg, verzichtete man auf alle anderen.

Elaine würde das nicht passieren, jedenfalls nicht mehr wegen Christopher Locke. Was geschehen war, war schrecklich, aber es bedeutete nicht das Ende der Welt. Ihre Tochter würde darüber hinwegkommen, davon war Loretta überzeugt.

Sie wünschte sich nur, der Tod Lockes hätte sie mehr betroffen gemacht, immerhin war er eine einflußreiche schwarze Integrationsfigur gewesen und in der Blüte seines Lebens. Andererseits hatte er die ihm zustehende Zeit gelebt, und sein Tod würde ihre Tochter vor einem schrecklichen Trauma bewahren, ob sie sich dessen bewußt war oder nicht.

Zuerst dachte sie, Mohandas verschwende durch sein Engagement in der Sache mit Jerohm Reese nur seine Energie, aber bei näherer Betrachtung erkannte sie, daß ihre Tochter ihnen unabsichtlich einen Trumpf zugesteckt hatte, den Mohandas nun in der Hand hielt. Das Problem bestand darin, daß Loretta nicht sicher war, ob Mohandas ihn richtig ausspielen würde. Also würde sie das für ihn übernehmen und ihn hinterher davon informieren. Als Gegenleistung …

Tja, so lief es eben. Philip mußte einsehen, daß auch er etwas zu leisten hatte. Nichts war umsonst.

Die bewilligte Aufstockung der Belohnung für die Ergreifung Sheas war ein Indiz dafür, daß sich die Dinge in ihrem Sinne entwickelten. Wenn die Angelegenheit erst einmal ins Rollen gekommen war, würde sie eine Eigendynamik entwickeln. Noch günstiger war der Umstand, daß sich der Bürgermeister mittlerweile auf Philip Mohandas als Symbol für die empörte schwarze Bevölkerung zu konzentrieren schien. Eine Reaktion, an der sie nicht ganz unschuldig war. Philip war eine Figur in ihrem Schachspiel.

Aber sie durfte ihn nicht unterschätzen, er war kein einfacher Bauer. In ruhigeren Zeiten würde er nur einen kleinen Teil der Wähler um sich scharen, bei Unruhen wie diesen aber, in denen die Rechte der amerikanischen Schwarzen durch die weiße Mehrheit bedroht waren, scharten sich selbst gemäßigte Schwarze – ihre Wähler – in großer Zahl um ihn.

Im ganzen Haus waren die Jalousien heruntergelassen. Wegen des Todes von Locke in Schwarz gekleidet, saß Loretta an einem Sekretär aus Kirschbaumholz in ihrem kleinen Büro an der Rückseite des Hauses, mit Blick auf den Presidio, den ehemaligen Militärstützpunkt, der vor kurzem in einen Nationalpark umgewandelt worden war.

Der Marinestützpunkt am Hunter's Point war das letzte Grundstück in Bestlage, das von der Armee in San Francisco aufgegeben worden und seither ungenutzt war. Während sie auf Abe Glitskys Ankunft wartete, führte Loretta weitere Telefonate mit Washington. Ihre Idee hatte sich über Monate hinweg geformt, und sie hatte geduldig den günstigsten Zeitpunkt abgewartet, um sie in die Tat umzusetzen. Dieser Zeitpunkt war nun gekommen. Wie auch immer diese Krise enden mochte: Sie würde ihr die Stimmen fast aller Farbigen des Bay-Gebietes einbringen. Davon war sie überzeugt. Immerhin brauchte sie diese Stimmen, um im Kongreß für die Leute arbeiten zu können.

Er kam in wieder einem anderen zivilen Plymouth vorgefahren und parkte auf der halbrunden Auffahrt vor der Eingangstür. Vor fünfzehn Minuten hatte er sie vom Büro aus angerufen. Er war nervös gewesen. Sie hatte beobachtet, wie er vorgefahren und ausgestiegen war, sich gestreckt, sie schließlich am Fenster entdeckt hatte. Ein Lächeln hatte sein Gesicht erhellt.

»Ich will doch nicht mit dir streiten.«

Eine Stunde war vergangen.

Glitsky, wieder angezogen, saß in der Frühstücksnische und trank einen Becher Tee mit einem Schuß Zitrone. Loretta trug einen dunklen Rock und eine dazu passende Bluse und saß auf der Anrichte, die die Küche von der Nische trennte. Sie ließ die bloßen Füße leicht hin und her schwingen.

»Unterschiedlicher Meinung sein heißt nicht zu streiten«, sagte Glitsky.

»Dann solltest du mal an einer Senatssitzung teilnehmen. Da liegt das so eng beieinander, daß man es oft nicht auseinanderhalten kann.«

»Jetzt nicht.«

»Schon gut, jetzt nicht.« Sie glitt von der Anrichte herunter und zog einen Stuhl heran. »Ich möchte im Moment aber auch nicht unterschiedlicher Meinung mit dir sein, okay?«

Sie saß jetzt neben ihm, und er war überrascht, daß sie fast schüchtern wirkte, als habe sie Angst, ihn zu berühren, nachdem die körperliche Leidenschaft für eine Weile gestillt war. Irgendwie fühlte er sich deswegen erleichtert. Er konnte nicht sagen, warum, aber eine Berührung von ihr wäre ihm in diesem Moment als belangloses, unpersönliches Hilfsmittel vorgekommen, mit dem sie ihre Position zu untermauern versuchte. Er wollte nicht, daß sie solche Tricks einsetzte oder auch nur den Anschein erweckte, sie einzusetzen.

Aber sie war so nah, daß er sie einfach berühren mußte, und so streckte er seine Hand aus und ließ sie auf ihrem Unterarm liegen. »Ich habe andere Prioritäten als du, Loretta, das ist alles. Dein Job ist die Politik. Ich weiß, es dient alles einer guten Sache. Mein Job dagegen ist die Aufklärung von Mordfällen. Ich möchte herausfinden, wer Arthur Wade umgebracht hat.«

Sie sprach leise. »Wir wissen, wer ihn umgebracht hat, Abe. Wir haben ein Foto von ihm.«

»Ich streite ja nicht ab, daß Kevin Shea ...«

»Dann mußt du dich aber langsam an den Gedanken gewöhnen, daß wir ihn benutzen ...«

»Wir wissen mit absoluter Sicherheit, daß noch andere dabei waren, aber wir wissen nicht, ob Shea ihr Anführer war und was genau er getan hat.«

»Er hat genug getan.«

Glitsky sagte nichts.

»Abe, hör doch zu ... Klingt es denn nicht vernünftig, wenn du darüber nachdenkst? Vergiß die Polizeiroutine. Du hast gesagt, die Politik sei mein Job, und hier geht es um Politik. Es geht darum, einen Konsens zu finden, der zu einer Lösung führt und der vor allem *funktioniert.* Ganz gleich, wie diese Lösung aussieht: Die Unruhen müssen beendet werden, bevor sie die ganze Stadt zerstören oder sich noch weiter ausbreiten.«

Glitsky trank einen Schluck Tee. »Und du glaubst ernsthaft, Kevin Shea zu verhaften ...«

»Ja, das glaube ich. Auch wenn es nur ein *Symbol* sein sollte – es könnte die Unruhen beenden.«

Glitsky sah sie durchdringend an und begriff, daß Loretta an ihre Worte glaubte. Das war wichtig für ihn. »Was ist mit Jerohm?«

Loretta seufzte. »Jerohm könnte sich als Glück im Unglück erweisen, wenn wir die Sache richtig hinbiegen.«

»Mit *Hinbiegen* kenne ich mich nicht aus.« Bei so etwas verstand Glitsky keinen Spaß.

»Jerohm beruhigt die wütenden Weißen, Kevin beruhigt unsere wütenden Brüder und Schwestern ...«

»Halbbrüder und Halbschwestern«, korrigierte Glitsky. »Rein technisch gesehen.«

»Ein Tropfen Blut«, sagte sie.

»Was heißt das?«

»Das ist das Gesetz unseres Landes, Abe. Sobald du einen Tropfen schwarzen Blutes in dir hast, bist du schwarz.«

»Wenn du meinst ...« Er wollte nicht streiten, und er wollte nicht groß diskutieren. Er bewegte die Hand an ihrem Arm entlang, und sie beugte den Kopf hinunter und küßte seine Finger. »In deinem beruflichen Umfeld mag es vielleicht nicht anders möglich sein«, sagte er, »aber *ich* denke nicht ständig an meine Hautfarbe oder daran, wohin wir *als Volk* gehen. Alle Menschen sind davon betroffen, überall auf der Welt ...«

»Und gehen gemeinsam den Bach runter?«

»In irrsinniger Geschwindigkeit. Aber dadurch, daß wir uns überlegen, wen wir hassen sollen, wird es nicht besser.«

»Abe Glitsky, bist du etwa in deinem alten Herzen ein Idealist geblieben?« Er mußte lachen, weil er sich eher für einen verstaubten Erzskeptiker hielt. Sie rückte näher an ihn heran. »Vielleicht wird es ja besser.«

»Sieht es so aus, als würde es besser?« fragte er.

»An bestimmten Tagen vielleicht nicht. Heute zum Beispiel mit Sicherheit nicht. Aber irgendwann ... irgendwann einmal ... Ich meine, sieh *mich* an. Vor zwanzig Jahren gab es einfach keine schwarze Senatorin. Ich bin zu der Auffassung gelangt, daß sich die Dinge langfristig zum Besseren verändert haben, und das bedeutet etwas.«

»Es könnte bedeuten, Loretta, daß die Menschen an dich glauben. Vielleicht liegt es einfach nur an dir, an dem, wer du bist, was du den Menschen gibst.«

Sie schwieg nachdenklich, biß sich dann auf die Lippe und richtete sich ein wenig auf. Sie legte den Arm um Glitsky und schmiegte sich an ihn. »Wie konnte ich dich damals bloß gehen lassen?« flüsterte sie.

Glitsky wurde über seinen Piepser gerufen. Die Bemühungen seines Vater bei Rabbi Blume waren erfolgreich gewesen. Rachel, die verängstigte Zeugin aus einer der ehemaligen Sowjetrepubliken, würde sich mit ihm unterhalten. Es war nicht weit von Lorettas Haus, er konnte in zehn Minuten dort sein.

An der Tür sagte Glitsky, er werde Loretta bezüglich Kevin Shea nicht im Wege stehen, das sei ihre Sache. Er habe weder die Angewohnheit, noch sei es in seiner Stellenbeschreibung vorgesehen, daß er seine Ermittlungen an die große Glocke hängte. Er habe – wenn überhaupt – allenfalls geringe Zweifel daran, daß Shea in die Sache verwickelt sei, wolle sich aber einen kompletten Überblick verschaffen. Er müsse den Tathergang kennen, damit die Vorwürfe gegen Shea zu gegebener Zeit erhärtet werden könnten.

»Übrigens«, sagte er dann, »solltest du vielleicht mal mit deiner Tochter reden.«

»Was ist mit Elainc?«

»So wie sie es sieht, kommt es nur darauf an, Sheas Schuld zu beweisen. Wenn wir ihn verhaften und sie aber nicht beweisen kann, daß er es tatsächlich war, bleibt es an ihr hängen. An deiner Stelle würde ich mich darum kümmern, daß sie die Sache richtig anpackt.«

Glitsky wollte zu seinem Wagen gehen, aber Loretta hielt ihn am Arm zurück. »Abe?«

Er blieb stehen.

»Würdest du ihr helfen? Dafür sorgen, daß sie keinen Schaden nimmt?«

Er nickte. »Ich werde es versuchen«, sagte er. »Das gehört zu meinem Job.«

39

Nat Glitsky hatte seinem Sohn nicht mitgeteilt, daß er die Jungs abgeholt hatte, um später mit ihnen bei Tommy's Joynt Sandwiches zu essen und anschließend die Küste hinunterzufahren, vielleicht nach Monterey, wo die Unruhen noch nicht entflammt waren. Sie wollten sich das Aquarium ansehen und den Sommer konstruktiv nutzen.

Es sei lächerlich, sie Tag für Tag im Haus einzusperren, was denke sich Abe eigentlich dabei? Daß er ein guter Vater sei?

»Ich versuche, sie zu beschützen, Dad. Ich will nicht, daß ihnen was passiert.«

Vater und Sohn standen im Büro von Rabbi Blume. Die Jungs waren draußen vor dem Fenster und spielten auf dem Spielplatz der Synagoge, der ansonsten menschenleer war, Basketball. Rabbi Blume und Rachel warteten im angrenzenden Wohnhaus, aber Abe hatte es nicht eilig, mit ihnen zu reden, bevor er nicht diese Sache mit seinem Vater geklärt hätte. Der ließ sich vom Zorn seines Sohnes nicht beeindrucken. »Was soll ihnen denn passieren, kannst du mir das sagen?«

»Das fragst du noch? Hast du dich in letzter Zeit mal draußen umgesehen? Hast du nicht mitbekommen, was da los ist?«

Nat Glitsky zuckte mit den Achseln. »Ich bin in die Innenstadt gefahren, um dich zu besuchen. Dann bin ich wieder raus gefahren und mit Rachel zu Fuß hierhergekommen. Wir sind von ihrer Wohnung aus gekommen, aber kein Mensch hat uns belästigt. Da draußen ist kein Mensch zu sehen.«

»Warum wohl, Dad?«

»Ich weiß, warum, Abe. Setz dich, ja? Du bist ein bißchen gereizt.«

»Ich möchte mich nicht hinsetzen, und ich bin auch nicht gereizt! Es sind meine Kinder, es ist meine Verantwortung, und ich werde sie diesem ... dem da draußen nicht aussetzen. Ich will nicht noch jemanden aus der Familie verlieren.« Abe ließ sich trotzdem auf einen Stuhl fallen.

Nat zögerte, kam dann vom Schreibtisch des Rabbis durch den Raum und zog einen Stuhl zu seinem Sohn heran. »Du kannst sie auch verlieren, wenn du sie zu sehr festhältst, Abraham.«

»Ich will sie beschützen. Ich will ihr Bestes.«

Nat nickte. »Immer, das weiß ich. Aber ich habe heute morgen versucht, dich zu erreichen, und Jake ging ans Telefon. Ich habe ihn noch nie so über dich sprechen gehört ... ›Dad checkt es nicht, Opa. Er hat keine Ahnung.‹ So in der Art. Und das von Jacob, der, wie du weißt, den Boden unter deinen Füßen anbetet. Ich mache mir Sorgen.«

»*Du* machst dir Sorgen ...?« Glitsky lachte auf.

»Ich weiß, ich weiß. Du machst dir auch Sorgen. He, wer macht sich nicht ein bißchen Sorgen? Und seit Flo ...«

»Es geht nicht um *mich*.« Abes Stimme war scharf. »Es ist nicht mein Fehler, daß das hier passiert. Und es geht auch nicht um Flo. Es geht einfach um mich und die Jungs. Flo hat damit nichts zu tun.«

Nat legte eine Hand auf das Knie seines Sohnes. »Es geht nur um Flo, Abraham. Mach dir nichts vor.«

»Verdammte Scheiße.« Abe schob die Hand zur Seite, stand auf und ging, tief durchatmend und mit ernstem Gesicht, zum Fenster hinüber.

»Das ist das erste Mal, daß du deinem Vater ein Schimpfwort an den Kopf geworfen hast, oder?«

Abe bemühte sich, sich auf seine Söhne und ihr Spiel zu konzentrieren. Sie übten Distanzwürfe, und die beiden älteren Jungs versuchten, die Abpraller zu verwandeln. Dann trainierten sie gezieltes Zuspiel auf Orel. Ihre Rufe waren kaum zu hören, doch sie klangen locker und spielerisch. »Dad, ich kann nicht noch mehr verlieren. Ich kann es einfach nicht.«

Wieder durchquerte Nat den Raum und ging zu seinem Sohn. Er stand hinter Abe, der viel größer war als er, und sah zu den Jungs nach draußen. »Wir können nichts festhalten, Abraham. Es liegt nicht in unserer Macht, es ist Gottes Wille.«

Glitsky drehte sich um. »Schön, aber was ist, wenn ...?«

Nat unterbrach ihn. »Das sind deine Gedanken, und sie bedeuten nichts.« Er legte eine Hand auf den Arm seines Sohnes und fuhr fort: »Abraham, denk nach. Was ist, wenn sie den ganzen Tag zu Hause eingesperrt sind und jemand beschließt, deine Straße in Brand zu setzen? Es liegt nicht in deiner Macht. Es gibt nichts, was du tun kannst, außer, dich zu Tode zu vermuten. Laß mich sie mitnehmen. Wir amüsieren uns ein bißchen zusammen und kommen zurück, wenn das hier vorbei ist.«

Glitskys Schultern fielen herunter. Er sank auf eine Ecke des Schreibtischs. »Wann fühlt sich das Leben wieder normal an, Dad? Ich weiß nicht, was zum Teufel ich tue.«

»Ich weiß. Als Emma ... na ja, du erinnerst dich daran.«

»Du hast dich nie verändert.«

Ein kurzes Auflachen. »Abraham, ich glaube nicht, daß ich je wieder so wie vorher war. Ich habe nur versucht, mein Verhalten dir gegenüber nicht zu ändern, dich nicht anders zu behandeln. Ich behielt die Abläufe, die Gewohnheiten bei, weil meine Gefühle dich nicht beeinflussen sollten, das war alles. Du hattest deine Mutter verloren. Es gab genug, womit du fertig werden mußtest.«

Glitsky machte eine Geste nach draußen. »Genau wie sie. Das willst du mir damit sagen, oder?«

Sein Vater nickte. »Es gibt durchaus Ähnlichkeiten. Mach deine Arbeit, bleib dran. Die Dinge werden sich auf eine neue Art und Weise normal anfühlen. Aber es wird nie mehr so sein wie früher. Das ist vorbei.« Er legte eine Pause ein. »Das ist das Schwierige, das, was es zu akzeptieren gilt. Es wird nicht mehr so, wie es mal war. Also, was ist jetzt?«

Glitsky rieb sich die Augen, stand auf, ging ein paar Schritte, sah wieder durchs Fenster. »Wenn ihr nach Monterey fahrt, haltet am Pier und holt mir ein paar Salzwasserbonbons, ja? Ich liebe dieses Zeug.«

40

»Sie schon wieder?«

Ridley Banks stand grinsend auf Peter McKays Treppenabsatz. »Wissen Sie, Peter, Sie verletzen meine Gefühle, wenn Sie so reden. Das ist mein Partner Marcel Lanier. Sagen Sie, daß Sie sich freuen, ihn kennenzulernen, ja? Er ist sehr sensibel.«

»Klar. Nett, Sie kennenzulernen.«

Banks drehte sich halb um. »Was habe ich dir gesagt? Wenn du höflich fragst, bekommst du auch eine Antwort. Solche Zeugen wie den Mann hier müßten wir jeden Tag haben, das würde das Leben um einiges leichter machen, was meinst du?«

»Was wollen Sie diesmal?«

»Wir wollen uns mit Ihnen ein paar Minuten über Ihre Aussage von neulich unterhalten.«

»Wer ist das, Petey?« Eine junge Frau mit glatten blonden Haaren erschien hinter McKay im Türrahmen. Ein knappes, abgetragenes fleischfarbenes T-Shirt verhüllte ihre flachen Brüste nur dürftig. Aus einer abgeschnittenen Jeans ragten zwei spindeldürre, bleiche Beine, und an den Füßen trug sie weiße Socken und Tennisschuhe.

»Oh, entschuldigen Sie«, sagte Banks. »Ich wußte nicht, daß Sie Gäste haben.«

McKay trat einen Schritt zurück. »Das ist meine Frau Patsy.«

»Ihre Frau? Ich wußte nicht ... Einen schönen, guten Tag, Ma'am. Wie geht es übrigens Ihrem Arm, Pete?«

McKay verdrehte das Handgelenk und bewegte die Finger. Ein Flanellhemd mit langen Ärmeln verbarg die Wunden. »Von Tag zu Tag besser«, sagte er.

»Ist der Verband ab?«

»Noch nicht, in ein paar Tagen.«

»Hat Petey Schwierigkeiten?« fragte Patsy mit dunkler Raucherstimme und trat einen Schritt vor ins Licht. Banks schätzte sie auf kaum fünfzehn, bemerkte dann aber den goldenen Ring an ihrem Finger.

»Nein, Ma'am, im Moment nicht. Wir überprüfen nur ein paar Dinge, die er sagte, als er das letzte Mal mit uns sprach.«

»Zum Beispiel?« Sie stellte sich vor ihren Mann.

Marcel Lanier meldete sich hinter Banks zu Wort, sprach über dessen Schulter. »Zum Beispiel, wie er sich seinen Arm verletzt hat.«

»Er hat sich an der Tür geschnitten«, sagte sie. »Die Scheibe ist dabei zu Bruch gegangen.«

»Das sagte er uns bereits.« Marcel bemühte sich, auf dem Treppenabsatz Platz zu finden, trat jetzt hinter Banks hervor. »Die Sache ist nur die: Irgendwie sind wir darauf zurückgekommen ... Na ja, eigentlich mein Partner Ridley hier, der sehr gründlich ist, er ist so eine Art Colombo, erinnern Sie sich an den? ›Entschuldigen Sie, nur noch eins‹ und so. Er macht uns alle manchmal verrückt, aber so ist er eben. Wie dem auch sei, der Arm ... Haben Sie was dagegen, wenn wir reinkommen? Es ist wirklich nicht sehr warm hier draußen, und Sie sehen auch aus, als würden Sie frieren.«

Während er seinen Blick an ihr hinunterwandern ließ, erwiesen sich Laniers Worte als unverschämter als beabsichtigt. Patsy McKays Brustwarzen drückten sich deutlich sichtbar durch den dünnen Stoff des T-Shirts.

»Warum ziehst du dir nicht was über, Liebes«, sagte McKay. »Entweder haben Sie einen Haftbefehl, oder wir unterhalten uns hier. Was ist mit meinem Arm?«

Patsy ging nicht, also sprach Banks über sie hinweg. »Ihr Cousin Brandon Mullen sagte, Sie hätten sich beide die Arme zerschnitten, als Sie durch Ihre Schiebetür gefallen seien, und als ich gestern hier vorbeikam, habe ich zufällig bemerkt, daß die Tür nicht kaputt ist. Haben Sie sie schon reparieren lassen? Und wenn ja, haben Sie eine Quittung für die Reparatur?«

Patsy schüttelte den Kopf. »Das war bei Brandon, nicht hier.«

Banks wandte sich halb um und schielte kurz zu Lanier hinüber. »Brandon sagte laut und deutlich, Sie seien hierher gekommen, um Ihre private Totenwache für Mike Mullen abzuhalten. Bei Petey, sagte er.«

McKay trat vor. »Zuerst ...«

»Schscht.« Patsy hielt eine Hand hoch und sagte ruhig, aber bestimmt, zu ihrem Mann: »Sei still.« Wieder zu den Inspectors gewandt, erklärte sie: »Ich hatte schlimme Kopfschmerzen und wachte von dem Lärm, den sie machten, immer wieder auf. Also bat ich sie, doch bitte zu Brandon rüberzugehen, was sie dann auch taten.«

Banks blieb stur: »Brandon sagte, sie seien hierher gegangen.«

»Sie kamen *zuerst* hierher. Dann gingen sie hinüber. Warum fragen Sie ihn nicht noch mal? Wir gehen gern mit Ihnen rüber. Petey hat nichts Ungesetzliches getan. Wir haben nichts zu verbergen.«

Brandon Mullen war zu Hause und verhielt sich in jeder Hinsicht so, als hätte er sie erwartet. Er wohnte im unteren Teil eines Zweifamilienhauses in der Zweiundzwanzigsten Avenue im Stadtteil Richmond, nur ein paar Querstraßen von den McKays entfernt. Die Glasschiebetür, die auf seine winzige Veranda führte, war brandneu. Und selbstverständlich – bitte, sehr, Inspector – hatte er sofort eine Quittung zur Hand, die vor zwei Tagen ausgestellt worden war. Ob die Quittung nicht in Ordnung sei? Sie sei doch richtig unterzeichnet und alles? ›Reardon Glas und Fliegenfenster‹ hieß die Firma.

»Ich zieh los und hau irgendwem auf's Maul.«

»Läuft nicht, Rid.«

Sie saßen vor Brandon Mullens Wohnung und warteten – auf nichts. Marcel hatte das Fenster auf der Fahrerseite heruntergedreht und den Ellbogen daraufgebettet. »McKay hat Brandon erzählt, daß du bei ihm vorbeigeschaut hast. Irgendwer hat geschnallt, daß es um die Scheibe ging.«

»Die Frau.«

»Vielleicht. Jedenfalls sind sie darauf gekommen, daß es besser wäre, eine von den Scheiben kaputtzumachen.«

»Das habe ich mir auch schon gedacht, danke.«

»Willst du Reardon besuchen, den Typ von dieser Firma *Reardon Glas* und so weiter?«

»Um zu fragen, ob er die Reparatur gestern oder vor zwei Tagen durchgeführt habe, an dem Tag, der auf der Rechnung steht? Nein. Ich glaube nicht, daß er uns die Wahrheit sagen würde.«

»Ich bin schockiert. Ein guter irischer Katholik?«

»Willkommen bei der Polizei«, sagte Banks. »Schocks am laufenden Meter.«

Carl Griffin, der allein unterwegs war, beschloß, eine neue Taktik einzuschlagen.

Er wußte, daß er aus den anderen Kerlen – O'Toole, Mullen, McKay – nichts mehr herausbekommen würde. Die finsteren Iren würden zusammenhalten.

Sein erster Gedanke war, es bei den Notaufnahmen der örtlichen Krankenhäusern zu versuchen, aber ein oder zwei Anrufe hatten ihn wieder davon abgebracht. Wegen der Ausschreitungen in der Stadt waren die Notaufnahmen voller als das Justizgebäude, sofern das überhaupt möglich war, und es gab nicht viele Personen, die Zeit und Lust hatten, sich zu erinnern, oder sich erinnern konnten, so daß sie ihm eine Hilfe gewesen wären.

Deshalb begann er, methodisch und verbissen mit Hilfe eines Stadtplans ein Telefonbuch zu durchkämmen und alle privaten Arztpraxen im Umkreis von drei Kilometern zur Cavern Tavern anzurufen. Er stellte sich als Inspector des Morddezernats vor und fragte, ob die Ärzte in den vergangenen drei Tagen eine Wunde behandelt hätten, die von einem Messerstich verursacht worden sein könnte.

Die Aufzeichnungen der Ärzte waren bei strafrechtlichen Ermittlungen nicht durch die Schweigepflicht geschützt. In einigen Fällen – etwa bei Schußwunden oder Sexualdelikten – waren die Ärzte verpflichtet, die Behörden zu unterrichten.

Griffin war am Ende seines Baguettesandwiches mit Auberginen und Parmesan angelangt. Er hatte den muskelbepackten Körper hinter seinem Schreibtisch im großen Büro des Morddezernats niedergelassen, sich zurückgelehnt und die Füße, die in schwarzen Schuhen steckten, auf den abgenutzten Schreibtisch gelegt. Finster betrachtete er das neue Gefängnis, die dünnen Wolken und das Blau des Himmels. Er war bei ›E‹ angelangt und hatte, während er die mit ›Ärzte‹ markierten Seiten durchgeblättert hatte, festgestellt, daß noch fünf Seiten vor ihm lagen.

Das war Carl Griffins Verständnis von Polizeiarbeit – stur der Reihe nach vorzugehen, keine hochtrabenden Ideen zu entwickeln, sich abzuschuften und schließlich, wenn man Glück hatte, zuweilen einen Treffer zu landen. Er überlegte, ob er ans Ende der Liste springen, sich von ›Z‹ nach vorne arbeiten sollte, aber er fürchtete, daß er dann dort, wo er bei ›E‹ abgebrochen hatte, den Jackpot finden würde. Also wählte er die Nummer, die neben dem Namen Epps stand.

Jeder zufällige Zuschauer hätte angesichts der Eile, mit der Griffin den letzten Bissen seines Sandwiches in sich hineinstopfte, Übelkeit empfunden. Als am anderen Ende der Leitung abgenommen wurde, schluckte er alles hinunter, ohne richtig gekaut zu haben. Für einen kurzen Moment befürchtete er schon, daß er den Bissen nicht hinunterbrächte und sein letztes Stündlein geschlagen habe.

»Hallo, hier Praxis Dr. Epps«, wiederholte die Stimme.

Er schluckte erneut – gerettet – und räusperte sich. Auch Frau Dr. Epps war, wie sich herausstellte, gerade beim Mittagessen und befand sich im Aufenthaltsraum.

Die Ärztin hörte sich seine Geschichte an, ohne ihn zu unterbrechen. »Ab wann, sagten Sie?« fragte sie, als er fertig war.

»Dienstag abend.«

»Einen Moment.«

Griffin freute sich, daß er nicht zu ›Z‹ gesprungen war.

Sie nahm den Hörer wieder auf. »Ich hatte einen ziemlich ernsten Achillessehnenschnitt, den ich am Mittwoch morgen genäht habe. Der Patient war ein junger Mann, der sagte, daß er gestolpert und dann über eine Schaufel in seinem Hof gefallen sei. Einer dieser komischen Unfälle. Aber ich glaube nicht, daß es eine Schaufel war ...«

Griffin wartete.

»Die Wunde sah aus wie ein Messerschnitt – sauber und gerade.«

»Ich verstehe. Und haben Sie das ihm gegenüber erwähnt?«

»Ich habe ihn gefragt, aber er sagte, es sei eine Schaufel gewesen. Brandneu, noch nie benutzt, mit einer Kante wie ein Messer. Er verzog keine Miene, und so nahm ich an, daß so etwas tatsächlich möglich wäre, und nähte die Wunde.«

»Wie alt war der Mann?«

»Einen Moment. Colin Devlin, vierundzwanzig. Wollen Sie seine Anschrift?«

41

Der Warteraum im Leichenschauhaus von San Francisco war fensterlos und düster. Eine schwere Tür trennte den Raum vom Untersuchungszimmer. Gelbe Kunststoffstühle, die mit der Zeit von den Besuchern oder vielleicht auch dem angesammelten Kummer durchgesessen worden waren, säumten die glänzenden hellgrünen Wände. Die beiden Gummibäume aus Plastik sahen nicht mehr im entferntesten echt aus, aber niemand hatte sie weggeräumt, niemand hatte es bemerkt. Die Menschen in diesem Zimmer hatten andere Dinge im Kopf.

Elaine Wager war in ihrer Eigenschaft als Staatsanwältin, die mit dem Mord an Arthur Wade befaßt war, von John Strout, dem Gerichtsmediziner von San Francisco, ins Leichenschauhaus gerufen worden. Er wollte mit ihr den Bericht der gerichtsmedizinischen Untersuchung durchgehen, der aufgrund der erdrückenden Arbeitslast der vergangenen Tage ein bißchen länger als gewöhnlich auf sich hatte warten lassen.

Elaine wartete im Vorzimmer, hielt die Knie zusammengepreßt, die Hände im Schoß gefaltet. Strout hatte ihr bei seinem Anruf mitgeteilt, daß es mindestens noch eine Stunde dauern werde, aber sie hatte trotzdem sofort nach den Akten gegriffen und war hinuntergegangen.

An diesem Morgen hatte sie viel Zeit mit Beschäftigungstherapie verbracht. Um nicht an Chris und an das, was geschehen war, denken zu müssen, hatte sie Recherchen über ihren Verdächtigen angestellt: seine Freunde, seinen Arbeitsplatz, seinen Lebenslauf, alles. Von der Polizei hatte sie den Namen der Frau erfahren, die ihnen Kevin Sheas Namen genannt hatte – Cynthia Taylor. Das Bild Sheas war, während sie ein paar wenige Indizien zusammengetragen hatte, die vor Gericht nützlich sein könnten, immer deutlicher vor ihren Augen aufgetaucht.

Miss Taylor zufolge war Shea kaum besser als das, was einige Bekannte von Elaine weißen Abschaum nennen würden. Er komme aus einer zerrütteten Familie aus dem Süden (was zu seiner Tat passe), sei einer dieser Langzeitstudenten der San Francisco State University, der von einer Vorlesung zur nächsten ziehe und sich regelmäßig betrinke. Miss Taylor glaubte, daß er eine Teilzeitstelle bei irgendeiner Telemarketing-Firma habe, weil »er eine gute Stelle nie und nimmer behalten würde«. Er prahle damit, daß er seine Studienbeihilfe von der Armee dafür benutzte, um seinen Schnaps zu kaufen, und habe keine erwähnenswerten Freunde, aber vor ein paar Monaten ein Verhältnis mit einer von Miss Taylors Freundinnen gehabt. Jetzt sei dieses unglückliche Opfer, offenbar von ihm getäuscht, seine Komplizin bei der Flucht vor dem Gesetz. Miss Taylor hatte die Befragung mit der Aussage abgeschlossen, daß sie glaube, er sei »wirklich gefährlich und labil«. Man wisse nie, was er als nächstes anstellen werde.

Dann war der Anruf des Gerichtsmediziners erfolgt, und Elaine hatte gespürt, daß es ihr reichte. Die Decke war bedrohlich nahe gekommen, und sie hatte über ihre Gefühle nachdenken, ihnen freien Lauf lassen müssen, allein sein wollen. Das Zimmer vor Strouts Labor gab ihr die Gelegenheit dazu.

Plötzlich – jede Bewegung in dem leblosen Zimmer fand *plötzlich* statt – wurde die große Tür aufgestoßen. Der hagere Strout schob einen Stuhl neben sie. Er hatte einen starken Südstaatenakzent und keine Feinde bei der Polizei oder innerhalb der Staatsanwaltschaft. Als echter Profi lebte er für die Gerichtsmedizin. Außerdem besaß er einen hintergründigen Humor und ein skeptisches Auge, das schon häufig einen Mord entdeckt hatte, wo selbst die Polizei von einem Unfall oder harmlosen Todesfall ausgegangen war.

»Ich bin es allmählich leid, mir Tote anzusehen«, sagte er gedehnt. Die aktuellen Untersuchungsberichte waren auf einem Klemmbrett befestigt, das in seinem Schoß lag. »Nach ein paar Tagen habe ich die Schnauze voll. Wenn es länger dauert, bekomme ich Magenschmerzen.«

Elaine reagierte nicht, sie kannte Strouts Art. Es hatte nichts mit ihr persönlich zu tun. »Ist das Arthur Wade?« fragte sie und wies auf das Klemmbrett.

Er nickte. Genug der Höflichkeiten. »Keine Überraschungen. Ich hatte auch keine erwartet. Die Todesursache war Ersticken, was üblich ist, wenn man aufgehängt wird. Muß ein paar Minuten gedauert haben. Der arme Mann. Eine verdammt lange Zeit, wenn man aufgehängt wird. He, soll ich Ihnen Wasser holen?«

»Nein, ich komm schon klar.«

Aber sie lehnte den Kopf gegen die Wand und schloß die Augen. Es war zuviel für sie. Sie ertrug es nicht, dazusitzen und zu hören, daß Arthur Wade eine »verdammt lange Zeit« aufgehängt gewesen war. Sie hatte Arthur an der Boalt nicht allzu gut gekannt, aber er schien ein wunderbarer Kerl gewesen zu sein. Und jetzt, vier Jahre später, bestand die einzige Zukunft, die er noch hatte, aus der Analyse seines Todes in der Schlinge eines Seils.

Und Chris Locke ... nein, fang nicht auch noch damit an, dachte sie. Laß es sein.

Einige Zeit war verstrichen. Strout kam mit einem Pappbecher mit lauwarmem Wasser zurück. »Wenn Sie sich einen Moment hinlegen wollen, in meinem Büro steht ein Sofa ...«

Sie konnte nicht anders. »Chris Locke ist da drin, nicht wahr?«

»Ja, Ma'am.« Strout sog zwischen zusammengepreßten Zähnen die Luft ein. »Manchmal ...« Seine Stimme, die plötzlich heiser klang, verstummte.

Sie verstand, was er unausgesprochen gelassen hatte, und war dankbar dafür.

Ins Büro mit dem uralten Schreibtisch, den Aktenordnern und dem Geruch von Papier und Staub zurückgekehrt, schloß sie hinter sich die Tür. In der Stunde, während sie im Leichenschauhaus gewesen war, hatte ihr jemand einen großen gelben Umschlag auf den Schreibtisch gelegt. Sie setzte sich, ließ die Akten zum Fall Arthur Wade neben sich auf den Boden fallen und öffnete den Umschlag.

Ein weiterer Abzug von Paul Westbergs Foto, das in den Zeitungen und überall sonst zu sehen gewesen war. Sie hatte es schon wieder in den Umschlag geschoben und wollte ihn eben in die Aktenmappe werfen, als sie innehielt. Etwas hatte ihre Aufmerksamkeit erregt. Sie zog das Foto wieder heraus.

Über den vielen Ereignissen der vergangenen Stunden hatte sie ganz vergessen, daß sie den Fotografen gebeten hatte – es war eine Bitte, keine Aufforderung gewesen –, ihr das andere Bild, das er entwickelt hatte, zu schicken. Das hatte er jetzt getan.

Es war, wie Westberg gesagt hatte, dem ersten Bild, das jeder kannte, sehr ähnlich, und er hatte auch recht damit gehabt, daß Kevin Shea auf dem ersten Bild ein bißchen besser zu erkennen sei. Man konnte verstehen, warum er das eine Bild genommen hatte und nicht das andere.

Aber irgend etwas an diesem zweiten Bild war merkwürdig. Sie nahm die Aktenmappe, suchte das erste Bild und hielt die Fotos nebeneinander. Ein Detail war ihr aufgefallen. Auf dem zweiten Bild war deutlich zu erkennen, daß *Arthur Wade* das Messer hielt, das sich auf dem anderen Bild in Kevin Sheas Hand befand.

Nun, viele Menschen, sogar anständige, trugen kleine Messer bei sich, auch sie hatte ein Taschenmesser in der Handtasche.

Mit geschlossenen Augen versuchte sie, sich die Szene vorzustellen. Die drohende Menschenmenge, in ihrer Mitte Shea, der Arthur, als der hilflos an dem Seil hing, ein Messer zwischen die Rippen stoßen wollte, Arthur, der das begriff, mit einer Hand hinunterlangte, ihm das Messer entriß ... Ein letzter Augenblick des Kampfes, auf Westbergs Foto festgehalten.

Eine andere, unwahrscheinlichere, aber wohl ebenfalls mögliche Erklärung wäre, daß es Arthur gelungen war, nach dem eigenen Messer zu greifen, bevor sie ihn hochgezogen hatten. Vielleicht hatte er erkannt, daß seine einzige Überlebenschance darin bestand, das Seil durchzuschneiden. Shea hatte danach gegriffen, es ihm entwunden. Was nichts an den grundlegenden Tatsachen änderte, aber das Foto schlüssiger erklärte.

Und dann ...

Wie eine Welle kam die Wut über sie, ließ sie erst zurückweichen, sich dann im Stuhl aufrichten. Sie starrte auf Kevin Sheas Gesicht, das vor lauter Anstrengung, ihren ehemaligen Kommilitonen nach unten zu ziehen, verzerrt war. Er hatte die Ereignisse ins Rollen gebracht, die Chris Locke, ihren Chef, ihren Geliebten getötet hatten ...

Es war unerträglich, daß dieser Mensch, dieser fanatische Schuljunge aus den Südstaaten, noch frei herumlief. Ihre Mutter hatte recht, genau wie der Stadtrat, der Bürgermeister und sogar Philip Mohandas. Ein einziger Mann war für alles verantwortlich. Auch wenn es tatsächlich einen Mob gegeben hatte: Dieser Mann hatte ihn angeführt. Er allein war schuld an der Katastrophe, die die Stadt in die Knie zwang. Er mußte gefaßt werden, und zwar sofort. Erst dann würde dieser Wahnsinn aufhören. Sie mußten ihn finden.

Elaine stemmte sich vom Schreibtisch hoch. Sie würde dafür sorgen, daß die Menschen das ebenfalls so sahen, mußte ihnen dasselbe Gefühl bezüglich Kevin Shea und seiner Tat vermitteln, das sie empfunden hatte.

Dienstwege und Hierarchien kümmerten sie nicht. Elaine wußte um ihre Sonderstellung. Sie konnte die normalen Wege umgehen, sich direkt an die Menschen wenden. Mochte Art Drysdale sie auch zurechtweisen, es wäre keine Zurechtweisung mit Folgen. Niemand konnte ihr etwas anhaben. Nicht in dieser Situation.

Die Stadt hatte den Reportern im Justizgebäude zwei Räume zur Verfügung gestellt, einen für die Printmedien, einen für Rundfunk und Fernsehen. Sie lagen in der dritten Etage, direkt neben den Milchglastüren, die zu dem Flur führten, auf dem sich die Staatsanwaltschaft befand. Beide Räume waren in der Regel zum Bersten gefüllt. Jetzt lagen auf den Tischen im Gang Kaffeebecher, Donuts und halb aufgegessene Sandwiches.

Während der vergangenen Tage hatten Elaine und die meisten anderen Staatsanwälte diesen Flur gemieden, um den Schwärmen der aufdringlichen Journalisten zu entgehen, die sich in einem ständigen Futterwahn auf alles stürzten, was für sie irgendwie von Nutzen zu sein schien. Alle Kollegen hatten die kleinen Seitenaufgänge, welche die Etagen des Justizgebäudes miteinander verbanden, benutzt.

Mit deutlich sichtbarer Wut, die die Müdigkeit in ihrem Gesicht überdeckte, stand Elaine mitten im großen Ratssaal und legte einen Köder aus.

»Das glaube ich nicht.«

»Ich schon«, erwiderte Wes Farrell unbewegt. Er trug Khakishorts und ein T-Shirt mit der Aufschrift ›Ich scher mich einen Dreck um die Oberliga-Sch...‹. Seine nackten Füße lagen auf einem Milchkasten, er hielt wieder eine Bierdose in der Hand, und Bart hatte die Schnauze in seinen Schoß gebettet.

Sie verfolgten gespannt das Live-Interview mit Elaine Wager.

»So machen die das. Sie bringen es ins Fernsehen, und es wird zur Tatsache.«

»Wie haben sie das alles herausgefunden?« flüsterte Kevin. In normaler Lautstärke zu sprechen, bereitete ihm Schmerzen. Er hatte den Eindruck, daß er immer schwächer wurde, anstatt sich besser zu fühlen. In seinem linken Arm spürte er ein stetes Pochen, und bei jedem Atemzug stachen ihm die Rippen ins Fleisch. Als er aufgewacht war, waren sich alle einig gewesen, daß er ein Bad brauche. Also hatte er gebadet, aber das schien nur bewirkt zu haben, daß alles noch mehr schmerzte.

Er trank von seinem Kaffee. »Was redet die nur? Labil? Verzweifelt über den Tod seines Bruders? Imstande, alles zu tun? Wo hat sie den Quatsch her?«

Melanie räumte gerade das Zimmer auf – die Macht der Gewohnheit. Sie hatte zwei Ladungen Geschirr abgespült und anschließend Zeitungen gestapelt und sortierte soeben die Taschenbücher in dem Regal aus Ziegelsteinen und Brettern, alphabetisch, nach Autoren geordnet. Sie hielt inne.

»Cindy«, sagte sie. Zu Wes gewandt, erläuterte sie: »Eine von Kevins ehemaligen Eroberungen, die weniger gut hingehauen hat.« Aber dann, während sie hinter Kevin trat und ihm von oben einen Kuß auf den Kopf drückte, schwächte sie ihre Worte schnell ab: »Das war uns allen eine Lehre.«

Im Fernsehen beantwortete die empörte Elaine eine weitere Frage: »Die Tatsache, daß er sich noch immer nicht mit den Behörden in Verbindung gesetzt hat, spricht eindeutig dafür, daß er keine vernünftige Erklärung hat. Wir gehen weiterhin davon aus, daß er gefährlich ist ...«

In sich zusammengesunken sagte Kevin: »Klar, eine ernsthafte Bedrohung.«

»... und ich bitte jeden, der glaubt, Mister Shea gesehen zu haben, dringend, sich unverzüglich mit der Polizei oder der Staatsanwaltschaft in Verbindung zu setzen.«

Farrell schüttelte den Kopf. »Ah, die süße Stimme der Vernunft ...«

»Ich muß mich stellen«, sagte Kevin.

»Du mußt dich stellen? Warum? Siehst du nicht, was da draußen passiert, Kevin? Hast du nicht zugehört? Wir müssen uns mal ernsthaft unterhalten, du und ich.«

Die Kameras zeigten jetzt ein anderes Bild. Farrell stellte über die Fernbedienung lauter. Ein Mann, der regelrecht verboten aussah, stand auf dem Treppenabsatz vor dem Justizgebäude, hatte den Kragen seiner Jacke zum Schutz gegen den Wind aufgestellt. Offenbar war er über die Kameras und Mikrofone, die ihm vor das Gesicht gehalten wurden, nicht sonderlich erfreut.

Der Sprecher erklärte gerade, daß »... Lieutenant Abraham Glitsky, Leiter des Morddezernats, sich offensichtlich nicht so sicher ist wie Miss Wager«.

Glitsky sagte knapp: »Wir sammeln weiterhin Beweise. Wir versuchen, die Wahrheit herauszufinden. Das ist alles, was ich dazu sagen kann.« Er versuchte, sich einen Weg durch die Menge zu bahnen, aber der Journalist stand schon wieder vor ihm. »Aber sollten Sie sich nicht auf Kevin Shea konzentrieren, Lieutenant? Jetzt, da der Bürgermeister die Belohnung aufgestockt hat und ...?«

Die Kamera fuhr näher heran, und Glitsky sagte: »Shea ist ein Verdächtiger. Wir wollen ihn befragen, seine Version hören. Punkt.«

»Seine Version? Aber Miss Wager sagt ...«

»Miss Wager macht ihre Arbeit und ich meine. Ich sammle Beweise.«

»Haben Sie denn keinen Beweis?«

»Kein Kommentar.«

»Was ist mit dem Foto?«

Glitsky schien einen Moment über die Frage nachzudenken. »Fotos kann man interpretieren. Wenn Sie mich jetzt durchlassen würden ...« Er schob das Mikrofon zur Seite und drängte sich an den Journalisten vorbei durch die Schwingtüren des Justizgebäudes.

Als die Werbung einsetzte, schaltete Wes Farrell den Fernseher aus. Während er mit einer Hand Barts Ohren kraulte, drehte er mit der anderen die leere Bierdose auf der Lehne des Futons hin und her. Plötzlich fluchte er.

»Was ist?«

Wes wandte sich zu Kevin. »Glitsky.« Er machte eine Geste zum Fernseher. »Dieser Typ.«

»Was ist mit ihm? Kennst du ihn?«

»Wir hatten mal miteinander zu tun.«

Melanie trat vor ihn. »Warum stört dich das? Für mich hörte er sich an, als sei er nicht sicher ...«

»Du hast es erfaßt. So hat er sich angehört.«

Kevin setzte sich auf. »Und was heißt das?«

»Das heißt«, antwortete Wes, indem er sich ebenfalls aufrichtete, »daß wir eine Chance haben. Wir haben *ihn*. Wenn wir mit ihm reden, hört er uns vielleicht sogar zu.«

»Du meinst, du wirst ...?« Melanie sah kurz zu Kevin, der eine Hand hob, um sie zu bremsen.

Im Zimmer war es still. Wes drehte die Bierdose noch ein bißchen hin und her.

»Heißt das, daß du helfen wirst?« fragte Melanie.

Wes sah Kevin an. »Kevin, wenn herauskommt, daß du doch auch nur das Geringste damit zu tun gehabt hast, werde ich dich umbringen. Ich werde dich mit meinen eigenen Händen *umbringen*. Ich werde dich wie ein tollwütiges Tier jagen und dich töten, langsam und schmerzhaft. Habe ich mich klar genug ausgedrückt?«

»Ich habe nichts damit zu tun«, gab Kevin zur Antwort.

Wes fluchte, schüttelte den Kopf, nippte an der leeren Bierdose. »Das will ich dir auch geraten haben.«

42

Prüfend betrachtete Glitsky das zweite Foto und ging im Kopf einige Fragen dazu durch. Im Morddezernat herrschte eine himmlische Ruhe – der Raum war leer. Carl Griffin hatte die Nachricht hinterlassen, daß er zur Befragung eines potentiellen Opfers einer Messerstichwunde gefahren sei. Gut. Glitsky hatte noch keine weitere plausible Erklärung für die Schnitte und Verbände gefunden. Aber sie waren da, und irgend etwas hatte sie verursacht, vielleicht ein Messer. Die Bekannte seines Vaters, Rachel, hatte ein Messer erwähnt, und auf beiden Fotos war ein Messer zu erkennen. Solange er nicht wußte, was es mit diesem Messer auf sich hatte, war das Bild nicht vollständig, wußte er nicht mit Sicherheit, was geschehen war. Die Herkunft des Messers zu kennen, würde helfen. Noch keine Rückmeldung von Banks oder Lanier.

Das Telefon klingelte. »Morddezernat, Glitsky.«

»Ashland, Hardy.«

Der Lieutenant schob seinen Stuhl zurück und legte die Füße auf den Schreibtisch. Dismas Hardy, sein bester Freund, rief aus Oregon an. »Mir hat deine Nachricht gefallen«, fuhr die Stimme fort.

Glitsky hatte nur »Hardy, ruf mich an« auf das Band gesprochen.

»Meine Lieblingsstelle ist die, an der du die gekünstelte Stimme des Duke of Earl nachahmst. Viele ältere Leute können gar nicht mehr so hoch sprechen. Ich fand dich großartig.«

Glitsky griff sich die Teetasse und trank einen Schluck. »Du hast ein gutes Wochenende zum Verreisen gewählt«, sagte er. »Wie sieht's da oben aus?«

»In Ashland? Ganz gut. ›Der Sturm‹ war fürchterlich, der Spätburgunder ist okay, und Oregon ist schön. Frannie läßt dich grüßen.«

»Weißt du, daß hier die Welt, wie wir sie kennen, untergeht?«

»Ich habe Gerüchte gehört, aber alles ist noch nicht bis hierher vorgedrungen.« Dann ernster: »Wie geht es dir?«

»Wenn ich etwas Zeit habe, werde ich mich das auch fragen, und du wirst der erste sein, der es erfährt. Hast du die Sache mit Locke gehört?«

»Ich habe mich gefragt, ob das der Lichtblick sei, von dem soviel geredet wird.« Hardy und Locke hatten beruflich auf verschiedenen Seiten gestanden. Locke hatte ihn aus der Staatsanwaltschaft rausgeworfen, und Hardy hatte Locke bloßgestellt, als er in ein paar wichtigen Mordprozessen, bei denen Locke die Anklage geführt hatte, die Angeklagten erfolgreich verteidigt hatte. Locke und Hardy hatten einander nicht ausstehen können. »Es wäre eine Lüge, wenn ich sage, daß mir diese Nachricht das Herz bricht, aber ich habe ihm nicht den Tod gewünscht, Abe. Dazu kenne ich ihn zu gut.«

»Ich weiß, Diz. Der Gedanke ist mir auch schon gekommen. Ich habe die Kinder mit Dad weggeschickt.«

»Ist es so schlimm?«

»Solange wir noch Wasser haben, werden wir überleben. Aber es sieht aus, als stünde die halbe Stadt in Flammen, und von mir wird erwartet, daß ich die Feuer lösche.«

»Brauchst du Hilfe? Ich meine, persönlich? Kommst du klar?«

»Ich laß mich nicht unterkriegen. Hab' schon bessere Zeiten gesehen.«

»Du läßt es mich wissen. Hinterlaß eine deiner geistreichen Nachrichten. Wir würden notfalls nach Hause kommen.«

»Soweit ist es noch nicht.«

»Na gut, aber wenn ...«

»Ich habe verstanden. Danke. Gib deiner Frau einen Kuß von mir.«

»Okay. Wohin?«

Glitsky mußte glucksen und legte lieber auf.

Im Lauf der vergangenen vierzig Stunden hatte das Büro von Polizeichef Rigby die Atmosphäre eines Krisenstabszimmers angenommen. Man hatte zwei Tische hineingetragen und aneinander gestellt, auf denen jetzt ein großer Stadtplan von San Francisco lag. Ein halbes Dutzend Mitarbeiter lief herum und plazierte an verschiedenen Stellen Stecknadeln, zog andere wieder heraus oder griff nach einem der klingelnden Telefone.

Draußen, vor den Fenstern, zog der Rauch in Richtung Süden ab. Glitsky wußte, daß es ein kalter, dünner Schleier von Rauch war, der einem in den Augen brannte. In unregelmäßigen Abständen brach die Nachmittagssonne durch. Es war Sommer, und das Leben hätte unbeschwert sein sollen ...

Rigby stand hinter seinem Schreibtisch und führte ein ernstes Gespräch mit Alan Reston, einem Mann, von dem Glitsky wenig mehr wußte, als daß er ein Politiker aus Sacramento mit großen Ambitionen war. Als stellvertretender Generalstaatsanwalt hatte er Abe ein paarmal als Anstandsdame begleitet, als der in der Landeshauptstadt gewesen war, um mit der Legislative über das eine oder andere Gesetz im Strafrecht zu diskutieren. Reston war überaus höflich, drückte sich sehr gewählt aus und war etwa so groß wie Glitsky, aber mindestens fünf Jahre jünger. Jetzt stand er hier, in Rigbys Büro, in Anzug und Krawatte. Glitsky hatte keine Ahnung, was das bedeutete. Man hatte ihn jedenfalls für ein paar Minuten hergebeten, als er gerade das Gespräch mit Dismas Hardy beendet hatte. Und wenn Rigby nach ihm rief, kam er.

Glitsky klopfte, als er in der offenen Tür stand, und ging um die beiden Tische herum zum Schreibtisch des Polizeichefs. »Sir?« sagte er. Dann zu Reston: »Alan.«

»Gut, daß Sie kommen, Abe«, sagte Rigby. Reston nickte kaum sichtbar, was Abe ein bißchen merkwürdig fand, aber es waren harte Zeiten. Die Leute waren nicht sie selbst. »Lassen Sie uns einen Moment hinausgehen, damit wir uns in Ruhe unterhalten können.«

Wortlos traten sie auf den Flur, Rigby voran, Reston zuletzt, gingen an ein paar Türen vorbei und in einen leeren Befragungsraum.

Ohne Vorrede drehte sich Rigby um und trat vor Glitsky: »Dies ist eine freundliche Unterhaltung, keine Zurechtweisung, wenigstens zu diesem Zeitpunkt nicht. Ich möchte, daß Ihnen das klar ist, Abe.«

Glitsky schluckte. Freundliche Unterhaltungen, die auf diese Weise begannen, gehörten nicht zu seinen Lieblingsgesprächen.

Auch Reston war herangetreten. Rigby sah zu ihm. »Ich glaube, Sie kennen Mister Reston, unseren neuen Bezirksstaatsanwalt.«

»Sicher, aber ich wußte nicht ...« Er streckte die Hand aus. »Herzlichen Glückwunsch, Alan.« Der Handschlag war oberflächlich. Glitsky wandte sich wieder Rigby zu. »Ist irgendwas nicht in Ordnung? Worum geht es?«

»Es geht um Nachrichtensendungen im Fernsehen«, erwiderte Rigby. »Insbesondere darum, daß Sie darin vorkommen.«

»Ich war nicht ...«

Der Polizeichef unterbrach ihn mit einer Handbewegung. »Ich weiß Bescheid. Wir haben gesehen und gehört, was Sie sagten. Ich habe ein Videoband bestellt, falls Sie es sehen möchten. Sie wissen, daß wir jemanden für die Öffentlichkeitsarbeit haben, Abe. Jemanden, der dafür bezahlt wird.«

»Ich bin mir immer noch nicht sicher, ob ich weiß, was ich getan habe.«

Rigby sagte es ihm: »Sie haben öffentlich unsere abgeschlossenen Ermittlungen in Frage gestellt. Der Mann ist angeklagt.«

»Bei allem Respekt, Sir. Irgendein Journalist hat mir ein Mikrofon unter die Nase gehalten, und ich glaube, ich habe gerade mal zwanzig Worte gesagt.«

»Achtzehn zuviel«, warf Reston ein.

»Der Bezirksstaatsanwalt hat recht«, sagte Rigby. Glitsky registrierte den offiziellen Tonfall und begriff, daß auch Rigby nur benutzt wurde. Offenbar standen Jobs auf dem Spiel, vielleicht auch der, für den der Polizeichef sein ganzes Leben lang gearbeitet hatte. Okay, wenn sie es so haben wollten. »Die richtige Antwort«, fuhr Rigby fort, »lautet: kein Kommentar.«

»Das sagte ich, wenn ich mich recht erinnere.« Doch Glitsky wußte, daß er gegen solche Vorwürfe keine Chance hatte. Je mehr er abstritt, etwas falsch gemacht zu haben, desto mehr war das Beleg dafür, daß er es getan hatte.

Reston sprach wieder. »Ich weiß, das hört sich an, als wären wir zwei Dickköpfe, Lieutenant.« In Sacramento war Glitsky Abe gewesen und Reston Alan. Die Situation hatte sich eindeutig geändert. »Aber es sind auf vielen Ebenen große Anstrengungen unternommen worden, um eine ... eine einheitliche Linie zu schaffen und die Lage in den Griff zu bekommen. Wir möchten die Dinge nicht komplizierter machen, als sie ohnehin schon sind.«

»Für mich ist das nicht kompliziert«, sagte Glitsky. »Aber ich muß wohl einige grundlegende Tatsachen hinsichtlich der Beweise, die uns vorliegen, noch nicht zur Kenntnis genommen haben ...«

»Die Tatsachen sind im Moment nicht das Thema«, sagte Rigby.

»Das höre ich immer wieder. Aber mich würde es interessieren, was der Bezirksstaatsanwalt dazu sagt, wenn er Kevin Shea erst den Prozeß macht.«

»Bis *dahin* werden wir alle Tatsachen haben ...«

Glitsky wollte die Sache nicht auf die Spitze treiben. Er brauchte seinen Job und hatte außerdem das Gefühl, daß er ihn gut erledigte. »Dann lassen Sie uns hoffen, daß es die richtigen sind«, sagte er ruhig.

Reston schien davon überzeugt zu sein. Vielleicht wollte er sich ebenfalls nicht streiten. Noch nicht. »Es werden die richtigen sein«, erwiderte er.

Nachdem er sein Anliegen mitgeteilt hatte, mußte Rigby sich wieder um andere Dinge kümmern. »Nur damit das klar ist, Abe. Diese ganze Sache läuft auf einer höheren Ebene ab als auf Ihrer und meiner. Die Öffentlichkeit braucht ...«

Glitsky half ihm aus: »Die richtige Auslegung?«

»Von mir aus. Die richtige Auslegung. Was auch immer.«

Restons Lächeln schien jetzt aufrichtig zu sein. Er streckte seine Hand aus, und diesmal griff er fest zu. »Ich wußte, daß Sie das verstehen, Abe. Wir dürfen uns einfach keine Fehler erlauben. Shea ist der Böse, und wir wollen es dabei belassen. Im Moment ist das die beste Lösung für diese Krise. Er hat es getan. Wir kriegen ihn, er wird verurteilt ... ist schuldig ..., und die Stadt kann den Heilungsprozeß einleiten.«

Glitsky bemühte sich, keine Miene zu verziehen. Er sah seinen Chef an, dann den neuen Bezirksstaatsanwalt. Zu beiden sagte er: »Sie haben recht. Kein Problem.«

Glitsky stand neben John Strout in der kühlen Luft des gerichtsmedizinischen Labors und zitterte. Vor ihnen lag auf einer Bahre, zum größten Teil von einem Tuch bedeckt, die Leiche des ermordeten Christopher Locke. Nur der Kopf sah hervor. Strout, der Handschuhe trug, legte eine Hand in den Nacken der Leiche und hob den Kopf ein paar Zentimeter an. »Hier hinten«, sagte er.

Glitsky zwang sich hinzuschauen. Es war ein kleines, sauberes und rundes Loch schräg unterhalb von Lockes linkem Ohr. Man hätte es vielleicht gar nicht bemerkt, wenn Strout nicht an dieser Stelle die Haare wegrasiert hätte. Glitsky konzentrierte sich darauf und versuchte, der Leiche nicht in das Gesicht zu sehen. Er wollte nicht den Menschen darin erkennen, mit dem er sich unterhalten und gelegentlich gescherzt hatte, auch wenn er ihn nicht besonders gemocht hatte. Er gelang ihm nicht.

»Gibt es irgendwas Merkwürdiges?« fragte er. »Irgendwas, das Sie nicht erwartet haben?«

Strout zuckte mit den Schultern. »Eigentlich nicht. Warum?«

»Nur so. Die Macht der Gewohnheit. Vielleicht bin ich einfach nur in der Stimmung für was Merkwürdiges.«

»Ja, ich weiß, was Sie meinen.« Strout bettete den Kopf zurück, zog das Tuch aber noch nicht wieder darüber. Statt dessen drehte er ihn auf die Seite, so daß das Loch nach oben zeigte, und beugte sich darüber. »Die Pulververbrennungen sind so, wie man es erwarten muß, vielleicht ein bißchen stark ...«

»Glas?« Weil Strout ihn fragend ansah, erklärte Glitsky: »Von der Scheibe des Wagenfensters? Befanden sich Splitter um die Wunde herum?«

Der Arzt schüttelte den Kopf. »Bruchsicher. Es ist ein Dienstfahrzeug. Viele Splitter kann man da nicht erwarten. Die mikroskopischen Untersuchungen sind bald fertig. Sie werden uns darüber Aufschluß geben können. Wollen Sie auf irgend etwas hinaus?«

Glitsky richtete sich wieder auf. »Nichts Bestimmtes. Ich tappe im dunkeln, John, ziehe an jedem Strohhalm, den ich finde, und prüfe, ob er vielleicht einen Sinn ergibt. Um die Wahrheit zu sagen: Ich glaube, ich bin in letzter Zeit ein bißchen überarbeitet. Und mein Wohlbefinden bessert sich nicht unbedingt, wenn ich einem Menschen, den ich kannte, als Leiche wiederbegegne.«

Auch Strout richtete sich auf. Er zog das Laken über Lockes Gesicht. »Diesen Weg gehen alle«, sagte er mit seinem starkem Südstaatenakzent. »Finden Sie nicht, daß es hier drin ein bißchen kalt ist?«

Er ging voraus in sein Büro, einen großen quadratischen Raum. An den Wänden befanden sich Bücherregale und Glasvitrinen, in denen verschiedene altertümliche Folterinstrumente ausgestellt waren. Auf dem Weg zu seinem Schreibtisch blieb er stehen, um den Staub von einer mit Nägeln versehenen Keule zu pusten, die ein Piedestal zierte. »Heute morgen war eine Staatsanwältin hier. Die Dame, die die Arthur-Wade-Sache bearbeitet. Sie war in einem schlimmen Zustand.«

»Elaine Wager?«

Strout nickte. »Als ich anfing, über die Todesursache – Ersticken – und all das zu sprechen, wurde sie so weiß wie die

Wand.« Er erlaubte sich ein Lächeln. »Soweit ihre Gene das erlauben. Nur eine Redensart.«

Glitsky nickte. »Haben Sie irgendwelche Wunden an Arthur Wade gefunden, die von einem Messer stammen könnten?«

Strout, der inzwischen an seinem Schreibtisch Platz genommen hatte, überlegte einen Moment. »Wunden von einem Messer an Arthur Wade? Nein. Abschürfungen von dem Seil, Hautrisse, Kratzer, aber nichts, das wie ein Messerschnitt oder ein Stich aussieht.« Er blickte auf. »Noch ein Strohhalm?«

»Ja.«

»Haben Sie etwas gegen einen Ratschlag, Abe? Gegen ein Rezept für ein bißchen Seelenfrieden?«

»Nein.«

Der Gerichtsmediziner faltete die Hände. »Ziehen Sie weiter an den Strohhalmen«, sagte er. »Man weiß ja nie.«

»Morddezernat, Glitsky.«

»Lieutenant Glitsky, Wes Farrell am Apparat. Ich bin Anwalt.«

»Sicher, Mister Farrell, ich weiß, wer Sie sind. Wie kann ich Ihnen behilflich sein?«

»Ich möchte mich mit Ihnen über Kevin Shea unterhalten.«

Glitsky sprang auf, schnippte mit den Fingern und versuchte, die Aufmerksamkeit seiner Leute draußen im Morddezernat zu erregen, damit jemand ans Telefon ging und das Gespräch nach Möglichkeit aufzeichnete oder wenigstens mithörte. Obwohl er sich zu erinnern glaubte, daß an einem der Schreibtische einer der Inspectors gesessen hatte, als er von Strout zurückgekommen war, sah er durch die Türöffnung niemanden. Kein Mensch in Sicht. Er setzte sich wieder.

»Sie vertreten Shea?«

»Ich glaube, ich weiß, wo er ist.« Eine Pause. Farrell nuschelte, als habe er getrunken. Glitsky blickte auf die Uhr an der Wand. Nein, das war unwahrscheinlich um drei Uhr nachmittags. Trotzdem …

Die Stimme fuhr fort: »Ich stehe mit ihm in Verbindung. Er hat große Angst und hätte gern ein paar Zusagen, bevor er sich stellt. Er möchte, daß man seine Geschichte anhört.«

»In Ordnung, Mister Farrell, ich möchte sie hören.«

»Wo kann ich Sie treffen?«

»Wo sind Sie? Wollen Sie zum Justizgebäude kommen?«

Wieder eine lange Pause. Der Hörer wurde offenbar abgedeckt, und Glitsky hörte eine Unterhaltung im Hintergrund. Shea war bei ihm. Ein Königreich für ein angezapftes Telefon, dachte er.

»Lieutenant?«

»Ich bin da.«

»Ich würde es vorziehen, wenn nur wir beide, Sie und ich, uns träfen.«

»Wird Shea bei Ihnen sein?«

»Nein, ich komme allein.«

Glitsky würde Farrell nackt auf der Spitze des Coit-Turms treffen, wenn es ihn an Kevin Shea heranbrächte. »Kennen Sie Lou den Griechen? Das Lokal hier, gleich auf der anderen Straßenseite im Souterrain?«

Farrell nuschelte wieder. Vielleicht hatte der Typ einen Sprachfehler. »Lou, den Griechen? Früher wurde mir meine Post dorthin zugestellt.«

»Sagen wir, in einer Stunde?«

»In einer Stunde.«

»Mister Farrell?«

»Ja?«

»Fahren Sie bitte vorsichtig.«

Glitsky schob die Berichte seiner Kollegen und die der Gerichtsmedizin auf seinem Schreibtisch herum. Er war schon lange Zeit in diesem Geschäft und glaubte, einen ziemlich guten Riecher für den Moment entwickelt zu haben, in dem sich die Dynamik eines Falls änderte. Man bekam das Gefühl, daß es endlich vorwärts ging. Dieses Gefühl hatte er jetzt.

Er stellte fest, daß Rigby und der neue Bezirksstaatsanwalt Reston ihm in gewisser Weise einen Gefallen getan hatten, als sie ihn daran erinnerten, daß seine Rolle genau definiert und eingeschränkt war: Er sollte einen Mordverdächtigen herbeischaffen. Punkt. Er mußte ihn finden und herbringen, hatte dieselbe Aufgabe wie Tommy Lee Jones in ›Auf der Flucht‹ (Glitskys liebte den Moment in diesem Film, in dem der fliehende Richard Kimble zuletzt an der Kante eines hohen Wasserfalls steht und zu Tommy Lee Jones sagt: »Ich bin unschuldig«. Und Jones – mehr als cool – antwortet: »Ist mir egal.«)

Dieser Moment war nun gekommen. Okay. Laß die Zusammenhänge beiseite. Sammle die Beweise, wie sie kommen, sei flexibel, wenn sich die Dinge ändern. Im Augenblick bestand seine Aufgabe nur darin, Kevin Shea in eine Zelle zu bringen.

Er war noch immer nicht vollständig davon überzeugt, daß sich Lorettas Theorie bewahrheiten und Sheas Festnahme die tosenden Wogen glätten würde. Aber die entfernte Möglichkeit, daß sie recht haben könnte, rechtfertigte den Versuch.

Er würde sich bei Farrell strikt an die Regeln halten, würde fair sein, mit niemandem darüber sprechen, ihn allein treffen. Abgemacht war abgemacht. Er war einigermaßen sicher, daß Farrell keine Spielchen spielte, auch wenn er vielleicht nicht nüchtern war. Es hatte sich vernünftig angehört. Farrell war ein Anwalt, der seinen Mandanten schützte, und das war in Glitskys Job nichts Ungewöhnliches. Wenigstens in diesem Stadium nicht.

Er machte Shea keine Vorwürfe, sich einen Anwalt genommen zu haben. Zweihunderttausend Dollar waren sicher für viele Grund genug, über ihn herzufallen. Und dann waren da noch mal einhunderttausend Dollar, dazu Philip Mohandas kaum verhohlene Botschaft, man solle Shea, falls nötig, eben umbringen. Shea wußte, daß es hinterher für jeden ein Kinderspiel wäre, einen Fluchtversuch oder Notwehr als Rechtfertigung dafür anzugeben, Shea umgelegt zu haben.

Nun würde sich also alles klären, vielleicht schon heute abend. Die Jungs waren mit seinem Vater in Monterey und außer Gefahr. Die Stadt würde langsam wieder zur Tagesordnung übergehen, und Abe Glitsky könnte sich auf ein ruhiges Wochenende freuen und etwas Schlaf nachholen, was dringend notwendig war. Vielleicht auch andere Dinge.

Er nahm den Hörer ab und wählte. Sie antwortete beim zweiten Klingelton. Ihrem Tonfall nach zu urteilen, war sie erleichtert, von ihm zu hören, als hätte sie schon damit gerechnet, daß er nie mehr anrufen würde.

Sie werde in ihr Büro im Rathaus fahren. Ob er ihre Nummer habe? Sie könne nicht länger in ihrem Haus bleiben. Sie sei nach San Francisco geflogen, stimmte Abe zu, um etwas zu ändern, und auch wenn sie der Tod von Chris Locke erschüttert habe, müsse sie wieder zurück an die Arbeit – die Menschen bräuchten sie. Sie müsse versuchen, den Einfluß, den sie habe, zu nutzen, sich mit Vertretern beider Seiten treffen, brauchbare Lösungen finden und die Friedensstifterin spielen.

Würde Abe bitte daran denken, bei Elaine vorbeizuschauen? Sie habe es den ganzen Tag nicht geschafft, sie zu erreichen, und sei krank vor Sorge.

Er ließ sie weitersprechen, bewunderte ihre Stärke. Eine starke Frau mit einem wichtigen Ziel. Ein berauschender, aber irgendwie naheliegender Gedanke: Er war ihre Verbindung zur Außenwelt, sie seine Rettung.

Vielleicht könne es ihr bei all dem helfen, sagte er, wenn sie wisse, wie nah sie vor der Lösung stünden. Sie könne den Menschen versichern, daß Shea bald in Gewahrsam sei. Er treffe Sheas Anwalt Farrell bei Lou, dem Griechen, sie würden die Einzelheiten besprechen, wann und wo Shea sich stellen würde. In wenigen Stunden, höchstens einem Tag sei alles erledigt.

Sie sagte ihm, daß dies wunderbare Neuigkeiten seien.

Ob er wohl anschließend Gelegenheit habe, auf dem Heimweg in ihrem Büro im Rathaus vorbeizuschauen? Selbst wenn es nur für ein paar Minuten sei. Sie wisse nicht, wie sie ihre Gedanken einschätzen solle, ihre Gefühle zu ihm, die Frage, was geschehen werde. Sie müsse unbedingt mit ihm reden. Sie brauche ihn.

43

Art Drysdale war eben von seinem Schreibtisch aufgestanden, um sich auf den Weg zu Elaine Wager zu machen und sie für den Rest der Woche zu beurlauben, als er die Neuigkeit von Alan Restons Ernennung zum Bezirksstaatsanwalt erfuhr. Über seine Verbindungen zu einem Fernsehsender hatte er schon bald von Elaines erneuter Kurzschlußhandlung gehört. Er war zu dem Schluß gelangt, daß ihre Unberechenbarkeit nicht in dem immensen Druck begründet lag – zum Teufel, alle hier standen im Streß –, sondern darin, daß sie mit diesem Druck nicht richtig umging.

Ob sie nun die Tochter einer Senatorin war oder nicht – sie würde sich freinehmen und darüber nachdenken müssen, worin ihre Aufgabe hier tatsächlich bestand. Zuerst ließ sie Jerohm Reese verhaften. Dann referierte sie vor den Medien über Kevin Shea, als ob sie die offizielle Sprecherin der Bezirksstaatsanwaltschaft wäre. Als nächstes ... Das war der springende Punkt, dachte Drysdale. Man konnte einfach nicht voraussagen, was sie als nächstes tun würde. Er wollte sie nach Hause schicken, damit niemand sonst sich diese Frage stellte.

Doch da war der Anruf aus dem Büro des Bürgermeisters gekommen. Eigentlich keine Überraschung, denn die Stelle des Bezirksstaatsanwalts war letztlich eine politische Position und Drysdale in erster Linie Verwaltungsspezialist – trotzdem empfand er die Geschwindigkeit, mit der der vakante Posten wiederbesetzt worden war, und die Wahl, die der Bürgermeister getroffen hatte, als beunruhigend.

Also hatte Drysdale einige Minuten dagesessen und mit Baseball-Bällen jongliert, während er auf die Ankunft seines neuen Vorgesetzten gewartet hatte. Dann war er aufgesprungen und doch noch zu Elaine Wagers Büro gegangen. Die Tür war geschlossen gewesen. Er hatte angeklopft, war eingetreten und hatte Elaine auf dem Boden, in der Ecke sitzend, die Beine an den

Körper gezogen, vorgefunden. Das Gesicht, das zu ihm aufgeschaut hatte, war verquollen und blaß.

Drysdale war zum Waschraum gegangen, um eine Handvoll feuchter Papiertücher zu holen. Als er zurückkam, saß Elaine wieder im Stuhl hinter ihrem Schreibtisch. Er setzte sich wortlos an den Schreibtisch ihr gegenüber, während sie sich das Gesicht abwischte, die Nase putzte, wieder zu sich kam. Tut mir leid, sagte sie. Er hatte verstanden. Schon gut. Sie wechselten ein paar Worte. Und noch ein paar.

Eine halbe Stunde danach klopfte Glitsky an die Tür. Sie saßen noch immer an den beiden Schreibtischen und unterhielten sich in aller Ruhe, als befänden sie sich in ihrem gemeinsamen Büro bei der Arbeit. Drysdale stand auf, ging die zwei Meter um den Schreibtisch herum zur Tür und öffnete sie ein paar Zentimeter. Als er sah, wer es war, drehte er sich um und sah Elaine fragend an. Sie nickte, er solle ihn hereinlassen. Der Lieutenant hatte ein schickes Sakko an und sah aus, als hätte er gleich noch eine Verabredung. Er hielt einige Aktenordner in der Hand.

»Wenn ich störe …« Er sah Elaine an.

»Kommen Sie herein. Nehmen Sie sich einen Stuhl.« Drysdale schloß die Tür.

»Die suchen Sie überall, Art. Ich glaube, Sie sind in der letzten halben Stunde mindestens zehnmal ausgerufen worden.«

»Ja, das kann ich mir gut vorstellen. Wahrscheinlich denken sie, ich hätte mich aus dem Staub gemacht.«

»Haben Sie von der Sache mit Reston gehört?«

Elaine wurde wieder lebendig. »Alan Reston? Was ist mit ihm?«

Drysdale sah zu ihr hinüber. Sie hatten sich über persönliche Dinge unterhalten, und er war noch nicht auf die neue Hierarchie zu sprechen gekommen.

»Ach ja, richtig, ich …«

»Sie kennen ihn?« unterbrach Glitsky.

Sie nickte. »Einer von … einer von Moms Leuten. Sein Vater hat Geld …«

»Außerdem«, fügte Drysdale hinzu, »ist er Ihr neuer Chef.«

Das verschlug ihr einen Moment lang die Sprache. »Wie meinen Sie das?«

Nachdem Drysdale es ihr erklärt hatte, sah Glitsky auf die Uhr und sagte, er habe einen Termin. Loretta mache sich Sorgen, ob Elaine sie bitte anrufen würde? Sie sei drüben im Rathaus.

Elaine nickte.

Glitsky sagte: »Ich wollte mich außerdem bei Ihnen entschuldigen.«

»Weshalb?«

»Offenbar sind unsere kleinen Interviews unmittelbar hintereinander gesendet worden, so daß der Eindruck entstand, ich sei der Meinung, Sie hätten unrecht. Das habe ich aber nicht gemeint.« Er hielt inne. »Ich habe das gemeint, worüber wir uns heute morgen unterhalten haben. Daß wir es einfach noch nicht wissen.«

»Ist schon in Ordnung«, entgegnete sie. »Heute scheint ohnehin alles, was ich getan habe, falsch gewesen zu sein, nicht wahr, Art?«

Achselzuckend gab Drysdale zu, daß daran vielleicht etwas Wahres sei. Ein wenig geheimnisvoll fügte er hinzu: »Nicht, daß Sie keinen Grund hätten.«

»Gründe zählen nicht. Sie wären doch nur Entschuldigungen dafür, daß man etwas getan hat, was man nicht hätte tun sollen. Ich hätte länger nachdenken oder einfach ein bißchen stärker sein sollen. Es tut mir leid.«

Glitsky neigte den Kopf zur Seite. »Wenn Sie es so sehen.«

Drysdale nahm den Faden auf. »Wir sprachen vorhin ja über ... über mildernde Umstände. Manchmal tun Menschen eben bestimmte Dinge, haben einfach einen schlechten Tag. Warum tat Kevin Shea, was er tat? Dieser ganze Mist mit den Traumata der Vergangenheit spielt dabei eine Rolle ...«

»Jeder hat solche Traumata.«

Elaine war ganz zerknirscht. »Das meine ich, Abe. Ich habe Sie beide heute in Schwierigkeiten gebracht, und ich bin nicht auf der Suche nach Entschuldigungen. Ich habe es einfach vermasselt.«

»Ich dachte, *ich* sei hier, um mich zu entschuldigen«, sagte Glitsky. Das löste die Spannung im Raum ein wenig. »Aber ich muß jetzt wirklich gehen. Hören Sie ...« Er gab Elaine die Ordner, die er in der Hand gehalten hatte, und zeigte darauf. »Wir sprachen heute morgen darüber. Es wird Ihnen vor Gericht das Genick brechen, wenn Sie nicht darauf vorbereitet sind. Ich weiß im Moment noch nicht, was genau es zu bedeuten hat, aber in Strouts gerichtsmedizinischem Bericht steht, daß Wade erstickt ist. Das ist jedenfalls sein Ergebnis.«

»Wir wußten das schon, oder nicht? Das passiert, wenn man

aufgehängt und hochgezogen wird.« Elaine hatte die Mappe aufgeschlagen. Drysdale stand auf und betrachtete aufmerksam das zweite Foto.

»Ja, das hat Strout auch gesagt ...«

Drysdale richtete sich auf. »Worauf wollen Sie hinaus, Abe?«

»Ich will auf die Geschichte hinaus, die Sie sich für Kevin Shea ausgedacht haben und die diese Fotos angeblich so deutlich belegen. Daß er den Mann *heruntergezogen* habe ...« Er legte eine kurze Pause ein. »Das hätte Arthur Wade das Genick gebrochen, aber er wäre nicht erstickt. Strout zufolge ist er gestorben, weil er erstickt ist. Sie können Gift darauf nehmen, daß Sheas Anwalt das zur Sprache bringen wird, wenn die Sache vor Gericht geht, und Sie sollten eine Antwort parat haben. Das ist alles, was ich damit sagen will. Sie wissen beide, daß einem aus kleinen Nebensächlichkeiten ein Strick gedreht werden kann, wenn Sie meine Ausdrucksweise entschuldigen wollen.«

Drysdale hatte das zweite Foto herausgezogen und betrachtete es eingehend. »Und was ist das?«

Elaine hatte die Antwort griffbereit. Sie begann mit ihrer ersten Erklärung, Shea habe ein Messer gezogen, um auf Arthur Wade einzustechen, doch der habe, in einer Art Selbstschutzreflex, versucht, ihm das Messer zu entreißen.

Glitsky und Drysdale hörten interessiert zu, was die Staatsanwältin veranlaßte, mit ihrer zweiten Theorie fortzufahren. Wade habe selbst ein Messer in der Tasche gehabt und es herausgenommen, um sich loszuschneiden.

Diesmal siegte die Ungeduld. Glitsky wollte nicht, aber er konnte nicht anders, er mußte sich einfach dazu äußern. »Sie meinen also, Arthur Wade ist von einem durchgedrehten Mob gejagt und schließlich mit einem Seil um den Hals aufgehängt worden, und auf einmal ist ihm eingefallen: Holla, ich habe doch ein Schweizer Taschenmesser in der Hosentasche, ich schneide mich einfach los? Das glaube ich nicht, und die Jury wird es auch nicht glauben. Außerdem habe ich vor nicht einmal einer Stunde mit einer Zeugin gesprochen, einer netten älteren Dame aus Litauen, die keinen Grund hat zu lügen. Sie sagte, sie habe den Eindruck gehabt, Wade sei von Kevin Shea *hochgehoben* und nicht heruntergezogen worden. Shea habe sein Messer hervorgeholt und es Wade gereicht, damit der sich losschneiden könne, aber er habe ihn nicht lange genug halten können.«

»Das ist unmöglich«, entfuhr es Elaine.

»Es wäre unangenehm, wenn es stimmen sollte.« Drysdale war an erfolgreichen Anklageerhebungen interessiert. Rein technisch betrachtet, bedeutete eine solche Beobachtung das Aus, wenn sie auch nur erwähnt werden würde.

»An Ihrer Stelle«, sagte Glitsky zu Elaine, »würde ich den Fotografen noch einmal herbestellen und mir bestätigen lassen, in welcher Reihenfolge er diese Bilder gemacht hat. Wenn er sich daran erinnern kann.«

Drysdale fluchte leise.

Glitsky blickte wieder auf die Uhr. »Ich muß jetzt wirklich gehen.«

»Da draußen laufen wahrscheinlich zwanzig Zeugen herum, die aussagen können, daß Shea ihn heruntergezogen hat ...«

Glitsky sah Elaines festen, unnachgiebigen Blick, der ihm zeigte, daß sie wieder in ihrer herausfordernden Stimmung war. »Aber sie haben sich nicht gemeldet, und wir haben sie nicht gefunden. Falls sie in dem Mob waren, sind sie außerdem Mittäter. Das ist der Grund dafür, daß wir sie nicht gefunden haben.« Glitsky hob die Hände, um eine weitere Konfrontation zu vermeiden. »Hören Sie, ich stehe auf Ihrer Seite. Aber Sie sollten Ihre Karten kennen, mehr sage ich ja gar nicht.«

»Alan Reston wird das nicht gefallen.« Drysdale saß wieder am Schreibtisch gegenüber. »Vielleicht sollte ich mal zu ihm gehen und ihn kennenlernen. Sie sagten, Sie kennen ihn?«

»Ich habe ihn über Mom kennengelernt. Aber ich glaube nicht, daß Sie mit ihm über das hier reden können.«

»Das gehört zur Verhandlungsführung. Es ist mein Job, ich muß es zur Sprache bringen.«

»Er wird Ihnen nicht zuhören.«

»Also kennen Sie ihn gut?«

Sie zuckte mit den Schultern. »So etwas passiert nicht zum ersten Mal. Wenn er die Stelle jetzt schon hat, heißt das, daß Mom irgend etwas damit zu tun hat. Sie ist auf Kevin Shea fixiert, also ist auch Alan auf Kevin Shea fixiert.«

»Nicht, wenn dieser Verdacht unhaltbar ist.«

»Wer sagt denn, daß er unhaltbar ist? Jedes Argument, das *Sie* Alan gegenüber ins Feld führen, wird er als Abwiegelei abtun und nicht als Teil der Verhandlungsstrategie akzeptieren. Ich glaube immer noch nicht, daß Zweifel daran bestehen, daß Shea der Schuldige ist. Aber Abe hat recht. Es wird jetzt ein bißchen schwieriger, das vor Gericht zu beweisen.«

»Und genau das sollte und werde ich Reston mitteilen ...«

»Art, bitte. Lassen Sie mich das tun, wenn wir ein bißchen mehr wissen. Vielleicht kann meine Mutter ...« Sie ließ den Satz unvollendet.

Drysdale setzte sich wieder. »Wir müssen dem Gericht Beweise vorlegen, Elaine, und das wissen Sie. Das ist unsere Aufgabe.«

»Ich weiß, Art.«

»Ob die Scheißkerle nun davonkommen oder nicht ...«

»Ich weiß.«

»Man kann über Chris Locke sagen, was man will, aber er wußte, daß das seine Aufgabe war. Wenn das Ihrer Ansicht nach bei Reston anders ist, dann sollte man dringend irgendwen darüber informieren, auch wenn Reston schwarz ist und mit Ihrer Mutter unter einer Decke steckt.« Er verzog das Gesicht. »Entschuldigen Sie diese sehr direkte Ausdrucksweise.«

Sie winkte ab. »Ich weiß nicht, was für Pläne er hat, Art. Ich weiß es nicht.«

Drysdale stemmte seine lange Gestalt aus dem Schreibtischsessel. »Wissen Sie, das einzige, auf das ich noch allergischer reagiere als auf das Wort ›Pläne‹, ist die Tatsache, daß offenbar überaus viele Leute Pläne *haben*. Wie sollen wir denn miteinander arbeiten, geschweige denn miteinander leben, bei all der Scheiße, die hier vorgeht?«

»Ich habe keinen ...«

»Ich auch nicht, Elaine. Und ich bete zu Gott, daß Sie mich nicht in erster Linie als Weißen sehen. Denn ich bin genausowenig in erster Linie ein Weißer, wie Sie in erster Linie eine Schwarze sind. In erster Linie bin ich einfach der gute alte Art Drysdale.« Er stand mittlerweile an der Tür. »Ich hoffe, daß Sie sich wieder besser fühlen. Sie müssen ein paar Anrufe erledigen, und ich ein paar andere Dinge.«

»Art ...«

»Schon in Ordnung. Übernehmen Sie das mit Reston. Denken Sie aber daran, daß es Ihr Fall ist, und *nicht* der Ihrer Mutter, das ist alles.«

Elaine rief den Fotografen Paul Westberg an und hinterließ eine Nachricht auf seinem Anrufbeantworter, sie wolle gern noch einmal mit ihm reden, sobald es ihm möglich sei.

Während sie nachdenklich über dem zweiten Foto saß, fiel ihr etwas ein, das ihr bei dem Gespräch vorhin entgangen war. Woher kannte Lieutenant Abe Glitsky ihre Mutter so gut, daß sie ihn bat, die Nachricht, sie mache sich Sorgen um ihre geliebte kleine Tochter, an sie weiterzuleiten?

»Wir waren zusammen im College.«

»Was meinst du mit ›zusammen‹?«

Loretta stieß am Telefon einen Seufzer aus. Elaine sah sie in dem kleinen Büro ohne Türschild im Rathaus vor sich – ohne Schuhe, die Füße auf dem schäbigen alten Schreibtisch. »Ich glaube, da kommst du schon von allein drauf, Liebes. Er war ... mein Freund.«

»Abe Glitsky war dein Freund? Hattet ihr was Ernstes miteinander?«

»Gemessen an unserem damaligen Alter würde ich sagen: ja.«

»Und was ist jetzt?«

Ihre Mutter zögerte. »Jetzt sind wir Freunde.«

Elaine war verwirrt. »Mom, ich kenne dich jetzt schon eine ganze Weile und habe dich noch nie seinen Namen erwähnen hören.«

»Wir hatten uns aus den Augen verloren, Schatz. Das passiert manchmal, weißt du. Er war verheiratet und hatte eine Familie. Und ich auch.«

»Aber er *konnte* dich nicht aus den Augen verlieren ...«

»Weil ich zur öffentlichen Person geworden bin? Nein, vielleicht nicht. Aber er hatte keinen Grund, mit mir Kontakt aufzunehmen. Als dann ... Er hat mich zu dem Mord an Chris befragt ...«

Elaine sagte nichts.

»Bist du noch da, Schatz? Geht's dir gut?«

»Ich weiß nicht, was ich tun werde.«

»Du hast doch niemandem was erzählt, oder? Über dich und Chris?«

»Nein, aber ich glaube, Art Drysdale ahnt etwas. Er war lange hier, und wir haben uns unterhalten.«

Loretta wählte ihre Worte sorgfältig. »Laß ihn etwas ahnen, Elaine, aber gib es niemals zu. Versprichst du mir das?«

»Mom, ich hatte nicht vor ...«

»Er hätte zuviel gegen dich in der Hand. Jeder ...«

»Nicht Art. Er ist nicht ...«

»Er ist dein Vorgesetzter. Wenn er diese Information einmal brauchen kann, wird er sie benutzen. So funktioniert das eben. Besonders du kannst dir keinen Skandal erlauben.«

»Mom, *du* bist es, die sich keinen Skandal erlauben kann. Du bist die Senatorin. Ich bin nur ...«

»Nein. Es geht nicht um mich, sondern um dich.«

»Art Drysdale wird nichts sagen. Wie sind wir bloß darauf gekommen? Eigentlich ist es mir sogar egal, wenn er es tut. Wichtig ist Chris.«

Ihre Mutter seufzte. »Chris ist nicht mehr da, Liebes. Du wirst jemand anderen finden.« Sie legte eine Pause ein. »Jemanden, der besser für dich ist.«

»Ich will niemanden, der besser für mich ist.« Elaines Augen füllten sich mit Tränen.

»So wird es kommen, Elaine, glaub mir. Eines Tages.«

44

Man hätte es auch für eine harmlose häusliche Szene halten können: Ein ordentlich rasierter junger Mann mit einem bandagierten Bein saß mit seinen Eltern und deren gut gekleidetem Freund um den Couchtisch herum, und alle hörten höflich dem übergewichtigen, kräftigen Mann mit den schweren schwarzen Schuhen zu. Griffin hätte ein Installateur sein und mit ihnen über den undichten Wasserboiler sprechen können, erläuterte vielleicht gerade die Vor- und Nachteile, wenn sie den alten durch einen neuen Boiler ersetzten ...

Das Verhör fiel weitaus formeller aus, als Carl Griffin erwartet hatte.

Colin Devlin war vierundzwanzig Jahre alt und wohnte bei seinen Eltern in einem renovierten viktorianischen Haus in der Clifford Terrace, die im oberen Teil des Ashbury-Viertels lag. Griffin hatte den jungen Mann von Dr. Epps' Praxis aus angerufen, ihm ein paar allgemeine Fragen gestellt und kaum Antworten bekommen. Dann hatte er ihn gefragt, ob er bei ihm vorbeikommen könne und Colin eine Aussage zu seiner Verletzung machen würde. Er hatte sich absichtlich nicht genauer ausgedrückt, und Colin, der am Telefon sehr nervös geklungen hatte, war einverstanden gewesen. Griffin hatte sich überlegt, daß alles andere wohl Verdacht erregt hätte. Er hatte richtig gelegen.

Auf dem Weg zu Devlin war Griffin in ein Gebiet geraten, das von der Nationalgarde abgesperrt worden war, so hatte er eine Umleitung von knapp einem Kilometer fahren müssen. Trotz des Auberginenbaguettes von heute mittag hatte er plötzlich Heißhunger verspürt und einen Burger verschlungen. Anschließend war er nach Ashbury hochgefahren. Dort war inzwischen Verstärkung eingetroffen: Colins Eltern und ihr Anwalt, ein Mister Cohen.

In gewisser Hinsicht war diese Überraschung das Erfreulichste, was Griffin seit drei Tagen erlebt hatte. Nicht einmal in der paranoiden Welt von heute empfanden die Menschen in der Regel das Bedürfnis, ihren Rechtsanwalt zu bitten, an einem rein informellen Gespräch über einen selbstverschuldeten Unfall mit einer Schaufel teilzunehmen.

Griffin war überrascht, daß man ihn trotz der Anwesenheit von Cohen ohne richterliche Anordnung ins Haus ließ. Wahrscheinlich kümmerte sich der Anwalt in der Firma des Vaters um die dortigen juristischen Belange und war kein Experte für Strafsachen. In diesem Fall würde er nicht alle Vorschriften und Usancen aus dem Effeff kennen. Was sich hoffentlich als Nachteil für Colin herausstellte, dachte Griffin.

Nach ein paar Augenblicken des Unbehagens nahmen alle im geschmackvoll eingerichteten Wohnzimmer Platz. Die schwache Nachmittagssonne schien durch die alten Bogenfenster, die den kreisrunden Raum säumten. Trotz des niedrig brennenden Feuers im Kamin war der Raum kalt, und Griffin behielt sein Sakko an. Er spielte sofort seinen Trumpf aus. Warum, fragte er, habe Colin es für erforderlich erachtet, Mister Cohen zu diesem Treffen hinzuzubitten?

Der Vater, Mister Devlin, war ein freundlich wirkender dunkelhaariger Mann in einem Donegal-Tweed-Anzug mit Regimentskrawatte. Es war deutlich, daß er die Gesprächsführung zu übernehmen gedachte. Obgleich nicht angesprochen, antwortete er: »Inspector Griffin, machen wir uns nichts vor. Ich bin sicher, daß Sie hier sind, weil Sie vermuten, daß mein Sohn sich sein Bein anders verletzt hat, als er Frau Dr. Epps erzählt hat. Wir können uns das Theater, die Schaufel zu präsentieren, und diesen ganzen Unsinn also sparen.« Er machte eine wegwerfende Handbewegung.

»In Ordnung«, sagte Griffin. Wenn sie es ihm freiwillig geben wollten, würde er auch zugreifen. Er rückte den massigen Körper auf dem knarrenden Wiener Stuhl zurecht. »Was genau ist also passiert?«

Colins Mutter, eine hübsche Frau mit viel Schmuck, meldete sich zu Wort: »Colin wollte nicht ...«

»Mary, bitte.« Der befehlende Blick des Ehemannes ließ Mary Devlin verstummen. Er fuhr fort: »Wir wollen Zusagen für den Fall einer Zusammenarbeit mit der Polizei ...« Die Unsicherheit, wie er in einem solchen Gespräch – das er trotzdem leiten wollte – vorgehen sollte, schien ihn für einen Moment aus dem

Konzept zu bringen, doch dann fand er seinen Rhythmus wieder. »... daß wir mit einer Gegenleistung rechnen können.«

Griffin beugte sich mit gefalteten Händen vor. »Abmachungen zu treffen ist Sache der Staatsanwaltschaft«, sagte er. »In den meisten Fällen lassen sie mit sich reden. Wie haben Sie sich geschnitten, Colin?«

»Ich weiß nicht mal, wie es geschah. Irgendeiner hinter mir ...« Der Blick des Jungen war leer, sein Gesicht blaß, so als hätte er lange Zeit einen Bart getragen und ihn vor kurzem abrasiert. Vielleicht während der letzten halben Stunde.

»Colin, einen Moment ... Ich glaube, wir sollten nichts mehr sagen, es sei denn, Sie geben uns eine Garantie«, sagte der Vater.

Griffin nickte und vertröstete ihn wieder. »Wenn Colin bei dem Lynchmord anwesend war, ist seine Aussage sehr wichtig. Ich bin sicher, daß der Staatsanwalt das berücksichtigen wird.«

Mister Devlin verdaute das einen Moment. »Wir versuchen nicht, uns hier vor der Verantwortung zu drücken, die Colin eventuell hat, aber ich will nicht, daß mein Junge ... Dort gewesen und beteiligt gewesen zu sein ist unentschuldbar. Soweit ich weiß, ist ...«

»Dad, ich ...«

»Colin!«

Der Junge schwieg.

»Ich bin überzeugt, daß wir zu nachlässig gewesen sind. Wir haben ihn zu Hause wohnen lassen und ihm Taschengeld gegeben, ohne darauf zu bestehen, daß er arbeiten geht, sich einen Job sucht ... Aber seine Mutter ... Jedenfalls wird das nun ein Ende haben. Der Junge muß erwachsen werden und die Verantwortung für seine Handlungen übernehmen. Aber er hat uns geschworen, daß er den Mann *nicht* angefaßt hat, und ich glaube ihm. Er kam nicht mal in seine Nähe.«

Endlich sprach auch der Anwalt: »Bren, ich glaube, das reicht. Inspector, was meinen Sie?«

»Ich werde mit jemandem im Justizgebäude reden müssen, aber ich denke, sie werden ... aufgeschlossen sein.«

»Wie sollte unser nächster Schritt aussehen?« fragte Mister Devlin.

Griffin stand auf. Er zog sein Sakko herunter, das ihm über den Bauch gerutscht war. »Bitte verstehen Sie mich nicht falsch, Sir«, sagte er und wandte sich dann an den Anwalt, »oder Sie, Mister

Cohen. Aber ich denke, Sie sollten sich einen Rechtsbeistand nehmen, der mit dieser Art von Fällen vertraut ist. Sie werden vielleicht feststellen, daß das einen großen Unterschied macht.«

Jamie O'Toole war verbittert und wütend darüber, daß er wegen des Brandes seinen Arbeitsplatz verloren hatte. Er hatte sein ganzes Leben in San Francisco verbracht, war in die Saint Ignatius High School gegangen und anschließend ein Jahr auf die San Francisco State University. Während dieses Zeitraums war Rhoda (allein der Name ... er hätte es wissen sollen), seine damalige Freundin, schwanger geworden, und er hatte sie geheiratet. So hatte er die nächsten fünf Jahre totgeschlagen.

Außerdem hatte er deshalb seinen Collegeabschluß nicht machen können, den er sonst geschafft hätte, intelligent genug war er. Aber das Glück war nicht auf seiner Seite gewesen, und er hatte nicht an der Schule bleiben können. Er hatte einen Job gebraucht, irgendeinen Job, das war am Anfang dieser Rezession gewesen, und jetzt war es ihm egal, was sie in den Zeitungen schrieben, hier in Kalifornien wurde es einfach nicht besser.

Also war er Barkeeper geworden. Er hatte anständige Trinkgelder kassiert, die Einnahmen meistens nicht angegeben, damit er sie behalten konnte, statt sie Vater Staat oder, schlimmer noch, Rhoda in den Rachen werfen zu müssen. Freunde hatten gesagt: »Paß auf, daß das Geld in den Büchern nicht auftaucht, sonst kommt deine Exfrau und läßt den Unterhalt erhöhen.« Er hatte auf sie gehört. Rhoda würde ihm das antun, keine Frage. Und obwohl sie in Richmond mit irgendeinem Fuzzi zusammenlebte, würde sie auch nicht mehr heiraten, weil ihr Exmann dann keine Alimente mehr zahlen müßte. Vermutlich würde er das Kind ewig unterstützen müssen. Das kostete ihn einen Batzen Geld, noch so eine Sache, die verhinderte, daß er nach oben kam.

Inzwischen wurden bereits Gelder aus staatlichen Hilfsfonds ausgeschüttet, und er hatte die Richtlinien gelesen und gefunden, daß er dafür in Frage kam. Die Regierung zahlte immer irgend etwas an irgendwen, nur nicht an ihn, normalerweise. Aber diesmal wollte er mit von der Partie sein.

Er wartete also in der langen, deprimierenden Schlange vor der Ausgabestelle, die sie an der Market Street eingerichtet hatten. Es wimmelte von Angehörigen der unteren Schichten. Jamie O'Toole haßte es, zusammen mit all diesen Pennern von der Straße zu warten und sich den Arsch abzufrieren.

Da tauchte ein Typ an seiner Seite auf, der ihm bekannt vorkam. Plötzlich fiel es ihm ein, konnte er ihn einordnen: der Zivilbulle Lanier.

»Wie geht's denn so, Jamie?«

»Mir ist kalt, Mann. Scheißkalt ist es hier draußen.«

Lanier trug eine dicke Fliegerjacke, eine Kordhose und Stiefel, und er schien es warm genug zu haben. Er lächelte. »Ich war gerade bei dir zu Hause. Deine alte Dame sagte uns, wo wir dich finden könnten.«

»Na ja, dann hat sie mal was kapiert. Wer ist wir?«

»Mein Partner parkt um die Ecke. Er wird in einer Minute hier sein.«

»Ich kann's kaum erwarten. Da geht's mir doch gleich viel besser. Was wollen Sie denn jetzt schon wieder?«

Lanier trat O'Toole fast auf die Füße, als er ihn aus der Schlange drängte. »Das gleiche wie vorher. Reden.«

O'Toole trottete nur widerwillig mit. »Was machen Sie, Mann? Ich hab' hier eine Stunde gewartet. Dieselbe Scheiße noch mal? Ich hab' das wirklich satt.«

Lanier schob ihn zur Kreuzung, auf Abstand zu den anderen Leuten in der Schlange.

O'Toole sagte leise, während er mit dem Finger gegen Laniers Brust tippte: »Hören Sie auf, mich zu drangsalieren!«

Lanier lächelte. »Wenn du einen Polizeibeamten anrührst, werde ich dir den Schädel einschlagen. Du hast es also jetzt schon satt, ja?«

»Gibt's ein Problem, Marcel?« Ridley Banks war hinter O'Toole aufgetaucht und fand, daß dies ein guter Augenblick sei, um auf seine Anwesenheit aufmerksam zu machen.

Lanier lächelte ihn über O'Tooles Schulter hin an. »Nein, kein Problem. Wir sind hier mitten im Zeitalter der Aufklärung.«

O'Toole wirbelte herum, hielt einen Moment inne, als er sah, daß Banks schwarz war, und zuckte dann mit den Schultern. »Es gibt nichts zu besprechen. Ich habe Ihnen beim letzten Mal alles, was ich weiß, erzählt.«

Lanier grinste. »Jamie, ein kluges Kerlchen wie du ... Wenn du uns alles erzählst, was du weißt, wird das, sollte man meinen, mindestens eine Stunde dauern. Oder, Ridley?«

»Mindestens.«

O'Toole drehte den Kopf von dem einen Inspector zum anderen. »Hat mich gefreut«, sagte er. »Ich muß jetzt los.«

Lanier stellte sich ihm wieder in den Weg. »Da wäre noch eine Kleinigkeit, Jamie. Neulich hast du behauptet, du glaubst, Kevin Shea habe sich Wade allein vorgenommen.«

»Ich habe gesagt, ich wüßte es nicht. Ich war nicht draußen.«

»Ach ja, richtig«, warf Banks ein, »ich glaube, das hat er gesagt.«

»Hat er das? Genau so?«

»Ich glaube, ja. Du würdest doch deine Geschichte nicht ändern, oder, Jamie? Woher hatte er das Seil?«

»Welches Seil?«

Lanier lächelte amüsiert. »Welches Seil, fragt er.«

»Shea war in deiner Kneipe, ging dann hinaus, um Wade zu lynchen ... Was ist weiter passiert? Ist er an seinem Wagen vorbeigegangen und hat ein Seil aus dem Kofferraum geholt?«

»Ich weiß nicht, was passiert ist. Ich habe keinen Fuß vor die Kneipe gesetzt.«

Jetzt trat Banks näher, ebenfalls lächelnd. »Das behauptet er immer wieder, ist dir das auch aufgefallen?«

Lanier nickte. »Er bleibt bei seiner Geschichte. Hat nichts gesehen. Gute Strategie.«

Banks kam noch näher. Sie hatten ihn zwischen sich eingeklemmt. »Wir glauben ... eigentlich sind wir ziemlich sicher, Jamie ... daß das Seil aus dem Eisenwarenladen neben deiner Kneipe stammt. Was hältst du davon?«

»Ich halte davon gar nichts, weil ich nicht draußen war.«

»Junge, Junge!« Lanier war beeindruckt. »Das ist echt eine ziemlich widerspruchsfreie Geschichte, Ridley. Wir geben besser auf und gehen zurück ins Büro.«

»Das Problem ist nur«, sagte Banks, »daß wir Scherben gefunden haben, die sehr verdächtig nach einem Bierglas aussehen. Große Scherben, vielleicht auch von mehreren Biergläsern. Und zufälligerweise lagen sie im Schaufenster des Eisenwarenladens. Ich könnte mir vorstellen, daß auf einer dieser Scherben deine Fingerabdrücke sind. Wir prüfen das nach.«

O'Toole sah von einem zum anderen. »Ich bin der Barkeeper, Leute. Natürlich habe ich die Gläser berührt.«

»Das ist richtig, Ridley«, sagte Marcel. »Er hat absolut recht.«

»Ach ja«, stimmte Banks zu, »das ist richtig. Muß ich vergessen haben.« Er schnippte mit den Fingern, als sei ihm soeben noch etwas eingefallen. »Ich frage mich aber, was mit dem Rasenmäher im Schaufenster des Eisenwarenladens ist. Hat den jemand in die Cavern gebracht, wo du ihn dann angefaßt hast? Hast du vielleicht den Kunstrasen gemäht? Und das Teil dann wieder nach nebenan ins Schaufenster gestellt? Ich frage mich, was da wohl passiert ist.«

»Wollen Sie damit sagen, daß meine Fingerabdrücke auf irgendeinem verdammten *Rasenmäher* sind?«

Banks zuckte mit den Schultern. »Wir prüfen das nach, Jamie. Wir prüfen eine ganze Menge Dinge nach, die du nicht für möglich halten würdest. Glaubst du, daß wir Glück haben werden?«

»*Ich* glaube schon, Rid.«

»Ich auch, Marcel.«

Die Inspectors lächelten Jamie O'Toole an. Trotz der Kälte war ihm der kalte Schweiß ausgebrochen. Seine Augäpfel bewegten sich, man konnte beinahe hören, wie die Zahnräder in seinem Gehirn klackerten. »Na ja«, sagte er, »da müssen wohl noch andere gewesen sein, einer allein kann's ja nicht getan haben, oder? Da waren ein paar Typen, will ich damit sagen. Alle hatten getrunken, wissen Sie?«

Lanier behielt seinen freundlichen Gesichtsausdruck. »Eigentlich wissen wir das nicht, Jamie. Deshalb sind wir ... ich weiß nicht ... vielleicht ein wenig aufdringlich geworden. Wir würden es wirklich gern herausfinden.«

Banks wurde plötzlich förmlich und fragte: »Mister O'Toole, kennen Sie Brandon Mullen und Peter McKay?«

»Klar kenne ich die. Das habe ich Ihnen bereits gesagt.«

»Sie waren da, sie geben es zu. Wann sind sie gegangen?«

»Wann sie gegangen sind?«

»Ich glaube, das fragte ich. Wann sind sie gegangen? Nach Shea, vor Shea, mit Shea oder wann?«

»Ich glaube, nach ihm.«

»Komisch. Die sagten, *vor* ihm.«

»Dann muß es wohl vorher gewesen sein. Sehen Sie, es war viel los. Ich kann mich nicht an alles erinnern ...«

»Unser Lieutenant sagte, Sie hätten ihm erzählt, es sei nichts los gewesen.«

»Ich dachte, er meinte *hinterher* ...«

Sie machten noch fünf Minuten weiter, bedankten sich, daß er ihnen seine Zeit gewidmet habe, und schickten ihn zurück in die Warteschlange.

Auf dem Weg zurück zu ihrem Wagen sagte Banks: »Das hat irgendwie Spaß gemacht. Ich bin mir ziemlich sicher, daß der Kerl draußen war.«

Lanier nickte. Sie hatten gute Arbeit geleistet. »Wir müssen das Fenster auf Fingerabdrücke untersuchen. Brandschaden hin oder her, irgendwo werden wir Jamies Fingerabdrücke finden ...«

»Ja«, sagte Banks. »Das wäre eine nette Überraschung zum richtigen Zeitpunkt.«

»He, Rid«, fügte Lanier hinzu, »das mit dem Rasenmäher, das war ein bißchen viel, meinst du nicht? Irgendwie verrückt.«

Banks lächelte. »Soll er doch denken, daß wir verrückt sind. Vor Verrückten haben die Menschen Angst, und ich will, daß Jamie Angst hat.«

45

Bei Lou wurde es allmählich voll.

Glitsky stand blinzelnd im Flur am Fuß der Treppe, die zum Lokal hinunterführte, und gewöhnte seine Augen an das schwache Licht. Ein intensiver Kohlgeruch veranlaßte ihn, sich zu fragen, welche kulinarische Köstlichkeit Lous Frau wohl heute zum Mittagessen vorbereitet hatte. Obwohl er häufig in einer der winzigen Eßecken saß und das eine oder andere erledigte, hatte er vor einigen Jahren aufgehört, bei Lou zu essen, weil er auf das hausgemachte Kim Chee, auf das seine Freunde schworen, eine unerfreuliche Reaktion gezeigt hatte.

Der Kohlgeruch rief eine Erinnerung an jenes Gefühl in ihm wach, und sein Magen begann zu revoltieren. Er holte tief Luft, konzentrierte sich und ging hinein.

An der Theke hob sich eine Hand, und Glitsky mußte wegen der Haare, die jetzt zu einem Pferdeschwanz zusammengebunden waren, und einiger zusätzlicher Pfunde ein paar Zugeständnisse an seine Erinnerung machen. Er hatte Wes Farrell aber sehr wohl in einem anderen Leben gekannt und in einigen Fällen ausgesagt, bei denen Farrell die Verteidigung übernommen hatte. Während er sich einen Hocker heranzog, wunderte sich Glitsky über Farrells Kleidung. Die meisten von Lous Gästen arbeiteten im Justizgebäude und trugen irgendeine Variante einer Uniform. Farrell jedoch sah aus, als komme er gerade vom Strand. Er mußte frieren, dachte Glitsky, und sagte es auch.

»Meine Adern sind aus Eis. Ich spüre nichts.«

Vor Farrell stand ein Getränk, das nach Kaffee aussah, vielleicht war es sogar Kaffee. Glitsky machte eine Geste zu Lou, daß er gerne das Übliche hätte, Tee.

»In dieser Stadt ist es praktisch, die Kälte nicht zu spüren«, sagte er.

»Ich weiß nicht, woran es liegt. Wahrscheinlich das Alter. Wie sonst auch. Früher habe ich die Kälte gespürt, mit den Zähnen geklappert und so weiter. Andererseits könnte es sein, daß ich einfach nur anästh ... anästh ...« Er lächelte schwach. »Ich konnte das Wort noch nie aussprechen, nicht mal stocknüchtern.« Er trank einen Schluck Kaffee. »Nur fürs Protokoll: Ich bin jetzt wieder halbwegs nüchtern, glaube ich. Ich hatte seit zwei, drei Stunden keinen Drink.«

Glitsky nickte.

»Für mich ist das kein Problem, ich hoffe, für Sie auch nicht.« Glitsky zuckte mit den Schultern, während ihm sein Tee in einem braunen Becher mit Sprung, der zu Farrells paßte, gebracht wurde.

»Aber wir haben genug von mir gesprochen«, sagte der Anwalt, »ich möchte Ihnen eine andere Geschichte erzählen.«

»Deshalb bin ich ja hier.« Glitsky schlürfte seinen Tee.

Farrell begann zu berichten, ruhig und ohne jede Spur eines Nuschelns.

»Das ist *seine* Version«, sagte Glitsky, um irgend etwas zu sagen. Er wollte nicht leichtgläubig wirken, aber auch an seinem zynischsten Tag wäre er geneigt gewesen zu glauben, was er gerade gehört hatte.

Farrell, der spürte, daß er im Vorteil war, hatte nicht das Gefühl, drängen zu müssen. »Haben Sie auch nur irgendeinen Beweis, der sie ganz oder teilweise widerlegt?«

»Das Foto könnte einer sein.«

»Haben Sie's bei sich?«

Glitsky hatte es nicht dabei, aber hinter dem Tresen lag eine Zeitung, und Farrell beugte sich vor und zog sie auf die Theke. »Lassen Sie uns einen Blick in diese Zeitung werfen, was halten Sie davon?«

Nicht zum ersten Mal fand Glitsky eine Binsenweisheit der Wahrnehmungstheorien bestätigt – man sah das, was man sehen wollte. Als er jetzt das Foto, aufgrund dessen das ganze Land Kevin Shea für schuldig hielt, mit anderen Augen betrachtete, sah er nur das, was Farrell beschrieben hatte: Shea hob Wade hoch, sein Gesicht war ganz verzerrt von der Anstrengung. Shea zog Wade nicht herunter, er versuchte, dem Schwarzen das Leben zu retten.

Einige kleine Aspekte wiesen auf diesen Sachverhalt hin, aber man sah sie nur, wenn man wußte, worauf man achten mußte, und wenn man sie sehen wollte. Zum Beispiel Wades Hemd. Wenn Shea ihn nach unten gezerrt hätte, müßte das Hemd dann nicht gestrafft an seinem Körper anliegen? Und das Seil – ob Glitsky das Seil sehe? Auf dem Foto war nicht viel davon zu erkennen, nur einige Zentimeter, aber der Teil, der zu sehen war, schien nicht senkrecht zum Boden zu hängen, was mit Sicherheit der Fall gewesen wäre, wenn der Strick das Gewicht von zwei Männern getragen hätte.

Schließlich die Geschichte mit den Messerstichen, die am meisten überzeugte. Die Presse wußte nichts davon, und bis jetzt hatte niemand zugegeben, mit einem Messer verletzt worden zu sein – von Carl Griffin und Colin Devlin hatte Glitsky noch nichts gehört. Offiziell existierten sie also nicht. Die bloße Möglichkeit, daß jemand eine Wunde aufwies, die von einem Messer herrührte, war Teil von Abes Version, nicht Teil der Version der Öffentlichkeit. Sie war eines seiner Geheimnisse, das er erst hatte lüften wollen, wenn er damit die beste Wirkung erzielen konnte. Jetzt war Farrell ihm zuvorgekommen, hatte ihm alles über die Stiche und wie sie ins Bild paßten, erzählt.

Kevin Shea habe sich seinen Weg durch die Menschenmenge gewaltsam bahnen müssen und auf die Männer, die am nächsten bei Arthur Wade gestanden hätten, eingestochen. Er sei sicher, einige von ihnen mit dem Messer erwischt zu haben. Es sei Blut geflossen.

Und Arthur Wade war *erstickt*, wie Glitsky von Strout wußte. Sein Genick war nicht gebrochen.

Glitskys Tee war längst kalt. »Okay, Mister Farrell. Sie haben da eine nette Geschichte, wenn Sie mich fragen.«

»Es ist keine Geschichte, Lieutenant. Es ist die Wahrheit. Wenn Kevin Shea überhaupt eine nennenswerte Rolle dabei gespielt hat, dann die des Helden.«

Glitsky dachte angestrengt nach, versuchte, neutral zu bleiben. Normalerweise hätte er Farrell mitgenommen und mit dem Bezirksstaatsanwalt oder Polizeichef Rigby gesprochen. Aber die Medien des Bay-Gebietes, vielleicht des ganzen Landes, hatten gezielt Geschichten über die abstoßende Biographie und Laufbahn des Fanatikers Kevin Shea gebracht ...

Zum Teufel, er war der Leiter des Morddezernats. Er brannte darauf, Shea zu verhören und dem Bezirksstaatsanwalt zu empfehlen, die ganze Sache sofort fallenzulassen. Wenn sich die Geschichte des Verdächtigen nachweisen ließ ... Daß Farrell Kenntnis von den Stichwunden hatte, erfüllte die Kriterien dafür bereits beinahe.

Wenn es sich um einen normalen Fall gehandelt hätte ...

»Was ist so lustig?«

Glitsky blickte zur Seite. »Nichts.«

»Sie sahen amüsiert aus.«

»Oh, ja. Ich bin oft amüsiert. Haben Sie eine Vorstellung davon, wieviel Energie darauf verwendet wurde, Ihren Mandanten für schuldig zu erklären?«

»Nicht genau. Er hat sich ein bißchen mehr damit befaßt als ich.«

»Wo steckt er?«

»Ich weiß es nicht.«

Glitsky warf ihm einen kurzen Blick zu.

»Ich weiß es nicht«, wiederholte Farrell. »Er ruft mich an. Der Junge ist von Natur aus skeptisch, er befürchtet, daß ich ihn wegen der Belohnungen ausliefere.«

»Ich würde gern mit ihm reden.«

»Das könnte ich vielleicht arrangieren.«

»Er sollte sich stellen.«

»Das könnte schon komplizierter werden. Er ist ziemlich überzeugt davon, daß er, wenn er sich stellt, tot ist, bevor sich das Blatt gewendet hat.«

»Er ist paranoid, sagen Sie ihm das. Wir haben Schutzhaft, Einzel ...«

»Lieutenant, entschuldigen Sie. Das läuft bis jetzt tadellos hier mit uns, aber versuchen Sie nicht, mich auf den Arm zu nehmen. Sie und ich wissen, daß er erledigt ist, wenn ihn jemand umbringen will, und wir können annehmen, daß jemand das für einhundert Riesen tun würde, Gefängnis hin oder her. Außerdem will er nicht ins Gefängnis, Punkt. Er hat nichts Ungesetzliches getan. Ganz im Gegenteil. Er will, daß alle die Wahrheit erfahren. Als er Sie im Fernsehen sah und Sie sagten, Sie bräuchten Beweise, hielt er Sie für den Richtigen.«

Glitskys Gesicht blieb bewußtermaßen ausdruckslos. »Er hielt mich für den Richtigen?«

»Erzählen Sie es dem Bezirksstaatsanwalt, erweitern Sie die Maschen des Netzes, entlasten Sie ihn.«

Glitsky dachte an Elaine und nickte. »Ich kann es versuchen, aber ich würde ihn trotzdem gern befragen.«

»Sie würden ihn verhaften, nicht wahr?«

»Das liegt bei der Grand Jury. Die Anklageschrift ...«

»Können Sie die Anklage niederschlagen?«

»Nicht in diesem Stadium. Aber das liegt auch nicht in meiner Macht. Der Bezirksstaatsanwalt muß die Anklage zurückziehen ... Bringen Sie ihn her, heimlich. Ich werde ihn persönlich zum Bezirksstaatsanwalt bringen. Er wird zuhören, und wir gehen die Beweismittel durch.«

»Das glaube ich nicht. Es geht nicht um Beweise. Nicht mehr.«

Darauf wußte Glitsky keine Antwort. Farrell hatte recht.

Lou kam, um zu fragen, ob sie noch etwas trinken wollten, doch beide lehnten ab. Der Raum hinter ihnen war fast bis auf den letzten Platz gefüllt, die Gäste saßen Ellbogen an Ellbogen.

»Inzwischen«, sagte Glitsky, »brennt die Stadt weiter.«

»Das ist nicht die Schuld meines Mandanten, Lieutenant. Wenn er es beenden könnte, würde er es tun. Er ist ein guter Junge.«

Das verlieh dem Gespräch eine unerwartete Richtung. »Ist er das? Kennen Sie ihn persönlich?«

»Wir haben einige Vorlesungen zusammen besucht«, gab Farrell zurück. »Er ist ein ganz gewöhnlicher Typ, so normal wie Sie und ich.«

»Und was hat es mit all dem Zeug über die zerrüttete Familie, den Südstaatenfanatiker und die unangenehme Persönlichkeit auf sich?«

»Das, Sir, ist wohl die Geschichte einer jungen Frau, mit der Mister Shea unglücklicherweise ins Bett stieg und die er dann wegen einer anderen verließ. Kein Haß ist größer als der einer ... Sie wissen schon.«

Glitsky zog die Augenbrauen hoch.

»Oder es waren die Medien, die die Sendezeiten beziehungsweise die leeren Seiten füllen mußten.«

Glitsky hatte beide Erklärungen zu oft in anderen Zusammenhängen gehört, um überrascht zu sein, aber die Art, wie sie in dieser Situation das Mosaik vervollständigten ... Er schüttelte den Kopf und mußte beim letzten Schluck von seinem Tee fast würgen. »Wie erreiche ich Sie?« fragte er.

»Ich weiß nicht, wann Kevin sich wieder mit mir in Verbindung setzen wird, aber wenn er es tut, rufe ich Sie an. Dann werden wir weitersehen.«

Glitsky stand auf. »Ich tue, was ich kann.«

»Wissen Sie was, Lieutenant? Das kaufe ich Ihnen sogar ab.«

»Elaine.«

Alan Reston ging mit ausgestreckten Armen um seinen Schreibtisch – bis gestern noch Chris Lockes Schreibtisch – herum, um sie zu begrüßen. Sie stellte ihre Ledertasche neben sich, ließ sich von ihm in die Arme nehmen und umarmte ihn leicht, weil es ihr peinlicher gewesen wäre, es nicht zu tun. Er drückte sie aber nicht an sich, sondern hielt sie einen Augenblick fest und ließ sie dann wieder los. Vielleicht taten alte Freunde so etwas, um sich daran zu erinnern, daß sie alte Freunde waren. »Eine schreckliche Geschichte.«

»Ja.«

»Christopher Locke zu verlieren ...« Er schien nicht so recht zu wissen, was er mit diesem angebrochenen Satz anfangen sollte, und ließ ihn unvollendet. Noch eine Verbindung. Chris Locke. Seine Gesichtsmuskeln zuckten. Waren es die Nerven oder die Müdigkeit? »Ich bin froh, daß Sie gekommen sind. Ich wollte schon früher in Ihrem Büro vorbeischauen und Sie begrüßen, aber wie Sie sehen ...« Mit einer Handbewegung wies er auf den Papierstapel auf seinem Schreibtisch.

»Das ist schon in Ordnung, Alan. Ich darf Sie doch immer noch Alan nennen?«

»Aber Elaine ... ich bitte Sie. Selbstverständlich bin ich weiterhin Alan für Sie.« Reston grinste und streckte die Hand aus, um ihren Arm zu berühren, hielt jedoch mitten in der Bewegung inne. »Darf ich Ihnen etwas anbieten?«

Während der ersten Kandidatur ihrer Mutter für den Senat – sie selbst war noch ein Teenager gewesen – hatte sich Alan Reston wie ein Blödmann benommen. Mitte Zwanzig, verlobt (er hatte diese Frau längst geheiratet), Sohn eines reichen Vaters, mit einem einnehmenden Charakter ausgestattet, war er unerschütterlich von seiner Anziehungskraft auf das andere Geschlecht überzeugt gewesen.

An dem Abend, als ihre Mutter gewählt worden war, hatte er, vom Kognak ermutigt, mit seinem Penis vor Elaine herumgewedelt und das offenbar für charmant, harmlos und der feierlichen Stunde angemessen gehalten und gedacht, daß es ein allgemein akzeptiertes Paarungsritual sei. Es gab doch diese gegenseitige Anziehung, man hatte zusammen Wahlkampf gemacht, also gab es doch keinen Grund ... Worin liege das Problem? Wisse sie nicht, wozu das Ding gut sei? Was es sei?

Sie hatte hinuntergeschaut und erwidert, es sehe wie ein Penis aus, nur kleiner. Ein dünner Witz.

Das war bis zum heutigen Tag das letzte Mal gewesen, daß sie sich gesehen hatten.

Sie ging zum Sofa, stellte die mit Arbeitsunterlagen gefüllte Tasche neben sich. Er zog einen der bequemen Sessel heran, um ihr gegenüberzusitzen, aber noch bevor er saß, begann sie zu sprechen: »Haben Sie mit Art Drysdale gesprochen? Ich war eben in seinem Büro und dachte, er sei möglicherweise hier. Deshalb bin ich vorbeigekommen. Ich wollte Sie nicht stören.«

»Ich bin froh, daß Sie gekommen sind. Sie stören nicht.«

Sie wartete und wiederholte dann das Stichwort: »Art Drysdale.«

»Ja, richtig. Drysdale. Er hatte einen Termin, ich glaube, mit dem Bürgermeister drüben im Rathaus, irgend etwas im Zusammenhang mit diesen ... Mißverständnissen zwischen uns. Ich denke, Ihre Mutter war ebenfalls dort. Um die Wogen zu glätten.«

»Art will nicht Bezirksstaatsanwalt werden, Alan. Wirklich nicht.«

Reston hob seine Hände, als lägen all diese Dinge außerhalb seines Einflußbereiches und passierten einfach. »Ein paar seiner Entscheidungen ...«

»Jerohm Reese.«

»Um eine zu nennen, ja.«

»Was werden Sie wegen Jerohm unternehmen?«

»Nun, ich hoffe, man wird Mister Drysdale nicht zu sehr in die Mangel nehmen. Nach allem, was ich bislang gehört habe, ist er hier unersetzlich.«

»Das ist er, und die Schuld für Jerohm Reeses Verhaftung liegt bei mir, nicht bei Art. Ich habe ihn eigenmächtig nach oben gebracht ...«

»Jetzt ist er unsere heiße Kartoffel.«

»Nicht durch Arts Verschulden.«

Reston setzte sich und breitete die Hände aus. Die Situation mit Art Drysdale werde auf einer höheren Ebene geklärt, sei nicht sein Problem. Wenn Drysdale zurückkomme, werde er mit ihm zusammenarbeiten, wenn nicht ... Verwaltungsspezialisten gebe es wie Sand am Meer. »Nun, Elaine, wie dem auch sei, Sie sind hier. Vielleicht kann ich Ihnen helfen. Weshalb wollten Sie mit Art Drysdale reden?«

Sie wußte, daß sie irgendwann ohnehin darauf zu sprechen

gekommen wären, und sie hatte Art gesagt, sie werde es übernehmen. »Kennen Sie Abe Glitsky? Lieutenant Abe Glitsky?«

Reston lächelte im Gefühl seiner Überlegenheit. »Wenn es darum geht, daß er Ihnen auf die Füße getreten ist ... Ich habe mit ihm gesprochen.«

»Wann? Worüber?«

»Vor etwas mehr als einer Stunde. Diese Sache mit seinen Äußerungen im Fernsehen ist erledigt. Polizeichef Rigby und ich haben ihm gesagt, daß er ... Was ist?«

Sie schüttelte den Kopf. »Nicht vor einer Stunde. Nicht diese Sache. Er war vor zehn Minuten in meinem Büro.«

»Der Mann bleibt in Bewegung.«

»Ja, das tut er, Alan. Er versucht, alles richtig zu machen.«

Sie saßen da und starrten einander an. Die Kritik – die Herausforderung? – hing zwischen ihnen im Raum. Reston schlug die Beine übereinander. »Das tun wir alle, Elaine. Was ist mit unserem guten Lieutenant?«

Sie erzählte ihm, Glitsky sei gleich nach seinem Treffen mit Wes Farrell zu ihr gekommen und habe ihr das Wesentliche mitgeteilt: die Einzelheiten bezüglich der Stichwunden, die revidierte Theorie über das zweite Foto, wobei das erste noch außer acht gelassen sei, und die Erklärung, daß ihre Informantin Cynthia Taylor eine von Sheas sitzengelassenen ehemaligen Gespielinnen gewesen sein könnte.

Reston hörte schweigend zu. »So, so«, sagte er, legte die Hände auf seine Oberschenkel und stand auf. »So, so ...« Um Zeit zu gewinnen, trat er ans Fenster. Er starrte hinaus und trat von einem Fuß auf den anderen.

Elaine sprach zu seinem Rücken. »Lieutenant Glitsky fragte mich, ob wir – die Staatsanwaltschaft – die Anklage eventuell überprüfen würden ...«

Reston drehte sich schnell um. »Das können wir nicht.« Weniger hastig fragte er: »Aus welchen Gründen?«

»Die ich Ihnen eben genannt habe.«

»Das sollen Gründe sein? Eine andere Version vom Rechtsanwalt des Verdächtigen? Halten Sie das für einen zwingenden Grund?«

»Alan, Glitsky ist nicht ...«

»Ich spreche nicht von Glitsky, Elaine. Die Grand Jury hat gegen Kevin Shea eine Anklage wegen Mordes ausgesprochen.

Und wenn ich richtig informiert bin, hat die örtliche Staatsanwaltschaft sie erst vor zwei Tagen durchgedrückt. Wir haben ein Foto von ihm, das ihn zeigt, während er die Tat begeht ...«

»Wenn es ...«

»Keine Wenns, Elaine. Das Foto zeigt es deutlich. Jeder kann das sehen.«

»Vielleicht haben wir das Foto falsch ausgelegt, Alan. Mehr hat Lieutenant Glitsky mir auch nicht zu sagen versucht. Wenn wir vor Gericht gehen ...«

Er zeigte mit dem Finger auf sie und erhob die Stimme. »Richtig! *Wir* sind diejenigen, die vor Gericht gehen, nicht Lieutenant Glitsky. Wir, die Bezirksstaatsanwaltschaft. Und ich höre nichts, was auch nur im entferntesten meine Überzeugung ins Wanken bringt, daß Kevin Shea für diese ... für all dies verantwortlich ist.«

»In Ordnung, aber was ist damit?« Elaine stand auf, nahm das zweite Foto aus ihrer Tasche und brachte es zu seinem Schreibtisch hinüber. Sie schob einige seiner Unterlagen zur Seite, während er an ihr vorbeiging.

»Was ist ...?« begann er.

»Es wurde zwei oder drei Sekunden nach dem ersten Foto aufgenommen. Shea reicht Arthur Wade das Messer, gibt ihm eine letzte Chance, sich loszuschneiden.«

Sie ließ ihn das Bild eine Weile betrachten und begann dann, Schritt für Schritt die mögliche andere Erklärung für das, was es zeigte, vorzutragen. Das Hemd, der Winkel des Seils, alles, was Glitsky ihr gezeigt hatte.

Als sie fertig war, blätterte Reston einige Seiten in ihrer Akte durch und ging dann zum Fenster zurück. »Mir scheint, Shea hat sich einen guten Anwalt besorgt.«

»Oder er ist unschuldig. Oder beides.«

Reston schüttelte den Kopf. »Nein, er ist nicht unschuldig.« Er drehte sich wieder zu ihr um. »Elaine, lassen Sie uns eines klarstellen. Wir haben einen Fall, der eine Grand Jury überzeugt hat. Der Stadtrat hat eine Belohnung für die Ergreifung von Kevin Shea ausgesetzt. Insbesondere *Sie*, als Vertreterin der Staatsanwaltschaft, sind an die Öffentlichkeit gegangen, um zu beteuern, daß die Anklage hieb- und stichfest ist. Und jetzt kommen Sie zu mir, an meinem ersten Tag, und erwarten, daß ich die ganze Sache abblase? Soll ich die vielleicht beste Gelegenheit, diese Stadt wieder unter Kontrolle zu bekommen, einfach tatenlos verstreichen lassen? Nein, das werde ich mit Sicherheit nicht tun.«

»Auch wenn er es nicht war?«

»Haben Sie einen Beweis dafür, daß er es nicht war?«

»Alan, in der Regel müssen wir beweisen, daß er es getan hat, erinnern Sie sich? Lieutenant Glitsky glaubt, er könne Shea dazu bewegen herzukommen, wenn Sie sich bereit erklärten, mit ihm zu reden.«

»Wenn ich die Anklage fallenlasse ...«

»Nachdem Sie das getan haben.«

»Nein. Dazu ist es zu spät. Wenn er kommt, wird er verhaftet, und wir machen weiter wie bisher. Kein Deal. Nicht mit ihm.«

»Dann wird er nicht kommen.«

Reston stieß einen langen Atemzug aus. »Dann geht er ein großes Risiko ein.« In dem Versuch, die Lücke zwischen ihnen zu schließen, trat er näher an sie heran. »Elaine, vielleicht sollten Sie mit Ihrer Mutter darüber sprechen. Sie hat selbst einiges in diese Sache investiert, wissen Sie.«

»Das hat mit meiner Mutter nichts zu tun.«

»Sie hören das vielleicht nicht gern, Elaine, aber Ihre Mutter ist eventuell der Grund dafür, daß Sie den Fall bekommen haben.« Er lehnte sich an seinen Schreibtisch. Ein paar Schnellhefter fielen zu Boden. Sie beide ignorierten es.

Ihre Augen wurden schmal. »Das ist nicht wahr. Chris Locke war der Überzeugung, daß ich ...«

»Keine Frage, natürlich ...« Diesmal berührte er ihren Arm. »Sehen Sie, Elaine, niemand sagt, daß wir Shea keinen fairen Prozeß machen werden, aber wir können nicht plötzlich eine Wende um einhundertachtzig Grad vollziehen. Sie haben im Fernsehen schwere Anschuldigungen gegen einen Verdächtigen erhoben, und jetzt sollen wir ihn laufen lassen, weil sein Verteidiger mit irgendwelchen Gründen ankommt, die eventuell, und ich wiederhole: eventuell einige Tatsachen in einem anderen Licht erscheinen lassen? Verdammt noch mal, wir würden das ganze Verfahren und uns selbst lächerlich machen. Ihre Mutter würde sich lächerlich machen.«

»Ich sage nicht, daß er unschuldig ist. Ich frage nur: Was wäre, wenn?«

Seine Hand, die noch auf ihrem Arm lag, schloß sich leicht darum. »Ich verstehe Sie ja. Ich möchte genauso wenig wie Sie und Ihre Mutter, daß dieser Fall zu einem Fiasko für uns wird. Aber wir können nicht einfach dasselbe tun, was Chris Locke mit Jerohm Reese getan hat. Nehmen wir mal an, wir lassen die Anklage fallen, weil die Beweislage ins Wanken geraten ist ... So hat alles angefangen, erinnern Sie sich? Selbst wenn ich der Meinung wäre, daß ein erheblicher Grund vorliege, würde ich es nicht tun. Ich könnte es nicht tun. Nicht jetzt. Die Stadt würde explodieren. Niemand will das hören.« Er senkte die Stimme. »Abgesehen von der Tatsache, daß ich Ihre Mutter hintergehen würde, wie Sie ja wissen.«

»Was werden Sie also tun? Was werden *wir* tun?«

»Ich werde abwarten, Elaine. Im Moment besteht kein Grund, etwas zu unternehmen oder die Richtung zu wechseln. Wir haben keine neuen Fakten, oder?«

Nein, dachte sie, zumindest keine eindeutigen. Vielleicht die Angaben des Anwalts zu den Stichwunden, aber auch die waren nicht bewiesen. Sie wußte nicht weiter. Und sie war schrecklich müde.

»Elaine, es war ein langer Tag, warum gehen Sie nicht nach Hause, ruhen sich aus und versuchen, eine Weile nicht an Shea zu denken?«

Ihr war bewußt, daß sie im Augenblick nichts tun konnte. Immerhin bestand die Möglichkeit, daß die Verhaftung von Kevin Shea die Stadt ein wenig zur Ruhe bringen würde ... Sie wollte die Wogen nicht aufwühlen, schon gar nicht auf Kosten ihrer Mutter. Vielleicht blieb ihnen wirklich nichts anderes übrig, als abzuwarten, wie Reston gesagt hatte.

Sie zwang sich zu einem müden Lächeln. »Es tut mir leid, es war nur ...«

Er nickte. »Schon in Ordnung, Elaine. Ich verstehe Sie gut.« Er drückte ihren Arm ein letztes Mal. »Meine Tür steht Ihnen immer offen.«

Kaum hatte sich diese Tür hinter ihr geschlossen, als Reston schon hinter seinem Schreibtisch saß und eine Telefonnummer wählte.

Polizeichef Rigby war im Krisenstabszimmer und nahm den Anruf beim zweiten Klingelzeichen entgegen.

»Chief, tut mir leid, Sie zu stören, aber ich dachte, wir hätten diesem Lieutenant Glitsky vom Morddezernat deutlich genug gesagt, daß er sich zurückhalten soll.«

»Ja, dachte ich eigentlich auch.«

»Nun, ich hatte gerade ein langes Gespräch mit Elaine Wager. Er scheint die Lektion nicht begriffen zu haben.«

46

Melanie hatte Kevin oben allein gelassen und war deshalb besorgt. Es gefiel ihr nicht, ihn zurückzulassen. Sie hatte das Gefühl, daß er sie brauchte, es ohne sie nicht schaffen würde.

So beeilte sie sich. Ihre Hände zitterten nicht nur wegen der Kälte. Sie hockte, halb hinter einem großen Wagen verborgen, in den dunklen Schatten der Tiefgarage unter dem Haus, in dem Wes Farrell wohnte. Immer wenn die Ampel an der Ecke umsprang, hörte sie draußen einen Schwung Autos vorbeifahren. Dann hielt sie inne und wartete ab, den Blick auf das Tor der Tiefgarageneinfahrt geheftet. Wes hatte es für sie geöffnet, als sie gekommen waren, damit ihr stadtbekannter GEO Metro nicht auf der Straße parkte.

Die Leute kehrten allmählich von der Arbeit zurück, und sie konnte nicht vorsichtig genug sein. Das Problem bestand darin, daß sie die Vertiefungen in den Schrauben kaum erkennen konnte und ihr bei dem Versuch, das Nummernschild abzuschrauben, immer wieder der Schraubenzieher aus den zitternden Fingern glitt. Aber jetzt blieb nur noch eine Schraube, dann konnte sie es abnehmen.

Anschließend müßte sie ihr eigenes Nummernschild von ihrem Wagen abschrauben und das neue befestigen. Sie würde es schaffen, sie mußte es schaffen. Sie mußten von hier fort, wenigstens für eine Weile, bis sie sicher sein konnten, daß niemand Wes nach Hause gefolgt war.

Er war in die Innenstadt gefahren, um mit der Polizei zu verhandeln, und sie und Kevin waren mit ihren Ängsten allein geblieben. Sie hatten sich an den zivilen Polizeiwagen erinnert, der am Straßenrand vor Melanies Apartment geparkt hatte, an ihre nur knapp geglückte Flucht vor weniger als vierundzwanzig Stunden. Es war sicher nicht unvernünftig, die Möglichkeit in Betracht zu ziehen, daß jemand Wes auf dem Heimweg verfolgen würde.

Ein Taxi war zu riskant, genauso eine gemietete Limousine,

obwohl Kevin der Ansicht war, daß er durch die getönten Scheiben für niemanden zu erkennen sei. Sie hatte argumentiert, man müsse sich aber abholen und wieder absetzen lassen, und die Kreditkarte werde eine nachverfolgbare Spur hinterlassen.

Schließlich hatte sie die Idee gehabt, die Nummernschilder eines der in der Tiefgarage abgestellten Wagen mit denen ihres GEO zu vertauschen, was nicht länger als zehn Minuten dauern konnte. Es kam ihr schon wie eine Stunde vor.

Sie würden zur Wohnung einer anderen Freundin fahren, zu Ann, die über das lange Wochenende verreist war. Melanie hatte einen Schlüssel zu ihrer Wohnung, weil sie sich bereit erklärt hatte, die Blumen zu gießen und die kostbaren Goldfische zu füttern. An Anns Wohnung hatte sie am Abend zuvor nicht gedacht, als sie vor der Polizei geflüchtet und in das Motel gegangen waren, aber jetzt hatte die Wohnung plötzlich strategischen Wert erlangt, so daß ihre grauen Zellen sie wieder hervorgeholt hatten.

Endlich ließ sich die letzte Schraube leichter drehen. Wieder hörte sie, wie mehrere Fahrzeuge die Einfahrt der Tiefgarage passierten, aber niemand kam hereingefahren. Während sie das Tor beobachtete, drehte sie die Schraube weiter, so daß das Nummernschild plötzlich scheppernd auf den Beton fiel. Sie erstarrte. »Ich hasse das«, flüsterte sie.

Sie ging zu ihrem GEO hinüber, kniete nieder und begann, die Schrauben zu lösen, mit denen ihr Nummernschild befestigt war.

Sie hörte das schleifende Geräusch des Tores, bevor sie reagieren konnte. Ein Wagen war von der Straße abgebogen und wartete vor dem Tor, das sich langsam öffnete. Er fuhr an ihr vorbei, quer durch die Tiefgarage, parkte auf dem letzten Stellplatz auf der gegenüberliegenden Seite.

Sie hielt die Luft an und wartete, betete, daß der Fahrer nicht in ihre Richtung sah.

Der Mann trug einen dunklen Anzug. Er stieg aus seinem Camry und aktivierte die Alarmanlage, die zur Bestätigung einen Piepton von sich gab. Ohne nachzudenken, stieß er den Holzklotz zur Seite, den Melanie an die Schwelle der Tür zum Treppenhaus gelegt hatte, um die Tür aufzuhalten. Dann blieb er stehen. War er etwa doch mißtrauisch geworden war? Er sah sich um.

Zusammengekauert hinter ihrem winzigen GEO sitzend, war Melanie davon überzeugt, daß der Mann selbst auf diese Entfernung das Blut in ihren Ohren pulsieren hörte. Sein Blick wanderte über ihr Versteck, weiter. Offenbar hatte er nichts bemerkt, denn er steckte die Schlüssel in die Tasche und betrat das Treppenhaus. Die Tür – die einzige Tür, durch die sie zurück ins Haus konnte – fiel mit einem abscheulichen Klicken hinter ihm ins Schloß.

Die Nummernschilder waren ausgetauscht. Es gab einen Knopf, mit dem sie das Garagentor von innen öffnen konnte, um auf die Straße zu gelangen, aber wenn das Tor dann wieder geschlossen wäre, müßte sie draußen auf ihr Glück vertrauen. Sie müßte zur Eingangstür des Hauses laufen und klingeln, aber würde Kevin öffnen? Sicher nicht.

Sie hatte nicht widerstehen können und ihn gebeten, auf keinen Fall aufzumachen, wenn jemand klingelte. Wes habe einen eigenen Schlüssel und komme herein, wenn er zurück sei. Es bestehe kein Grund, jemand anderem die Tür zu öffnen ...

Gott, manchmal haßte sie sich selbst. Wann würde sie es je lernen?

Sie klingelte. Es war die einzige Möglichkeit, wieder hineinzukommen, bevor Wes, vielleicht von Polizisten beschattet, zurückkam. Was hätte sie sonst tun sollen? Den ganzen Tag in der Garage herumlungern? Sie wußte, daß es wahrscheinlich vergeblich wäre, aber sie klingelte trotzdem. Wenn sie immer wieder klingelte, es fünf Minuten lang immer wieder versuchte, vielleicht das Zeichen für SOS oder etwas ähnliches drücken würde, würde Kevin ...

Offenbar nicht.

Sie klingelte erneut. Keine Reaktion. Weitere Minuten verrannen. Ein kalter, nebliger Abendwind war aufgekommen und wirbelte ihr auf dem Treppenabsatz die Haare ins Gesicht. Sie hatte keine Jacke an. Wieder drückte sie auf die Klingel, hielt sie und schrie in die Gegensprechanlage: »Verdammt noch mal, Kevin!«

Keine Reaktion. Nichts.

Sie stampfte mit dem Fuß auf und starrte auf den Lautsprecher. Ihre Augen füllten sich mit Tränen.

Da erklang seine Stimme, ein Flüstern nur: »Melanie?«

»Mein Gott, Kevin ... Ja!«

Der himmlische Klang des Türöffners ertönte.

Ein schwarzer Mercedes 230 D parkte vor Melanies GEO und versperrte den Weg. Neben der geöffneten Fahrertür stand mit verschränkten Armen eine große Frau in einem dunklen Kostüm. In ihren Gesichtszügen spiegelten sich Ungeduld und Wut.

Kevin und Melanie traten durch die Tür vom Treppenhaus und sahen sie sofort.

Sie verschwendete keine Zeit. »Ist das Ihr Wagen?« Die Worte klangen abgehackt. »Auf meinem Stellplatz?«

»Ja, es ist meiner. Es tut mir leid«, entschuldigte sich Melanie. »Wir werden sofort ...«

»Wissen Sie, ich bin das so leid«, sagte die Frau. »Ich komme von der Arbeit nach Hause und muß immer wieder auf irgend jemanden warten, der an diesem Tag gerade den Stellplatz benutzt, für den *ich* bezahle.«

»Ich sagte ja, wir werden sofort ...«

»Sie wohnen nicht einmal hier, oder? Wer hat Ihnen gesagt, daß Sie hier parken können? Wer hat Sie reingelassen?«

Kevin trat vor. »Es tut uns wirklich leid, Ma'am. Wir haben einen Freund, der im Haus wohnt, und er sagte ...«

»Wer ist das?«

Sie sahen sich an. »Das spielt keine Rolle. Es ist ...«

Die Frau zeigte mit dem Finger auf ihn. »Wissen Sie was? Es spielt eine Rolle. Ich habe den Hausmeister gerufen, er ist schon auf dem Weg, damit wir uns darüber unterhalten können. Es ist das sechste Mal in diesem Monat, daß jemand auf meinem Stellplatz steht, und ich bin es leid. Wir werden warten.«

Melanie sagte: »Wir können nicht warten. Wir müssen ... Wir haben einen Termin.«

Die Tür zum Treppenhaus ging wieder auf, und ein Mann in den Vierzigern mit schütterem Haar, einem mausgrauen Pullover, khakifarbener Hose, uralten Segelschuhen und ohne Socken kam auf sie zu. »Wo liegt das Problem, Maggie?«

»Jemand hat diesen Leuten gesagt, sie könnten hier parken, Frank, und ich möchte herausfinden, wer das war. Und dann möchte ich, daß dagegen etwas unternommen wird. Das muß aufhören.«

Melanie wandte sich an den Hausmeister. »Hören Sie, Frank. Man sagte uns, daß wir hier parken könnten, und wir sind ja schon wieder weg. Es wird nicht wieder vorkommen, das verspreche ich. Aber wir müssen dringend zu einer Verabredung.« Sie wandte sich an die Frau namens Maggie. »Es tut uns leid wegen der fünf anderen Male, aber das waren wir nicht.«

Maggie hörte nicht zu. Das Leben in der Stadt drehte sich oft darum, einen Parkplatz zu finden, und um eine Menge anderer Dinge, die genauso nebensächlich und genauso schwierig zu bekommen waren. »Ich werde für den Stellplatz in diesem Monat nicht bezahlen«, sagte sie zu Frank.

Jetzt schien sich Frank zum ersten Mal auf Kevin zu konzentrieren. »Kenne ich Sie nicht?«

»Werden Sie was unternehmen, Frank, oder nicht?«

Kevin sagte, daß sie sich möglicherweise ein- oder zweimal im Flur begegnet seien. Er sei ein Freund von Wes Farrell.

Frank starrte Kevin weiterhin nachdenklich an.

»Wes Farrell. Okay.« Das kam von Maggie, die jetzt wußte, hinter wem sie her war.

Frank appellierte an sie: »Was soll ich Ihrer Ansicht nach tun, Maggie? Die Polizei rufen? Warum lassen wir diese Leute nicht einfach ihrer Wege gehen?«

»Genau das will ich. Ich will, daß wir die Polizei rufen. Sie haben widerrechtlich geparkt und meinen Stellplatz gestohlen. Dafür müssen sie zahlen.«

»Wir werden zahlen«, sagte Kevin und griff nach seinem Portemonnaie. »Wieviel wollen Sie?«

Frank breitete die Hände aus. »Das ist nicht nötig. Kommen Sie, Maggie, bitte fahren Sie Ihren Wagen weg, und lassen Sie die Leute wegfahren.«

Maggie hielt immer noch ihre Arme vor der Brust verschränkt und warf allen dreien finstere Blicke zu. Dann klopfte sie ein paarmal mit der Fußspitze auf den Boden und seufzte. »Also gut.« Sie setzte sich hinter das Lenkrad ihres Mercedes, schlug die Tür zu und ließ das Fenster herunter. »Damit ist die Sache aber nicht erledigt, Frank.«

Melanie lief zu ihrem Wagen, Frank und Kevin gingen zu dem Knopf am Tor.

»Ich kümmere mich um das Tor«, sagte Frank. »Dann kann ich es wieder schließen, wenn Sie draußen sind.«

Der Mercedes wurde angelassen und fuhr ein kleines Stück vor, gerade genug, damit der GEO hinauskam. Melanie betätigte die Zündung. Kevin stolperte ein paar schmerzvolle Schritte in ihre Richtung.

Als er bei ihr angekommen war, drehte er sich um.

Das Tor stand offen, Frank wartete neben dem Knopf. In dem Moment, als Kevin in den GEO einstieg, schnippte Frank mit den Fingern und rief: »Maggie, setzen Sie den Wagen zurück, schnell! Halten Sie sie auf!«

Gleichzeitig drehte er sich um, drückte auf den Knopf, um das Tor wieder zu schließen, und sprang nach draußen. »Das ist Kevin Shea! *Der* Kevin Shea!«

Melanie befahl: »Steig ein!« Der Wagen schoß ruckartig los, und Kevin wurde auf den Vordersitz geschleudert. Maggie hatte noch keine Zeit gehabt zu reagieren, aber das Tor schloß sich bereits, und Frank blockierte, in der Mitte der Ausfahrt stehend, den Weg. Während sie auf ihn zufuhren, hielt Melanie die Hupe gedrückt.

»Ich werde ... ihn überfahren müssen ...«

»Er wird zur Seite springen, Mel, bestimmt ...«

Sie gab Vollgas, und die Reifen drehten auf dem glatten Betonboden kreischend durch. Das Tor war schon fast zur Hälfte geschlossen. Sie ließ die Hand auf der Hupe und raste auf Frank zu, der die Hände vor sein Gesicht hielt. »Ich kann nicht«, sagte sie, trat auf die Bremse. Das Tor rammte die Wagentür auf Kevins Seite, und Frank sprang einen Schritt vor und legte die Hände auf die Motorhaube.

»Halt dich fest«, sagte Melanie und trat wieder aufs Gaspedal. Mit einem plötzlichen Ruck wurde Frank auf die Motorhaube gehoben, während der Wagen über den Gehweg fuhr. Als sie abbogen, purzelte er auf die Straße.

Sie überfuhr das Stoppschild an der Kreuzung Junipero Serra Boulevard, bog an der nächsten Ecke rechts ab, dann links und schließlich wieder auf die Neunzehnte Avenue. Dort war weniger Verkehr, und niemand schien auf sie zu achten.

Melanie fuhr auf der Neunzehnten in Richtung Norden, während die Sonne unter den Wolken am Horizont versank, leuchtend rot trotz des Rauchs, der in der Luft hing.

Daß Frank Kevin erkannt hatte, machte ihnen noch einmal bewußt, wie knapp sie in der Nacht zuvor entkommen waren.

Minutenlang sprachen sie nicht, bis Kevin nach vorn zeigte. »Was ist das?« Vor ihnen stiegen zu beiden Seiten der Straße Rauchsäulen auf. Der Tag ging zu Ende, und die Unruhen brachen erneut aus. Der Verkehr vor ihnen wurde langsamer.

»Ich weiß es nicht.«

Sie wechselte auf die rechte Spur. Vor ihnen, zwei Kreuzungen weiter, sahen sie eine Menschenmenge. Warfen die Leute Gegenstände auf vorbeifahrende Autos? Es sah danach aus. Sie bemerkten einige Personen, die auf die Straße rannten. »Ich biege ab«, sagte sie.

Zwanzig Minuten später hatten sie den Wagen am Ende der Page Street geparkt und kamen zu Fuß um die Ecke zur Stanyon Street am Rand des Golden Gate Parks. Anns Wohnung befand sich in einem U-förmigen, vierstöckigen Backsteinhaus gegenüber des Parks. Der Eingang lag in der Mitte des Gebäudes, hinter einem verhältnismäßig kleinen Hof mit einem Garten voller Unkraut und einem wasserlosen Brunnen aus abgeplatzten spanischen Kacheln. In den Ecken des Gebäudes lagen vom Wind zusammengetragene Berge von altem Papier.

Melanie öffnete mit ihrem Schlüssel. Nachdem die Haustür hinter ihnen zugefallen war, vergewisserte sie sich, daß sie wirklich geschlossen war, dann stöhnte sie erschöpft und preßte sich zitternd an Kevin, der sie in die Arme nahm. Eine Weile standen sie eng umschlungen im Treppenhaus, während die letzten Sonnenstrahlen durch die altmodischen Fenster in der Vorhalle des Gebäudes fielen.

Schließlich hob er ihr Kinn und küßte sie leicht. »Wir sollten besser raufgehen«, sagte er.

Anns Wohnung lag im vierten Stock und nach vorn hinaus, mit Blick auf den malerischen Hof und – auf der anderen Seite der Stanyon Street – die Wiesen und den immergrünen Golden Gate Park.

Sobald sie in der Wohnung waren, ging Kevin zu den Fenstern und zog die Vorhänge vor. Er schaltete zwei schwache Lampen ein und sah sich kurz im Wohnzimmer um. Topfpflanzen an jeder freien Stelle. Ann mußte eine Million Pflanzen in ihrer Wohnung haben. Auf einem Stativ war eine Videokamera montiert, Ann studierte an der Filmhochschule. Die restliche Einrichtung bestand aus Büchern und CDs, einem Fernseher, einer Stereoanlage, einem Telefon sowie Postern von Pflanzen und Kunstdrucken von Marilyn Monroe, James Dean, Jim Morrison und Humphrey Bogart. Eine typische Studentenbude, voller und natürlich femininer als Kevins Wohnung, aber sonst nicht viel anders. Er ließ sich in einem Polstersessel nieder.

»Melanie?«

»Was?«

Sie stand im Durchgang zur Küche und wandte sich um. Ihre Blicke trafen sich, und beide erschraken, als sie begriffen, wie weit sie gegangen waren, was sie taten ...

Die Minuten verstrichen. Das Zimmer lag jetzt im Dunkeln, die Sonne war untergegangen. Kevin erhob sich aus dem Sessel und suchte Melanie, die irgendwo im hinteren Teil der Wohnung war.

»Was machst du?« rief er.

»Wenn ich schon mal hier bin, kann ich auch die Fische füttern und die Pflanzen gießen«, rief sie zurück.

Kevin warf einen Blick um sich. »Das kann Wochen dauern. Wie viele Pflanzen hat die gute, alte Ann?«

»Ich habe sie nie gezählt. Dafür hat sie nur drei Fische. Möchtest du sie kennenlernen?«

»Das würde meinem Leben einen Sinn geben. Aber wir sollten erst mal Wes anrufen, um herauszufinden, wie alles gelaufen ist.«

»Ach, komm schon, sieh dir die Fische an. Was spielt es für eine Rolle, ob er zurück ist oder nicht? Er wird unseren Zettel finden und auf unseren Anruf warten.«

Das war richtig, aber Kevin war nicht in der Stimmung zu warten. Es ging um sein Leben, um ihres. Er humpelte durch das Wohnzimmer und blieb in der Tür zur Küche stehen.

Melanies Hände wanderten über dem Aquarium hin und her, sie fütterte die Goldfische. Sie hatte das weiße Hemd ausgezogen und es zusammen mit ihrem BH über die Rückenlehne eines der Küchenstühle gelegt.

Kevin lehnte sich an den Türrahmen und beobachtete das sanfte Spiel ihrer Rückenmuskeln, während sie ihren Arm über dem Wasser bewegte. Sie drehte den Kopf halb, ihr Gesicht verriet nichts. Dann wandte sie sich ganz zu ihm um. »Ich weiß, daß wir Wes anrufen könnten«, sagte sie. »Andererseits dachte ich ...«

Er kam zu ihr.

Farrell war überrascht über den Zettel, machte ihnen aber wegen ihrer Vorsicht keinen Vorwurf. Sie hatten zwei harte Tage hinter sich, und er fand, daß sie das Recht hatten, vorsichtig zu sein.

Aber Glitsky hatte ihm sein Wort gegeben, und auch wenn sie auf unterschiedlichen Seiten standen – Anklage und Verteidigung –, spürte er, daß der Mann fair spielte. Außerdem war ihm eingefallen, daß der Lieutenant für seine Korrektheit bekannt war.

»Hallo, Bart.«

Wes hatte den Fernseher wieder eingeschaltet, sich noch ein Bier aufgemacht und war gerade dabei, am Küchenfenster, das zum Junipero Serra Boulevard hinaus lag, eine Dose Hundefutter zu öffnen, als es klingelte. Er drückte die Taste der Gegensprechanlage neben der Tür.

»Wesley Farrell?«

Wesley? dachte er. Nicht einmal seine Frau hatte ihn Wesley genannt. »Der bin ich«, sagte er.

»Sergeant Stoner, Sonderermittler der Bezirksstaatsanwaltschaft. Ich habe eine schriftliche Genehmigung zur Durchsuchung Ihrer Wohnung bei mir. Wir vermuten, daß Sie eine flüchtige Person bei sich aufgenommen haben ...«

47

Glitsky saß am Schreibtisch und trommelte mit den Fingern auf die vor ihm liegende Akte. Das Gespräch mit Elaine nach seinem Treffen mit Farrell hatte ihm den Eindruck vermittelt – den falschen Eindruck, wie sich herausgestellt hatte –, daß die Staatsanwaltschaft für Verhandlungen bezüglich Kevin Shea offen sei. Er hätte für die Verhaftung Sheas innerhalb den nächsten vierundzwanzig Stunden gesorgt, und dieser Teil der Krise wäre vorbei gewesen.

Als er ins Morddezernat zurückgekehrt war, hatte er es noch immer verlassen vorgefunden, was ihn nicht weiter beschäftigte. Seine Truppen waren unterwegs und erledigten ihre Arbeit. Er beschloß, ein wenig Papierkram aufzuarbeiten, vielleicht würde Wes Farrell ja bald anrufen. Seit Beginn der Krawalle hatten sich weitere, von den Unruhen unabhängige Morde ereignet. Zwei Bandenführer hatten offensichtlich beschlossen, die Gelegenheit, die ihnen die Ausschreitungen boten, zu nutzen, um Anschläge auf gegnerischem Territorium zu verüben. In der vergangenen Nacht war aus einem fahrenden Auto heraus mitten in die Menge geschossen worden. Die Kugeln hatten zwei Kinder getötet und vierzehn Erwachsene verletzt. Von den bekannten Bandenmitgliedern in der Menge hatte keines auch nur eine Schramme abbekommen. Ein typisches Ergebnis. Der Fall mußte zugeteilt und untersucht werden. Außerdem mußte Glitsky sich vergewissern, daß seine Inspectors versuchten, die Mörder des koreanischen Geschäftsmannes, der erschossen worden war, zu finden. Dann waren da noch die Opfer der Brände nach den Brandbombenanschlägen, der Vorfall in North Beach, die Jugendlichen, die aus ihrem Wagen gezogen worden waren. Die Ausmaße der schrecklichen Ereignisse ließen ihn innehalten. Vier Schnellhefter lagen noch vor ihm. Er schob sie ans andere Ende des Schreibtischs.

Seit über zehn Jahren bestand sein Leben aus der Überprüfung und Ermittlung einer scheinbar endlosen Folge gewaltsamer Todesfälle. Er empfand eine tiefe Abneigung gegen Gewalt, was sicher auch an seinem Job lag. Andererseits war diese Abneigung ein Teil von Flo gewesen, hatte zu ihrem beschützenden Naturell gehört. Flo und er hatten ihre Kinder nie geschlagen. Er war davon überzeugt, daß mit der Gewalt gegen Kinder alles anfing. Ein Stoß hier, eine ausgerutschte Hand da, und irgendwann eskalierten die Mißhandlungen, es kam zu verbalem und sexuellem und überhaupt zum Mißbrauch der Kinder. Niemand schenkte dem große Beachtung. Die Straße des Lebens war rauh. Wer freie Fahrt haben wollte, drängte die anderen beiseite, sagte nicht »Wären Sie bitte so nett«, sondern trat den anderen in den Arsch.

Glitsky schüttelte den Kopf. Die Klebenotizzettel auf den Schnellheftern vor ihm wirkten, als seien sie Pflaster auf häßlichen Wunden. Er zwang sich, die nächste Akte zu nehmen. Der Mordfall Christopher Locke. Er öffnete den Hefter und fand als erstes Laniers Befragung von Loretta, die noch am Vorabend auf Band aufgenommen worden war. Sie war in Rekordzeit niedergeschrieben worden, wahrscheinlich weil eine neugierige Sekretärin wissen wollte, was die Senatorin zu sagen hatte. Auch in diesen Tagen war die Lust am Klatsch lebendig.

Die Senatorin ...

Dabei hatte er gerade an Flo gedacht, an ihre Art, die Kinder zu erziehen ... Ein Bild von ihr lag immer noch in einer Schublade seines Schreibtischs. Er öffnete sie und holte es heraus. Das blonde Haar, ihr strahlendes Lächeln ... Und unerträglich tot mit ihren vierzig Jahren.

Die Wände des engen Zimmers rückten noch näher heran, bis es nicht mehr existierte.

Flo war so anders gewesen als Loretta, und er vermutete, daß das am Anfang in seinen Augen zu ihrer Attraktivität beigetragen hatte. Eine weiße Frau, groß, sportlich, eher kurvenreich, fürsorglich statt kampflustig wie Loretta früher, bevor sie ruhiger – wie es aussah – geworden war. Flo bewertete das, was Loretta gerne das ›geistige Leben‹ nannte, nicht besonders hoch, liebte die einfachen Dinge. Sie konkurrierte nicht so gern mit anderen wie Loretta, mußte nichts beweisen und lebte deshalb auf einer anderen Ebene, besaß mehr natürliches Selbstvertrauen, war ernsthafter.

Loretta gab sich gern kompetent und selbstsicher, aber ihr Partyleben und die coole Fassade bestanden zum großen Teil nur an der Oberfläche und waren, wie Glitsky wußte, eine Reaktion auf ihre Herkunft. Sie war als drittes von vier Kindern in einem der ärmeren Viertel von San José aufgewachsen. Ihre Eltern waren, nach Glitskys Ansicht, rechtschaffene Leute mit Selbstachtung, hatten ihr ganzes Leben lang gearbeitet. Lorettas Mutter war über zwanzig Jahre in einer Reinigung tätig gewesen, ihr Vater hatte eine Reihe von Jobs in Büros, im Einzelhandel und im Dienstleistungsbereich gehabt – Schuhverkäufer, Koch in einem Schnellimbiß, Busfahrer. Was immer er bekommen hatte.

Als Glitsky Lorettas Eltern kennenlernte, kamen sie ihm alt und verbraucht vor, obwohl sie erst etwa so alt waren wie er jetzt. Die beiden erstgeborenen Söhne, Lorettas ältere Brüder, waren in Vietnam umgekommen. Das erklärte Lorettas frühe Radikalisierung und ihre Identifizierung mit der Black Student Union bis zu einem gewissen Grad. Als er ihr zuerst begegnet war, hatte ihr Hauptanliegen darin bestanden, deutlich zu machen, daß ihre schwarzen Brüder den Krieg der Weißen kämpften, und nicht etwa, daß die Ziele dieses Krieges vielleicht an sich schon falsch waren. Erst später wurde daraus eine Verurteilung des Krieges selbst.

Lorettas jüngere Schwester Estelle hatte ein uneheliches Kind, als Abe sie kennenlernte. In einem Zeitungsartikel über die Senatorin hatte er vor ein paar Jahren gelesen, daß Estelle mit drei Kindern und einer ganzen Reihe von untreuen Männerbekanntschaften in Los Angeles von der Fürsorge lebe. In dem Artikel stand auch, daß Loretta und Estelle sich nicht besonders nahestünden (Abe wußte, daß das auch noch nie der Fall gewesen war).

Bei Flo war alles anders. Sie hatte sich nicht erst den Weg aus der Armut bahnen, sich nicht freikämpfen müssen. Ihre Familie gehörte der Mittelschicht an, und Flo besuchte die Gunn High School in Los Altos, die im Volksmund als Vorbereitungsschule für die Stanford University galt. Dann schlug sie unvermittelt eine andere Richtung ein und ging mit einem Stipendium als Schwimmerin ins Central Valley – und zwar ausgerechnet an die University of the Pacific in Stockton.

Glitsky war ihr in der Sporthalle des Jüdischen Gemeindezentrums von San Francisco begegnet, wo er trainierte und sie das Schwimmbecken benutzte. Er war gerade ein paar Bahnen geschwommen, als sie sich mit dem flachen Kopfsprung der perfekten Schwimmerin auf ihn stürzte, weil ihre Schwimmbrille beschlagen war. Um ein Haar hätten sie beide eine Gehirnerschütterung gehabt. (Später erzählte sie, daß sie ihn am Beckenrand bemerkt habe und ihr keine bessere Art eingefallen sei, sich ihm vorzustellen.) Sie studierte an der University of the Pacific Kinderpsychologie (inzwischen hieß das ›frühe Kindeserziehung‹) im Hauptfach, unterrichtete anschließend zwei Jahre lang im Gemeindezentrum Vorschüler. Dann war sie bereit, selbst ein paar Kinder zu haben.

Glitsky und Flo bauten sich eine erfolgreiche Existenz auf. Viele der Themen, die ihm im College und in seiner Zeit mit Loretta als so wichtig erschienen waren, verschwanden aus ihrem Alltag, und er spürte, daß er sie nicht vermißte. Ja, seine Hautfarbe war dunkel, und selbstverständlich hatte er unter den täglichen Vorurteilen gelitten, als er jünger gewesen war, und auch später ... Aber obwohl sie ihn immer noch wütend machten, wenn er mit ihnen konfrontiert wurde (Flo übrigens auch), weigerten sie beide sich, rassistische Diskriminierung zum Mittelpunkt ihres Lebens werden zu lassen. Sie und er, die Kinder, die Familie – *das* war ihr Mittelpunkt. Er suchte nicht nach Ausflüchten für diese Prioritäten. So war er eben, und er war glücklich damit.

Warum sich die Ungerechtigkeit der Welt soviel tiefer in Lorettas Fleisch, ihre Seele und ihr Leben gebohrt hatte, war offensichtlich. Bei dem, was ihrer jüngeren Schwester widerfahren war und was viele schwarze Frauen so häufig erlebten, war es auch kein Wunder, daß sie Elaine, ihre Tochter, so fürsorglich beschützte. Glitsky vermutete, daß Loretta ihre Beziehungen zum Bezirksstaatsanwalt hatte spielen lassen, um ihrer Tochter diesen Job zu verschaffen. Warum auch nicht?

Er begann zu erkennen, vielleicht auch ein bißchen zu verstehen, warum sie sich zu dem älteren, weißen und reichen Dana Wager hingezogen gefühlt hatte. Die Gefühle für Dana waren unwiderstehlich verlockend und deshalb stärker als ihre junge Liebe gewesen. Sie hatte nicht so machtlos und verzweifelt enden wollen wie ihre Eltern, die zwar gute Menschen gewesen waren, aber ... Ein guter Mensch zu sein bot einem keinerlei Garantie.

Merkwürdig, dachte er, diese Gegensätze ... Loretta hatte, um aus dem Ghetto herauszukommen und um sicherzustellen, daß sie nie wieder dorthin zurück mußte, einen Weißen geheiratet, was im krassen Gegensatz zu ihren Prinzipien stand. Jetzt versuchte sie, San Francisco zu beruhigen, indem sie sich mit ihrem Schwarzsein identifizierte und wider jede Vernunft behauptete, Elaine sei hundertprozentig schwarz, weil ein Teil ihres Blutes schwarz sei. Glitsky dagegen war fest davon überzeugt, daß er eine Weiße geheiratet hatte, weil er sich in eine Frau verliebt hatte, die zufällig weiß gewesen war.

Doch das, was jetzt zwischen Loretta und ihm geschah, geschah, weil sie sich verstanden. Nicht wegen der Hautfarbe.

Was wäre passiert, wenn sie damals zusammengeblieben wären?

Im Rückblick fand er es besser, daß es nicht so gekommen war. Flo war der Mittelpunkt seines Lebens gewesen, hatte ihn aus den Fluten gerettet, die ihn vielleicht fortgerissen hätten. Loretta hatte es ganz gut allein geschafft, hatte, objektiv betrachtet, den Höhepunkt des Amerikanischen Traums erreicht, den nie zuvor jemand mit ähnlicher Herkunft auch nur annähernd erhascht hatte.

Aber jetzt ...

Jetzt waren sie erwachsen und frei. Wie Abes Vater gesagt hatte: Man mußte nach vorn blicken. Loretta hatte gelernt, daß alles im Leben rein zufällig geschah, die Ereignisse sich im wesentlichen nicht steuern ließen. Flos Tod hatte ihn das gleiche gelehrt, hatte ihn erschüttert, ihn aus der Bahn geworfen.

Vielleicht waren er und Loretta auf getrennten Wegen schließlich am selben Ort angelangt. Vielleicht könnte er mit ihr sein eigenes Gleichgewicht wiederherstellen. Er wußte es nicht. Auch das geschah vielleicht rein zufällig.

Er wollte es herausfinden.

Das Zimmer rückte wieder in sein Bewußtsein. Wo war er stehengeblieben?

Sein Blick fiel auf den offenen Schnellhefter ... Richtig, die Niederschrift von Lorettas Aussage. Wahrscheinlich befand sich auch der Rest von Strouts gerichtsmedizinischem Bericht mit den mikroskopischen Untersuchungen dabei. Er blätterte eine Seite weiter, überflog die Zeilen, wollte es nicht noch einmal lesen, er hatte die Geschichte ja am Vorabend von ihr gehört. Morgen würde er mit Marcel Lanier reden.

Sie wartete im Rathaus, hatte ihn gebeten, auf dem Heimweg bei ihr vorbeizukommen. Auch wenn es nur für ein paar Minuten wäre, hatte sie gesagt.

Er griff nach seiner Jacke, die über dem Stuhl hing, schloß den Hefter und ließ ihn in der Mitte seines Schreibtischs liegen. Beim Hinausgehen schaltete er das Licht aus.

»He.«

Er blieb stehen. Im Dämmerlicht saß Ridley Banks am Schreibtisch.

»Entschuldigung«, sagte Glitsky, »ich habe dich nicht gehört.«

»Du warst in Trance, und ich wollte nicht stören.«

Glitsky betätigte den Schalter, und das Licht ging wieder an. »Wie ist es gelaufen?«

Banks lehnte sich in seinem Stuhl zurück. »Jamie O'Toole scheint sich allmählich daran zu erinnern, daß es einen Mob gegeben haben könnte, und hat eventuell sogar jemanden gesehen. Ich glaube, er wird sich ziemlich bald im Traum oder so daran erinnern. Da wir gerade von ihm sprechen ... Weißt du, wie die beiden letzten Worte eines bigotten Schwarzenhassers lauten?«

Glitsky schüttelte den Kopf.

Mit starkem ländlichem Akzent sagte Banks: »He, schau mal!« Dann wartete er.

Teilnahmslos stand Glitsky an der Tür. »Ist das ein Witz?«

»Ich liebe diesen Witz. ›He, schau mal!‹ Denk mal darüber nach. Wart's ab, er wird immer komischer.«

»Ich werd drüber nachdenken.« Glitsky war verwirrt. »Was ist mit Mullen und McKay?«

»Diese Jungs ...« Banks schüttelte den Kopf. »Diese Jungs sind einfach zu clever.« Er erzählte Glitsky von dem ›Mißverständnis‹ in punkto, wessen Schiebetür tatsächlich zu Bruch gegangen war.

»Schau doch mal, ob du ihre Ärzte auftun kannst«, sagte Glitsky und fügte eine kurze Erklärung darüber an, wie das Messer ins Bild paßte. »Falls es sich um Schnittverletzungen handelt, die nicht von zerbrochenem Glas verursacht worden sind, heißt das, daß sie dicht an Arthur Wade dran waren und Messerschnitte abbekommen haben. Sollte *das* der Fall sein, haben wir genug, um sie herzuholen und einzubuchten. Ich habe heute eine gute Geschichte darüber gehört, wie das Ganze losging.«

Ein fragender Blick. »Und was ist mit Kevin Shea?«

»Ich rechne damit, daß wir Shea bald zu Gesicht bekommen werden. Die Geschichte, die ich gehört habe, stammt von seinem Anwalt.«

»Er hat einen Anwalt? Ist er noch in der Stadt?«

Glitsky nickte. »Interessant, nicht wahr? Verwunderlich. Und weißt du was?«

»Der Anwalt sagt, er hat es nicht getan.«

»Manchmal hast du diese Hellseher-Tour drauf, Ridley, das ist richtig gespenstisch. Ja, das behauptet er. Interessant ist, daß er vielleicht die Wahrheit sagt.« Glitsky ging zu Banks' Schreibtisch hinüber und setzte sich auf eine Ecke.

Banks lehnte sich zurück. »Du willst mir doch nicht weismachen, daß Shea nicht an der Sache beteiligt war, oder?«

»Unter uns gesagt: Ich glaube, daß selbst das möglich ist. Aber er könnte auch der Gute sein, könnte vielleicht sogar versucht haben, Wade loszuschneiden ...«

Banks brauchte einen Moment, um das zu verdauen. »Oh.«

»Ich weiß. Wir holen ihn uns trotzdem, dann können wir das klären. Hast du die anderen gesehen?«

»Marcel ist nach Hause gegangen, er wollte etwas schlafen. Griffin ist irgendwo, ich weiß nicht genau, wo.« Er zögerte.

Glitsky merkte es. »Was?«

»Nichts.«

Glitsky wußte, was im Kopf seines Inspectors vor sich ging: Banks wollte gern noch etwas zu seiner Pacific-Moon-Theorie sagen. Er habe etwas Neues entdeckt oder sich an etwas erinnert ... bezüglich der Gerüchte, Loretta Wager habe das Geld gewaschen, das sie 1978 angeblich aus Kolumbien herausgeschmuggelt hatte.

Aber Banks sah in den Augen seines Lieutenants eine Warnung und wagte es nicht, daß Thema anzusprechen. Nicht jetzt. Wenigstens so lange nicht, bis dieser ganze Tumult in der Stadt der Vergangenheit angehörte.

Sie schwiegen. Glitsky blieb an der Tür stehen und drehte sich halb um. »He, schau mal!« sagte er mit todernster Miene und knipste das Licht wieder aus.

48

Loretta Wager saß in ihrem kleinen Büro im Rathaus. Auf dem Schreibtisch ausgebreitet lag ein Stadtplan, auf dem sie mit den Fingerspitzen herumspaziert war. Jetzt lehnte sie sich mit verschränkten Armen zurück und beglückwünschte sich. Sie war stolz auf das, was sie in so kurzer Zeit erreicht hatte.

Mit der Festnahme Kevin Sheas wäre es komplett. Und Abe Glitsky hatte ihr gesagt, die stehe unmittelbar bevor. Vielleicht war sie ja, selbst ohne Abe, auch schon erfolgt.

Ihr Blick fiel wieder auf den Stadtplan, und sie strich mit einer Hand darüber. Was für eine schöne Stadt! Selbst die häßlichen Seiten ...

Der Marinestützpunkt am Hunter's Point bedeckte eine Fläche, die fast dreimal so groß wie der Candlestick Point und ungefähr halb so groß wie der Presidio war. Im Gegensatz zum Presidio war Hunter's Point flach, windgepeitscht und nahezu baumlos, der Boden mit giftigen Abfällen verseucht. Die offenen Bereiche, die man nicht bepflanzt hatte, waren tote Erde, die Gebäude standen leer und verfielen. Das Gebiet grenzte an das berüchtigtste Ghetto San Franciscos, den Schandfleck des Bay View District, den Jerohm Reese sein Zuhause nannte. Es gab einen Film über den Presidio, aber niemand würde einen Film mit dem Titel ›Hunter's Point Naval Reservation‹ drehen.

Loretta Wager kannte Hunter's Point gut. Die negativen Aspekte kümmerten sie nicht. Aus den Nachteilen machte man Vorteile. So funktionierte Politik, so funktionierte das Leben.

Wie zum Beispiel bei Alan Reston. Reston war der Sohn ihres vielleicht wichtigsten einzelnen Mäzens, Tyrone ›Duke‹ Reston, der vor Jahren angefangen hatte, die – wie Loretta fand – beste Steaksauce der Welt in Flaschen abzufüllen. Alan Reston, sein Sohn, hatte für sie Wahlkampf gemacht und ihr damit bewiesen, daß er ein erstklassiger Helfer sein konnte. Deshalb hatte sie ihn bei seiner Bewerbung um das Amt des stellvertretenden Generalstaatsanwalts unterstützt. Dann war die Stelle von Chris Locke frei geworden ... Sie hatte einen konservativen Afroamerikaner in Lockes Position gebraucht, der Autorität genug besaß, um ihr die Stimmen der liberalen Weißen von San Francisco zu garantieren. Alan hatte wie maßgeschneidert ins Programm gepaßt.

Der Nachteil bestand darin, daß er als Chefankläger nicht gerade die Linie der African-Nation-Bewegung vertrat, nicht zögerte, Verdächtige ins Gefängnis zu bringen, seien sie nun schwarzer oder sonst irgendeiner Hautfarbe. Philip Mohandas wollte nicht in seine Nähe kommen, aber Loretta hatte Mohandas zum Führer der Protestbewegung erklärt, zur Stimme, auf die Bürgermeister Conrad Aiken hören würde.

Sie hatte Reston im Amt des Bezirksstaatsanwalts haben wollen und, um das zu erreichen, Mohandas überredet, Aiken diese Idee zu verkaufen. Sie hatte Philip gegenüber argumentiert, daß es nicht nur Nachteile bringe. Reston sei ein Schwarzer wie Locke. Wenn Mohandas ein gutes Wort für Reston einlege, könne er auch gleich seine Ansicht darlegen, was Drysdale betraf.

Aber das hatte nicht gereicht. Mohandas hatte zu ihr gesagt, er werde »seinen Prinzipien nicht untreu«, und schon gar nicht, wenn es nur darum gehe, seine Ansicht darzulegen. Das hatte sie an ein altes Sprichwort erinnert: »Wir haben bereits festgelegt, was du bist, jetzt feilschen wir nur noch um den Preis.«

Wie wäre es, wenn sie ihm die Kontrolle über das riesige Gebiet erstklassigen Baugrunds des Marinestützpunkts am Hunter's Point verschaffte? Da es gleich an der Bucht liege, mitten im Herzen der afroamerikanischen Kulturenklave, und einige der herrlichsten Panoramablicke der Stadt biete, sei das Areal ein ungeschliffener Diamant, der auf eine Vision warte, auf einen Politiker, der seine Schönheit zum Glänzen bringe.

Loretta war Mitglied im Ausschuß für die Erschließung von Parkanlagen und saß im Senat im Komitee für aufgegebene Militäreinrichtungen. Sie wußte, daß das Grundstück der Regierung Kopfschmerzen in Millionenhöhe bereitete. Schätzungen allein über die Beseitigung der Verseuchung des Bodens – falls eine solche überhaupt möglich wäre, da gingen die Meinungen weit auseinander – beliefen sich auf über dreißig Millionen Dollar. Wenn diese gewaltige Aufgabe dann bewerkstelligt und das Grundstück anschließend als Nationalpark ausgewiesen worden wäre (wie der Presidio), dann stünden dringend notwendige

Sanierungs- und Instandsetzungsarbeiten an, bevor der Park der Öffentlichkeit zugänglich gemacht werden könnte. Das bedeutete zusätzliche Kosten in Höhe von fünfundfünfzig bis einhundertfünfzig Millionen. Zu diesen Aufwendungen kämen die Kosten für die Verwaltung des Parks: zwölftausend Dollar pro Tag. Selbst im günstigsten Licht betrachtet, war die Marinebasis am Hunter's Point ein Klotz am Bein.

Aber das mußte sie Mohandas nicht auf die Nase binden.

Es gab allerdings auch andere Überlegungen. Sie war sicher, daß sie es schaffen würde, seit Monaten schon arbeitete sie an ihrem Plan. Die Regierung würde, wie Loretta bekannt war, die Marinebasis am liebsten *verschenken*, um sich diese Last vom Hals zu schaffen. Weg damit. Natürlich hätte die Bürokratie das unter normalen Umständen nicht einfach so zulassen können.

Genau darum war es in den vergangenen Tagen gegangen. Die normalen Umstände hatten sich grundlegend verändert. Jetzt waren Symbole gefragt, drastische Maßnahmen, rote Bänder, die durchschnitten wurden, damit jeder die Botschaft verstand: Wir sitzen alle im selben Boot, auf Bundesebene wie auf Landesebene. Der gute Wille mußte *demonstriert*, nicht nur behauptet werden.

Also hatte Loretta den endgültigen Entwurf ihres Vorschlags heute morgen zwei ihrer Senatskollegen und dem Stabschef des Präsidenten vorgelegt. Er war von allen sofort als brillant und visionär bezeichnet worden. Ihre Idee: eine Durchführungsverordnung, die den Marinestützpunkt am Hunter's Point einem Treuhänder übergeben würde, der sich verpflichten mußte, auf dem Grundstück eine Begegnungsstätte für unterprivilegierte Kinder zu errichten. Eine gute Gelegenheit für den Präsidenten, sein Mitgefühl für die Not der Jugend im Ghetto zu demonstrieren. Er würde ihnen einen Ort schenken, wo sie spielen und lernen könnten (und sich außerdem eines Einhundertmillionendollar-Verwaltungsalptraums entledigen). Selbstverständlich würden gut informierte Quellen aus der Nähe des Präsidenten durchsickern lassen, daß diese brillante Idee von Senatorin Wager stamme ...

Und welchen besseren Treuhänder als Philip Mohandas konnte es für dieses Projekt geben? Er war ein Mann mit Visionen, der sogar in dieser Krise seine Bereitschaft zum Kompromiß und seinen Willen, einen Konsens zu erzielen, unter Beweis gestellt hatte. Mohandas würde sich den Menschen, denen er diente, verpflichtet fühlen, außerdem verfügte er über eine Organisation, die die

Verwaltung des Projekts übernehmen könnte. Die gemäßigte Senatorin Wager würde beteuern, daß der Mann gute Absichten habe.

Sie hatte Philip mitgeteilt, daß er mit Bundesmitteln in Höhe von etwa zwölf Millionen Dollar pro Jahr rechnen könne (ohne die entsprechenden zusätzlichen Gelder, die er von der Landesregierung in Sacramento und von der Stadt San Francisco zu erwarten habe). Eine Million pro Monat, steuerfrei, also letztlich – Bargeld.

Bei Bargeld war eine genaue Buchführung nahezu unmöglich. Und wer würde darauf schon bestehen?

Also war Philip Mohandas zu Conrad Aiken gegangen und hatte der Stadt San Francisco Alan Reston als neuen Bezirksstaatsanwalt verkauft.

Chris Lockes Tod, Alan Reston, Philip Mohandas, die Hunter's Point Naval Reservation – aus allen potentiellen Nachteilen waren Vorteile geworden. Dank der Senatorin Loretta Wager.

»Laß mich fahren. Du siehst erschöpft aus.«

Glitsky zögerte kurz, zuckte dann mit den Schultern und gab Loretta seine Schlüssel. »Ich will mich nicht streiten.«

»Ich bezahle auch das Abendessen.«

»Ich ...«

»Keine Diskussion. Senatorinnen lassen die Argumente Normalsterblicher nicht gelten. Und dazu gehören alle Menschen außer dem Präsidenten. Der übrigens ebenfalls kaum ein Argument gelten läßt.«

Glitsky gefiel ihre Art, daran bestand kein Zweifel. Lächelnd ging er um den Plymouth herum auf die Beifahrerseite. »Und was ist mit dem Vizepräsidenten?«

Sie warf ihm einen verächtlichen Blick zu. »Das ist nur ein Senator, der sich nicht allzuoft äußern darf. Definitiv ein Normalsterblicher.«

»Und der Gouverneur?«

Sie öffnete die Fahrertür und rief: »Von welchem Staat?« Im Wagen beugte sie sich zur anderen Seite hinüber und zog den Knopf von Glitskys Tür hoch.

Er stieg ein. »Kalifornien.«

Loretta überlegte einen Moment, langte unter den Sitz und versuchte, ihn nach vorn zu ziehen. Er bewegte sich nicht, sie war nicht schwer genug. »Hilf mir mal. Bei drei.« Sie zählte, dann schoben sie den Sitz zusammen weit genug nach vorn, so daß sie die Pedale erreichen konnte. »Kalifornien? Ich würde sagen, der nicht.«

»Der nicht? Was heißt ›der nicht‹?«

»Lieutenant, worüber reden wir? Darüber, wer Argumente gelten läßt, nicht wahr? Und ich würde sagen, der Gouverneur von Kalifornien läßt keine Argumente von Normalsterblichen gelten.«

Er grinste, und die Narbe auf seinen Lippen spannte sich. »Okay, und der Gouverneur von Delaware?«

»Der auch nicht.«

»Louisiana?«

»Nein.«

»Hm. Und die Lieutenants der Polizei ...«

Sie drehte den Schlüssel um, der Wagen sprang sofort an. Dann tätschelte sie ihm das Bein und fiel in die Umgangssprache, in der sie, außer mit ihrer Tochter, mit sonst niemandem sprach: »Schatz, 's gibt nur hundert US-Senatoren auf der ganzen Welt. Hast du 'ne Ahnung, wie viele Polizeilieutenants es gibt?«

Glitsky lachte laut auf, was ungefähr so häufig vorkam wie eine Mondfinsternis. »Sie sind also Normalsterbliche? Die Polizeilieutenants?«

Wieder dieser verächtliche Blick. In ihren Augen stand ein Whoopee-Goldberg-Funkeln. »Na komm schon, Süßer. Ich denk' mir diese Sachen nicht aus. Zahlen lügen nicht.«

»Also zählen meine Argumente nicht.«

»Theoretisch ist das richtig. Aber für dich persönlich, Abe Glitsky, gibt es vielleicht eine Ausnahmeregelung ...«

»Für welchen Teil? Für den normalen oder den sterblichen?«

Ihre Hand ruhte erneut auf seinem Oberschenkel. »Das Gute an dir kann mit jedermann auf der Welt locker mithalten ...«

Sie fädelten sich in den Verkehr auf der Polk Street ein und fuhren in Richtung Norden, während sie sich neckten und miteinander scherzten.

Auf dem Washington Square waren keine Zelte aufgeschlagen. Die Krawalle hatten noch nicht auf das Zentrum von San Francisco übergegriffen, das aus dem kompakten und größtenteils eleganten Kuchenstück bestand, das im Süden und Osten von der Market Street und im Westen von der Van Ness Avenue begrenzt wurde. Der Kern der Innenstadt erstreckte sich über fünfunddreißig Querstraßen von Norden nach Süden und siebzehn von Osten nach Westen.

Glitsky saß mit Loretta an einem Tisch in einer der hinteren Ecken des La Pantera, einem Restaurant an der Einmündung der Columbus Avenue auf den Washington Square. Weiter die Straße hinauf lag das schicke Fior d'Italia und auf der anderen Seite das Parks der Feinschmeckertempel Moose's, wo sich, selbst in diesen Krisenzeiten, die Gourmets trafen. Im La Pantera, das vor allem von nichtprominenten Bürgern besucht wurde, konnten sie für sich sein, und das war beiden recht. Dies war ein privates Abendessen.

»Das Gerücht, das einfach nicht einschlafen will«, sagte sie. Sie schob ein paar runde Nudeln auf ihrem Teller herum, nahm einen Schluck Limonade und seufzte. Glitsky bewunderte die Form und den Teint ihres Gesichts, ihre faltenlose, glatte Haut. »Pacific Moon«, sagte sie. »Manchmal wünsche ich mir, ich hätte diesen Namen nie gehört.«

»Ich erzähle dir nur, was ich gehört habe, Loretta. Für mich persönlich ist es kein Thema. Einer meiner Inspectors versucht, mich zu schützen, das ist alles.«

Aber sie schien ihn nicht zu hören. »Jetzt sind es drei Millionen Dollar? Bis ich sechzig bin, dürfte der Betrag auf zehn Millionen angestiegen sein.«

»Drei Millionen ist der Gewinn ...«

»Ich weiß, ich weiß.« Sie hielt eine Hand hoch. »Bitte, warte. Ich will es dir erzählen.«

Er nickte.

»Nach ... nach dem Flugzeugabsturz ... du weißt von dem Flugzeugabsturz, nicht wahr? In Kolumbien? Ich dachte mir, daß du es weißt, aber ... Dana und ich hatten schon davor einige Schwierigkeiten miteinander gehabt. Das war einer der Gründe, warum ich mich entschlossen hatte, wieder zu arbeiten und in die Politik zu gehen. Um etwas Eigenes zu haben, falls Dana und ich uns trennen würden, was ich damals für ziemlich wahrscheinlich hielt.«

»Hast du was dagegen, wenn ich frage, warum?«

Sie überlegte eine ganze Weile. »Dana gehörte zu den Männern, mit denen das Zusammenleben großartig funktioniert, solange alles gut läuft. Wenn er Geld und alles unter Kontrolle hatte, war er wunderbar. Er ging in seinen Geschäften auf.«

»Okay.«

»Aber seine Investitionen wurden immer problematischer. Er erlitt ein paar massive Fehlschläge an der Börse, versuchte dann, ein bißchen was durch Grundstücksgeschäfte hier in der Stadt wieder zurückzugewinnen. Aber sein Plan ging nicht auf. Schuldverschreibungen wurden fällig, die er nicht bezahlen konnte. Er geriet, glaube ich, allmählich in Panik. Inzwischen ging er auf die Sechzig zu, und seine Zuversicht begann zu schwinden. Ich sagte ihm, es sei nicht so wichtig, er besitze immer noch genug. Für mich sei wichtiger, wie er mit Elaine umgehe und daß er mich liebe, eben die persönlichen Dinge. Aber er dachte, er sei nichts wert, wenn ihm nicht alles glückte. Es hing mit diesem Macho-Wahn zusammen. Dann wurde er ... na ja, wir gaben ... die körperliche Seite auf ... Das beschleunigte den gesamten Prozeß natürlich zusätzlich.«

Sie trank einen Schluck.

»Aber nach Kolumbien ...?«

»Nach Kolumbien, nach meiner Rückkehr ... Ich weiß es nicht genau. Vielleicht hat ihn der Schock wachgerüttelt. So alt war er ja auch wieder nicht. Er wollte mich und Elaine nicht verlieren, das wollte er nicht zulassen. Als ich aus dem Krankenhaus kam, kehrten wir nach Hause zurück, und die Leute begannen, von meiner Kongreßkandidatur zu sprechen, von meiner Kandidatur für Theo Heckstroms Amt, und plötzlich blickten wir beide wieder nach vorn. Er war wieder zuversichtlich, ging wieder Risiken ein. Eines davon war das Pacific Moon.«

»Und das Lokal hat drei Millionen Dollar eingebracht?«

Sie lächelte ihn an. »Abraham. Bitte. Erstens waren es keine drei Millionen Dollar, nicht mal annähernd soviel, und der Betrag – wie hoch auch immer er gewesen ist – wurde unter den Investoren aufgeteilt. Zweitens basierte der Gewinn auf einem anderen Risiko, das Dana eingegangen war. So war er eben. Wenn er den Mut hatte, konnte er alles erreichen. Er überredete die anderen Investoren, die Gewinne aus dem Restaurant in die Anzahlung für irgendein heruntergekommenes Gelände südlich der Market Street zu stecken, von dem er gehört hatte, daß es ... Na ja, ein großer Teil davon gehört jetzt zum Moscone Center, San Franciscos berühmtem Kongreßgelände. Sie mußten nur drei oder vier Teilzahlungen leisten, bevor die Stadt ihnen das Grundstück wieder abkaufte. Ein unerwarteter, einmaliger Gewinn. Danach zog sich Dana aus dem Restaurantgeschäft zurück, steckte seinen Anteil am Gewinn in die Erschließung von Grundstücken, was ihm sowieso lieber war. Er hat das Pacific Moon nur benutzt, um mit dem Geld der anderen Investoren in die Grundstücksgeschäfte einzusteigen.«

Glitsky hatte sich zurückgelehnt und die Arme verschränkt. Jetzt beugte er sich vor. »Weiß die Öffentlichkeit nichts davon? Warum gibt es immer noch Gerüchte?«

Eine Spur von Resignation schlich sich in ihren Tonfall. »Erstens, glaube ich, haben die Leute nicht verstanden, was Dana getan hat, Abe. Und wenn die Leute eine Erklärung nicht verstehen, dann denken sie sich eben eine aus. Außerdem stehe ich im Rampenlicht der Öffentlichkeit. Es hätte nie Gerüchte gegeben, wenn ich eine Hausfrau wäre, glaub' mir. Aber so gibt es genug Leute, die glauben, sie könnten einen Vorteil daraus ziehen, wenn sie irgendwas Schlechtes über mich herausfinden.« Sie beugte sich über den Tisch und sprach leise: »Abraham, hör mir zu. Dana hat einiges auf sich genommen, um seine Bücher ... geheimzuhalten. Die Investoren haben eine Holdinggesellschaft gegründet, die das Grundstück kaufte, und dann die Gewinne zurück ins Restaurant fließen lassen. Das war der Grund dafür, daß das Restaurant in jenem Jahr einen so hohen Gewinn auswies. Keine Namen. Aber du kannst sie herausbekommen – andere haben sie auch herausbekommen –, wenn du weißt, wo du suchen mußt. Die Buchprüfer, zum Beispiel.«

»Aber warum benutzte er nicht ...?«

»Warum keine Namen? Warum die ganze Heimlichtuerei?« Sie lehnte sich zurück. »Weil Dana glaubte, daß Wissen Macht verleiht. Sag niemandem was, das er nicht wissen muß. Außerdem dachte er, und damit lag er wahrscheinlich richtig, daß die Wähler es nicht gutheißen würden, wenn herauskäme, daß ich durch einen Zufall – und es war ja im Grund ein Zufall – an der Stadt einiges Geld verdient hätte. Wir haben nichts ... *Dana* hat nichts Ungesetzliches getan, aber in diesem Geschäft, in meinem Geschäft, der Politik, zählt nur der Eindruck.« Es bereitete ihr offenbar immer noch Kummer. Ihre Hand griff nach der seinen. »Das ist die Geschichte. Zufrieden? Können wir immer noch das sein ... was wir sind? Obwohl du bei der Polizei bist und so weiter?«

»Es war für mich nicht so wichtig, aber ich bin froh, daß du es mir erzählt hast.«

Ihre Hände trafen sich über der Mitte des Tischs. »Ich will nicht, daß du an mir zweifelst, Abe.«

»Ich zweifle nicht an dir. Nicht jetzt, nicht in Zukunft.« Er hob ihre Hand an seine Lippen und drückte sie dagegen.

Loretta wußte, daß sie es niemals tun könnte, und doch war sie versucht, Abe und der Welt alles zu erzählen. Fast ihr ganzes Leben hatte sie es mit selbstgerechten Menschen zu tun gehabt – zu denen Abe nicht gehörte –, und liebend gern würde sie die Karten auf den Tisch legen, damit sie verstünden, was Menschen tun mußten, die dort anfingen, wo Loretta angefangen hatte, um etwas zu erreichen.

Sie hatte immer etwas wirklich Gutes vollbringen wollen, hatte helfen wollen, um den Menschen, die sie vertrat, eine bessere Position zu verschaffen. Sie hatte etwas bewirken und eine aktive Rolle dabei spielen wollen, ihr Land zu verbessern, hatte nie geheuchelt, es war ihr immer ernst damit gewesen. Im Verlauf ihrer Karriere war sie weit gegangen, um dank ihrer Bemühungen einige Fortschritte zu erzielen.

Sie hatte es nicht für sich oder zur Selbstdarstellung getan, zumindest nicht nur. Elaine sollte das, was sie selbst als Kind und noch mehr als junge Frau ertragen hatte, nicht durchmachen müssen. Und, bei Gott, bislang hatte sie dieses Ziel erreicht. Abgesehen von der Sache mit Chris Locke. Macht und Einfluß schützten tatsächlich vor dem Schlimmsten. Über Elaine, die Lorettas Einfluß vergrößerte, weitete sie ihren Schutz auch auf andere aus. Sie hatte ihre Karriere begonnen, indem sie für die Benachteiligten, die mit Füßen Getretenen, gekämpft hatte, und allein das hatte ihr damals die notwendigen Stimmen gebracht. Es war eine Situation gewesen, in der sie nur hatte gewinnen können.

Aber das hatte sich geändert, und sie mußte sich ebenfalls ändern, wenn sie an der Macht bleiben, weiterhin Gutes tun wollte. Sie fand nicht, daß sie ihren Prinzipien untreu geworden war, sie hatte sich nur ein wenig anpassen müssen, um sie beibehalten zu können. Wenn sie nicht gewählt wurde, konnte sie auch niemandem helfen, richtig? Vielleicht war das die Vereinfachung einer professionellen Politikerin, aber sie wußte, daß sie recht hatte. Vielleicht würde ihr Anliegen etwas moderater ausfallen, aber es würde den Kompromissen nicht ganz und gar zum Opfer fallen.

Sie fragte sich, was die aufrechten Moralapostel wohl an ihrer Stelle getan hätten. Es war eine Sache, einen moralischen Standpunkt zu vertreten und zu sagen ›Oh, *ich* hätte das gefundene Geld den Behörden übergeben‹, und eine völlig andere, vier Tage im stinkenden Dschungel sitzen und befürchten zu müssen, dort zu krepieren. Mit mehr als einer halben Million Dollar in bar, deren Herkunft nicht zu identifizieren war.

Sie hatte nie Gewissensbisse wegen der Tatsache verspürt, daß sie den Absturz als einzige überlebt hatte. Litt nicht an Schuldgefühlen als Überlebende. Es war nicht ihr Fehler gewesen. Das Geld mochte ja vielleicht aus Drogengeschäften stammen – schwer zu sagen? Vielleicht hatte es auch jemand anderem gehört, war es in den Vereinigten Staaten nicht versteuert worden ... Aber es stand außer Frage, daß sie mit Hilfe dieses Geldes etwas für ihr Volk erreicht hatte, zuerst als Kongreßabgeordnete, dann als Senatorin.

Es gab noch einen anderen, persönlicheren Grund dafür, weshalb es sie nie belastet hatte, das Geld behalten zu haben. Sie hatte es als zufälligen Glückstreffer empfunden, der für einen Ausgleich auf dem Spielfeld gesorgt hatte. Auch wenn ihre braven Eltern es immer stolz, vielleicht sogar ein wenig blind, abgestritten hatten, war Loretta dennoch ein Opfer der Armut gewesen. Sie hatten unrecht gehabt, die miesen Verhältnisse, in denen die beiden Alten die letzten Jahre ihres Lebens verbracht hatten, bestätigte das. Jeden Tag hatte Loretta den Schmerz gespürt, in jeder Minute. Verdammt, nach dem Pech, das ihr und ihren Eltern beschieden gewesen war, hatte sie ein bißchen Glück verdient gehabt.

Endlich war sie an der Reihe gewesen, und sie hatte die Gelegenheit genutzt, ohne Entschuldigungen, Erklärungen oder Schuldgefühle zu erfinden. Nur Menschen, die Angst davor hatten, nach etwas zu greifen, das bisher außerhalb ihrer Möglichkeiten gelegen hatte, würden eine solche Gelegenheit nicht nutzen. Nicht sie. Sie hatte die Chance genutzt und verdammt viel Gutes auf ihrem Weg nach oben getan.

Nichts und niemand würde sie jemals vom Gegenteil überzeugen.

49

»Tut mir leid, falsch verbunden.«

»Wes ...?«

Die Verbindung wurde unterbrochen.

»Was war das?« fragte Melanie. Sie saß vor Anns Schlafzimmerkommode und kämmte ihr Haar, zählte die Bewegungen, einundachtzig, zweiundachtzig ... Sie hatte sich noch nicht wieder angezogen.

»Das war Wes, und er verhält sich ziemlich mysteriös. Ich werde ihn noch mal anrufen.« Kevin, der auf dem Bett lag, begann die Nummer erneut zu wählen.

»Nein, warte einen Moment. Was hat er gesagt?«

»Melanie, so was macht er laufend. Er hat gesagt, ich sei falsch verbunden, und eingehängt.« Er drückte auf die Tasten des Telefons. Sie stand rasch von ihrem Hocker auf, griff über ihn, versuchte, ihm den Hörer aus der Hand zu reißen, und fiel auf seine Rippen.

»Au!«

»Oh, tut mir leid, Kevin, das wollte ich nicht ...«

Auch er war noch nackt. Stöhnend lag er auf der Seite, halb in die embryonale Körperhaltung zusammengerollt. Sie nahm ihm den Hörer ab und legte ihn auf die Gabel zurück. »Alles in Ordnung?«

Er schüttelte den Kopf und versuchte mühsam, wieder zu Atem zu kommen. »Wenn *du* ihn unbedingt anrufen willst, okay, ruf ihn an.«

»Ich will ihn nicht anrufen. Erzähl mir lieber, was er gesagt hat.«

Kevin rollte sich auf den Rücken und tastete behutsam seine Rippen ab. »Also, hör gut zu, ich zitiere ihn wörtlich: ›Tut mir leid, falsch verbunden.‹«

»Es war jemand bei ihm. Sie sind ihm nach Hause gefolgt. Wir hatten recht, seine Wohnung zu verlassen. So sieht's aus, und du weißt, daß das stimmt.«

Er betastete noch immer seine Rippen. Sie saß neben ihm auf dem Bett, nahm nach einer Weile den Hörer ab. »Wie ist seine Nummer?«

Er schloß die Augen, lehnte sich zurück und murmelte die Nummer. Sie gab die Ziffern ein. »Hier spricht deine Mutter, Wes. Sag jetzt: ›Hallo, Mutter.‹ ... Okay. Wes, wenn die Polizei bei dir ist, sag: ›Ich weiß es nicht. Möglicherweise habe ich an dem Abend schon was vor.‹«

Sie nickte. »Wir werden später wieder anrufen. Glaubst du, daß sie in einer Stunde weg sind?«

Eine kurze Pause. »In Ordnung. Und jetzt sagst du: ›Okay, tut mir leid, bis dann, Mutter.‹«

Sie hängte ein. Kopfschüttelnd legte sie eine Hand auf Kevins Bauch.

Er griff danach. »Und was jetzt?«

Sie hatten die Rollen getauscht. Die Ironie, die darin lag, war ihm nicht entgangen.

Kevin saß, von Pflanzen umgeben, reglos in einem der bequemeren Sessel im Wohnzimmer. Er war inzwischen angezogen, und Melanie hatte ihm das Haar gekämmt, so gut es ging, weil sie dachte, daß es etwas bewirken könnte. Die Vorhänge vor dem Fenster hinter ihm waren zugezogen, und sie hatten alle Lampen eingeschaltet, zusätzlich einige aus dem Schlafzimmer geholt und die Lampenschirme abgenommen. Ein notdürftiger Ersatz.

Melanie hatte Anns Videokamera mit dem Stativ so zurechtgerückt, daß sie auf Kevin gerichtet war. Ein Band war eingelegt, das Gerät einsatzbereit. Als Melanie die Aufnahmetaste drückte, leuchtete ein rotes Lämpchen auf, und Kevin versuchte, in die Kamera zu lächeln. Kein besonders natürliches Lächeln.

»Mein Name ist Kevin Shea«, begann er, »und die Vorwürfe, die gegen mich erhoben werden, sind nicht ...«

Sie standen vor der Wohnungstür und umarmten sich. »Es gibt keine andere Möglichkeit, ich *muß* gehen. In höchstens einer Stunde bin ich zurück, und dann werden wir Wes noch mal anrufen.«

»Vielleicht solltest du bei ihm vorbeifahren. *Er* könnte das Band abgeben.«

Sie schüttelte den Kopf. »Zu ihm fahre ich bestimmt nicht.

Wahrscheinlich ist die Nationalgarde rund um das Gebäude postiert.« Sie küßte ihn. »Kevin, ich bin nicht in Gefahr, hinter mir sind sie nicht her, nur ich kann es tun. Die Nummernschilder sind ausgetauscht. Wir haben es doch auch bis hierher geschafft, oder etwa nicht?«

»Nur knapp.«

»Auch knapp zählt«, sagte sie, gab ihm noch einen Kuß und verschwand.

Er fand es merkwürdig, daß er keine Lust auf ein Bier verspürte. Ann hatte vier Rolling Rocks im Kühlschrank, aber statt dessen schenkte er sich aus einem großen Krug ein Glas Orangensaft ein. Er trank das Glas in einem Zug leer und goß sich ein zweites ein.

Dann ging er ins Wohnzimmer zurück und überlegte, wie lange es dauern würde, bis Melanie das Band zu KQED gebracht hätte, dem Fernsehsender, der Anns Wohnung am nächsten lag. Vorausgesetzt, sie würde nicht verhaftet werden und ihre Mission dadurch scheitern, würde sie höchstens eine Stunde brauchen. Aber es herrschte viel Verkehr, und seit ein paar Tagen gab es die abgesperrten Zonen, die sie umfahren mußte.

Sein Magen krampfte sich zusammen. Was wäre, wenn ihr etwas passierte? Wenn jetzt ...

Wenn was?

Ihm wurde bewußt, daß er sich größere Sorgen um sie machte als um sich selbst. Er hätte sie nicht allein gehen lassen sollen. Er hätte mit ihr fahren sollen ...

Auf Kevins Frage, ob die Polizei noch anwesend sei, antwortete Wes Farrell: »Sie sind weg. Was machst du gerade?«

»Ich habe die letzten sieben Minuten die Sekunden gezählt. Ich glaube, es waren vierhundertzwanzig. Aber das wird auf Dauer ein bißchen langweilig, und so dachte ich, ich rufe dich an. Wie geht's Bart?«

»Bart geht's gut.«

»Und dein Treffen ...?«

»Bis die Bullen hier aufkreuzten, hatte ich geglaubt, daß alles gut gelaufen sei.«

»Wie konnte das passieren?«

»Ich hätte es wissen müssen. Hier steht viel auf dem Spiel. Sie lügen.«

»Wer?«

»Die Bullen. Lieutenant Glitsky. Er sagte, er würde es für sich behalten, aber offensichtlich hat er jemanden beauftragt, mir nach Hause zu folgen. Er dachte, du wärst bei mir, obwohl ich ihm sagte, ich wüßte nicht, wo du steckst. Wahrscheinlich hielt er es für einen Versuch wert. Wenn du hier gewesen wärst, hätte er die Verhaftung vornehmen und vielleicht sogar die Belohnung einstreichen können. Du kannst dir sicher vorstellen, wie überrascht und erleichtert ich war, als sich herausstellte, daß du tatsächlich nicht hier warst. Wahrscheinlich hat mich das vor dem Gefängnis bewahrt. Warum zählst du Sekunden?«

»Um die Zeit zu vertreiben, bis Melanie zurückkommt.«

»Wo ist sie?«

Kevin erklärte es ihm. »Wenn wir erreichen, daß sie das Video senden, und die Medien darauf anspringen, werden die Leute ihre Meinung vielleicht ändern. Irgendwas *wird* sich ändern. Wenigstens kommt so die Wahrheit ans Licht.«

»Kevin ... Warum klammerst du dich so sehr an den Gedanken, daß jemand glauben wird, was du zu sagen hast?«

Shea schluckte und wartete einen Moment, bevor er antwortete: »Weil ich die Wahrheit sage, Wes.«

»Das streite ich nicht ab, wir haben es oft genug durchgekaut. Ich habe Glitsky deine Wahrheit erzählt, wenigstens so, wie ich sie verstanden habe, und er schien sogar offen dafür zu sein. Und doch gibt es die Anklageschrift der Grand Jury, und das ist ein offizielles Dokument, Kevin. Du bist offiziell dieses Verbrechens *angeklagt*. Ich glaube nicht, daß du mit einem Videoband, in dem du sagst, daß du es nicht getan hast, viele Herzen und Meinungen für dich gewinnen wirst. Die Leute werden skeptisch sein, was deine Motive betrifft. Glaub mir. Jetzt ist die Jury am Zug, es sei denn, wir können den Bezirksstaatsanwalt dazu bewegen, die Anklage fallenzulassen. Aber das hält selbst Glitsky für unwahrscheinlich. Und ich, nebenbei bemerkt, auch.«

»Ich werde mich nicht vor Gericht stellen lassen ...«

»Sieh der Realität ins Auge, Kevin.«

»Auf keinen Fall, ich werde nicht ...«

»Warum bleibst du dann in der Stadt? Ich dachte, du wolltest deine Geschichte erzählen, die Wahrheit ans Licht bringen?«

»Ja, aber nicht in einem verdammten Gerichtsverfahren. Wenn ich vor Gericht gestellt werde, bin ich ein toter Mann, das weißt du, du hast es selbst gesagt. So weit darf es nicht kommen. Deshalb kam ich zu dir. Damit die Sache hinter den Kulissen geklärt wird.«

Farrell fand darauf keine passenden Worte.

»Wes?«

»Wenn kein Wunder geschieht, Kevin, wird es zu einem Gerichtsverfahren kommen. Wir werden deine Verhaftung in die Wege leiten und dich auf Kaution herausholen ...«

»Ich dachte, bei einer Mordanklage gibt es keine Kaution.«

»Nur, wenn sie auf vorsätzlichen Mord plädieren. Das müssen wir aushandeln.«

Es entstand eine lange Pause. Dann klang Kevins Stimme merklich gedämpft. »Wes, ich kann nicht glauben, daß es so weit gekommen ist.«

»Ich weiß, Kevin, deshalb versuche ich ja die ganze Zeit, dir klarzumachen, daß es, verdammt noch mal, eben doch so weit gekommen ist. Die Sache wird vor Gericht geklärt, es sei denn, sie bringen dich vorher um.«

Wieder eine lange Pause. »Du kannst einen wirklich aufmuntern.«

»Du hast mich gefragt.«

»Tu mir einen Gefallen, wenn ich das nächste Mal frage, ja?«

»Welchen?«

»Lüg mir was vor.«

50

Allicey Tobain besprach sich mit Philip Mohandas im hinteren Büro des Ladens, N'doum stand davor Wache. Trotz des kontinuierlichen Stimmengemurmels der anderen Personen im Laden, von denen sich einige sogar laut unterhielten, konnte N'doum Allicey deutlich durch die Tür hören ...

Sie ging in dem kleinen Zimmer auf und ab. »Du verlierst den Blick für die Realität, Philip. Du wirst von dieser ... dieser *Politikerin* manipuliert.« Sie spie das Wort förmlich aus und blieb vor Mohandas stehen. »Sag mir eines: Was ist für uns bei dieser Sache bisher herausgesprungen? Einer von ihren Leuten ist jetzt Bezirksstaatsanwalt. Wir haben das für eine Gegenleistung von ihr getan ... richtig? Aber wo ist die Gegenleistung? Wo? Wir haben ein Versprechen bekommen, das ist alles, mehr sehe ich nicht. Und inzwischen verlieren wir den Blick für ...«

»Du wiederholst dich, Allicey. Aber wofür verliere ich den Blick? Wir bekommen etwas. Wir bekommen eine Million Dollar monatlich.« Er sprach ruhig, während er eine Geste zur Tür machte. »Damit können wir eine Menge Flugblätter drucken, Mädchen. Wir können eine Menge Werbezeit kaufen, eine Menge von allem ... Hörst du, was ich sage?«

Sie ging nicht darauf ein, brachte ihr Gesicht dicht vor seines und sagte: »Ich betreibe keine Kindertagesstätte. Hier geht es nicht um *unterprivilegierte Jugendliche*, sondern um unser Volk, Philip. Es geht darum, wie wir behandelt werden. Vor drei Tagen wurde hier ein Mann gelyncht, aber bis jetzt ist kein Mensch dafür verhaftet worden. Und soweit ich sehe, wird nicht einmal mehr nach dem Täter gefahndet. Nennst du das Gerechtigkeit? Nennst du das Fortschritt? Ist es das, was du willst?«

Er blieb stumm.

Sie ging zurück zum Sofa, blieb davor stehen und wandte sich wieder zu ihm um. Ihr Tonfall wurde sanfter: »Sie spielt mit dir, Philip, sie nutzt dich aus. Erkennst du das denn nicht? Für sie ist es ein Spiel. Du läßt dich einwickeln, vergißt, was du eigentlich willst, wer du bist und wem du vertrauen kannst.«

»Das vergesse ich nicht. Aber sie bietet etwas Wichtiges an, das wir brauchen können, etwas ...«

»Verdammt noch mal, Mann, du solltest dich hören. Du sprichst von einem *Angebot*, du spielst ihr Spiel ...« Sie ging zu ihm zurück, legte ihm die Hände auf die Arme und hielt sie fest. »Laß mich dich etwas fragen: Ist Jerohm Reese aus dem Gefängnis entlassen worden? Ist dieser Drysdale noch immer im Amt? Erinnere dich: Das waren heute morgen unsere Anliegen – diese beiden Dinge. Dann rief Senatorin Wager an. Erinnerst du dich? Und? Haben wir eines unserer Ziele erreicht?«

»Du warst dabei, Allicey.«

»Auch ich habe mich für einen Moment blenden lassen. Ich dachte, wir bekämen was. Aber frag dich selbst: Was haben wir erreicht? Alan Reston? Wer ist das schon? Wir haben erreicht, daß der Bürgermeister die Belohnung für Kevin Shea aufgestockt hat. Aber ich sehe keinen Kevin Shea. Siehst du ihn? Siehst du, daß etwas unternommen wird?«

Sie ließ seine Arme los und strich über den Stoff seines Hemdes. »Wir haben Brüder und Schwestern da draußen, die kämpfen, Philip. Sie verlieren den Kampf auf den Straßen. Es wird ihnen erst besser gehen, wenn es hier mehr Gerechtigkeit gibt. Genau das müssen wir verlangen: mehr Gerechtigkeit. Und ich glaube, in der Hitze des Gefechts – in den Verhandlungen mit der Senatorin – verlieren wir aus den Augen, wer wir sind und was wir wollen. Mehr sage ich ja gar nicht.«

Philip Mohandas' Gesichtsausdruck blieb leer. Er trat einige Schritte zurück, stieß gegen einen der Klappstühle und setzte sich.

Von Allicey und Jonas flankiert, saß Philip Mohandas im vorderen Teil des Ladens, umgeben von etwa vierzig seiner Anhänger. Ein halbes Dutzend Mikrofone stand vor ihm, und ein Reporter eines örtlichen Kabelfernsehsenders mit Kamera sowie eine Journalistin vom *Bay Guardian*, die bereits den ganzen Tag in seinem Hauptquartier herumgelungert hatte, stellten ihm Fragen. Mohandas war sich bewußt, daß er gefilmt und seine Worte mitgeschnitten wurden, daher versuchte er, sein rhetorisches Talent in Szene zu setzen:

»... sind wir ausdrücklich nicht mit dem zufrieden, was offiziell

›Fortschritte‹ genannt wird. Bis jetzt haben wir nur Lippenbekenntnisse vernommen, mehr nicht.«

Die Journalistin vom *Guardian* meldete sich wieder zu Wort. Hinter Mohandas runzelten Allicey und Jonas die Stirn. »Aber was ist mit Alan Reston? War er nicht Ihr Kandidat? Er ist ein Schwarzer, zeigt das nicht irgendwie ...«

Mohandas sagte mit halb erhobener Faust und fester Stimme: »Ganz gleich, auf wen die Wahl fiel, der Bezirksstaatsanwalt mußte ein Afroamerikaner sein. Der Bürgermeister sah ein, daß ihm nichts anderes übrigblieb. Jede andere Wahl hätte ... selbstverständlich neue Unruhen entflammt. Mister Reston war im Hinblick auf dieses minimale Kriterium akzeptabel. Dennoch bleiben wir felsenfest bei unserer Meinung, daß Jerohm Reese ein unschuldiges Opfer und ein weiteres Beispiel für den Rassismus der Weißen ist und daß Art Drysdale ein Rassist ist, der aus jedem öffentlichen Amt entfernt werden muß. Um Ihre Frage zu beantworten: Nein, wir sind *nicht* zufrieden.«

»Was ist mit der Belohnung? Ist das nicht ...«

Mohandas wies mit dem Finger auf den Reporter des Kabelsenders. »Ich bin froh, daß Sie dieses Thema anschneiden, denn auch hier handelt es sich um eines jener Lippenbekenntnisse, von denen ich eben sprach. Es ist eine leere Geste, die darauf zielt, meine Gemeinde, meine aufgebrachten Brüder und Schwestern einzulullen und glauben zu machen, das Machtsystem der Nicht-Schwarzen fühle sich betroffen. Betroffen! Wir wollen keine Betroffenheit, Betroffenheit ist nicht genug. Wir wollen Ergebnisse! Was nützt uns eine Belohnung – egal, ob es fünfzig oder fünf Millionen Dollar sind –, wenn sie nicht dazu beiträgt, daß der Gesuchte gefaßt wird?« Er zeigte auf den Steckbrief an der Wand. »Wir wollen diesen Mann.« Konzentriert und ernst wandte er sich der Kamera zu. »Lassen wir uns nicht von schönen Worten und sogenannten guten Absichten täuschen! Wir dürfen nicht vergessen, was hier in San Francisco geschehen ist und immer noch geschieht. Arthur Wade ist tot, und nichts hat sich geändert. Jerohm Reese sitzt im Gefängnis, Kevin Shea läuft frei herum. Solange dieser Zustand nicht korrigiert wird und die Verhältnisse so pervertiert bleiben, können und werden wir keine Ruhe geben.«

Seine Stimme war ein wenig heiser geworden, und Jonas N'doum reichte ihm ein Glas Wasser, aus dem er einen Schluck trank. »Deshalb rufe ich zu einer Solidaritätsdemo am Samstag morgen auf. Wir veranstalten eine *friedliche* Demonstration, bei der wir der Stadt folgende Forderungen vorlegen: Erstens muß etwas zugunsten von Jerohm Reese, zweitens etwas gegen Art Drysdale unternommen werden. Und drittens muß die Stadt *alle* ihre Möglichkeiten ausschöpfen, ihren *gesamten* Machtapparat dafür einsetzen, daß Kevin Shea gefunden wird. Dann kann endlich die Rede davon sein, daß man in dieser Stadt beginnt, mehr Gerechtigkeit walten zu lassen.«

Der Raum explodierte in einem Chor aus »Genau!« und »Amen!«. Mohandas drehte sich zur Seite, erhielt ein bestätigendes Nicken von Allicey Tobain und wandte sich mit dem Ausdruck wilder Entschlossenheit wieder der Kamera zu.

51

Sie schlenderten über den kalten Sand am Strand unterhalb des Cliff House. Loretta war barfuß und trug ihre Schuhe in einer Hand. Da es ein wenig kühl geworden war, hatte sie Glitskys Fliegerjacke an. Es war windstill. Er hielt ihre andere Hand und tat, als sei er gegen die Witterung immun. Sie waren am nördlichen Stadtrand entlang und durch den Presidio und das Seacliff-Viertel hierher an den Pazifik gefahren. Loretta hatte alles, was einem Sperrgebiet ähnelte, umfahren.

»Wann fliegst du wieder zurück nach Washington?«

»Ich weiß es noch nicht genau. Mir wäre es lieb, wenn diese ... diese ganze Angelegenheit bis dahin aus der Welt geschafft wäre. So lange möchte ich bleiben. Das heißt, falls es nicht zu lange dauert, was ich stark hoffe.«

Sie hatten den weiteren Abend mit Gesprächen über private Themen verbracht, denn sowohl Abe als auch Loretta waren der Ansicht, daß Kevin Shea im Laufe des nächsten Tages verhaftet werden würde. Der Wahnsinn würde ein Ende finden, deshalb hatten sie nicht weiter darüber gesprochen. Die Lösung war greifbar nahe.

Sie fuhr fort: »Ich fühle mich als Teil dieser Sache. Und ich mache mir immer noch große Sorgen um Elaine.« Ihre Schritte verlangsamten sich, dann blieb sie stehen, wandte sich um und sah zu Glitsky auf. »Außerdem ... bist da auch noch du.«

Er ging weiter, langsam, einen Schritt nach dem anderen. Nüchtern entgegnete er: »Ja, stimmt.«

»Ich nehme an, du kommst nicht oft nach Washington.«

»Richtig.«

Sie hielt ihn an, sah auf den Sand hinunter und malte mit ihren Zehen einige Linien hinein. »Ich bin ein paarmal im Jahr während der Ferien hier, meistens um Wahlkampf zu führen.«

Über ihren Kopf hinweg leuchteten phosphoreszierend die sich brechenden Wellen. Glitsky glaubte die Lichter eines Tankers am

Horizont zu sehen. Hinter ihm ertönte das schwache Heulen einer Sirene.

»Okay«, sagte er.

Ihre Arme lagen um seine Taille. »Hättest du was dagegen, mich einen Moment in den Arm zu nehmen?« Sie klammerte sich an ihn und preßte sich fest gegen ihn. Er spürte, wie ein Zittern sie durchfuhr. »Ist dir kalt?«

Sie schüttelte den Kopf. »Nein, das nicht.« Er umarmte sie. »Man redet sich ein, daß man das nicht braucht«, flüsterte sie, als führe sie ein Selbstgespräch.

»Ich weiß.«

»Und das klappt, weil es klappen muß.«

Glitsky traute sich nicht über den Weg, viel zu sagen. »Ja.«

Langsam ließ sie ihn aus der Umarmung frei, ihre Arme sanken an der Hüfte hinunter. Er ließ sie ebenfalls los, und sie trat einen Schritt zurück. Trotz des matten Lichtes des Mondes und von der Straße hinter ihnen konnte er sehen, daß ihre Augen feucht glänzten. Der Anflug eines Lächelns war auf ihrem Gesicht zu erkennen und erstarb wieder.

»Senatoren dürfen nicht weinen. Das ist Teil des Eids.«

Er berührte ihre Wange.

»Ich wollte dich bitten, noch zu bleiben.«

Er schüttelte den Kopf. »Du hast selbst gesagt, daß du Elaine etwas Zeit widmen mußt. Sie braucht dich. Und ich muß mich wieder zurückmelden, falls Farrell angerufen hat ... Außerdem sieht mein geschultes Polizistenauge auf deinem Anrufbeantworter vierzehn Nachrichten blinken. Der morgige Tag wird wieder lang werden.«

Sie waren gerade durch die Eingangstür getreten.

»Bist du immer so verantwortungsbewußt?«

»Ja, Ma'am. Wie du bin auch ich ein ergebener Staatsdiener.«

»Okay«, sagte sie und zog ihn zu sich herunter, um ihm einen Kuß zu geben. Sie öffnete die Tür und spähte übertrieben theatralisch in alle Richtungen. »In Ordnung, die Luft ist rein. Keine Journalisten.« Sie wandte sich zu ihm um. »Apropos, vielleicht sollte ich mir allmählich ein wenig Sorgen deswegen machen. Wo sind sie alle hin? Sie müßten doch hier sein.«

»Und dein Haus umzingeln?«

Sie umarmte ihn erneut. »Ich mache nur Spaß, Lieutenant. Jetzt aber raus hier. Wie es aussieht, brauche ich zuerst einmal eine kalte Dusche, um mich wieder auf meine Arbeit konzentrieren zu können.«

Glitskys Narbe dehnte sich ein wenig. »Von einer Dusche hast du nichts gesagt ...«

Sie schob ihn hinaus. »Raus jetzt ... aber morgen.«

Er zeigte mit einem Finger auf sie. »Morgen.«

Er ging zum Wagen und blickte zu ihrer Villa zurück, die er weitaus einschüchternder fand als ihre Bewohnerin. Das Haus mußte Dana gehört haben. Es war merkwürdig, sich vorzustellen, daß sie all die Jahre hier, so nahe bei ihm, gelebt hatte. Natürlich war er die meiste Zeit davon mit Flo zusammen gewesen und hatte nicht nach ihr gesucht. Er versuchte sich einzureden, daß er es nicht einmal bemerkt hätte, wenn er darauf gestoßen worden wäre.

Sirenen, nicht weit entfernt. Er drehte sich um und sah den orangefarbenen Widerschein von Flammen am Himmel, irgendwo im Osten. Na los, Mister Farrell, dachte er, bringen wir es hinter uns.

Es war noch früh, noch nicht einmal zweiundzwanzig Uhr. Die Wohnung stand leer. So frei und allein hatte er sich seit fünfzehn Jahren nicht gefühlt. Er würde ins Büro fahren, nach dem Rechten sehen. Vielleicht brauchte ihn jemand.

Als er in den Wagen stieg, stellte er fest, daß der Sitz sich noch in der Position nahe am Lenkrad befand, wie Loretta ihn gebraucht hatte. Er lächelte und sagte: »Eins, zwei, drei.« Dann schob er ihn in die Stellung zurück, in der er fahren konnte. Kleine Päckchen, dachte er. Wie lautete die Redewendung? Was kam in kleinen Päckchen? Gute Sachen? Oder Dynamit?

Eigentlich hatte Glitsky vorgehabt, direkt vor dem Justizgebäude in der Bryant Street am Straßenrand zu parken, um diese Uhrzeit sollte das kein Problem sein. Dann bemerkte er den ungewöhnlich starken Verkehr nördlich der Market Street, und als er vor dem Gebäude, wo er arbeitete, ankam, ging es nur noch schleppend vorwärts. Schwarzweiße Streifenwagen parkten in zweiter und dritter Reihe entlang der gesamten Front. Etwa in der Mitte der Straße, am Eingang zum Justizgebäude, wo er am Morgen interviewt worden war, hatten die Transporter der Fernsehteams ihr Terrain abgesteckt. Dort stand eine Reihe von Bussen zur Personenbeförderung. Er konnte sehen, wie sich sowohl der vom Freeway an der Siebten Straße kommende Verkehr als auch der von der unteren Mission auf der Bryant zurückstaute, und begriff, daß mindestens eine der Querstraßen zum Parkplatz umfunktioniert worden war. Schließlich bog er in eine Gasse ein. Sie war mit Fahrzeugen der Zivilpolizei verstopft, die an den Straßenrändern und auf den Gehwegen parkten. Sein Wagen kroch durch die einzige freie Spur in der Mitte der Straße und dann rauf auf den städtischen Parkplatz hinter dem Justizgebäude.

Zwischen dem neuen Gefängnis und dem alten Leichenschauhaus verlief ein langer, teilweise überdachter Gang, der zum Hintereingang des Justizgebäudes führte. Obwohl hier in unregelmäßigen Abständen mit Gittern versehene Glühlampen aufgehängt waren, lag der Gang zu dieser nächtlichen Stunde in einer unheimlichen, an die Dunkelheit des Universums erinnernden Finsternis. Vielleicht war es nur der Kontrast zu der gleißenden Helligkeit, die durch die hohen Fenster in der Eingangshalle des Justizgebäudes strahlte, oder einfach das Gefühl, daß man in eine Art Höhle eintrat, die zufällig an den Ort grenzte, an dem die Toten aufbewahrt wurden – jedenfalls bekam Glitsky in diesem Gang immer eine Gänsehaut, wenn es draußen dunkel war. Während er weiterging, rechnete er beinahe damit, daß Fledermäuse aus ihren Glockentürmen aufgescheucht wurden, um sich in einem Durcheinander von Flügelschlägen und Schreien auf ihn zu stürzen.

Daher beeilte er sich und bemerkte John Strout erst, als dieser ihn aus dem Schatten des Eingangs zum Leichenschauhaus ansprach.

Als sich Glitsky von seinem Schrecken erholt hatte, lächelte ihn der Leichenbeschauer freundlich an und sagte: »Ich wollte Sie nicht erschrecken.«

»Sie machen Überstunden.« Glitsky wies auf das Hauptgebäude. »Wie alle anderen auch.«

Strout nickte. »Ich nehme an, Sie sind ebenfalls nicht zum Vergnügen hier, Lieutenant.«

»Wohl kaum.«

»Irgendwas Besonderes?«

Eine ungewöhnliche Frage von Strout. Vielleicht wollte er nur ein wenig Konversation machen? Aber Glitsky hielt das für unwahrscheinlich. »Eigentlich nicht«, erwiderte er und fügte nach eingehender Überlegung hinzu: »Warum?«

Unverbindlich hob Strout die Schultern, dachte nach, zog die Augenbrauen hoch. »Ach, nur so ...«

»Nur so? Was soll das heißen?«

»Gegen Feierabend war Art Drysdale bei mir, um Christopher Locke die letzte Ehre zu erweisen. Wahrscheinlich wollte er sich auch eine Weile verstecken, weil alle Welt wegen der Dinge, die er in den letzten fünf Jahren getan oder auch nicht getan hat, hinter ihm her ist.« Strouts Verbitterung war verständlich, denn Drysdale und er respektierten sich und hatten über lange Zeit gut zusammengearbeitet. »Lockes Tod hat ihn ziemlich getroffen.«

Glitsky war kein großer Fan von Locke gewesen, aber er verstand Drysdales Reaktion. Die beiden waren lange im selben Team gewesen und hatten dieselben Schlachten zusammen geschlagen. So war es nur natürlich, daß sie sich mit der Zeit einander verbunden gefühlt hatten.

»All die Ereignisse von heute ... Ich glaube, er wollte einfach wissen, was tatsächlich mit Locke geschehen ist. Er fragte mich, wer den Fall bearbeite, und ich sagte ihm, Sie seien hier gewesen.«

Für den sonst recht einsilbigen Strout kamen so viele Sätze einer Rede gleich. Glitsky vermutete, daß der andere auf irgend etwas hinauswollte, und wartete ab, bis Strout weitersprach.

»Er war oben, bei Ihnen, und einer Ihrer Männer sagte, er glaube nicht, daß der Fall offiziell jemandem zugewiesen worden sei oder so. Er liege zwar auf Ihrem Schreibtisch, aber ...«

Glitsky richtete sich auf. »John, Marcel Lanier *und* ich haben Loretta Wager befragt, die einzige Zeugin ...«

Strout hob die Hände. »Das kommt nicht von mir, Lieutenant, ich habe damit nichts zu tun. So hat Art reagiert, das ist alles.«

»In Ordnung.«

»Art schien der Ansicht zu sein, daß einer der Inspectors zum Dolores Park hätte rausfahren sollen, an den Ort, wo Locke erschossen worden ist, und den Tag dort verbringen und sich ein wenig bemühen sollen, den Schützen zu finden. Jemand hätte in der Nachbarschaft ein bißchen von Tür zu Tür gehen ...«

»Sehen Sie, John, es war nicht gerade eine ruhige Woche. Vielleicht ist Art das noch nicht aufgefallen.«

»Ich glaube schon, Abe. Wahrscheinlich weiß er einfach nur, wie schnell die Spuren kalt werden. Jetzt ist ein ganzer Tag vergangen, und niemand scheint Anstalten zu machen, die Routinearbeit zu erledigen. Aber da Mister Locke der Bezirksstaatsanwalt und so weiter gewesen sei, hatte er sich gedacht, daß die Ermittlungen eventuell eine etwas höhere Priorität hätten.«

»Es gab andere ...« Aber Glitsky wollte nicht aufbrausen und hielt sich zurück. Drysdale hatte aus seiner Sicht natürlich recht. Glitsky hätte in der Tat jemanden anweisen sollen, den Bereich, wo geschossen worden war, abzusuchen, wo immer der genau gelegen haben mochte. Das war der Punkt. Sie mußten absolut sicher wissen, daß dort keine Spuren zu finden waren. Vielleicht würden sie auf ein Stück Stoff, einen Blutfleck, einen Schuhabdruck, eine Patronenhülse stoßen (allerdings stammte das Kaliber der Kugel, mit der Locke getötet worden war, nicht aus einer automatischen Waffe, so daß keine Hülse herausgefallen sein konnte). Irgend etwas ...

Drysdale hatte recht. Sein Chef und Freund Chris Locke war getötet worden, und Glitsky, der Leiter des Morddezernats, ermittelte in dieser Sache nicht sorgfältig genug. Kein Wunder, daß Art zu Dr. Strout hinuntergegangen war und sich beklagt hatte.

Aber, verdammt, Glitsky konnte nicht alles gleichzeitig erledigen. Sein Puls raste. Er hatte jeden seiner Inspectors und sich selbst dreifach und fünffach zugewiesen und wußte, daß die Chancen, an einem düsteren Abend mitten in einem Gebiet, das von Ausschreitungen heimgesucht worden war, auf eine vage Spur zu stoßen, die dann zu dem Mörder von Chris Locke führte, nahezu bei Null lagen.

Das war genau die zusätzliche und unerwartete Portion Kritik, die seinen Job so frustrierend machte. Nicht daß Drysdale keinen Grund gehabt hätte. Die Klage, dem Tod seines besten Freundes werde nicht die Priorität eingeräumt, die seiner Meinung nach angebracht gewesen wäre, war nicht unberechtigt. Aber egal, wie sehr man sich bemühte, wie verantwortungsbewußt man seinen Job auch versah: Es war nie genug. Glitsky erinnerte sich an Lorettas Bemerkung. Irgend jemanden würde man immer verärgern, verletzen oder enttäuschen.

Und Drysdale, mit dem Abe sonst gut zusammenarbeitete, hatte es schwer genug. Glitsky wußte, daß er jemanden auf den Fall hätte ansetzen sollen, egal, ob die Spuren vage waren oder nicht. Bei vielen – den meisten – Ermittlungen in Mordfällen waren die Spuren nur vage. Die simple, alarmierende Wahrheit bestand darin, daß er abgelenkt, nicht bei der Sache gewesen war. Deswegen ärgerte er sich dermaßen über sich, über Drysdale und sogar über den unschuldigen Übermittler der Botschaft, Strout.

Er durfte es sich nicht auch noch mit Strout verderben. Die Person, die ihn wirklich ärgerte, war er selbst.

»Sollten Sie Art vor mir sehen«, sagte er zu Strout, »sagen Sie ihm bitte, auch mir sei das bewußt geworden. Ich werde das Versehen umgehend korrigieren.«

In dem Moment, als er das Gebäude betrat, begann jemand in der riesigen, überfüllten Eingangshalle zu schreien.

Der Beamte, der am Metalldetektor an der Hintertür Dienst tat, war ein ehemaliger Streifenpolizist namens Jimmy Mercy, dem man vor vielen Jahren mit einem Montiereisen zum Reifenaufziehen eins übergezogen hatte. Seitdem machte er den Eindruck eines Betrunkenen. Ein netter Kerl.

»Das geht schon den ganzen Abend so, Sergeant.« Mercy würde, falls es ihm überhaupt jemals gelingen sollte, noch ein oder zwei Jahre brauchen, bis er sich daran gewöhnt hatte, daß Glitsky Lieutenant war. »In letzter Zeit sind alle immer schlecht gelaunt.«

»Einschließlich mir, Jimmy.« Glitsky ging weiter in den Lärm hinein.

Der Krach wurde schnell lauter.

Zwei Uniformierte kamen durch eine Tür aus einem Nebenflur gelaufen. Im unteren Teil des Justizgebäudes befand sich ein reguläres Polizeirevier mit einer kleinen Belegschaft, die Southern Station. Glitsky wußte, daß in den vergangenen Nächten im Versammlungsraum der Polizei in der sechsten Etage immer ein paar Mann in Bereitschaft gewesen waren, um bei ›Störungen‹ eingesetzt werden zu können. Er hoffte, daß sie noch oben waren, denn er hatte den Eindruck, daß sich die Party heute nacht hierher verlagerte.

Einer der Uniformierten drehte sich um und schrie: »Hier ist der Teufel los!«

Ein schriller Alarm ertönte.

Sheriff Boles hatte in der Eingangshalle weiterhin behelfsmäßig die Registrierung der Personalien und Vergehen durchführen lassen. Trotz der Präsenz der Nationalgarde und der Anweisungen von Bürgermeister Aiken wurde in der ganzen Stadt weiter geplündert. Nach Glitskys Einschätzung klappte letztlich rein gar nichts mehr.

In der Eingangshalle befanden sich mehr als einhundert Menschen, und vor ein paar Minuten war offenbar eine weitere Busladung von Personen von einem anderen Schauplatz abgeladen worden. Fünfunddreißig Polizisten schoben im und vor dem Justizgebäude Dienst und schleusten die neuen Gruppen hinein. Zusätzlich hielten sich ungefähr fünfundzwanzig Hilfssheriffs im Gebäude auf, bewachten die Schlangen und erledigten den Papierkram an den Schreibtischen. In der Warteschlange waren sämtliche ethnischen Gruppen San Franciscos vertreten. Einige von ihnen waren verletzt, einige schrien, *alle* hatten die Schnauze gestrichen voll.

Nach dem Aufnahmeverfahren ließ Boles die Leute einfach wieder laufen. Das Problem war: Sie wußten nicht, wohin. Die meisten wollten so schnell wie möglich weg, fanden sich aber mitten in der Nacht im Stadtzentrum auf der Straße wieder. Es gab keine Taxis, keine Freunde, die sie abholten, nur einen Mob von eben freigelassenen Unruhestiftern und Plünderern, die sich auf den Stufen und in der Umgebung des Justizgebäudes herumtrieben.

Unter den Neuankömmlingen schien Streit auszubrechen. Die Schlange der Festgenommenen im Inneren des Gebäudes begann plötzlich, unkontrolliert zum Ausgang zu drängen. Einige Männer fielen zu Boden, eine Frau schrie.

Der Alarm schrillte weiter, und es tauchten weitere Polizisten aus dem Korridor und aus den Aufzügen auf, wahrscheinlich von der sechsten Etage.

Ein stämmiger weißer Jugendlicher brach aus der Reihe aus und lief auf die drei Polizisten an der Ausgangstür zu, stieß einen von ihnen um, schlug auf einen anderen ein. Glitsky sah, wie er unter einem Hagel von Gummiknüppelschlägen zu Boden ging. Erinnerungen an Rodney King wurden in ihm wach, während der Junge um sich schlug und nicht aufgeben wollte.

Noch mehr Polizisten mischten sich ein. Nachdem diese ihre Wachtposten verlassen hatten, rannten noch mehr Festgenommene zum Ausgang. Eine panische Fluchtwelle setzte ein, alles lief dorthin, wo die Mauer der Polizisten durchbrochen war, und einige schafften es nach draußen. Trillerpfeifen ertönten, der verdammte Alarm hörte nicht mehr auf zu schrillen, und draußen waren Explosionen zu hören. Feuerte etwa irgendein Idiot in diesem Durcheinander seine Waffe ab?

Vierzig Minuten später saß Glitsky an seinem Schreibtisch. Sie hatten den Krawall unter Einsatz von zweihundertfünfzehn Polizisten schließlich in den Griff bekommen. Als alles vorbei gewesen war, waren einhundertvier der Unruhestifter wieder eingepfercht, die übrigen hatten entweder unvermutet eine Chance gewittert oder sich eine verschafft und sie dann wahrgenommen. Die Tische des Sheriffs, die in der Eingangshalle gestanden hatten, lagen umgestürzt in der Gegend herum, die meisten waren zerlegt worden. Außerdem hatte irgendwer ein kleines Papierfeuer entfacht – die Aufzeichnungen über die bereits ergangenen erkennungsdienstlichen Behandlungen waren größtenteils verbrannt.

Sheriff Boles und seine Stellvertreter hatten die verbliebenen Festgenommenen in Busse verfrachtet, die draußen vorfuhren, und nach Alameda gebracht, wo die Leutchen mal ein richtiges Gefängnis kennenlernen sollten.

Es war 23 Uhr 15.

Glitskys Adrenalinspiegel stieg weiter.

Die Krise hörte nicht auf, schwächte sich nicht einmal ab. Aus irgendeinem Grund wanderten seine Gedanken zur Französischen Revolution und einer Tatsache, die ihm zum ersten Mal zu Beginn dieses Sommers klar geworden war, als er in einem seiner Fortbildungsprogramme darüber gelesen hatte. Der Artikel hatte vom Sturm auf die Pariser Bastille am 14. Juli 1789 gehandelt. (Er dachte kurz darüber nach, ob Revolutionen immer im Juli stattfanden, denn bis Juli fehlten nur noch fünfundvierzig Minuten.) Die Einnahme der Bastille hatte allen Anschein nach keineswegs das Ende der Monarchie eingeläutet. Noch vier Wochen danach hatte Ludwig XVI. seine Rundgänge gemacht, Reden gehalten und die Schäden reparieren lassen, das Übliche eben. Aber vom Tag der Bastille an war sein Schicksal besiegelt gewesen. Er hatte es nur nicht erkannt.

Glitsky fragte sich, ob sie, sie alle, die in der Stadt an der Bucht lebten, im selben Boot saßen. Drei schlimme Tage, und falls dieser Abend als Omen zu werten war, würde es nur immer noch schlimmer werden.

Der Stapel Nachrichten auf seinem Schreibtisch war exponentiell gewachsen. Auf der Nachricht von Polizeichef Rigby, die zuoberst lag, stand *Dringend*, aber Glitsky wollte erst den Stapel durchgehen und nachsehen, ob Farrell angerufen hatte.

Nein.

Warum nicht? Was war mit dem Typ los?

Also rief er in Rigbys Büro an, hörte aber nur das Freizeichen, was ihn nicht weiter überraschte. Rigby und seine Leute waren wahrscheinlich schon vor Stunden nach Hause gegangen. Wenn er während des Aufruhrs im Gebäude gewesen wäre, hätte Glitsky ihn gesehen. Morgen früh würde er sich als erstes bei Rigby melden, um herauszufinden, was so dringend war.

Greg Wrightson vom Stadtrat hatte erneut angerufen. Obgleich nominell ein Liberaler wie fast alle anderen Mitglieder des Stadtrats, war Wrightson einer der wenigen, die sich um die sogenannten ›rechten‹ Themen kümmerten, die mit der Polizei zu tun hatten. Ferner kultivierte er die schlechte Angewohnheit, zu glauben, er habe als jemand mit Sitz und Stimme in der Stadtverwaltung irgendeine Art unumstößlicher Befugnis, Polizeiaktionen anzuordnen, wann immer es ihm passe. So war bekannt geworden, daß er höchstpersönlich Polizeichef Rigby angerufen und ihn gebeten hatte, die Mißachtung der Parkuhren rund um das Rathaus zu unterbinden.

Da Glitsky wußte, daß Wrightson mitten in der Nacht nicht in seinem Büro war, legte er die Nachricht in die Mitte seines Schreibtischs, unter die von Rigby. Wenn Wrightson zweimal an einem Tag angerufen hatte, dann hatte er wirklich etwas auf dem Herzen.

Die Nachricht von Glitskys Vater Nat lautete, daß er zu Hause ebenfalls eine Nachricht hinterlassen habe. Wo stecke Abraham eigentlich? Für den Fall, daß er die Nachricht erhalte: Er und die Jungen wohnten im White-Sands-Motel. Monterey sei ruhig, idyllisch. Abraham solle, wenn möglich, am Wochenende selber rauskommen.

»Klar, Dad«, murmelte Glitsky. »Großartige Idee.«

Dann die Mitteilungen seiner Inspectors. Carl Griffins Notiz über einen Colin Devlin, der morgen mit einem Anwalt herkommen und eine Aussage über den Krawall um Arthur Wade machen werde. Übrigens, schrieb Griffin, habe Glitsky recht gehabt wegen der Messerstiche. Devlin wies eine Stichwunde auf, wie Griffin ausfindig gemacht hatte. Das verschaffte Glitsky eine gewisse Befriedigung.

Aber sie hielt nicht lange an, denn als er aufschaute, stach ihm der Aktenstapel schmerzlich ins Auge. Dabei fiel ihm Art Drysdales bei Strout vorgebrachte Klage über die Ermittlungen im Fall

Chris Locke beziehungsweise das Versäumnis solcher Ermittlungen ein. Er langte hinüber, zog den Stapel näher heran und schaufelte die ersten vier oder fünf Schnellhefter beiseite, bis er zu dem mit der Aufschrift *Locke* kam.

Den würde er später als allerersten bearbeiten.

Zurück zu seinen Mitarbeitern. Ein paar knappe, mysteriöse Worte von Ridley Banks: ›Betr.: Nachmittag, Mo-Mo House, he, schau mal!‹ Glitsky setzte sich einen Augenblick damit auseinander, starrte mit zusammengekniffenen Augen ins Leere. Mo-Mo House war der Eigentümer des Kit Kat Clubs, des Lokals, in dem Ridley Banks vor ach so vielen Tagen Jerohm Reese verhaftet hatte. Hatte Mo-Mo am späten Nachmittag angerufen, nachdem Glitsky gegangen war? Aber warum hatte er nicht mit Banks sprechen wollen? Und was bedeutete dieses ›he, schau mal‹, abgesehen von Banks' Witz mit dem Schwarzenhasser?

Er dachte noch eine Zeitlang darüber nach. Vielleicht hatte Banks das Büro in Eile verlassen. Wollte er ihm sagen, daß Glitsky selbst vorbeifahren solle, um Mo-Mo wegen Jerohm zu befragen? Daß ein Beweismittel aufgetaucht sei? Aber dann wäre Ridley der Sache nachgegangen, oder nicht? So, wie er es niedergeschrieben hatte, ergab es wenig beziehungsweise gar keinen Sinn. Glitsky würde sich mit seinen Kollegen mal eingehend über verwaltungstechnische Dinge unterhalten müssen. Mit einer Mitteilung, die keine Informationen enthielt, konnte niemand was anfangen.

Während er Ridleys Notiz zur Seite legte, drang wieder der Klang von Sirenen zu ihm herauf. Er erhob sich und durchquerte den dunklen Raum, sah zur Seite und nach unten, dorthin, wo einem das Gefängnis die Sicht nicht versperrte. Was er sah, war nicht das flackernde Orange des Nordlichtes. Die Stadt stand immer noch in Flammen.

52

In ihrer Phantasie hatte sich Melanie ausgemalt, daß sie in Windeseile zur Fernsehstation fahren würde, wo eine junge Empfangsdame, die vielleicht gleichzeitig als rasende Nachrichtenreporterin fungierte, das Band nehmen und – mit ihr im Schlepptau – ins Studio eilen würde, um die Sendung, die gerade ausgestrahlt wurde, für eine wichtige Kurznachricht zu unterbrechen.

Die Realität sah prosaischer aus.

Melanie mied die Krawallgebiete in der Panhandle Street und im südlichen Twin Peaks, verfuhr sich, irrte, wie sie vermutete, irgendwo im Stadtteil Noe Valley herum, fand sich schließlich in der Church Street wieder. Von dort kannte sie den Weg zur Army Street hinunter (ein weiterer Umweg von ungefähr drei Kilometern), die sie zum Freeway und in die Innenstadt zurück führen würde.

Weil sie die Bryant Street für die beste Ausfahrt hielt, um die zehn Querstraßen zurück nach Süden zur Mariposa Street zu fahren, verließ sie den Freeway am Justizgebäude. Das war ein Fehler.

Eine Flüchtige in einem Wagen mit gestohlenen Kennzeichen in einem größeren Verkehrsstau, der noch dazu aus einer Ansammlung, einem wahren Durcheinander von Polizeiwagen bestand ... Siedend heiß fiel ihr der fehlende Außenspiegel ein, der am Vorabend auf ihrer waghalsigen Flucht abgerissen worden war. Vier Spuren müßte sie in diesem Chaos überqueren, um nach Süden abbiegen zu können. Die ganze Zeit über war sie darauf gefaßt, daß ein Polizist sie im nächsten Augenblick herauswinken und ihr einen Strafzettel wegen des fehlenden Spiegels ausstellen würde.

Keine ihrer Befürchtungen bewahrheitete sich. Sie brauchte zwar fast fünf Minuten, um eine Straße weiter zu kommen, aber dann bog sie endlich ab, ließ den Stau hinter sich und fuhr in Richtung Süden. KQED lag bei ihrer Ankunft im Dunkeln, hatte offenbar bereits Feierabend gemacht. Der Parkplatz war mit einem Zaun gesichert, aber es gab eine offene Einfahrt. Sie fuhr hindurch und hielt zwei Meter vor einer schwach beleuchteten Tür. Ein fetter Nachtportier mit Hängebacken saß im Inneren des Gebäudes, die Füße auf den Schreibtisch gelegt, und las in einem Comic-Heft.

Sie klingelte an der Tür. Der Mann blickte auf, nahm langsam und stöhnend die Füße vom Tisch, stemmte sich umständlich von seinem Stuhl in die Höhe und kam zur Tür. Mit Gesten gab er ihr zu verstehen, daß sie sagen solle, was sie hier wolle. Er erweckte nicht den Eindruck, als beabsichtige er, die Tür zu öffnen.

Unentschlossen hielt sie das Videoband hoch. »Ein Video«, rief sie durch die Scheibe.

Er nickte.

»Ich habe ein Videoband, das ich gerne für die Nachrichtenredaktion hinterlassen würde. Es ist sehr wichtig.«

Wieder ein Nicken.

»Bitte.«

Der Nachtportier wies auf einen Kasten an der Seite der Tür und rief etwas Unverständliches durch die Scheibe, das wohl heißen sollte: »Stecken Sie's in den Kasten.«

»Es ist wirklich sehr wichtig. Jemand muß es sich sofort ansehen.«

Er nickte immer noch, wies dabei auf den Kasten und rief: »Kasten, Kasten!«

Aber sie konnte es nicht einfach dabei belassen. Nach all der Mühe, die es ihr bereitet hatte hierherzukommen, damit Kevins Geschichte endlich an die Öffentlichkeit gelangte, sollte sie das Band jetzt diesem Neandertaler mit seinem Dauernicken anvertrauen?

Aber was blieb ihr übrig? Sie war anderthalb Stunden unterwegs gewesen, und Kevin mußte krank vor Sorge sein. Sie erinnerte sich nicht an Adressen anderer Sender, wußte nicht einmal ungefähr, wo sie zu finden waren, und konnte nicht die ganze Nacht herumfahren. Aber sie konnte auch nicht mit dem Band zurückkehren. Nicht nach all dem Aufwand.

Also gut. Sie legte die Kassette vor den breiten Schlitz und schob sie hinein. Der Fette beugte sich vor, nahm sie heraus, schüttelte sie und horchte daran.

»Es ist keine Bombe«, flüsterte Melanie. Dann lauter: »Es ist ein Videoband.«

Sein Kopf bewegte sich unkontrolliert, er hielt das Band in beiden Händen und schien auf etwas Zusätzliches zu warten. Aber sie hatte nichts mehr, was sie ihm hätte geben können. Ein letztes Mal zeigte Melanie auf das Band und schrie gegen die Scheibe: »Es ist sehr, sehr wichtig! Okay?«

Der Nachtportier nickte. Er schien zu verstehen.

Kevin sprang aus dem Sessel hoch, als er den Schlüssel in der Tür hörte, und machte auf, noch ehe Melanie Gelegenheit hatte, den Schlüssel umzudrehen. Er zog sie an sich, nahm sie in die Arme. »Was ist passiert? Alles in Ordnung?« fragte er und küßte sie. Seine Hände glitten über ihren Rücken, fuhren ihr durchs Haar, dann löste er sich von ihr, um ihr ins Gesicht zu sehen.

Sie hielt ihn fest. Hielt sich an ihm fest. Beides.

Sie umarmten sich, im offenen Türrahmen stehend, hinter ihnen der gähnend leere Flur, bis Melanie sich daran erinnerte, wo sie waren. Sie schob Kevin über die Türschwelle und schloß die Tür. »Weißt du, ich könnte einen Drink vertragen.«

»Du? Melanie Sinclair? So gefällst du mir, Mädchen!«

»Ich könnte einen *starken* Drink vertragen. Welcher Drink ist stark?«

Er überlegte einen Moment. »Ein Mai Tai.«

»Okay.«

Hand in Hand gingen sie in die Küche. Sie erzählte ihm von ihren Abenteuern, während er die Schränke und den Kühlschrank durchstöberte.

»Also können wir überhaupt nicht sicher sein, daß es sich irgendwer ansehen wird?«

»Ich weiß. Ich meine, ich weiß es *nicht*. Ich habe das Gefühl, versagt zu haben ...«

»Nicht doch«, entgegnete Kevin. »Wes meint, es würde sowieso niemand glauben. Er sagte, daß ich von Anfang an nicht hätte weglaufen sollen. Ich hätte ...«

»Aber du konntest doch nicht ...«

»Vermutlich hätte ich gekonnt, aber ich habe es nicht getan. Jetzt, sagt er, wo es schon so weit gekommen ist, wird es wahrscheinlich einen Prozeß geben.« Er versuchte, es beiläufig klingen zu lassen, schloß einen kleinen Exkurs über die Kunst der Drinkzubereitung an: »Offenbar hat Ann keinen Mandelmilchsirup. Einen Mai Tai kann man nicht ohne Mandelmilchsirup mixen.« Aber Melanie ging nicht darauf ein.

»Weswegen würden sie dich anklagen?«

»Was? Wegen Mordes. Wes denkt, sie könnten sogar versuchen, es mit dem Foto zu beweisen. Die öffentliche Meinung, verstehst du. Ich bin weiß, Arthur Wade war schwarz. Ich sagte ihm, daß ich nicht glaube ...« Er sah auf, bemerkte, daß sie weinte, und trat zu ihr. »Hey«, sagte er und zog sie an sich. »So wichtig ist es nicht. Sie hat auch keinen Rum, also könnten wir sowieso keinen Mai Tai machen. Man braucht unbedingt einen Schuß Myers, wenn die Sache was taugen soll, aber sie hat überhaupt keinen Rum im Haus, also wird aus der ganzen Idee mit dem Mai Tai nichts.«

Aber er konnte sich noch so sehr bemühen, cool zu wirken, sie lachte nicht, lächelte nicht einmal. Zitternd schmiegte sie sich an ihn. Er wußte nicht mehr, was er sagen sollte.

Melanie saß in einem der weichen Polstersessel, hielt die Hände krampfhaft in ihrem Schoß gefaltet und starrte vor sich ins Leere. Sie hatte noch eine Weile geweint und umklammerte noch immer ein Taschentuch.

Kevin kam mit zwei Gläsern in einer Hand und einem Krug mit Deckel, in dem sich irgendeine Flüssigkeit befand, in der anderen ins Wohnzimmer.

»Das hier dürfte an einem leicht bedrückenden Abend merklich die Stimmung heben.«

»Was ist das?«

»Sie fragt, was es ist. Aber, wie ich feststelle, ohne wirkliches Interesse. Wo ihr doch die erste Ausgabe eines Drinks präsentiert wird, der in den Neunzigern das sein könnte, was die Margarita in den Achtzigern war.«

»Ich bin müde, Kevin. Ich habe Angst. Es wird nicht gutgehen.«

Er zeigte auf das Fernsehbild. »Was immer sich sonst auf der Straße unseres Lebens ereignen mag«, sagte er, »*diese* Sache wird gut ausgehen.« Er goß etwas von der Flüssigkeit in eines der Gläser und reichte es Melanie.

Sie trank einen Schluck. »Ich brauche eigentlich keinen Drink mehr. Ich will wissen, was wir tun werden.«

»Wann?«

Sie schlug auf die Sessellehne, der Drink schwappte aus ihrem Glas. »Verdammt noch mal! Kevin! *Jetzt*, was wir *jetzt* tun werden!«

»Du hast recht«, sagte er ernst. »Wir müssen eine Weile darüber nachdenken. Ich schlage vor, daß wir eine Viertelstunde lang kein Wort sagen.«

Er trank einen Schluck aus seinem Glas, füllte ihres wieder voll. Sie war zu ängstlich und zu wütend, um nachzudenken. Sie nahm einen Schluck.

»Nicht schlecht, was?«

Der Krug war halb leer. Sie hatten jeder drei Gläser getrunken.

Kevin saß mit verschränkten Beinen auf dem Boden und schenkte sich erneut ein. »Du hast uns vor das einzige Problem gestellt, das wir haben: den Namen. Jeder tolle Drink braucht einen Namen.«

Sie nahm einen Schluck. »Fred«, sagte sie.

»›Fred, der Drink‹?«

»Ja. Fred.« Sie nahm einen größeren Schluck. »Er schmeckt gut«, sagte sie. »Was ist in einem Fred drin?«

»Fred, hm. Nein, es kann kein Männername sein.«

»Warum nicht?«

»Ich weiß nicht. Man benennt Drinks einfach nicht nach Männern. Sieh dir die Drinks an – Margarita, Tia Maria, Bloody Mary …«

Melanie hielt ihm ihr Glas hin. »Kahlua, Manhattan, Rusty Nail. Außerdem ist es ein Männerdrink, finde ich, also sollte er einen Männernamen haben. Es ist ein Fred. Was ist drin?«

»Na ja, außer Bier etwas Orangensaft, Wodka, Preiselbeersaft, Cola …«

»Cola?«

»Cola Light.«

»Okay.«

»… Portwein und ein Schuß Weinbrand.«

Sie nahm erneut einen Schluck. »Fred. Er könnte kälter sein.«

»Jetzt sind wir also schon bei der Werbung. Was hältst du von: ›Fred könnte kälter sein. Fred könnte süßer sein. Aber Fred könnte nicht besser sein‹.«

»Und Kevin könnte kein größerer Pferdearsch sein.«

»Wo hat sich dieser Teil von Melanie Sinclair nur verborgen, als ich mit ihr zusammen war?«

»Du warst nicht schlau genug, um mein wirkliches Ich zu erkennen.«

Das verschlug ihm einen Moment lang die Sprache. »Ich glaube, du hast völlig recht.«

Sie nahm dem Vorwurf die Spitze, indem sie sich vorbeugte und Kevin küßte.

Sie lagen auf dem Boden unter den Decken, die Kissen waren um sie herum verstreut, Melanies Kopf ruhte auf seiner Brust. Der Krug war leer, aus dem Fernseher drang leises Geplapper.

Die Nachrichten waren vorbei. Wieder und wieder hatten sie zwischen den Kanälen hin und her geschaltet, bis sie es leid gewesen waren, noch länger hinzusehen. Die erhöhte Belohnung für Kevin, die Ernennung von Alan Reston, die erneuten Brände und Ausschreitungen in der Nacht, die anhaltenden Unruhen in Detroit, Washington und Los Angeles, Mohandas' Aufruf zur Solidaritätsdemo am Samstag und dann, vor einer Stunde etwa, die Krawalle im Justizgebäude. Alles hatten sie gesendet, nur Kevin Sheas Videoband nicht.

Über ihn war dasselbe wie vorher berichtet worden. Was er ausgelöst habe und daß er jetzt dafür bezahlen müsse.

Er starrte mit leerem Blick auf den Bildschirm. Melanie atmete gleichmäßig auf seiner Brust, hielt die Arme um ihn geschlungen. Als er sie zudeckte, weil es im Zimmer kalt zu werden begann, kam er zu der Ansicht, daß es das Beste für ihn sei zu fliehen. Nie wäre er bereit, das Risiko eines Prozesses einzugehen. Selbst Wes glaubte, daß sie ihn im günstigsten Fall wegen Mordes in einem minderschweren Fall oder wegen Totschlags verurteilen würden.

Er war gezwungen zu fliehen.

Aber wohin? Und wie? Und konnte er Melanie überhaupt mitnehmen?

Freitag, 1. Juli

53

Seit seiner Kindheit empfand Glitsky großes Vergnügen dabei zuzusehen, wie Wasser zu kochen begann, und die alte Redewendung zu widerlegen, daß ein beobachteter Wasserkessel nie zum Kochen komme. Jetzt stand er vor dem Herd, hielt die Augen auf die dampfende Flüssigkeit gerichtet und wartete. Gleich würde das Wasser anfangen zu blubbern, und er beabsichtigte, dabeizusein und es zu beobachten.

Ohne die anderen fühlte sich das Haus merkwürdig an. Er hatte Rita das Wochenende freigegeben, nachdem Nat sich mit den Jungs verdrückt hatte. Rita hatte eine Schwester irgendwo in der Stadt. (Glitsky vermutete, daß die Schwester eher ihr Kind war, obwohl sie es nicht erwähnt hatte, als sie sich bei ihm vorgestellt hatte.) Sie verschwand, wann immer Glitsky ihr Gelegenheit dazu gab. Den Paravent im Wohnzimmer hatte sie zur Seite gestellt, und als Glitsky am Morgen ins Zimmer gekommen war, hatte er das Gefühl gehabt, im falschen Haus zu sein, nicht, weil es plötzlich soviel Platz gab, sondern weil es soviel mehr Platz gab.

Erwischt! Das Wasser begann zu kochen, und er hatte es gesehen.

Er goß seinen Tee – Earl Grey Morning Blend – mit einem altmodischen, silberbeschichteten Tee-Ei in der Kanne auf. Nachdem er das Wasser hineingegossen hatte, drückte er den Deckel auf die Kanne und trug sie mit zwei Schritten zum Küchentisch. Ein Eßzimmer gab es nicht. Sie hatten sowenig Platz, dachte er oft, daß sie eigentlich froh sein mußten, alle fünf an den Tisch zu passen.

Auf einem kleinen Teller vor ihm lagen zwei hartgekochte Eier. Gedankenverloren begann er, eines von ihnen zu schälen, während er den Schnellhefter zum Tod von Chris Locke, den er am vergangenen Abend mit nach Hause gebracht hatte, aufblätterte.

Das erste Problem bestand darin festzustellen, an welcher Straßenecke die beiden sich befunden hatten, als der Angriff erfolgt war. Solange er das nicht wußte, hätte er Schwierigkeiten, den Tatort auf Spuren abzusuchen. Loretta kannte die Stadt gut, aber er wollte sie soweit wie möglich aus dieser Sache heraushalten. Das Erlebnis war traumatisch genug gewesen, auch wenn er sie nicht noch einmal zum Schauplatz des Geschehens brachte.

Als sie ihm die Geschichte erzählt hatte, erwähnte sie, Locke und sie seien in der Nähe vom Dolores Park bei der nach Hautfarbe geteilten Zeltstadt gewesen. Aber welchen Weg hatten sie aus der Innenstadt dorthin genommen?

Als er jetzt Laniers Fragen und Lorettas Antworten durchlas, bekam er Zweifel, ob er ohne Loretta wirklich weiterkommen konnte. Er überflog einige Seiten. Die Beamten in dem Mannschaftswagen, neben dem sie in der Nähe der Ecke Mission/Neunzehnte Straße angehalten hatte, als sie einige Querstraßen zwischen sich und den Tatort des Mordes gebracht hatte ... Wenn die Uniformierten, die ebenfalls einen Bericht eingereicht hatten, ihre Arbeit verantwortungsbewußt erledigt hätten, wären sie mit Loretta sofort zurückgefahren, um festzustellen, wo genau die Schüsse abgefeuert worden waren. Aber offensichtlich waren sie überfordert gewesen. Vom Belagerungszustand, in dem sich die Stadt befand, entnervt, dazu der Anblick des tödlich getroffenen Bezirksstaatsanwalts, die Anwesenheit einer US-Senatorin ... Anderen wäre es wohl ähnlich gegangen.

Also war der Krankenwagen in die Mission Street gerufen worden, und die Beamten der Spurensicherung waren ebenfalls dorthin gekommen und hatten dort mit ihren Untersuchungen an dem Wagen begonnen. Marcel Lanier hatte sich hauptsächlich darauf konzentriert, Loretta zu schützen, und sie so schnell wie möglich außer Gefahr bringen wollen. Das hatte er getan, dann aber nichts weiter unternommen, um die Ermittlungen voranzutreiben. Dasselbe galt für Glitsky. Er hatte ein schlechtes Gewissen.

Er sah auf die Küchenuhr an der Wand, zwanzig Minuten vor sieben, zu früh, fand er, um Wes Farrell anzurufen. Eigentlich hatte er das als erstes an diesem Morgen erledigen wollen, um es aus dem Weg zu schaffen oder der Sache wenigstens oberste Priorität einzuräumen. Genug war genug. Er hatte Farrell ausreichend Zeit gelassen, um den ersten Schritt zu tun, und ihn nicht von dem abgehalten, was er die ganze letzte Nacht getan hatte, aber ab und zu galt es, auf eigene Faust den Zeitplan festzulegen. Er mußte etwas in dieser Angelegenheit unternehmen, er hatte den Trumpf in der Hand, daß er Kevin Shea ein Lockmittel anbieten konnte, damit dieser sich stellte. Sofern es Elaine gelungen war, Reston zu überreden. Aber sie hatte es bestimmt geschafft.

Zur Sicherheit sollte er sie vorher anrufen.

Er goß seinen Tee in die zarte Porzellantasse (sie gehörte zu dem Service, das ihm Flo zum zwölften Hochzeitstag geschenkt hatte), aß den letzten Bissen von seinem ersten Ei und begann, das zweite zu schälen. Nebenbei arbeitete er sich durch den Rest des Papierkrams: Lockes Einlieferung in die Notaufnahme im General Hospital (›tot bei der Einlieferung‹, hieß es), Strouts jüngster Laborbericht über die mikroskopischen Untersuchungen, der seine frühere Beurteilung der Eintrittswunde bestätigte: Die Sicherheitsglasscheibe des Wagens war spinnennetzförmig zersprungen, was verhindert hatte, daß auch nur winzige Glaspartikel ins Wageninnere gelangt waren. Andere Vor- und Folgeberichte bestätigten die Flugbahn der Kugel, die Loretta um Millimeter verfehlt hatte: Das Projektil war quer durch den Wagen und leicht von oben nach unten geflogen, genau wie man es erwartete, wenn jemand draußen gestanden und sie abgefeuert hatte. Die Kugel war vom Kaliber .25, wie Lanier vorausgesagt hatte, und paßte zu der Kugel in Lockes Kopf. Glitsky hatte die Hoffnung gehegt, daß auf der gesprungenen Scheibe eventuell Fingerabdrücke, auf einem der Kotflügel vielleicht ein Schuhabdruck oder im Wagen ein paar Haare oder Fasern gefunden worden wären, irgend etwas.

Nichts.

Das hieß, daß er nichts in der Hand hatte, womit er etwas anfangen konnte. Sie mußten von vorn beginnen und trotz allem Loretta belästigen. Der Tatort der Schießerei mußte ermittelt werden, er würde einen seiner Männer beauftragen, das Gebiet abzusuchen. Sie mußten mit den Nachbarn sprechen und die Spurensicherung noch einmal losschicken.

Okay, er würde seine Leute darauf ansetzen. Aber wann würden sie überhaupt die Zeit dafür haben?

Als er die Mappe schloß, fiel sein Blick wieder auf die Uhr. Kurz vor sieben. Die Zeit kroch im Schneckentempo dahin. Ein vertrautes Zeichen dafür, daß er nicht recht vom Fleck kam.

Um Punkt sieben Uhr rief er Elaine an. Sie informierte ihn, daß der neue Bezirksstaatsanwalt, Reston, Kevin Shea höchstens die Uhrzeit sagen würde, aber keinen Deut mehr anbot, Punktum. Shea könne sich stellen, werde aber wie jeder andere Mordverdächtige behandelt. Vielleicht schlechter.

»Ich dachte, diesen Mann hinter Gitter zu bringen, genieße oberste Priorität, Elaine. Damit wir wenigstens sagen können, er sei gefaßt worden.«

»Das sind nicht meine Worte, Abe, sondern die von Alan Reston.« Sie zögerte. »Ich hatte das Gefühl, als wolle er ihn nicht unbedingt hinter Gitter sehen.«

»Sondern? Frei herumlaufend?«

Elaine fiel es schwer, die Worte zu äußern: »Ich ... ich habe gestern abend darüber nachgedacht, was Alan vielleicht vorhaben könnte.«

»Ich höre.«

»Ich habe ihm alles erklärt, was Sie mir gestern zeigten, habe ihm erläutert, wie das zweite Foto vielleicht ... na ja, all das. Er deutete an, daß es vielleicht besser sei, wenn Shea keine Gelegenheit habe, seine Geschichte zu erzählen ... Wenn etwas geschehe und alles – so drückte er sich aus – sauber und ordentlich bleibe.«

»Etwas ›geschehe‹? Was zum Beispiel?«

»Na ja, das hat Alan nicht ausdrücklich gesagt. Ich hatte nur das Gefühl, daß er Shea keine echte Chance und keinen Grund geben will, sich zu stellen. Shea soll in jedem Fall der Verlierer sein. Falls es zu einer Art Showdown kommen sollte, er vom Mob erschossen werden würde oder so, oder wenn er sich bei seiner Verhaftung widersetzen sollte ...«

»Erschossen würde *oder so* ...« Das war kaum zu glauben, dachte Glitsky. Auf der anderen Seite war alles, was in den vergangenen Tagen geschehen war, kaum zu glauben. Aber Elaine mußte etwas fehlinterpretiert haben, was sie da sagte, hatte nichts mehr mit Vernunft zu tun. »Sind Sie auf dem Weg in die City? Hätten Sie was dagegen, wenn ich bei Ihnen vorbeikomme und Sie mitnehme?«

»Ich fahre nicht ins Büro. Noch nicht.« Sie hielt inne. »Die Beerdigungen.«

Glitsky hatte die Beerdigungen total vergessen. Der Gedanke war ihm gestern kurz durch den Kopf gegangen, aber er hatte ihn irgendwo abgelegt und bis zu diesem Augenblick nicht wieder hervorgeholt. Der Bürgermeister hatte in einem persönlichen Ersuchen die Familien von Arthur Wade und Chris Locke gebeten, ihre Beerdigungen zur selben Uhrzeit und am selben Ort stattfinden zu lassen (um die Gefahr zweier Krawalle zu verringern). Die Totenmessen würden in der Saint-Mary-Kathedrale abgehalten werden.

Das bedeutete, daß Locke nicht in der Rundhalle des Rathauses aufgebahrt werden würde. Seine Frau war einverstanden gewesen. Es war ihr egal. Inzwischen war ihr alles egal. Es würde dem Bürgermeister helfen, also hatte sie zugestimmt.

»Ich möchte trotzdem vorbeikommen.« Glitsky brauchte ein paar Antworten. Er mußte herausfinden, was Reston vorhatte. Was vor sich ging. Er mußte die Sache vorantreiben.

Sie zögerte, war dann aber einverstanden und gab ihm ihre Adresse durch.

In einem pechschwarzen Kostüm und einer hellbraunen Seidenbluse öffnete Elaine ihre Wohnungstür. Glitsky folgte ihr ins Wohnzimmer, das einen Ausblick auf die westliche Hälfte der Stadt bot. Die Polstergarnitur war aus grünem Leder, daneben standen eine glänzende Palme, eine Stereoanlage und ein Bücherregal aus Teakholz. Die Einrichtung vermittelte einen geschmackvollen, jugendlich spartanischen Geschmack. Ein gerahmtes Foto von Loretta lächelte sie von der Anrichte, die den Raum teilte, an.

»Sie sehen Ihrer Mutter sehr ähnlich«, sagte er. »Ist mir bis jetzt gar nicht aufgefallen.«

Sie lächelte. »Ich bin größer«, sagte sie. »Aber nicht so hübsch.«

Glitsky ließ das im Raum stehen, sie war nicht auf Komplimente aus.

Sie überraschte ihn: »Meine Mutter hat mir von Ihnen beiden erzählt.«

Er suchte nach den richtigen Worten.

»Vom College. Nur damit Sie wissen, daß ich es weiß.«

»Es war kein Geheimnis«, sagte er. »Es ist einfach in letzter Zeit kein Thema gewesen. Stört es Sie?«

»Nein.«

»Gut.«

»Aber sie wird mich in ...« – sie warf einen kurzen Blick auf ihre Armbanduhr – »... in ungefähr einer Dreiviertelstunde abholen. Ich wollte nur eine unangenehme Situation vermeiden.«

Glitsky unterdrückte ein Lächeln. »Bis dahin bin ich wieder weg. Und wenn ich ihr begegne, werde ich schon damit fertig. Es liegt lange zurück.« Er setzte sich auf die vorderen fünfzehn Zentimeter eines Sessels.

Sie nahm auf dem Sofa Platz, lehnte sich ein wenig zurück und schloß die Augen.

Er bemerkte, wie blaß sie war. »Wie geht es Ihnen?«

Sie seufzte leise. »Es geht mir großartig. Außer, daß ich offenbar auf der falschen Seite stehe.«

»Wie meinen Sie das?«

Sie machte eine abweisende Geste. »Was ich über Alan gesagt habe, beruhte größtenteils nur auf so einem Gefühl, weil mir einfach kein Grund dafür eingefallen ist, weshalb er jedweden Deal ausschlagen sollte. Fällt Ihnen einer ein?«

Glitsky zuckte mit den Schultern. »Er ist neu im Amt, will nicht gleich als nachgiebig gelten. Die Situation ist ziemlich explosiv ...«

»Mag sein.«

»Sie glauben, daß er seine Meinung nicht ändern wird?«

Sie schüttelte den Kopf. »Nein, was mich stört, ist die Tatsache, daß er sagte, er wolle meine Mutter nicht hintergehen.«

»Wie das? Sie ist doch diejenige, die von Anfang an auf Sheas Verhaftung gedrängt hat.«

»Ich weiß. Aber Alan ist ihr Protegé und hat ein berechtigtes Interesse daran, ihre Interpretation des Lynchmordes, der Rolle Kevin Sheas und überhaupt alles, was sie sonst unternimmt, zu unterstützen. Und wenn die Anklage vor Gericht nicht standhält ... wie dem auch sei, es ist dieselbe Theorie, die ich Ihnen schon erläutert habe. Wenn Shea es nicht widerlegen kann, hat niemand einen Fehler gemacht ...«

Glitsky lehnte sich in seinem Sessel zurück. »Aber er kann damit doch nicht ernsthaft andeuten wollen, daß er nicht möchte, daß Shea einen Prozeß bekommt?«

»Nein. Er betonte sogar ausdrücklich immer wieder, daß er das will. Aber was wird er dann vorbringen? Ich bin nicht sicher, ob ich ihm glaube. Er handelt nicht so, wie er spricht.«

»Vielleicht sollte ich mit Ihrer Mutter sprechen. Oder Sie.« Glitsky schlug sich auf die Knie und stand auf. »Und vielleicht sollten wir etwas unternehmen, um diese Sache voranzutreiben. Selbst ohne Deal stehen die Chancen gut, daß ich Shea bald kriege. Sein Anwalt redet nicht um den heißen Brei herum. Ich werde ihn anrufen, sobald ich im Büro bin. Haben Sie was dagegen, wenn ich bei Ihnen aufs Klo gehe?«

Sie machte eine Handbewegung. »Den Flur entlang, gleich neben dem Schlafzimmer.«

Die Vorhänge im Schlafzimmer waren zugezogen. Seine Augen hatten sich noch nicht an das Dunkel gewöhnt, und der Lichtschalter war nicht dort, wo er hätte sein sollen – neben der Tür. Also blieb er einen Moment lang stehen, bis er wieder etwas sehen konnte. Dann durchquerte er das Zimmer. Das Bett war gemacht. Auf dem Nachttisch daneben stand ein gerahmtes Foto. Es kam ihm vertraut vor, selbst in dem schwachen Licht. Er beugte sich herunter und nahm es in die Hand. Chris Locke.

Neben ihrem Bett?

Er spürte, daß er bleich wurde. Die Erschöpfung, die Verwirrung ... er stand wie angewurzelt da.

Das Deckenlicht ging an, Elaine stand in der Tür. »Ich vergesse immer, daß der Schalter ...« Sie sah, daß er das Foto in der Hand hielt. »Oh ...«

Ein langer Moment des Schweigens. Sie ging zum Bett hinüber, setzte sich und schenkte ihm ein schwaches Lächeln.

»Ja. Chris und ich.«

»Weiß sonst noch jemand davon?«

Sie nickte. »Meine Mutter. Ich mußte es ihr sagen.«

Glitsky stellte das Bild zurück und ging ins Bad. Als er wieder herauskam, saß sie noch an derselben Stelle auf dem Bett und starrte ins Nichts. Er trat zu ihr, blieb stehen, wandte sich dann ab und ging zur Schlafzimmertür. »Ich fahre jetzt besser ins Büro«, sagte er.

Sie holte tief Luft. »Ich weiß nicht ...«

»Sie und ich und Ihre Mutter«, sagte er. »Niemand sonst wird es erfahren. Niemand, Elaine.«

Glitsky bahnte sich den Weg durch das Spalier der Amtspersonen vor dem Büro, öffnete die innere Tür zum Krisenstabszimmer und eilte mit großen Schritten auf Rigby zu. »Wir müssen uns unterhalten.«

Dem sonst so freundlichen Polizeichef, der über seinen Schreibtisch gebeugt saß, hatten dic Tagen kräftig zugesetzt. Er richtete sich auf und donnerte los: »Ich nehme für gewöhnlich keine Befehle von meinen Lieutenants entgegen und toleriere diesen aufsässigen Tonfall bei niemandem. Habe ich mich klar genug ausgedrückt?«

Die Gespräche um sie herum verstummten.

»Und Sie haben verdammt recht!« brüllte der Polizeichef. »Wir müssen uns unterhalten! Weil ich Sie verdammt noch mal darum gebeten habe! Ich frage Sie noch mal, Lieutenant: Habe ich mich klar genug ausgedrückt?«

Glitsky, der seit dem Studium an der Polizeiakademie nicht mehr offiziell heruntergeputzt worden war, fuhr zusammen. »Ja, Sir«, sagte er. »Tut mir leid, Sir.«

Rigby mit seinem Stoppelhaarschnitt und dem Bulldoggengesicht sah man den Polizeichef auf den ersten Blick an. Er warf einen kurzen Blick auf seine Untergebenen. »Sie alle!« rief er und machte eine ausgreifende Geste. »Der Lieutenant und ich brauchen fünf Minuten. Genau fünf Minuten.«

Die beiden Männer warteten, bis sich das Zimmer geleert hatte, Glitsky in Habtachtstellung, Rigby einem Schlaganfall nahe, auch wenn er sich zurückzuhalten schien.

»Wo, *verdammt noch mal*, haben Sie gesteckt?«

»Wann, Sir?«

»Wann immer, in drei Teufels Namen, ich versucht habe, Sie zu erreichen, Lieutenant! Haben Sie eine Nachricht von mir bekommen? Eine *dringende* Nachricht?«

»Ja, Sir, gestern abend.«

»Und?«

»Ich habe sofort angerufen, Sir. Es war niemand hier.«

»Das ist unmöglich. Um wieviel Uhr war das?«

»Ich bin nicht sicher, wann genau ... dreiundzwanzig Uhr, Mitternacht.«

Der Polizeichef wurde einen Zentimeter kleiner und senkte seine Stimme um ein Dezibel: »Verdammt, Abe, was soll das?«

Glitsky wartete.

»Erinnern Sie sich an das Gespräch, das wir gestern mit unserem neuen Bezirksstaatsanwalt geführt haben? Als wir Sie baten, sich nicht in die Angelegenheiten der Staatsanwaltschaft einzumischen?«

»Ja, Sir. Obwohl das nicht ...«

»Es vergeht nicht mal eine Stunde, und Sie plädieren bei Elaine Wager für Kevin Sheas Unschuld, und die rennt zu Reston und versucht, ihm Ihre Geschichte aufzuschwatzen!«

»Das ist nicht ...«

»Egal, okay? Ich verlasse mich auf Sie. Sie leiten eine meiner Abteilungen, und bis vor ein paar Tagen haben Sie verdammt gute Arbeit geleistet. Sie sind Lieutenant des Morddezernats und haben sich nicht dafür einzusetzen, daß irgendwer unschuldig sei. Verstehen Sie das? Sie setzen sich für überhaupt nichts ein. Sie sind kein Anwalt. Sie schließen auch keine Deals ab, sondern verhaften Leute. Schluß. Feierabend. *Verdammt* noch mal.«

Rigby zog an seinem Hemdkragen und rang nach Luft. Glitsky machte Anstalten, einen Schritt nach vorn zu tun, aber der Polizeichef hielt ihn davon ab. »Alles im Griff, Herrgott noch mal, aber ich bin am Ende meiner Kräfte.« Sein heftiger Atem normalisierte sich, seine Stimme wurde wieder klar und deutlich. »Also. Ich habe Mister Reston versprochen, mich darum zu kümmern, und ich werde folgendes tun: Der Fall Kevin Shea wird Ihnen entzogen. Sie untersuchen weder die Unruhen noch irgend etwas, das damit in Zusammenhang steht. Das FBI ist eingeschaltet worden, und die ziehen die Sache in ihre Zuständigkeit auf Bundesebene als Bürgerrechtskonflikt.«

»Einen Mord?«

»Ja, richtig. Einen Mord, durch den Arthur Wade seiner staatsbürgerlichen Rechte beraubt wurde ...«

»Aber er fällt auch in unseren Zuständigkeitsbereich, egal ob ...«

»Haben Sie mich verstanden, Lieutenant, oder wollen Sie mir Ihre Dienstmarke jetzt gleich auf der Stelle aushändigen?«

Glitsky biß sich fast die Zunge durch. »Ja, Sir. Ich habe Sie verstanden.«

»Dann können Sie gehen. Danke.«

Rigby richtete den Blick wieder auf seine Unterlagen auf dem Schreibtisch. Glitsky drehte sich um und ging zur Tür, öffnete sie und marschierte durch die mit einem Schlag verstummte Menschenmenge im Vorzimmer.

54

Bezüglich der Beerdigungen hatten die öffentlichen Stellen nur wenig unternehmen können. Niemand hatte Karin Wade, der trauernden Witwe Arthur Wades, vorschlagen wollen, das Begräbnis ihres Ehemanns um des Friedens in der Stadt willen zu verschieben. Aber sie hatte nichts gegen den Vorschlag des Bürgermeisters einzuwenden gehabt: eine ›Beerdigung der Märtyrer‹, die Chris Locke und dessen Familie miteinbezog.

Arthur Wade war praktizierender Katholik gewesen. Man hatte die Messe von seiner Gemeindekirche, Saint Catherine, draußen in den Avenues in die gewaltig große Saint-Mary-Kathedrale auf dem Geary Boulevard verlegt. Auf diesem Boulevard – unten an der Ecke zur Second Avenue – hatte früher auch die Cavern Tavern gelegen.

Ursprünglich hatte der hochwürdige Reverend James Flaherty, Erzbischof von San Francisco, die Messe leiten wollen, doch die Erzdiözese war rasch in erbitterte Diskussionen mit – unter anderen – Philip Mohandas, dem Stadtrat, dem Bürgermeisteramt und dem Nationalen Kirchenrat verwickelt worden.

Die Beratungen hatten letztlich dazu geführt, daß das Hochamt von einem Triumvirat farbiger Kleriker abgehalten wurde, weil man das für angemessener und ökumenischer hielt. Von diesen drei Personen waren zwei eigens eingeflogen worden: eine Priesterin aus Philadelphia, ein afrikanischer Priester aus Kenia. Die Mittel dafür stammten aus einem der Sonderfonds, die von der Stadt für Notfälle eingerichtet worden waren.

Es war halb zehn, der Vormittag klar und ruhig. In einer halben Stunde sollte die Messe beginnen, und der betonierte Platz vor der Kathedrale, der die Ausmaße eines Footballfeldes hatte, wimmelte bereits von Menschen. Die meisten von ihnen waren gutgekleidete Schwarze, in Gruppen von fünf bis fünfzehn Personen näherten sie sich dem Kirchenportal.

Die Tür der Limousine wurde geöffnet, und Senatorin Loretta Wager legte reflexartig eine Hand auf den Arm ihrer Tochter, um sie vor den Neugierigen zu schützen, die sich um das Fahrzeug mit den getönten Scheiben drängten und sehen wollten, wer da angekommen war. In den Nebenstraßen, die sie auf dem Weg zu Elaines Wohnung und dann auf der kurzen Fahrt hierher benutzt hatten, war die Limousine an gepanzerten Armeewagen vorbeigefahren.

Elaine stieg zuerst aus, ihre Mutter folgte. Auf dem Platz patrouillierten Polizisten zu Fuß und zu Pferd, über ihnen kreisten zwei Hubschrauber, und zwar so niedrig, daß man sie als störend empfand.

Loretta verscheuchte energisch die Schar der Journalisten. Dies sei kein Zeitpunkt, um Kommentare abzugeben. Sie und ihre Tochter seien gekommen, um zwei Märtyrern der Bürgerrechtsbewegung die letzte Ehre zu erweisen. Alle könnten ihre Zeit besser nutzen, wenn die Journalisten ihre Mikrofone wegsteckten, hineingingen und ein Gebet für die Zukunft dieser großartigen Stadt und dieses Landes sprächen. Loretta war überrascht, als einige Reporter nickten, ihre Ausrüstungen den Assistenten überreichten und der Masse der Trauergäste folgten.

Mutter und Tochter gingen Arm in Arm, ließen sich vom Strom der Menschen über den Platz treiben. Die hohe, moderne Kathedrale war vom Gesang eines Gospelchors erfüllt. Wunderschön und passend zum Anlaß, dachte Loretta. Elaine liefen Tränen über die Wangen. Die beiden Särge standen nebeneinander vor dem Altar, und Loretta und Elaine gingen immer weiter nach vorn, bis sie davor angelangt waren. Dann knieten sie nieder und senkten den Kopf zum Gebet.

Elaine begab sich zu den für sie und ihre Mutter reservierten Plätzen in der dritten Reihe, während Loretta noch einen Moment bei den Särgen verweilte und dann zur ersten Reihe trat und Margaret Locke, die dort mit ihren vier Kindern, alle im Teenageralter, saß, die Hand reichte. Sowohl die Mutter als auch die Kinder wirkten bestürzt und gedankenverloren.

»Margaret«, sagte Loretta. Lockes Witwe stand auf, und die beiden Frauen umarmten sich. »Wenn ich irgend etwas tun kann ...«

Anschließend blieb die Senatorin im Mittelgang stehen. In der ersten Reihe auf dieser Seite saß ungefähr ein Dutzend Trauernde, Arthur Wades Familie und die Familie seiner Frau, wie sie vermutete. Sie erkannte Arthurs Frau sofort. Sie war eine attraktive Frau, aber ihr Gesicht war ausdruckslos, dennoch signalisierte ihre Haltung rigorose Selbstbeherrschung. Den leeren Blick geradeaus gerichtet, hielt sie ihre kleinen Zwillinge an der Hand, die links und rechts von ihr saßen. Loretta ging zu ihr.

»Mrs. Wade, ich möchte Ihnen sagen, wie schrecklich leid mir das Ganze tut. Ich weiß, daß Ihnen das im Moment nicht helfen kann. Aber falls Sie etwas brauchen, oder wenn ich irgend etwas tun kann ...«

Diese Worte schienen Karin Wade nicht gleichgültig zu sein. Mit erstaunlich gefaßter Stimme bedankte sie sich bei Loretta, stellte ihr die beiden Zwillinge Brenda und Ashley vor, dann auch noch Arthurs Mutter und seinen Vater, die der Senatorin, in würdevollem Schweigen, die Hand schüttelten.

Loretta warf einen raschen Blick zu ihrer Tochter hinüber, die verkrampft neben Alan Reston saß. Er mußte vor wenigen Augenblicken gekommen sein. Vor den beiden saß, der Kritik der Menschenmenge die Stirn bietend, Bürgermeister Conrad Aiken mit seiner Gattin. Es war seine Pflicht gewesen herzukommen, dachte sie, und es sprach für ihn, daß er jetzt dort saß.

In der gleichen Reihe, aber auf der anderen Seite, nämlich Arthur Wades Seite, saß Philip Mohandas mit seinen beiden Leibwächtern.

Philips neuerlicher Aktionsaufruf, seine für morgen geplante Protestdemo, seine verbalen Attacken auf Art Drysdale und seine Forderung, Jerohm Reese freizulassen, hatten Loretta in eine vertrackte Lage gebracht. Aber sobald sie erst die Durchführungsverordnung für Hunter's Point in der Tasche hätte, wäre ihre politische Basis für die nächste Wahl gesichert. Wenn sich Mohandas dann des Vertrauens, das ihm die Öffentlichkeit mit dem Auftrag zur Verwaltung des Projektes entgegengebracht hatte, unwürdig erweisen sollte, würde man nicht die Senatorin dafür verantwortlich machen. Sie hatte es versucht, hatte seinen Leuten ihre Unterstützung angeboten. Und sie hatte andere Freunde, die nicht Philip Mohandas' Probleme mit den zwölf Millionen hätten. Die dieses Geld mehr zu schätzen wüßten.

Irgendwie war sie sogar erleichtert gewesen, als sie von Philips jüngstem Schachzug erfahren hatte. Mit seiner kleinen, aber wahltaktisch bedeutenden und nicht zu überhörenden Anhängerschaft wäre er nur schwer zu kontrollieren. Er hatte beschlossen, eigene

Entscheidungen hinter ihrem Rücken zu treffen, weil er glaubte, trotzdem an Hunter's Point heranzukommen. Nun ... Alan Reston hatte sie bereits Amt und Würden gesichert. Das war *der erste* Handel gewesen. Philip Mohandas würde noch früh genug herausfinden, wie Macht funktionierte, und vielleicht wäre er sich der Vorteile für sich und die Seinen danach etwas mehr bewußt.

Vorerst sollte er sich ruhig austoben, die Atmosphäre noch weiter aufheizen. Solange Kevin Shea im Mittelpunkt des Interesses blieb – und Philips neueste Strategie stellte das sicher –, würde Loretta bekommen, was sie im Namen der Harmonie zwischen den Rassen erreichen wollte.

Falls sich allerdings herausstellen sollte, daß Shea nicht der Sündenbock war, zu dem sie und andere ihn erklärt hatten, und das zu früh bekannt werden würde, konnte der Schuß durchaus nach hinten losgehen. Sie war so sehr von Sheas Schuld überzeugt gewesen, daß sie ihren kompletten Plan darauf aufgebaut hatte. Aber einige der Indizien, die sie von Alan Reston, von Elaine, sogar von Abe gehört hatte ...

Nun, diese Indizien durften sich eben einfach nicht bewahrheiten, zumindest so lange nicht, bis Hunter's Point unter Dach und Fach war. Das mochte den gerechten Lauf der Dinge zwar verzögern, aber nicht unbedingt verhindern; und verzögert wurde er auch nur dann, sofern Kevin Shea *tatsächlich* unschuldig war, wofür es noch keine Beweise gab. Sie verließ sich darauf, daß auch keine Beweise zu finden wären. Im schlimmsten Fall könnte man ihr den Vorwurf machen, daß sie sich an der allgemeinen Vorverurteilung beteiligt hatte. Aber alle waren nervös in diesen Tagen ...

Sie neigte höflich den Kopf vor Mohandas, drückte ein letztes Mal Karin Wade die Hand und ging dann zu Elaines Bank hinüber. Die ökumenischen Geistlichen erschienen, die Messe begann.

55

Glitsky war zu wütend, als daß er sich zugetraut hätte, in sein Büro im Morddezernat zurückzukehren. Er hatte Angst, daß er die Möbel zertrümmern, einen Stuhl durchs Fenster werfen oder irgend etwas ähnliches anstellen würde. Deshalb benutzte er das Treppenhaus und ging in die Eingangshalle des Justizgebäudes hinunter.

Als er durch dieselbe Tür ins Freie trat, an der er gestern Nacht von John Strout dafür zurechtgewiesen worden war, daß er sich zu wenig um die Ermittlungen im Fall Chris Locke kümmerte, beschloß er, einen Spaziergang durch die Innenstadt zu machen.

Weil er in der richtigen Stimmung war, sein Glück herauszufordern, spazierte er die Sechste Straße hinauf. Hier, einen Häuserblock vom Justizgebäude entfernt, konnte man wegen des Kleingelds für eine Busfahrkarte erstochen werden. Die Hände tief in den Taschen vergraben, spazierte er streitlustig an den Häusern entlang und blickte dabei jedem, dem er begegnete, direkt ins Gesicht, forderte wortlos die Taugenichtse heraus, ihm doch in die Quere zu kommen.

Der Spaziergang führte ihn bis hinunter zum Ferry Building am Ende der Market Street, wo er sich soweit beruhigte hatte, daß er sich eine Tasse Tee bestellte. Er nahm den Tee in einem Pappbecher mit und trank ihn, während er auf einem der Pfähle saß und auf das ruhig unter ihm plätschernde Wasser starrte.

Vielleicht war das just der richtige Moment, dachte er, um Wrightson vom Stadtrat anzurufen. Etwas anderes, etwas, das nicht irgendwie mit Kevin Shea zu tun hatte, fiel ihm nicht ein. Und er mußte dafür nicht eigens ins Büro.

Ja, er wolle ihn immer noch sprechen, sagte Wrightson, und wenn Lieutenant Glitsky an diesem Morgen unerwartet etwas Zeit zur Verfügung hatte, wäre das wunderbar. Punkt zehn könnten sie sich treffen.

Glitskys Erfahrung mit dem Stadtrat beschränkte sich auf skurrile Gerüchte und den Cartoon aus dem *Chronicle*, der seit fünf Jahren an der Säule vor seinem Büro hing. Auf dem Zeitungsausschnitt war die Tür zum Saal des Stadtrats abgebildet. Das Motto über der Tür lautete: ›Wir lassen uns nicht durch die Realität beirren‹.

Aber die Stadträte zahlten Glitskys Gehalt, genehmigten, genauer gesagt, den Etat der Stadt und damit die Gehälter der städtischen Angestellten, gehörten also nicht zu den Personen, die man sich grundlos zu Feinden machen sollte. Greg Wrightson, die graue Eminenz unter ihnen, war zweiundsechzig Jahre alt und seit fast zwanzig Jahren ein bekanntes Gesicht im Rathaus. Glitsky wußte, daß die Stadträte inzwischen vierundzwanzigtausend Dollar im Jahr verdienten. Noch vor fünfzehn Jahren hatte ihr Gehalt nur sechshundert Dollar im Monat betragen. Wrightson stammte aus der Mittelschicht und hatte den größten Teil seines Lebens dieses lumpige Gehalt bezogen, war aber trotzdem ein wohlhabender Mann. Abe hatte über einen langen Zeitraum mehr Geld als Wrightson verdient, arbeitete aber immer noch als Sklave seines Gehalts und hatte jeden Tag eine Stechuhr zu bedienen.

Diese Gedanken begleiteten ihn auf dem Weg zurück durch die Stadt, und so hatte Glitsky um Punkt zehn, als er den Empfangsbereich von Wrightsons Büro betrat, noch immer keine bessere Laune.

Wrightsons Assistent trug einen maßgeschneiderten Anzug. Auf dem gravierten Namensschild vorn auf seinem Schreibtisch stand *Nicholas Binder.* (Glitsky war Abteilungsleiter und hatte nirgendwo ein graviertes Namensschild stehen.) Falls Nicholas diese Stelle tatsächlich bekommen hatte, weil er eine Prüfung zur Eignung für den öffentlichen Dienst abgelegt hatte, dann waren die Anforderungen an die Bewerber erheblich gestiegen, seit Glitsky das letzte Mal hiergewesen war. Irgendwer hatte seine Beziehungen spielen lassen.

»Mister Wrightson wird Sie sofort empfangen, Lieutenant.«

Glitsky wartete, und Nicholas widmete sich wieder seinem Computer. Gelegentlich hielt er inne, um ans Telefon zu gehen und eine Notiz zu schreiben. Fanden draußen wirklich Krawalle statt? Fiel die Stadt in Schutt und Asche? Hier war nichts davon zu spüren. Glitsky räusperte sich und sah auf seine Uhr. Neun Minuten nach zehn.

»Kann ich Ihnen bestimmt nichts bringen, Lieutenant?«

Glitskys Geduld war am Ende. »Sie können mich bis Viertel nach zehn in dieses Zimmer bringen, wie wär's damit?«

Nicholas versuchte es mit einem unschuldigen Schulterzucken, aber für so etwas war heute schlicht der falsche Tag.

»Ich habe diese Fünfzehnminutenregel, an die ich mich strikt halte. Entweder bin ich in sechs Minuten da drin und rede mit Mister Wrightson, oder wir müssen es auf ein anderes Mal verschieben.«

»Sir?«

»Mein Termin war zehn Uhr?«

»Das ist richtig.«

»Okay, also Viertel nach zehn.«

Nicholas kam offenbar zu dem Schluß, daß der Lieutenant nicht spaßte, denn er stand auf und ging durch das Büro, klopfte an Wrightsons dunkel gebeizte Tür aus massivem Holz und verschwand dahinter.

»Lieutenant Glitsky, es tut mir leid, daß Sie warten mußten.« Wrightson kam mit ausgestreckter Hand auf ihn zu. »Ich habe mich in eine dieser Konferenzschaltungen verwickeln lassen und nicht auf die Zeit geachtet. Kommen Sie herein, kommen Sie herein. Kann Nicholas Ihnen etwas bringen?«

»Nein, danke.«

Glitsky schüttelte Wrightson die Hand und musterte ihn. Er war etwa einen Meter fünfundsiebzig groß, hatte fast keine Haare mehr und stechende graublaue Augen.

Sie begaben sich in ein riesiges, elegant ausgestattetes Büro, das dem von Abe nicht im geringsten ähnelte. Wrightson ging voran. Durch die sauberen (wie war das nur möglich?) Fenster hatte man einen Blick auf die sechs Häuserblocks große Fläche des Civic Center Park, in dem ebenfalls eine Zeltstadt aufgebaut worden war. Doch normalerweise mußte der Blick durch dieses Fenster auf weite Rasenflächen, beschnittenes Strauchwerk, den Teich und den Brunnen, Kirschbäume und blühende Birnbäume fallen. Das war das Gesicht, das San Francisco der Welt zeigte. Es war ein wunderschönes Gesicht und lag zu Füßen von Greg Wrightson.

Der ging jedoch nicht zu seinem Schreibtisch, wie Glitsky erwartet hätte, sondern führte ihn zu einer Sitzecke. Auf einem südamerikanischen Teppich standen ein Sofa und, rechts und links von einem polierten Couchtisch, zwei Polstersessel. Glitsky setzte sich in einen der Sessel und hatte das Gefühl, bis zum Hals darin zu versinken. Wrightson kam gleich zum Thema.

»Ich möchte mich bei Ihnen dafür bedanken, daß Sie sich die Zeit genommen haben, mich aufzusuchen. Wie Sie wissen, sehen wir uns in diesem Jahr wegen des Haushaltsetats mit einigen schwierigen Entscheidungen konfrontiert. In der Vergangenheit waren wir gezwungen, in einigen wichtigen Bereichen – wie zum Beispiel dem Police Department – Einsparungen vorzunehmen. Abzuspecken, sozusagen.«

Glitsky bemerkte keinen Hauch von Ironie in Wrightsons Stimme, obwohl dieser guten Grund dazu gehabt hätte. Die Stadträte hatten gerade die für Kevin Sheas Ergreifung ausgesetzte Belohnung um zweihunderttausend Dollar erhöht (von den zwölftausendfünfhundert Dollar für Flugtickets und Unterkünfte für die Geistlichen, die in diesen Minuten die Beerdigung leiteten, wußte Glitsky nichts). Und Wrightson hatte ausgerechnet diesen Zeitpunkt gewählt, um über den Polizeietat zu sprechen?

Glitsky fragte sich, ob er Wrightson gegenüber seine fehlende Tür erwähnen sollte, aber er blieb sachlich. »Viel mehr gibt es nicht zum Abspecken. Im Justizgebäude ist alles ziemlich schlank«, sagte er.

Wrightson nickte. Er beugte sich in seinem Sessel nach vorn und faltete die Hände vor sich. »Nun, durch diese Krawalle und dadurch, daß der Eindruck entstanden ist, San Francisco sei kein sicherer Ort mehr, glaube ich, tut sich uns eine Möglichkeit auf. Wir können etwas Geld für den Polizeidienst lockermachen.«

Glitsky hörte aufmerksam zu und unterdrückte die Bemerkungen, die er gemacht hätte, wenn er diesen Mist von jemand anderem gehört hätte, fragte sich, warum er hier sei.

Endlich kam Wrightson auf den Punkt: »... und das ist der Grund, warum ich mit den einzelnen Abteilungsleitern sprechen wollte.«

»Okay.«

»Ich würde gern wissen, was Sie wirklich brauchen, um Ihre Arbeit zu machen.«

»Das ist einfach.« Wenn Wrightson allerdings Beispiele dafür wollte, wann fehlende Gelder in der Vergangenheit Ermittlungen behindert hatten, würde er bis Weihnachten erzählen.

Wrightson klatschte einmal in die Hände. »Gut. Fangen wir

beim Personal im Morddezernat an. Ich könnte nachsehen, aber ...«

»Was meinen Sie?«

»Sie wissen schon: wie viele Personen, ethnische Gruppen, Geschlechter ...« Als er Glitskys Blick sah, fuhr er rasch fort: »Das erleichtert uns den Griff ins Portemonnaie, Lieutenant. Das wissen Sie.«

»Ich dachte immer, es seien die fehlenden Mittel, die uns in unserem Leistungsvermögen beeinträchtigten.«

Wrightson wischte das mit einer Handbewegung beiseite. »Ja, sicher, das stimmt. Aber lassen Sie uns realistisch sein. Die beste Chance, für Ihre Abteilung etwas herauszuschlagen, ist eine Erhöhung der Mitarbeiterzahl. Dadurch wird die Gesamtsumme erhöht, und plötzlich haben Sie Geld für eine neue Kaffeemaschine.«

»Eine neue Kaffeemaschine? Wie wär's mit einem Labor, in dem am Wochenende gearbeitet wird? Wie wär's mit Überstunden statt Ausgleichsstunden? Wie wär's damit, die Leute dafür zu bezahlen, wenn sie länger bleiben, um ihre Berichte zu schreiben?«

Wrightson schüttelte den Kopf. »Nein, nein. Ich meine, all das ist wichtig, verstehen Sie mich nicht falsch, aber niemand wird dafür Gelder freigeben. Das ist einfach nicht sexy genug, verstehen Sie, was ich meine?«

»Ich glaube nicht.«

»Na, dann erzählen Sie mir einfach von Ihrer Abteilung, und ich erzähle Ihnen, was Sie brauchen.«

Glitsky gab ihm einen Überblick: zwölf Inspectors, alle männlich, davon vier Schwarze, zwei andere dem Nachnamen nach wohl spanischer Abstammung.

»Sie sollten genau über diese Dinge Bescheid wissen«, sagte Wrightson. »In Ihrem eigenen Interesse.« Dann fragte er: »Was ist mit Frauen?«

»Nein. Wir haben keine Frauen.«

»Asiaten?«

»Nein.«

»Schwule?«

»Das bezweifle ich. Ich weiß es nicht genau. Ist das von Bedeutung?«

»Amerikaner indianischer Abstammung?«

»Mir ist nicht aufgefallen, daß wir einen nennenswerten Anteil an Amerikanern indianischer Abstammung in der Stadt oder im Bezirk haben.«

Wrightson warf ihm einen verschwörerischen Blick zu. »Sie sind in einer guten Position. Sie brauchen mindestens drei, vielleicht sogar fünf neue Inspectors.«

Glitsky beugte sich vor. »Mister Wrightson, wir brauchen nicht mehr Inspectors. Wir brauchen mehr Unterstützung.«

»Ja, aber die Unterstützung bekommen Sie nicht, Lieutenant. Was Sie brauchen, ist eine größere Übereinstimmung mit den Quoten.«

»Gelten die nicht für das Police Department als Ganzes ...?«

»Ursprünglich ja, aber ich habe Polizeichef Rigby diese Idee vorgetragen, und sie gefiel ihm.« Wrightson genoß seine Rolle bei der ganzen Sache sichtlich. »Sehen Sie, die Polizei braucht Geld, und auf diese Weise kommt sie an Geld. Die Quotenregelung ... selbstverständlich nennen wir sie nicht so. Wir ändern die Formulierungen, so daß sie für jede einzelne Abteilung statt für die Behörde als Ganzes gelten.«

»Aber das Morddezernat ist ... ist die Spitze der Pyramide. Ich meine, man steckt nicht einfach Leute ins Morddezernat und macht sie zu Inspectors, um irgendwelche Quoten zu erfüllen ...«

Wrightsons Augen glänzten, sein Gesicht war gerötet. »Wo leben Sie, Lieutenant? Wir sind in San Francisco. Natürlich tut man das.«

»Aber ...«

»Vor allem Sie sollte das glücklich machen ...«

Glitsky spürte, wie sich die Narbe auf seinen Lippen spannte und weiß wurde. Vor allem Sie sollte das glücklich machen? Weil er in Wrightsons Augen ein Schwarzer war? Aber er wollte nicht ausfallend werden. Die Sache nicht persönlich nehmen. Nicht heute morgen. Nicht bei dem dünnen Eis, auf dem er sich in diesen Tagen bewegte. Vielleicht hatte Wrightson recht, und er war tatsächlich nicht up to date und sollte sich über eine Senkung der Aufnahmerichtlinien für seine Abteilung freuen ...

Aber er konnte sich nicht beherrschen. Er sagte: »Mir wird gleich speiübel.«

Soviel also zu den beiden Notizen, die er am Vorabend in die Mitte seines Schreibtischs geschoben hatte: Rigbys dringender Anruf und die beiden Nachrichten von Greg Wrightson. Auf der Polk

Street vor dem Rathaus hielt Glitsky dem Fahrer eines Streifenwagens seine Marke hin und kam so zurück zum Justizgebäude.

All diese städtischen Gebäude, und keine Zuflucht darin ...

Rigby hatte Glitsky zwar gesagt, er sei vom Fall Kevin Shea abgezogen, aber bei genauerer Überlegung fiel Glitsky auf, daß er ihm nicht ausdrücklich verboten hatte, seine Männer weiterhin darauf anzusetzen. Hatte er das mit Absicht getan? Wollte Rigby womöglich seinen eigenen Hintern in Sicherheit wissen, wenn Glitsky mit irgend etwas ankommen sollte? Zumindest gab ihm diese Interpretation ein Argument für den Fall, daß er vor die Personalkommission der Polizei gerufen werden würde.

Zehn Minuten später saß er in seinem Büro Carl Griffin gegenüber, der genauso wütend war wie Glitsky, falls das möglich war. Der Inspector hatte vorn auf seinem Hemd einen klebrig wirkenden roten Fleck, entweder die Überreste eines Marmeladendonuts, oder er war in Ausübung seines Dienstes verwundet worden, ohne es zu bemerken.

»Also habe ich gestern abend, bevor ich nach Hause ging, Feeney abgefangen.« Tony Feeney, ein Staatsanwalt. »Ich bekam von ihm ein zurückhaltendes ›Okay‹ bezüglich Straffreiheit für Devlin, sofern er aussagt, er sei in dem Mob gewesen. Dann habe ich alle für Punkt acht Uhr heute morgen herbestellt. Devlin, seinen Vater, seinen Anwalt, die ganze Bande. Und dann kommt Feeney rein und erklärt, daß es keinen Deal gibt.«

»Überhaupt keinen Deal?«

Griffin ließ ein paar Kaugummiblasen platzen. »*Nada.* Alan Reston schließt keine Deals ab. Neue Politik. Ich frage mich, wie er irgendwelche Zeugen auftreiben will, wenn er nicht mit sich handeln läßt? Also fragte Colin Devlins Anwalt, was die Zeitverschwendung soll, und dann zogen sie alle ab, um irgendwo nett zu frühstücken.«

Glitsky hatte sich auf seinem Stuhl zurückgelehnt, seine Fingerspitzen berührten sich vor seinem Mund. »Was wollte dieser Devlin aussagen?«

»Du hattest uns doch gesagt, daß wir uns nach Leuten aus dem Mob umsehen sollten ...«

»Ich erinnere mich, Carl. Und Devlin gibt zu, daß er dort gewesen ist?«

»Nicht nur das, sondern auch, daß er mit von der Partie war. Nach dem, was er mir gestern erzählte, läuft seine Version darauf hinaus, daß er von dem Mob mitgerissen wurde, nicht mehr herauskam und zwischen Arthur Wade und denjenigen geriet, der versuchte, zu Wade zu gelangen.«

»Hat er gesagt, warum dieser Jemand zu Wade gelangen wollte? Ob er ihn vielleicht losschneiden wollte? Hat er gesehen, wer es war? Zum Beispiel Kevin Shea?«

Griffin schüttelte den Kopf. »Nein, nichts dergleichen, tut mir leid. Ich hab's versucht, aber dem Jungen wurde die Achillessehne durchgetrennt, Abe, und er ist wie ein nasser Sack zu Boden gegangen. Mehr ist nicht drin, wenigstens was ihn betrifft. Aber wie wollen wir ...?«

»Ich weiß. Warte mal.« Glitsky stellte die Füße wieder auf den Boden. »Wenn Devlin in dem Mob war, ist er mitschuldig ...« Allein aufgrund dieser Tatsache könnten sie ihn festnehmen, auch ohne Deal.

»Sicher, das war mein Gedanke, aber nein ... Ich habe es Feeney vorgeschlagen, noch bevor alle weg waren. Devlins Anwalt stand immer noch da. Ich sagte zu Feeney: ›Wenn Sie ihm keinen Deal anbieten, was soll ich nach Ihrer Ansicht dann mit ihm machen? Ihn festnehmen?‹ Und Feeney schaut mich an und fragt: ›Weswegen?‹ Also antworte ich: ›Weil er im Mob war‹, und er sagt, daß es ohne Devlins Geständnis dafür keinen Beweis gebe. Ich sage, er hat gestanden oder zumindest mehr oder weniger zugegeben, daß er mit dabei war. Der Typ zuckt einfach mit den Schultern und sagt, das beweise nicht unbedingt eine Absicht. Menschenskind! Auf wessen Seite stehen die Typen da unten eigentlich? Wer ist dieses Arschloch von Reston? Wo ist der hergekommen?«

»Devlin hätte ihre Argumentation bezüglich Kevin Shea umwerfen können«, sagte Glitsky. »Sie wollen nicht, daß das im Protokoll steht.«

»Welches Protokoll? Wir haben doch überhaupt kein Protokoll.«

»Das ist richtig.«

Carl Griffin zog seinen Gürtel zurecht, kratzte sich und runzelte beim Anblick des Flecks auf seinem Hemd die Stirn. Er würde seine Zeit nicht damit verschwenden, so zu tun, als verstehe er das Ganze. Er hatte den gestrigen Tag damit zugebracht, jemanden mit einer Messerwunde ausfindig zu machen, weil das in seinem Einsatzplan gestanden hatte. Er wollte also jetzt wissen, was er heute tun solle.

Glitsky seufzte, er hatte immer noch die anderen Fragen im Kopf. Dann sagte er: »Na gut, Carl ...«

Die Order lautete, zum Dolores Park zu fahren und zu versuchen, die genaue Stelle ausfindig zu machen, an der Chris Locke erschossen worden war. Irgend jemand in der Zeltstadt da draußen müsse doch was gehört, vielleicht sogar gesehen haben. Eine Menge Leute hätten demonstriert, irgendwas werde schon auftauchen. Und wenn er die Stelle gefunden habe, solle er die Spurensicherung holen und die üblichen Untersuchungen durchführen lassen, mal sehen, was die herausfänden.

Das war die Art von Arbeit, die Griffin gut beherrschte. So hatte er etwas zu tun, und Abe blieb es erspart, Loretta in einen weiteren Alptraum zu stürzen.

Griffin war noch nicht aus dem Büro, als Glitsky bereits Wes Farrells Nummer wählte. Er hatte lange genug gewartet, daß etwas passierte, und würde jetzt – Rigby hin oder her – dafür sorgen, daß etwas passierte.

56

Wes Farrell hatte am Morgen des vergangenen Tages konsequent keinen Tropfen Alkohol getrunken und auch nicht wieder damit angefangen, nachdem sich Sergeant Stoner abends wieder verdrückt hatte. Wes war zu der Ansicht gelangt, Lieutenant Glitsky auf den Leim gegangen zu sein, weil er ihn vollkommen falsch eingeschätzt und ihm vertraut habe. Heute würde er tunlichst mehr auf Draht sein müssen, wenn er für seinen Mandanten gute Arbeit leisten wollte. Auch wenn er noch nicht bereit war zuzugeben, daß sein Alkoholkonsum ihn langsamer hatte werden lassen beziehungsweise sein Urteilsvermögen beeinträchtigt hatte, wollte er keine unnötigen Risiken eingehen.

Seit er aufgestanden war, hatte er ferngesehen, aber Kevins Videoband war von keinem Sender ausgestrahlt worden. Unabhängig davon, ob jemand Shea Glauben schenken würde oder nicht, konnte Wes sich beim besten Willen nicht vorstellen, daß ein Nachrichtensender das Band nicht zeigen würde. Ob seine Aussage der Wahrheit entsprach oder nicht, sie mußten das Video als neue Entwicklung im Fall des meistgesuchten Flüchtigen in den Vereinigten Staaten betrachten. Es hätte innerhalb von Minuten nach der Übergabe auf jedem Sender von hier bis Bangor, Maine, kommen müssen. Was war bloß falsch gelaufen?

Dummerweise hatte er Kevin nicht nach seiner Telefonnummer gefragt, und so blieb ihm nichts anderes übrig, als abzuwarten, daß der sich melden würde.

Nachdem er Melanie und Kevin am Vorabend darüber belehrt hatte, daß Kevin wahrscheinlich wegen Mordes angeklagt werden würde, hatten die beiden vielleicht doch beschlossen, sich unter falschen Namen auf ein Zeugenschutzprogramm einzulassen.

Bart winselte vor der Tür. Er lief die ganze Zeit im Kreis herum und gab zu verstehen, daß er unbedingt sein Geschäft verrichten müsse. Wes mochte die Wohnung eigentlich nicht verlassen, weil er da sein wollte, falls Kevin oder Melanie anriefen. Aber der Hund mußte nach draußen. Er sah sein leidendes Tier an. Bart sollte nicht erneut mit der Zeitung in der Küche experimentieren müssen. Wenn es zur Gewohnheit wurde, fand er vielleicht Gefallen daran.

»Okay, Junge, wir haben ihnen eine Chance gegeben. Raus mit uns.«

Er öffnete die Tür. Bart lief winselnd und im Kreis springend zur Treppe. Da Wes der Polizei, die ihn vor wenigen Stunden überrascht hatte, nicht über den Weg traute, ließ er den schweren Riegel einschnappen, was er normalerweise nicht tat. Er würde auch nicht viel nützen, wenn wirklich jemand bei ihm einzudringen beabsichtigte, vermittelte ihm aber ein Gefühl größerer Sicherheit.

Er war keine vier Schritte von Bart entfernt, der an der Treppe stand, als er glaubte, das Telefon klingeln zu hören. Er lauschte, der Hund winselte. Ein zweites Klingeln.

»Na großartig«, fluchte er und griff nach den Schlüsseln in der Hosentasche, die sich in einem losen Faden verfingen, als er daran zog. Sein Kamm und das Kleingeld fielen heraus, verteilten sich über den Boden.

Das Telefon klingelte erneut.

Die Schlüssel hingen in der nach außen gestülpten Hosentasche fest. Während Wes rückwärts zur Wohnungstür ging, zerrte er hilflos und fluchend an den Schlüsseln. Bart kam angelaufen und bellte.

Wieder das Telefon.

Er kannte den Trick und würde den Riegel beim ersten Versuch aufbekommen, wenn er den Schlüssel ruhig bis zum Anschlag einführte und ihn dann um exakt einen Millimeter wieder herauszog ...

Das Telefon.

... um genau im richtigen Moment daran zu rütteln. So ...

»Sei still, Bart!«

Das zweite Schloß war ein Kinderspiel. Rein mit dem Schlüssel, umdrehen, die Tür ging auf.

Ein weiteres Klingeln.

Er rannte durch das Zimmer, die Schlüssel, die noch immer an dem Faden der Hosentasche hingen, in der Hand. Das Telefon war in der Küche an der Wand befestigt.

»Hallo.«

Das Freizeichen.

Frustriert ließ Wes die Hände sinken. Wie auf wundersame Weise aus ihrem magischen Knoten gelöst, rasselten die Schlüssel zu Boden.

Wes trat einen Schritt zur Seite und sah Bart in der Tür, der peinlich berührt zu ihm aufschaute und ein frisches Mißgeschick zu beklagen hatte.

Die Hosentasche noch nach draußen gestülpt, stand Wes eine Weile unbewegt. »Ich bin doch das größte Rindvieh auf Gottes Erdboden«, sagte er zu Bart. Dann stopfte er seine Tasche wieder in die Hose und holte sich ein Bier.

»Das warst gar nicht du?«

»Nein. Ich rufe zum ersten Mal an, wir haben das Telefon eben erst wieder eingestöpselt. Wir wollten schlafen.«

»Wie schön«, sagte Wes. »Wer war es dann?« Wer hatte versucht, ihn anzurufen? Glitsky sicher nicht, nachdem er Wes gestern so getäuscht hatte.

»Ich weiß es nicht«, sagte Kevin. »Woher soll ich wissen, wer versucht hat, dich anzurufen?«

Wes beließ es dabei. »Habt ihr wenigstens geschlafen?«

»Ja. Wir fühlen uns beide besser. Sogar meine Rippen ...«

»Prima. Was wollt ihr jetzt tun?«

Nach einer kurzen Pause: »Wir wissen es nicht, Wes. Vielleicht einfach warten.«

»Warten? Worauf?«

»Wissen wir auch nicht. Vielleicht warten wir bis heute abend und versuchen dann, nach Mexiko runterzukommen. Danach werden wir weitersehen. Wenn sich die Angelegenheit etwas beruhigt hat, rufen wir dich an, um zu sehen, ob sich bis dahin was ergeben hat. Ich meine, es muß doch irgend jemanden außer mir geben, der sagen kann, was geschehen ist ...«

»Glaubst du nicht, daß derjenige sich inzwischen gemeldet hätte?«

»Keine Ahnung. Vielleicht haben sie Angst. Nach allem, was geschehen ist. Aber wenn sie erst mal das Videoband gesendet ...«

»Apropos ...«

»Ja, ich weiß. Wir werden bei dem Sender anrufen. Irgendwie ist es schiefgegangen. Melanie sagt, daß es wahrscheinlich am Nachtportier liegt.«

»Am Nachtportier?«

»Der Laden war zu, deshalb hat sie es am Nachtschalter abgegeben.«

Wes unterdrückte die Antwort, die ihm auf der Zunge lag. Er hätte gern einen Cent für jeden Fall bekommen, in dem eine solche Unachtsamkeit dem Verdächtigen eine Verurteilung eingebrockt hatte. Man ließ keine wichtigen Gegenstände bei Dritten, man übergab sie nur dem Zuständigen, selbst wenn man die ganze Nacht auf ihn warten mußte. »Willst du, daß ich beim Sender anrufe und versuche, was rauszufinden?«

»Ich dachte, du bist der Meinung, das führt zu nichts.«

»Du hast recht mit deinem Argument, daß es eventuell einen glaubwürdigen Zeugen aus der Reserve locken könnte. Dann hättest du vielleicht eine Chance, aus dieser Sache rauszukommen.«

»Meinst du?«

»Ich weiß nicht, könnte sein. Trotzdem würde ich mir keine allzu großen Hoffnungen machen. Es ist nur eine vage Möglichkeit. So wie die Dinge im Augenblick stehen, läufst du entweder weg oder kommst vor Gericht. Also ist es den Versuch mit dem Fernsehsender wert. Du hast nichts zu verlieren. Ich könnte das erledigen, um euch aus der Sache rauszuhalten.«

Er hörte kurzes Gemurmel am anderen Ende der Leitung, als Kevin sich mit Melanie besprach. Dann war er wieder am Hörer.

»Wenn du das wirklich tun würdest ...«

»Hab' ich doch gesagt, oder?«

»Es ist besser als wegzulaufen, nicht wahr? Wir tun doch das Richtige?«

Es war merkwürdig, heutzutage von jemandem diese Frage gestellt zu bekommen, aber Wes fand, daß es typisch war für Kevin. Der Junge war altmodisch genug zu glauben, immer das Richtige tun zu müssen. Diese Haltung hatte ihn in seine mißliche Lage gebracht. All die richtigen Schritte, die so folgenschwer geendet hatten.

Aber Wes wußte, daß auch ihm keine andere Wahl blieb. Er hatte immer versucht, so zu sein, wie Kevin jetzt war, und sogar einmal geglaubt, daß es ein Bestandteil seiner Persönlichkeit sei. Bevor das Leben diese Überzeugung erschüttert hatte.

Er vertraute ihnen blind, versuchte einfach, ihnen zu helfen, und fühlte sich dabei so gut wie schon lange nicht mehr. Er hatte ganz vergessen, wie es war, jemandem zu vertrauen, seit Mark Dooher und seit seiner Frau ... Manchmal meinten es die Menschen ehrlich mit einem. Das hatte er ganz vergessen. Man mußte Risiken eingehen. Wenn man das nicht tat, war man so gut wie tot.

»Wes?«

»Ja. Ich bin sicher, es ist das Beste, was du tun kannst, Kev. Wenn du wegläufst und geschnappt wirst ... niemand kann sagen, was passieren würde.« Er wollte nicht den Teufel an die Wand malen. »Für den Augenblick solltet ihr nichts überstürzen. Wartet noch einen Tag ab. Kein Mensch weiß, wo du bist. Vielleicht entwickelt sich die Geschichte plötzlich doch zu deinen Gunsten. Weglaufen kannst du immer noch. Aber wenn du es einmal getan hast, gibt es keinen Weg zurück.«

57

Glitsky war zum Mittagessen nach Hause gefahren, was an Werktagen sonst nie vorkam. Er hatte den Rest des Vormittags damit verbracht, Fälle zuzuweisen, sich von seinen Inspectors, die nicht in der einen oder anderen Weise an der Sache Kevin Shea arbeiteten, auf den neuesten Stand bringen zu lassen, einige andere Autopsien zu prüfen, Gerichtstermine einzuplanen und sich mit Special Agent Margot Simms über den Stand der Kevin-Shea-Ermittlungen kurzzuschließen. Das FBI hatte entschieden, daß dies ein Fall sei, in dem die Bürgerrechte betroffen waren, und die Bundesregierung somit zumindest parallel zuständig sei. Wenn das FBI sich einschalten wollte, brauchten sie in dieser Sache ebensowenig eine Einladung der örtlichen Polizei wie zum Beispiel dann, wenn sie die Ermordung von Bürgerrechtlern im tiefen Süden untersuchen wollten. Sie waren auf eigene Initiative zur Stelle, und Polizeichef Rigby schien geneigt, ihnen jeglichen Ruhm – und jeglichen Ärger –, den der Fall eventuell noch bringen würde, zu überlassen. Special Agent Simms hatte sich mehr als froh über dieses Arrangement gezeigt, aber kein großes Interesse an Stichwunden, Jamie O'Toole, Untersuchungen von Fotos, den Cousins Mullen und McKay oder Rachel aus Osteuropa an den Tag gelegt.

Was Simms interessierte, war das Persönlichkeitsprofil, das Kevin Shea als bewaffnet und gefährlich auswies. Glitsky dachte, daß das wahrscheinlich auf Elaine Wagers Ausbruch vor den Medien zurückzuführen sei. Die Ermittler des FBI wußten, wonach sie suchten, und fanden deshalb meistens die entsprechenden Beweise. Sie polierten die Tatsachen auf, auch wenn die Daten nicht besonders überzeugend waren.

Weil er das FBI und dessen Neigung, zuerst zu schießen und dann zu fragen, kannte, hatte Glitsky versucht, diesbezüglich auf Simms einzuwirken, aber sie hatte nichts hören wollen. Dies war ein Fall, der öffentliche Beachtung fand und den die junge Agentin nutzen wollte, um den Durchbruch zu schaffen und den männlichen Kollegen gleichgestellt zu werden. Sie werde von ihrer Waffe ohne zu zögern Gebrauch machen, wenn die Situation es verlange; für den Notfall stünden zwei Kollegen, einer von ihnen ein Scharfschütze, zur Verfügung. Sie sage nicht, daß die zum Einsatz kämen, aber ...

Dann hatte sie wissen wollen, was Glitsky von Wes Farrell halte und ob er in ihm die beste Möglichkeit sehe, mit Shea Kontakt aufzunehmen. Sollte die Bundesbehörde nicht vielleicht besser sein Telefon anzapfen? Special Agent Simms hatte ›Beziehungen‹ zu einem Bundesrichter, der ihr, wie sie sagte, wegen »eines halben Moleküls zehn Jahre alter DNS« nahezu alles unterschreiben würde.

Glitsky hatte geantwortet, er halte es für möglich, daß Shea und Farrell telefonisch wieder kommunizierten. Seit Beginn des Gesprächs bemühte er sich, unbeteiligt zu wirken. Doch eigentlich hatte er den ganzen Morgen lang nur an die bevorstehenden wichtigen Gespräche mit Ridley Banks und Loretta Wager gedacht.

Banks war nicht im Büro erschienen (was an sich für einen Inspector im Außendienst nicht ungewöhnlich war), und deshalb war das Mysterium um die Mo-Mo-Notiz noch nicht gelöst, die Glitsky als drittoberste auf seinen Schreibtisch gelegt hatte. Wenn das Ganze nichts mit Kevin Shea zu tun hatte, konnte Glitsky der Sache offiziell nachgehen. (Als Wes Farrell nicht ans Telefon gegangen war, hatte er auch seine inoffizielle Jagd auf Shea zurückstellen müssen. Es gab keine Spur mehr, die er hätte verfolgen können. Vielleicht würde Special Agent Simms ihn auf eine bringen.)

Glitsky wußte, daß Loretta auf der Beerdigung war und frühestens am Nachmittag nach Hause oder ins Büro zurückkehren würde. Er redete sich ein, daß er sie nur aus beruflichen Gründen so bald wie möglich sprechen wolle und deshalb, wenn nötig, auch warten könne. Er *mußte* sie nicht wegen persönlicher Themen sprechen. Was immer sie bezüglich ihrer Beziehung zu entscheiden hätten, würde sich von allein klären ... Irgendwann hatte er den Versuch, beschäftigt zu wirken, aufgegeben und war nach Hause gefahren.

Jetzt beobachtete er aus tränenden Augen eine mit Dosenchili gefüllte Pfanne, während er eine Zwiebel kleinschnitt. Auch die

Überreste eines steinharten Stücks Cheddar, das ganz hinten im Kühlschrank gesteckt hatte, wurde verarbeitet.

Er wußte noch immer nicht, ob er mit Loretta über alles reden sollte. Er kannte die Bürokratie gut genug, um zu wissen, daß die schnellste und gründlichste Art, die eigene Position und den eigenen Ruf zu gefährden, darin bestand, sich über seinen Vorgesetzten hinwegzusetzen. Aber er hatte genug Informationen gesammelt und ein ziemlich deutliches Bild von dem, was im Augenblick ablief. Und er war der Ansicht, daß die Lösung des Problems mit großer Wahrscheinlichkeit bei Loretta Wager lag. Wie Strother Martin in ›Cool Hand Luke‹ zu Paul Newman sagte: Es war immer eine Sache »der mangelhaften Kommunikation«.

Er mußte Loretta aufsuchen. Mit Sicherheit hatte sie keine Ahnung davon, daß Alan Reston in der Absicht, seine mächtige Wohltäterin zufriedenzustellen, seine neuen Machtbefugnisse mißbrauchte und sich nicht die Bohne um die Gerechtigkeit scherte. Reston ging davon aus, vermutete Glitsky, daß Shea weiterhin der Schuldige sein *mußte*, denn sollte er unschuldig sein, sah es für Loretta schlecht aus ... Glitsky glaubte nicht, daß Loretta etwas daran lag, daß Shea vorschnell fertiggemacht wurde. Aber Restons Standpunkt war eindeutig: Keinerlei Abmachungen, die die Position des Bezirksstaatsanwalts bezüglich der Anklage gegen Shea schwächen könnten.

Die übliche Reaktion: kurzsichtig, aber zu verbreitet, um Abe zu schockieren. Reston, der neue Mann, wollte seinen ersten großen Fall der Person widmen, der er seine Ernennung verdankte. Er wäre der Held, Loretta die Heldin. Alle hätten gewonnen. Und für jemanden wie Reston, der als Staatsanwalt Karriere gemacht hatte, war es keine Frage, daß Shea – wie jeder andere Angeklagte auf diesem Planeten – irgend etwas verbrochen hatte.

Reston dachte wahrscheinlich, er schütze Loretta, während Abe Glitsky das – aus Restons Perspektive – nicht tat. Also gehörte Abe Glitsky zur Opposition, war genaugenommen sogar ein Gegner. Das hatte sicher nichts mit Glitsky persönlich zu tun, er hatte ihm sogar geraten, sich ruhig zu verhalten, damit es erst gar nicht so weit käme. Aber es war so weit gekommen.

Glitsky rief sich ins Gedächtnis, daß Loretta weder Farrells Informationen noch Rachels Aussage (Shea habe Wade nicht nach unten gezerrt, sondern hochgehoben) bekannt waren. Ebensowenig wußte sie von Colin Devlin und davon, daß Jamie O'Toole langsam weich wurde, also von all den Gründen, die Glitsky inzwischen erheblich an Sheas Schuld zweifeln ließen, wußte sie nichts. Loretta und er hatten den gestrigen Abend nicht damit verbracht, die verworrenen Einzelheiten des Falles Kevin Shea zu erörtern. Es gab Themen, die sie unmittelbarer betrafen.

Aber das Faß war am Überlaufen. Er mußte mit ihr sprechen, sich über Rigby und Reston hinwegsetzen. Special Agent Simms und ihre Scharfschützen hatten ihm den Rest gegeben. Er mußte mit Loretta sprechen, um die Kommunikationswege zwischen ihr und Reston zu öffnen und die Leute daran zu erinnern, wie sie ihre Jobs zu tun hatten. Letztlich keine große Sache, nichts, das aus dem Rahmen fiel.

Aber er konnte noch immer nicht verstehen, warum Farrell nicht wenigstens versucht hatte, ihn zu erreichen. Es ergab keinen Sinn, außer wenn Shea irgendwie kalte Füße bekommen hatte, was andererseits nicht so abwegig war. Farrell ging davon aus, daß Glitskys Angebot für einen Deal noch stand und man Shea zumindest anhören würde. Restons Weigerung, Kevin Schutz zu gewähren, seine Botschaft, daß er nichts, was Wes Farrell oder Kevin Shea zu sagen hätten, hören wolle, hatte die Situation allerdings grundlegend verändert. Reston hatte sich auf den Standpunkt festgelegt, Shea sei schuldig.

Das bedeutete, daß Glitsky keine Gegenleistung mehr anbieten konnte, wenn Kevin Shea kam, was Farrell aber noch nicht wissen konnte. Warum hatte er sich also nicht gemeldet?

Er steckte seinen Zeigefinger in die Pfanne und rührte um. Das Chili war fast fertig. Da klingelte es an der Tür.

Er schob einen Teil der Gardine zur Seite, die die schmale Fensterscheibe neben der Vordertür bedeckte. Auf dem Treppenabsatz stand niemand. Er öffnete die Tür.

»Wenn ich ein ausgebildeter Attentäter wäre, wärst du jetzt tot. Warum weinst du?« Dismas Hardy hatte an der Hauswand neben der Treppe gestanden und war vorgetreten, als Abe die Tür geöffnet hatte.

»Ich weine nicht, ich habe Zwiebeln geschnitten. Ich dachte, du bist in Ashland.«

»Es ging das Gerücht, man könne sich ›Hamlet‹ in diesem Jahr sparen. Ich hatte gerade eine Woche mit einem Dreijährigen und einer Fünfjährigen beim Zelten in der Wildnis verbracht, als wir miteinander telefonierten. Wir begannen, uns Sorgen um das

Haus zu machen, bei diesen ganzen Bränden, die du erwähntest. Es schien ein guter Moment zu sein, um heimzufahren.«

»Wohl kaum.«

Sie waren in der Wohnung, auf halbem Weg zur Küche. »Vielleicht erinnerst du dich nicht mehr daran, wie es ist, mit Kleinkindern zu zelten«, sagte Hardy. »Hast du das je mit deinen Jungs gemacht?«

»Klar. Oft. Friede, Ruhe, die Natur erleben ...«

»Ja, bis auf den Frieden und die Ruhe.« Hardy beugte sich über den Herd. »Mhm, Chili. Ich glaube, ich habe schon seit einem Jahr kein Chili mehr gegessen. Es riecht phantastisch.«

»Du wirst auch jetzt keins essen. Das ist die einzige Dose im Haus und das erste Mal seit ungefähr fünfzehn Jahren, daß ich eine ganze Dose Chili für mich allein habe.«

»Ein ganze Dose? Du schaffst doch keine ganze Dose.«

»Dann schau mal ganz genau zu.«

»Es ist grausam und unhöflich, daß ich mir das ansehen muß. Sogar mit Fritos!«

Glitsky goß Tapatio-Soße über eine große Servierschale. Ein normaler Suppenteller wäre für die Masse aus Chili, Zwiebeln und Käse, die er mit dem Inhalt einer Türe Fritos bedeckt hatte, nicht annähernd groß genug gewesen. Er hielt inne und wies zur Tür. »Die Tür ist da, wo du sie zuletzt gesehen hast. Mach sie hinter dir zu.« Er steckte sich eine Portion in den Mund und produzierte absichtlich ein paar Geräusche mehr, als wenn er allein gewesen wäre.

Hardy saß ihm gegenüber, wie immer, wenn er nicht als Anwalt unterwegs war, in Freizeitkleidung: Jeans, ein langärmeliges grünweißes Rugbysweatshirt und Turnschuhe. Er hatte eine zweite Schale vor sich gestellt und hielt einen enorme Suppenkelle in der Hand, aber Glitsky ignorierte diesen deutlichen Wink. »Aus dir ist ein rücksichtsloser Mensch geworden, Abe. Ich hasse es, das erleben zu müssen.«

Glitsky schluckte. »Du hast ja keine Ahnung.« Er schaufelte sich erneut Chili auf den Löffel. »Wahrscheinlich ist mir die Beförderung zu Kopf gestiegen«, sagte er.

Hardy sah seinem Freund noch einen Moment lang beim Essen zu. Weil auch der Appell an dessen Gewissen nicht zu fruchten schien, stand er auf und ging in den Flur.

Glitsky hörte das vertraute Dröhnen der Nachrichten aus dem Fernseher der Jungs. Er goß noch etwas Tapatio-Soße über das Chili und nahm ein Frito von dem Berg. Der Name Kevin Shea drang zu ihm durch, und als er ihn ein zweites Mal hörte, nahm er die Schale, steckte den Löffel hinein, verließ die Küche und folgte Hardy ins Kinderzimmer.

Hardy lag auf Isaacs Bett, hatte die Hände hinter seinem Kopf verschränkt und informierte sich über all das, was er verpaßt hatte. Ein Kommentator sprach über die Auswirkungen, die Mister Sheas Videoband haben könnte ...

»Welches Videoband?«

»Sie werden es noch mal zeigen, haben sie gesagt.«

»Wann?«

»Gleich. Warte.«

Glitsky trat näher, zog einen Holzstuhl heran, setzte sich verkehrt herum darauf und stellte das Chili auf den Boden. Plötzlich füllte Kevin Sheas Gesicht den Bildschirm.

»... und ich habe nichts von alldem getan. Ich war in dem Lokal, und als es sich zu leeren begann, wurde ich irgendwie mit nach draußen gedrängt. Ich sah, was mit Arthur Wade geschah, und versuchte, mich durch die Menge zu drängen. Ich nahm mein Schweizer Taschenmesser und stach auf einige Leute ein, die mir im Weg standen. Die Polizei sollte nach Personen mit Messerstichwunden suchen, nicht nach mir ... Mister Wade berührte bereits nicht mehr den Boden, als ich ihn erreichte, und ich schwöre bei Gott, ich habe versucht, ihn *hoch*zuhalten, nicht nach unten zu ziehen. Ich gab ihm mein Messer, damit er sich selbst losschneiden konnte. Aber dann haben sie ... die Menschenmenge ... sie haben es mir aus der Hand geschlagen, und ich wurde von jemandem niedergeschlagen und verlor das Bewußtsein. Sie traten mich gegen den Kopf. An mehr erinnere ich mich nicht. Außer daran, daß Arthur Wade tot war, als ich wieder zu ihm hochsah. Dann kamen ein paar Männer und warfen mich auf die offene Ladefläche eines Lastwagens. Sie brachten mich weg und sagten, sie würden mich umbringen, wenn ich erzählen würde, was geschehen war.«

Shea schwieg einen Moment. »Südstaatler«, sagte Hardy in die Pause, und Glitsky: »Texas.«

Shea fuhr fort: »Ich habe die Stadt nicht verlassen, weil ich erzählen will, was wirklich geschehen ist, aber jedesmal, wenn ich versuche, mit der Polizei Kontakt aufzunehmen, um mich in ihren Schutz zu begeben ... haben sie mein Vertrauen mißbraucht.«

»Das ist Blödsinn«, sagte Glitsky.

»Gerade vorhin – es ist Donnerstag abend – hat mir mein Anwalt erzählt, die Polizei sei ihm nach Hause gefolgt, nachdem er bei ihnen gewesen ist, um zu arrangieren, daß ich mich problemlos stellen kann. Ich will nicht davonlaufen, weil das so aussähe, als wäre ich schuldig. *Aber ich habe nichts Falsches getan.* Ich weiß nicht mehr, was ich tun soll, also mache ich dieses Video. Ich hoffe, jemand wird es sich anhören. Ich habe das nicht getan, bitte glauben Sie mir ...«

Das Band war zu Ende.

»Ich glaub's dir nicht«, gab Hardy zur Anwort.

Der Sender brachte Werbung, und Glitsky stellte den Ton ab. Hardy setzte sich auf. »Eine gute Strategie, um von sich abzulenken, aber es wird nach hinten losgehen. Wer ist der Anwalt?«

»Wes Farrell«, berichtete Glitsky.

»Ich habe gehört, er hätte sich zurückgezogen. Er hängt manchmal im Shamrock rum, nicht? Ich sollte Moses fragen. Auf jeden Fall würde ich meinen Mandanten so was niemals tun lassen.«

»Warum nicht?«

»Weil es nach Schuld stinkt, deswegen. Es wird für ihn zum Bumerang.«

»Es könnte aber auch wahr sein.«

Hardy warf ihm einen kurzen Blick zu. Sein Freund, Abe, der Polizist, schlug sich nicht oft auf die Seite der Verdächtigen. »Wie meinst du das?«

»Na ja, daß sie Farrell nach Hause gefolgt sind, ist Quatsch, aber der Rest ...«

»Wie bitte? Wenn ein Teil gelogen ist, kannst du wetten, daß auch der Rest gelogen ist. Ein typischer Fehler der Mandanten. Sie packen zuviel rein und können dann nicht mehr zurück.« Er nahm die Schale mit dem Chili, aber Abe riß sie ihm aus der Hand. Hardy brummte: »Warum glaubst du, daß es wahr sein könnte?«

Glitsky drückte die Fritos mit dem Löffel platt. »Die Stichwunden, die er erwähnte ... Seine Version ist die einzige plausible Erklärung dafür. Und aus ein paar anderen Gründen.«

Hardy nickte. »Geheime Polizeiangelegenheiten, ich verstehe.«

»Geheim genug.«

Im Wohnzimmer warf Glitsky Hardy eine weitere Tüte Fritos zu. »Das war alles, was auf dem Zettel stand«, sagte er.

Ihre Unterhaltung hatte sich, abgesehen von ein paar Sticheleien, um die mysteriöse Notiz über Mo-Mo House gedreht. »Was soll das mit dem ›He, schau mal‹?«

»Ein Witz, den mir Ridley Banks erzählt hat.«

Glitsky wiederholte den Witz. Als er ihn zu Ende erzählt hatte, nahm Hardy ein Frito aus der Tüte und kaute darauf herum. »Das ist alles? Das ist der ganze Witz?«

»Es ist außerdem ein Intelligenztest«, sagte Glitsky. »Wenn du ihn nicht komisch findest, bist du geistig zurückgeblieben. Versuch es bei einem Freund, du wirst schon sehen.«

Hardy dachte über den Zettel nach, nicht über den angeblichen Witz. »Ich würde Banks fragen.«

»Wollte ich, aber er ist nicht da. Ich habe das Gefühl, daß das kein Zufall ist.«

»Was könnte es also bedeuten?«

»Weißt du, diese Frage habe ich mir auch schon gestellt.«

Hardy stand auf und trat ans Fenster. Die Strahlen der frühen Nachmittagssonne drangen allmählich durch die Wolkendecke. Die Hände in den Taschen vergraben, stand er regungslos da. »Was auch immer Banks damit sagen wollte – er wollte nicht, daß jemand, der den Zettel auf deinem Schreibtisch eventuell lesen würde, versteht, worum es geht. Habt ihr im Büro was Besonderes laufen, nur ihr beide? Vielleicht etwas, worüber ihr gesprochen habt – du und Banks –, als er dir den Witz erzählte, wenn man es einen Witz nennen kann? Gibt es irgendwas, das du dir genauer ansehen solltest?«

»Nein. Nichts.«

Natürlich gab es das, aber Glitsky wollte Hardy nichts davon erzählen. Er hatte seine wieder aufgeflammte Beziehung mit Loretta keiner Menschenseele gegenüber erwähnt, und das würde er auch jetzt nicht tun. Da fiel ihm plötzlich der Moment vom Vortag mit Banks ein, der Blick Ridleys, als der noch etwas über Loretta sagen wollte, um seinen Lieutenant zu warnen. Glitsky hatte ihn mit dem Witz daran gehindert, um nicht noch mehr Klatsch über Loretta zu hören.

Bezog sich das ›He, schau mal‹ womöglich darauf? Es wäre mehr als mysteriös gewesen, wenn Ridley Abe hätte veranlassen wollen, nicht über den Witz, sondern über das nachzudenken, was er in diesem Moment hatte *ansprechen* wollen. Auf der anderen Seite schien eine solche byzantinische Logik für Hardy durchaus im Rahmen des Möglichen zu liegen.

Glitsky kaute auf der Innenseite seiner Wange herum. Gestern abend hatte Loretta ihm ziemlich plausibel erklärt, was hinter Ridleys Pacific-Moon-Szenario steckte. Sein Hinweis auf Mo-Mo House auf diesem mißverständlichen Zettel mußte sich also auf Jerohm Reese beziehen. Oder doch nicht?

Falls Hardy mit seiner Theorie über die versteckte Bedeutung von ›He, schau mal‹ richtiglag, hatte Ridley Glitsky den Rat gegeben, Mo-Mo House wegen Loretta Wager aufzusuchen. Falls die Notiz tatsächlich auch nur ansatzweise so gemeint sein sollte, durfte Glitsky die Sache nicht ignorieren.

Er sprang auf und wandte sich zur Tür.

»Laß uns gehen, Diz. Zurück an die Arbeit.«

»Ich arbeite heute nicht.«

Glitsky war an der Tür, öffnete sie. »Ich schon. Gehen wir.«

Auf dem Weg die Treppe hinunter beschuldigte Hardy Glitsky, er sei ein lausiger Gastgeber geworden, und Glitsky erwiderte, Hardy solle beim nächsten Mal eine Einladung abwarten, bevor er vorbeikomme und versuche, ihm das Mittagessen wegzufuttern.

58

Jerohm Reese, der in der sechsten Etage in dem zehn Quadratmeter großen Besucherzimmer für Gespräche der Rechtsanwälte mit ihren Mandanten saß, dachte, daß Gina Roake, seine Anwältin, in letzter Zeit ziemlich gut aussah. Sie hatte etwas abgenommen und ihr Haar an den Stellen, an denen er zuvor einige graue Strähnen bemerkt hatte, leicht getönt. Frisch geschminkt sah sie immer gut aus. Sie war schon fast vierzig, und das bedeutete, daß sie sich anstrengen mußte, wenn sie sich noch einen Mann angeln wollte. Aber sie machte ihre Sache gut.

Das Mittagessen war vorüber. Die Leute konnten über das Essen hier sagen, was sie wollten, Jerohm würde sich jederzeit auf Kosten des Bezirks satt essen. Zum Frühstück hatte es heute Eier, Würstchen, Kartoffeln, drei Scheiben Brot, Saft und eine Schale Obst gegeben. Und keine vier Stunden später hatten sie ihm ein Tablett mit zwei dicken Scheiben von diesem herrlichen Hackbraten mit Kartoffelbrei, Bratensoße, grünen Bohnen, drei Scheiben Brot (es gab immer drei Scheiben Brot), einem großen Stück Möhrenkuchen mit Ahornsirupguß und einen Becher Milch gebracht. Er konnte sich über das Essen im Gefängnis wirklich nicht beschweren. Meistens war es besser als das, was Carrie ihm vorsetzte.

»Hey, Mädchen«, sagte er und grinste seine Anwältin an, »Sie sehen gut aus.«

Gina Roake hatte ihre Aktenmappe bereits neben den winzigen Tisch auf den Boden gestellt. Sie gehörte seit acht Jahren zum Büro der Pflichtverteidigung und hatte Jerohm seit seinen frühen Tagen in der Jugendbesserungsanstalt dreimal vertreten. Sie war es gewesen, die ihm für seine ›erste *wirkliche* Straftat‹ (als Erwachsener) mildernde Umstände verschafft und gegenüber dem verstorbenen Chris Locke erfolgreich argumentiert hatte, sie sehe die Beweisführung der Staatsanwaltschaft vor unüberwindbaren Problemen, was die Anklage wegen Mordes an Mike Mullen betreffe.

Jedesmal, wenn Gina auftauchte, kam Jerohm aus dem Schlamassel heraus, und so war sie ihm in letzter Zeit lieb und teuer geworden. Gina erwiderte diese Gefühle nicht.

»Setzen Sie sich, Jerohm.«

»He, ich sitze ja schon, aber ich sag' Ihnen was, mir gefällt Ihre neue Frisur, was Sie da mit Ihrem Haar gemacht haben ... wie Sie's gefärbt haben ...«

Gina Roake lehnte sich weit zurück und verschränkte die Arme vor der Jacke ihres Kostüms. »Was geht in Ihrem Kopf eigentlich vor, Jerohm?«

»Huh? Was?« Es verletzte ihn, wenn sie so mit ihm sprach. Das Mädchen hatte kein Recht ...

Aber sie sprach weiter. »Vor nicht einmal einer Woche haben wir Sie rausgeholt, erinnern Sie sich? Wir haben uns hier unterhalten und sind zu dem Schluß gekommen, daß es vielleicht keine schlechte Idee wäre, wenn Sie im Gefängnis bleiben und fernsehen würden. Erinnern Sie sich?«

Sie hatte kein Recht, so mit ihm zu reden. Er lehnte sich mürrisch zurück, ahmte sie nach, verschränkte ebenfalls die Arme. Er zuckte mit den Achseln. »Alle anderen bekommen Vorladungen. Nur mich buchten sie ein.«

Sie zeigte mit dem Finger auf ihn und sagte: »Sie hatten Waren im Wert von zweitausend Dollar, die Ihnen nicht gehörten, im Kofferraum eines gestohlenen Wagens, Jerohm. Erkennen Sie den Unterschied?«

Wieder ein Achselzucken. »Die haben es einfach auf mich abgesehen. Sie halten immer Ausschau nach mir, das ist alles. Reine Schikane.«

Sie beugte sich vor, halb über den Tisch, und versuchte sich zu beherrschen. »Jetzt hören Sie mal zu, Jerohm. Schikane wäre, wenn man Sie ständig verfolgen würde oder Ihnen eins aufs Maul gibt, wenn Sie schräg über die Straße gehen. Verstehen Sie das?«

»He, Mädchen, jetzt hören Sie mir mal zu ...«

»Und nennen Sie mich nicht mehr ›Mädchen‹, verdammt!« Der Ausbruch tat ihr so gut, daß sie Schwierigkeiten hatte, sich wieder unter Kontrolle zu bekommen. »Ich bin nicht Ihr *Mädchen*, ich bin Ihre *Anwältin*. Und Sie bringen mich in eine Lage, in der ich nicht viel für Sie erreichen kann. Kapieren Sie das nicht?«

Einer der Beamten, die vor der Tür postiert waren, klopfte an und öffnete die Tür. »Alles in Ordnung hier drin?«

Ms. Roake nickte. »Alles klar, danke.« Die Tür fiel zu, und es war ihr anzusehen, daß sie sich überwinden mußte, sich wieder ihrem Mandanten zuzuwenden. »Jerohm, manchmal frage ich mich, warum ich Sie eigentlich freibekommen will. Ich meine, warum sind Sie mitten in der Nacht da draußen, in Ihrem eigenen Viertel, und rauben diese Läden aus? Es sind doch Ihre eigenen Leute!«

Jerohm verdrehte die Augen. »Mann, Mist, wenn sie die Türen auflassen, wessen Problem ist es dann? Außerdem sind die sowieso versichert, es tut also niemandem weh.«

»Außer, wenn jemand aufkreuzt und versucht, Sie davon abzuhalten.«

»Was nicht der Fall war. Und jetzt sorgen Sie dafür, daß Sie mich hier rauskriegen, denn dafür werden Sie ja bezahlt. Wenn es Typen wie mich nicht gäbe, hätten Sie keine Arbeit und säßen vielleicht selbst auf der Straße.« Er lächelte betont charmant und ließ die Zähne blitzen.

Sie holte tief Luft. Die Kettenreaktion, die vor ein paar Tagen mit der Freilassung von Jerohm ausgelöst worden war, hatte Gina veranlaßt, ihre Vorgehensweise in Frage zu stellen. In ihren Augen hatte eindeutig festgestanden, daß Jerohm Mike Mullen kaltblütig erschossen hatte, um sich dessen Auto zu schnappen, obgleich Jerohm natürlich clever genug gewesen war (sofern in diesem Fall von ›clever‹ die Rede sein konnte), das vor seiner Anwältin abzustreiten. Doch das war nicht der Punkt.

Der Punkt war – wie bei jeder Verteidigung –, ob die Anklage über ausreichende Beweise verfügte, um dem Beschuldigten die Tat zweifelsfrei nachweisen zu können. Und als alle Zeugenaussagen gegen Jerohm entkräftet worden waren, hatte sie erkannt, daß es eigentlich keinen Grund zur Anklageerhebung gab. Das hatte sie Chris Locke vorgetragen und sich damit durchgesetzt.

Aber wozu hatte das geführt ...

Bis zu diesem Zeitpunkt hatte sie sich immer mit anderen Pflichtverteidigern unterhalten, wenn sie Zweifel gehegt hatte, hatte ein paar Drinks mit ihnen gekippt und sich wieder bewußt gemacht, daß ihr Job darin bestand, für die beste Verteidigung zu sorgen, die das Gesetz zuließ. So funktionierte das Justizsystem – geben und nehmen. Einer gewann, einer verlor.

Aber Jerohm hatte all dem plötzlich und unerwartet eine größere und persönlichere Bedeutung gegeben. Hier saß ein Mörder, ein Verbrecher und Dieb, ein Asozialer ersten Ranges vor ihr und scherzte mit ihr, als sei die ganze Angelegenheit ein Spaß. Sie fragte sich, ob es, wenn sie ›ihren Job machte‹, wohl zu der allgemeinen Rubrik ›ich habe mich nur an die Anweisungen gehalten‹ zählte, also zu einer Auffassung, die schon so lange als Entschuldigung hatte herhalten müssen, wenn großes Unheil angerichtet worden war. Gina Roake war Jüdin, und die Parallelen standen ihr nur allzu deutlich vor Augen. Sie setzten ihr heftig zu.

Aber nun saß sie hier, und es war eigentlich ihre Aufgabe, Jerohm erneut zu vertreten. Sie faltete die Hände auf dem Tisch vor sich und sagte: »Okay, also ... was jetzt, Jerohm? Sie werden am Dienstag vor Gericht gestellt ...«

»Am Dienstag? Warum am Dienstag?« Er demonstrierte jetzt Haltung, zeigte, daß er auf der Straße in eine harte Schule gegangen war, weil er glaubte, damit bei ihr weiterzukommen.

»Wir stehen vor einem langen Wochenende, Jerohm. Die Gerichte sind am 4. Juli, das ist der Montag, geschlossen. Deshalb Dienstag.«

»Aber, Moment, geht es nicht mit *habeas corpus* oder so was in der Art?«

Sie hatte die Erfahrung gemacht, daß, wenn es nötig wurde, ein großer Teil der Gefängnisinsassen Lateinisch so fließend beherrschte wie die Jesuiten. Eine überzeugende Bestätigung der Theorie, daß Motivation der Schlüssel zum Lernen sei, fand sie.

Gina schüttelte den Kopf. »Kein *habeas corpus*, Jerohm. Und ich glaube, wir werden hier auch nicht auf Freispruch plädieren können, sondern eventuell einen Schuldspruch in Kauf nehmen müssen.«

»He, auf keinen Fall, Mann. Ich werd für den Quatsch doch nicht ins Gefängnis gehen.« Er sah sie einen Augenblick lang prüfend an und versuchte herauszufinden, welches Spiel sie mit ihm spielte, aber er kam nicht dahinter. »Kommen Sie, Gina, Sie wissen, daß es kaum der Rede wert war.«

»Nun, eigentlich nicht ... Es gibt die gestohlenen Waren, Jerohm, den Verdacht der Plünderung, Widerstand gegen die Festnahme, Mißachtung der Ausgangssperre ...«

»Klar, aber es gibt auch die Tatsache, daß alle anderen, die dieselbe Scheiße machen, davonkommen und nur ...«

»Es ist nicht genau dieselbe Scheiße.«

»Aber fast, und das wissen Sie, Mädchen.« Als er ihre Reaktion auf dieses ›Mädchen‹ sah, hob er eine Hand hoch und entschuldigte sich. »Eigentlich ist es ganz egal, was ich getan habe, und das wissen Sie. Sonst würde ich nicht im Bezirksknast sitzen, sondern wäre nach San Quentin gebracht worden. Wir müssen darauf plädieren, daß man Vorurteile wegen meiner Hautfarbe gegen mich hat. Das ist es.«

In der Tat war das das Beste, was sie tun konnten, wie Gina wußte. Sie könnte hinunter ins Büro des neuen Bezirksstaatsanwalts gehen und sich leidenschaftlich für diese These einsetzen. Sie hatte Ähnliches schon oft getan, manchmal funktionierte es tatsächlich. Aber diesmal war sie nicht sicher, ob sie es über sich bringen würde. Sie hatte das Gefühl, an einem bestimmten Punkt einen Schlußstrich ziehen zu müssen, und sie war an diesem Punkt angelangt.

»Jerohm, das geht diesmal nicht.«

Er lehnte sich zurück und legte verdrossen die Stirn in Falten. »Ich sage es, und Sie tun es. So läuft es, oder?«

»Nun, Sie können jederzeit um einen anderen Anwalt ersuchen.« Sie ließ den Anflug eines Lächeln auf ihrem Gesicht erscheinen. »Setzen Sie mich auf die Straße.«

Nach seinen großspurigen Worten fühlte er sich nun doch in die Enge getrieben. »Aber, Mann, Sie und ich waren doch immer gut zusammen. Wir sind schon ein paarmal prima aus der Scheiße rausgekommen.«

»Das mag sein, Jerohm, aber ich kann diesmal nicht mit Rassenvorurteilen argumentieren, weil ich nicht glaube, daß es was mit Vorurteilen zu tun hatte. Ich bin der Meinung, daß wir etwas aushandeln müssen.«

»Mensch, Mädchen, glauben Sie, das alles wäre passiert, wenn ich ein Weißer wäre?«

Eine rhetorische Frage. Sie umging die Falle, indem sie eine Gegenfrage stellte: »Die Polizisten, die Sie erwischt haben, Jerohm, waren die schwarz?«

Er nickte. »Einer von ihnen.«

»Und die Staatsanwältin, die Sie hierher gebracht hat, war die schwarz?«

»Schon ...«

»Und der neue Bezirksstaatsanwalt, Alan Reston, der sagt, er werde Sie bis zum Prozeß hierbehalten, ist auch ein Schwarzer, nicht wahr?«

»Ja.«

»Wer also hatte dann Vorurteile?«

Jerohm biß sich in die Wange und war erstaunt darüber, daß es auf diese einfache Frage keine Antwort zu geben schien. »Irgend jemand wird es schon gewesen sein«, sagte er schließlich.

Gina nahm ihre Aktenmappe, stand auf und klopfte an die Tür. Nachdem die Wache geöffnet hatte, wandte sie sich noch einmal an ihren Mandanten. »Wenn Sie sich überlegt haben, wer's war, Jerohm«, sagte sie, »dann rufen Sie mich an.«

Keine fünfundzwanzig Meter Luftlinie entfernt, saß Special Agent Margot Simms mit Bezirksstaatsanwalt Alan Reston in dessen neuem Büro. Der neue Chefstaatsanwalt war eben von der Beerdigung seines Amtsvorgängers und einem anschließenden Privatgespräch in der Sakristei der Kathedrale mit Senatorin Wager zurückgekehrt.

Drei Möbelpacker waren damit beschäftigt, die persönliche Habe Christopher Lockes zu entfernen. Da Reston gewußt hatte, daß er die meiste Zeit des Vormittags nicht im Büro sein würde, hatte er sie angewiesen, früh damit zu beginnen. Sie hatten die meisten Bücher bereits aus den Regalen genommen und in die Umzugskartons gepackt, die an den Wänden aufgereiht standen.

Reston und Simms unterhielten sich über Kevin Shea. Sie eröffnete ihm, daß sie nur schwer verstehen könne, warum der Flüchtige noch nicht gefaßt worden sei, obwohl er sich doch noch in der Stadt aufhalte. Reston schob es auf das Police Department, bot aber dann eine abmildernde Entschuldigung an: Wegen der Störungen der öffentlichen Ordnung sei die Polizei unterbesetzt und überlastet. Wichtig sei, daß jetzt das FBI die Führung übernehme. Wie werde Simms vorgehen?

»Wir haben ein Sondereinsatzkommando von fünfzehn Agenten gebildet, die versuchen, mit allen Bekannten von Shea beziehungsweise Sinclair Kontakt aufzunehmen ...«

»Sinclair?«

»Melanie Sinclair, das Mädchen, das bei ihm ist.« Ihr Gesichtsausdruck verriet Reston, daß er sich die Details, die er nicht auf Anhieb verstand, besser aus dem Zusammenhang erschließen sollte. Er hätte wissen müssen, wer Sinclair war, und würde von jetzt an mit seinen Fragen zurückhaltender sein. »Wir haben Sheas Adreßbuch aus seiner Wohnung, und Sinclair hat ihre

Adressen in ihrem Computer gespeichert.« Auf seinen fragenden Blick hin schüttelte sie den Kopf und erklärte schnell: »Mit dem Durchsuchungsbefehl gab es keine Schwierigkeiten. Dieser Fall hat oberste Priorität. Wir befragen alle Personen auf den beiden Listen. Außerdem haben wir natürlich ein paar Leute nach Texas geschickt, die bei der Mutter und der Schwester nachforschen.«

»Was ist mit dem Band?« Er meinte das Videoband von Shea, das im Fernsehen gesendet worden war.

»Wir lassen den Hintergrund von ein paar Fachleuten analysieren. Da ist eine außergewöhnliche Zierleiste an den Fenstern und an der Decke hinter ihm. Vielleicht ist sie Ihnen aufgefallen? Möglicherweise können wir das Baujahr des Gebäudes, in dem er sich befindet, ermitteln. Es ist nur ein Versuch, aber man weiß ja nie. Könnte ein Zufallstreffer werden.«

»Ich bin beeindruckt.«

»Ja.« Special Agent Simms hatte sich daran gewöhnt, daß sie ihre Zuhörer beeindruckte. Sie war intelligent, kompetent und attraktiv. Ihr dunkelblondes, flott geschnittenes Haar zeigte eine modische Tönung, und sie besaß wohlgeformte Beine, wie Reston zur Kenntnis nahm. »Wir haben auch ein Team ausgesandt, das mit dieser Cynthia Taylor spricht. Sie ist die Frau, die Kevin Shea ursprünglich identifiziert hat, wie Sie sich vielleicht erinnern. Melanie Sinclair und Taylor stehen – oder standen – einander offenbar nahe. Es besteht die Möglichkeit, daß sie weiß, wo das Paar untergetaucht sein könnte: bei Freunden, Freunden von Freunden, etwas in der Richtung.«

Reston kam der Gedanke, daß eine ausreichende Personaldecke etwas Wunderbares sei.

»Ich bin zu Ihnen gekommen, um mich mit Ihnen abzustimmen. Wir glauben immer noch, daß es das Beste wäre, das Telefon von Sheas Anwalt Wes Farrell anzuzapfen. Lieutenant Glitsky rechnet damit, daß Farrell und Shea wieder miteinander in Verbindung treten. Aber Sie kennen ja die rechtliche Problematik, die sich beim Einrichten von Mithöranlagen ergibt. Ich wollte sichergehen, daß wir keine örtlichen Vorschriften verletzen.«

Reston wußte natürlich, daß das Mithören von Telefonaten nach kalifornischem Recht verboten war, die Ergebnisse einer *vom FBI* legal eingerichteten Mithöranlage vor Gericht allerdings zugelassen wurden. Er riet ihr, sich an einen Bundesrichter zu wenden, falls sie eine Genehmigung von ganz oben brauche. Er sehe darin kein Problem.

»Gut, das werde ich tun.« Sie klatschte einmal in die Hände. »Bleibt die Frage der Verhaftung.«

Reston dachte, das gehöre eigentlich nach dem Gesetz in den Verantwortungsbereich von Polizeichef Rigby, aber weil Simms nun einmal hier war, könne es nicht schaden, ein paar Andeutungen zu machen. »Selbstverständlich ist uns an seiner Verhaftung gelegen.«

Sie nickte. »Selbstverständlich. Aber ich wüßte gern, ob es irgend etwas gibt, das hier nicht erwähnt wird.« Sie klopfte auf die vor ihr liegende Akte. »Etwas, das seinen Geisteszustand betrifft. Etwas, worauf wir eventuell achten sollten.«

Reston brauchte einen Moment, bis er die richtige Formulierung gefunden hatte: »Nun ... wir wissen, daß er eine militärische Ausbildung genossen hat. Er kann also mit Waffen umgehen, aber wir wissen nicht, ob er im Moment eine bei sich trägt. Wir gehen davon aus, daß er nach der Verfolgungsjagd und der auf dem Videoband deutlich spürbaren Panik inzwischen ziemlich verzweifelt ist. Außerdem wird er ja des Mordes beschuldigt. Insofern dürfte es ihm nicht unbedingt etwas ausmachen, noch jemanden umzubringen, falls es ihm helfen würde davonzukommen.«

Agentin Simms nahm das zur Kenntnis. »Gut beobachtet«, sagte sie, während sie aufstand und ihre Hand ausstreckte. »Vielen Dank, daß Sie mir Ihre Zeit geopfert haben, Sir. Wenn sich Shea tatsächlich noch in der Stadt aufhält, haben wir gute Chancen, ihn innerhalb der nächsten vierundzwanzig Stunden ausfindig zu machen. Eine solche Jagd auf begrenztem Raum ist unser Job.«

»Ausgezeichnet«, sagte Reston. »Wir würden das alles gern hinter uns bringen.«

»Ich verstehe«, erwiderte sie knapp.

Sie schüttelten einander die Hand.

59

Glitsky hielt den Kit Kat Club trotz seiner Lage und seines Erscheinungsbildes für gar kein so schlechtes Lokal. Sicher, die zur Straße gelegenen Außenwände wiesen alle Regenbogenfarben auf, und das große Schaufenster und das Bullauge in der Tür waren schwarz gestrichen und mit Eisenstangen verbarrikadiert. Doch das traf auch auf die meisten anderen Etablissements in der Nachbarschaft zu.

Innen war es düster und eng, roch aber nicht nach Urin und Rauschgift, sondern nach Bier und Zigaretten, was in Glitskys Augen einen großen Unterschied machte. An den Wochenenden traten im Club ziemlich wilde Bluesbands auf, ortsansässige Gruppen, die unter der Woche auf ihren Instrumenten übten. Zu dieser Tageszeit war es einfach nur eine wenig besuchte Kneipe, in der ein halbes Dutzend Leute herumhockte, Gläser und Flaschen vor sich.

Glitsky war sich immer noch nicht hundertprozentig sicher, was er eigentlich hier wollte. Er setzte sich auf einen Hocker an der Bar und wartete darauf, daß der Barkeeper kam. Aus der Jukebox drang laut ein schöner Song von Clapton, und Glitsky sann darüber nach, daß die Weißen zwar im allgemeinen keine Bluesgenies hervorbrachten, einige von ihnen (Clapton, Robben Ford, der verstorbene Stevie Ray Vaughn, ein Typ aus der Stadt namens Joe Cellure) aber doch einen wirklich sauberen Blues hinlegen konnten.

Mit einem tiefen Seufzer hob der Barkeeper seine dreihundert Pfund Lebendgewicht von dem extrastabilen Hocker, auf dem er hinter dem Tresen halb gesessen und halb gestanden hatte. »Bin schon unterwegs.« Gut, daß er es ankündigte, anderenfalls wäre nicht zu erkennen gewesen, daß er sich bewegte. Glitsky hatte einen Ellbogen auf den Tresen gestützt und wartete geduldig. Bequemlichkeit, nicht Geschwindigkeit, war die Maxime des Barkeepers. Die Holzdielen des Fußbodens ächzten unter seinem

Gewicht, und die fünf Meter bis zum anderen Ende des Tresens schienen für den Fleischberg fast zuviel zu sein.

»Ich suche Mo-Mo House.« Glitsky hatte sein Portemonnaie vor sich gelegt und öffnete es, um seine Dienstmarke zu zeigen.

Der Mann sah mit der gleichen Behendigkeit, mit er sich bewegt hatte, nach unten. »Sie haben ihn gefunden.« Er trug eine goldumrandete Nickelbrille, hatte eine hohe, glänzende Stirn, und sein Lockenschopf war mit grauen Strähnen durchsetzt, die selbst in dem schwachen Licht auffielen. Seine Stimme hatte offenbar unter starkem Whiskygenuß gelitten – sie klang wie eine Bluesstimme. Er wartete. Clever. Wer keine Fragen stellt, stellt keine falschen Fragen.

»Ich dachte, ich würde vielleicht einen gewissen Ridley Banks hier treffen.«

Mo-Mo zuckte mit den Schultern und drehte seinen Kopf um einen Zentimeter. »Ich sehe ihn nicht. Kann ich Ihnen einen Drink bringen?«

»Was ist in der Stoly-Flasche da oben?« Glitsky staunte über sich. Vielleicht lag es daran, daß Hardy ihn besucht hatte. Vielleicht war Flo in der Nähe, die sich manchmal einen Schluck Wodka on the rocks gegönnt hatte, bevor sie ins Bett gegangen war.

Mo-Mo warf ihm einen Blick über seine Brillengläser hinweg zu und trat einen Schritt zurück. Er beugte sich mühsam hinunter und öffnete einen Schrank unter der Theke. Nachdem er einen Moment lang gesucht hatte, kam er stöhnend mit einer ungeöffneten Flasche Stolichnaya wieder hoch. Das Siegel über dem Verschluß war noch unberührt. Er stellte die Flasche auf die Theke, nahm ein Glas und tat etwas Eis hinein. »Bedienen Sie sich. Geht auf meine Rechnung.«

Glitsky wies auf die andere Flasche Stolichnaya im Regal. »Ich brauche keine neue Flasche.«

Mo-Mo lächelte andeutungsweise. »Sind Sie von der ABC?«

Der Alcoholic Beverage Control, der Kontrollbehörde für alkoholische Getränke, würde es nicht gefallen, daß Mo-Mo seine Premium-Wodka-Flaschen mit Pisse füllte, aber Glitsky kümmerte es nicht. Einen solchen Handel mußte man eingehen, wenn man auf der Straße zu Ergebnissen kommen wollte.

Glitsky öffnete die neue Flasche und goß etwas von der Flüssigkeit über das Eis, bis sein Glas gut einen Zentimeter hoch gefüllt war. »Wie läuft das Geschäft?«

Mo-Mo hielt seine Hände hoch. »Ach na ja, der Blues, wissen Sie.« Er warf einen Blick auf sein Reich. Die Musik hatte gewechselt, drang aber immer noch sehr laut aus den Boxen. Klang nach Albert oder B.B. King. Niemand achtete auf Mo-Mo oder Glitsky. »Geht's um Jerohm?«

»Sollte es das?«

Mo-Mo zuckte mit den Schultern. »Jerohm ist 'n mieser Typ. Aber das ist nichts Neues. Sitzt er wieder im Knast?«

»Hab' so was gehört.«

»Ich auch.« Mo-Mo lehnte seine wuchtige Gestalt an das Regal hinter sich. »Geht also nicht um ihn.«

»Nein, ich glaube nicht.«

Wieder eine Pause. »Da draußen ist die Hölle los, was?«

Glitsky nickte. »Ziemlich übel.« Er nahm einen kleinen Schluck, und der starke Alkohol schnürte ihm wie immer die Kehle zu. Gab es wirklich Leute, die dieses Zeug tagtäglich tranken? Hätte er nur Tee bestellt. Er schluckte, fischte einen Eiswürfel aus dem Glas und kaute darauf herum.

»Also, worum geht's?« fragte Mo-Mo.

Es gab letztlich keine sanfte Methode, um an das heranzukommen, was Glitsky wissen wollte, also konnte er genausogut offen damit herausrücken: »Kennen Sie Loretta Wager, Mo-Mo?«

Der Barkeeper rührte sich nicht, zuckte nicht einmal mit der Wimper, drehte auch nicht den Kopf – als hätte Glitsky kein Wort gesagt. Schließlich bewegten sich Mo-Mos Massen langsam in die Höhe, und er griff in einen der Schächte vor sich. Aus einer Flasche goß er eine Flüssigkeit, die in der Dunkelheit wie gelber Pudding aussah, in ein großes Glas, schaufelte eine Handvoll Eis hinein und trank die Hälfte des Drinks in einem Zug aus.

»Kann nicht gerade behaupten, sie richtig zu kennen«, sagte er schließlich. »Hab' sie schon lange nicht mehr gesehen. Sie kommt ganz gut zurecht, was?«

»Sieht so aus. Als Sie sie zuletzt sahen, wie war das?«

Mo-Mo sog noch etwas von dem Pudding aus seinem Glas. »Wir hatten 'n paar gemeinsame Freunde, so könnte man's am besten ausdrücken.«

»Gemeinsame Freunde?«

Mo-Mo nickte. »Neulich hat mich schon einer Ihrer Leute danach gefragt.«

»Ridley Banks?«

»Genau der. Der Mann, der Jerohm mitgenommen hat. Wir kennen uns schon 'ne ganze Weile.« Er sprach noch leiser. Glitsky mußte sich halb über den Tresen beugen, um ihn bei der lauten Musik zu verstehen. »Wir machen ab und zu einen kleinen Tauschhandel.«

Glitsky wußte, was das hieß. Banks hatte offensichtlich etwas über Mo-Mo oder seine Geschäfte hier im Kit Kat Club herausgefunden, das nicht ganz koscher war. Was wohl? Geldwäscherei? Jedenfalls nichts, was mit Ridley Banks' aktuellen Mordfällen zu tun hatte. Offensichtlich hatte Banks dieses Wissen genutzt, um mit Mo-Mo ins Geschäft zu kommen. Dafür, daß er den Fettwanst nicht verpfiff, war der zum Informanten geworden. Deshalb hatte Banks Jerohm Reese so kurze Zeit, nachdem der Michael Mullen erschossen hatte – hoppla, angeblich erschossen hatte –, im Kit Kat Club angetroffen, dachte Glitsky.

Während der vielen Jahre in seinem Job hatte sich auch Glitsky seinerseits mehr als nur ein paar Beziehungen zu Kriminellen (Prostituierten, Drogenkurieren, Trickbetrügern, Einbrechern, Autodieben) aufgebaut. Er arbeitete im Morddezernat, und solange diese Leute niemanden umbrachten, gehörte es nicht zu seinen Aufgaben, sie einzubuchten. Diese Leute waren Informationsquellen, denen man, sagen wir, im Lion's Club nicht begegnen würde. Man ließ sie in Ruhe, und sie ließen sich nicht das Falsche zuschulden kommen.

»Hat Ridley Sie nach Loretta Wager gefragt?«

Mo-Mo schüttelte den Kopf. »Nicht direkt, nein. Aber jetzt, wo Sie mich danach fragen, sehe ich den Zusammenhang ...«

»Welchen Zusammenhang?«

»Muß wohl mit dem Pacific Moon zusammenhängen.«

Glitsky erschrak.

»Aber, Mann, diese Verjährungsfristen sind alle inzwischen abgelaufen. Ist doch fünfzehn, sechzehn Jahre her ...«

»Was? Was ist fünfzehn, sechzehn Jahre her, Mo-Mo?«

»Das damals.« Offensichtlich wollte er nicht näher darauf eingehen. »Sehen Sie sich um. Ich betreibe dieses Lokal ehrlich und nach dem Gesetz, ich hab' keine Zeit für komisches Zeug. Ich führe ein Geschäft.«

»Das sehe ich, Mo-Mo. Sie haben jetzt ein Geschäft. Aber was geschah vor all den Jahren?«

Mo-Mo kippte den letzten Rest seines Puddings in sich hinein, rülpste diskret und stellte das Glas auf den Tresen. Mit Unschuldsmiene hob er die Hände und sagte: » Ist ja jetzt alles kein Geheimnis mehr.«

»Nein, na also.«

»Ridley, der weiß Bescheid.«

»Okay, Mo-Mo. Können Sie mir nicht ein wenig auf die Sprünge helfen?«

»Na ja, es war ein Drogendeal. Der letzte, den ich gemacht habe.« Glitsky wirbelte das Eis in seinem Glas herum und wartete. Mo-Mo fuhr fort: »Ich kam auf einmal zu einer Stange Geld, so ungefähr hundert, hundertfünfzig Riesen, ich weiß nicht mehr genau, wieviel es war.« Einhundertfünfzigtausend Dollar. Wirklich eine Stange Geld.

»Dann wurde es ungemütlich. Manche Leute werden für so viele Scheine, die auf der Straße herumliegen, umgebracht. Ich hab' mir gedacht, daß ich nicht alt werde, wenn ich im Geschäft bleibe. Bin nicht gerade der Schnellste, wie Sie vielleicht gemerkt haben. Aber da ist der Blues, Mann, ich liebe den Blues, also sage ich mir: ›Mo, laß die Finger davon, steck das Geld in irgend'ne Spelunke, kauf dir was.‹ Aber erst mußte das Geld gewaschen werden. Können Sie mir folgen?«

Glitsky nickte. »Also haben Sie in das Pacific Moon investiert.«

»Ja. Sie haben eine Menge dafür kassiert, das schon, aber ich bekam etwa achtzig, neunzig sauber zurück, und das hab' ich in diesen Laden gesteckt. Mann, sehen Sie sich um. Fünfzehn Jahre, und es läuft immer noch gut.«

Der Blues wurde unterbrochen, als das nächste Lied zu Ende war. Ein Gast kam herüber und bestellte zwei Flaschen Bier. Während Glitsky dasaß und mit seinem Glas spielte, holte Mo-Mo das Bier aus dem Kühlschrank. Dann nahm er seinen Hocker und kam damit zum anderen Ende des Tresens zurück. Ächzend ließ er sich nieder.

»Loretta Wager war darin verwickelt? Oder ihr Mann?«

»Niemand war darin verwickelt.« Mo-Mo hob die schweren Schultern. »Die Leute kümmern sich um ihre eigenen Angelegenheiten. Ihr Name wurde erwähnt, das ist alles.«

»Im Zusammenhang mit Geldwäsche?«

Eine vage Geste. »Keine Ahnung. Ich weiß nicht, was sie so gemacht hat. Oder ihr Mann.«

»Es ist also möglich, daß sie ganz legal in das Restaurant investiert hat?«

Mo-Mo setzte sich etwas mehr in die Mitte des Hockers, um die Balance zu halten. »Alles ist möglich«, sagte er.

Glitsky wurde mit weiteren Stapeln Papier überschüttet: Berichte, telefonische Mitteilungen, die Tagespost. Alles lag verstreut auf seinem Schreibtisch, und vor dem offenen Eingang zu seinem Büro trieben sich drei seiner Inspectors herum. Er hatte bereits zwei Telefonate geführt, beide mit Wes Farrell. Beim ersten Anruf hatte Sheas Anwalt gesagt, Glitsky solle sich zum Teufel scheren, und dann aufgelegt. Beim zweiten Anruf war er noch ausfallender geworden.

Mit dem dritten Anruf hatte Glitsky mehr Glück. Hardy war nach seinem Besuch bei Abe heute mittag nach Hause gefahren und hatte den Tag damit verbracht, Fenster abzuschmirgeln, wie er sagte.

»Ich habe eine Frage an dich.« Glitsky hielt einen Finger hoch, damit seine Inspectors in der Nähe blieben. Sie murrten ungeduldig.

»Und ich habe die Antwort«, sagte Hardy. »Nur eine Sekunde, laß mich nachdenken. ›Die Greyhoundbuszentrale‹.«

»Faszinierend. Volltreffer, und das beim ersten Mal. Die Frage hieß: Wofür steht das Buchstabenkürzel ›DGBZ‹?«

Hardy lachte. »Und wie lautet die eigentliche Frage?«

»Die eigentliche Frage lautet: Wie gut kennst du Wes Farrell?«

»Wen?«

»Wes Farrell, den Anwalt. Du hast gesagt, er sei manchmal im Shamrock, in der Kneipe, deren Eigentümer du bist, richtig?«

»Ah, diesen Wes Farrell.«

»Diesen Wes Farrell habe ich eben angerufen, und er wollte mir nicht mal sagen, wie das Wetter ist.«

»Weißt du was, Abe? Manchmal geht es mir genauso.«

»Von mir aus, aber gestern wollte er mich noch ganz dringend sprechen, und heute mauert er, und ich will herausfinden, was da läuft.«

»Okay, dann geh hin und finde es heraus.«

»Er will nicht mit mir reden. Hörst du mir eigentlich zu?«

»Wenn du bei ihm klingelst und sagst, daß du von der Polizei bist, wird ihm nichts anderes übrigbleiben.«

»Das möchte ich aber nicht.« Die Information, daß er vom Fall Kevin Shea abgezogen worden war und deshalb auch keinen seiner Inspectors damit beauftragen konnte, unterschlug Glitsky lieber. Die Idee, daß Hardy ihm helfen könnte, war ihm ganz plötzlich gekommen.

Am Telefon entstand eine Pause. »Du willst, daß *ich* das für dich erledige?«

»Ich will ihn nicht noch weiter verärgern. Kann sein, daß ich ihn brauche.«

»Kann sein, daß du ihn brauchst?«

»Ja, genau.«

»Wofür?«

»Um Kevin Shea dazu zu bringen, sich zu stellen.«

»Ohne Deal?«

»Wenn es sein muß. Wenn er mitmacht. Aber ich muß unbedingt wissen, was los ist. Im Moment komme ich einfach nicht weiter. Allerdings solltest du in den ersten paar Minuten meinen Namen lieber nicht erwähnen. Farrell will wirklich nicht mit mir reden, ich habe das deutlich zu spüren bekommen.«

»Was ist, wenn er mit mir auch nicht reden will?«

»Warum sollte er mit dir nicht reden wollen? Mit einem Kollegen der ebenfalls Strafverteidiger ist? Ihr Typen seid doch alle eine große glückliche Familie, oder?«

»Ach ja, richtig. Ich vergaß das für einen Moment.«

»Hardy ...«

»Also gut, ich werde ihn anrufen und herausfinden, was los ist. Soll ich es dir oder der Stadt in Rechnung stellen?«

»Ich spendiere dir eine Dose Chili«, sagte Glitsky und hängte ein.

Während der nächsten fünfundzwanzig Minuten widmete sich der Lieutenant seinem Job. Er hörte sich die Beschwerden, Probleme und Vorhaben seiner Männer an, die ihre Alltagsarbeit erledigten, Zeugen vernahmen, sich um Verdächtige kümmerten, Aussagen vor Gericht planten, Berichte schrieben, Anklagen konkretisierten, was ein Teil des verwaltungstechnischen Verfahrens war, nachdem ein Verdächtiger wegen eines bestimmten Vergehens verhaftet worden war – und bei Glitskys Fällen jeweils Mord oder Totschlag bedeutete –, woraufhin die Anklage dann offiziell durch die Staatsanwaltschaft erhoben wurde. Die Arbeit hatte sich in letzter Zeit zu einem unüberschaubaren Berg aufgetürmt.

Glitsky hatte zwei weitere Mordfälle, die nicht mit den Unruhen in Zusammenhang standen und zugewiesen werden mußten. Jemand mußte die Familien informieren, den Zeugen gut zureden oder sich mit ihnen herumschlagen, die mühsame Routinearbeit erledigen, Lebensläufe, Führungszeugnisse und Alibis überprüfen. Willkürlich rief er zwei seiner Männer zu sich herein und übergab ihnen die Fälle. Spaßeshalber teilte er ihnen mit, er wolle beide Fälle in maximal zwölf Stunden abgeschlossen sehen. Dann ging er in die Cafeteria hinunter, um eine Tasse Tee zu trinken und seinen Magen vielleicht zu beruhigen.

Carl Griffin schmeckte es schon wieder. Vor ihm lagen zwei ungeöffnete Tüten mit Twinkies, einen dieser kleinen Kuchen hielt er in der Hand, vor ihm auf dem Tisch lagen Folie und Verpackung von mindestens zwei weiteren Paketen, daneben wartete ein Liter Milch.

Glitsky stand auf der gegenüberliegenden Seite des Tisches mit seinem Tee. »Machst du eine Diät, Carl?« Er setzte sich.

»Ich war gerade auf dem Weg nach oben.«

»Schon in Ordnung. Ich war auf dem Weg nach unten. Hast du was herausbekommen?«

Griffin kaute selig und nickte. »Nur eine Sekunde«, sagte er und hob den Milchkarton an die Lippen, um drei kräftige Schlucke zu nehmen. »Also.« Er zog einen Stenoblock heraus, legte ihn auf den restlos überfüllten Tisch.

»Allgemeiner Konsens scheint zu sein, daß der Tatort in der Nähe Dearborn und Achtzehnte ist. In der Mitte der Dearborn befindet sich eine Sackgasse.«

»Eine Sackgasse?«

»Ja. Bird Street.«

Glitsky runzelte die Stirn, doch Griffin bemerkte es nicht. Er las in seinen Notizen. »Etwa zwei Querstraßen östlich vom Dolores Park, wo vorher die Zelte aufgebaut waren.«

»Was heißt ›vorher‹?«

»Daß sie weg sind. Nach dem Brand sind sie abgezogen, haben die Dinger woanders aufgebaut.«

»Mit wem hast du gesprochen?«

»Ich bin von Tür zu Tür gegangen. Weil ich wußte, daß es auf der Seite der Guerrero Street passiert ist, habe ich da überall geklingelt.«

»Und?«

»Das Übliche. Einen Typen habe ich aufgetan ...« Er blätterte ein paar Seiten weiter, suchte nach Namen und Adressen, die er seinem Lieutenant zeigen könnte. »Er sagte, er habe einen Schuß in der Dearborn Street gehört. Zwei Damen, die zusammenwohnen« – er blätterte um –, »sagen, es sei in der Bird Street gewesen. Ein anderer Typ in der Bird Street sagt ebenfalls, er habe den Schuß aus der Bird Street gehört. Also drei von vier. Aber in dem ganzen Häuserblock gibt es nichts als Wohnhäuser, und die Stelle, wo geschossen wurde, läßt sich nicht exakt ausmachen, weil der Hall von den Gebäuden reflektiert und um die Ecke geleitet wurde.«

»Es müßten zwei Schüsse zu hören gewesen sein.«

»Ja, ich weiß, aber ich konnte niemanden finden, der zwei Schüsse gehört hat.« Griffin zuckte mit den Schultern und kaute auf einem Stück Twinkie herum. »Wir sollten froh sein, daß sie wenigstens einen gehört haben. Wir könnten noch mal mit ihnen reden, vielleicht erinnern sie sich doch noch.«

»Hat jemand was *gesehen?*«

»Nein. Es war fast dunkel, die Straßenbeleuchtung in der Bird Street ist kaputt. Das erwähnten einige Leute.«

»Haben sie vielleicht ein paar der Randalierer gesehen?«

Griffin aß den Twinkie auf und schüttelte den Kopf. »Die waren alle schon weg, erinnerst du dich? Ich habe keine Ahnung, wo sie jetzt stecken oder wer zu dem Zeitpunkt dort war.«

Glitsky gefiel das nicht, aber er mußte es hinnehmen.

»Ich tippe also auf die Bird Street, aber da gab es nichts, wofür es sich gelohnt hätte, die Spurensicherung zu rufen. Keine Fußspuren, keine Glasscherben, keine großen Steine, die eventuell geworfen worden sein könnten, rein gar nichts. Ich habe die ganze Straße abgesucht, und als ich fast durch war, gingen die beiden Damen an mir vorbei zum Mittagessen und sagten, der Krawallmob sei gar nicht bis zur Bird gekommen, sondern in der Achtzehnten hängengeblieben, allenfalls ein Stück weit in die Dearborn gekommen. Also denke ich inzwischen, daß es genau andersrum war, als ich eigentlich angenommen hatte: Die Schüsse wurden in der Dearborn abgefeuert, und der Schall ist um die Ecke in die Bird geleitet worden.«

»Hast du die Dearborn überprüft?«

»Soweit das möglich war. Wenn du noch mal hingehen willst,

um mit mir zusammen nachzusehen, okay. Aber ich habe nichts gefunden.«

Glitsky trank einen Schluck Tee, der lauwarm geworden war, und verzog das Gesicht. Heute war nicht sein Tag. »Carl, du willst mir doch nicht erzählen, daß es vor diesen Wohnhäusern Krawalle gegeben hat, aber niemand aus dem Fenster geschaut und zugesehen hat?«

»Nein. Ich habe mit einem halben Dutzend Personen gesprochen, die alles beobachtet haben ...«

»Und diese Leute haben nichts gesehen, keinen Wagen ...?«

»Keiner von denen, mit denen ich gesprochen habe, aber vielleicht finden wir noch jemanden. Wenn du willst, fahre ich heute abend wieder hin, wenn mehr Leute zu Hause sind. Irgend jemand hat vielleicht was gesehen.«

Glitsky ließ sich das einen Moment durch den Kopf gehen. »Wäre vielleicht besser. Warum nimmst du nicht einen der Jungs mit? Vielleicht findet ihr auch heraus, wohin die Bewohner der Zeltstadt gezogen sind. *Irgend jemand* hat in diesem Tumult Chris Locke getötet, und es gibt mit Sicherheit einen Zeugen, der ihn dabei beobachtet hat.« Glitsky breitete die Hände aus. »Irgendwer muß doch was gesehen haben. Könnte jedoch ein langer Abend werden, Carl.«

Griffin hielt seinen nächsten Twinkie in der Hand. »Wäre nicht das erste Mal«, sagte er.

60

»Gin.« Melanie legte ihre Karten offen hin. »Schau dir das Blatt an und wein dir die Augen aus.«

Kevin schob seine Karten in den Stapel.

»Du mußt zählen.«

»Du hast gewonnen, Melanie. Das Spiel ist zu Ende. Ich habe bestimmt über hundert Punkte, nach diesem letzten Blatt vielleicht sogar über zweihundert. Ich glaube, ich habe noch nie ein schlechteres Blatt gesehen.«

»Du bist ein Spielverderber.«

»Vielleicht habe ich einfach keine Lust mehr auf Gin Rommé.« Er stand vom Küchentisch, an dem sie saßen, auf und ging ins Wohnzimmer. Die Wohnung vermittelte ihm immer mehr das Gefühl bedrückender Enge. Sie waren eingeschlafen und mit einem leichten Unwohlsein im Magen (die Fred-Party) wieder aufgewacht, hatten ferngesehen, um festzustellen, ob Kevins Videoband während der Hauptsendezeit gezeigt wurde (was nicht der Fall gewesen war), hatten miteinander geschlafen und waren wieder eingeschlafen. Als sie das zweite Mal aufgewacht waren, hatte Kevin das Telefon wieder eingestöpselt und Wes Farrell angerufen. Er hatte dessen Angebot, nachzuforschen, was mit dem Band geschehen sei, angenommen, und dann hatten er und Melanie sich auf die Suche nach etwas Eßbarem gemacht und schließlich Karten gespielt. Mehr als zwei Stunden Gin Rommé.

Er stand am Wohnzimmerfenster. Die Vorhänge waren zugezogen, damit bei eingeschaltetem Licht niemand hineinsehen konnte. Melanie trat von hinten an ihn heran. Sie berührte ihn nicht, aber er spürte, daß sie da war.

»Ich glaube, mich nimmt das alles ganz schön mit«, sagte er. »Tut mir leid, wenn ich es an dir auslasse.«

»Schon in Ordnung.« Sie fuhr ihm mit einer Hand über den Rücken. »Viele Leute können nicht gut Karten spielen. Man muß ein Gefühl dafür haben, und das hast du eben nicht. Das heißt nicht, daß du dumm bist oder so. Was andere Dinge betrifft, meine ich.«

Er drehte sich mit leerem Gesichtsausdruck um. Er machte einen Schritt an ihr vorbei, schlang ein Bein um ihres, griff mit dem Arm nach ihrem Körper und – »He!« – führte einen fachmännischen Judowurf aus, ließ sie aber die letzten fünfzehn Zentimeter sanft auf den Boden hinuntergleiten.

»Oh, tut mir leid«, sagte er und setzte seinen Weg durch das Zimmer fort. »Ich muß dich wohl übersehen haben.« Er ließ sich im Polstersessel nieder.

Sie kroch auf allen vieren über den Boden, legte die Ellbogen auf seine Knie und den Kopf in seinen Schoß. Er ließ seine Finger durch ihr Haar gleiten. »Was meinst du, ist das wohl so, wenn man verheiratet ist?«

»Ist was wohl so?« Allmählich ging ihr ein Licht auf. Statt zu sagen, was sie eigentlich hatte sagen wollen, antwortete sie unbekümmert: »Für immer gefangen zu sein und Gin zu spielen, um sich die Zeit zu vertreiben?«

»Na ja, das ist die romantische Sichtweise. Ich dachte eigentlich mehr an das Gefühl, daß du die ganze Welt für mich bist. Als gäbe es niemand anderen.«

Mit sanftem Blick schaute sie zu ihm auf. Er nahm sie nicht auf den Arm, meinte es ernst. »Ja. Ich glaube, so fangen manche Ehen an. Aber ich kenne nicht allzu viele Leute, die solche Gefühle noch haben oder glauben, daß man sie überhaupt haben sollte. Du?«

Kevin schüttelte den Kopf. »Nein. Ich kann mich nicht einmal daran erinnern, jemals welche gekannt zu haben.«

»Deine Eltern ...«

»Nein. In meiner Familie war jeder für sich allein. Mein Dad hatte immer nur seinen Beruf im Kopf, und Mom war ... hauptsächlich an Mom interessiert. Und Patsy war einfach Mom Junior. Vielleicht ... Joey.«

»Dein Bruder ...«

»Ja. Er war in Ordnung. Wie dem auch sei ... wie kamen wir darauf?«

»Ich glaube, wir sprachen über das Gefühl, nicht allein zu sein. Vermißt du deinen Bruder?«

»Als die Nachricht kam, habe ich es nicht geglaubt. Ich habe es einfach nicht geglaubt. Nicht Joey, das war unmöglich, sie mußten was verwechselt haben. Aber sie hatten nichts verwechselt. Dieses Mal hatte die Army keinen Mist gebaut …«

Ihr Kopf lag noch immer in seinem Schoß. Sie hielt seine Beine fest umklammert.

»Und danach … ich weiß nicht.«

»Wes und du«, sagte sie.

»Was meinst du?«

»Ich glaube, ich verstehe langsam, warum ihr beide so gut miteinander auskommt.« Sie erzählte ihm, was sie von der Geschichte mit Mark Dooher wußte. Daß Wes seinen Glauben an die Menschen verloren hatte und sich seitdem weigerte, irgendwelche Verpflichtungen einzugehen. »Aber so seid ihr beide eigentlich gar nicht, oder? So wart ihr doch nicht von Anfang an …«

»Ich weiß es nicht mehr, Mel. Ich habe die letzten drei Jahre damit verbracht … na ja, du weißt, wie ich war, wie ich gelebt habe. Ich wollte auch nicht in diese Sache hier« – er machte eine unbestimmte Handbewegung – »verwickelt werden … Ich habe es mir weiß Gott nicht ausgesucht. Es ist nicht mein Befreiungskampf, nicht meine Sache …«

»Vielleicht doch. Vielleicht besteht deine Sache ja aus dem, was du tust.«

»Ich will das aber gar nicht tun.«

»Vielleicht können wir uns das nicht aussuchen.«

»Welch tröstlicher Gedanke.«

Sie kuschelte sich an ihn. »Jedenfalls hat es uns wieder zusammengebracht. Das ist doch immerhin etwas, oder nicht?«

Seine Hand lag auf ihrem Rücken. Er streichelte sie sanft, bewegte seine Hand über ihre Schultern, ihren Hals. »Ich war ein Idiot. Ich meine vorher. Was dich angeht.«

»Ach, es war auch meine Schuld. Ich hätte nicht zulassen dürfen, daß du dich wie ein Idiot verhältst, hätte mich wehren sollen. Aber ich hatte Angst, du würdest mich verlassen.«

»Das wollte ich. Und ich habe es ja auch getan. Ich habe viele Menschen verlassen und nichts dabei empfunden, aber ich hatte angefangen, etwas für dich zu empfinden. Ich mochte dich, das war das Problem. Mir gefiel, daß du motiviert, klug und organisiert warst, daß du so viele Qualitäten hattest …«

»Das gefiel dir?«

»Hast du eine Vorstellung davon, wie selten das ist, Mel? Ja, es gefiel mir. Ich hatte endlich jemanden gefunden, der nicht total durchgedreht war, der Substanz hatte.«

»Ich dachte, du hättest dich gelangweilt, weil ich keinen Spaß mitgemacht habe ...«

»Am Anfang hast du jeden Spaß mitgemacht, wenn du dich erinnerst, bis ich ...«

»Es lag nicht an dir.«

»Doch. Es hat mir Angst gemacht, daß ich dich so gern gemocht habe. Ich meine, was wäre passiert, wenn du nicht so gewesen wärst, wie ich es mir vorgestellt hatte? Dann wäre ich wirklich am Ende gewesen ... Na ja, jedenfalls mußte ich herausfinden, ob du wirklich so zäh bist, so selbstsicher, so verdammt kompetent. Ich habe dich auf die Probe gestellt, indem ich dich fies behandelt habe. Wenn du mich danach immer noch gemocht hättest, habe ich gedacht, dann konntest du nicht so großartig sein. Nicht, wenn du das mitmachen würdest ...«

Sie schüttelte den Kopf und sah mit Tränen in den Augen zu ihm auf. »Ich habe dich nicht nur einfach gemocht, Kevin, ich wollte nicht einfach nur einen Freund haben. Ich hatte mich in dich verliebt. Ich liebte dich. Ich liebe dich noch immer.«

»Das habe ich wahrscheinlich gespürt, und ich glaube, das war ein weiterer Punkt, der gegen dich sprach.«

»Warum?«

»Warum? Was gab es denn, das du lieben konntest? Was meinst du, wovor ich mich durch meine Unberechenbarkeit verstecken wollte? Nein, ich glaube nicht, daß es irgendeinen Grund gibt, mich zu lieben ...«

Sie sah wütend zu ihm auf. »Warum bist du hier, Kevin? Warum sind *wir* hier? Weil *du*, Kevin Shea, und niemand anders, versucht hast, Arthur Wade das Leben zu retten. Weil du wahrscheinlich der einzige Mensch bist, den ich jemals kennengelernt habe, der glaubt, daß es wichtig ist, hierzubleiben und die Wahrheit zu erzählen, auch wenn niemand sie hören will. Nicht wegzulaufen, nichts zu entschuldigen, einfach das zu tun, was du tun mußt. Und weißt du was? Du hast recht. Du hattest die ganze Zeit über recht. Und ich liebe dich. Wiederhole ich mich?«

»Ein bißchen. Aber ich komme damit klar.«

»Und weißt du was ... Ich war auch nicht so perfekt. Die ganze Zeit über habe ich mich kontrolliert, das hast du schon richtig gesehen. Ich mußte nur ... in den Hintern getreten werden.«

Er tätschelte sie. »In dieses hübsche Ding da?«

»Genau. Und du hast es getan. Du hast mich richtig ordentlich in den Hintern getreten.«

»Ich würde es noch mal tun, wenn ich das hinzufügen darf.« Er zog sie hoch zu sich auf den Schoß.

»Deine Rippen«, sagte sie.

»Sie haben sich nie besser angefühlt«, erwiderte er.

Melanie schmiegte ihren Kopf an seinen Hals, während er sie in die Arme nahm.

Melanie badete, Kevin saß im Polstersessel, hatte sich die Nachrichten um sechzehn Uhr angesehen. Aber zu den Schlagzeilen hatte auch eine Erklärung von Alan Reston gehört, in der der Bezirksstaatsanwalt mitgeteilt hatte, den Aussagen des flüchtigen Kevin Shea auf dem Video könne keinerlei Glaube geschenkt werden. Dadurch, daß Shea sich an die Bevölkerung gewandt habe, sei offensichtlich geworden, daß er es darauf anlege, die Sympathien der Öffentlichkeit auf seine Seite zu ziehen. Aber das werde nicht funktionieren. Gegen Kevin Shea sei Anklage wegen Mordes erhoben worden, und es würden immer noch alle Anstrengungen unternommen, diesen gefährlichen Kriminellen vor Gericht zu bringen. Daraufhin hatte Kevin abgeschaltet.

Was sollte er jetzt tun? Wes Farrell war nicht zu Hause. Er hatte in der letzten halben Stunde dreimal bei ihm angerufen. Die Erklärung des Bezirksstaatsanwalts bereitete ihm große Sorgen – die Worte »gefährlicher Krimineller« ärgerten ihn. Eine erschreckende Tatsache wurde ihm bewußt: Je länger er sich versteckte, desto irrationaler und heftiger fiel die ›offizielle‹ Reaktion aus. Die Auffassung, daß er ›gefährlicher‹ und instabiler geworden sei, würde ihm alles andere als eine Hilfe sein, wenn sie ihn schnappten. Und wenn sie herausfanden, wo er sich aufhielt, dann käme es wohl dazu, sorgte er sich ...

So weit *durfte* er es nicht kommen lassen, und vor allem durfte er Melanie nicht länger bei sich behalten, wenn er das Gefühl hatte, daß es doch so weit käme. Die Worte »gefährlicher Krimineller« zehrten an seinen Nerven. Da draußen plante jemand womöglich, ihn nicht lebend ergreifen zu lassen.

Genauso skeptisch war er, was seine Sicherheit im Gefängnis betraf. Es bestand die Gefahr, daß er im Gefängnis überhaupt nicht lange genug leben würde, um vor Gericht aussagen zu können.

Er wählte erneut die Nummer von Wes, der tatsächlich erreicht hatte, daß das Band doch noch gesendet worden war. Sie mußten einen besseren Weg finden, um in Kontakt zu bleiben. Er hatte nicht damit gerechnet, daß die Ereignisse so eskalieren könnten, daß er plötzlich keine Wahl mehr hatte und ihm die Entscheidung abgenommen wurde. Jetzt verstärkte sich dieses Gefühl. Die Ereignisse hatten ihm die Kontrolle entrissen, und er mußte versuchen, den unerbittlichen Lauf der Dinge zu stoppen. Ohne Farrell und ohne eine gute juristische Strategie sah er keine Chance, das hinzukriegen.

Just in dem Moment zog sich Farrell einen Stuhl an einen der Fenstertische im Little Shamrock heran. Nach seiner erfolgreichen Mission mit dem Videoband war er wieder in seine Wohnung zurückgekehrt und hatte auf Kevins Anruf gewartet. Zehn Minuten später hatte Dismas Hardy angerufen und ihn gefragt, ob er mit ihm über Kevin Shea reden könne – inoffiziell. Sie könnten sich im Shamrock treffen.

Die Sache sprach sich herum.

Farrell kannte Hardy flüchtig. Er hatte ihn kennengelernt, als Hardy im Shamrock hinter dem Tresen gestanden hatte. Jetzt vermutete er, daß Hardy, der ebenfalls Strafverteidiger war und dessen Name in letzter Zeit häufiger im Zusammenhang mit bedeutenden Fällen in den Schlagzeilen aufgetaucht war, im trüben fischte, um vielleicht bei dem Mordprozeß gegen Kevin Shea einen Teil der Aufmerksamkeit abzubekommen. Aber er konnte ja mal mit ihm reden. Sein Terminkalender barst nicht gerade vor Verpflichtungen. Kevin hatte ihm versprochen, sich mindestens vierundzwanzig Stunden ruhig zu verhalten. Es stand auch keine unmittelbare Krise bevor, soweit er wußte.

Sie saßen also im Shamrock, und Moses McGuire brachte eben zwei Halblitergläser Guinness. Farrell und McGuire hatten einige witzige Bemerkungen über das letzte Mal ausgetauscht, als Farrell hiergewesen war und die Nacht dann auf McGuires Sofa verbracht hatte. Ob McGuires Ehefrau wieder mit ihm rede?

Keiner der beiden Männer – Hardy im Rugbysweatshirt, Farrell in einem karierten Hemd – sah im Augenblick wie ein Rechtsanwalt aus. Sie stießen mit ihren Gläsern an, und Farrell fragte Hardy, was er für ihn tun könne.

»Ich habe gehört, daß Kevin Shea Ihr Mandant ist.«

»Von Glitsky?«

Soviel zu dem Vorschlag, Abe in den ersten Minuten nicht zu erwähnen, dachte Hardy. »Ja, ich habe es von Glitsky erfahren.«

»Der Typ ist ein Arschloch.« Hardy schwieg. Farrell kippte etwas von dem Bier hinunter. »Ich fahre hin und biete ihm an, Kevin Shea ins Präsidium zu bringen. Nebenbei bemerkt: Der Junge ist so unschuldig wie Sie und ich.« Als er Hardys Gesichtsausdruck sah, fügte Farrell schnell hinzu: »Ja, ja, aber diesmal geht es nicht um halbseidene Trickserejen. Der Junge hat ganz einfach nicht getan, was behauptet wird. Nichts davon. Ganz im Gegenteil.«

»Sie wissen das ganz sicher?«

»Sagen wir, ich weiß es mit moralischer Sicherheit, wenn Sie den Ausdruck entschuldigen wollen. Nur deshalb habe ich mich überreden lassen, das alles für ihn zu tun, glauben Sie mir.«

»Und was ist mit Glitsky passiert?«

»Glitsky und ich hatten eine nette Unterhaltung. Er schien ein offenes Ohr zu haben und versprach, dem Bezirksstaatsanwalt die Idee mit dem gesonderten Polizeischutz zu verkaufen. Bis dahin werde alles unter uns bleiben.«

»Und?«

»Das nächste, was ich weiß, ist, daß vor meiner Haustür ein Typ mit einem Durchsuchungsbefehl steht, der nach Kevin Shea sucht. Glitsky hat mich nach Hause verfolgen lassen.«

Hardy gewann etwas Zeit mit seinem Glas. »Hört sich nicht nach Abe an.«

»Sind Sie mit ihm befreundet?«

»Wir unterhalten uns von Zeit zu Zeit.«

»Hat er Ihnen davon erzählt?«

»Wovon?«

»Von der Verfolgung, dem Durchsuchungsbefehl?«

»Nein. Als wir uns unterhielten, erwähnte er, Sie verträten Kevin Shea, und ich dachte, das hört sich nach einem guten Fall an.«

In Farrells Augen war das der Hauptgrund für Hardys Interesse. Obwohl sich durchaus herausstellen konnte, daß er bei einem Verfahren Hilfe benötigte, wollte Farrell keinen falschen Eindruck erwecken, auch wenn Hardy unter diesen Umständen vielleicht eine gute Wahl wäre, weil er, wie Wes wußte, im Ruf stand, daß er gut mit den Geschworenen umzugehen verstand. »Da bin ich mir nicht so sicher. Leere Taschen.« Was bedeutete, daß der Mandant kein Geld habe.

Hardy zuckte mit den Schultern. »Manchmal gibt es andere Gründe. Man weiß ja nie. Ich nehme an, Shea war nicht in Ihrer Wohnung?«

»Ich dachte, er wäre dort. Er *war* dort, als ich ging, um mich mit Glitsky zu treffen. Er hatte seine Freundin dabei. Haben Sie von Melanie gehört? Sie ist das richtige Mädchen, wenn man abhauen muß. Ich hatte anfangs zwar den Eindruck, daß sie ein wenig paranoid sind, aber es hat sich später als richtig erwiesen. Nein, sie sind fort, wo, weiß ich nicht.«

Hardy nahm das alles zur Kenntnis, auch wenn es auf den ersten Blick keinen Sinn ergab. Glitsky würde niemanden damit beauftragen, Farrell nach Hause zu folgen. Hardy war ›moralisch sicher‹, daß er es nicht getan hatte. Glitsky konnte von alldem nichts gewußt haben, sonst hätte er Hardy nicht gebeten, einzuspringen und herauszufinden, warum Farrell nicht mit ihm sprach. Er hätte es gewußt.

Abgesehen davon wußte Glitsky, daß man nichts erreichte, wenn man die Menschen hinterging. Moral hin oder her, es war nicht Glitskys Stil. Wenn Abe sein Wort gegeben hatte, war es nicht so geschehen, wie Farrell es geschildert hatte.

»Sind Sie sicher, daß es Glitsky war?« fragte er und erläuterte, daß er sich das einfach nicht vorstellen könne. »Weshalb hätte er das tun sollen?«

»Um der Ehre willen. Vielleicht sogar, um die Belohnung einzustreichen. Zum Teufel, woher soll ich das wissen? Aber er wußte als einziger, daß ich mit Shea Kontakt hatte, und er versprach mir in die Hand, es für sich zu behalten.« Farrell trank noch etwas Bier. »Der Mann hat gelogen, so einfach ist das.«

Hardy trank ebenfalls. »Der Durchsuchungsbefehl bezog sich auf Shea, nicht auf irgendwelche Unterlagen oder Papiere?«

»Es war ein Durchsuchungsbefehl für die Wohnung.« Farrells Gesicht verzog sich angewidert. »Sergeant Stoner arbeitet sehr gründlich.«

»Sergeant Stoner?«

»Ja, so hieß er. Ein einprägsamer Name.«

»Stoner ist nicht beim Police Department«, sagte Hardy. »Er ermittelt im Auftrag der Staatsanwaltschaft. Ich habe ihn eingesetzt, als ich Staatsanwalt war. Sie wissen ja, daß die Staatsanwaltschaft einen eigenen Stab an Kriminalbeamten hat, für die weder das Polizeipräsidium noch der Bezirkssheriff zuständig sind. Sie werden meistens losgeschickt, um Zeugen ausfindig zu machen.«

»Na und?«

»Es wäre verdammt merkwürdig, wenn Glitsky einen Ermittler der Staatsanwaltschaft beauftragen würde, einen Durchsuchungsbefehl auszuführen.«

»Dann hat er es dem Bezirksstaatsanwalt gesteckt ...«

»Das würde Abe nicht tun.«

Farrell sah Hardy an. »Er hat Sie hierhergeschickt, um mit mir zu reden, nicht wahr? Sie beide sind Kumpel.«

Hardy nickte. »Er konnte sich nicht erklären, warum Sie nicht mit ihm reden wollten. Wirklich nicht.«

»Nun, irgendwo hat er was durchsickern lassen.«

»Vielleicht nicht. Es könnte auch anders gewesen sein. Aber der Punkt ist, daß auch er glaubt, Shea habe es nicht getan. Und er glaubt immer noch, daß er Ihnen helfen kann.«

»Dafür ist es vielleicht schon zu spät. Wenn der Bezirksstaatsanwalt ...«

»Er möchte mit Ihnen reden. Ich glaube, er hat eine Idee.«

»Und was haben Sie damit zu tun?«

»Ich bekomme eine Dose Chili als Honorar.« Hardy kippte den Rest seines Biers herunter. »Ein Insiderwitz«, sagte er und erhob sich von seinem Stuhl. »Kann ich Ihnen noch eins mitbringen?«

Special Agent Simms war wieder in Alan Restons Büro. Die Tür hinter ihr war geschlossen. Sie stand in lässiger Haltung vor Restons Schreibtisch. »Dismas Hardy, ein Rechtsanwalt aus San Francisco. Kennen Sie ihn?«

Reston schüttelte den Kopf.

»Er erwähnte Kevin Shea, und die beiden trafen sich in einer Kneipe draußen bei den Avenues. Little Shamrock. Wir sind Farrell dorthin gefolgt. Sie tranken zwei Gläser Bier und fuhren anschließend nach Hause, jeder zu sich. Keine Spur von Shea.«

Reston nickte grimmig. »Die Geier, die planen, wie sie sich die Beute teilen werden.«

»Ja, das haben wir uns auch gedacht. Mehr hat sich bis jetzt noch nicht ergeben, aber wir bleiben am Ball. Ich wollte Sie nur auf dem laufenden halten. Wir kriegen ihn.«

Reston setzte sich auf. Sein Blick war klar, der Rücken gerade. »Da bin ich sicher.«

61

Gelassen jonglierte Art Drysdale, der wieder hinter seinem Schreibtisch saß, mit seinen Baseball-Bällen. »Ich habe diese Rassismusvorwürfe bereits früher überstanden, Abe. Sie kommen und gehen wie der Wind. Aber ich habe mir nichts vorzuwerfen, und alle, mit denen ich zusammenarbeite, wissen das.« Er lächelte freundlich. »Sie müßten mal hören, was einige unserer Kolleginnen über mich sagen.«

»In welcher Hinsicht?«

»Nun, ich habe mich von vornherein öffentlich gegen die Verwendung des Begriffes ›Obperson‹ ausgesprochen. Sie wissen schon, diese Diskussion um den ›Obmann‹ bei den Jurys. Ich finde, es führt nur zu einer sinnlosen Verwirrung, und halte es für nicht besonders geistreich, sondern einfach für ... wie soll ich sagen? Dumm. Lassen Sie uns den Tatsachen ins Auge sehen: Ich werde es nie lernen. Bei bestimmten Themen werde ich immer für irgend jemanden ein Ärgernis darstellen. Als nächstes wird mich der Parteiausschuß der Frauen aufs Korn nehmen, wetten?«

Nachdem die Vorrede abgeschlossen war und sie sich wieder als Verbündete betrachten konnten, lehnte sich Glitsky gemütlich zurück. Drysdale hatte sogar Polstersessel in seinem Büro. »Ich wollte nur kurz vorbeischauen, um Ihnen zu sagen, daß ich zwei Inspectors auf den Fall Chris Locke angesetzt habe. Ich fürchte, ich habe mich wegen der ganzen Aufregung um die anderen Geschichten nicht so intensiv darum gekümmert, wie es angemessen gewesen wäre.«

Drysdale hörte auf zu jonglieren und beugte sich interessiert vor. »Und was haben Sie herausgefunden?«

Glitsky berichtete von den mageren Ergebnissen, mit denen Griffin gekommen war, und erläuterte, was er am Abend vorhabe: mehr Befragungen, mehr banale Routinearbeit. Viel mehr hatten sie sich nicht zu sagen.

»Ich kann es immer noch nicht glauben.«

Glitsky nickte. »Ich weiß.«

»Er war ... er hatte viele Fehler. Jeder weiß von seinen Frauengeschichten ...« Abgesehen von Lockes Verhältnis mit Elaine Wager, dessen Entdeckung ihn am Morgen so erschüttert hatte, wußte Glitsky andeutungsweise von Lockes zahlreichen sexuellen Eroberungen. »Aber ich glaube, was das Gesetz anging, saß sein Herz am rechten Fleck. Er wußte, welche Fälle er gewinnen konnte und wann er eine Klage fallenlassen mußte. Er wollte nicht die Zeit der Beteiligten verschwenden.«

Drysdales Lobrede auf Chris Locke war bei Glitsky vergebliche Liebesmüh, aber der Lieutenant hörte höflich zu, um dem anderen Gelegenheit zu geben, sich auszusprechen. Art hatte oft das gleiche für ihn getan. In den ersten Monaten nach Flo ...

»Selbst bei den kritischen Fällen ...« fuhr Drysdale fort. »Zum Beispiel bei Jerohm Reese. Es hat Chris fast umgebracht, diesen Dreckskerl wieder laufenzulassen, glauben Sie mir. Aber was hätte er machen sollen? Er hatte keine Zeugen, hätte keine Verurteilung erreicht, warum also weitermachen? Nur um Zeit und Geld zu verschwenden?«

»Das war wirklich ein brenzliger Fall«, erwiderte Glitsky so diplomatisch wie möglich. Er hatte Locke nicht gemocht, aber der Bezirksstaatsanwalt war wie ein Chamäleon gewesen, und Drysdale hatte ihn als loyalen Freund, guten Juristen und fähigen Chef erlebt. Für Art zählte allein die Tatsache, daß in der Staatsanwaltschaft alles reibungslos lief.

»Verdammt richtig, und es war nicht der einzige.«

Auch das wußte Glitsky. Als Bezirksstaatsanwalt hatte Locke nicht unbedingt schlecht gearbeitet. Er hätte nie versucht, so ein Ding zu drehen, wie Alan Reston es bei Kevin Shea vorhatte.

Drysdale jonglierte wieder mit seinen Bällen und beruhigte sich. Glitsky wollte schon aufstehen und gehen, als ihm etwas einfiel, das er hier eigentlich gar nicht hatte ansprechen wollen. Aber Drysdale hatte ihn darauf gebracht, als er die unzureichende Beweislage im Fall Jerohm Reese erwähnt hatte. Drysdale war seit fast fünfundzwanzig Jahren der Stellvertreter des Bezirksstaatsanwalts, lange bevor Chris Lockes erste Amtszeit begonnen hatte. Er müßte eigentlich davon wissen.

»Art, haben Sie jemals am Pacific-Moon-Fall gearbeitet? Wirtschaftskriminalität, etwa fünfzehn Jahre her.«

Drysdale hielt die Bälle fest, runzelte eine Augenbraue, während er sich konzentrierte. Er gab gern damit an, nie einen Fall zu vergessen. »Ist das vor Gericht gegangen?«

»Nein. Aber ich glaube, der Fall wurde hier diskutiert, bevor man ihn dann wegen fehlender Beweise ad acta gelegt hat.«

»Pacific Moon?«

Glitsky nickte. »Ein Restaurant draußen in der Balboa Street. Es war für eine Weile eine heiße Sache bei den Kollegen vom Dezernat für Wirtschaftskriminalität, ist aber dann gestorben.«

»Geldwäsche.« Drysdale hatte es zugeordnet.

»Genau.«

»Was ist damit?«

»Nichts. Das heißt, ich weiß auch nichts Genaues. Ist kürzlich mal zur Sprache gekommen.«

Drysdale warf ihm einen Blick zu. »Ist kürzlich mal zur Sprache gekommen? Gute Antwort.«

»Die richtige Antwort ist: Ich weiß es einfach nicht, Art.« Glitsky hielt einen Moment inne. Ihm war plötzlich bewußt geworden, mit wem er da sprach. Drysdale würde, jetzt, wo es einmal auf dem Tisch lag, die alten Akten durchsehen, seine Fühler ausstrecken, die Sache wieder ins Rollen bringen. Aber das wollte Glitsky nicht, und deshalb hielt er es für besser, offen zu sein. »Loretta Wager ist in der Stadt, deshalb ...«

»Das ist es!« Art schnippte mit den Fingern, jetzt hatte er es. »Natürlich. Ich kann gar nicht glauben, daß ich so lange gebraucht habe. Die Sache ist während der Wahlen ein paarmal zur Sprache gekommen ...«

»Wahrscheinlich.«

»Nicht wahrscheinlich, es *ist* zur Sprache gekommen. Die Leute haben nach schmutziger Wäsche gesucht. Sie können es sich ja vorstellen.«

»Haben Sie den Fall damals geprüft? Mir sind einige Zahlen zu Ohren gekommen, die ... verwirrend sind. Erhebliche Summen.«

»Ja, das stimmt«, sagte Drysdale. »Ich erinnere mich jetzt gut. Die Summen waren immer übertrieben.« Er überlegte einen Moment. »Chris selbst hatte den Fall übernommen: wegen der äußeren Umstände – eine schwarze US-Senatorin. Er war der zuständige Staatsanwalt ... das ist jetzt schon hundert Jahre her. Der Fall stand schon damals auf genauso wackligen Beinen wie heute. Noch so eine brenzlige Sache«, fügte er geheimnisvoll hinzu.

»Was war daran so brenzlig?«

»Das bleibt unter uns, Abe, okay? Chris hat ein paar trickreiche Sprünge gemacht, um den Fall in die Finger zu bekommen.«

»Er *wollte* den Fall haben?«

Drysdale nickte. »Die Investoren waren größtenteils Schwarze, bis auf Dana Wager natürlich. Chris hatte gerade angefangen und wollte beweisen, daß er wegen der Hautfarbe keine Hemmungen hatte. Er war *verbissen* hinter dieser Anklageschrift her, wollte unbedingt beweisen, daß er Schwarze keinen Deut anders behandelte, daß er ein Bezirksstaatsanwalt für alle Menschen war. Ich erinnere mich, wie er wegen der Anklageschrift zu mir kam, mich nach meiner Meinung fragte und um Hilfe bat. Aber es gab einfach keine Grundlage.«

Glitsky stieß den Atem aus, den er angehalten hatte. »Ich hab' was von drei Millionen Dollar gehört.«

Drysdale schüttelte den Kopf. »Soweit ich mich erinnere, Abe, war die Summe nicht mal annähernd so hoch. Ich glaube, es waren damals, als Chris sich darum kümmerte, weniger als eine Million Dollar. Jemand hatte Glück bei einer Investition gehabt oder so ähnlich, ich erinnere mich nicht mehr an jedes Detail ...«

»Aber jetzt läuft keine Untersuchung mehr, oder?«

»Ich habe jedenfalls nichts davon mitbekommen, Abe, und das hätte ich vermutlich, wenn es noch aktuell wäre.« Drysdale kam wieder auf Locke zurück. »Für Chris wurde alles zusätzlich durch die Tatsache erschwert, daß man ihm die Hölle heiß machte, als er die Anklage fallenlassen mußte, *weil* es eben größtenteils ein schwarzes Unternehmen war und er ja nicht zum Gegenangriff blasen und sich ja schlecht damit verteidigen konnte, daß er den unbändigen Willen gezeigt habe, diese Leute vor Gericht zu bringen. Nicht, wenn sie nichts Ungesetzliches getan hatten. Und zuletzt sah es nicht danach aus.« Er seufzte. »So ist das Leben, nicht wahr, Abe?«

»So ist das Leben«, stimmte Glitsky zu.

Loretta befand sich in ihrem Büro im Rathaus. In Washington DC war es Freitag abend, fast zwanzig Uhr. Wochenende. Der richtige Zeitpunkt, um Deals abzuschließen. Offiziell war zwar um siebzehn Uhr Schluß, aber auf dem Capitol lag das tatsächliche Dienstende mindestens drei Stunden später. Niemand ging nach Hause, bevor nicht alles erledigt war, was erledigt werden konnte.

Trotzdem, dachte sie und sah erneut auf die Uhr, dürfte jetzt der richtige Zeitpunkt sein.

Zuversichtlich richtete sie sich auf. Den Berichten, die sie tagsüber sowohl aus ihrem Büro als auch von den Kollegen aus dem Senat bekommen hatte, war zu entnehmen gewesen, daß der Stabschef des Präsidenten rund um die Uhr Abgeordnete bearbeitet hatte, um die Aufnahme des Hunter's-Point-Marinestützpunktes in das bundesstaatliche Erschließungsprogramm von Parkanlagen zu ermöglichen. Die Durchführungsverordnung sah vor, daß das Gebiet (wie es Lorettas Idee entsprach) unter die Verwaltung eines Afroamerikaners gestellt und zu einem Freizeitort für unterprivilegierte Jugendliche umgebaut würde.

Offensichtlich hatte der Präsident (was Loretta gehofft und erwartet hatte) es genauso gesehen wie sie: Hier bot sich eine ungeheure politische Chance. Aus dieser Situation konnten alle Beteiligten nur als Gewinner hervorgehen, und man würde die größtmögliche Wirkung erzielen, wenn man sofort ans Werk ging. Man mußte ein Symbol schaffen, das des Präsidenten immerwährenden Einsatz für die Bürgerrechte belegte und sein Interesse an der Fortführung des harmonischen Zusammenlebens der Rassen verdeutlichte.

Das Telefon klingelte. Sie zwang sich, zwei Klingelzeichen abzuwarten und erst beim dritten abzunehmen. Es war ihre Sekretärin, die von einem der öffentlichen Telefone am Old Ebbett Grill, ein paar Querstraßen vom Weißen Haus entfernt, aus anrief.

»... und ich glaube, es kann gratuliert werden. Der Präsident wird die Verordnung unterschreiben.«

»Ganz sicher?«

»Er hat die Unterzeichnung für morgen mittag Ortszeit, neun Uhr Ihrer Zeit, anberaumt. Das dürfte ideal für Sie sein.«

»Großartig«, sagte Loretta. Sie hatte noch einmal mit Alan Reston gesprochen, der sich optimistisch gezeigt hatte, daß sie Kevin Shea mit Hilfe des FBI bis dahin gefaßt hätten. Das würde Philip Mohandas und seinem Demonstrationszug zum Rathaus die Schärfe nehmen. Loretta wußte, daß diese Veranstaltung leicht aus dem Ruder laufen konnte, und sie wollte nicht, daß das geschah. Nicht jetzt, wo eine echte Lösung greifbar nahe war.

Sie war sicher, daß sich die Lage aufgrund der Ergreifung Kevin Sheas und der Durchführungsverordnung, die genau zum richtigen Zeitpunkt erfolgte, beruhigen würde. Die Stadt könnte zur

Normalität oder etwas Ähnlichem zurückkehren, und sie, Loretta, würde ganz oben auf der Welle des Friedens und der Harmonie schwimmen. Sie wäre eine Heldin, und zwar für die ganze Gesellschaft, nicht nur für einen Teil oder eine Rasse. Sie hatte für Zugeständnisse an ihre eigenen Leute gekämpft – und gewonnen –, hatte aber auch erneut bewiesen, daß sie gerne willens war, im bestehenden Machtapparat der Weißen, der noch dazu von Männern dominiert wurde, mitzuarbeiten. Eine Pragmatikerin mit hehren Idealen, dachte sie zufrieden.

»Wenn Sie morgen den Präsidenten sehen, Liebes, erinnern Sie ihn bitte daran, daß es Loretta Wager ist, wegen der er so gut dasteht. Aber sagen Sie es nett und feinfühlig, ja?«

»Ich verstehe.«

»Ich weiß, daß Sie das tun, Liebes.«

Und dann kam Abe.

Er stand an den Türpfosten gelehnt, füllte den ganzen Rahmen der Tür aus und lächelte, weil er sich freute, sie zu sehen. Sie hatte sich Notizen für ihre für den morgigen Tag geplante Pressekonferenz gemacht und sein Kommen überhaupt nicht bemerkt.

»Wie schaffst du es bloß, dich so unsichtbar zu machen?« fragte er.

»Mein Gott, Abe!« Ihre Hand fuhr zur Brust. »Du hast mich zu Tode erschreckt.«

»Wir Beamten des Morddezernats sind dazu ausgebildet, uns leise an unsere Beute heranzupirschen. Ist das ein günstiger Zeitpunkt für dich?« Daß sie beide hier allein im Zimmer waren, wollte er damit sagen. Er trat ins Zimmer, sah sie fragend an. Sie antwortete mit einem Nicken, und er schloß die Tür hinter sich. Barfuß wie immer kam sie um ihren Schreibtisch herum in seine Arme.

»Mein Gott«, sagte sie wieder, während sie ihn umarmte, »wie kann ich dich nur so vermißt haben?«

»Ich weiß. Verrückt, nicht wahr?«

»Ja.«

Schließlich lösten sie sich voneinander. »Was meinst du mit ›unsichtbar‹?« fragte sie.

»Ich meine, daß gewöhnliche Menschen Senatoren nur aus dem Fernsehen kennen, die dort normalerweise von einer Art Lakaien umgeben sind, oder wie der Fachausdruck für diese Leute auch sein mag ...«

»Amtsdiener.«

»Okay, Amtsdiener. Oder zumindest von Geheimdienstleuten.«

»Haben wir nicht.«

»Oder von Journalisten. Von irgendwem. Aber du sitzt allein in deinem winzigen Büro ...«

»Es ist ein hübsches Büro, Abe.«

»Ja. Verglichen mit einigen anderen, wie zum Beispiel meinem, ist es traumhaft. Trotzdem bist du oft allein. So habe ich mir das Leben einer einflußreichen Frau nicht vorgestellt.«

»Du hältst mich für eine einflußreiche Frau?«

»Ich glaube nicht, daß du jemandes Amtsdienerin bist.«

Sie lächelte ein wenig. »Nein, das stimmt wohl.« Sie hopste auf die Schreibtischkante und sah ihn an. »Du möchtest wohl gerne, daß eine Menge andere Leute hier herumsitzen, ist es das?«

Er ging zu ihr, lehnte sich gegen den Schreibtisch, stand zwischen ihren Beinen. Auch jetzt war sie nicht größer als im Stehen. »Ich weiß nur nicht, wie du das immer hinkriegst.«

»Ich glaube nicht, daß man die Tür abschließen kann.« Sie hatte ihre Hände um seine Taille gelegt und sah zu ihm auf. »Ob du's glaubst oder nicht, als Elaine am – wann war das? – Dienstag abend anrief und es den Anschein hatte, als würde diese Sache eskalieren, habe ich mir einfach ein Flugticket gekauft und mich in eine Linienmaschine nach San Francisco gesetzt. Ich mußte kommen, um zu sehen, ob ich helfen könnte. Manchmal braucht man Bewegungsfreiheit, und das war so ein Zeitpunkt. Ich bin froh, daß ich es gemacht habe.« Sie drückte sich an ihn. »Und du?«

Er ging zur Tür und stellte fest, daß sie tatsächlich nicht abschließbar war. Er öffnete sie und sah auf den Flur hinaus. »Niemand zu sehen«, sagte er, während er das Büro durchquerte, einen Stuhl nahm und unter den Türgriff klemmte. Dann ging er zu Loretta zurück und sagte: »Es ist achtzehn Uhr. Wahrscheinlich ist niemand mehr im Haus.« Sie glitt auf den Boden, streifte die Strumpfhose ab und setzte sich wieder auf die Schreibtischkante. »Wir beeilen uns besser«, sagte sie und zog ihn an seinem Gürtel zu sich heran.

»Kann ich kurz dein Telefon benutzen?« Er wählte schon. Sie hatte den Stuhl von der Tür fortgenommen und saß nun darauf.

»Hier ist Glitsky«, sagte er. »Du hast mich angepiepst.« Er hörte einen Augenblick zu, sah dann auf die Uhr. »In einer Stunde kann ich dort sein.« Er griff sich einen Notizblock, schrieb etwas auf, riß das Blatt ab und steckte es in seine Hemdtasche. »Gut. Wir treffen uns dort.«

»In einer Stunde?« fragte Loretta.

Glitsky ging zum anderen Stuhl und setzte sich ihr gegenüber. »Das war ein Freund von mir mit Neuigkeiten von Wes Farrell«, sagte er, »Kevin Sheas Anwalt.«

Er konnte in ihrem Blick nichts erkennen, obwohl er den Eindruck gehabt hatte, daß ein wenig Herzlichkeit für einen Moment aus ihrem Gesicht gewichen war. »Ich wollte dich danach fragen«, sagte sie.

»Ich wollte es dir erzählen, aber heute war einfach zuviel los.«

Er berichtete ihr alles – solcher Streß mit Kevin Shea. Beim letzten Mal, als sie über die ganze Sache gesprochen hatten (bevor sie am Vorabend zusammen essen gegangen waren), hatte Glitsky gesagt, er sei optimistisch, Shea innerhalb von wenigen Stunden ergreifen zu können. Jetzt erzählte er ihr von seinen Schwierigkeiten mit dem neuen Bezirksstaatsanwalt Alan Reston, mit Farrell, Rigby und dem FBI.

Als er zu Ende gesprochen hatte, sagte Loretta: »Du willst damit sagen, daß du glaubst, Alan läßt sich wegen *mir* auf keinen Handel zum Schutz Sheas ein?«

»Ja, so ungefähr sehe ich das.«

»Das muß aufhören«, sagte sie. »Ich bin nicht darauf erpicht, Kevin Shea in die Pfanne zu hauen, Abe, das weißt du. Seit meiner Ankunft habe ich auf eine ordentliche Verhaftung gedrängt.«

Glitsky nickte. »Ich weiß, Loretta. Aber Wes Farrell hatte zwischenzeitlich angeboten, daß Shea sich stellen würde. Einfach so. Alles, was er wollte, war eine minimale Garantie von Alan Reston, aber der ging nicht darauf ein. Dann wollte sich Farrell aus irgendeinem Grund nicht mehr mit mir treffen, und Shea fertigte dieses Video an, in dem er die Sachlage aus seiner Sicht erklärte. Und das alles wäre nicht passiert, wenn Reston ... Hat Elaine dir gegenüber nichts davon erwähnt?«

Es war deutlich zu sehen, daß Loretta sich verkrampfte, als der Name ihrer Tochter fiel. »Sie hat mir eine Menge erzählt über ... nein, nicht darüber. Nicht ausdrücklich.« Sie hielt inne. »Sie hat mir erzählt, daß du es weißt.«

»Das von ihr und Locke?«

»Und von dir und mir.«

»Ich habe mich sehr vage ausgedrückt und in der Vergangenheitsform gesprochen«, sagte er.

»Ich nicht, fürchte ich.«

Keiner von beiden sagte etwas.

Glitsky stieß die Luft aus. »Tja«, sagte er.

»Tut mir leid«, sagte sie. »Aber du siehst ... wir haben nicht viel über Kevin Shea gesprochen.«

Glitsky stand auf und ging in dem kleinen Zimmer auf und ab. Am Fenster blieb er stehen und sah in die länger werdenden Schatten hinaus. »Dieser Anruf ...« begann er. »Mein Freund sagt, er habe Wes Farrell überredet, wieder mit mir zu sprechen. Wenn er es tut, brauche ich eine gewisse Sicherheit für Shea, die ich nur von Reston bekommen kann.«

»Möchtest du, daß ich mit Alan rede?«

»Vielleicht könnte das das Chaos klären, Loretta. Wenn wir Shea hier hätten, wäre alles vorbei.«

Sie lehnte sich auf dem Stuhl zurück, hatte ein Bein untergeschlagen. »Elaine sprach davon, daß es einige Anzeichen dafür gebe, daß Shea nicht ... Vielleicht sei seine Schuld nur schwer zu beweisen.«

»Er erzählt eine andere Version der Ereignisse, aber das ist bei Angeklagten nichts Ungewöhnliches. Sie müssen eine Geschichte parat haben.«

»Glaubst du denn – du persönlich, Abe –, daß die Geschichte von Kevin Shea wahr ist?«

Er drehte sich am Fenster um. »Was möchtest du wirklich wissen?«

»Ich möchte wissen, welche Auswirkungen das auf meine Tochter haben wird. Ich habe Kevin Shea zum Symbol für den Rassismus der Weißen erklärt und auch daran geglaubt, aber *sie* muß mit ihm leben. Sie ist, wie viele von uns, an die Öffentlichkeit getreten und hat ihn beschuldigt.«

»Ich weiß. Ich habe versucht, sie davon abzuhalten.«

»Aber es ist bereits *geschehen*. Was soll sie jetzt tun?«

Lorettas Tonfall veränderte sich. Lag ein Hauch von Panik darin? Glitsky ging zu ihr hinüber, kniete sich nieder und legte ihr den Arm um den Rücken. Er zog sie an sich. »He, deswegen unterhalten wir uns, richtig?«

Sie sank plötzlich gegen ihn. »Es tut mir leid«, sagte sie. »Es ist nicht wegen dir. Ich mache mir nur solche Sorgen um Elaine.

Willst du etwa sagen, daß Shea es vielleicht wirklich nicht getan hat?«

Glitsky nickte. »Es besteht durchaus die Möglichkeit, ja.«

»Welche Folgen würde das für Elaine haben? Für ihre Karriere und für sie persönlich?«

Nach einem Moment erwiderte er: »Besser so, als wenn die Wahrheit herauskommt, nachdem er von irgendeinem übereifrigen FBI-Scharfschützen erschossen worden ist.«

»Ich glaube, das ist ein bißchen zu düster, Abe. So weit wird es nicht kommen ...«

»Hast du Special Agent Simms kennengelernt?«

»Nein.«

»Warte ab, bis du sie kennengelernt hast.«

Loretta schüttelte den Kopf. »Abe, die FBI-Agenten, die ich kenne, sind Profis. Sie wollen keine Schießereien, die sie nicht erklären oder rechtfertigen können.«

»Das ist der Punkt, Loretta. Simms will genau das, glaube ich – einen Schußwechsel, den sie plausibel erklären kann. Sie wird einfach sagen, nach ihren Informationen sei Shea bewaffnet und gefährlich gewesen, und deshalb habe sie keine Wahl gehabt. Für ihre Vorgesetzten wird unter dem Strich die Erkenntnis bleiben, daß sie keine Angst hat abzudrücken. Und das – glaub mir, ich arbeite bei der Polizei und weiß Bescheid – wird als etwas Positives hängenbleiben.«

Loretta war immer noch nicht überzeugt. »Ich kann einfach nicht glauben, daß das FBI ...«

»Hast du mal Tschechow gelesen?« Als er ihre ratlose Miene bemerkte, erklärte er: »Der alte Tschechow sagt, du bringst keine Waffe im ersten Akt eines Theaterstücks ins Spiel, wenn du sie im dritten Akt nicht auch einsetzen willst.«

»Sprich weiter.«

»Das FBI ist mit Scharfschützen hier. Glaub mir, sie haben sie nicht für eine Kostümprobe mitgebracht.«

»Du willst damit doch nicht etwa sagen, daß sie vorhaben, Kevin Shea zu töten?«

»Genau das. Solange noch alle der Meinung sind, daß er schuldig ist. Deshalb wird Alan Reston keinen Schutz anbieten. Er inszeniert ein Szenario, um dich zu schützen, Loretta. Vielleicht auch Elaine, aber vor allem dich, glaube ich.«

»Mich?« Die Ungeheuerlichkeit dieser Behauptung setzte ihr

allem Anschein nach mächtig zu. Sie sank nach hinten und klammerte sich an den Stuhl. »Weil ich Shea zum zentralen Thema gemacht habe?«

»Ganz richtig.«

»O Gott, ich muß Alan anrufen.«

Unsicher stand sie auf, ging zum Telefon, das auf ihrem Schreibtisch stand, und drückte auf ein paar Tasten. Während sie wartete, erinnerte Glitsky sie daran, seinen Namen nicht zu erwähnen, weil er von dem Fall abgezogen worden sei.

Niemand meldete sich. »Er ist nicht da. Ich versuche es bei ihm zu Hause.« Sie zog ihren gelben Notizblock heran, blätterte einige Seiten darin um und wählte erneut. Sie hinterließ eine Nachricht auf dem Anrufbeantworter. Alan solle, sobald er daheim sei, egal um welche Uhrzeit, Loretta Wager anrufen, es sei äußerst dringend. Sie nannte drei Rufnummern: die ihres Büroanschlusses im Rathaus und zwei bei sich zu Hause.

»Er wird anrufen«, sagte sie. »Und dann werde ich mit ihm reden.«

Sie ging zu Abe zurück und legte wieder die Arme um ihn. »Danke, daß du mit mir gesprochen hast.« Dann schob sie ihn fort. »Jetzt geh und triff dich mit deinem Freund. Sobald ich von Alan höre, rufe ich dich an.«

62

Farrell hatte Hardy erklärt, er solle seinem Freund Glitsky mitteilen, daß er ihn anrufen könne, von sich aus werde er sich aber garantiert nicht bei ihm melden. Außerdem habe er keine Ahnung, wann beziehungsweise ob Kevin Shea ihn wieder anrufen werde, und könne Glitsky dazu nichts sagen. Er könne Shea nicht anrufen, selbst wenn er ihm etwas mitzuteilen hätte, was nicht der Fall sei.

Also hieß es abwarten, bis etwas passierte. Ansonsten war keine Hilfe zu erwarten.

Wes war nach Hause gegangen, hatte gewartet, die Zeit mit Nachrichtensendungen totgeschlagen, dann weiter gewartet. Das Warten war in den vergangenen Tagen zu seinem Lebensinhalt geworden. Der einzige Unterschied bestand darin, daß er jetzt zwei halbe Liter Guinness intus hatte. Er döste vor sich hin, wachte auf und sah auf die Uhr.

Würde Lieutenant Glitsky nun anrufen oder nicht?

Schließlich nahm er Bart an die Leine, und die beiden verließen im Laufschritt die Wohnung. Er hatte keine Lust, nach vier Schritten im Treppenhaus hinter der verriegelten Tür wieder das Telefon klingeln zu hören.

Diesmal ging er den Junipero Serra Boulevard nach Norden hoch. Vielleicht würden sie bis ganz hinauf zum Einkaufszentrum an der Ocean Avenue spazieren. Dort gab es Straßenlokale, in denen er schon mit Bart draußen gesessen und gegessen hatte.

Es war ein typischer Juliabend in San Francisco, kühl und windig. Wes hatte Shorts und Pendleton gegen einen grauen Trainingsanzug eingetauscht. Obwohl sie nicht dazu paßte, trug er seine imposante ›Anwaltsmappe‹ mit sich herum (in der sich im Moment nur ein paar Stifte und ein gelber Schreibblock befanden), die er seit über einem Jahr nicht mehr aus dem Schrank genommen hatte. Während er allmählich aus seiner Lethargie erwachte und die nächsten Schritte plante, pfiff er unmelodisch vor sich hin. Bart, dessen Leine er in der anderen Hand hielt, blieb von Zeit zu Zeit stehen, um das Territorium zu markieren, und freute sich, herumtollen zu können.

Auch wenn die Kommunikation mit der Polizei eher mangelhaft war, liefen die Dinge insgesamt gar nicht so schlecht. Wenn Dismas Hardy die Wahrheit gesagt und nicht Glitsky Stoner mit seinem Durchsuchungsbefehl geschickt hatte, bestand vielleicht doch noch eine Chance, Bedingungen auszuhandeln, um Kevin nach seinem Aufgeben zu schützen.

Farrell war in Gedanken schon einen Schritt weiter: dem Prozeß. Er spürte, daß er sich darauf freute und daß er ihn gewinnen konnte. Anders als im Prozeß gegen Mark Dooher stünde er diesmal auf der Seite der Gerechtigkeit ... Ein Gedanke, den er bis gestern auf den Abfallhaufen der Geschichte verbannt hatte. Die Möglichkeit, eine wichtige Rolle bei der Verteidigung eines unschuldigen Mannes zu spielen, spornte ihn an. Er hielt es für immer wahrscheinlicher, durchsetzen zu können, daß die Klage abgewiesen würde, noch ehe es zu einem Prozeß kam.

Als er auf die Ocean Avenue abbog, durchzuckte ihn plötzlich ein Gedanke. Er hörte auf zu pfeifen, blieb stehen und schlang Barts Leine um einen der gußeisernen Zaunpfähle, die einen gepflegten Garten mit Bonsais und Riedgras und ein verziertes Haus umgaben. Er setzte sich auf eine der großen quadratischen Steinstufen und öffnete die Aktenmappe, achtete weder auf das Wetter noch auf die Umgebung.

Was war ihm gerade eingefallen? Ach ja ... die Messerstiche. Daran mußte er denken, wenn er mit Glitsky sprach (aber wann würde das sein? Vielleicht würde er doch nachgeben und selbst anrufen). Er mußte den Lieutenant bitten, nach Leuten zu suchen, die durch Messerstiche verwundet worden waren. (Wes hatte natürlich keine Ahnung von Colin Devlin oder Mullen oder McKay.) Auch wenn dieser Hinweis nicht veröffentlicht worden war, gehörte er zu jener Art von Details, die einen Richter gleich zu Beginn zu der Entscheidung kommen lassen könnten, daß keine beweiskräftigen Indizien vorlägen. Dummerweise ... hatte Kevin es in seiner Videoansprache erwähnt. Farrell strich das, was er geschrieben hatte, wieder durch.

Aber das war nur ein erstes wichtiges Detail, das ihm aufgefallen war. Er dachte an die anderen Argumente, die er Glitsky vorgetragen hatte, als sie bei Lou, dem Griechen, saßen. Wäre es nicht herrlich, wenn er seinen Mandanten im Prozeß mit einem Antrag auf Paragraph 1118 (Freispruch auf Weisung des Richters) freibekäme?

Er machte sich weitere Notizen. Der Anwalt in ihm war wieder in seinem Element. Er konnte viel für Kevin tun ... Glitsky als Zeugen aufrufen, zum Beispiel. Ein Polizist als Zeuge der Verteidigung. Die darinliegende Dramatik würde eine Jury überzeugen. Er mußte Kevin dringend von einem Arzt untersuchen lassen, damit offiziell festgestellt wurde, ob die Rippen gebrochen waren und was die Wunden in seinem Gesicht verursacht hatte.

Verdammt! Er hatte vergessen, Fotos von Kevins Wunden zu machen, und die Schürfwunden heilten schon. Hoffentlich waren sie auf dem Videoband zu erkennen ... er erinnerte sich nicht mehr daran. Er mußte unbedingt wieder einen schärferen Blick für die Dinge bekommen. Prozesse waren Kriege, und man ließ sich nicht auf einen Krieg ein, wenn man nicht bereit war, entweder den Sieg davonzutragen oder bei dem Versuch, ihn zu erringen, zu sterben.

Was noch? Er kaute auf dem Ende seines Stiftes herum, fluchte, als er merkte, daß die Tinte auslief und seine Unterlippe verfärbte. Er mußte über die Geschworenen nachdenken. Was sollte er bezüglich der ethnischen Zusammensetzung der Jury unternehmen? Eine heikle Sache. Eine Schlammschlacht, wie immer. Aber nach und nach kam er zu der Überzeugung, zwölf Personen finden zu können, die keine Rassenvorurteile hatten, selbst in einem Fall, der so explosiv war wie dieser.

Wie viele schwarze Bekannte hatte Kevin? Okay, vielleicht ein Klischee, aber auch ein Faktum. Mindestens zwei, das wußte er, weil sie einmal zusammen was trinken gegangen waren. Gute Zeugen. Kevin kannte ihre Namen.

Aber mehr als alles andere brauchte er ein paar Verdächtige. Nein, korrigierte er sich, er brauchte nicht einfach nur Verdächtige, sondern die Typen, die es verdammt noch mal getan hatten.

Er blätterte wieder eine Seite des Notizblocks um und kritzelte darauf herum wie ein Verrückter. Vielleicht war er tatsächlich verrückt. Hier saß ein langhaariger Mann von fünfzig Jahren mit Bierbauch und Trainingsanzug, dem schwarze Tinte aus dem Mund lief, und murmelte unzusammenhängende Worte vor sich hin. Zu seinen Füßen lag, zusammengerollt, sein alter, fetter Hund, der – um die Wahrheit zu sagen – häufiger furzte, als er es eigentlich hätte tun sollen. Das lag am Speiseplan des Besitzers, der davon überzeugt war, daß kräftiges Dosenfutter (ausschließlich Fleisch) und das eine oder andere Bier die richtige Ernährung für einen Hund seien. Er hatte den gottverdammten Hund nicht haben wollen, aber jetzt lebte er nun einmal bei ihm, und er würde ihn nicht mit Brot und Wasser ernähren. Das paßte nicht zu Bart Farrell, dem Hund eines aufrichtigen Mannes.

Die Straßenbeleuchtung schaltete sich ein. In der Ocean Avenue funktionierten die meisten Laternen. Wie es an manchen Tagen geschah, legte sich der Wind auch heute bei Sonnenuntergang. Wes Farrell sah auf und war weniger darüber überrascht, wo er sich befand, als darüber, wo er in Gedanken gewesen war: versunken in einen Fall. Lebendig.

Carl Griffin hatte sich Marcel Lanier geschnappt, um mit ihm noch einmal zum Dolores Park zu fahren und sich in der Gegend umzusehen. Daher war Ridley Banks, der in den vergangenen paar Tagen Marcels Partner gewesen war, allein geblieben.

Er hatte beschlossen, dem Morddezernat heute fernzubleiben, und besaß dafür auch eine gute Erklärung. Marcel und er hatten sich so darauf konzentriert, Peter McKay und Brandon Mullen etwas anzuhängen, daß sie ihre sonstige Arbeit vernachlässigt hatten. Etwas Zeit im Außendienst könnte sie in anderen Mordfällen weiterbringen.

Außerdem hatte Ridley befürchtet, daß der Lieutenant mit Sicherheit in die Luft gehen würde, wenn er noch weitere Bemerkungen über seinen Verdacht hinsichtlich Loretta Wagers Vergangenheit gemacht hätte. Deshalb hatte er die verschlüsselte Nachricht hinterlassen. Ob die Dinge sich dadurch nun weiterentwickelten oder nicht – er hatte alles getan, was in seiner Macht stand. Über mehr Indizien als die, von denen er Abe berichtet hatte, verfügte er nicht, dennoch wurde er das Gefühl nicht los, daß Senatorin Wager einige Leichen im Keller hatte, mit denen Beamte des Morddezernats nicht tanzen sollten. Aber er wollte sich deswegen nicht streiten oder üble Gerüchte verbreiten. Er wollte nur gründlich sein. Genauer gesagt wollte er, daß Glitsky Bescheid wußte, auf was er sich da möglicherweise einließ. Ob er mit diesem Wissen dann etwas anfing, war seine Sache.

Ridleys Freundin, Jacqueline, arbeitete als Anwaltsgehilfin in einer renommierten Kanzlei. Er wartete im Empfangsbereich auf sie, um zu erfahren, ob sie bald Feierabend machen konnte und ob sie Lust hatte, etwas essen zu gehen. Es war zwar schon dunkel, doch der Arbeitstag der Sekretärinnen bei Jacqueline in der Firma endete erst, wenn die Chefs – die Anwälte – nach Hause gingen. Offiziell gab es zwar geregelte Bürozeiten, aber jeder, der um fünf oder halb sechs ging, wurde recht schnell entlassen. Jacquelines Tag war nicht zu Ende, wenn sie ihre Arbeit erledigt oder ihr Stundensoll abgeleistet hatte, sondern dann, wenn ihr Anwalt sagte, sie könne gehen. Keine Minute früher.

Sie bog soeben am Ende des langen Korridors um die Ecke, und er beobachtete sie. Er schätzte ihren sachlichen Stil. Ridley hielt nichts von übertrieben eleganter Aufmachung oder allzu lässiger Kleidung, obwohl – oder weil – er mit beiden Varianten seine Erfahrungen gemacht hatte. Jacqueline war eine Frau, die wie er mit beiden Beinen im Berufsleben stand, besaß ein gütiges Herz, ein warmes Lächeln, hatte eine angenehme Art zu reden und einen verdammt schönen Körper.

Sie wirkte angespannt, begrüßte ihn aber wie immer. Sie hat zuviel Klasse, dachte er, um sich gehenzulassen. »Du hast den richtigen Moment erwischt«, sagte sie. Ein flüchtiger Kuß auf die Wange. Die Anspannung blieb. Sie trug einen langen Wollrock und eine lavendelfarbene Bluse. Ridley nahm einen zarten Zimtduft wahr. In nicht allzu ferner Zukunft würde er sie vielleicht heiraten, aber vorläufig hatten sie noch nicht darüber gesprochen.

Im Fahrstuhl nahm er ihre Hand. »Was ist los?«

Sie holte tief Luft und hielt den Atem zwei Stockwerke lang an. »Stan arbeitet am Wochenende durch«, sagte sie. »Er will, daß ich ins Büro komme.«

Das war nicht weiter ungewöhnlich. Stan war Stansfield Butler III., ›ihr‹ Anwalt, ein vierunddreißigjähriger, verheirateter Weißer mit zwei kleinen Kindern, der nach sechs Jahren Kanzleizugehörigkeit im nächsten Jahr zum Sozius aufsteigen wollte. Überstunden machten ihm nichts aus. Sein Job war sein Leben.

Ridley zuckte mit den Schultern, während er die Neuigkeit zögernd verdaute. »Schon in Ordnung«, sagte er und drückte ihre Hand. »Bei uns ist soviel los, da kann ich locker ein paar Überstunden machen.«

Sie hatten vage geplant, ein paar Tage nach Point Reyes hinaufzufahren, aber es lag immer im Bereich des Möglichen, wie jetzt, in letzter Minute noch eingespannt zu werden. Jacqueline war seit vier Jahren Butlers treue und äußerst effiziente Assistentin, machte sich aber keine Illusionen. Wenn sie zu oft nein sagte (einmal? zweimal? Sie wußte es nicht genau), ersetzte man sie durch jemand anderen. Viele Kolleginnen hatten das erleben müssen. Sie war schwarz und Angestellte, und wenn sie ihre gut bezahlte Position als Fachkraft behalten wollte, hatte sie ihr Privatleben zurückzustellen. Wenn sie überleben wollte, kam das Privatleben erst an zweiter Stelle.

»Na ja, darum geht es eigentlich nicht.«

»Um was dann?«

Die Tür des Fahrstuhls öffnete sich, und sie betraten die riesige, mit Marmor ausgekleidete Halle. Auf der anderen Seite befand sich eine Bar für junge Juristen, und aus Gewohnheit nahmen sie diese Richtung. Jacqueline trank dort häufig nach der Arbeit ein Glas Chardonnay.

Sie blieb stehen und wandte sich ihm zu. »Ich will zu der Demonstration gehen, Ridley. Ich weiß nicht, ob ich wegen Butler ins Büro kommen werde. Jedenfalls nicht morgen. Ich ... Das habe ich ihm auch gesagt.«

»Und was hat er geantwortet?«

»Nachdem er den Mund wieder zugeklappt hatte, sagte er, es sei meine Entscheidung. Wenn ich nicht käme, hätte ich es mir selbst zuzuschreiben. Er sagte, so spät könne er keine Ersatzsekretärin bekommen und wenn er einen Mandanten verliere, weil seine Sekretärin nicht zur Verfügung stehe ...«

Beide wußten, was das bedeutete. Ridley legte zärtlich eine Hand auf ihren Rücken, und sie gingen durch die Tür zur Bar. Aus den Boxen drang New-Age-Musik. Vorn bei den wandhohen Fenstern waren noch ein paar Tische frei.

Nachdem sie etwas bestellt hatten (Ridley nahm ein Ginger Ale), hielten sie auf dem kleinen Tisch Händchen. »Du wolltest zu dem Marsch gehen? Mit Philip Mohandas?«

»*Wollte* ist das falsche Wort«, sagte sie in nüchternem, keineswegs herausforderndem Ton. »Ich *werde* hingehen.«

»Findest du, daß es deinen Job wert ist?«

»Es klingt vielleicht altmodisch, Ridley, aber ich glaube, wir müssen uns wehren. Es läuft schon zu lange so, ohne daß sich was geändert hat.«

»Und du glaubst, wenn du dich mit Philip Mohandas und ein paar hundert Brüdern und Schwestern auf die Straße stellst, ändert das was?«

»Es werden nicht nur ein paar hundert sein. Ich kenne niemanden, der nicht hingeht.«

»Doch.« Ridley löste seine Hand aus ihrer.

»Tu das nicht«, sagte sie.

»Tu *du* das nicht.«

»Es geht doch nicht um dich, Ridley.«

»Nein? Komisch. Ich bin Polizist, und mit dieser Demonstration wirft man uns Polizisten vor, daß wir unseren Job nicht tun könnten, weil wir von einem Haufen weißen Gesindels kontrolliert würden, oder etwa nicht? So habe ich es jedenfalls verstanden, und du willst dabei mitmachen. Und dann sagst du mir, es gehe nicht um mich? Ich bitte dich, Jacqueline.«

»Sei vernünftig.« Sie ließ ihre Hand auf dem Tisch liegen.

»Sei vernünftig. Okay.«

»Vielleicht siehst du es nicht so, wie wir es sehen. Ich meine, vielleicht bist du schon zu lang da drin ...«

»... und schon wie die Weißen? Hast du eine Ahnung davon, was ich in den vergangenen drei Tagen getan habe, als ich keine Zeit hatte, dich oder sonst jemanden zu treffen?«

»Ich ...«

»Ich werde es dir sagen: Ich habe Jagd auf die Typen gemacht, die Arthur Wade aufgehängt haben, ich habe versucht, diese Kerle zu finden. Ein Marsch zum Rathaus wird mir nicht dabei helfen, näher an sie heranzukommen.«

»Du meinst diesen einen?«

»Kevin Shea?«

»Ja.«

Banks senkte den Kopf und versuchte, sich zusammenzureißen. Er legte seine Hand wieder auf den Tisch und ergriff die ihre. »Jacqueline, Schatz, hör mir zu. Es war ein ganzer Mob von Leuten, die Arthur Wade umgebracht haben, nicht nur ...«

Jacqueline reagierte heftig. Sie schlug die Hände auf den Tisch, daß der Aschenbecher klirrte und die Gäste an den umliegenden Tischen den Kopf zu ihnen hindrehten. »Du fühlst es nicht. Du fühlst es nicht mehr, was?«

»Ich fühle es jeden Tag, Jacqueline. Ich stecke jeden Tag mittendrin.«

»Aber es ist nicht mehr in dir, oder?«

»Was soll das heißen?«

»Das soll heißen, daß du es ihnen abgekauft hast. Das soll heißen ...«

»Ich habe niemandem was abgekauft, Jacqueline, sondern ich spaziere einfach mit offenen Augen durchs Leben, das ist alles.«

»Nein. Du gehst als Polizist durchs Leben, als einer von denen, Ridley. Du denkst, du seist in irgendeinem Team oder in so einer Art Bande, in der sich alle gegenseitig beschützen ...«

»Verdammt noch mal, Jacqueline! Woher hast du das?«

»Ich beobachte dich. Ich sehe, was sich verändert und was nicht. Und du machst dir was vor, Ridley Banks. Du denkst, du seist jetzt einer von denen und hättest es geschafft, denkst, du seist unantastbar, weil du Inspector bist. Aber ich will dir was sagen, und die letzten Tage haben das wieder bestätigt: Wir sind verwundbar. Wir sind immer noch Bürger zweiter Klasse. Deswegen demonstrieren wir.«

»Mein Gott, Jacqueline ...« begann er, hielt dann inne. »Und du glaubst wirklich, das es deinen Job wert ist?«

Sie schlug erneut auf den Tisch und warf allen, die zu ihnen herübersahen, wütende Blicke zu. »Es sollte nichts mit meinem Job zu tun haben! Es ist ein Samstag, verdammt, das Wochenende des Unabhängigkeitstags, und er hat mich nicht einmal vorgewarnt! Was soll ich tun? Soll ich für den Rest meines Lebens jedesmal, wenn Stansfield Butler III. eine verdammte Tasse Kaffee mit entrahmter Milch haben will, alles stehen- und liegenlassen? Glaubst du, ich müßte mir um so etwas Sorgen machen, wenn ich nicht schwarz wäre?«

»Aber du bist es, und du machst dir Sorgen.«

»Und dagegen demonstrieren wir.«

»Und wenn du einfach wütend darüber bist, daß du nur Sekretärin und nicht Anwältin bist? Vielleicht hat die schwarze Hautfarbe gar nichts damit zu tun ...«

»Nur Sekretärin? Ich ...«

Ein junger Mann, der wie ein Athlet in Anzug und Krawatte aussah, näherte sich. »Entschuldigen Sie«, sagte er, »ich bin der Geschäftsführer hier, und einige der anderen Gäste ...« Eine Handbewegung deutete an, es sei nicht seine Schuld. »Dürfte ich Sie eventuell bitten, Ihre Unterhaltung draußen fortzuführen?«

Jacqueline gab zurück: »Und dürfte ich *Sie* bitten ...«

Aber Ridley hatte wieder eine Hand über ihre gelegt und zog sie daran hoch. »Komm, Jacqueline ...« Seinen Arm fest um sie gelegt, führte er sie zur Tür.

Draußen auf dem Gehweg sah sie ihn an. »Nimm deine Hand weg. Laß mich los.«

»Jacqueline, bitte ...«

Sie schlug nach ihm und drehte sich weg.

Er ergriff ihre Hand erneut, aber sie schlug wieder zu, traf ihn diesmal an der Stirn. Durch die Wucht des Schlages wurde er einen Schritt zurückgestoßen. »Laß mich in Ruhe, ich will dich nicht mehr sehen! Verschwinde!« Sie trat einen Schritt zurück und blickte ihm mit erhobener Hand in die Augen. Dann drehte sie sich plötzlich um und lief davon.

Er folgte ihr ein paar Schritte, gab dann auf und blieb vor den großen Fenstern der Bar stehen. Ein Meer von weißen Gesichtern starrte ihn hinter den Scheiben an.

Nein, Jacqueline, dachte er, ich fühle mich nicht wie einer von denen. Nicht einmal ein bißchen.

63

»Es herrscht Ebbe, wie man so schön sagt.« Melanie öffnete die Schranktüren. »Absolut nichts da.« Sie langte hinein und holte eine Dose mit Fruchtsalat aus dem hinteren Teil des Regals sowie eine winzige Dose Wiener Würstchen. Kevin erschien in der Küchentür.

»Wovon ernährt sich deine Freundin Ann?«

»Vermutlich von dem, was wir hier vor uns haben.« Sie öffnete den Kühlschrank. Auch hier war wenig Eß- oder Trinkbares zu finden. Zum Frühstück hatten sie etwas Käse und steinharte Cracker gegessen, zum Mittagessen zwei Rühreier mit Wasser.

»Ich habe Hunger auf eine Pizza«, sagte Kevin. »Und ich hätte auch nichts gegen ein Bier einzuwenden.«

»Vielleicht können wir uns was kommen lassen. Hast du Geld?«

Kevin sah in seinem Portemonnaie nach und legte achtundfünfzig Dollar auf den Küchentisch. Er stellte einen der überall herumstehenden Blumentöpfe auf die Scheine. »Da fällt mir ein«, sagte er, »ich habe nicht im Büro angerufen, um zu sagen, daß ich eine Zeitlang nicht komme.« (Er hatte in einem umfunktionierten Wohnhaus in Marina fünfundzwanzig Stunden pro Woche als einer von vielen Telefonverkäufern gearbeitet und kleinen Firmen Software verkauft.) »Ob sie's schon gemerkt haben? Wahrscheinlich haben sie mich noch nicht mal vermißt.« Aber keiner von beiden lächelte. Sein Scherz konnte die Anspannung nicht überdecken.

Melanie ging ins Wohnzimmer zurück, blätterte im Telefonbuch und rief in einem Lokal an, das sie kannte. Als sie aufgelegt hatte, sagte sie: »Sie liefern nicht ins Haus, nicht während der Krawalle.«

»Versuch's woanders.«

Sie rief weitere sieben Lokale an (drei Pizzerien, zwei Chinarestaurants, ein mongolisches Steakhaus und ein Piroshki-Lokal), aber keiner wollte ins Haus liefern. Melanie stand neben dem Telefon im Wohnzimmer, um es mit Anruf Nummer acht zu versuchen, als Kevin aus seinem Sessel aufsah. »Ich glaube, ich drehe hier drin durch. Drehst du auch durch, oder geht es nur mir so?«

Sie nickte. »Ein bißchen.«

»Mensch, es ist Freitag abend, der beste Tag, um auszugehen. Die Leute – die normalen Leute – haben Verabredungen, Spaß ...« Ihr Blick war nicht ermutigend. »Wir gehen aus. Vielleicht hat Ann eine Perücke oder so was, und in die Backen stopfe ich mir ein paar Wattebäusche.«

»Du willst mit Wattebäuschen in den Backen Pizza essen?«

»Okay, keine Wattebäusche. Wir wär's mit ...?«

Melanie schüttelte den Kopf. »Kevin ...«

Seine Arme hingen schlaff an den Seiten des Sessels herunter. »Ich drehe hier drin wirklich durch, Mel.«

»Ich auch«, sagte sie, »aber jedesmal, wenn wir uns hinauswagen ...«

»Nicht jedesmal«, erinnerte er sie. »Gestern abend standen wir eine halbe Stunde in der Schlange an diesem Drive-in-Restaurant, und niemand hat uns erkannt.«

»Niemand hat uns beachtet.«

»Oder nach uns *gesucht*, und das würde auch in den kleinen Läden hier in der Nähe niemand tun. Überleg doch mal, in der Öffentlichkeit erwartet man uns doch am wenigsten. Selbst wenn sie uns sehen, wie wir dasitzen und Pizza essen, würden sie sagen: ›Nein, auf keinen Fall. Das ist unmöglich. So dumm können die nicht sein.‹«

Melanie saß neben dem Telefon und ließ sich die Sache durch den Kopf gehen. »Auf der anderen Seite ... denk an das, was mit John Dillinger passiert ist. Er kam aus einem Kino ...«

»Er ist reingelegt worden, Melanie. Niemand weiß, wo wir uns im Moment aufhalten, woher wir kommen, wohin wir gehen.« Kevin war aus dem Sessel aufgestanden. »Ich glaube sogar, daß die Idee besser ist, als einfach in einen Laden zu gehen und was einzukaufen. Wir gehen essen und danach wieder heim. Was hältst du davon?«

Es klang nicht schlecht. Trotzdem hatte sie Angst. Aber wenn sie hier eingepfercht blieben, würden sie womöglich noch etwas wirklich Dummes anstellen ...

Ann besaß jede Menge Kopfbedeckungen, und sie setzten jeder eine auf, Kevin eine bunte Skimütze, die er bis zu den Augenbrauen herunterzog, Melanie eine Baskenmütze aus Kunstsamt, unter der sie ihre Haare verbarg. Sie suchten weitere Accessoires aus. Melanie legte eine dicke Schicht feuerroten Lippenstifts auf und malte sich zwei Muttermale ins Gesicht.

In der Stadt roch es noch immer nach Rauch. Kevins Vorstellung von überall tanzenden Menschen bewahrheitete sich nicht. Wenigstens lag die Zeltstadt in der Panhandle des Golden Gate Park nur zwei Straßen weiter Richtung Norden, und von den Straßenkreuzungen aus konnten sie Lagerfeuer und grell blinkende gelbe Warnleuchten auf Holzböcken erkennen, mit denen der Platz abgesperrt war.

Melanie hatte ihren Arm um Kevins Taille gelegt – die Nacht war kühl – und ihre Hand in seine Gesäßtasche gesteckt. Er hielt sie eng an sich gedrückt, und sie gingen mit schnellen Schritten. Obwohl die Haight Street nicht im Sperrgebiet lag, herrschte hier fast kein Verkehr, und nur wenige Fußgänger hasteten über die Gehwege. In vielen Hauseingängen hockten oder lagen obdachlose Menschen und bettelten um ein wenig Kleingeld. Kevin gab ihnen seine letzten Münzen.

Wie er vorausgesagt hatte, beachtete sie niemand. Waren die Straßen weitgehend menschenleer gewesen, so drängten sich im Pizzaiola für einen Freitagabend, neun Uhr, relativ viele Leute.

Kevin wählte einen Tisch in der hinteren Ecke. »Neben dem Notausgang. Nur für alle Fälle.«

»Das ist gar nicht witzig.«

Melanie ging, um die Bestellung aufzugeben: eine Pizza mit Anchovis für zwei Personen, einen Krug Sam Adams und zwei Gläser.

»Würden Sie sich bitte ausweisen?« Der Mann hinter der Theke war ein Farbiger und etwa in Kevins Alter. Er lächelte sie freundlich an und wartete.

Sie erstarrte. Seit sechs Monaten, seit sie einundzwanzig Jahre alt war, hatte sie sich – besonders in der Zeit mit Kevin – daran gewöhnt, Bier zu bestellen, ohne sich ausweisen zu müssen. Jetzt starrte sie den Mann mit halb geöffnetem Mund an und überlegte, was sie tun sollte. Sie konnte sich nicht einfach allein davonmachen, nicht ohne Kevin, nicht ohne die ganze Gegend zu alarmieren. Sie drehte sich halb um, aber Kevin sah nicht in ihre Richtung.

»Miss?«

»Oh, Entschuldigung.« Es blieb ihr nichts anderes übrig. Sie holte ihr Portemonnaie heraus und zeigte ihm ihren Führerschein, den der Mann unter der Lampe begutachtete. »Danke. Für wen ist das andere Glas?«

O Gott ... sie würden erwischt werden. Sie sollte losrennen, nach Kevin schreien, davonlaufen ... »Für meinen Freund da hinten«, sagte sie und rang um Selbstbeherrschung. »Er ist älter als ich.« Brillant, Mel.

Der Mann sah mit zusammengekniffenen Augen durch die Dunkelheit. »So alt schon?« Er lächelte immer noch, als er das Bier zapfte. »Die Bedienung bringt es gleich rüber.« Wie benommen ging sie zurück zum Tisch und setzte sich.

»Das war eine gute Idee«, sagte Kevin. »Morgen werden wir ... was ist los?«

Die Bedienung kam, stellte den Krug zwischen ihnen ab und wandte sich ohne einen weiteren Blick wieder ab. Melanie versuchte, sich zusammenzureißen, und schüttelte den Kopf, damit Kevin aufhörte, Fragen zu stellen und noch mehr Aufmerksamkeit auf sie zu ziehen. Er beugte sich über den Tisch zu ihr hinüber. »Was ist?« Er streckte seine Hand aus. Sie legte die ihre darüber und erzählte es ihm.

Hinter dem Tresen wirbelte Melanies Barkeeper herum und füllte weitere Krüge mit Bier, in der offenen Küche schleuderte einer der Köche Pizzateig durch die Luft. Sting sang aus der Jukebox ›Love is Stronger Than Justice‹. Obwohl es keine Tanzfläche gab, tanzten ein paar Leute im freestyle, offenbar ohne die Änderungen im Rhythmus des Liedes zu bemerken. Niemand beachtete Kevin und Melanie. Kevin machte sie darauf aufmerksam.

»Ich weiß. Aber du ... was ist, wenn ...?«

Er tätschelte ihr die Hand. »Dann hauen wir eben ab. Wir werden immer besser darin.« Er schenkte ihr ein Lächeln, von dem er hoffte, daß es zuversichtlich wirkte. »He.« Er berührte ihr Gesicht mit einem Finger. »Es ist okay, Mel. Wir mußten mal raus, das weißt du.«

»Kevin, ich kann mit solchen Situationen nicht mehr umgehen.

Der Typ hat zu dir rübergesehen, und ich dachte, mir wird gleich übel.«

»Aber du machst deine Sache total gut.«

Sie schüttelte den Kopf. »Was wird mit uns geschehen? Wann hat das alles eine Ende? Wird es jemals ein Ende haben?«

Er antwortete nicht, sondern zog seine Hand unter ihrer fort und füllte langsam die Gläser, um Zeit zu gewinnen. »Wir tun doch was dafür, daß es ein Ende hat, oder etwa nicht?«

»Ich weiß schon gar nicht mehr, was wir tun und was nicht. Ich habe einfach Angst, das ist alles, was ich weiß.« Sie hielt inne. »Manchmal denke ich sogar, daß wir nicht lebend aus der Sache rauskommen. Daß uns jemand umbringt, bevor wir da rauskommen.«

Er lehnte sich in seinem Stuhl zurück. »Das wird *nicht* geschehen.«

»Klopf bitte schnell auf Holz, wenn du so was sagst. Bitte.«

Er klopfte einmal mit dem Finger auf den Tisch. Nicht nur, damit Melanie sich besser fühlte. »Weißt du, wenn ich es mir recht überlege, betrifft es eigentlich nur mich, Mel. Du hast noch andere Möglichkeiten. Du könntest ...«

Ihre Augen blitzten. »Auf gar keinen Fall! Denkst du dann, daß ich dich jetzt allein lasse, nach allem, was passiert ist?«

»Hast du nicht gerade gesagt ...«

»*Das* habe ich nicht gesagt. Das will ich nicht. Ich habe einfach nur Angst, Kevin, Angst um uns beide. Welcher Mensch, der einigermaßen bei Sinnen ist, hätte in einer solchen Situation keine Angst?«

»Ich sage ja nur, daß du einfach aus diesem Lokal gehen, ein Taxi nehmen und die Stadt verlassen könntest, um zu deinen Eltern zu fahren, dir einen Anwalt zu nehmen ...«

»*Nein*. Hör auf damit, Kevin.«

Sein Gesicht war wieder nahe vor ihrem. Mit leiser Stimme sagte er: »Vielleicht solltest du es tun, Mel. Es ist dir selbst gegenüber nicht fair ...«

Sie trank einen Schluck von ihrem Bier und sah sich prüfend im Raum um. Dann setzte sie ein kompromißloses Lächeln auf und starrte ihm in die Augen. »Scheiß drauf«, sagte sie. »Diese ganze verdammte Geschichte ist nicht fair. Wenn die Welt fair wäre, würdest du im Weißen Haus einen Orden bekommen ...«

»Ich weiß nicht, ob ich soweit gehen würde. Mit der Aufhebung des Haftbefehls wäre ich schon zufrieden.«

Sie nickte. »Es wäre ein guter Anfang.«

Die Bedienung kam mit der dampfenden Pizza, stellte sie auf den Tisch und war schon wieder fort.

Kevin machte eine vielsagende Geste hinter ihr her und sagte: »Siehst du? Wir sind absolut sicher.«

»Es gibt wieder Hoffnung«, sagte Wes.

Kevin sprach von dem Münztelefon im Gang neben den Toiletten und dem Notausgang des Pizzaiola. »Wir haben uns gerade darüber unterhalten.«

»Wo seid ihr? Was ist das für ein Lärm?«

»Wir sind im Pizzaiola, eine Pizzeria in der Haight Street.« Und dann in das schwarze Loch der Stille: »Wir mußten raus, Wes. Wir sind total verrückt geworden. Niemand weiß, wer wir sind ...«

»Kevin, jeder weiß, wer ihr seid. Wir können hoffen, daß euch niemand *erkennt*, aber das ist nicht dasselbe. Kannst du bitte versuchen, das nicht zu vergessen?«

»Wes, wir sind schon auf dem Sprung zurück zu Anns Wohnung. Was war das mit der Hoffnung?«

Wes konnte es nicht fassen, daß sein Freund und Mandant – der meistgesuchte Flüchtige der Stadt, des Bezirks, des Staates, vielleicht sogar des ganzen verdammten Landes – in einer Pizzeria herumhing. Aber was sollte er tun, außer beten, daß niemand sie erkannte? »Offenbar hat Glitsky mich doch nicht nach Hause verfolgen lassen«, sagte er. »Es war wohl die Staatsanwaltschaft, nicht die Polizei.«

»Und?«

»Und ich glaube, daß wir halbwegs gute Chancen haben, das zu bekommen, was wir gestern abend wollten, nämlich, daß man dich wenigstens anhört und dich beschützt.«

»Halbwegs gute Chancen?«

»Das ist besser als nichts, Kev. Ich versuche mein Bestes.«

»Ich weiß. Nur ... also hast du mit diesem Glitsky gesprochen ...?«

»Nun mal langsam. Noch nicht. Er ruft mich heute abend an. ich warte jede Minute darauf.« Stille. »Kevin, wenigstens gibt es jetzt einen guten Grund, daß du dich nicht von der Stelle rührst und nicht abhaust. Heute morgen noch, erinnerst du dich ...«

»Ich erinnere mich gut.«

»Okay, gut. Morgen um diese Zeit werden wir was zuwege gebracht haben. Ich *weiß*, daß Glitsky mich anrufen wird, er hat genug unternommen, damit ich wieder mit ihm rede. Ich glaube, daß er auf unserer Seite ist. Ein Polizist auf unserer Seite! Das sind keine schlechten Neuigkeiten, Kev.«

»Okay, du hast mich überzeugt. Ich bin glücklich. Ich jubiliere.«

Farrell seufzte. »Warum vereinbaren wir nicht eine bestimmte Uhrzeit, zu der du mich anrufst? Gib mir am besten einfach deine Nummer.«

»Würde ich gern tun, aber ich kenne sie nicht. Ist ja nicht meine oder Mels.«

»In Ordnung«, sagte Farrell, »aber die Tatsache, daß ich dich nicht erreichen kann, läßt mich um Jahre altern.«

»Okay, also wann?«

»Um neun.«

»Um neun? Wes, morgen ist Samstag.«

»*Samstag?* Was macht das schon, ob Samstag oder Dienstag, ist doch egal. Verdammt noch mal, Kevin ...«

»Neun ist in Ordnung. Sollte nur ein Spaß sein.«

»Du bist ein Witzbold, Kevin.«

»Das trifft es nicht so ganz, Wes ...«

»Um neun«, brummte Wes. »Und ruf an.«

Special Agent Margot Simms hatte ihren ersten Einsatz in San Francisco und kam nicht über das Wetter hinweg. Der erste Tag im Juli, und sie fror erbärmlich. In Washington herrschte seit Mitte Mai schwüle Hitze mit über dreißig Grad, und sie hatte erwartet, daß der Sommer in Kalifornien, abgesehen von der Luftfeuchtigkeit, ungefähr genauso wäre. Frühere Einsätze in Los Angeles, Modesto, Sacramento, selbst in Oakland, das ja ganz in der Nähe lag, hatten sie nicht auf dieses Mikroklima vorbereitet. Wäre sie belesener gewesen, hätte sie sich vielleicht von Mark Twains oft zitierter Bemerkung warnen lassen, der kälteste Winter, den er je erlebt habe, sei ein Juni in San Francisco gewesen. Aber Margot Simms hatte seit sechs Jahren nichts als Bedienungsanleitungen gelesen, und davor auch nicht viel anderes.

Sie wartete an der Ecke vor Wes Farrells Wohnung, wo der Überwachungswagen parkte, und umklammerte ein großes Glas

Caffe latte. Obwohl kein Wind ging, war die Temperatur plötzlich auf zehn, maximal fünfzehn Grad gefallen. Unter dem leichten, maßgeschneiderten Blazer trug sie lediglich einen Rock und eine Bluse. In den etwas mehr als drei Stunden, die sie in dem ungeheizten Lieferwagen verbracht hatte, nachdem sie das Rathaus verlassen hatte, war die zunehmende Kälte in jede Faser ihres Körpers gekrochen.

Vor zehn Minuten hatte sie aufgegeben und ihren Posten im Wagen auf der Suche nach etwas Wärme verlassen. Die hatte sie eine Straße weiter in einem Eckrestaurant in einem Einkaufszentrum gefunden. In Washington DC hätte man einfach ›Restaurant‹ dazu gesagt, aber hier war alles winklig, mit hohen Decken und abenteuerlicher Beleuchtung. San Francisco hatte es mit dem Dramatischen, das gab sie zu. Kalifornische Früchte und Nüsse überall, wohin man sah.

Sie war hineingegangen, weil das Lokal warm und nach einer Tasse Kaffee aussah. Außerdem gab es Bier, Wein, belegte Brote, Wasser und Sirup in verschiedenen Geschmacksrichtungen sowie andere anspruchsvolle Dinge. Niemand würde sich hier einfach hinsetzen, um schnell was zu trinken, nein, nicht hier. Die Speisekarte war ganz auf italienisch gehalten, selbst für die warmen Getränke, und an einer Seite des Lokals befand sich eine riesige Glastheke, hinter der Servierplatten mit exotischen Nudelgerichten und Salaten ausgestellt waren. Simms war nur wegen der Wärme hier und um die Hände um einen Becher Kaffee zu legen. Der *Caffe latte* war das beste, was in dieser Hinsicht hier geboten wurde.

Aber Simms litt nicht nur unter der Kälte. Sie hockte allein, immer noch zitternd, an ihrem netten Tischchen. An den meisten anderen Tischen saßen Gruppen tratschender Einheimischer, in ihrem Alter oder jünger. Das Lokal befand sich in der Nähe der Universität, und vielleicht lag hierin der Grund für ihre Unzufriedenheit. Simms wurde klar, daß ihr San Francisco überhaupt nicht gefiel. Sie hatte Lust, ihre Pistole unter dem dünnen Leinenblazer hervorzuholen und ein paar Schüsse auf die in Schienen befestigten Leuchten, die getönten, raumhohen Fensterscheiben, die Espressomaschinen und eventuell auch auf einige der Trendsetter selbst abzufeuern. Sie aufzuwecken.

Was, glaubten die denn, ging hier vor? Das ganze Lügengespinst von wegen Schmelztiegel wurde seit einer Woche in der ganzen

Stadt Stück für Stück auseinandergenommen. Unterdessen saßen die gestylten Connaisseurs und Bonvivants und Liberalen mit ihren *Lattes* und *Sirups* und dem Gläschen Weißwein da und betrieben – wie hieß das gleich – Konversation. Zum Glück waren diese Leute nicht ihr Problem, aber, nein, sie gefielen ihr überhaupt nicht. Sollten sie ruhig ihre – sie überflog die Karte an der Tafel – *Focaccia* essen, was immer zum Teufel das auch war.

Ihre Gedanken wurden von einem ihrer Techniker unterbrochen, Sam, dem Lieferwagenmann, der von draußen durch die Fensterscheiben des Lokals sah, sie erblickte und hastig zur Tür hereinkam. Er lief durch das Labyrinth der betont sorgfältig angeordneten Tische auf sie zu. Sie stand auf, kam ihm entgegen. »Wir haben ihn«, sagte er atemlos. »Es ist definitiv Shea. Im Pizzaiola, einer Pizzeria. Haight Street.«

Sie vergaß die Kälte und alles andere und war, mit Sam im Schlepptau, schon auf dem Weg nach draußen. »Es geht los.«

Kevin legte seine Hand auf die Melanies, als der schwarzweiße Streifenwagen vor dem Lokal hielt. Immer locker bleiben.

»Wir sollten zahlen.« Die immer sachliche Melanie.

Doch bevor sie nach die Kellnerin rufen konnten, betraten die beiden Uniformierten plaudernd die Pizzeria. Sie machten offenbar Pause und nahmen dabei, fand Kevin, viel zuviel Platz in Anspruch, verbrauchten zu viel Atemluft.

»Möchten Sie noch was?« fragte die aufmerksame Bedienung.

»Nein, danke. Hat sehr gut geschmeckt. Die Rechnung, bitte.«

Eine schnelle Drehung, fort war sie.

Die Polizisten standen an der Theke, wo die Bestellungen entgegengenommen wurden, und unterhielten sich mit einem der Teigwerfer. Die Kellnerin blieb neben ihnen stehen, sagte ein paar Worte und lachte.

Melanie und Kevin drängten sich in der Ecke, in der sie saßen, aneinander und verdeckten ihre Gesichter so gut sie konnten. »Ruhig bleiben«, sagte er, und sie nickte, während sie seine Hand drückte.

Eine Ewigkeit verging, mindestens die Halbwertzeit von Kohle … Dann kam die Bedienung mit der Rechnung zurück. Sie legte den Zettel mit der Schrift nach unten auf den Tisch und ging wieder. Kevin drehte das Papier um. Vierunddreißig Dollar fünfundsechzig Cent für eine Pizza und ein bißchen Bier. Er griff nach seinem Portemonnaie.

Die Polizisten hatten ihre Bestellung aufgegeben und sahen sich suchend nach einem Tisch um.

»Nein. Nicht hier, nicht hier«, sagte Kevin laut.

»Scht!«

»Es würde euch hier nicht gefallen, hier zieht's. Außerdem stinkt's ganz entsetzlich ...«

»Scht! Kevin!«

Die Polizisten schlenderten durch das Restaurant auf sie zu und nahmen am Nebentisch Platz, weniger als einen Meter von Kevin und Melanie entfernt.

»Mir wird gleich schlecht«, flüsterte Melanie.

Kevin öffnete sein Portemonnaie. Er mußte zweimal hinsehen. Kein Geld. Er griff nach Melanies Hand und fragte mit leiser Stimme: »Wo ist das Geld? Hast du es?«

Sie sah ihn an. War er vollkommen durchgedreht? »Du hattest das Geld, mach bitte nicht solche Scherze ...«

Kevin öffnete sein Portemonnaie vor ihren Augen. »Ich glaube, wir haben es auf dem Tisch in Anns Wohnung liegengelassen.«

»Nicht *wir* ...«

»Ich habe es unter den Blumentopf auf dem Küchentisch gelegt. Aber ich erinnere mich nicht daran, es wieder eingesteckt zu haben. Verdammt, ich muß es liegengelassen haben.«

Melanie sah zu den Polizisten, dann zu Kevin. »O Gott!« Es kam einfach so heraus.

Einer der Polizisten – ein älterer Kerl mit freundlichem Gesicht – hatte sie gehört und beugte sich zu ihnen herüber. »Seid ihr beiden okay? Ist alles in Ordnung?« fragte er.

Melanie starrte ihn entsetzt an. Schließlich antwortete sie: »Entschuldigung. Es ist wegen meinem Kater. Er ist heute gestorben.« Sie versuchte zu lächeln.

Kevin wandte ihnen sein Profil zu. Hätte er sich ganz zu ihnen hingedreht, hätte er eine Katastrophe heraufbeschworen. »Murray«, sagte er, »er hieß Murray. Wir hatten ihn sechs Jahre.«

»Das ist schlimm«, erwiderte der Polizist. »Ich selbst bin kein Katzenfreund, aber meine Frau schon.«

Simms war die einzige Frau im Team. Die vier Männer, die in dem Lieferwagen gewartet hatten, waren besser auf die Kälte vorbereitet als sie, trugen Lederjacken und dicke Hosen. Sie hatten bereits die Reserveeinheit (einschließlich der anderen Scharfschützen) im Hotel benachrichtigt und würden sie an der berühmten Ecke Haight/Ashbury treffen und von dort aus zur Pizzeria fahren.

Ohne Sirene rasten sie zum Geary Boulevard. Sie würde die örtlichen Behörden nicht unterrichten, dachte Simms, sonst würde die sogenannte Polizei von San Francisco die Aktion in den Sand setzen. Das hier war ein FBI-Einsatz. Simms saß auf dem Beifahrersitz, ihre drei Mitarbeiter, einsatzbereit, konzentriert, ruhig, saßen neben der Schiebetür. Sie redeten nicht viel, mußten ihre Waffen nicht zum hundertsten Mal überprüfen – nichts dergleichen. Die Waffen würden funktionieren, wenn sie sie brauchten. Ihre Leute waren Profis.

»Ich möchte, daß du zur Toilette gehst.«

»Kevin, wir müssen bezahlen. Wir können doch nicht einfach abhauen ...«

Kevin bemühte sich mit ganzer Kraft, leise zu sprechen: »Ich werde ihnen nicht meine Kreditkarte geben, und auch du solltest das nicht tun. Und jetzt mußt du zur Toilette, habe ich recht?«

Melanie rang mit sich, stand dann auf und verschwand in dem Flur hinter ihnen.

Kevin wartete, solange er es aushalten konnte, und drehte sich dann zu den Polizisten um. Er mußte das Risiko, ihnen in dem schwachen Licht sein Gesicht zuzuwenden, eingehen. »Entschuldigen Sie«, sagte er. Sie unterbrachen ihre Unterhaltung und sahen ihn an. »Ich gehe nur schnell mal nachsehen, ob mit meiner Freundin alles in Ordnung ist.« Er zeigte auf die unbezahlte Rechnung. »Sie hat das Geld bei sich. Falls die Kellnerin kommt und sieht, daß wir weg sind« – er grinste sie an –, »würden Sie ihr dann bitte sagen, daß wir nicht vorhaben, die Zeche zu prellen? Wir sind gleich wieder da.«

Der nette Polizist nickte und sagte: »Klar doch.«

Kevin ging.

Melanie stand leichenblaß und zitternd am Hinterausgang, der mit einem Schild gekennzeichnet war: ›Notausgang. Elektronisch gesichert‹.

Kevin blieb vor ihr stehen und betrachtete das Schild. »Bist du bereit? Also dann.«

Er nahm ihre Hand, zog sie hinter sich her und drückte gegen die Stange, mit der die Tür verriegelt war.

Kein Ton, kein Alarm, als sich die Tür zu einer Gasse hin öffnete.

Margot Simms parkte das Auto hinter dem Streifenwagen, der am Bordstein vor der Pizzeria stand. »Was macht der denn hier?« fragte sie beim Aussteigen, ohne sich an jemand Bestimmten zu wenden.

Sie hatte bereits an beiden Enden der Gasse hinter dem Restaurant einen Mann postiert. Zusammen mit dem übrig gebliebenen Beamten – Sam, dem Lieferwagenmann – betrat sie das Lokal durch die Vordertür.

Simms war zu dem Schluß gekommen, daß es keinen Sinn habe, viel Aufhebens zu machen und unnötig Widerstand zu provozieren. Kevin Shea kannte sie nicht. Sie war ein Gast, bis sie ihm ihre Dienstmarke vor die Nase halten und gegebenenfalls die Pistole ziehen würde.

Doch als sie den Raum jetzt mit Blicken absuchte, sah sie niemanden, der Ähnlichkeit mit Kevin Shea hatte. Es gab ungefähr zwanzig Tische, und es dauerte genauso viele Sekunden, sie abzuchecken. Einer der hinteren Tische, dort, wo die Polizisten saßen, war noch nicht abgeräumt, aber die Stühle waren leer. Sie drehte sich um und befahl Sam, die Toiletten zu überprüfen.

Sie ging auf die Polizisten zu und zeigte ihnen ihren Ausweis. Dann zog sie das Bild von Kevin Shea hervor und fragte, ob sie jemanden gesehen hätten, der so ähnlich ...

Die beiden tauschten einen entsetzten Blick. Einer von ihnen warf beinahe den Tisch um, als er aufsprang, nach seiner Pistole griff und in den Flur lief. Simms folgte ihm auf den Fersen.

Sam kam aus dem Toilettenraum. »Nichts«, sagte er.

Sie standen dicht nebeneinander in dem engen Flur. Der ältere Polizist aus San Francisco trat zur Hintertür, zögerte, drückte sie auf.

Nichts.

Er ließ sie zufallen, drückte erneut dagegen. »Der Alarm ist im Eimer«, sagte er.

»Ich dachte schon, mein letztes Stündlein hätte geschlagen«, sagte Melanie. Sie bogen von der Haight in die Stanyan Street, fünfzig

Meter von Anns Wohnhaus entfernt. »Was passiert mit der Rechnung?«

Kevin blickte sie an. »Du machst dir Sorgen wegen der Rechnung?«

»Ja ... Idiotisch, was?«

Kevin zog sie zu sich heran und küßte sie. »Du bist eine Närrin«, sagte er. »Kein Wunder, daß ich so verrückt nach dir bin.«

Sie reckte sich nach oben, als wolle sie ihn ebenfalls küssen, aber statt dessen flüsterte sie: »Gleich und gleich gesellt sich gern, mein Liebling.«

64

Dismas Hardy hatte vor dem Abendessen CDs mit Opernmusik und einer Gesamtspieldauer von ungefähr fünf Stunden in den CD-Player eingelegt, und nun erklang, kaum hörbar, ein Tenor (abgesehen von Pavarotti interessierte sich Glitsky nicht für Namen), der herzerweichend sang.

Glitsky hatte, nachdem er Lorettas Büro verlassen hatte, eigentlich vorgehabt, nur kurz vorbeizuschauen, um sich über Hardys Gespräch mit Farrell zu informieren, dann Farrell anzurufen und sich mit Kevin Shea zu treffen.

Gleich nach seiner Ankunft hatte er Farrells Telefonnummer gewählt, aber niemand hatte geantwortet, was ihn fast in den Wahnsinn getrieben hatte. Warum besaß der Mann keinen Anrufbeantworter? Alle Anwälte hatten Anrufbeantworter. Glitsky war davon überzeugt, daß man sie in den Toiletten der juristischen Hochschulen aus dem Automaten ziehen konnte.

Dann war er in die Küche gegangen und hatte Hardys Frau Frannie zur Begrüßung einen Kuß auf die Wange gedrückt. Frannie hatte ihn mit einem skeptischen Blick taxiert und verfügt, daß er zum Abendessen bleibe und damit basta. Es sei offensichtlich, sagte sie, daß er sich nicht richtig um sich kümmere. Man brauche ihn nur anzusehen. Wieviel wiege er eigentlich noch? Was sei nur ihn in gefahren? Er solle wenigstens an seine Kinder denken.

Frannie war die jüngere Schwester des Kneipenbesitzers Moses McGuire, eine zierliche Frau mit langem feuerrotem Haar, cremefarbener Haut und grünen Augen. Sie war mehr als zehn Jahre jünger als Glitsky, Hardy und alle seine anderen Freunde, außerdem idealistisch, eigensinnig und wunderschön.

Als Flo gestorben war, hatte Frannie, obwohl die Hardys selbst zwei kleine Kinder hatten, Glitskys drei Jungs für einen Monat zu sich genommen, damit er versuchen konnte, sein Leben neu zu ordnen. Es war eine schwierige Zeit gewesen. Er hatte jemanden für die Kinder gesucht, Rita zum Vorstellungsgespräch eingeladen, sie schließlich eingestellt. Den Jungs hatte die Zeit bei den Hardys ein Gefühl der Kontinuität vermittelt, was sie am meisten gebraucht hatten. Und er hatte immer einen Grund gehabt, nach der Arbeit zu jemandem zu gehen, um nicht allein zu sein.

Sie hatten ihn also heute abend verköstigt. Dismas und Frannie wurden allmählich zu richtigen Gourmets, aber Abe dachte, daß es wahrscheinlich schlimmere Schicksale gebe. Sie bezeichneten das als ›Risotto‹, was Abe ›Reis und Fisch‹ genannt hätte, doch egal, wie es hieß, es hatte gut geschmeckt. Er hatte fast ein ganzes Glas Wein dazu getrunken. Eine zum Risotto passende Sorte.

Einen Schluck Stoly tagsüber, ein Glas Wein abends – allmählich wurde er zum Trinker. Apropos Trinker ...

Wieder rief er bei Farrell an. Versuchte es jedenfalls. Es war deprimierend festzustellen, daß seine Nervosität in bezug auf Kevin Shea vom Anwalt des Verdächtigen offensichtlich nicht geteilt wurde. Vielleicht trafen sie sich auch gerade, um ihr weiteres Vorgehen zu besprechen. Er dachte an sein Treffen mit Farrell bei Lou und an Hardys Beschreibung ihres Tête-à-tête im Shamrock und kam zu dem Schluß, daß Farrell alles, was er tat, mit einem oder mehreren Drinks begleitete.

Er mußte sich gedulden.

Während des Essens hatten sie über die Krawalle, Abes Kinder und seinen Dad, über Monterey, Ashland, die Inszenierung von ›Der Sturm‹ sowie über das Zelten im allgemeinen gesprochen. Das hatte sie dann auf den Familienrat der Glitskys gebracht, auf die frühkindliche Entwicklung (die Kinder der Hardys waren fünf und drei Jahre alt), dann irgendwie auf den Stadtrat Wrightson, die städtische Politik der Quotenregelungen und schließlich auf die Ereignisse im Rathaus, Art Drysdale, den verstorbenen Chris Locke, die Entwicklung des politischen Systems der Vereinigten Staaten. Das Übliche eben.

Auch über Loretta Wager und ihre Tochter Elaine hatten sie gesprochen. Hardy, der noch dabei war, die Ereignisse der Woche aufzuarbeiten, zeigte sich von der Rolle, die die beiden Frauen dabei spielten (die übereilte Anklage Kevin Sheas, die Art, wie sie versucht hatten, die Medien zu manipulieren), nicht gerade begeistert.

Glitsky, der sich nichts anmerken lassen wollte, hatte ein anderes Thema angeschnitten und gesagt, das sei alles Politik, nichts, worüber man sich unterhalten könne. Wie schaffe Frannie es eigentlich, daß diese grünen Bohnen so knackig blieben? Über all den anderen Themen waren sie nicht auf die Einzelheiten von Hardys Gespräch mit Wes Farrell zu sprechen gekommen. Die Tatsache, daß ein Ermittler der Bezirksstaatsanwaltschaft den Durchsuchungsbefehl zugestellt hatte, war nicht zur Sprache gekommen.

Jetzt saß Glitsky auf dem niedrigen Sofa im warmen und – im Vergleich zu seinem eigenen – geräumigen Wohnzimmer der Hardys. Nicht ohne ein gewisses Bedauern und Neid fiel ihm auf, daß hier keine große, unansehnliche Stoffwand den Wohn- vom Schlafbereich trennte wie in seiner beengten Doppelhaushälfte. Aber das war natürlich auch nicht nötig – die Hardys hatten kein Kindermädchen. Frannie blieb bei den Kindern, Dismas ging arbeiten. Es klang altmodisch, aber so war es eben. Wie bei Flo und ihm. Vor langer Zeit.

Im Kamin knisterte ein Feuer aus Eichenholz, und Glitsky konnte seine Freunde in der Küche sprechen hören, das vertraute und angenehme Geplauder, während sie den Nachtisch zubereiteten.

Frannie kam aus der Küche. Sie hatte die Haare zu einem Pferdeschwanz zusammengebunden und trug ein weißes Sweatshirt mit der Aufschrift *Cal*, khakifarbene Shorts und Sandalen ohne Socken. Sie stellte das Tablett mit zwei Kannen, Bechern und Plätzchen auf den Couchtisch vor Abe und setzte sich schräg gegenüber in Hardys Faulenzersessel. »Was hältst du davon, wenn wir heute abend mutig sind und den Fernseher *nicht* einschalten?«

Glitsky lächelte, während er begann, ein Stück Zitrone über seiner Teetasse auszudrücken. Frannie dachte an alles. »Und nur reden?«

Sie nickte. »Klingt ungewöhnlich, aber ich bin dafür.« Sie streckte einen Arm aus und legte ihre Hand locker auf sein Knie. »Wir haben überhaupt noch nicht über *dich* gesprochen. Wie geht es dir?«

Er rührte in seinem Tee und beobachtete den in der Flüssigkeit entstehenden Wirbel. »Mir geht es gut.«

Frannie goß sich Kaffee ein, gab aus einem verzierten Glaskännchen etwas Sahne hinzu und sagte: »Ich glaube, was ich am meisten an dir mag, Abe, ist die Art, wie du alles, was dir auf der Seele liegt, spontan heraussprudelst.«

Er rührte weiter in seinem Tee herum. »Mir geht es gut, Frannie. Wirklich. Mehr gibt es dazu nicht zu sagen.«

»Na ja, bitte entschuldige, wenn ich das sage, aber du wirkst ein wenig abgespannt.«

»Ich hatte eine anstrengende Woche.« Er nahm einen Schluck. »Mir geht es gut, wirklich.«

Frannie nickte. »Dismas sagt, wenn du in weniger als einer Minute dreimal betonst, daß es dir gutgeht, dann stimmt was nicht.«

»Das sagt Dismas?«

»Und wenn du mindestens einmal ›wirklich‹ hinzufügst, stimmt wirklich etwas nicht.« Sie beugte sich nach vorn. »Du hast zweimal ›wirklich‹ gesagt.«

Hardy kam mit einem Kognakschwenker aus der Küche. Frannie sah zu ihm auf. »Abe geht es gut«, sagte sie. »Wirklich, sagt er.«

Hardy nickte. »Gut.«

»Er möchte nicht darüber reden.«

»Besser so.« Hardy bedeutete Glitsky, ein Stück zur Seite zu rutschen, und nahm neben ihm auf dem Sofa Platz. »Ich möchte auch nicht über Abe reden.«

»Es gibt nichts, worüber man reden könnte«, sagte Glitsky. »Ich arbeite, das Leben geht weiter.«

Frannie schüttelte den Kopf. »Du bist in einem Jahr und drei Monaten nicht *einmal* ausgegangen.«

Glitsky hatte diese Szene schon in verschiedenen Variationen durchgespielt. Die Narbe über seinen Lippen spannte sich. »Ja, weil du schon vergeben bist.«

Frannie strahlte ihn an und sagte zu Hardy: »Er ist richtig süß.«

»Wie Sahnetorte«, stimmte Hardy zu. »Obwohl alle das Gegenteil behaupten.«

»Also ehrlich, Abe ...« Frannie wollte nicht aufgeben.

Glitsky schlug sich auf die Oberschenkel und stand auf. »Also ehrlich, Leute, ich muß es noch mal bei Wes Farrell versuchen.«

Und endlich meldete sich Farrell. Er klang nüchtern und voller Energie. »Ich habe gerade mit meinem Mandanten gesprochen, Lieutenant, vor nicht mal zwanzig Minuten. Ihm ist viel daran gelegen, daß diese Sache läuft, und mir geht es genauso. Ihr Freund Hardy hat mir gegenüber angedeutet, Sie hätten einen Plan, und ich würde gern wissen, wie der aussieht.« Etwas schärfer fügte er hinzu: »Ich hatte gedacht, Sie würden sich etwas früher mit mir in Verbindung setzen.«

Glitsky erwiderte schroff: »Sie waren nicht zu Hause, ich hab's versucht. Gestern war ich den ganzen Tag erreichbar. Sie wollten mich anrufen, vielleicht ist Ihnen das entfallen?«

Es entstand eine kurze Pause. Dann kam die Antwort kurz und bündig: »Ich dachte, ich hätte das Mister Hardy zur Genüge erklärt.«

Glitsky spürte, wie die Atmosphäre der Kooperationsbereitschaft schwand. Der juristische Tonfall, den beide angeschlagen hatten, half ihnen nicht. Verteidigung gegen Anklage, und Glitsky stand auf der Seite der Anklage. Hardy war zu Mister Hardy geworden. Glitsky würde Farrell und Shea und alles andere, was damit in Zusammenhang stand, verlieren, wenn er die Feindseligkeit und die Frustration, die ihn zu überkommen drohten, nicht zügelte.

»Tut mir leid«, sagte er. »Ich hatte einfach nicht genug Zeit für Hardy. Er teilte mir nur mit, daß Sie jetzt wieder mit mir reden würden, zu mehr sind wir nicht gekommen. Aber es freut mich, daß Sie dazu bereit sind.«

Wieder entstand eine Pause, in der sich Farrell wohl ein Urteil über Glitskys Aufrichtigkeit zu bilden versuchte. »Also, wie sieht Ihre Idee aus?«

Jetzt zögerte Glitsky. Wieviel konnte er ihm sagen? »Ich habe mit Senatorin Wager gesprochen«, sagte er. »Alan Reston ist ihr Protegé und außerdem Ihr und mein Stolperstein. Sie versprach mir, Reston davon zu überzeugen, Shea entgegenzukommen und für seinen Schutz zu garantieren.«

»Sie haben mit der Senatorin gesprochen?«

»Ja.« Weil Glitsky das Gefühl bekam, sich erklären zu müssen, fügte er hinzu: »Wir sind zusammen aufs College gegangen. Wir kennen uns.«

»Ein glücklicher Zufall. Und sie sagte, sie werde es tun?«

»Sie sagte, sie werde mit Reston sprechen, ja. Sie schien zuversichtlich, ihn dann überreden zu können, nachgiebiger zu sein und einige Garantien anzubieten. Mehr braucht Shea ja nicht, oder? Daran hat sich doch nichts geändert?«

»Nicht, soweit mir bekannt ist. Aber das ist das Minimum, Lieutenant. Er will sich immer noch stellen, damit seine Geschichte Gehör findet. Ich sollte Ihnen allerdings mitteilen, daß ich mir viel Mühe geben werde, um diese Anklage abzuweisen. Das Ganze ist nichts als ein Riesenschwindel.«

Glitsky hielt den Zeitpunkt für gekommen, um das neu geschmiedete Bündnis zu untermauern. »Wenn Sie möchten, daß ich meinen Senf dazugebe, Mister Farrell, werde ich Ihnen sagen, was ich von der Sache halte.«

»Und das wäre?«

»Ich glaube nicht, daß Ihr Junge es getan hat. Die Beweislage ergibt meiner Ansicht nach nicht eindeutig, daß er es getan hat. Womöglich ist er sogar der Held gewesen. Ich denke, er sollte freigesprochen werden.«

Glitsky hörte einen Seufzer der Erleichterung am anderen Ende der Leitung. »Ich weiß das zu schätzen«, sagte Farrell. »Kann ich Sie noch was fragen?«

»Natürlich.«

»Haben Sie irgendwelche Anhaltspunkte, wer mit dem Mob und dem Lynchmord in Verbindung stehen könnte?«

Glitsky beschloß, daß er diese Information unzensiert weitergeben könne. »Ja, aber nichts Konkretes. Wir sind dabei, ein paar Anhaltspunkte und ein paar Leute zu überprüfen.«

»Das wollte ich hören.« Wieder entstand ein kurzes Schweigen. Dann fuhr Farrell fort: »Wann werden Sie wieder von der Senatorin oder von Reston hören?«

»Ich hoffe, heute abend, spätestens morgen früh. Loret... Die Senatorin konnte Reston in seinem Büro nicht erreichen und hinterließ eine Nachricht, er solle sich melden, sobald er nach Hause komme. Keiner weiß, wann genau das sein wird, aber sie hinterließ, es sei dringend. Er wird sie anrufen.«

»Ich sollte mir wahrscheinlich auch einen Anrufbeantworter zulegen«, sagte Farrell unvermittelt. »Das Timing ist gut. Morgen früh um neun spreche ich mit Shea.«

»Wahrscheinlich habe ich schon vorher was Neues. Sind Sie unter dieser Nummer zu erreichen?«

»Ich werde das Haus nicht mehr verlassen. Sie erreichen mich hier.«

»Okay. Ich rufe Sie an.«

»Gut. Und ... Lieutenant?«

»Ja?«

»Danke. Sie zeigen ein hohes Maß an Kooperationsbereitschaft.«

»Eigentlich sollte es immer so ablaufen.«

»Genau«, sagte Farrell, »und wenn mein Onkel Räder hätte, wäre er ein Auto.«

Glitsky kürzte seinen Besuch bei den Hardys ab. Ihre ungezwungene, häusliche Idylle versetzte ihm einen Stich. Er wußte nicht, ob es daran lag, daß die Erinnerung an Flo und das Leben, das sie geführt hatten, das in so mancher Hinsicht dem der Hardys ähnlich gewesen war, allmählich verblaßte, oder daran, daß eine Vorahnung dessen in ihm hochkam, wie es sich anfühlen würde, Loretta wieder zu verlieren.

Loretta und er würden niemals mit verschränkten Beinen gemütlich nebeneinander auf einem Sofa sitzen, das sie nach langer Debatte vom Ersparten gekauft hätten. Er wußte, daß sie niemals zusammen in Lorettas Haus wohnen würden, der Villa, die Dana Wager in Pacific Heights hatte bauen lassen, und genausowenig würde sie bei ihm und den Jungs wohnen. Loretta war Senatorin der Vereinigten Staaten, ihr Mann war einer jener Stadtplaner gewesen, die die Skyline von San Francisco zu dem umgestaltet hatten, was sie heute war: eine Ansammlung von Wolkenkratzern, Pyramiden und Glasmonolithen am Rand einer weltberühmten Bucht.

Er dagegen war durch und durch Polizist. Es wäre nicht von Dauer, und es hatte keinen Sinn, sich vorzumachen, daß es vielleicht doch anders laufen könnte, auch wenn er die ersten Schritte in diese Richtung bereits gegangen war. Die Idylle der Hardys hatte ihn wieder in die Realität zurückgeholt. Für Loretta und ihn gab es ein Jetzt, aber kaum eine Zukunft. Dem mußte er sich stellen. Er mußte sich darauf vorbereiten und es akzeptieren. Aber noch war er dazu nicht bereit.

Er stieg die im Dunkeln liegenden zwölf Stufen hoch und schloß die Haustür auf. Nachdem er das Licht im Flur angeschaltet hatte, ging er zum Schrank, zog die Fliegerjacke aus und hängte sie hinein. Der Thermostat an der Wand zeigte sechzehn Grad an, doch ohne Jacke kam es ihm vor wie zwanzig Grad minus. Er schob den Heizungsregler ganz nach rechts und hörte, wie die Heizung nach einem Moment ansprang und die Luft um ihn herum spürbar zu zirkulieren begann. Die Heizung entwickelte, wie immer, wenn sie eine Zeitlang nicht eingeschaltet gewesen war, einen ganz bestimmten Geruch nach Staub und Moder.

Regungslos blieb Glitsky vor dem Thermostat stehen. Irgend etwas hatte ihn wie ein Blitz getroffen. Kein bestimmter Gedanke, eigentlich überhaupt kein Gedanke ... Er blieb einfach starr stehen. Es gab keinen Grund, sich zu bewegen. Wenn jetzt alles zu Ende wäre, würde es auch nicht schlimmer werden.

Aber, dachte er, es würde auch nicht besser werden.

In der Küche schaltete er mehrere Lampen ein, kochte sich noch einen Tee ... Gewohnheiten über Gewohnheiten. Er wollte nicht schon wieder Tee trinken, aber er hatte Angst, so ganz allein ... Nein, keine Angst. Aber der Gedanke, daß alles beendet wäre, wenn er aufhörte, etwas zu tun, beunruhigte ihn.

Das Wasser kochte noch nicht. Er ging zurück in den Flur und sah in den beiden Kinderzimmern nach, überprüfte die Schränke und das Schloß der Hintertür. In seinem Schlafzimmer lag immer noch das Foto von Flo auf der Kommode, die Oberfläche nach unten. Er nahm es und starrte lange auf das so vertraute Gesicht.

Die Lampe am Anrufbeantworter blinkte. Er ging hinüber und drückte auf die Taste.

»Dad. Hallo. Ich bin's, Isaac. Grandpa meint, wir sollten noch ein paar Tage länger hier bleiben, und wir dachten, wenn du das Wochenende frei hättest ... Es ist nicht weit ... Du könntest in ein paar Stunden hier sein ...« Eine Pause. »Wenn du willst. Wir würden uns sehr freuen. Okay?«

Da stiegen die Gefühle in ihm hoch. Glitsky drückte auf die Stopptaste und ließ sich schwer auf das Bett sinken. er beugte sich vornüber und legte die Stirn in die Hände.

Er sprach mit allen drei Jungs (Isaac, Jacob und Orel) und bemerkte in ihren Stimmen einen Unterschied zu vorher. Nach nur zwei Tagen mit seinem Vater verhielten sie sich wieder wie früher bei Flo und ihm. Bevor er angefangen hatte, nur noch an ihren Schutz zu denken ... Er mußte damit aufhören.

Nat, sein Vater, kam an den Apparat. Sie hätten eine tolle Zeit, seien noch mal zum Aquarium gegangen und zu einem Baseballspiel der Regionalliga gefahren, hätten acht Dungeness-Krabben gekauft ...

»Acht?«

... und sie gleich auf dem Kai geknackt und gegessen.

»Sie sind nicht koscher, ich weiß, Abraham. Aber ich sage dir, Krabben wie diese hätte selbst Salomon gegessen, glaub mir.«

Morgen früh wollten sie in die Synagoge gehen, »denn ich habe den Eindruck, daß diese Jungs nicht sehr oft in der Synagoge sind, richtig? Es wird ihnen also nicht schaden.« Ob Abe es schaffen würde, nach Monterey zu kommen? Die Jungs hätten diese Idee gehabt, sie vermißten ihn. Nat sprach leiser: »Auch Isaac vermißt dich.«

Er würde es versuchen. Wenn er die Sache mit Kevin Shea bis Mittag klären könnte, bestünde eine Chance ...

Noch etwas Tee wäre jetzt doch nicht so schlecht, und danach ins Bett, morgen war ein wichtiger Tag. Er stand wieder im Schlafzimmer, diesmal mit einem dampfenden Becher in den Händen statt der zierlichen Porzellantasse.

Wieder drückte er auf die Taste des Anrufbeantworters.

»Lieutenant, hier spricht Rigby, und dies ist ein offizieller Anruf. Ich weiß nicht, was zum Teufel in Sie gefahren ist, aber ich dachte, ich hätte Ihnen heute morgen unmißverständlich klargemacht, daß Sie von Ihren Aufgaben im Fall Kevin Shea entbunden sind. Sie können sich also vorstellen, wie überrascht ich war, als ich soeben einen Anruf von Alan Reston erhielt ...« – die Lautstärke von Rigbys Stimme stieg –, »... der mir mitteilte, er habe unwiderlegbare Beweise dafür, daß Sie mit Kevin Sheas Anwalt zusammenarbeiteten und dem Verdächtigen Straffreiheit zugesichert hätten. Sie hätten sogar angeboten, für diesen verdammten Kevin Shea auszusagen. *Unwiderlegbare Beweise*, verstehen Sie, Lieutenant?«

Eine kurze Unterbrechung, während der Rigby seinen Zorn unter Kontrolle brachte. Glitsky hatte den Eindruck, daß er nicht allein gewesen war. Hatte Reston neben ihm gestanden?

»In Anbetracht dieser Tatsachen suspendiere ich Sie mit sofortiger Wirkung vom Dienst. Ich habe eine zweite, gleichlautende Mitteilung in Ihrem Büro hinterlassen. Die entsprechenden Papiere sind unterwegs. Wenn Sie gegen diese Entscheidung Beschwerde einlegen wollen – Sie kennen den Dienstweg. Ich bin sehr enttäuscht, sowohl in privater als auch in beruflicher Hinsicht. Aber wenn Sie meine direkten und eindeutigen Anordnungen nicht befolgen wollen, kann ich Ihnen die Verantwortung für eine meiner Abteilungen nicht länger überlassen.«

Nachdem sich das Adrenalin in Glitskys Blutbahnen aufgelöst hatte, setzte er sich in seinen bequemen Sessel im Wohnzimmer. Es dauerte nicht lange – vielleicht fünf Minuten –, bis er darauf kam, daß alle Informationen Rigbys (sie stimmten, obwohl die angebliche Zusicherung der Straffreiheit für Shea eine Übertreibung war) aus dem Telefonat stammen mußten, das er von Hardys Haus aus mit Wes Farrell geführt hatte. Was bedeutete, daß Farrells Telefon angezapft wurde. Das FBI arbeitete an dem Fall, und das Anzapfen von Telefonen gehörte zu deren üblichen Hilfsmitteln. Und Farrell würde sie zu Shea führen, sobald Shea ...

Glitsky sprang aus dem Sessel auf, rannte zum Schrank im Flur, um seine Fliegerjacke zu holen, stürmte die Treppe hinunter zu seinem Auto und erreichte innerhalb weniger Minuten die nächste Tankstelle, ein paar Straßen von seinem Haus entfernt. Er betrat die öffentliche Telefonzelle.

Es war fast halb zwölf. Eine müde Stimme meldete sich, und Glitsky sprach in die Muschel: »Ihr Telefon ist angezapft. Rufen Sie Shea nicht an, und verhindern Sie, daß er Sie anruft.« Er hängte ein.

Dann versuchte er, Loretta unter einer der drei Nummern, die er von ihr hatte, zu erreichen. Niemand hob ab.

Wenn Reston sich bei Rigby im Rathaus befunden hatte, mußte er die Nachricht, die Loretta für ihn hinterlassen hatte, erhalten haben, oder etwa nicht? Warum hatte sie ihn dann nicht sofort angerufen, wie sie versprochen, wie sie *geschworen* hatte? Es ließ ihn nicht los. Wo war Loretta?

Auf dem Heimweg drang eine andere Frage in sein Bewußtsein, und je länger er darüber nachdachte, desto größere Bedeutung maß er ihr bei. Vielleicht die einzige Frage, die überhaupt von Bedeutung war.

Nur Hardy kannte die Antwort.

Kurz nach Mitternacht. Er war wieder zu Hause, behielt die Jacke diesmal an. Wer weiß, vielleicht müßte er noch einmal weg.

Ein gemurmeltes, mitternächtliches »Hallo?«.

»Hardy.«

»Abe? Wie spät ist es?«

»Warum wollte Wes Farrell gestern nicht mit mir sprechen?«

»Was?«

Er wiederholte die Frage.

»Er dachte, du hättest ihn nach Hause verfolgen lassen.« Glitsky hörte ihn sagen: »Es ist Abe, Liebling. Ja. Alles ist in Ordnung, glaube ich.«

»Warum hat er das gedacht?« fragte Glitsky.

Hardy zählte die Fakten auf: Sergeant Stoner, der Ermittler der Bezirksstaatsanwaltschaft, der Durchsuchungsbefehl.

Glitsky war völlig überrascht. »Ich habe Stoner nicht geschickt, Diz.«

»Das habe ich Farrell auch gesagt. Ich habe ihm gesagt, es müsse Reston gewesen sein, und daraufhin hat Farrell seine Meinung geändert und gesagt, er werde wieder mit dir reden.«

»Sie haben sein Telefon angezapft.«

»Wessen? Farrells?«

»Ja.«

»Warum? Vergiß es. Ich weiß, warum.«

Wie konnte Reston nur Stoner geschickt haben? Woher hatte Stoner überhaupt gewußt, wer Farrell war, damit er ihm folgen konnte? Von wo aus war er ihm gefolgt? Von Lou's? Niemand hatte von Glitskys Treffen mit Farrell gewußt. Keine Menschenseele, außer ihnen beiden. Glitsky hatte es für sich behalten.

Es ergab keinen Sinn. Nichts ergab einen Sinn. Dann, als ertöne ein kleines, klingelndes Glöckchen in seinem Kopf, drang es in sein Bewußtsein: Er hatte es Loretta Wager erzählt. Er hatte ihr erzählt, daß er die Sache mit Kevin Shea bald zu Ende bringen und Sheas Anwalt in der Kneipe gegenüber treffen werde, und daß sie davon ausgehen könne, daß die ganze Angelegenheit in maximal einem Tag erledigt sei.

Aber Loretta war doch nicht ...

Definitiv war sie in dieser Sache Alan Restons Verbündete. Sie hätte Reston anrufen, ihm von dem Treffen erzählen und Stoner auf Farrell ansetzen können, damit sie Shea faßten, bevor die Beweise für seine Unschuld publik wurden. Bevor ihre Karriere und die ihrer Tochter – die sie so sehr beschützte – ernsthaften Schaden nähme ...

Aber das war doch lächerlich ...

Aber sie war seine Geliebte, seine ...

Seine was?

Und wo war sie? Was zum Teufel war da los?

Samstag, 2. Juli

65

Das Geräusch des Windes weckte ihn auf. Die Uhr zeigte achtzehn Minuten nach sechs.

Nach Mitternacht war er ins Zimmer der Jungs gegangen, um sich die Spätnachrichten anzusehen, und der Fernseher lief noch immer. Ein Sprecher berichtete soeben vom Hunter's Point Marinestützpunkt, von Senatorin Loretta Wager und vom Präsidenten der Vereinigten Staaten.

Glitsky setzte sich auf. Irgend etwas geschah mit dem ehemaligen Marinestützpunkt, und was auch immer das sein mochte (die Einzelheiten lagen noch nicht alle vor), für Loretta war es offensichtlich ein großer Erfolg.

Zwischen ihnen mußte etwas falsch gelaufen sein. Wenn Loretta wirklich in diese Verhandlungen verwickelt war ... Doch sie hatte nie etwas davon erwähnt. Er stand auf und drückte auf den Schalter, um das verdammte Gerät abzustellen.

Er hatte nicht vorgehabt einzuschlafen, es gab zuviel zu tun. Er mußte sich mit Loretta in Verbindung setzen, Rigby wegen seines Jobs anrufen, Wes Farrell erreichen und sich mit Banks, Lanier und Griffin treffen.

Zuerst ging er ins Badezimmer, dann in die Küche. Als er Wasser aufgesetzt hatte, ging er zu dem nach Osten hin liegenden Fenster über der Spüle und öffnete es.

Rauch. Die Luft wirkte klar, der Himmel war tiefblau, ein Maxfield-Parrish-Blau ... Aber er roch Rauch.

Er überprüfte den Anrufbeantworter im Schlafzimmer, obwohl er schon vorher wußte, daß Loretta nicht angerufen hatte. Sein Körper hatte sich in der vergangenen Nacht plötzlich verweigert, und er war wie erstarrt in einen ungewollten Schlaf gefallen. Jetzt sah er die Dinge plötzlich klarer als zuvor, der Schlaf sorgte dafür, daß sich aus dem Chaos Muster herauskristallisierten. Bestimmte Kombinationen ergaben nun einen Sinn, zwar noch nicht hundertprozentig, weil noch nicht alle Bestandteile vorhanden waren, aber doch deutlich genug, so daß er allmählich verstand, was er falsch machte.

Die Muster, die einen Sinn ergaben – und sich im Verlauf der vergangenen Nacht allmählich verschoben, neu geordnet und dabei schwach aufgeleuchtet hatten –, diese Muster hatten ihn einfach eine Weile außer Gefecht gesetzt, das war alles. Eine Reaktion, auf die er nicht eben stolz war. Er vermutete, daß seine Psyche und sein Körper eine Auszeit gebraucht hatten, um sich den neuen Gegebenheiten anzupassen, alles zu verarbeiten. So war er einfach ausgestiegen.

Er rührte im Tee, während er den Telefonhörer mit der Schulter an sein Ohr preßte. Wenn der entscheidende Moment gekommen war, brauchte er einen Verbündeten, vielleicht sogar einen Mitstreiter, der mit ihm die Bresche schlug. Wenn die Situation es erlaubte, würde er lieber zu einer List greifen – er hatte Zweifel, ob er stark genug wäre, aus einer direkten Konfrontation als Sieger hervorzugehen.

Elaine Wager klang erschöpft, aber nach einem kurzem Zögern willigte sie ein, sich mit ihm zu treffen. Er könne zu ihr kommen.

Seit Glitsky über das Verhältnis zwischen Elaine und Chris Bescheid wußte und Loretta ihrer Tochter ihre Affäre mit Glitsky gestanden hatte, hatte sich zwischen Glitsky und Elaine eine persönlichere Beziehung entwickelt. Er traf sie jetzt zum ersten Mal in anderer Kleidung als der eleganten Aufmachung der Staatsanwältin. Er wertete die Beobachtung, daß sie sich keine Mühe gemacht hatte, sich formeller zu kleiden, als eine Art Symbol (auch wenn Samstag war). Sie schien offen zu sein für das, was er zu sagen hatte.

Aber vielleicht hatte es auch nichts zu bedeuten.

Sie trug eine schwarze Stoffhose, die in der Taille von einer schwarzen Nylonschnur zusammengehalten wurde, darüber einen violetten Pullover mit weitem Kragen, hatte den Pullover in die Hose gesteckt. Wie ihre Mutter ging sie barfuß. Mit noch feuchten Haaren öffnete sie ihm die Wohnungstür und trat zur Seite, um ihn ins Wohnzimmer vorgehen zu lassen. Sie folgte ihm, setzte sich auf einen der Hocker an der Bar und schlug die Beine übereinander.

Einen Moment lang stand Glitsky reglos da und blickte durch die Fenster in Richtung Westen. Der Tag war klar und schön, in der Ferne schimmerte der Pazifik. »Haben Sie was von Ihrer Mutter gehört?« Er wandte sich nicht um. Die Klarheit des Anblicks fesselte ihn. Er konnte Klarheit gebrauchen.

»Wir waren gestern ... Warum? Ist mit ihr alles in Ordnung?«

»Ich glaube, ja. Haben Sie sie gestern abend gesehen?«

»Nein, nur am Nachmittag. Abe, worum geht es?«

Jetzt drehte er sich um. »Ich fürchte, es geht immer noch um Kevin Shea. Aber bevor wir weiterreden, sollte ich Ihnen vermutlich zuerst etwas mitteilen.« Als er ihr von seiner veränderten beruflichen Situation erzählt hatte, war er erleichtert, daß sie ihn trotzdem anhören wollte. Man konnte ja nie wissen. Die Bürokratie hatte ihr eigenes Umfeld, und wenn er nicht mehr ein Teil davon war, existierte er für die meisten, die noch dazugehörten, nicht mehr. Aber Elaine gehörte nicht zu diesen Leuten, sie blieb auf seiner Seite. Jedenfalls hatte es den Anschein.

Als er seinen Bericht beendet hatte, sagte sie: »Ich bin mir nicht im klaren darüber, was Mom mit alldem zu tun haben soll. Wir sollten sie anrufen.« Sie griff nach dem Telefon auf der Bar.

Glitsky durchquerte schnell das Zimmer, drückte die Gabel hinunter und nahm ihr den Hörer aus der Hand. »Da bin ich anderer Meinung«, sagte er. »Noch nicht.«

»Warum nicht?«

Er holte tief Luft. »Weil ich es für wahrscheinlich halte, daß sie daran beteiligt ist.«

»Was? Wovon reden Sie?« Sie war von ihrem Hocker aufgesprungen und stand jetzt vor ihm.

Glitsky sagte leise: »Elaine, Ihre Mutter war die einzige Person, die wußte, daß ich mich mit Wes Farrell, Sheas Anwalt, treffen wollte. Nur *sie* wußte davon ... Sie muß es Alan Reston erzählt haben, der Farrell dann von einem Sonderermittler der Bezirksstaatsanwaltschaft mit Durchsuchungsbefehl nach Hause verfolgen ließ.«

»Ja und? Was soll ich daraus schließen?«

»Und gestern abend ...«

»Nein! Mir ist egal, was Sie sagen. So etwas macht meine Mutter nicht. Sie ist nicht daran beteiligt. Wie können Sie es wagen ...?«

Ihre Reaktion zeigte ihm, daß er einen wunden Punkt getroffen hatte. Vielleicht war Elaine selbst zu diesem Schluß gekommen und wollte – konnte – es sich nicht eingestehen. Sie hatte sich ein paar Schritte von ihm entfernt und tat jetzt wieder einen Schritt auf ihn zu. Aber dann verließ sie plötzlich der Kampfgeist. Ihre Schultern fielen herunter. Sie wich zurück und sank in einen der Ledersessel.

Glitsky fuhr in ruhigem Ton fort: »Ganz am Anfang haben Sie gesagt, daß ich an ihrer Theorie über Shea zweifelte. Also behielt sie mich in ihrer Nähe, um mich zu beobachten, damit sie mich ausschalten konnte, wenn ich ihr in die Quere käme. Es tut mir leid, das sagen zu müssen, aber genau das hat sie dann auch getan.«

Er sah, daß sie mühsam schluckte, seufzte, nickte – als Zeichen der Übereinstimmung, des Überdrusses. »So hat sie es mit Ihnen auch gemacht, nicht wahr?«

»Mom bekommt, was sie will. So ist sie eben.«

»Was hat sie von Ihnen gewollt?«

Auf der Suche nach den richtigen Worten, die das Verhalten ihrer Mutter entschuldigen oder zumindest erklären würden, sagte Elaine: »Es hätte auch mir geholfen, Abe. Meiner Karriere. Es wäre der größte Mordfall des Jahrzehnts geworden – vielleicht so groß wie der gegen O.J. Simpson –, und ich hätte ihn nicht verlieren können. Niemand, der sich, wie ich, für einen einigermaßen kompetenten Staatsanwalt hält, hätte ihn verlieren können. Dieser Fall wäre für mich das Sprungbrett nach oben gewesen.« Sie sah zu ihm hoch. »Sie hat nicht nur an sich selbst gedacht.«

»Aber zum Teil schon, nicht wahr?«

Elaine zuckte die Achseln. »Zum Teil, vielleicht. So ist es immer gewesen. Wenn Mom sich was nimmt, nimmt sie für dich auch was mit.«

»Für mich nicht«, sagte Abe. »Diesmal nicht.« Er setzte sich auf eine Ottomane und rückte ein wenig ab. »Aber hier geht es nicht um mich, Elaine. Wenigstens nicht mehr. Vielleicht geht es nicht einmal um Sie, auch wenn es Sie stärker betrifft als mich. Es ist Ihr Fall, Elaine, und er geht den Bach runter. Ihre Mom weiß das, ich habe es ihr gestern abend gesagt. Okay, sie hat Reston angerufen. Aber nicht, damit er die Sache abbläst.«

»Aber sie würde nicht ...«

»Ich glaube, sie würde doch.«

»Würde was?«

»Sie wissen, was ich meine, Elaine.« Glitsky sah ihr in die Augen und wußte, daß er sie noch mehr in die Enge treiben mußte. Solange er die Dinge nicht beim Namen nannte, führte es zu nichts. »Ich fürchte, Ihre Mutter würde zulassen, daß Kevin Shea etwas zustößt. Sie selbst haben gestern fast das gleiche gesagt.«

Das wollte Elaine nun doch nicht auf sich beruhen lassen, immerhin ging es um ihre Mutter. »So weit würde sie *niemals* gehen, Abe. Ich kenne meine Mom! Haben Sie *Beweise* für das, was Sie sagen?« Sie blickte ihm offen in die Augen. »Das ist unsere Aufgabe, nicht wahr? Das sagen Sie doch selbst immer. Gut, okay, *vielleicht* ist meine Mom darin verwickelt. *Vielleicht* ist sie solch ein Mensch. Aber ich brauche Tatsachen, ich brauche mehr als das Faktum, daß Sie vom Dienst suspendiert wurden, oder die Vermutung, daß der Fall ›den Bach runtergeht‹, wie Sie es nennen.«

»Ich kann Ihnen Tatsachen nennen, Elaine. Lassen Sie Loretta aus dem Spiel, wenn Sie möchten.«

Sie lehnte sich zurück.

Längst waren Abe die Details vertraut: die Stichwunden, Rachel aus Litauen und Colin Devlin, die Interpretationen mit Kevin Shea als Held und als Opfer. Und noch während er sprach, paßte plötzlich auch das letzte Stück. Er erinnerte sich an Hardys Bemerkung über Mandanten, die, um sich rauszureden, einmal zu oft logen, und daß diese eine Lüge der Hinweis darauf sei, daß es noch mehr Lügen gebe. Nun stellte sich heraus, daß diese eine ›Lüge‹ auf Kevins Videoband – die Polizei habe ihn betrogen – keine Lüge war. Erst jetzt begriff Glitsky. Er sagte: »Alles, was Shea auf dem Videoband gesagt hat, ist wahr.«

Sie schüttelte den Kopf. »Ich verstehe nicht, welchen Nutzen meine Mom daraus ziehen sollte. Vorausgesetzt, es stimmt, was Sie sagen – warum sollte sie ...«

»Sie hat sich mit ihrem Kandidaten für das Amt des Bezirksstaatsanwalts durchgesetzt. Sie hat Philip Mohandas und seine Anhänger dazu gebracht zu glauben, sie sei auf ihrer Seite. Sie hat sogar den Präsidenten der Vereinigten Staaten dazu gebracht ...«

»Nun mal langsam, Abe, das ist nur ...«

Er hob eine Hand und erzählte ihr von Hunter's Point. Es verfehlte seine Wirkung nicht. Elaine schwieg, während sie darüber nachdachte.

»Wir sprechen von mindestens einhunderttausend wichtigen Wählerstimmen, Elaine. Von einer weiteren sechsjährigen Amtszeit und der Zementierung ihres Einflusses und ihrer Macht. Sogar die Vizepräsidentschaft wäre denkbar. Der Zeitpunkt ist perfekt, aber das Spiel wäre verloren oder stünde auf der Kippe, wenn Kevin Shea unschuldig wäre oder auch nur begründete Zweifel an seiner Schuld aufkämen.«

»Es stünde nicht auf der Kippe, wie Sie sagen. Nicht allein deswegen.«

»Ich glaube schon. Denken Sie mal objektiv darüber nach, Elaine.«

Elaine konnte sich die Sache durchaus vorstellen. Wenn Shea schuldig war, kehrte Loretta Wager als personifizierte Gerechtigkeit von einem Kreuzzug zurück, den sie mit dem Mut und der Weitsicht geführt hatte, den eigenen Zorn im Dienste ihres Volkes einzusetzen. Doch wenn Shea unschuldig war und sie sich als Bannerträgerin seiner voreiligen Verurteilung entpuppte, war sie in den Augen der Öffentlichkeit nichts als eine kreischende, eigennützige Politikerin, die es auf einen weißen Sündenbock abgesehen hatte. Um die eigenen Ambitionen zu befriedigen, würde sie das Gute, das sie mit ihrer Macht und ihrem Einfluß leisten konnte, rationalisieren. Ihre Mutter war gut darin, Dinge zu rationalisieren ...

»Sie kann nicht zulassen, daß er unschuldig ist, Elaine, sie hat zuviel in seine Schuld investiert. Aus ihrer Sicht hat sie keine Wahl ...«

Elaine saß da. »Aber wenn es später mal herauskommt ...«

Glitsky schüttelte den Kopf. »Wie sollte das passieren?«

»Nun, durch Sie zum Beispiel. Sie könnten ...«

»Ich bin diskreditiert. Ein Polizist, der seine Befehle nicht befolgt hat. Meine Glaubwürdigkeit ist dahin. Egal, was ich unternähme, es würde alles nur verschlimmern.«

»Gut, dann durch Wes Farrell ...«

»Sheas Anwalt? Kaum. Und ich glaube auch nicht, daß es durch *Sie* herauskäme. Weder wenn Shea tatsächlich etwas zustoßen sollte, noch solange Sie keinen echten Beweis für seine Unschuld fänden.«

»Ich könnte einen finden ...«

»Nein, das könnten Sie nicht. Sie können ein Negativum nicht beweisen, und das ist das Problem, wenn es erst mal zu einer Anklageerhebung gekommen ist. Und ich denke, das ist auch der Grund, warum wir nachweisen sollten, daß Verdächtige etwas *getan* haben, statt zu belegen, daß sie es *nicht* getan haben, auch wenn ich normalerweise nicht herumlaufe und das große Wort führe, jedermann sei als unschuldig anzusehen.«

Glitsky stand auf und ging wieder hinüber zu den Fenstern.

»Wenn Kevin Shea tot ist, wird niemand mehr für ihn sprechen können. Fällt Ihnen etwa jemand ein? Mir nicht. Die ganze Sache ist verdammt gut durchdacht. Reston, das FBI, meine Suspendierung ... Wenn Shea erledigt und die ganze Sache vorbei ist, waschen alle Beteiligten ihre Hände in Unschuld ... wenn Sie den Ausdruck entschuldigen wollen. Elaine, es wird klappen, wenn wir nicht sofort was unternehmen.«

Elaine lehnte sich in ihrem Sessel zurück. »Und was schlagen Sie vor, ohne daß wir dabei das Leben meiner Mutter zerstören?«

»Ich möchte Kevin Shea zu Ihnen bringen. Sie sind immer noch die zuständige Staatsanwältin, nicht wahr?«

»Ja.«

Er ging wieder auf sie zu. »In Ordnung. Ich glaube, daß er bei Ihnen im Moment sicherer ist als im Gefängnis. Ich glaube außerdem, daß Ihre Mutter es nicht zulassen würde, daß Sie in Gefahr geraten. Bei Ihnen ist er sicher. Ich werde mich mit Farrell in Verbindung setzen, mit Shea Kontakt aufnehmen und den Jungen herbringen.«

»Und dann?«

»Um ehrlich zu sein: Ich habe keine Ahnung, was dann geschieht. Wir garantieren Sheas Sicherheit. Soweit ich weiß, ist das alles, was er will.«

»In Ordnung, das läßt sich arrangieren. Wir könnten ihn in irgendeine Stadt südlich von San Francisco bringen ...«

»Möglichst einen kleineren, wohlhabenden Ort. Zum Beispiel Hillsborough oder Atherton. Ich brauche was Konkretes für Farrell.«

»Abe.« Sie streckte eine Hand aus und berührte ihn am Knie. »Glauben Sie *wirklich*, daß sich alles so verhält, wie Sie es geschildert haben?«

Er fixierte sie. »Ja.«

»Können Sie Shea tatsächlich heute morgen noch in Gewahrsam nehmen?«

»Wenn nicht, sieht es düster aus.« Er fügte hinzu: »Könnten Sie bitte Sergeant Stoner anrufen und ihn fragen, ob er sich daran erinnert, wo Farrell wohnt?«

»Können wir Farrell nicht einfach anrufen und fragen?«

Glitsky schüttelte den Kopf. »Ich weiß nicht, ob ich es bereits erwähnt habe, aber ich bin ziemlich sicher, daß Farrells Telefon abgehört wird.«

66

Philip Mohandas wäre eigentlich mit der Beteiligung zufrieden gewesen, aber er hatte den größten Teil der Nacht mit seinen Dämonen gekämpft, und sie hatten die Oberhand behalten.

Obwohl es erst halb acht war, scharten sich bereits Hunderte von Menschen um den Kezar-Pavillon am südöstlichen Rand des Golden Gate Park (etwa dreihundert Meter von der Wohnung an der Ecke Stanyan/Page Street entfernt, in der Kevin Shea und Melanie Sinclair gerade aufwachten). Mohandas sah den Strom der Menschen, der sich aus den Nebenstraßen über die Wiesen des Parks ergoß. Es war ein wunderschöner Morgen, ein bißchen windig. In der Luft lag ein starker Geruch nach Rauch.

Er wußte, daß die Kombination von Wind und Rauch im Bay View District und zum ersten Mal auch im North Beach District ihnen Probleme bereiten könnte. Südöstlich, ungefähr bei der Divisadero Street, bemerkte er ebenfalls eine Rauchsäule. Der Demonstrationszug mußte eventuell um ein paar Straßen nach Norden verlegt werden, sollte es schlimmer werden. Aber der Wind war nicht das eigentliche Problem.

Sein Problem – wenn es sich als solches entpuppen sollte – war, die Menschenmenge unter Kontrolle zu halten. Mit dieser Aufgabe hatte er sich schon oft konfrontiert gesehen, doch obwohl er sich inzwischen daran gewöhnt hatte, bereitete es ihm jedesmal wieder Sorgen. Vor allem hier und heute, wo seine Glaubwürdigkeit auf dem Spiel stand, kam seinem Einfluß auf die Menge eine große Bedeutung zu. Die Demonstration war seine Show. Er hatte sie initiiert, und die Reaktion darauf war, wie es im Moment aussah, überwältigend. Er durfte nicht zulassen, daß alles außer Kontrolle geriet.

Unglücklicherweise gab es außer den Frühankömmlingen (über die er sich freute) auch Anzeichen für potentielle Störfaktoren.

Zum einen die überall präsente, schwerbewaffnete Staatsmacht. Auf dem Weg zum Veranstaltungsort war er an zahllosen

Mannschaftswagen der Nationalgarde vorbeigekommen, die einsatzbereit entlang der Fell Street parkten. Dazu patrouillierten mindestens einhundert städtische Polizisten – viele zu Pferd, aber eine große Anzahl auch zu Fuß – in dem offenen Pavillon, den umliegenden Straßen und sogar unter dem Zeltdach, das er über dem Bühnenbereich hatte aufspannen lassen.

Aber die Uniformierten waren nicht das Schlimmste. Seit der Veröffentlichung von Kevin Sheas Videoband am Nachmittag des Vortages hatte sich das Blatt plötzlich gewendet, was er, um ehrlich zu sein, eigentlich schon ein bißchen eher erwartet hätte. Anfangs war die offizielle Reaktion auf das Band quer durch das ganze Spektrum der ethnischen Gruppen von Skepsis geprägt, doch mittlerweile waren ihm Berichte über Ausschreitungen empörter Weißer zu Ohren gekommen.

Heute morgen hatte er gesehen, wie die Polizei einen aggressiven Weißen, der ein Transparent schwenkte, überwältigt und fortgetragen hatte. Sicher, ein Einzelfall, aber er fand es besorgniserregend genug, daß der Mann sich überhaupt getraut hatte, obwohl er gewußt haben mußte, welcher Übermacht er gegenüberstehen würde. Er mußte in dem Bewußtsein gehandelt haben, daß noch andere kommen würden, vielleicht sogar viele andere.

Mohandas machte sich keine Illusionen. Ihm war klar, daß ein Zusammentreffen von weißen und schwarzen Demonstranten am heutigen Tag und unter diesen Umständen verdammt unangenehm werden könnte. Er mußte die Show so schnell wie möglich ins Rollen bringen, seine Menschenmenge in Bewegung setzen und zusammenhalten. Darin lag der Schlüssel zum Erfolg.

Plötzlich erschien Allicey neben ihm. »Es sind eine Menge Leute hier, Philip, die hören wollen, was wir zu sagen haben.«

Er nickte. Sie wies auf die immer größer werdende Menge. »Das ist der Unterschied«, sagte sie. »Der Unterschied zwischen dir und Loretta Wager. Du bist bei den Menschen.«

»Meinst du?« Er hatte oft überlegt, daß die wertvollste Eigenschaft Alliceys – unter zahlreichen anderen – für ihn wahrscheinlich ihre unerschütterliche Überzeugung war. Sie wankte nie. Ihre Mission war die Freiheit ihres Volkes, ihres gemeinsamen Volkes, das lange unterdrückt worden war und noch unterdrückt wurde, weil es immer darum gekämpft hatte, ein Teil des Ganzen zu werden. Deshalb war er zu dem Schluß gekommen, daß das die falsche Politik gewesen sei. Nur eine separatistische Politik konnte eine Lösung bringen. Es ging um spirituelle Werte, nicht nur um die Hautfarbe; um einen fortwährenden Kampf, in dem man es sich nicht leisten konnte, die Überzeugung zu verlieren oder mit denen zu kooperieren, die einen schwächten. Man durfte nicht, wie Loretta Wager, die Überzeugung gegen Macht und Einfluß eintauschen, wieviel auch immer man damit zu erreichen glaubte.

»Du bist bei den Menschen, Philip.«

Er schüttelte den Kopf. »Es muß das Alter sein. Ich habe meine Vision ein wenig aus den Augen verloren.«

Sie legte ihm eine Hand auf den Arm. »Du wurdest in Versuchung geführt.«

Er nickte. »Zu oft geht es in letzter Zeit um Logistik, Geld, Administration.«

»Aber die Welt, Philip, besteht nicht nur aus dem Materiellen.«

»Mehr als du denkst, Allicey.« Er lächelte und wandte sich dem Zelt hinter ihnen zu. Aber er blieb stehen, drehte sich wieder um und sah sie an. »Ich kann nicht sagen, was es ist.«

»Was *was* ist?«

»Die Versuchung.«

»Die Versuchung, was zu tun?«

Seine Augen waren gerötet. Er hatte eine anstrengende Woche hinter sich. »Die Versuchung, nicht mehr zu glauben. Nicht mehr daran zu glauben, daß sich etwas ändern wird. Und wenn es sich ohnehin nicht ändern wird – die Versuchung, das Angebot des Teufels anzunehmen. So ließe sich wenigstens etwas von dem, was ich tue, zu Ende bringen.« Er faltete die Hände vor dem Bauch. »Das Gefühl, Allicey, etwas abgeschlossen zu haben. Verstehst du, was ich meine?«

»Der Fluß fließt weiter, Philip. Er hört nicht auf. Er ist nie zu Ende.«

»Aber wohin führt er? Wohin führt das alles?«

»Das Wichtigste ist, daß es *irgendwohin* führt, Philip. Es geht immer weiter.«

»Laß es uns hoffen«, sagte er.

Carl Griffin fuhr auf den städtischen Parkplatz unter der Freeway-Überführung hinter dem Justizgebäude. Er war von den langen, ergebnislosen Abenden erschöpft und sich der Tatsache, daß es Samstag war, nur vage bewußt. Er hatte nicht einmal Hunger.

Griffin war ein Arbeitstier, dem aber auch seine freien Wochenenden und der Football am Montag abend wichtig waren. Hatte er jedoch einen Bericht fertig zu schreiben, erledigte er das sofort, damit er nicht mehr daran denken mußte. Marcel Lanier und er hatten am Vorabend zusammen über zwanzig Personen befragt. Alle hatten übereinstimmend ausgesagt, es habe Krawalle gegeben, und der Bezirksstaatsanwalt sei getötet worden. Aber gab es etwas Neues?

Die Menschen schienen es leid zu sein, darüber reden, sich damit beschäftigen zu müssen. Andere hatten Angst vor der Polizei gehabt. Sie hatten nicht gewußt, was sie gesehen oder nicht gesehen, getan oder nicht getan haben durften. Griffin hatte es an ihren Gesichtern und an ihrer Körpersprache erkannt. Niemand hatte besonders viel ausgesagt. Aber die Berichte mußten geschrieben werden. Der Papierkram holte einen unbarmherzig ein, wenn man ihn gar nicht oder schlampig erledigte. Griffin hielt sich nicht für besonders kreativ, aber er erinnerte sich an jeden Schritt, den er unternommen hatte, und konnte das Wesentliche rasch zusammenfassen.

Marcel und er hatten um Viertel vor zwölf in der vergangenen Nacht am Doggie Diner in der Army Street eine Münze geworfen, um zu entscheiden, wer heute morgen – oder zumindest vor Montag – ins Büro gehen und den Bericht über die Ermittlungen schreiben würde. Griffin hatte verloren.

Auf dem Parkplatz duftete es stark nach Bohnenkaffee. War es tatsächlich Kaffee? Der Duft zog mit der Morgenbrise von der Bucht herüber. Griffin überquerte den Platz und ging durch den Gang am Leichenschauhaus und an dem neuen Gefängnis vorbei. Er betrat das Justizgebäude durch die Hintertür und umrundete den Metalldetektor.

Ein kurzer Blick in die Eingangshalle – die Schlangen der Plünderer waren verschwunden. Vielleicht eine Reaktion auf den Krawall, der neulich abend hier stattgefunden hatte. Er wußte nicht, was der Sheriff jetzt mit diesen Leuten anstellte, und es war ihm auch egal, solange sie ihm nicht in die Quere kamen.

Nur Ridley Banks war im Büro. Er hing mit verschränkten Armen in seinem Stuhl, hatte die Füße auf den Schreibtisch gelegt und schien zu schlafen. Vielleicht hatte er die Nacht hier verbracht. Griffin setzte eine Kanne Kaffee auf, leerte die Jackentaschen und ließ seine Unterlagen auf den Schreibtisch fallen. Dann zog er seinen Stuhl heran.

In Glitskys Büro klingelte das Telefon. Griffin ließ es noch ein weiteres Mal klingeln, bevor er den Stuhl zurückschob und aufstand. An der Wand neben dem Türrahmen hing eine Mitteilung für das Police Department, die er ignorierte. Er betrat den Raum und nahm den Hörer ab.

»Morddezernat, Griffin.«

»Hallo, Carl, hier Abe. Wie läuft's?«

»Die Musiker bauen gerade auf, und die Mädchen sind noch nicht hier, es ist also noch nichts los. Was gibt's?«

»Ich möchte dich um einen Gefallen bitten. Wie sieht dein Tag heute aus?«

»Hab' nichts vor. Ich bin nur hier, um den Bericht über gestern abend zu schreiben. Vorher, nachher, egal wann. Du kannst es dir aussuchen.«

»Wie ist es gestern abend gelaufen? Habt ihr was rausgefunden?«

Griffin legte einen Oberschenkel über die Ecke von Glitskys Schreibtisch und verlagerte sein Gewicht darauf. »Die kurze Antwort lautet ›nein‹. Niemand will beschwören, Schüsse gehört zu haben.«

Glitsky zögerte eine Sekunde. »Hattest du nicht schon jemanden? Die beiden älteren Damen gestern ...«

»Ja, ich weiß. Aber die haben nicht *zwei* Schüsse gehört, sondern jeweils nur einen. Viele Leute haben einen Schuß gehört.«

»Und was bedeutet das?«

»Zum Teufel, wenn ich das wüßte. Ich notiere nur ihre Antworten, um alles andere sollen sich die Staatsanwälte kümmern. Wahrscheinlich bedeutet es gar nichts. Jemand hat den ersten Schuß gehört, gedacht, es sei eine Fehlzündung, hat aufgehorcht, und – *peng* – oh, vielleicht ein Schuß. Aus irgendeinem Grund waren die Leute nicht so gesprächig wie sonst.«

Also, dachte Griffin, nichts, und damit basta. Er hatte keine Lust, noch mehr Zeit damit zu verbringen, den Leuten Löcher über etwas, das sie weder gesehen noch gehört hatten, in den Bauch zu fragen. »Was ist nun mit dem Gefallen?«

»Elaine Wager kommt eventuell bald mit Kevin Shea bei euch vorbei, etwa in einer Stunde, vielleicht ein bißchen später.«

»Willst du mich verarschen? Kevin Shea persönlich?«

»Ich möchte, daß einer von unseren Männern – einer von *euch* – Elaine und Shea aus der Stadt bringt, egal, wohin sie euch dirigiert.

Ich möchte nicht, daß sich ein anderer Staatsanwalt oder der Sheriff einmischt.«

»Du hast tatsächlich Kevin Shea?«

»Fast, hoffe ich. Ich will einfach vorbereitet sein. Und Carl ... Das ist ein Gefallen, kein Befehl.«

Welchen Unterschied macht das? fragte sich Griffin.

In diesem Moment erschien Banks im Türrahmen, die Mitteilung des Police Department in der Hand. »Ist das Abe?« fragte er. »Laß mich mit ihm reden.« Er gab Griffin den Zettel und nahm den Hörer.

»Hier ist Ridley ...«

Griffin hörte die beiden im Hintergrund reden, während er den Zettel las. Was war das für eine Scheiße? Glitsky vom Dienst suspendiert? Fragen zu aktuellen Mordfällen seien nach oben weiterzuleiten, an Frank Batiste, den stellvertretenden Polizeichef.

Banks berichtete Abe, das Labor habe keine Fingerabdrücke auf dem gelben Seil finden können, mit dem Arthur Wade gehängt worden war. Außerdem sei er frustriert, weil er den gestrigen Abend damit verschwendet habe, zu Jamie O'Toole zu fahren und ihm zu erzählen, man habe die Ärzte in der Gegend nach den Stichwunden von Mullen und McKay befragt und sei sicher, die beiden spätestens bis zum Nachmittag ins Justizgebäude bringen und in Haft nehmen zu können.

»Ich weiß, es ist ungewöhnlich«, sagte er. »Aber ich glaube, Mister O'Toole ist jetzt fast soweit, daß er klein beigibt und auf einen Deal eingeht. Vielleicht plaudert er ein bißchen darüber, wer dahinter steckt, um seinen eigenen süßen weißen Arsch zu retten.« Banks warf Griffin einen Blick zu und lächelte besänftigend. »Nur so 'ne Redewendung, Carl.« Dann, nachdem er wieder einen Augenblick zugehört hatte, fragte er ihn: »Willst du noch was vom Lieutenant?«

Griffin sah auf den Zettel in der Hand. Deshalb hatte er ihn um einen Gefallen gebeten, statt ihm einen Befehl zu erteilen. Es machte also doch einen Unterschied. Trotzdem, Abe war ein guter Polizist und ein feiner Kerl. Die Suspendierung hatte wahrscheinlich etwas mit den hohen Tieren zu tun, und Griffin wollte sich da nicht einmischen. »Nein. Sag ihm, es geht in Ordnung.«

Banks tat es und hängte ein. Dann wies er auf das Stück Papier und sagte: »Kannst du den Quatsch glauben? Was soll das?«

»Ja, ich weiß«, sagte Griffin und legte das Papier auf Abes

Schreibtisch. »Als es hieß, sie würden ihn zum Lieutenant befördern, habe ich ihn gewarnt.«

»Du hast ihn gewarnt?«

Griffin nickte. »Wenn du Lieutenant wirst, bist du kein Straßenpolizist mehr. Aber genau das ist Glitsky. Wie ich. Du kannst nicht aus deiner Haut.«

Das war die längste Unterhaltung, die Banks je mit Carl Griffin geführt hatte. Er mußte an seine Freundin – vielleicht seine Exfreundin – Jacqueline denken, die zu denselben Schlußfolgerungen gekommen war wie dieser übergewichtige Cop. Erstaunlich. »Hüte dich vor Jobs, für die du die Kleider wechseln mußt.«

»Ja, genau das meine ich.«

»Thoreau hat das geschrieben.«

»Wer?«

»Thoreau.«

»Der Typ, der ›Aus Mangel an Beweisen‹ geschrieben hat?«

Banks konnte nicht anders: »Ja, der.«

Griffin, der nichts bemerkt hatte, sprach weiter: »Mir hat der Film gefallen, aber ich glaube immer noch, daß der Typ, der Anwalt, es getan hat, nicht seine Frau.« Dann fragte er übergangslos: »Du hast doch mit dem Lieutenant über Stichwunden gesprochen? Hab' ich dir schon von Colin Devlin erzählt?«

Polizeichef Rigby hielt sich zurück. Er telefonierte von einem Funktelefon aus mit dem erzürnten und frustrierten Bürgermeister Conrad Aiken.

»Mohandas ist dort? Er tut es also doch?«

»Wenn ich ihn nicht davon abhalte. Aber ich dachte, ich rufe Sie vorher lieber an.«

»Was will er damit erreichen?«

Nachdem das Gesuch eine Reihe von Sachbearbeitern der Stadtverwaltung passiert hatte und bis in sein Büro vorgedrungen war, hatte sich der Bürgermeister gestern eine lange, hitzige Diskussion mit Philip Mohandas darüber geliefert, ob es klug sei, den geplanten Demonstrationszug zum Rathaus durchzuführen. Der Bürgermeister hatte auf seine Zugeständnisse hingewiesen: die Belohnung für Kevin Shea, die Ernennung von Alan Reston ... Die Stadt gebe sich alle Mühe, angemessen zu reagieren. Über Donald, seinen Assistenten, hatte der Bürgermeister von dem geplanten

Handel mit Hunter's Point erfahren und wußte, daß Mohandas als Verwalter dieser Gelder im Gespräch war, die offenbar aus der Staatskasse stammen würden. Was wollte dieser Mann denn noch? Bekam er nie genug? Mohandas hatte geantwortet, er beantrage lediglich die Genehmigung für eine friedliche Versammlung seiner Anhänger, wie sie in der Verfassung der Vereinigten Staaten garantiert sei. Er hatte sich unbeeindruckt gezeigt von den Gegenargumenten, diese Veranstaltung berge eine derart große Gefahr in sich und die Forderung nach Kevin Sheas Kopf sei derart heikel, daß Aiken beim besten Willen Probleme mit diesem Antrag habe. Er werde die Demonstration nicht absagen, hatte Mohandas dem Bürgermeister mitgeteilt. Sein Volk verdiene sie, ob mit oder ohne Genehmigung, deren Beantragung zu diesem Treffen geführt hatte.

»Ohne Genehmigung ist die Demonstration illegal«, hatte Aiken gedroht. »Ich könnte die sofortige Auflösung und sogar Ihre Verhaftung anordnen und durchführen lassen. Ich könnte die Ausgangssperre ausweiten, das Kriegsrecht verhängen, und wenn Sie glauben, die Dinge stünden im Moment schlecht ...«

»Ich verstehe das alles«, hatte Mohandas gesagt.

Conrad Aiken hatte sich ein wenig wie Pontius Pilatus gefühlt, letztendlich aber entschieden, daß er die Genehmigung nicht erteilen könne. Die Demonstration, Zusammenkunft, oder was immer es war, könne zwar stattfinden, aber ohne seine Zustimmung. Er wußte, daß er leere Drohungen aussprach. Er wollte die Situation nicht dadurch verschlimmern, daß er zusätzlich Verstärkung anforderte.

Aber bis zu Rigbys Anruf hatte Aiken entgegen besseren Wissens gehofft, daß Mohandas, dieses eine Mal wenigstens, die Dinge nicht über die Grenzen der Vernunft hinaus treiben würde. Er hatte darauf vertraut, daß er die Zeichen der Zeit erkennen und dementsprechend handeln würde. Aber er hatte sich getäuscht, soviel stand fest. Laut Rigby war die Menschenmenge bereits auf zweitausend Personen angewachsen, und die Straßen um den Kezar-Pavillon waren verstopft.

Also hoffte Aiken, daß Mohandas wenigstens einen Teil von dem, was er gesagt hatte, beherzigen würde. Immerhin schien der Bürgerrechtler nicht um jeden Preis auf seinem Programm zu beharren. Es gab, trotz seiner Unberechenbarkeit, ein Anzeichen der Mäßigung: Mohandas hatte die Entscheidung des Bürgermeisters, die Genehmigung zu verweigern, noch nicht an die große Glocke gehängt.

»Ich schlage vor, Sir«, sagte der Polizeichef, »daß wir das Geschehen genau im Auge behalten. Wenn wir versuchen, ihn jetzt noch aufzuhalten, könnte es, fürchte ich, zu einer Katastrophe kommen. Mit oder ohne Genehmigung.«

Der Bürgermeister stimmte ihm zu.

Die Erkenntnis traf Aiken wie ein Blitz. Plötzlich wußte er, welche Strategie Mohandas verfolgte. Er würde sich die Nachricht von der Weigerung des Bürgermeisters, die Demonstration zu genehmigen, aufheben, bis der Zug in Gang gesetzt war, um damit eine größere Wirkung zu erzielen. Und das würde die reinste Raserei entfachen.

Aiken konnte das nicht zulassen. Es würde nicht nur die hypnotisierten Menschenmassen anstacheln, sondern wäre auch eine politische Katastrophe. Gestern hatte er den Marsch einfach verhindern wollen, weil er der Krawalle überdrüssig gewesen war und diese Demonstration vermutlich wieder zu Ausschreitungen führen würde. Er hatte versucht, das zu tun, was er für richtig hielt, um die Stadt vor einer weiteren Explosion der Gewalt und der Wut zu bewahren. Er war tatsächlich der Ansicht gewesen, es bestehe eine Chance, daß Mohandas die Veranstaltung absagen würde. Gestern hatte er seine hartnäckige Weigerung gebraucht, damit ihm später nicht vorgeworfen werden konnte, zu diesem kritischen Zeitpunkt in unverantwortlicher Blindheit eine Demonstration genehmigt zu haben.

Doch die Affäre hätte auch für ihn Folgen, das erkannte er jetzt deutlich. Mohandas würde Aikens Weigerung, die Genehmigung zu erteilen, dazu verwenden, den Bürgermeister als Rassisten darzustellen. Und das war für einen Politiker in San Francisco die schlimmste aller denkbaren Bezeichnungen.

Das mußte er verhindern.

Dan Rigby war noch in der Leitung und wartete auf Instruktionen. »Chief«, sagte Aiken, »Sie haben recht, wir sollten nur eingreifen, wenn es Schwierigkeiten gibt. Aber ich will Ihnen die Sache erleichtern. Ich werde diese gottverdammte Genehmigung erteilen.«

»Sieh dir das an!«

Melanie blickte durch das vordere Fenster auf das Treiben auf der Straße hinunter. Kevin trat von hinten an sie heran und legte eine Hand sanft auf ihr Hinterteil, während er sich vorbeugte, um etwas zu sehen.

»Die Demonstration von Mohandas«, sagte er. Sie hatten davon im Fernsehen gehört. »Hoffentlich kommt Wes bald mit Ergebnissen. Wenn ich mich nicht täusche, geht es bei der ganzen Sache darum, uns aufzuspüren.«

Melanie drehte sich um und zog die Jalousie herunter. »Willst du ihn jetzt anrufen?«

Kevin dachte darüber nach. »Er sagte, um neun ... Egal, ich rufe ihn jetzt an.«

»Also los.«

Weil Kevin um Punkt neun Uhr anrufen wollte, dachte Wes, er könne vorher mit Bart runtergehen, damit das schon mal erledigt wäre. Über die Treppe erreichte er die Vorhalle des Apartmenthauses. Diesmal hörte er das Telefon nicht läuten.

Special Agent Simms saß mit zwei Technikern und einem Scharfschützen im Lieferwagen. Sie hatte beschlossen, einen der Schützen ständig in Bereitschaft dort zu behalten. Vielleicht blieb keine Zeit, die Scharfschützen erst zu holen.

Nach dem knapp fehlgeschlagenen Einsatz im Pizzaiola hatte sie bis drei Uhr früh nicht schlafen können. Sie hatte die Anweisung erteilt, sie bei jedem Anruf, der bei Wes Farrell eingehe, zu wecken, egal, wie nebensächlich er sei oder woher er komme.

Kein Anruf mehr.

Der letzte war lange eingegangen, bevor sie eingeschlafen war: die Warnung, daß Farrells Telefon angezapft sei. Irgendeine undichte Stelle. Es hatte sie rasend gemacht. Zu oft geschah es, daß irgend jemand solche Dinge ausplauderte. Der Verrat einer geheimen Abhöreinrichtung müsse eine schwere Bestrafung nach sich ziehen, hatte sie gedacht, wie wäre es mit der Todesstrafe?

Zum Glück hatte Wes Farrell sein Telefon nicht ausgestöpselt, noch nicht einmal den Hörer neben den Apparat gelegt. Wahrscheinlich glaubte er nicht an die Geschichte mit dem Abhören. So waren manche Menschen eben. Man teilte ihnen mit, daß man mit ihrem Mann oder ihrer Frau schlafe, aber sie lächelten und erwiderten, sie könnten sich nicht vorstellen, daß ihr Mann oder ihre Frau untreu sei. Er oder sie gehöre nicht zu dieser Art von Leuten.

Aber eigentlich hoffte sie, daß Wes Farrell – und das war realistischer – nur telefonisch mit Shea in Kontakt stand. Falls das Telefon die einzige Verbindung zwischen ihnen war, würden sie es mindestens noch einmal benutzen. Sie verließ sich auf die in der Öffentlichkeit verbreitete, aber nicht mehr zutreffende Annahme, daß eine telefonische Verbindung für eine gewisse Zeit bestehen müsse, damit der Standort eines der beiden Teilnehmer ermittelt werden konnte. Vielleicht dachte Farrell, er könne sich bei Sheas Anruf kurz genug fassen und maximal zehn Sekunden sprechen. Doch das würde reichen.

In diesen zehn Sekunden mußten die beiden ausmachen, wie sie das nächste Mal miteinander in Verbindung treten würden, oder etwa nicht? Und das hätte sie dann auf dem Tonband im Lieferwagen.

Sie würden ihn kriegen. Jetzt konnte es nicht mehr lange dauern.

67

Loretta Wager hatte drei verschiedene Telefonnummern, und an jede dieser Leitungen war ein eigener Anrufbeantworter angeschlossen. Sie konnte also zu jeder Tages- und Nachtzeit erreichbar oder nicht erreichbar sein.

Gestern abend war sie zum Beispiel für Alan Reston erreichbar und für Glitsky nicht erreichbar gewesen. Sie fühlte sich nicht besonders gut bei dem Gedanken, daß Abe suspendiert worden war, aber sie würde es wiedergutmachen, wenn alles vorüber war. Auf eine bestimmte Art liebte und bewunderte sie seine Hartnäckigkeit sogar, aber sie würde nicht einmal Abe gestatten, ihre eigene Position zu gefährden. Wenn man erreichte, daß er seine Ermittlungen ruhen ließ, bis sie am Ziel war, könnten sie weitermachen wie bisher. Vielleicht sogar schon am heutigen Abend. Reston hatte ihr von Wes Farrells angezapftem Telefon berichtet und daß man vermute, das FBI schlage spätestens irgendwann im Laufe des Vormittags zu.

Nachdem Abe aus ihrem Büro im Rathaus wieder weggegangen war, hatte sie Restons tatsächliche Nummer gewählt (nicht die Phantasienummer, die sie gewählt hatte, als Abe neben ihr stand) und hatte Alan von Glitskys Bitte berichtet, sie solle einschreiten und dem neuen Bezirksstaatsanwalt den Kopf zurechtrücken. Es hatte keinen Sinn mehr gehabt, darüber zu diskutieren, ob man sich bei Polizeichef Rigby beschweren und den Lieutenant vorübergehend vom Dienst suspendieren lassen solle – es war schlichtweg notwendig gewesen.

Nachdem das erledigt war, hatte sie mit einem oder mehreren Anrufen von Abe gerechnet. Aber sie war eben nicht erreichbar gewesen, ganz einfach. Sie hatte die Vorhänge zugezogen und die Lampen im vorderen Teil des Hauses ausgeschaltet, so daß er, wenn er gekommen wäre, den Eindruck erhalten hätte, sie sei nicht zu Hause. Sie war nicht davon ausgegangen, daß er die ganze Nacht warten würde. Falls doch, hätte sie eine Ausrede parat gehabt: Erschöpfung, Ohrstöpsel, ein Schlafmittel.

Aber er war nicht gekommen, hatte nur zweimal angerufen und Nachrichten hinterlassen. Mehr nicht. Der typisch männliche Stolz. Er würde nicht jammernd angekrochen kommen und über seine Probleme reden. Auch das mochte sie an ihm. Eigentlich mochte sie fast alles an Abe Glitsky. Hatte es schon immer gemocht.

Sie war davon überzeugt, daß er einfach abwarten würde, bis sie sich wieder trafen, um sie dann zu fragen, wo sie gewesen sei. Nicht vorwurfsvoll, weswegen sollte er ihr auch Vorwürfe machen? Sie würde irgendeine Erklärung finden, weshalb sie sich, ganz unerwartet, nicht mit ihm hatte in Verbindung setzen können. Mehrere plausible Gründe fielen ihr ein, die ihn ihrer Ansicht nach überzeugen würden. In diesem Moment war er sicherlich aufgebracht, und sie nahm ihm das nicht übel, doch sie konnte erst mit ihm sprechen, wenn ...

Während sie ihren Morgenkaffee trank, gönnte sie sich einen Moment Ruhe. Sie war zu dem Schluß gekommen, daß sie es jetzt riskieren konnte, die Vorhänge wieder zu öffnen. Sie mußte entscheiden, wen sie zuerst zurückrufen würde – ihre Tochter und der Bürgermeister hatten beide dringende Nachrichten hinterlassen –, aber fünf Minuten machten keinen Unterschied.

In der körperlichen Anziehungskraft, die Abe auf sie ausübte, lag etwas Einzigartiges, dachte sie. In Gedanken wanderte sie zu jener Zeit zurück, als er noch ihr jugendlicher Liebhaber an der San José State University gewesen war. Sie fand es bemerkenswert, wie wenig sich sein Körper inzwischen verändert hatte. Der Brustkorb war kräftiger geworden, breiter, aber sein Bauch war immer noch flach wie ein Brett ...

Welch bittersüße Ironie, wenn sie trotz all dieser widrigen Umstände zusammenblieben ... Sie lächelte. Auf ihrem Schreibtisch im Rathaus ... der Mann war eine Wucht.

Aber mehr als das liebte sie sein Bemühen, sich als hundertprozentigen Cop zu verstehen und die kulturelle Tradition des Talmudismus herunterzuspielen, zu dem sein Vater sich, wie sie wußte, bekannte. Er war ein Idealist. Wenn er nur die Wahrheit über einige der schwierigen Entscheidungen kennen würde, die sie hatte treffen müssen und die zu treffen ihr so schwergefallen war ...

Vielleicht würde sie es ihm irgendwann einmal erzählen. Wenn es entweder wirklich wichtig oder bereits egal war. Später, wenn aus ihrer gegenseitigen Anziehung etwas Dauerhaftes geworden war. Sein aufrichtiges Vertrauen in sie rührte sie.

Würde er ihr je verzeihen?

Wenn das hier vorbei war, würde sie es wiedergutmachen, es wenigstens versuchen. Das schuldete sie ihm allein wegen des Teils von ihm, den sie all die Jahre in sich getragen und mit dem sie gelebt hatte. Und wegen dem anderen Teil. Den sie jetzt wiedergefunden hatte.

»Was ist los, Liebes? Du klangst so aufgeregt.«

Elaine hatte mit sich gerungen, doch letztlich hatten die Familienbande gesiegt. Sie mußte mit ihrer Mutter sprechen. In einer so wichtigen Angelegenheit wollte sie sich nicht einfach auf Glitskys Wort verlassen. Sie wollte hören, ob ihre Mom es rigoros abstreiten oder bestätigen würde. Dann wüßte sie Bescheid und könnte entsprechend reagieren. Ihre Mutter würde sie nicht belügen. Das hatte sie noch nie getan, soweit sie wußte.

Loretta antwortete, sie wisse nicht, warum Abe ›meinem Kind‹ solche Dinge gesagt habe. »Ich habe ihn gestern abend gesehen, Liebes. Er hat mir davon erzählt, und ich habe es an Alan Reston weitergeleitet. Hat er dir das nicht gesagt?«

»Er hat gesagt, du hättest ihn nicht zurückgerufen.«

»Das stimmt, aber das war auch nicht möglich. Ich bin erst gegen ein Uhr morgens nach Hause gekommen, weil ich mit ein paar Assistenten der Stadträte unterwegs war. Wir wollten diese Sache mit Hunter's Point klären. Ich habe im Moment außer Lieutenant Glitsky noch ein paar andere Dinge im Kopf, Liebes. Ich denke, daß sich bei Abe einfach der Streß bemerkbar macht. Ich muß mit ihm reden. Ist er bei dir?«

»Nein, er ist zu Farrell gefahren. Ich wollte einfach nur wissen, was du ...«

»Du machst genau das Richtige, Elaine. Ich würde dasselbe tun. Wenn Abe dir Kevin Shea bringt und du für seine Sicherheit garantieren kannst, mußt du es natürlich tun. Das habe ich immer und immer wieder verlangt: Der Mann soll verhaftet werden.«

»Ist das alles, was du willst?«

»Was könnte ich sonst wollen, Kind?«

»Auch wenn er unschuldig ist?«

»Selbstverständlich. Erst recht, wenn er unschuldig ist. Aber das glaube ich nicht. Ich glaube, Abe verliert ein wenig die Übersicht. Wenn du von ihm hörst, sag ihm bitte, er soll mich anrufen, ja? Der Junge muß wieder auf die richtige Bahn gebracht werden.«

»In Ordnung, Mom ...«

»Und was dich betrifft, Liebes ... Ich wäre an deiner Stelle etwas vorsichtiger. Um deiner selbst willen.«

Loretta sprach über die Gefahren, die sich aus der Mißachtung der obligatorischen Verfahrensweisen ergeben konnten, und endete mit den Worten: »Also, sei vorsichtig. Ich muß jetzt mit dem Bürgermeister sprechen. Wenn du noch was brauchst, rufst du noch mal an, okay?«

»Okay.«

Verdammt, verdammt, *verdammt*, Abe Glitsky! Du weißt nicht, worauf du dich da einläßt.

»Und deshalb dachte ich, Senatorin, daß Sie vielleicht dieses ... Versehen wiedergutmachen könnten, indem Sie Mister Mohandas die Genehmigung persönlich überreichen. Ich meine, bei dieser Demonstration geht es doch darum, gegen die angebliche Ignoranz der Stadtverwaltung zu protestieren. Ich dachte, Sie könnten das entkräften ...«

»Sie haben recht, Conrad. Um die Wahrheit zu sagen: Ich glaube, ich hätte die Genehmigung für die Veranstaltung gestern an Ihrer Stelle auch nicht erteilt. Unter uns gesagt, erscheint mir Ihre Handlungsweise absolut gerechtfertigt. Aber jetzt, da die Demonstration offenbar doch stattfindet ...«

»Ich könnte Ihnen einen Wagen schicken. Er wäre in fünfzehn Minuten mit der unterzeichneten Genehmigung bei Ihnen.«

»Wenn Sie mir eine halbe Stunde geben, werde ich im Fernsehen ein bißchen besser aussehen.« Sie lachte verschwörerisch.

»Vielen Dank, Senatorin. Ich weiß nicht, wie ich Ihnen danken soll, aber ich werde Ihnen das nicht vergessen.«

»Unsinn, Conrad. Das ist für mich einfach eine weitere Gelegenheit, ein paar Worte in der Öffentlichkeit zu sagen, und Sie wissen, daß ich nur für diese Momente lebe.« Ihrer Kehle entrang sich ein heiseres, selbstironisches Lachen.

»Trotzdem ...«

»Leiten Sie alles in die Wege, und schicken Sie Ihren Wagen. Bis dann.«

68

Glitsky war knapp eine halbe Stunde bei Elaine gewesen, um die Sache mit ihr zu besprechen, hatte dann im Büro angerufen und glücklicherweise Carl Griffin erwischt, der einen Baumstamm meilenweit durch eine Sandwüste schleppen würde, ohne nach dem Grund zu fragen. Schließlich hatte er beschlossen, zu Farrell zu fahren.

Als er jetzt in seinen Dienstwagen stieg, prüfte er aus Gewohnheit den Rückspiegel und stellte ihn ein. Dann hantierte er mit dem Sitz herum, schob ihn um eine Stufe zurück ... Und erstarrte.

Erst zehn Minuten später drehte er den Zündschlüssel herum.

Farrell, der auf der Hut war, aber keinen auf dem Kopf trug, begrüßte Glitsky in einem gutsitzenden dunkelblauen Anzug. Er hatte seine Haare mit Gel nach hinten gekämmt und zu einem Pferdeschwanz zusammengebunden und sah fast aus wie ein Rechtsanwalt im Einsatz. Bis auf die Tatsache, daß ein Tintenklecks oder etwas Ähnliches seine Unterlippe und einen Teil seines Kinns verfärbt hatte.

Im Wohnzimmer lagen Unterlagen, alte Fast-food-Schachteln, Bierflaschen, Limonadendosen und Pizzakartons herum. Farrell stellte seinem Gast den Hund Bart vor und fügte, als er Glitskys Blick sah, entschuldigend hinzu, seine Putzhilfe habe unerwartet abgesagt.

Glitsky bahnte sich einen Weg durch das Zimmer und ließ sich auf einem umgedrehten Milchkasten nieder. »Läuft das Geschäft in letzter Zeit schlecht?« fragte er. Bart kam zu ihm und beschnüffelte seine Schuhe und seine Hosenbeine. Glitsky streichelte ihn.

Farrell war kurz ins Nebenzimmer gegangen, kam jetzt zurück und sah auf die Uhr. »Es ist jetzt ungefähr 8 Uhr 41.«

Auch Glitsky warf einen Blick auf seine Armbanduhr. »Ungefähr.«

»Ich weiß nicht, wie ich den Anruf von Kevin verhindern soll.

Es gibt keine Möglichkeit, ihn zu erreichen und zu warnen. Ich muß hier sein, wenn er anruft«, sagte Farrell und nahm auf dem Futon Platz. »Das gestern abend waren *Sie*, nicht wahr?«

»Ja, das war ich.«

»Und wie, meinen Sie, sollen wir die Sache angehen?«

Glitsky langte nach unten und kraulte Bart wieder am Kopf. Der Hund schmiegte sich an seine Beine.

»Sie wissen wirklich nicht, wo er ist?«

Farrell fühle sich angegriffen. »Lieutenant, ich sitze hier und stecke in dieser Sache drin und bekomme nicht mal Geld dafür. Aber ich glaube, daß Kevin Shea so unschuldig ist wie Sie oder ich. Wenn ich wüßte, wo er ist, wäre ich bei ihm. Das können Sie glauben, oder auch nicht, aber ich kann Ihnen nichts anderes sagen. Keine Anwaltstricks. Ich bin raus aus dem Geschäft.«

Glitsky nickte. »Die einzige Möglichkeit herauszufinden, wo er sich aufhält, besteht also darin, seinen Anruf abzuwarten?«

»So wie ich es sehe, ja.«

»Dann wird es ein Wettlauf um die Zeit. Haben Sie keinen Ort vereinbart, wo sich treffen könnten, falls was schiefgeht?«

»Nein«, sagte Farrell matt. »Wissen Sie, Lieutenant, wir hatten das alles eigentlich nicht eingeplant. Was meinen Sie mit ›Wettlauf‹?«

»Ich meine, sobald das FBI Ihren Jungen geortet hat, werden die sich in Bewegung setzen, und Sie sollten darauf vorbereitet sein, dasselbe zu tun. Ich habe Special Agent Simms kennengelernt. Sie ist hier, um die Flammen zu löschen, ohne Fragen zu stellen.«

»Ist Kevin Shea eine Flamme?«

»Sie hält ihn für bewaffnet und gefährlich.«

»Aber das ist er nicht. Nichts davon.«

Glitsky zuckte mit den Achseln. Wie oft kam es vor, daß die Leute was falsch verstanden?

»Ich soll ihn also nur fragen, wo er ist, und dann hinfahren?«

»Ja.«

Farrell schüttelte den Kopf und atmete langsam aus. »Und dann?«

Glitsky erklärte kurz den Plan. Sie befänden sich, unabhängig von der Anwesenheit des FBI, in San Francisco, also seinem Zuständigkeitsbereich. Glitsky (er überging die Tatsache, daß er vom Dienst suspendiert war) würde Shea formal verhaften, das habe den Vorteil, daß Sheas Anwalt und eine weitere Zeugin zugegen seien. Staatsanwältin Elaine Wager würde ihnen helfen. Sie habe sich einverstanden erklärt, Kevin Shea an einen sicheren Ort zu begleiten und Farrell vielleicht sogar dabei behilflich zu sein, die Anklage zu verhindern.

Das Telefon klingelte. Beide Männer sahen auf die Uhr. Fünfzehn Minuten zu früh.

Für Farrell gab es noch immer eine Menge, was den Ablauf betraf, zu besprechen, und er war eigentlich noch nicht bereit, doch er nahm den Hörer schon beim zweiten Klingeln ab. Während er zuhörte, runzelte er die Stirn. »Ja, er ist hier, einen Moment.« Dann sagte er zu Glitsky: »Elaine Wager.«

Elaine erzählte Glitsky, daß sie mit ihrer Mutter gesprochen und diese seine Anschuldigungen abgestritten habe. Loretta wolle nichts weiter als Kevin Sheas Verhaftung, das sei die ganze Zeit über ihr einziges Anliegen gewesen. Sie glaube nicht – und Elaine stimme ihrer Mutter darin zu –, daß es eine gute Idee sei, Shea aus der Stadt und aus dem Bezirk zu bringen. Das sei Aufgabe der Polizei, und Elaine unterstehe der Bezirksstaatsanwaltschaft, nicht dem Police Department. Sie überschreite ihre Befugnisse. Sie müsse aufpassen, die Vorschriften nicht zu mißachten und solle sich die Probleme im Fall O.J. Simpson vor Augen führen.

Nein, es sei klüger, nach dem Gesetzbuch vorzugehen. Abe könne Shea zu ihr bringen, aber danach würden sie gemeinsam zum Justizgebäude fahren, ihn in Haft nehmen und für seine Sicherheit sorgen. Zu befürchten, daß ihm im Gefängnis etwas geschehe, sei paranoid. Nur selten werde jemand im Gefängnis umgebracht, schon gar nicht, wenn der Fall einen Bekanntheitsgrad erlangt habe wie dieser. Unabhängig davon werde Kevin Shea besonderen Schutz bekommen. Weder er noch Glitsky sollten sich deswegen Sorgen machen.

Glitsky ließ sie zu Ende sprechen und sagte dann, ihre schöne neue Idee werde nicht funktionieren.

»Warum nicht?«

»Weil Mister Farrell Kevin Shea nicht ins Gefängnis von San Francisco bringen wird, ohne eine bessere Schutzgarantie als diese zu bekommen.«

Damit war das Gespräch auch schon fast beendet. Elaine merkte zum Schluß noch an, daß sie glaube, Abe arbeite zuviel und sehe mittlerweile Gespenster, die nicht existierten.

Er legte sanft den Hörer auf. Fünf Minuten vor neun. Er wiederholte Farrell, der zugehört und den Kern des Gesprächs mitbekommen hatte, Elaines Worte.

»Und was nun?«

Glitsky starrte ins Zimmer. »Ich nehme an, daß Sie sich nicht umstimmen lassen, Ihren Mandanten ins Justizgebäude zu bringen?« Er erwartete keine Antwort. Jetzt ging es also nur noch um Loretta und ihn selbst, wie er es irgendwo in seinem Inneren bereits erwartet hatte. Farrell setzte an, auf die Frage zu antworten, doch Abe hielt ihn mit einer Handbewegung davon ab. Er hatte die Frage nicht ernst gemeint. Die nächste hingegen schon: »Was ist, wenn ich die Senatorin zu überreden versuche?«

Elaines Meinungsumschwung hatte Farrell verbittert. Er schüttelte den Kopf. »Ich weiß nicht, ob sie ...«

»Sie kann. Reston ist ihr Mann. Sie könnte ihn dazu bringen, Shea Schutz zu garantieren, und das FBI zurückzupfeifen. Außerdem kann sie die Stadtregierung informieren und Mohandas dazu bringen, seiner ›Tot-oder-Lebendig‹-Rhetorik abzuschwören.« Er hielt inne. »Sie ist die einzige, die das kann.«

»Aber warum sollte sie es tun? Sagte sie nicht ...? War das nicht gerade ihre Tochter ...?«

»Sie hält die Hand über den Job ihrer Tochter, über deren Karriere. Das ist was anderes.«

»Sie wird es nicht tun, Lieutenant.«

»Vielleicht doch«, entgegnete Glitsky grimmig. Er war aufgestanden. »Haben Sie einen Piepser?«

»Nein. Nicht mehr.«

Glitsky öffnete seinen Gürtel. »Hier, nehmen Sie meinen. Wenn sie es macht, können wir Shea zu ihr bringen. Wenn sie sich offiziell hinter ihn stellt, haben Sie den besten Schutz, den Sie bekommen können.«

»Selbst wenn sie sich bereit erklärt, wie werden Sie ...?«

Glitsky zeigte auf den Piepser. »Ich werde diese Nummer anrufen. Wenn Sie die Möglichkeit dazu haben, dann rufen Sie mich zurück und sagen mir, wo Sie sind und wo Shea ist. Wenn Sie ihn vor dem FBI erreichen, hauen Sie verdammt noch mal schnellstens von dort ab. Fahren Sie irgendwo anders hin und warten Sie, bis ich Sie wieder anrufe. Falls Ihnen das FBI auf den Leib rückt, rufen Sie 911 an. Der Punkt ist, daß Sie ein paar Leute heranholen. Sie brauchen Zeugen.«

»Und was ist, wenn Loretta Wager es nicht tut?«

An der Tür drehte sich Glitsky um und sagte: »Der Plan bleibt derselbe, Farrell. Aber wenn Sie nicht angepiepst werden und es schaffen, vor dem FBI bei Shea zu sein …«

»Ja?«

»Dann hauen Sie ab, so schnell Sie können. Aber das haben Sie nicht von mir, okay?«

69

Die Türklingel. Vermutlich Aikens Wagen. Sie hatte zwar um eine halbe Stunde Zeit gebeten, aber offensichtlich war der Bürgermeister so nervös, daß er den Wagen in der Hälfte der Zeit geschickt hatte.

Sie war noch dabei, sich fertig zu frisieren, und hatte keine Lust, sich im Wagen zu Ende zu schminken. Der Fahrer würde warten müssen.

Ihre Schritte hallten auf dem Parkettboden, als sie durch die hinteren Räume nach vorn zur Eingangstür ging.

»Abe!«

»Ich habe versucht, dich anzurufen«, sagte er. »Aber es ist niemand rangegangen.«

»Nein«, sagte sie. »Ich weiß. Ich habe deine Nachricht erhalten, aber ich bin so spät nach Hause gekommen ...«

»Elaine sagte, sie habe mit dir gesprochen.« Er blinzelte in die Sonne, spürte den Wind auf dem Gesicht. »Hast du was dagegen, wenn ich einen Augenblick reinkomme?«

»Nun, ich erwarte jeden Moment ... sicher.« Sie lächelte ihn fröhlich an. »Aber nur für einen Moment. Ich muß zur Demonstration.«

Er blieb im Türrahmen stehen. »Du gehst zu Mohandas' Demonstration?«

Sie streckte ihre Hand aus, berührte ihn am Ärmel. »Nicht, was du denkst, Abe. Der Bürgermeister hat mich gebeten, die Genehmigung für die Demonstration zu überbringen, das ist alles.« Sie zuckte mit den Schultern. »Nur ein Gefallen unter Politikern. Der Wagen müßte jeden Moment ...«

Er drückte die Tür mit der flachen Hand zu. Sie versuchte zu lächeln. Der Streß, unter dem er stand, verwirrte sie, bereitete ihr Sorge um ihn. Sie ging auf ihn zu ...

»Nein«, sagte er.

Sie wich zurück. »Was heißt das, ›nein‹, Abe?«

Sein Blick war ausdruckslos. Sie versuchte es noch einmal und streckte ihre Hand aus. Er trat ihr seitlich aus dem Weg. »Ich war eine halbe Stunde davon entfernt, Kevin Shea abzuholen und diese ganze Geschichte auf die einzige Weise, die mir noch bleibt, über die Bühne zu bringen«, begann er, »und dann, Loretta, hast du mir von hinten eins übergezogen.« Er bewegte sich, auf Distanz bedacht, langsam von ihr fort und ging durch das geräumige Wohnzimmer in die Bibliothek.

»Abe, bitte, ich habe nichts dergleichen getan. Wenn überhaupt, dann habe ich versucht, euch beiden zu helfen. Elaine darf keinen Fehler machen, der sie ihren Posten und ihre Karriere kosten könnte, und du willst deinen Job bei der Polizei sicher auch nicht für immer verlieren.«

Er nickte, als habe sie ihm soeben etwas bestätigt. Aber er hielt sich zurück, gab nichts preis. »Wie meinst du das?« fragt er.

»Ich meine diese Suspendierung. Du schadest dir selbst, Abe, mit so einer ...«

»Woher weißt du von meiner Suspendierung, Loretta?«

Ein Wimpernschlag zeigte an, daß sie für einen Moment die Beherrschung verlor. An ihrer Schläfe trat eine Vene hervor. »Nun, ich ...«

»Ich habe so gegen Mitternacht davon erfahren. Und du?«

Er hatte sie in die Bibliothek manövriert, wo sie am ersten Abend gewesen waren. Hier fühlte er sich ein wenig auf vertrautem Terrain.

Loretta blieb an der Tür stehen.

»Ich weiß es nicht«, sagte sie. »Wirklich, ich weiß es einfach nicht.« Ihrem Blick war anzusehen, daß sie verletzt war. Sie ging einen Schritt auf ihn zu. »Warum bist du so verdammt kalt, Abe? Warum redest du so mit mir? Ich habe nichts weiter getan, als Elaine zu sagen, daß sie sich an die Regeln halten soll.« Sie wagte noch ein paar Schritte mehr und blieb dann wieder stehen. »*Sie* hat es mir erzählt, Elaine.«

»Daß ich suspendiert bin?«

»Ja.«

Er nickte wieder und versuchte es. »Und woher wußte sie es? Ich habe es ihr gegenüber nicht erwähnt.«

Verengten sich ihre Augen? »Na, dann hat sie es eben nicht von dir. Vielleicht hat sie mit Alan Reston gesprochen. Vielleicht hat sie es in den Nachrichten gehört. Ich weiß nur, daß sie es mir gesagt hat.« Sie ging weiter, bis sie dicht vor ihm stand. »Abe, bitte. Warum tust du das?«

Ihre Augen glänzten von dem Schmerz, den er ihr zufügte. Sie legte ihre Hand auf seinen Arm. »Bitte.«

Er wich zurück, und ihre Hand fiel herunter. »Ich möchte, daß du sie anrufst«, sagte er.

»Um ihr was zu sagen?«

»Sag ihr, daß ich dir erklärt habe, wie die Dinge stehen. Sag ihr, daß ich recht habe.«

»Aber du hast nicht recht. Es könnte den Fall und sie ruinieren.«

»Es gibt keinen Fall, Loretta. Kevin Shea ist unschuldig, und das weißt du ganz genau.«

Ihre Antwort kam reflexartig, aber sie nahm sich einen Augenblick Zeit, um die Antwort zu formulieren. »Kein Weißer ist unschuldig, Abe. *Du* weißt das doch.«

Er hatte das auf die eine oder andere Weise schon tausendmal gehört, und es ließ ihn herzlich kalt. »Manche doch«, sagte er schlicht. »Kevin Shea trägt das Herz auf dem rechten Fleck, Loretta.«

»Warum errichten wir dann nicht ihm zu Ehren ein Denkmal?«

»Er hat es nicht getan, auch wenn du dafür gesorgt hast, daß die ganze Stadt, zum Teufel, das ganze *Land* denkt, er habe es getan. Das kannst du rückgängig machen.«

»Abe, selbst wenn dieser Junge es nicht persönlich getan hat – was nicht heißen soll, daß ich hier Zugeständnisse mache –, so steht er doch für alles, was geschehen ist. Er ist einer von ihnen.«

»Das kaufe ich dir nicht ab.«

Sie blieb standhaft. »Viel schlimmer, Abe, wäre es, wenn niemand für all das verhaftet und bestraft werden würde, was Arthur Wade widerfahren ist ... Es darf nicht ungestraft bleiben.« Sie meinte ungesühnt.

Plötzlich hatte er genug davon. Er war nicht hier, um über Politik zu reden oder um zu philosophieren. »Du mußt Elaine anrufen.«

»Das werde ich nicht tun. Ich sagte es bereits: Es könnte sie ruinieren, ihre Karriere beenden, alles, wofür sie gearbeitet hat ...«

»Nein«, sagte er, »es könnte *deine* Karriere ruinieren.«

Sie lachte kurz auf. »Du denkst, es geht um *mich*, Abe? Ich bitte dich ...« Sie folgte ihm weiter, bewegte sich langsam auf ihn zu. Nach außen wirkte sie zögernd, aber sie fühlte sich sicher. »Es geht um Elaine. Nur um Elaine.«

Sie trieb ihn in die Enge, ließ ihm keinen Ausweg. Er wollte es nicht zum Äußersten kommen lassen, es sei denn, sie würde ihn dazu zwingen. Und das tat sie gerade.

Er wußte, was er wußte. Aber wenn er sie dazu bringen könnte, bei Kevin Shea einen Rückzieher zu machen, wäre das genug. Genug für ihn. Eine gewisse Gerechtigkeit läge darin, und manchmal war das eben alles, was man bekam oder erwarten durfte.

Aber sie wollte das Thema Elaine nicht fallenlassen, konnte es nicht mehr fallenlassen. Sie hatte es nicht auf diese Weise ansprechen wollen, aber jetzt blieb ihr keine andere Wahl. Es könnte dieser ausweglosen Situation mit Abe ein Ende bereiten. Es könnte ihre Rettung sein ...

Loretta Wager hatte jeden einzelnen Winkel ihres Lebens mit den speziellen Werkzeugen, die ihr nun mal gegeben waren, gezimmert. Ein Geheimnis, ein besonderes Wissen behütete sie so lange, bis sie es mit maximaler Wirkung einsetzen konnte.

Jetzt war dieser Zeitpunkt gekommen.

Sie sank, von der Schwere ihrer Bürde niedergedrückt, auf die Lehne des Sessels. »Abe, du weißt ja nicht ... Du hast ja keine Ahnung.« Eine Träne lief ihr über die Wange. »Wir dürfen Elaine nicht verletzen, Abe. Wir dürfen nicht zulassen, daß sie verletzt wird. Keiner von uns beiden darf ...«

»Es geht nicht um Elaine«, begann er ungeduldig, »es geht ...«

Sie schlug auf die lederne Rückenlehne des Sessels. »Verdammt noch mal, Abe! Hörst du nicht? Es geht um Elaine! *Es geht um Elaine.*«

Sie ließ ihren Ausbruch wirken und beobachtete ihn, um zu sehen, ob er begriff. Ein Herzschlag. Noch einer.

»Was meinst du damit?«

Sie antwortete nicht sofort. Dann sagte sie: »Glaubst du wirklich, ich wollte Dana Wager, nicht dich? Glaubst du, ich wollte ihn für *mich?*« Sie schüttelte den Kopf. »Ich wollte niemanden *zwingen*, mich zu heiraten, und du warst nicht bereit, mich zu heiraten, mich um meinetwillen zu heiraten. Verstehst du nicht? Ich *brauchte* jemanden, der mich heiratete. Und Dana war da.«

Keine Reaktion. Ein stummer Augenblick. Glitsky ließ die Arme sinken, seine Gesichtszüge verloren an Spannung.

Loretta nickte. Ihre Tränen liefen in Strömen. »Sie ist deine Tochter, Abe. Elaine ist deine Tochter.«

»Verdammt, laß mich in Ruhe!«

»Abe!«

Irgendwie war er auf die andere Seite des Zimmers gelangt. Zorn stand in seinem Gesicht. Ein beängstigendes Zittern, ein Stich in seinem linken Arm. Die Hitze wich.

»Abe, bitte ...«

»Verdammt, verdammt, verdammt ...« Er griff nach einem Cognacschwenker auf der Bar, drückte ihn, verlor die Beherrschung.

Das Glas barst explosionsartig auf dem Parkett, die Scherben flogen in alle Richtungen.

»*Das sagst du mir jetzt?*«

»Schrei mich nicht an, Abe, bitte ...«

»*Ich soll dich nicht anschreien?* Ich soll dich nicht anschreien? Herrgott noch mal ...«

Er ging in kleinen Kreisen auf und ab, drehte sich um. Zu wenig Platz. »Verdammt!«

Sie versuchte es noch einmal. »Abe ...«

Er zeigte mit dem Finger auf sie. »Bleib, wo du bist! Keinen einzigen verdammten Schritt weiter!«

Sie stand da, ließ die Arme herabhängen und wartete.

Er hatte sich in den Sessel fallen lassen und hörte sie im Haus umhergehen. Minuten waren verstrichen.

Er mußte seinen Job erledigen, trotz allem, aber er konnte sich nicht bewegen ... Es war gekommen, wie es hatte kommen müssen. Aber sie hatte ihn ausgeknockt, keine Frage. Er wußte, daß sie die Wahrheit gesagt hatte. Das merkwürdige Gefühl der Vertrautheit, des vagen, aber inneren Erkennens. Elaine war seine Tochter.

Er schaffte es nicht, aufzustehen und Loretta Vorwürfe zu machen. Er fürchtete sich vor dem, was er womöglich tun würde.

An der Tür klingelte es. Der Wagen.

Er mußte etwas tun.

Steh auf, Abe, steh auf!

Wenn er sich bewegte, wenn er ihr Gesicht sah ...

Ihre Schritte hallten auf dem Boden. Die Tür wurde geöffnet.

»Hallo. Ja, ich bin in fünf Minuten fertig. Bitte warten Sie im Wagen.«

Er konnte sie nicht gehen lassen.

Er konnte sie nicht aufhalten.

Sie hatte ihn außer Gefecht gesetzt. Sie hatte gewonnen.

70

»Also, Kevin, rufst du jetzt an?« Wes Farrell stand in Anzug und Krawatte neben seinem Wandtelefon in der Küche und unterhielt sich mit dem Apparat. »Es ist acht Minuten nach neun, und du hast gesagt, du würdest um Punkt neun anrufen. Jetzt ist nicht der richtige Zeitpunkt, um Spielchen mit mir zu spielen.«

Er hatte den Fernseher im Schlachtfeld seines Wohnzimmers eingeschaltet. CNN sendete live aus der Nähe des Kezar-Pavillons. Das ganze Land verfolgte an diesem Samstag morgen die Ereignisse in San Francisco. Sie hatten ein paarmal denselben Bericht über Mohandas gebracht, in dem er seine Pläne erläuterte. Dies werde ein friedlicher Marsch werden, eine Lehrstunde für die Obersten der Stadt, des Landes, damit ...

Das Telefon klingelte. Wes griff nach dem Hörer, schlug ihn von der Gabel, griff erneut danach, doch der Hörer fiel zu Boden. Schnell hob er ihn auf. »Kevin? Gib mir deine Adresse!«

»Laß den Hörer ruhig fallen, Wes.«

»Kevin, wir haben Probleme! Gib mir einfach deine Adresse und ich werde sofort kommen.«

»Verfolgst du das im Fernsehen?«

»Kevin, gib mir sofort deine verdammte Adresse!«

»Was für Schwierigkeiten, Wes?«

»Ich werde es dir erklären, wenn ich da bin. Gib mir deine Adresse.«

Kevins Tonfall änderte sich. »Aber wir machen doch weiter, oder? Ich meine, mit dem Grundkonzept ...«

Wes sagte nichts. Dann schrie er in den Hörer: »Wo bist du?«

Kevin nannte ihm die Adresse und die Nummer des Apartments. »Vierte Etage, nach vorn raus«, sagte er. »Man kann direkt auf den Park sehen. Da unten sind eine Million Menschen.«

Wes fluchte den ganzen Weg bis zu seiner Garage. Er hätte Kevin einfach die Telefonnummer von Glitskys Piepser geben sollen. Er hätte ihm sagen sollen, daß er sofort verschwinden und sich woanders verstecken solle. Später hätte Kevin ihn anpiepsen und ihm mitteilen können, wo er war, dann hätten sie sich treffen können. Verdammt, er hatte sich zu lange nicht mehr mit solchen Dingen beschäftigt.

Special Agent Simms saß mit ihren drei Kollegen im Wagen und war schon unterwegs, noch bevor Farrell aus der Tiefgarage gefahren kam. Sie hatte mindestens ein paar Straßen Vorsprung.

Sie fand es dumm von Farrell, Shea nach seiner Adresse zu fragen, aber es war gut für sie. Andererseits – was hätte er sonst tun können? Jedenfalls lag der Vorteil auf ihrer Seite. Sie hatten die Adresse, die Wohnungsnummer und einen Vorsprung. Vielleicht wäre es gar nicht nötig, Waffen zu gebrauchen. Es sei denn ...

Mal sehen. Sie würde sich auf jeden Fall nicht scheuen, die Hilfsmittel, die sie mitgebracht hatten, einzusetzen. In dieser Hinsicht würde sie keine Schwächen zeigen. Mochte die Öffentlichkeit wegen der Frau und dem Kind, die das FBI oben in Montana hatte töten müssen, auch entrüstet gewesen sein – in den eigenen Reihen war bekannt, daß es sich bedauerlicherweise nicht hatte vermeiden lassen. Es war der Fehler des Direktors – wie hieß er noch? – gewesen, der sie in diese Lage gebracht hatte, und sicher nicht der Fehler des FBI. Wenn man anfing, sich Sorgen um die Kritik, die Reaktion der Medien zu machen, konnte man gleich seine Dienstmarke zurückgeben. Man würde nichts erreichen.

Sie würde tun, was sie zu tun hatte.

Die erste Aktion wäre die einfachste. Sie würde hinaufgehen, an die Tür klopfen und sagen, sie habe den Haftbefehl eines Bundesrichters, er sei verhaftet. In einer perfekten Welt würde er die Tür öffnen und mit erhobenen Händen herauskommen.

Aber irgendwie hatte sie das Gefühl, daß es nicht ganz so perfekt ablaufen würde.

Obwohl sich Mohandas größte Mühe gegeben hatte, die Show in Gang zu bringen, würde die Demonstration nicht pünktlich beginnen. Das war nie der Fall. Mohandas lutschte ununterbrochen Tic-Tacs, aber sein Mund war trotzdem trocken. Er konnte nicht aufhören, im Zelt auf und ab zu laufen. Allicey, die größer war als er, massierte ihm jedesmal, wenn er bei ihr vorbeikam, die Schultern.

Es war fast Viertel nach neun, und immer noch strömten Menschen in den Pavillon. Die Polizei patrouillierte, doch alles schien ruhig zu bleiben. Von hier oben hatte er zwei kleinere Handgemenge beobachtet, aber beide waren schnell beendet worden.

Der Wind trieb den Rauch des Brandes in der Divisadero Street herüber. Sie mußten, wenn der Marsch endlich begann, wahrscheinlich nach Norden ausweichen. Er würde keine lange Rede halten, das war heute nicht notwendig. Er hatte seine Positionen bereits viele Male öffentlich vorgetragen, und das Ergebnis war so gut gewesen, daß er dachte, es sei effektiver, die Menschen heute einfach nur in Bewegung zu bringen, die Demonstration für sich sprechen zu lassen.

Nachdem er die Menschen willkommen geheißen hätte, würde er kurz über die Realität und die tatsächliche Situation sprechen, ihnen nicht die Lippenbekenntnisse präsentieren, die sie tagtäglich hörten, ohne daß sie jemals in den Genuß von Resultaten kamen. Der Bürgermeister hatte ihm so gute Karten in die Hand gespielt, daß er es kaum fassen konnte. Er wäre dumm, wenn er das, was er auf dem Silbertablett erhalten hatte, nicht nutzte. Er hörte sich schon sagen: »... doch trotz all der *Worte*, die wir immer und immer wieder über die Kooperationsbereitschaft dieser Stadt zu hören bekommen haben, ist die erschütternde Tatsache, meine Brüder und Schwestern, daß selbst dieser Marsch, selbst diese friedliche Zusammenkunft, mit der wir unser Mitgefühl zeigen, unsere Verzweiflung darüber zum Ausdruck bringen, daß der tragische Tod unseres Bruders Arthur Wade noch nicht gesühnt worden ist ...« Hier würde er innehalten, bis sich die Gemüter wieder beruhigt hätten. »... ist die erschütternde Tatsache, daß selbst diese Zusammenkunft für illegal erklärt wurde. Man hat uns gesagt, wir dürften diese Demonstration nicht veranstalten, man hat uns dafür keine Genehmigung erteilt. Aber ich sage, unsere Genehmigung liegt in unserer Stärke, und unsere Stärke liegt in unserer Einigkeit! Möge Gott unser Richter sein!«

Das würde seine Wirkung nicht verfehlen.

Dann würde er sie durch die brodelnden Straßen bis zum Rathaus führen. Rechtschaffen, zornig und ruhmreich.

71

Energisch kam sie aus einem der hinteren Zimmer. Sie trug ihr dunkelblaues Kostüm, Hut, Mantel und Handtasche. Das Spiel ging weiter. Sie hatte Abe außer Gefecht gesetzt, und jetzt mußte sie sich beeilen.

In der Eingangshalle blieb sie stehen. Ihre Kraft ließ nach. Auch sie war erschöpft. »Ich muß gehen. Abe, bitte ...«

Glitsky blockierte die Eingangstür. »Ich werde Wes Farrell von hier aus anrufen und ihm sagen, daß du mit mir kommst, um persönlich für Kevin Sheas Sicherheit zu bürgen.«

»Ich werde zur Demonstration fahren, Abe. Der Bürgermeister hat mich gebeten, die Genehmigung zu überbringen ...«

»Dies ist keine Bitte, Loretta. Du wirst es tun. Vergiß die Genehmigung. Ich gebe dir eine letzte Chance ...«

»Eine Chance wofür?«

»Du hast die ganze Zeit gesagt, alles, was du wolltest, sei Kevin Sheas Verhaftung, hast gesagt, natürlich verdiene er Gerechtigkeit, Sicherheit. Nun gebe ich dir die Chance zu beweisen, daß du es auch so gemeint hast.«

»Ich habe es so gemeint, und ich meine es noch immer so. Warum sollte ich lügen, um Himmels willen?«

»Warum? Weil deine Karriere beendet wäre, falls Kevin Shea unschuldig ist, und das weißt du genau. Du kannst nicht zulassen, daß er unschuldig ist. Du kannst nicht zulassen, daß er verhaftet wird und ein Chance bekommt, angehört zu werden. Deswegen hast du mich immer wieder daran gehindert.«

»Das ist lächerlich ... Ich habe niemanden an etwas gehindert, Abe. Weder dich noch sonst jemanden. Du bist einfach ...«

Er hob eine Hand. »Ich weiß, ich weiß. Paranoid, überarbeitet, irrational, alles mögliche. Ja, das bin ich. Du hast recht.«

Sie ging auf ihn zu. »Ich habe mir genug davon angehört. Laß mich durch!«

Sie wollte ihn zur Seite drängen, doch er stand wie eine Mauer vor der Tür. Plötzlich explodierte er, packte sie bei den Schultern und stieß sie zurück. Sie stolperte, fiel beinahe, fing sich aber wieder. Mit zornigem Blick richtete sie sich auf. »Du sprichst von Karrieren, die vorbei sind, Abe? Du hast soeben deine eigene beendet.«

Glitsky zwang sich, ruhig zu sprechen: »Du kommst nicht an mir vorbei, ich hoffe, du kapierst das. Und du hast ungefähr zehn Sekunden, dich einverstanden zu erklären, mich zu begleiten. Danach hast du keine Wahl mehr.«

Sie starrte ihn einen Moment an. Dann sagte sie, er sei verrückt.

»Sechs Sekunden«, sagte er.

»Wieso sollte ich mich mit so etwas einverstanden erklären? Vor der Tür wartet ein Fahrer auf mich. Ich muß ...«

»Die Zeit ist um.« Glitskys Gesicht war starr und aschfahl. »Sag nicht, daß ich dir keine Chance gegeben hätte, Loretta. Du hast sie verpaßt.« Schwer atmete er ein. »Ich verhafte dich wegen Mordes an Christopher Locke.«

Es dauerte einen Moment, bis die Reaktion kam. Dann ein Blinzeln, eine halbe Drehung, ungläubiges Staunen. »Das kannst du nicht ... das ist absurd.«

»Nein, Loretta, es ist die Wahrheit.«

»Hast du das letzte Nacht geträumt? Abe, du bist nicht mehr bei Sinnen. Ich würde doch nicht ...«

Er schüttelte den Kopf. »Er saß nicht nach hinten gedreht, um aus dem Rückfenster zu sehen. Er saß ahnungslos neben dir.«

»Du bist wahnsinnig.«

Er ignorierte es. »Ihr wart in der Nähe der Krawalle, fuhrt darauf zu, das stimmt. Aber ihr seid nicht bis dorthin gekommen, nicht wahr?«

»Selbstverständlich sind wir das. Wie kannst du behaupten ...?«

»Weil es bei meiner Arbeit diesen Aspekt gibt, der *Beweise* heißt. Ich habe eine Weile gebraucht, bis ich alles zusammengesetzt hatte. Es gab keine Anzeichen dafür, daß die Menschenmenge in der Nähe eures Wagens war, keine Spuren von Steinen, die angeblich geworfen wurden, von Tritten gegen das Fahrzeug. Ich habe es mir von allen Seiten angesehen.«

»Dann hast du es übersehen.«

»Nein. Als ich den Wagen zum ersten Mal überprüft habe, hat es mich stutzig gemacht. Ich bin nur nicht darauf gekommen, was es bedeutet.«

»Und was bedeutet es?«

»Es bedeutet, daß du ein paar Straßen vom Geschehen entfernt angehalten hast, um Locke in den Kopf zu schießen. Das war der Schuß, den niemand gehört hat.«

»Das habe ich *nicht* getan. So war es nicht ...«

Glitskys Stimme blieb ruhig. »Es war der Schuß, der keine Glassplitter auf der Wunde, aber zu viele Pulverspuren hinterließ. Doch davon konntest du nichts wissen. Die Spurensuche der Polizei, mühsam und nicht allzu interessant.«

Sie verschränkte die Arme vor ihrem Bauch und schüttelte den Kopf. »Und was habe ich dann getan?«

»Du bist in eine dunkle Sackgasse gefahren, in der keine Straßenlaternen brannten, bist um den Wagen herum gegangen und hast einen Schuß durch das Fenster auf der Beifahrerseite abgefeuert, der den Eindruck erwecken sollte, es sei auf dich geschossen worden. Dann hast du, wahrscheinlich mit dem Lauf der Pistole, ein größeres Loch in das Sicherheitsglas geschlagen.«

»Wahrscheinlich. Nur wahrscheinlich? Du bist nicht sicher?«

»Ich bin mir nicht sicher, was du benutzt hast, aber ich denke, das werden wir noch herausfinden. Jedenfalls war es ein weiterer Fehler.«

Er wartete. Sie stellte keine Fragen, starrte ihn unbewegt an. Er fuhr fort: »Nur ein Einschußloch im Sicherheitsglas. Das war das Problem. Du dachtest, die Scheibe würde durch den Schuß kaputt gehen, aber die Kugel hinterließ nur ein sauberes, hübsches kleines Loch mit ein paar Spinnwebenrissen drum herum. Also mußtest du ein größeres Loch hineinschlagen, eines, durch das zwei Kugeln gepaßt hätten. Aber selbst zwei Kugeln des Kalibers .25 schlagen kein faustgroßes Loch durch eine Scheibe aus Sicherheitsglas. Wahrscheinlich nicht mal vier.«

Ihr Gesichtsausdruck blieb leer, aber sie setzte sich auf die Bank an der Wand in der Halle. »Auf eine kranke, verrückte Art ist das faszinierend.«

»Richtig. Das andere, das Ausschlaggebende ... wenn du es hören willst ...«

»Bitte ...«

Das Gift in ihrer Stimme ließ ihn einen Moment innehalten. Es tat ihm gut. Es half, die letzten Spuren seiner Zuneigung fortzuwischen. Er spürte, wie sich die Narbe auf seinen Lippen dehnte.

»Erst heute morgen hat sich alles zusammengefügt. Vorher war zwar auch schon fast alles vorhanden, aber ich wußte noch nicht, daß niemand zwei Schüsse gehört hatte. Alles andere war da. Ich wollte es nur nicht wahrhaben. Bis ich den Sitz im Plymouth verstellte. Du weißt, es ist der gleiche Wagentyp wie der, in dem du mit Locke gefahren bist.«

Immer noch nichts. Keine Reaktion.

»Erinnerst du dich an den Abend, als wir bis drei gezählt haben, um den Sitz nach vorn zu schieben, damit du fahren konntest? Du erinnerst dich? Als ich heute morgen auf dem Fahrersitz saß, fiel mir auf, was an dem Einschußloch in der Tür von deinem Wagen nicht stimmte, dem Wagen, den du fuhrst. Willst du wissen, was es war?«

Stille.

»Die Kugel hätte durch dich hindurchgehen müssen.«

»Wovon redest du?«

»Ich rede davon, daß du nicht fahren kannst, nicht an die Pedale kommst, ohne den Sitz ganz nach vorn zu schieben. Und wenn der Sitz nach vorn gestellt war, hätte die Kugel auf ihrer Bahn vom Loch in der Scheibe zu dem Loch im Polster *dich* treffen müssen. Die Kugel wäre durch dich hindurchgegangen, Loretta.« Er wartete. »Also hast du nicht auf dem Sitz gesessen. Du warst draußen auf der Straße und hast den Schuß abgefeuert, den Schuß, den alle hörten – den durch das Sicherheitsglas. Den Schuß, der dich laut deiner Aussage fast getroffen hätte.«

»Nein. Ich habe versucht, von dort wegzukommen, Chris war erschossen worden, der Sitz muß durch die Beschleunigung nach hinten gerutscht sein.«

Glitsky durchquerte die Eingangshalle und setzte sich ans andere Ende der Bank. Er hatte nicht vor, sie fix und fertig zu machen. Nicht, wenn er erreichen konnte, daß sie ein wenig von dem Schaden, den sie sich selbst, Elaine und Kevin Shea angerichtet hatte, wiedergutmachen würde. Sie war die einzige, die das tun konnte, deshalb brauchte er sie noch. Später würde er sich um den Rest kümmern.

Er flüsterte fast: »Du hast ihn umgebracht, Loretta. Du mußtest es tun.«

Sie gab nicht auf. »Warum hätte ich Chris Locke umbringen sollen?«

Sie gab ihm das Stichwort. »Die Antwort ist einfach und kompliziert zugleich. Er hat dich erpreßt, und du hast ihn erpreßt.«

»Womit?«

»Wie wäre es mit dem Geld, das du über das Pacific Moon gewaschen hast?«

Daß er auch davon wußte, erschütterte sie, obwohl sie es fast geschafft hätte, es zu verbergen. Der einzige Hinweis waren ihre Lippen, die sich zusammenpreßten. »Ich habe es dir erklärt, Abe. Alles war vollkommen legal.«

»Nein«, sagte er. »Chris Locke führte die Anklage. So lernte er dich kennen. Ihr hattet eine Affäre, nicht wahr?«

»Nein. Nichts davon stimmt.«

»Er vertrat die Bezirksstaatsanwaltschaft und ließ die Klage fallen, sagte, es gebe keinen Fall. Du behieltest das Geld ...«

»Das ist nicht wahr. Das ist ...« Sie stand auf, aber er griff nach ihrem Handgelenk und hielt sie fest. Sie setzte sich wieder.

»Aber das Geld war nicht der Grund. Sein Wissen machte dich vielleicht nervös, aber die Unterlagen waren vernichtet worden, alles war bereinigt und beseitigt. Ihr wußtet beide dasselbe voneinander. Du konntest damit leben.«

Sie sah ihn an und wartete. Sie würde ihm nichts schenken.

»Er ließ dich fallen und fing etwas mit Elaine an. Da befand er sich außerhalb deines Einflußbereichs. Er spielte sein Spielchen mit deiner Tochter, mit deinem Baby. Solange es nur um dich ging, bist du damit klar gekommen, aber deiner Tochter wolltest du das, was dir widerfahren ist, ersparen. Sie sollte es besser haben als du. Du wolltest sie beschützen, weil du wußtest, was Chris Locke ihr antun würde. Das gleiche, was er dir angetan hatte.«

»Und was war das?«

»Er hätte sie ausgenutzt und ihr den Laufpaß gegeben, wenn sie ... unbequem geworden wäre.«

»Seit Jahren war ich nicht mehr mit ihm zusammen gewesen, ich würde nicht ... Abe, du kannst kein Wort von diesem Unsinn beweisen. Ich habe Chris nicht umgebracht, und ich habe kein Geld gewaschen. Verdammt, Abe, es ist nur ...«

Er stand auf, ging zum Fenster neben der Tür und sah hinaus. Er wandte ihr den Rücken zu.

Die Limousine, die der Bürgermeister geschickt hatte, stand direkt vor dem Haus.

Er zählte bis fünfzehn. Dann sagte er, noch immer mit dem Rücken zu ihr gewandt: »Du hältst den Beweis in der Hand, Loretta. Wirst du mich von hinten erschießen? Was wirst du erzählen? Daß du dachtest, ich sei ein Einbrecher? Daß ich dich vergewaltigen wollte?«

Er drehte sich um.

Sie stand neben der Bank in der Eingangshalle, die Handtasche in der einen Hand, die kleine, auf ihn gerichtete Pistole in der anderen.

Glitsky blickte auf die Waffe. »Ein guter Freund von mir ist Anwalt, und ich habe ihm einen Brief zur Aufbewahrung gegeben«, log er. »Darin steht, daß man im Fall meines Todes die ballistischen Merkmale der Kugel, die mich getötet hat, mit denen der Kugel vergleichen soll, die Chris Locke getötet hat.«

Er wies mit dem Kopf auf die kleinkalibrige Pistole. »Sie werden übereinstimmen, Loretta. Und im Brief stehen noch ein paar andere Sachen, über die wir heute früh geredet haben. Außerdem wird dein Name darin erwähnt.«

»Es ist vorbei, Loretta. Es ist vorbei.«

Langsam ließ sie die Waffe sinken.

»Ich mußte ihn umbringen. Er hätte meine Tochter ruiniert. Er war schon mittendrin ...«

Glitsky nickte. Das wußte er bereits. »Ich werde die Pistole als Beweismittel an mich nehmen«, sagte er.«

»Ich werde sie dir nicht geben.«

»Das macht nichts. Ich brauche sie nicht.«

»Ohne die Waffe hast du keinen Beweis. Du hast keinen Fall.« Sie trat einen Schritt auf ihn zu und sagte leise und mit entschlossenem Gesicht: »Was hier passiert, muß nicht so weitergehen, Abe, ich kann sie wegwerfen, sie loswerden ...«

Er steckte eine Hand in die Tasche und zog das Diktiergerät heraus, das er immer bei sich trug. Nachdem er es ausgeschaltet und das Band zurückgespult hatte, spielte er ihr die letzten Minuten, ihr Geständnis, Locke umgebracht zu haben, vor. Dann schaltete er das Gerät aus, streckte die Hand aus und sagte: »Die Pistole.«

Sie versuchte es ein letztes Mal. »Abe, Alan Reston wird gegen mich keine Anklage erheben. Du wirst ihn nicht mal dazu bringen, einen Haftbefehl bei einem Richter zu beantragen.«

»Das mag sein. Aber ich kann dich auch ohne Haftbefehl wegen Mordes verhaften. Wenn ich dich ins Bezirksgefängnis bringe, wird die Presse dort sein und mich nach dem Grund fragen, und ich werde ihnen antworten. Und dann wird Alan Reston Anklage erheben oder erklären müssen, warum er es nicht tut. Und das kann er nicht.« Glitsky ging mit ausgestreckter Hand einen Schritt auf sie zu. »Also, entweder benutzt du die Pistole, oder du gibst sie mir.«

Es dauerte einen langen Moment, bis sie sich entschieden hatte, aber schließlich nahm sie die Waffe am Lauf und reichte sie ihm. Als er sie in die Tasche steckte, fragte sie ihn: »Was willst du wirklich, Abe?«

»Das, was ich die ganze Zeit gewollt habe, Loretta. Ich will meinen Verdächtigen verhaften. Ich möchte Schutz für Kevin Shea.«

»Und was springt für mich dabei heraus?«

»Noch immer auf Deals aus, Loretta?«

Sie wartete.

»Glaubst du, ich werde eine Mörderin laufenlassen?«

»Ich weiß nicht, was du tun wirst, Abe.« Sie stand vor ihm. »Ich sage dir nur, was ich *brauche*, mehr nicht. Der Rest ist deine Entscheidung.«

»So oder so«, sagte Glitsky, »auf politischer Ebene bist du tot.«

»Vielleicht.« Sie sah ihn weiterhin an. »Du bist so ein Narr«, sagte sie, »wir hätten alles haben können.«

Es klingelte an der Tür. Jemand klopfte. Noch einmal. »Senatorin?« Der Fahrer des Wagens.

»Haben wir eine Abmachung, Abe?«

Wieder klopfte es. »Senatorin, es wird langsam ein wenig spät.«

»Ich brauche dein Wort, Abe.«

Glitsky war trotz seiner Suspendierung vom Dienst noch offizieller Chef des Morddezernats und außerdem durch und durch Polizist. Er hatte gewußt, daß sie es noch mit einem teuflischen Pakt versuchen würde, aber da war auch dieser letzte Moment, bevor man sich darauf einließ. Er spürte die Versuchung nachzugeben, er mußte es ja nicht bis zum bitteren Ende durchziehen ...

Plötzlich fühlte er die Kälte, fühlte schon bei der Vorahnung Übelkeit in sich aufsteigen.

»Wir werden später über die *Möglichkeit* einer Abmachung reden. Aber ich *garantiere nichts*. Ich möchte, daß dir das klar ist. Du gehst entweder mit mir zu Kevin Shea, oder ich bringe dich zum Justizgebäude. Und wenn ich das tue, haben wir beide keinen Einfluß mehr auf die Geschehnisse. Du wirst des Mordes angeklagt, und das läßt sich nicht rückgängig machen. Oder ...« – er erhob einen Finger –, »oder ich bringe dich zum Kezar-Pavillon, wo du noch ein wenig Gutes tun könntest. Es ist *deine* Entscheidung, Loretta, entscheide dich.«

Als sie merkte, daß sie mit dem Bluff nicht durchkam, zögerte sie. Dann holte sie tief Luft, ging durch die Halle zur Tür. »Ich werde ihm sagen, daß ich mit dir hinfahre.«

Glitsky ging zum Telefon, um Wes Farrell anzurufen.

72

Als Reaktion auf vier weitere Handgemenge innerhalb der letzten halben Stunde, die sich an der unterschiedlichen Hautfarbe der Kontrahenten entzündet hatten und bei denen fünf Menschen ernsthaft verletzt worden waren, hatte die Nationalgarde näher an der geplanten Marschroute Stellung bezogen. Die Soldaten unterbrachen den Verkehr auf ihrer Seite des Golden Gate Park mit Lastern und sperrten die Straßen ab. Neuankömmlinge, die sich dem Demonstrationszug anschließen wollten, mußten ihre Autos mehrere Straßen entfernt parken und die Mauer aus Sicherheitskräften durchdringen, um in den Park zu gelangen. Genau das taten noch immer Hunderte. Auf ihrem Weg lag die Zeltstadt am Rand des Parks, und der Menschenstrom konnte theoretisch um die mit Seilen abgesperrten Wohnbereiche herumfließen.

Special Agent Margot Simms, die beschlossen hatte, weder nach der Pfeife der Polizei von San Francisco noch nach der der Nationalgarde zu tanzen, ließ ihren Fahrer am Straßenrand anhalten, keine vier Straßen von Kevin Sheas Aufenthaltsort entfernt. Sie sah den Hügel hinunter auf den Strom von Menschen, die sich auf dem Weg zum Kezar-Pavillon befanden, auf die Soldaten, die steckengebliebenen Autos.

Wie sollten sie da durchkommen? Ganz einfach – sie waren das FBI. Sie würde ihre Leute nicht gefährden, sondern einfach ihren Auftrag erledigen, der darin bestand, Kevin Shea zu ergreifen, notfalls mit Gewalt. Sie befahl, die Holzböcke, mit denen die Straßen abgesperrt waren, zu umfahren und den Weg am Pavillon vorbei hinunter zu ihrem Ziel einzuschlagen. Es kümmerte sie verdammt noch mal nicht, wer oder was sich ihnen eventuell in den Weg stellen würde. Sie wußte, daß Wes Farrell, der Anwalt, dasselbe Problem wie sie hatte. Aber er besaß keinen Ausweis, den er vorzeigen konnte, um das Hindernis zu überwinden.

Sie hatten immer noch einen Vorsprung.

Der Wagen schob sich im Schrittempo durch die Menge der Fußgänger. Ein paar von ihnen schlugen auf das Dach und auf die Motorhaube. Sie brauchten dreieinhalb Minuten für fünfzig Meter, dann wurden sie von zwei Nationalgardisten im Teenageralter angehalten. Die jungen Männer hielten ihre Gewehre im Anschlag und waren nervös.

Simms, die vorn auf dem Beifahrersitz saß, stieg aus und hielt ihre Dienstmarke hoch, um sich auszuweisen. Die beiden Soldaten trugen schwarze Namensschilder. Der eine hieß Morgan, der andere, ein schlanker Typ mit Adlergesicht, Escher. Sie sahen sich an. Morgan sagte: »Ja, Ma'am?«

»Meine Kollegen und ich müssen Ihre Absperrung durchfahren.«

Wieder sahen sie sich schweigend an. Morgan sagte: »Ich muß eine Genehmigung einholen, Ma'am.«

Simms verkrampfte sich. »*Ich* erteile Ihnen diese Genehmigung, mein Sohn. Wir sind vom Federal Bureau of Investigation, und wir haben es eilig.«

»Ja, Ma'am.« Keiner von beiden rührte sich.

»Nun?«

»Nun, unser Befehl lautet, daß wir keine Fahrzeuge auf die Marschroute lassen dürfen ...«

»Ich werde nachfragen.« Escher rannte fort. Morgan gestikulierte. »Es wird nicht lange dauern«, sagte er. »Höchstens fünf Minuten.«

Farrell, der sich besser in der Stadt auskannte als Simms, ahnte, daß die Demonstration in ein Chaos ausarten würde. Also nahm er den Umweg über den Portola Drive und den Twin Peaks Boulevard, würde oben in Ashbury herauskommen und den Wagen dort abstellen. Die restliche Strecke mußte er dann zu Fuß zurücklegen, aber daran führte kein Weg vorbei.

Der Piepser ertönte in dem Moment, als er an einer Tankstelle in der Siebzehnten Straße vorbeifuhr. Er hielt, setzte den Wagen zurück, parkte und rannte zu einer Telefonzelle. Hastig hämmerte er die Nummer in den Apparat.

»Sie haben die *Senatorin* bei sich?« Farrell konnte es nicht glauben.

Glitsky war kurzangebunden. »Geben Sie mir die Adresse, ich habe keine Zeit.«

Farrell tat es, und Glitsky sagte: »Das ist mitten in ... das ist dort, wo der Demonstrationszug beginnt.«

»Richtig, und ich habe im Radio gehört, daß sie den Park abgeriegelt haben. Aus welcher Richtung kommen Sie?«

»Pacific Heights.«

»Sie werden hintenrum fahren müssen, vielleicht über die Judah Street.«

Glitsky bedankte sich und sagte: »Ich bin in zehn Minuten da.«

»Darauf würde ich mich nicht verlassen. Übrigens, Ihre Idee abzuhauen, wenn ich vor dem FBI eintreffen sollte ...«

»Ja?«

»Ich glaube nicht, daß das unter diesen Umständen klappen würde.«

Simms sprach mit einem anderen Mann, der ein anderes Namensschild trug: Florio. Die Streifen an Florios Ärmel wiesen darauf hin, daß er einen gewissen Rang bekleidete. Sie erklärte ihre Situation: Die Nationalgarde müsse sie durch den Park fahren lassen, sie hätten eine Verhaftung vorzunehmen. Sie sei im Besitz eines von einem Bundesrichter ausgestellten Haftbefehls, und der Verdächtige stehe auf der Liste der meistgesuchten Verbrecher. Florio zog die Augenbrauen hoch. »Kevin Shea?« fragte er. Als Sheas Name erwähnt wurde, standen Morgan und Escher augenblicklich kerzengerade.

Sie sah nach rechts und links, dann wieder zu Florio. »Kein Kommentar«, sagte sie. »Können wir jetzt durch?«

Dann saß sie wieder im Wagen, und sie rollten im Schrittempo weiter. Morgan und Escher eskortierten sie zu beiden Seiten.

»Er müßte längst hier sein«, sagte Kevin.

»Vielleicht ist er im Verkehr steckengeblieben.«

Immer wieder hatte Kevin aus dem Fenster gesehen, zog auch jetzt die Jalousie hoch, blickte hinunter. Melanie kam zu ihm und ließ die Jalousie wieder herab. »Setz dich hin, Kevin. Rausschauen hilft auch nicht.«

»Hier *rumsitzen* hilft auch nicht.«

»Hier *rumsitzen* heißt, auf Wes zu warten. Er wird bald kommen.«

Kevin begann mit den Fingern zu schnippen, er war nervös. »Wir hätten ...«

»He.« Sie berührte mit einem Finger seine Lippen. »Wir sind mitten drin.« Sie beugte sich hinunter und küßte ihn. »Ich liebe dich. Warte einfach. Wes wird bald hiersein. Es wird schon klappen.«

Er griff nach der Jalousie, um erneut auf den Park zu blicken, als die Klingel ertönte.

»Da ist er«, sagte Melanie und ging zum Türöffner hinüber. In dem Moment, als sie auf die Taste drücken wollte, sprang Kevin von seinem Sessel auf.

»Warte!« rief er und ging zu einem der Fenster, die zur Seite hinaus lagen. Er öffnete die Jalousie einen Spalt, sah hinunter. »Okay«, sagte er. »Er ist es. Glaube ich jedenfalls. Ich habe ihn noch nie in einem Anzug gesehen.«

»Kevin, wer sollte es sonst sein? Niemand weiß, daß wir hier sind.«

Er warf ihr einen Blick zu. »Die berühmten letzten Worte«, sagte er.

Auf Anweisung ihres Vorgesetzten blieben Morgan und Escher auf ihren neuen Posten als Eskorte des FBI-Fahrzeugs, das jetzt am westlichen Straßenrand an der Ecke Page und Stanyan Street, gegenüber von Sheas Versteck, angehalten hatte.

Simms schickte einen Mann mit einem Funktelefon und einem Koffer in den Park, um eine erhöhte Stelle – einen Baum, einen Strommast – ausfindig zu machen, von wo aus er das vordere Fenster der Wohnung in der vierten Etage des gegenüberliegenden Apartmenthauses im Visier hätte, falls es erforderlich werden sollte, den Schießbefehl zu erteilen. (Die Reserveeinheit war unterwegs, aber bei dem dichten Verkehr wollte Simms nicht auf sie warten. Sie würde vielleicht keinem kooperationsbereiten Florio begegnen.)

Simms nahm ihre anderen beiden Männer, und sie bahnten sich einen Weg durch die pulsierende Menge über die Straße. Schließlich erreichten sie den offenen Hof, der dem Park gegenüberlag, und die Eingangstür zu dem Gebäude. Sie drückte die Reihe der Klingelknöpfe für die erste Etage, und jemand betätigte den Türöffner.

»Ein Kinderspiel«, sagte sie und hielt ihren Männern die Tür auf.

Draußen auf der Straße bewachten Morgan und Escher das einzige Fahrzeug, das in der Stanyan Street parkte. Die Leute strömten daran vorbei, um den Wagen herum. In der Ferne ertönte eine Stimme aus den Lautsprechern. Die Demonstration begann.

»Wessen Auto ist das, Mann? Ich bin einen Kilometer weit zu Fuß gegangen, und meine Füße tun weh. Ich dachte, hier seien keine Autos erlaubt, sonst hätte ich meins auch mitgebracht.«

Morgan hatte die Anweisung, nur dann mit den Demonstranten zu reden, wenn es um informelle Fragen ging oder wenn er Anweisungen erteilen mußte. Aber dieser große Kerl besaß eines jener auf Anhieb sympathischen Gesichter und lächelte breit. Außerdem hatte er Frau und Kinder im Schlepptau. Er war zwar hier, um an der Demonstration teilzunehmen, aber er würde keinen Ärger machen. Nicht alle Protestierenden waren auf dem Kriegspfad.

Aus irgendeinem unerfindlichen Grund sagte Morgan: »Das FBI hat Kevin Shea in dem Haus da drüben in die Enge getrieben und nimmt ihn gleich fest.«

»Halleluja«, rief der Mann, und sein Lächeln wurde noch freundlicher. »Dann muß ich jetzt nicht mehr bis zum Rathaus runterlaufen. Ich sollte meine Füße einfach hier ausruhen lassen.« Er wandte sich an die Menge hinter sich und verbreitete die gute Nachricht. »He, habt ihr das gehört? Die haben Kevin Shea.« Er zeigte mit dem Finger auf das Gebäude gegenüber. »Gleich da drüben.«

Die Tür auf der vierten Etage war wieder verriegelt. Kevin, Melanie und Wes waren eben zu dem Schluß gekommen, daß ihre Chancen in der Menschenmenge draußen besser stünden, als wenn sie hier den bewaffneten, schießwütigen und übereifrigen FBI-Beamten ausgeliefert wären.

Niemand außer dem FBI wußte, daß sie sich noch in der Stadt befanden. Sie wären nur ein paar anonyme weiße Gesichter in der Menge, und Wes versicherte ihnen, daß es dort unten viele Weiße gebe, mehr, als er erwartet habe. Jeder, der ein Transparent mit einer Botschaft, die er für mitteilenswert hielt, besaß oder irgendeinen anderen Grund hatte, war zu der Party gekommen.

Kevin könnte seine Skimütze tragen. Sie würden aus dem Gewühl verschwinden und dann an einem sicheren Ort abwarten, bis sich Glitsky über den Piepser meldete.

Von der Eingangshalle des Wohnhauses aus sprach Simms über ein Funkgerät mit ihrem Scharfschützen. Sie beschloß, ihm die wenigen zusätzlichen Minuten zu geben, die er noch brauchte, um Stellung zu beziehen, bevor sie mit ihren anderen beiden Männern nach oben gehen würde, um die Verhaftung vorzunehmen. Wegen der vielen Menschen hatte der Scharfschütze Probleme, eine geeignete Stelle zu finden. Sie sagte, sie lasse ihm maximal noch zehn Minuten Zeit, aber er solle sich melden, falls er früher fertig sei.

In der Zwischenzeit würden sie sich aufteilen, um das Gebäude auf mögliche Fluchtwege, Hintertüren und Notausgänge zu überprüfen. Um die Schlinge zuzuziehen.

Dann würden sie sich wieder in der Eingangshalle treffen, hinaufgehen und Shea festnehmen.

»... und wir haben soeben einen noch unbestätigten Bericht erhalten, Kevin Shea sei in einem Gebäude lokalisiert worden, das sich keine hundert Meter von unserem momentanen Standort, dem Kezar-Pavillon, befindet. Philip Mohandas hat das Podium im Laufschritt verlassen und führt die Demonstranten an, eine große und ungeheuer wütende Menschenmenge, vielleicht können Sie im Hintergrund hören, wie sie Sheas Namen rufen. Mohandas führt sie hinaus zum Rand des Parks.

Wir werden versuchen, in Mohandas' Nähe zu bleiben, wenn er ...«

Glitsky hatte die Sirene eingeschaltet und das Blaulicht auf das Dach gestellt. Loretta saß neben ihm, stumm und zusammengesunken, während sie durch die engen Straßen rasten. Sie waren jetzt südlich des Parks, fast am Ziel.

Glitsky hatte das Gefühl, seit Tagen nicht mehr geschlafen zu haben. Das Radio war eingeschaltet, und er hatte die letzten Berichte gehört. Irgendwie hatte die Presse davon Wind bekommen. Kein Wunder.

Philip Mohandas und eine Menschenmenge, deren Zahl man auf fünfhundert bis mehrere tausend Personen schätzte, näherten sich dem Apartmenthaus in der Stanyan Street. Den Berichten zufolge befand sich das FBI bereits im Gebäude, aber es gab noch keine Informationen darüber, ob man etwas unternommen hatte, um Shea zu verhaften. Niemand schien genau zu wissen, was im

Inneren des Gebäudes vor sich ging, ob Shea überhaupt dort war, ob jemand bei ihm war.

Außer Glitsky. Glitsky wußte es.

Immer wieder mußte er Umwege in Kauf nehmen, um näher heranzukommen. Der Lincoln Boulevard war gesperrt, also fuhr er auf der Irving Street einige Häuserblocks weit in Richtung Osten, mußte dann im Zickzack auf die Judah Street ausweichen, die weiter vorn in die Parnassus Avenue mündete. Schließlich hielt er ein paar Straßen von der Stanyan Street entfernt an. Trotz der Sirene war durch die Massen nicht mehr durchzukommen. Er wandte sich zu Loretta, stieß seine Tür auf. »Gehen wir.«

Loretta wurde sofort erkannt und von einer größtenteils jubelnden Schar umringt. Den Menschen gefiel es, daß sie genau in dem Moment erschien, da das Finale begann. Selbstverständlich war sie hier, hatte die Zügel die ganze Zeit über fest in der Hand gehabt ...

Das Charisma war wieder da. Ihr Gesicht lebte, ihre Augen funkelten. Glitsky hatte seine Dienstmarke gezogen und ließ ihren Arm nicht los, während sie von der Menschenmenge mitgerissen wurden. »Es ist Senatorin Wager! Aus dem Weg! Machen Sie Platz! Lassen Sie sie durch, lassen Sie sie durch ...«

Als klar wurde, wo das Ziel lag, daß der Menschenstrom sich auf das Gebäude zubewegte, erhielt Florio über sein Funktelefon einen dringenden Notruf von Morgan. Er befahl, daß Escher und dreihundert weitere Nationalgardisten davor in Stellung gehen sollten, um den Hof, wenn möglich, freizuhalten.

Die Soldaten waren im Laufschritt ausgerückt und etwa fünf Minuten vor Mohandas und dem Großteil der Masse eingetroffen. Sie waren ausgeschwärmt und hatten Stellung bezogen.

Mit Helmen, Knüppeln und Schutzschilden ausgerüstet, hatten die Soldaten das Gebäude abgeriegelt. Sie hielten die Menge auf, hatten aber keine allzu sichere Position. Immer mehr Menschen kamen. Die Luft war von Schreien und Rufen erfüllt. Der Brand an der Divisadero Street war schlimmer geworden, der beißende Rauch kroch von dort aus die Straßen entlang und erschwerte die Sicht.

In der Ferne heulten Sirenen.

Die Rufe wurden lauter, dann wieder leiser, drangen mal aus

diesem, mal aus jenem Teil der Menge, aber sie verstummten nicht, verloren nichts von ihrer Eindringlichkeit: »Wir wollen Shea! Wir wollen Shea!«

Sie wollten eben aufbrechen, als sie die ersten Rufe hörten. Wes Farrell ging zum vorderen Fenster, bog die Jalousie mit zwei Fingern einen Spaltbreit auseinander und sah hinaus, ließ sie wieder los und wandte sich um. »Sieht nicht allzu gut aus.« Was für eine Untertreibung, fügte er in Gedanken hinzu.

Melanie stand Hand in Hand mit Kevin an der Tür. »Sag nicht so was«, fuhr sie Farrell an.

»Das Haus ist umstellt, Melanie. Sieh selbst nach.«

»Und was jetzt?« Das kam von Kevin.

»Jetzt hoffen wir, daß Glitsky rechtzeitig mit der Senatorin eintrifft.«

»Er wird doch kommen?« wollte Melanie wissen.

»Er hat es gesagt.«

»Und was dann?« fragte Kevin.

Die Rufe waren jetzt deutlich zu vernehmen und wurden nicht leiser.

»Was ist mit dem FBI?« fragte Melanie. »Ich dachte, sie ...«

»Dummerweise gehen sie von der Vermutung aus«, sagte Farrell, »daß ihr bewaffnet und gefährlich seid. Wenn wir was von ihnen hören, sind es wahrscheinlich die Schüsse, mit denen sie die Tür ...«

»Hast du noch mehr so gute Neuigkeiten, Wes?«

»Ich bin nicht dran schuld, ich sage einfach, was los ist.«

»*Also, was tun wir jetzt?*« fragte Kevin zum dritten Mal.

»Willst du da rausgehen?« fragte Wes. »Dich stellen? Nein? Dann warten wir lieber.«

Florio sah sich einem schwitzenden, atemlosen Mann in Uniform gegenüber, der sich als Dan Rigby, Polizeichef von San Francisco, auswies. Er stand mit einigen seiner uniformierten Männer vor der Truppenlinie. Florio winkte sie durch und in den Hof hinein.

»Befindet sich Kevin Shea in diesem Gebäude?« Rigby lief bereits auf den Hauseingang zu. »Wissen wir das? Wer ist sonst noch hier? Ist das Haus gesichert?«

Die Eingangstüren standen offen. Rigby ging ins Haus und auf

Special Agent Simms zu, die gerade in die Eingangshalle zurückgekehrt war und ihren Angriff beginnen wollte.

Sie könne jetzt nicht losschlagen, sagte er, nicht, ehe weitere Verstärkung eingetroffen sei. Da draußen würde in Kürze die blanke Anarchie ausbrechen. Was würde ihrer Ansicht nach passieren, wenn sie mit Kevin Shea herauskommen und versuchen würden, sich einen Weg durch diesen Pöbel zu bahnen?

Simms schäumte vor Wut. Wie war es möglich, daß die Situation sich so schnell in die falsche Richtung entwickelt hatte und ihrer Kontrolle entglitten war? Sie hatte ihre Beamten, sie hatte ihren Haftbefehl ... Sie würde diesem einheimischen Hampelmann Rigby einfach sagen, daß sie jetzt hinaufgehe, um die Verhaftung vorzunehmen, und die Würfel damit gefallen seien. Nachdem er explodiert war, weil sie das San Francisco Police Department nicht über ihre Absichten und Aktivitäten informiert hatte, versuchte er, seine eigene Zuständigkeit in den Vordergrund zu stellen.

»Ich versuche nur, Ihnen deutlich zu machen, daß das Problem größer ist, als Sie sich eingestehen wollen«, sagte er. »Wie zum Teufel wollen Sie ihn hier rausbringen, wenn Sie ihn festgenommen haben? Wo ist er überhaupt? Wir brauchen mehr Leute!«

Die FBI-Agenten und die Polizisten in der Eingangshalle beäugten einander mißtrauisch. Immer mehr Hausbewohner kamen herunter. Samstag morgen, jeder war zu Hause und auf den Beinen.

Simms und Rigby, bei denen die Verantwortung lag, gingen nach draußen, zum Brunnen in der Mitte des Vorhofs.

»Er ist hier«, sagte Simms. »Überlassen Sie ihn mir.«

Rigby ging nicht darauf ein. »Das ist *meine* Stadt. Ob es Ihnen paßt oder nicht, es liegt in meiner Zuständigkeit.« Er zeigte auf das Schauspiel, das sich vor ihnen abspielte, und wiederholte: »In meiner Zuständigkeit. Ich werde keinen zweiten Lynchmord innerhalb von einer Woche zulassen. Wir werden versuchen, Kevin Shea da herauszuholen.«

Simms starrte in die Menge. »Wer zum Teufel ist das? Jemand steht auf meinem Wagen!«

Rigby drehte sich um. Philip Mohandas hatte ein Megaphon in der Hand und versuchte, die Aufmerksamkeit der Menge zu erlangen. »Bringt diesen Wahnsinnigen her!« befahl Rigby einem seiner

Männer. Dann sagte er zu Florio: »Seien Sie freundlich zu ihm, falls nötig, bitten Sie ihn höflich, mit Ihnen mitzukommen.«

Plötzlich entstand auf der linken Seite in der Soldatenkette ebenfalls Unruhe. Ein Uniformierter kam angelaufen. »Sir«, sagte er zu Florio, »hier ist ein Polizist in Zivil, der behauptet, er habe eine US-Senatorin bei sich ...«

Noch bevor er den Satz beendet hatte, teilte sich die Menge, um Glitsky und Loretta Wager durchzulassen.

Simms nahm das klingelnde Funkgerät von der Hüfte. Sie nickte und sah hinauf zur vierten Etage. Dann sagte sie in die Sprechmuschel: »Abwarten.« Und zu Rigby: »Sie sind am Fenster. Mein Mann könnte sie umlegen.«

Sie standen alle um den Brunnen in der Mitte des Hofs herum – Rigby, Simms, Mohandas und seine Assistenten, Florio, Glitsky und Loretta Wager.

Rigby sah ungläubig auf die Senatorin und auf seinen Lieutenant, der sie am Arm hielt. »Was, zum Teufel, tun *Sie* hier?«

»Ich bin hier, um Shea zu verhaften«, sagte Glitsky.

»Einen Teufel werden Sie tun«, unterbrach ihn Simms. »Er gehört mir.«

»Sie sind suspendiert, Glitsky. Vielleicht haben Sie meine Nachricht nicht bekommen ...«

»Was ist da unten los?«

Farrell versuchte erneut, etwas durch die Jalousie zu erkennen. »Ich weiß nicht. Sie stehen unten am Brunnen. Glitsky ist da, die Senatorin auch.«

»Warum kommt er dann nicht rauf? Warum gehen wir nicht runter?«

»Ich weiß es nicht. Ich weiß es nicht.«

»Runterzugehen wäre keine gute Idee, Kevin. Wir sollten sie besser raufkommen lassen.«

Die Rufe waren, zumindest im vorderen Teil der Menge, verebbt. Es herrschte ein unruhiges Treiben, ein Gespür dafür, daß in der Mitte des Hofs irgend etwas entschieden wurde, und diese Nachricht breitete sich langsam nach hinten aus.

Die Menschen warteten fiebernd ab.

Einer der uniformierten Polizisten ging zu der Gruppe, lief dann nach links, hinter die Linie der Soldaten, war verschwunden. Unregelmäßig begannen wieder vereinzelte Rufe, wurden lauter, verebbten erneut.

Glitsky löste sich aus der Gruppe am Brunnen. Allein und langsamen Schrittes, die Hände in den Taschen und mit gebeugten Schultern, betrat er das Gebäude. Er ging an den FBI-Agenten, den Polizisten und den schimpfenden und neugierigen Bürgern, die sich in der Eingangshalle drängten, vorbei.

Es waren vier Stockwerke. Im ersten Stockwerk hatten sich einige Bewohner versammelt, auf den anderen Etagen war die Treppe leer. Er stieg mit gleichmäßigen Schritten nach oben, machte an den Treppenabsätzen nicht halt, eine Hand am Geländer, zwölf Stufen je Treppe, dann ging er über den schäbigen Läufer bis zum Ende des Flurs und klingelte.

Die Tür wurde geöffnet. Er hatte seine Marke angeheftet, aber seine Waffe nicht gezogen. »Mister Farrell, wie geht es Ihnen? Haben Sie einen Mandanten, den Sie mir übergeben möchten?«

»Wird das auch wirklich klappen?« fragte Farrell und trat zur Seite.

Glitsky nickte zuversichtlicher, als er sich fühlte, und ging zum Fenster. Er zog die Jalousie hoch. Das war das Zeichen, auf das man unten wartete.

Melanie und Kevin standen beieinander und hatten die Arme umeinander gelegt. »Bist du bereit?«

Er nickte.

»Ich bin bei dir.« Sie flüsterte jetzt.

»Ich bin bei *dir*. Was immer geschieht, wie immer dies hier ausgeht. Hast du verstanden?«

»Ja.«

Farrell führte Glitsky zu ihnen hinüber. Sie besprachen den Ablauf, die gesetzliche Situation, den Deal. Dann wurde es Zeit.

»Kevin Shea«, sagte Glitsky, »ich verhafte Sie wegen Mordes an ...«

73

Loretta Wager stand mit dem Megaphon in der Hand auf den Stufen des Brunnens, der Menge zugewandt.

Mohandas hatte die Idee nicht gefallen (Allicey Tobain hatte sie gehaßt). Aber die Senatorin hatte sich mit dem Argument durchgesetzt, es gehe bei der Demonstration doch um die Ergreifung Kevin Sheas, also sei Mohandas, sei die Veranstaltung erfolgreich gewesen. Jeder habe bekommen, was er wolle. Aber wenn er Loretta jetzt nicht zum Zug kommen lasse, wenn sie diese Sache nicht irgendwie in den Griff bekämen – was dann? Ein weiterer Aufruhr, noch mehr Gewalt? Wer hatte etwas davon?

Sie hatte Mohandas lange und weit genug von der Gruppe getrennt – drei Schritte –, um alles Notwendige zu sagen. Ob er auf die Anwärterliste für die Verwaltung des Hunter's Point kommen wolle oder nicht? Wenn er ihr *jetzt* nicht entgegenkomme, könne er vergessen, daß sie es jemals erwähnt habe.

Eine letzte Bitte hatte Loretta noch. Dies sei ein guter Zeitpunkt, darüber zu sprechen, weil Polizeichef Rigby anwesend sei: Mohandas müsse klarstellen, daß die einhunderttausend Dollar Belohnung nicht für den *Tod* von Kevin Shea ausgesetzt worden seien. Sie alle hätten dieses Gerücht auf den Straßen gehört, aber es sei falsch. Die Belohnung sei für Informationen gedacht gewesen, die zu seiner Verhaftung führten, mehr nicht.

Mehr nicht.

»Meine Brüder und Schwestern«, begann sie jetzt, den Blick dorthin gerichtet, wo gerade die Jalousie hochgezogen wurde. »Kevin Shea ist soeben verhaftet worden.«

Ein Gebrüll, ein Ausbruch der Erleichterung, der Wut, der Frustration brach sich an den Wänden des hufeisenförmigen Gebäudes hinter ihr und schallte über den Hof. Der Lärm schwoll an, nahm wieder ab, wurde wieder stärker, schwächer.

»Meine Brüder und Schwestern«, wiederholte sie, und der Jubel verebbte. Sie erhob ihre Stimme. »Niemand hat für diesen Moment hartnäckiger gekämpft als eure Senatorin. Niemand hat dieses Thema entschlossener auf der Tagesordnung gehalten als Philip Mohandas.« Wieder Beifall. »Und jetzt ist es vorbei.«

Sie hielt kurz inne, fuhr dann fort: »Für uns ist diese Sache noch nicht beendet. Auch nicht für Kevin Shea.«

»Bringt ihn um!« brüllte jemand. »Lyncht ihn!« Ein Chor schrie: »Bringt Kevin Shea um, bringt Kevin Shea um ...«

»Nein!« drang ihre Stimme aus dem Megaphon. »Nein!«

Die Menschenmenge beruhigte sich langsam wieder.

»Wir haben Kevin Shea. Hört mir zu! Wir haben ihn.« Sie hörten ihr zu. »Philip Mohandas ist hier. Ich bin hier, wir sind bei euch. Eure Interessen sind *unsere* Interessen. Nicht die Polizei von San Francisco hat Kevin Shea ergriffen, nicht das FBI, sondern *wir*, wir alle zusammen ...«

Erneut schwoll das Tosen an, und wieder riefen einige: »Bringt ihn um, bringt ihn um!« Aber Loretta erkannte, daß sich auch eine andere Stimmung breitmachte. »Ich bitte euch, uns zu glauben. Wir werden dafür sorgen, daß Gerechtigkeit waltet.« Sie sprach noch lauter und zeigte mit dem Finger in die Menge. »Aber mit einem weiteren Lynchmord ist der Gerechtigkeit nicht gedient.«

Ein zögerlicher Chor, ein Murmeln von: »Amen, Amen, Amen«. Dann wurde es still, bis jemand unvermittelt schrie: »Nicht für Kevin Shea, er muß sterben!« Irgendwo schrie jemand eine Bestätigung, ein paar weitere zustimmende Rufe ertönten, dann ebbte die aufgeflammte Aggression wieder ab.

Loretta sah zu Rigby, Mohandas und Simms hinunter, aber die konnten ihr nicht helfen. Dies war ihr Vorschlag gewesen (so glaubten sie) – der einzige Weg. Nur sie konnte es schaffen. »*Niemand*«, erhob sie wieder die Stimme, »*niemand* haßt den Fanatismus, den Rassismus, für den Kevin Shea steht, mehr als ich.« Sie wurde ruhiger. »Aber ich sage euch – es ist vorbei. Wir haben ihn. Philip Mohandas und ich werden Kevin Shea von hier aus ins Justizgebäude bringen. Er ist unser Gefangener. Ich verspreche euch, daß keiner von uns beiden ruhen wird, bis die Gerechtigkeit gesiegt hat. Darauf gebe ich euch mein Ehrenwort ...«

»... Meine Damen und Herren, die Senatorin Loretta Wager ist mit Philip Mohandas im Gebäude verschwunden, jetzt kommen sie gerade wieder heraus. In ihrer Mitte ... ja, ich kann es deutlich erkennen ... er ist es! Es ist Kevin Shea! Kevin Shea in Handschellen! Auf der einen Seite geht ein Schwarzer, vielleicht ein Polizeibeamter, auf der anderen Philip Mohandas. Senatorin Loretta Wager führt die Gruppe an, hinter Shea geht Polizeichef Rigby. Bei ihnen ist eine junge Frau – das muß Melanie Sinclair sein – und ein weiterer Mann – ein Weißer – in einem dunklen Anzug. In der Menschenmenge, meine Damen und Herren, herrscht Totenstille.

Sie gehen jetzt über den Hof, am Brunnen vorbei, wo die Senatorin soeben ihre eindrucksvolle Ansprache gehalten hat. Sie scheinen ... ja, dort steht ein schwarzweißer Polizeiwagen am Straßenrand, die Menge hat ihn umzingelt, er ist wie von einem Bienenschwarm umgeben. Die Situation erscheint mir noch immer hochexplosiv. Sie nähern sich der Nationalgarde. Man hört vereinzelte Rufe, Wutausbrüche, Zorn auf Kevin Shea, aber noch verhält sich die Menge ... Die Soldaten lassen sie durch, jetzt sind sie mitten in der Menschenmenge, nichts trennt sie mehr von dem Zorn, den wir den ganzen Vormittag über, insbesondere in der letzten halben Stunde, hier erlebt haben.

Aber die Menschen machen Platz für Kevin Shea und die anderen ... Sie sind an dem Polizeiwagen angekommen, die hintere Tür ist offen, die Senatorin – Senatorin Wager – steigt ein. Jetzt Shea. Mohandas. Der Wagen setzt sich in Bewegung, langsam und mit eingeschaltetem Blaulicht. Die Menschenmenge weicht auseinander, gibt allmählich den Weg frei. Erstaunlich. Ich glaube, sie schaffen es tatsächlich ...«

74

Es waren zwei Autos – der Polizeiwagen mit Wager, Shea, Mohandas und Glitsky, und Simms' Wagen mit den FBI-Leuten, Rigby, Melanie und Farrell. Als sie am Justizgebäude ankamen, waren die Stufen vor dem Gebäude und die Eingangshalle mit Menschen überfüllt. Loretta hatte den Eindruck, daß man alle Fernsehteams der westlichen Hemisphäre zusammengetrommelt hatte, alle Zeitungs- und Zeitschriftenreporter, Radioberichterstatter, dienstfreie Polizisten, alle Mitarbeiter, alle vorübergehenden und ständigen Bewohner der Stadt. Aber es war kein Mob mehr. Es war eine Menschenmenge.

Sie erhielten die Nachricht, daß sich die Menschen im Park, die an der Demonstration teilgenommen hatten, zu zerstreuen begannen. Loretta fühlte sich bestätigt. Sie hatte recht gehabt – sie hatten Kevin Shea als Symbol gebraucht. Das Feuer mochte noch immer schwelen, vielleicht später neu entfacht werden, aber zumindest für den Augenblick war die Krise vorbei.

Es war, fand Loretta, die merkwürdigste Fahrt gewesen, die sie je unternommen hatte. Sie hatte neben Kevin Shea gesessen und war überrascht gewesen, als er sich an sie gewandt und sich für ihr Engagement, ihren Mut bedankt hatte. Er sei unschuldig, hatte er gesagt. Er habe versucht, Arthur Wade hochzuheben, nicht herunterzuziehen ...

Als sie das Justizgebäude erreicht hatten, schien selbst Mohandas von Kevins offenem Wesen eingenommen zu sein. Nach allem, was Shea durchgemacht hatte, war er bemerkenswert freundlich gewesen. Er hatte eine Art nervösen Humor, aber keine Spur von Schroffheit gezeigt. Und es schien ihn ganz offensichtlich nicht im geringsten zu stören, zwischen zwei Schwarzen eingekeilt zu sein. Er hatte eher froh darüber gewirkt.

Sie brachten ihn nicht in die sechste Etage, sondern direkt in Alan Restons Büro, das in keiner Hinsicht mehr an seinen Vorgänger erinnerte. Reston hatte das Drama im Park im Fernsehen verfolgt und erwartete sie bereits. Auch Elaine Wager war da.

Eine von Wes Farrell geführte und von Lieutenant Glitsky unterstützte Debatte brachte die Unvollständigkeit der Beweise ans Licht. Rigby wollte nun mehr über die Ermittlungen gegen die anderen Verdächtigen – O'Toole, Mullen, McKay und Devlin – wissen, also warteten sie, bis Carl Griffin und Ridley Banks herunterkamen und vorbrachten, was sie herausgefunden hatten.

Doch Reston war noch immer nicht geneigt, die Anschuldigungen gegen Shea sofort fallenzulassen, nicht so schnell und nicht aufgrund der Argumente von dessen Rechtsanwalt. Reston entließ Mohandas und die Inspectors des Morddezernats, dankte ihnen für die Zusammenarbeit. Dann klärte er Loretta, Elaine, Glitsky und Rigby hinter verschlossener Tür über seine Entscheidung auf. Er werde Shea, sobald es dunkel war, an einen unbekannten Ort bringen lassen, wo er bewacht würde, bis die Beweismittel einem Richter vorgelegt werden konnten.

Um zwanzig nach eins holten die Stellvertreter des Sheriffs Shea und brachten ihn in eine Einzelzelle nach oben.

Glitsky war Loretta nicht von der Seite gewichen. Sie hatte ihn beobachtet, als Elaine in Restons Büro gekommen war, hatte nach einem Anzeichen gesucht, einer Reaktion. Aber er hatte zur Begrüßung lediglich genickt – ein Profi bei der Arbeit. Als sie die beiden nun zusammen sah – Vater und Tochter –, fiel ihr auf, daß sie sich zum ersten Mal zu dritt in einem Raum aufhielten. Eine Wiedervereinigung ... Nein, eine Vereinigung. Und ... Seltsam. Irgendwie ein Abschluß.

Sie bat um eine kurze Unterredung unter vier Augen mit Glitsky in Restons Büro. Als sich die Tür hinter den anderen geschlossen hatte, drehte sie sich zu Abe um. »Gut, Abe«, sagte sie. »Ich habe dir Kevin Shea besorgt. Das war der Deal.«

Glitsky stand anderthalb Meter von ihr entfernt gegen Restons Schreibtisch gelehnt. Vielleicht war Loretta schon zu lange in Washington gewesen und verstand einfach nicht, daß in Glitskys Welt nicht alles auf einen Deal hinauslief. Er hatte sich ihr gegenüber vage ausgedrückt, hatte gesagt, sie könnten über die Möglichkeit eines Deals sprechen, sobald Kevin Shea verhaftet sei. Das taten sie jetzt. Aber er hatte ihr nichts garantiert.

Er ließ die Hände in den Taschen und verzog keine Miene, bemühte sich, nicht an das zu denken, was zwischen ihnen gewesen war, nicht zu vergessen, was sie getan hatte. Er ging an ihr vorbei durch den Raum zur Tür von Restons Büro. Während er sie öffnete, blickte er zu Loretta zurück und schüttelte den Kopf. »Es gab keinen Deal, Loretta«, sagte er.

Im Flur vor dem Büro des Bezirksstaatsanwalts wartete Elaine. Sie wollte darüber sprechen, was sie getan hatten, wie sie weiter vorgehen würden, fragte nicht, was hinter der Tür vor sich gegangen war.

Glitsky fühlte sich in die Enge getrieben, konnte sich nicht herausreden. Er stand noch immer bei Elaine, als Loretta die Tür öffnete. Als sie die beiden sah, setzte sie ihre offizielle Miene auf. Dann schenkte sie ihrer Tochter ein Lächeln, ging zu ihnen. Ihre Augen glänzten. »Ich brauchte noch einen Moment«, sagte sie. »Nach allem, was geschehen ist ...«

Elaine fragte Glitsky, ob er nicht Lust hätte, mit ihnen zu Mittag zu essen und die Sache wieder ins Lot zu bringen.

Glitsky lehnte dankend ab. Er mußte hinaufgehen, weil er dort was zu erledigen hatte. Rigby hatte ihm gesagt, er könne ein paar Unterlagen von seinem Schreibtisch holen, solle aber nicht davon ausgehen, daß er wieder im Dienst sei. Sie würden die vorübergehende Suspendierung und die Gründe dafür am Dienstag überprüfen. Rigby kümmerte sich nicht um Gründe, egal, ob sie gut oder schlecht waren. Glitsky hatte sich seinen Anweisungen widersetzt, das genügte.

»Ich treffe Ihre Mutter heute abend, Elaine«, sagte er und drehte sich zu Loretta um: »Um acht?«

Plötzlich beugte er sich hinunter und drückte sie für einen kurzen Moment an sich, legte ihr eine Hand auf den Nacken. »*Es ist deine Entscheidung*«, flüsterte er ihr ins Ohr. Dann richtete er sich auf, lächelte sein unförmiges Lächeln und hob beiläufig einen Finger. »Um Punkt acht also.«

Punkt acht.

Elaine, dachte Loretta, würde keine Schwierigkeiten bekommen. Ihr Übereifer, Kevin Shea anzuklagen, bedeutete nicht das Ende ihrer Karriere. Nicht, wenn Alan Reston ihr Rückendeckung gab. Vielleicht brauchte sie Reston nicht einmal. Sie war stärker, als ihre Mutter hatte wahrhaben wollen, blickte nach vorn, würde ihren Weg gehen. Sie hatte inzwischen begriffen, daß die Sache zwischen Chris Locke und ihr nicht lange gedauert hätte, daß es für sie so vielleicht besser war, obwohl es natürlich schmerzte. Lange Zeit schmerzen würde. Das wußte sie.

Aber das war der Punkt, dachte Loretta. Elaine hatte wieder eine Perspektive und würde überleben. Ihre Tochter würde nicht zerbrechen. Sie konnte nicht zerbrechen, schließlich war sie die Tochter ihrer Mutter.

Sie hatten endlich den Fernsehkameras und dem ganzen Wahnsinn entfliehen können und waren gemeinsam aus der Innenstadt in Richtung Norden, an die Küste bei Point Reyes, gefahren. Dort war es so friedlich gewesen. Sie hatten den ganzen Nachmittag miteinander verbracht, Mutter und Tochter, wofür beide seit Jahren keine Zeit mehr gehabt hatten. Ein ruhiges Mittagessen in einem kleinen abgelegenen Lokal, ungestört, weil niemand gewußt hatte, wer sie waren, niemand sie beachtet hatte.

An einer Steigung der kurvenreichen Straße zurück nach San Francisco hatten sie angehalten und den berühmten Blick nach Süden auf die Brücke und die Stadt genossen. Seit Tagen war zum ersten Mal kein Rauch zu sehen gewesen.

Um Viertel nach fünf hatte Elaine sie zu Hause abgesetzt.

Punkt acht.

Es ist deine Entscheidung.

Der Wind hatte sich gelegt. Sie ging auf den Balkon vor der Bibliothek, sah wieder hinüber auf die Golden Gate Bridge. Die Sonne stand schon tief, aber der Abend war noch warm.

Sie trug einen glänzenden violetten Mantel über ihrer schwarzen Hose. Perlenohrringe. Sie hatte im Stars einen Tisch reservieren lassen, und für die Senatorin war das natürlich auch so kurzfristig kein Problem. Ob sie eine Trennwand aufstellen sollten? Jeremiah sei persönlich anwesend. Dürfe er vorbeikommen und ihr ein kleines *cadeau* anbieten? Er sei ein großer Fan von ihr.

Dann hatte sie die Formalitäten erledigt, das Schreiben an den Präsidenten fertiggestellt, sich darin überschwenglich für seine humanitäre Geste hinsichtlich Hunter's Point bedankt und ihre wärmste Empfehlung für Philip Mohandas ausgesprochen, den er als Verwalter für das Projekt auf dem Gebiet in Betracht ziehen solle. Ein Deal war ein Deal.

Sie diktierte fünf kurze Briefe verwaltungstechnischen Inhalts in ihr Diktiergerät, verschloß den an ihr Büro in Washington adressierten Umschlag und frankierte ihn. Er lag auf der kleinen Bank in der Eingangshalle, damit sie nicht vergaß, ihn aufzugeben.

Es ist deine Entscheidung.

Ihre Gedanken wanderten zur Wahl, zu ihrem Sitz im Senat. Wieviel Ironie jetzt darin lag, dachte sie. So, wie Glitsky es arrangiert hatte, hatte sie am Ende als Heldin dagestanden, obwohl sie sich anfänglich weit aus dem Fenster gelehnt hatte mit ihrer überlauten Forderung quasi nach Selbstjustiz. Niemand außer Abe wußte auch nur ansatzweise, was sie hinter den Kulissen veranstaltet hatte. Sie hatte sich verkalkuliert, aber das Glück war auf ihrer Seite geblieben. Ihr Ruf würde intakt bleiben.

Natürlich würde es eine Menge politischer Anfeindungen geben, aber das mußte sie akzeptieren. Sie hatte sich zu impulsiv und zu früh auf Kevin Shea gestürzt, bevor alle Fakten bekannt waren. Die Öffentlichkeit – Freunde und Feinde – würde ihr Urteil in Frage stellen, aber sie glaubte nicht, daß es ihre Chancen letztendlich mindern würde. Der Coup mit Hunter's Point würde ihr eine halbe Million schwarzer Wählerstimmen einbringen, die den Verlust der Stimmen der gemäßigten Weißen mehr als ausgleichen würden.

Schaudernd, obwohl ihr nicht kalt war, trat sie durch die Glastür zurück ins Haus. Die Sonne warf Lichtprismen auf den Parkettboden. Es war ein wunderschönes Haus. Sie sollte mehr Zeit hier verbringen. Jemand sollte all dies ... alles, was sie besaß, schätzen ...

Sie ging zur Bar hinüber, nahm eines der Kristallgläser und goß sich ein paar Fingerbreit von dem Kognak ein, den sie mit Abe zusammen getrunken hatte.

Auf dem Bücherregal gegenüber stand eine goldene Uhr unter einer Glaskuppel, die Dana ihr vor so langer Zeit zum Hochzeitstag geschenkt hatte. Die Stunden waren mit römischen Ziffern gekennzeichnet, und der goldene Mechanismus unter dem Zifferblatt bewegte sich langsam hin und her, immer im Halbkreis. Die Zeiger standen auf der Sieben und der Vier. Sie konnte ihren Blick nicht davon abwenden. Es gab keinen Sekundenzeiger, der einen zum Wahnsinn trieb und unaufhörlich dokumentierte, daß die Zeit vorbeiraste.

Zweiundzwanzig Minuten nach sieben.

Die Utensilien zum Abschminken – Pinsel, Stäbchen, Lappen, Öl – lagen auf dem Samttuch, das sie auf der Glasplatte ihres

Schminktischs im Ankleidezimmer in der zweiten Etage, neben ihrem Schlafzimmer, ausgebreitet hatte. Es war ein kleiner Raum mit einem kleinen Fenster hoch oben in der Wand.

Sie stellte den halbleeren Kognakschwenker neben das Samttuch.

Dort lag ihre Nachricht für Abe.

Eine der Uhren in der unteren Etage schlug und gab die halbe Stunde an. Halb acht. Plötzlich konnte sie sich nicht daran erinnern, ob sie die Eingangstür entriegelt hatte, damit Abe hereinkonnte. Das war wichtig. Sie durfte es nicht vergessen.

Also ging sie wieder hinunter, durch die Eingangshalle, trank noch ein paarmal von ihrem Kognak. Die Tür war unversperrt.

Ein kurzer Blick zurück in die Bibliothek. Die Sonne war weiter gesunken, auch das letzte Lichtprisma verschwunden.

Er würde pünktlich kommen, um sie zu verhaften, das wußte sie. Punkt acht, hatte er gesagt.

Es war ihre Entscheidung.

Sie ging wieder die Treppe hinauf in ihr Ankleidezimmer und stellte den Kognakschwenker dort ab, wo er vorher gestanden hatte.

Sie nahm Danas alten Colt, den sie immer hier oben aufbewahrt hatte.

Auf dem Zettel stand mit zarten Bleistiftstrichen geschrieben: »Abe. Erinnere die Leute daran, daß Dana und ich früher oft zum Schießstand gegangen sind. Es muß ein Unfall gewesen sein, als ich die alte Waffe gereinigt habe ...«

Glitsky nahm das Papier vorsichtig auf. Auf dem Weg ins Bad faltete er es und zerriß es in kleine Stücke, die er in die Toilette warf. Er spülte dreimal.

Dann ging er ins Schlafzimmer, nahm den Hörer vom Telefon neben Lorettas Bett ab und wählte die Ziffern 911.

Montag, 4. Juli

75

Elaine Wager bewahrte Haltung. Sie hatte das alles in der vergangenen Woche schon einmal durchgemacht. Drückte sich so etwas wie Erleichterung in ihrer aufrechten Körperhaltung aus? fragte sich Glitsky. Erleichterung, weil ihr nichts mehr passieren konnte, weil sie überlebt hatte?

Er hielt am Straßenrand, beugte sich hinüber und öffnete die Beifahrertür. Sie trug Jeans, braune Schnürschuhe und einen legeren Pullover. Ihr Haar war streng nach hinten gekämmt.

»Danke, daß Sie mich abgeholt haben«, sagte sie. »Aber es wäre nicht nötig gewesen.«

»Doch«, sagte er.

»Wie ich hörte, haben Sie sie gefunden ...«

Er fuhr, mußte sie deshalb nicht ansehen. »Wir hatten einen Termin«, sagte er.

»Abe?« Ihre Stimme klang auf einmal zaghaft. »Wie war sie? Als Frau, meine ich. Sie wissen es ...«

Er hielt an einer Ampel. »Wunderbar«, sagte er, »sie war wunderbar.«

Elaine schloß die Augen und nickte. »Auch als Mutter.«

Glitsky saß vornübergebeugt auf der vorderen Kante des Kunststoffstuhls, wartete, die Ellbogen auf die Knie gestützt. Sein Adlergesicht war vor Ungeduld mit Falten übersät. Ihm gegenüber starrte Elaine die winzigen Löcher in den Deckenfliesen an.

Der Gerichtsmediziner John Strout öffnete die Verbindungstür mit einem kurzen Ruck, und auf einmal standen alle. Als er nickte, wappnete sich Elaine und ging in die Leichenhalle. Glitsky blieb zurück.

»Ich bin reif für ein paar freie Tage«, sagte Strout. »So kann ich nicht weitermachen. Zu viele Leute, die ich kenne, enden hier ...«

»Wissen Sie, wie es passiert ist?«

»Sieht genauso aus wie bei Chris.«

»Ich möchte Ihr Urteil hören«, sagte Glitsky. Seine Stimme klang rauh, das ließ Strout aufhorchen. »Ich kannte sie persönlich, John.« Er hielt inne und fragte sich, wieviel er sagen mußte. Nicht viel, stellte er fest.

»Nun, Sie wissen so gut wie ich, daß man in einem Fall wie diesem nie hundertprozentig sicher sein kann, aber ich werde ›Unfall mit Todesfolge‹ eintragen. Ich glaube nicht, daß sie sich umgebracht hat.«

»Warum nicht?«

»Hauptsächlich wegen dem, was ich über ihre letzten Stunden weiß. Sie verbrachte den Tag mit Elaine, die sagte, es sei alles in Ordnung gewesen, besser als je zuvor. Sie wissen ja, daß sie gerade ein paar größere Erfolge zu verzeichnen hatte. Abe, die Frau war voller Energie, befand sich auf einem Höhenflug. Deswegen glaube ich, daß sie sich nicht umgebracht hat. Außerdem läßt man keinen Tisch reservieren, wenn man vorhat, sich umzubringen. Man diktiert keine fünf kurzen Geschäftsbriefe zu Dingen, die sich im nächsten Monat abspielen werden, um sich anschließend umzubringen.«

Es sei denn, man plante es so sorgfältig, daß vor allem die eigene Tochter die Wahrheit nie erfahren würde, dachte Glitsky. Aber er fragte: »Irgendwelche Hinweise?«

»Der Winkel und der Abstand. Die Waffe ging weit genug entfernt los, so daß die Einschußstelle noch nicht mal Pulverspuren aufweist: Sie hat sie nicht gegen die Schläfe, in den Mund oder so gehalten. Die meisten tun das. Wenn ich es recht bedenke, habe ich noch nie einen Selbstmord gesehen, bei dem sich der Selbstmörder ins Herz geschossen hat. Nicht aus einer Armeslänge Entfernung, Abe. Ich glaube, die Waffe ist einfach losgegangen.« Strout fuhr sich mit der Hand über die Wangen seines langen Gesichts. Prüfend sah er den Lieutenant einen Augenblick lang an. Dann legte er Glitsky vorsichtig seine Hand auf die Schulter und sagte: »Es war ein Unfall, Abe. Es gibt niemanden, nach dem Sie suchen müßten.«

Glitsky fühlte, wie seine Beine unter ihm nachgaben. Vielleicht hatte seine kleine Unterhaltung mit Loretta über die Bedeutung der Details der Spurensicherung zu diesem Ergebnis geführt.

Er setzte sich und sah zu Strout auf. »Das hatte ich zu hören gehofft, John. Danke.«

Maria Braun, Richterin am Obersten Gerichtshof, mißfiel es, vom neuen Bezirksstaatsanwalt an ihrem langen Wochenende gestört zu werden. Sie dachte, das geschehe ihr wahrscheinlich recht, weil sie nicht, wie die meisten ihrer Kollegen bei Gericht, nach Hawaii, Puerto Vallarta oder Palm Springs ausgerückt war. Nächstes Jahr würde sie daran denken.

Aber es war natürlich ein wichtiger Fall, und die Stadt hatte sich damit schon genug blamiert ... Und auch wenn sie fand, man habe ihr den Unabhängigkeitstag verdorben, ließ sich das wahrscheinlich nicht mit dem vergleichen, was dieser Shea hatte durchmachen müssen, und er war noch immer in Haft.

Sie hatte die beeindruckenden Unterlagen des Anwalts Wesley Farrell gelesen – und erinnerte sich vage an eine Begegnung, konnte aber kein Gesicht zuordnen. Dann war sie sorgfältig die drei Versionen der Verhöre der anderen Zeugen durchgegangen, die Farrells Ausführungen unabhängig voneinander bestätigt hatten. Drei dieser Personen – James A. O'Toole, Brandon W. Mullen und Colin Devlin – schienen auf Straffreiheit oder Strafmilderung hinauszuwollen, wenn die Mordanklage fallengelassen würde. Die vierte, Rachel Koshelnyk, wirkte glaubwürdig, auch wenn ihr Englisch miserabel war.

Braun hatte sich auch die Zeugenaussage des bislang einzigen wegen Mordes anzuklagenden Verdächtigen, Peter M. McKay, durchgelesen. Außerdem die Aussage von Lieutenant Abraham Glitsky vom Morddezernat. Die Akte war gut zwei Zentimeter dick, und sie hatte alles gelesen. Alle schienen sich darin einig zu sein, daß Kevin Shea nichts Unrechtes getan habe.

Richterin Braun konnte eine mögliche Anklage des FBI gegen Kevin Shea nicht verhindern, konnte die Anklageschrift der Grand Jury nicht abweisen, ohne alle Beweise in dem Fall geprüft zu haben. Aber sie hatte genug gehört, um ihre gute Tat des Monats zu vollbringen: Sie würde Kevin Sheas Freilassung auf Kaution anordnen. Sie glaubte nicht, daß er untertauchen würde.

Farrell brachte Kevin Shea zurück in seine Wohnung. Shea war psychisch und physisch am Ende und wollte nicht auswärts zu Mittag essen, nicht feiern und auch keine Anweisungen hören, wie er sich künftig zu verhalten habe. Am allerwenigsten war er in der Stimmung, eine Strategie zu seiner Verteidigung zu entwickeln, falls er eine benötigte. Eigentlich wollte er nur nach Hause.

Farrell hatte dafür Verständnis und drängte ihn nicht. Kevin war durch die Mangel gedreht worden und mußte sich entspannen. Farrell seinerseits begab sich zum Mittagessen zu John's Grill, wo er seiner Ansicht nach recht gut in die Gedenkfeier paßte, die dort zu Ehren des Nationalfeiertags und gleichzeitig zu Ehren des Besitzers stattfand, dessen Wochenendreise nach New York erfolglos geblieben war. Er hatte eines der beiden Originale des Malteser Falken ersteigern wollen, die im gleichnamigen Film verwendet worden waren. Sein höchstes Gebot von dreißigtausend Dollar hatte nicht ganz an die sechshunderttausend Dollar herangereicht, für die die Trophäen am Ende verkauft worden waren. Doch die Publicity und die Kundschaft, die er durch sein Bemühen erlangt hatte, schadeten dem Umsatz seines Restaurants keineswegs.

Farrell bestellte Scholle mit Butter, Kapern und Zitrone. Er hatte so viel Plastikfraß gegessen, so viel Tiefkühlkost, so viel ausgeliefertes Zeug, daß es für ein ganzes Leben reichte. Die Dinge würden sich ändern. Er hatte Pläne für diesen Tag, vielleicht für den Rest seines Lebens. Jetzt kam er wieder in Gang – er würde nach Hause gehen, mit Bart einen langen Spaziergang machen, das Wohnzimmer aufräumen, das Geschirr abwaschen, ein paar Liegestütze machen (nicht zu viele am ersten Tag) und sich dann einen – und wirklich nur einen – extra knochentrockenen Bombay Sapphire Martini eingießen. Dann würde er sich vom Dach seines Wohnhauses aus das Feuerwerk ansehen.

Morgen früh würde er sich als erstes die verdammten Haare schneiden lassen, dann einige seiner alten Kollegen anrufen, seinen Lebenslauf aufpolieren und es allen mitteilen: Er war wieder im Geschäft.

Glitsky kam um halb zwei in Monterey an. Nat hatte den Skipper überredet, die Nachmittagsfahrt so lange hinauszuzögern, bis er da war. Immerhin ging es um fünf zahlende Fahrgäste zu jeweils zwanzig Piepen pro Kopf. Es war Abes Geld, und Nat hatte seinen Spaß daran, es schwinden zu sehen. Dazu war Geld ja da, auch wenn er in jungen Jahren anderer Ansicht gewesen war. Nun, so war das Leben – man lernte nie aus.

Den anderen drei potentiellen Beobachtern der Wale machte es nichts aus zu warten, wenn es nicht zu lange dauern würde, und das tat es nicht.

Um zwei Uhr dümpelten sie sechs Kilometer vor den Wellenbrechern im grellen Sonnenlicht auf ruhiger See. Isaac saß im Schneidersitz auf dem aufgewickelten Ankerseil und suchte mit einem Fernglas den Horizont ab. Jacob las einen Horrorroman, und Orel – der kleine Orel – übte zur Freude der anderen Passagiere ein paar von seinen Hip-Hop-Tanzfiguren. Dazu hatte er sein kleines, tragbares Radio auf dem Holztisch in der Mitte des Decks plaziert. Nat hatte sich auf einer der Bänke ausgestreckt und war eingeschlafen.

Glitsky kaute Salzwasserbonbons und ging zum Bug, dann zurück zum Heck. Er fühlte sich fehl am Platze, orientierungslos. Vielleicht auch arbeitslos.

Er hatte es noch niemandem gesagt. Noch nicht. Dafür war noch genug Zeit. Viel Zeit.

Er machte sich nichts vor. Er wollte nicht hier sein, bei seinen Jungs, seinem Vater, bei den einzigen Menschen, die ihm geblieben waren. Was sagte ihm das? Warum war er überhaupt hierher gefahren? Um acht oder neun Sekunden lang einen fetten Meeressäuger zu sehen? Hurra. Er konnte es kaum erwarten.

Niemand brauchte ihn. Er sollte die Jungs bei seinem Vater lassen und ...

»He, Dad!«

»Ja.« Er sprang auf. Die Macht der Gewohnheit. Es war Isaac. Er sah schnell nach den anderen beiden. Der eine las. Der andere tanzte. Alles in Ordnung. Er ging hinüber und stellte sich neben seinen Sohn, der vor sich auf die Reling klopfte. »Ich habe dich beobachtet. Was ist los? Ich meine, dein Sohn würde gerne wissen, worüber du nachdenkst.«

Die Frage traf Glitsky wie ein Kinnhaken. »Ich weiß nicht, Isaac. Vermutlich habe ich gerade gedacht, daß ich mehr Zeit mit euch Jungs verbringen sollte«, log er. »Wir sollten mehr zusammen unternehmen.«

Isaac sah ihn mit einem dieser Teenagerblicke an, die er so gut kannte. »Nein«, sagte er, »das ist eine Dad-Antwort. Ich meine, *wirklich*.«

Glitsky lehnte sich an die Reling. »Wirklich?«

»Genau. Woran du wirklich denkst. Wie die Welt in deinen Augen aussieht.«

»Woher hast du denn *diese* Frage?«

»Ich glaube, über so was sprechen wir mit Nat.«

Er fand das komisch. »Über sowas spreche *ich* mit Nat.«

»Deinem Vater ...«

»Ja, Nat ist mein Vater ...«

»Warum redest du nicht mit uns über solche Dinge? Über die wirklichen Dinge? Ich meine, seit Mom scheinst du nur das getan zu haben, was du tun mußtest – was uns betrifft, deinen Job, alles. Als ob dich nichts mehr interessieren würde.«

Muß es denn gleich das Messer auf der Brust sein, dachte Abe. »Es gibt vieles, was mich interessiert«, sagte Abe. »Eine Menge Dinge. Du, zum Beispiel.«

»Was ist mit mir?«

Glitsky seufzte. »Warum du zum Beispiel nie mit mir redest. Warum alles um Macht geht, alles ein Kampf ist, warum du immer das Gegenteil von allem willst ...«

Sein sechzehnjähriger Sohn nickte, während er zuhörte. »Weil du nur mit mir redest, wenn du mir sagst, daß ich was tun soll«, sagte er dann. »Als wärst du zu Hause auch ein Polizist.«

»Ich bin ein Polizist, Isaac. Worüber willst du denn reden?«

Der Junge schluckte. »Ich weiß nicht. Wir wär's, wenn du ab und zu einfach nur ›hallo, wie geht's?‹ oder so was sagen würdest?«

Glitsky sah auf. Da draußen war der grenzenlose und leere blaue Horizont. Und er trieb in der Weite des Ozeans, während sein Sohn ihm die Hand reichte, um ihn an Bord zu ziehen. Zum Teufel, worauf wartete er?

Er spürte in seinem Gesicht den Beginn eines echten Lächelns. Er sagte: »Okay, hallo, wie geht's dir denn wirklich?«

Selbst für die durch Tragödie und Gewalt paralysierte Stadt war der Unfalltod der Senatorin Loretta Wager im Augenblick ihres größten Triumphes ein schwerer Schlag. Der Präsident der Vereinigten Staaten kam mitten in der Woche persönlich herübergeflogen, um dem Staatsbegräbnis beizuwohnen. Bürgermeister Conrad Aiken rief einen Monat der Trauer in der Stadt des heiligen Franziskus aus.

Philip Mohandas schlug einen neuen Namen für das Hunter's-Point-Projekt für unterprivilegierte Jugendliche vor, dessen Verwaltung er aller Wahrscheinlichkeit nach übernehmen würde. Es sollte ›Loretta Wager Memorial Playpark‹ heißen.

Der Vorsitzende des Democratic National Committee sagte, wegen des vorzeitigen Todes von Senatorin Wager müsse die

Suche nach einem geeigneten Kandidaten für die Vizepräsidentschaft bei den Präsidentschaftswahlen wieder von vorn beginnen. Nach ihrem heroischen, persönlichen Eingreifen in die Geschehnisse im Zusammenhang mit der Verhaftung Kevin Sheas wäre sie garantiert nominiert worden.

»Sie war«, sagte er, »eine ganz besondere Frau mit einer großen Persönlichkeit, absoluter Integrität und einer intuitiven Nähe zu den Bürgern, durch die sie sich von ihren Zeitgenossen unterschied. Sie war in erster Linie nicht Politikerin, sondern ein Mensch mit traditionellen Wertvorstellungen und aufrichtigen Gefühlen, der es gleichzeitig schaffte, sich immer wieder selbst zu übertreffen. Ich glaube, wenn sie sich entschieden hätte, für dieses Amt zu kandidieren, hätte sie die erste Präsidentin der Vereinigten Staaten werden können.«

Kevin ging langsam. Erschöpft stieg er eine Treppe nach der anderen hinauf. Oben angelangt, schloß er die Wohnungstür auf.

Das Bett war gemacht, die Tagesdecke darübergelegt. Die Fenster standen offen, die Jalousien waren hochgezogen. Er hatte nicht gewußt, daß es hier so hell sein konnte. Draußen glitzerte das Panorama in der klaren Luft. Eine leichte, warme, nach Blumen duftende Brise wehte durch die Vorhänge.

Das Geschirr – größtenteils Kaffeebecher und Bierkrüge – war gespült, und auf dem Beistelltisch neben seinem Sessel stand ein großer Blumenstrauß. Er ging überall im Zimmer herum, um es zu betrachten, und kam wieder zu seinem Bett zurück. Er setzte sich auf die Bettkante, mit Blick auf eins der Fenster.

Wo war sie?

Dann duschte er, um den Gefängnisgeruch loszuwerden, und zog eine saubere Jeans an. Bis zur Taille nackt, ging er wieder zum Bett und ließ sich von der Brise trocknen.

Fünfzehn Minuten, zwanzig Minuten. Er rührte sich nicht, sah keine Veranlassung, sich Gedanken zu machen. Er saß einfach da, wartete und ließ den Alptraum ein wenig abklingen.

Er wußte, daß sie kommen würde. Er wußte es.

Vor der Wohnung, am Treppenabsatz, hörte er Schritte auf dem Parkett. Er stand auf, drehte sich um und wollte gerade zur Tür gehen, als diese sich öffnete.

Sie hielt eine braune Papiertüte im Arm, aus der oben ein Brot herausschaute.

Er war von ihrem Anblick, von der Wärme, die sie ausstrahlte, überwältigt. Sie trug die glänzenden Haare offen, hatte ein einfach geschnittenes hellgelbes Kleid an, dessen dünner Stoff bei jedem Herzschlag vibrierte. Er konnte es sehen.

Sie stellte die Einkaufstüte auf dem Bett ab, richtete sich auf und begegnete seinem Blick. Ein Lächeln der Erleichterung und der Freude trat in ihr Gesicht. Sie war wieder bei ihm.

»Erinnerst du dich an den Schlüssel, den ich dir zurückschicken wollte, als wir uns getrennt haben? Ich habe es nicht getan.« Nach einer Pause fuhr sie fort: »Ich dachte, du würdest ein bißchen später nach Hause kommen. Ich wollte hier sein.«

»Wes hat mich gleich hergefahren.«

Sie blieb stehen und zögerte ängstlich, einen Schritt nach vorn zu tun, ein letzter, zaghafter Zweifel. Dann zeigte sie ein zartes Lächeln, und darin lag die Frage: Wollte er sie immer noch?

Es stand ihr ins Gesicht geschrieben. Er konnte es lesen.

Stille. Beide waren scheu, aus Angst, sie könnten etwas falsch machen. Die ersten Momente im wirklichen Leben, im Bewußtsein, was das bedeutete.

Sie stand ihm gegenüber, einen Meter von ihm entfernt, die Hände an den Seiten, die Augen ...

Er hatte so etwas noch nie erlebt, hatte nicht geglaubt, es jemals zu erleben ... Sie *sah* ihn und liebte ihn immer noch. Das war alles, was er auf dieser Welt wollte.

Sie fragte ihn: »Möchtest du jetzt allein sein? Soll ich gehen?«

Er trat vor und legte seine Hände auf ihre Arme. Er spürte, daß sie zitterte. »Nie mehr«, sagte er leise, »nie mehr.«

Sie legte die Arme um seinen Hals und schmiegte sich an ihn. Er spürte, wie ihr Herz an seinem Körper schlug. Und er spürte seinen eigenen Herzschlag.

Sie schlugen im selben Rhythmus. Zusammen. In Wirklichkeit, im wirklichen Leben.

In den alten Zeiten, nicht *den* alten Zeiten (das Little Shamrock existierte seit 1893), sondern in den fünfziger Jahren, war die Kneipe wegen des Mittagessens genauso beliebt gewesen wie wegen der Drinks, die man dort servierte.

Moses McGuire und sein stiller Teilhaber Dismas Hardy hatten gedacht, es sei eine gute Werbung und der geeignete Moment, die Uhr am Unabhängigkeitstag um ein paar Jahre zurückzudrehen.

Sie hatten die Genehmigung der Stadt eingeholt, um draußen, auf dem Gehweg vor der Kneipe in der Lincoln Street, gegenüber vom Golden Gate Park, Hot dogs und Muschelsuppe zu servieren (für zehn beziehungsweise fünfzehn Cent). Auf dem Dach des Shamrock hatten sie eine riesige amerikanische Flagge gehißt, welche die Vorderseite des Gebäudes bis hinunter zu den oberen Kanten der Fenster bedeckte. Der Bereich vor dem Shamrock war mit Holzböcken abgesperrt. Das Wetter hatte mitgespielt, was in San Francisco selten geschah.

Jetzt, um neunzehn Uhr, war es noch warm und ruhig. Auf der Lincoln Street herrschte wenig Feiertagsverkehr. Hardy und McGuire standen hinter einem Tisch, unter dem sich Fässer mit Guinness Stout, Bass Ale und Anchor Steam in mit Eis gefüllten Metallbehältern befanden. Um sie herum, vor und hinter den Holzböcken, vor ihnen auf der Straße und hinter ihnen in der Kneipe, aß und trank eine gemischte Menschenmenge von etwa zweihundert Personen, während im Hintergrund irgendeine Marschmusik von John Philip Sousa spielte. Moses hatte gefunden, sie sei angemessen, und Hardy hatte zugestimmt, obwohl es nicht unbedingt seine Lieblingsmusik war. McGuire war der Eigentümer mit Dreiviertelmehrheit.

Sie hatten in der letzten Stunde so schnell Bier gezapft, wie es floß, doch dann war es plötzlich ruhiger geworden.

»Wo ist dein Freund Glitsky?« fragte Moses. »Ich dachte, er würde kommen.«

»Er kommt vielleicht noch. Er sagte, er wolle runter nach Monterey fahren. Prioritäten.« Hardy wies auf die Menge. »Glitsky hin oder her, sieht ganz so aus, als würde es klappen.«

»Ist vielleicht die beste Idee, die wir jemals hatten«, antwortete Moses. Selbst wenn er nicht trank, neigte er zu Übertreibungen, und jetzt hatte er schon ungefähr vier Halbe getrunken.

»Vielleicht ist es *deine* beste Idee gewesen, aber ich persönlich hatte schon bessere.«

»Ja? Zum Beispiel?«

»Zum Beispiel, deine Schwester zu heiraten.«

Das konnte Moses natürlich nicht bestreiten.

»Trotzdem«, sagte Hardy versöhnlich. »Ich muß zugeben, daß ich mir Sorgen gemacht habe.«

McGuire zapfte sich einen weiteren Pappbecher Starkbier. Er trank ihn zu einem Drittel leer. »Weswegen?«

»Weswegen, fragt er. Ach, nichts, Mose. Es ist in letzter Zeit so ruhig in der Stadt gewesen, weswegen sollte man sich da Sorgen machen?«

Moses trank wieder und schüttelte den Kopf. »Nicht hier. Hier würde so was nicht passieren. Nicht in meiner Kneipe.«

»Dieses Lied habe ich schon mal gehört ... Nicht in San Francisco ... Und rate mal ...?«

Moses machte eine Handbewegung. »He, sieh es dir an, Diz. Sieh nur hin.«

Hardys Blick überflog die Menschenmenge. Ein Meer von Gesichtern aller möglichen Schattierungen. »Okay ... na und? Beweist das was?«

»Ich finde schon, Diz. Wirklich. He, vor zwei Tagen, die ganze letzte Woche, weißt du noch ... und jetzt sieh dir das hier an. Wir machen Fortschritte.«

Hardy drehte am Zapfhahn des Guinness und ließ einen Viertelliter des schwarzen Nektars in seinen Becher laufen. Er trank ihn in einem Zug aus, betrachtete erneut die Menge und wandte sich seinem Schwager zu: »Vielleicht. Hoffen wir's.«